Jens Henrik Jensen

SØG

Land ohne Licht

Jens Henrik Jensen

SØG

LAND OHNE LICHT

Thriller

Aus dem Dänischen
von Justus Carl

dtv

Von Jens Henrik Jensen
sind bei dtv außerdem erschienen:

OXEN – Das erste Opfer
OXEN – Der dunkle Mann
OXEN – Gefrorene Flammen
OXEN – Lupus
OXEN – Noctis

SØG – Dunkel liegt die See
SØG – Schwarzer Himmel

MIX
Papier aus verantwortungsvollen Quellen
FSC® C019821
FSC www.fsc.org

Deutsche Erstausgabe 2022
dtv Verlagsgesellschaft mbH & Co. KG, München

In agreement with Politiken Literary Agency
Titel der dänischen Originalausgabe: ›Spøgelsfangen‹
Umschlaggestaltung: ZERO Werbeagentur GmbH
Umschlagmotive: shutterstock.com
Satz: C.H.Beck.Media.Solutions, Nördlingen
Gesetzt aus der Minion 10/14˙
Druck und Bindung: Druckerei C.H.Beck, Nördlingen
Printed in Germany · ISBN 978-3-423-22002-6

Danke, Mai

1

Die letzte Phase der Transformation war die Dusche.

Nachdem er sich exakt acht Minuten lang sorgfältig gewaschen und abgeduscht hatte, drehte er den einen Hahn nach rechts und den anderen nach links. Die Reaktion folgte unmittelbar. Er keuchte auf, als das kalte Wasser auf seinen Körper traf und eine Schockwelle von seinem jetzt glattrasierten Scheitel über den Rücken bis in Schenkel und Beine jagte. Ein Blick auf die Armbanduhr. Drei Minuten und dreißig Sekunden würde er so stehen bleiben.

Die Kälte kannte keine Gnade, doch in diesem Moment beachtete er sie nicht. Sie war lediglich ein Werkzeug, mit dem er sämtliche Zellen seines Körpers weckte, um seine Sinne zu schärfen und sich bereit zu machen.

Die zweihundertzehn Sekunden unter dem eiskalten Strahl vollbrachten die Verwandlung.

Er schaute erneut auf die Uhr, drehte den Wasserhahn zu, trat aus der Dusche im Schlafzimmer und trocknete sich ab. Nackt ging er die wenigen Schritte zur Toilette und wieder zurück. Allein durch die Art, wie sich die Luft um seinen Körper schmiegte, spürte er sie – die Transformation.

Er stellte sich vor den Spiegel und begutachtete das Resultat. Am meisten stach natürlich sein blank rasierter Schädel ins Auge. Er fühlte nach.

Weiche, glatte Haut, wo vorher dichtes Haar gewesen war. Einen Bürstenschnitt hatte er schon einmal getragen, eine Glatze hingegen noch nie. Seine Hände glitten über die haarlose Brust, weiter über die rasierten Pobacken, Schenkel und Schienbeine und zurück zum Schritt. Alles fühlte sich so sonderbar entblößt an.

Eigenartig … So sah er wohl aus, aber er wusste sehr genau, was er tat. Er war einfach äußerst vorsichtig.

DNA-Spuren waren unsichtbar – und logen nie. Davon hatte er gelesen und viele Sendungen darüber gesehen, vor allem auf seinem Lieblingskanal, National Geographic. Es gab unzählige True-Crime-Formate über leichtsinnige Idioten, denen DNA-Spuren zum Verhängnis wurden, selbst noch Jahre nach dem eigentlichen Verbrechen.

Von ihm würde niemand auch nur die geringste Spur finden. Abgesehen davon war die Mission, die er an diesem Abend durchführen würde, kein Verbrechen. Sie war eine gute Tat. Im Grunde half er, die Welt zu einem besseren Ort zu machen. Aber so würde die Gesellschaft die Sache nicht bewerten. Deshalb traf er seine Vorkehrungen.

Die digitalen Ziffern seiner Armbanduhr zeigten 21:17 Uhr an. Um 22:00 Uhr würde die Mission beginnen. Genau in dem Moment, in dem er sich im Hinterhof aufs Rad schwang.

Auf dem Bett vor ihm lag die Ausrüstung, ordentlich in Reihen sortiert. Die erste Reihe bestand aus der Bekleidung: Socken, Unterhose, ein enganliegendes Set aus langer Unterhose und Langarmshirt aus Nylonmaterial, ein T-Shirt, Regenjacke und Regenhose, alles komplett in Schwarz. Dazu eine ebenfalls schwarze Sturmhaube, ein Modell mit besonders schmalen Sehschlitzen.

Die gesamte Ausrüstung hatte er in Hamburg gekauft, und noch immer war jedes Teil in eine Plastikverpackung eingeschweißt. Er würde die Kleider später in einem leeren Kellerraum anziehen, wo keine Gefahr bestand, dass Haare und anderes DNA-Material aufgewirbelt wurden und sich an der Ausrüstung festsetzten.

In der zweiten Ausrüstungsreihe lagen ein Paar dünne schwarze Lederhandschuhe, ein Paar billiger Stoffschuhe mit glatter Sohle, die man wohl Chinaschuhe nannte, sowie die beiden selbstgenähten schwarzen Schnürbeutel, ebenfalls aus dünnem Leder. Diese Beutel wollte er über die Schuhe ziehen, sobald er vor Ort war, um zu verhindern, dass er den Polizeitechnikern auch nur den Hauch eines brauchbaren Fußabdrucks hinterließ.

In der dritten Reihe hatte er die Hardware bereitgelegt, sie bestand aus nur drei Dingen: einer gebrauchten Walther P1 mit vollem Magazin und dazugehörigem Schalldämpfer. Dieses Modell wurde früher bei der westdeutschen Polizei und der deutschen Bundeswehr eingesetzt und war vor einigen Jahren bei einem Besuch in einem der eher zwielichtigen Stadtteile Berlins in seinen Besitz gelangt.

Selbstverständlich hatte er die Waffenkomponenten gereinigt, desinfiziert und in jeweils eine Plastiktüte gelegt. Ebenfalls in einer Plastiktüte befand sich ein spezieller Schlüssel, den er bei einem Hamburger Schlüsselservice hatte anfertigen lassen, wo man keine Zeit mit überflüssigen Fragen verschwendete.

Es war ein Standardschlüssel der alten Art, der sich spielend einfach hatte kopieren lassen, nachdem die Bezahlung geregelt gewesen war. Als Schablone hatten zwei Abdrücke in Modellierwachs gedient, und eine Woche nach seinem ersten Besuch hatte er den fertigen Schlüssel abgeholt. Mit der Post hätte er ihn sich auf keinen Fall schicken lassen können, denn eine solche Spur hätte ihn direkt mit dem Tatort in Verbindung gebracht.

Er ließ den Blick über die drei Ausrüstungsreihen schweifen. Alles war bereit. Er hatte an jedes Detail gedacht. Nicht einmal während seiner Einkaufstouren in Hamburg war er nachlässig gewesen. Hatte Perücke, Sonnenbrille und Kappe getragen, um sich vor eventuellen Sicherheitskameras in den Geschäften zu schützen. Wie bei dem Schlüssel sollte ihn niemand jemals mit den Einkäufen in Deutschland in Verbindung bringen können. Was ohnehin niemals geschehen würde, denn er hatte vor, die gesamte Ausrüstung nach der Mission zu verbrennen. Aber trotzdem schadete es nicht, sorgfältig zu sein.

Der Schlüssel und die Pistole würden in einem kleinen Moor in einem Waldstück außerhalb der Stadt landen. Auch hier ging er kein Risiko ein. Außerdem besaß er ja noch weitere Waffen.

Wieder sah er auf die Uhr. 21:23 …

In siebenunddreißig Minuten würde er *Mission Delete – Part One* einleiten.

Unablässig prasselte der Regen nieder, und der Wind vom Meer blies so kräftig, dass er die Blätter von den Bäumen riss. Sie wirbelten durch die Luft, ehe sie auf den nassen Straßen und Gehwegen kleben blieben.

Es war längst dunkel geworden. Das Wetter war sein Verbündeter. Wäre es besser gewesen, hätte er mit der Mission bis zum nächsten Mittwoch gewartet. Jetzt minimierte der schwere Regen das Risiko, unterwegs anderen Menschen zu begegnen.

Seine Recherchen und Aufzeichnungen über das Verhalten des Zielobjekts wiesen ein deutliches Muster auf: Aus einem ihm unbekannten Grund kehrte Objekt A mittwochs ziemlich pünktlich vom Krafttraining zurück, zwischen 21:30 und spätestens 22:00 Uhr. Schon bald würde er wissen, ob das auch an diesem Mittwoch zutraf, denn der schwarze und tiefergelegte BMW mit Heckschürze und getönten Scheiben parkte stets auf dem Stellplatz direkt neben dem Treppenhaus.

Sein Fahrrad stellte er etwa vierhundert Meter von den Wohnblocks entfernt hinter einem Gebüsch ab. Dann streifte er die schwarzen Ledersäckchen über die Schuhe und zog die Kapuze der Regenjacke zu, sodass sie seinen Kopf dicht umschloss.

Er hatte seine Route sorgfältig durch Niemandsland geplant, wo er sich hinter Hecken und Sträuchern ungesehen nähern konnte. Erst kurz vor dem dritten Häuserblock bahnte er sich einen Weg durch den triefnassen Streifen aus Büschen und Geäst und blieb stehen. Mit einem Knopfdruck ließ er die Uhranzeige aufleuchten. 22:23, alles lief nach Plan.

Auf den Parkplätzen zwischen den Blocks war niemand zu sehen. Der schwarze BMW stand glücklicherweise genau dort, wo er sollte. Sein Blick wanderte über die Häuserfronten. Menschen streckten sich auf den Sofas vor den Fernsehgeräten, während Regentropfen die gelb erleuchteten Fenster hinabrannen.

Mit ruhigen Schritten überquerte er einen Rasenstreifen und betrat einen Weg aus Steinplatten. Wachsam blickte er sich um. Noch immer keine Menschenseele zu entdecken. Er nahm einen Lappen aus der Hosentasche und wischte die Ledersäckchen damit sorgfältig ab. Dann ging er auf das zweite Treppenhaus zu, öffnete die Tür und glitt lautlos hinein.

Im Schutz des dunklen Treppenschattens machte er sich bereit. Zog die Handschuhe an, montierte den Schalldämpfer, entsicherte die Waffe und streifte sich die Sturmhaube über. Dann fischte er den kopierten Schlüssel aus der rechten Jackentasche.

Dass er die zeitaufwendige Prozedur einer Schlüsselkopie in Kauf genommen hatte, war seiner extremen Vorsicht geschuldet. Natürlich hätte er es darauf ankommen lassen und einfach an der Tür klopfen können, aber was, wenn Objekt A sich ebenso vorsichtig verhielt wie er und einen Fremden spätabends nicht ohne Weiteres hereinbat?

Ein derart großes Risiko konnte er nicht eingehen. Also hatte er im Fitnessstudio den einfachen Spint, in dem das Zielobjekt während des Trainings Kleider und Wertsachen aufbewahrte, mit einem Dietrich geknackt. Es war ein Montag gewesen, als das Objekt sehr spät trainierte und nur wenige andere Gäste das Studio besuchten. Innerhalb weniger Sekunden hatte er sich Zugang zu dem Spint verschafft, den Wohnungsschlüssel in ein kleines Kästchen mit Modellierwachs gedrückt – und alles wieder verschlossen.

Während seines kurzen Besuchs hatte er eine Perücke, einen falschen Vollbart, Brille und eine Kappe getragen und sich außerdem eine Sporttasche über die Schulter gehängt. Zu dieser Zeit waren die Mitarbeiter des Studios wie üblich mit Putzen beschäftigt gewesen, und niemand hatte Notiz von ihm genommen. Aber vielleicht gab es dort ja Überwachungskameras? Man konnte nie vorsichtig genug sein.

Jetzt schlich er mit dem Schlüssel in der Hand die Treppe in den dritten Stock hinauf. Vor der Tür atmete er tief ein und lauschte eine Sekunde, ehe er den Schlüssel langsam ins Schloss steckte und ihn herumdrehte.

Die Lautstärke des Fernsehers stieg an, als er die Tür gerade so weit öffnete, dass er sich in den dahinterliegenden Flur schieben konnte. Objekt A telefonierte hörbar, und es kam ihm wie eine Ewigkeit vor, bis das Gespräch mit einem »See you …« beendet wurde.

Bereits vor fünf Tagen war er einmal in der Wohnung gewesen, um den Schlüssel zu testen und sich wesentliche Details einzuprägen. Daher wusste er, dass das Wohnzimmer am Ende des kleinen Flurs auf der rechten Seite lag.

Durch den Spalt zwischen Rahmen und Tür erhaschte er einen Blick auf sein Zielobjekt, das in Unterhemd und Jogginghose auf dem Ledersofa saß, die Beine auf den gläsernen Tisch davor gelegt.

Er steckte den Schlüssel zurück in die Tasche und nahm die Pistole in die rechte Hand. Das Gewicht der Waffe fühlte sich gut in den Lederhandschuhen an. Eine vollkommene Ruhe durchdrang ihn.

Dann stieß er die Tür zum Wohnzimmer mit einem heftigen Ruck auf und trat ein. Die Pistole hielt er am ausgestreckten Arm direkt auf die Stirn des Objekts gerichtet, während er mit der freien Hand die Tür hinter sich schloss.

Das Objekt schreckte vom Sofa hoch.

»Keine Bewegung!«

Sein kurzes Kommando lähmte Objekt A. Der Mund stand offen, die Kiefer bebten, und die Augen waren vor Angst weit aufgerissen.

Er ging bis zum Couchtisch, um dem Objekt von Angesicht zu Angesicht gegenüberzustehen, achtete aber trotzdem darauf, Abstand zu halten. Die Waffe mit dem Schalldämpfer lag sicher in seiner Hand. Dann setzte das ein, worauf er sich während seiner Observation des Objekts vorbereitet hatte. Objekt A war nämlich geschwätzig.

»Was ist denn jetzt los? Hey, was ist los, Mann? Warum? Wer bist du? Was willst du? Geld? Ja, du willst Geld! Okay, das ist okay für mich. Sag einfach, wie viel …«

Objekt A zitterte am ganzen Körper, die kräftigen Oberarme bebten, und um Mund- und Augenwinkel zuckte es unkontrolliert.

»Hey, sag, wie viel du willst, Mann. Aber lass mich leben. Ich will nicht sterben. Warum, warum? Jetzt sag doch was, verdammt! Eine Million? Zwei Millionen?«

Er hielt die Pistole weiter auf sein Ziel gerichtet. Objekt A setzte zu einer neuen verzweifelten Tirade an. Mit dem ausgestreckten Zeigefinger vor seinem vermummten Gesicht zischte er ein leises *Psst.*

Er registrierte einen großen, dunklen und feuchten Fleck, der sich schlagartig auf der Jogginghose von Objekt A abzeichnete und sich über die Schenkel ausbreitete. Die Augen schienen vor Furcht beinahe aus den Höhlen zu treten.

Es gab keinen Grund, die Sache in die Länge zu ziehen. Er genoss es nicht sonderlich, verspürte allerdings auch nicht das geringste Unbehagen. Er spannte den Finger um den Abzug und vollbrachte eine gute Tat.

Delete … Mission accomplished.

2

Wer ist schneller? Ein Gedanke oder eine Kugel?

Schafft es das menschliche Gehirn im Fall eines prämortalen Wettlaufs gegen eine Pistolenkugel, eine Bestandsaufnahme der aktuellen Situation zu erstellen, mit der offensichtlichen Erkenntnis, dass das Ende nah ist, während die Augen auf die Mündung gerichtet sind, sich der Finger um den Abzug spannt und das Projektil aus dem Lauf gefeuert wird?

Nicht unbedingt als konkreten ausformulierten Gedanken, vielleicht nur als kurzes Aufblitzen im Bewusstsein?

Und was begleitet diese Erkenntnis?

Ist es Reue, Verdruss, Fatalismus, ein Hauch von Höllenflammen oder gar Harfenklang?

Unmöglich, darauf eine Antwort zu erhalten.

In einer physikalischen Formel bestünden die entscheidenden Faktoren dieser Rechnung wahrscheinlich aus dem Abstand zwischen Waffe und Gehirn sowie der Mündungsgeschwindigkeit der Kugel.

Außerdem ist die ganze Sache stark situationsabhängig. Erhält das Gehirn nur eine oder zwei Sekunden, um sich einen Überblick zu verschaffen, nur einen winzigen Vorsprung, um die Warnung loszuwerden – »Die Kugel ist auf dem Weg …« –, dann wäre es durchaus möglich, dass ein sinnvoller Gedanke als Erster ins Ziel kommt, oder?

Die Kugel trifft Merzuk »Muscles« Osmanović an einem verregneten Mittwochabend mitten in die Stirn.

Das Einschussloch ist ein deutlich abgegrenzter rosafarbener

Fleck. Nachdem sie die Schädeldecke durchstoßen hat, schlägt die Kugel eine Schneise durch das Hirn, bevor sie die Schädelwand erneut durchbricht und ein großes Loch in den Hinterkopf des Opfers sprengt.

In den aufgerissenen Augen, die leer an die Decke starren, finden sich keine Anzeichen für irgendwelche Gedanken. Selbst wenn der Gedanke die Kugel besiegt *hätte*, könnte niemand einen sichtbaren Unterschied im Gesichtsausdruck erwarten. Es blinkt kein Brief-Symbol in den Pupillen auf, um anzuzeigen, dass Osmanović eine Mail von sich selbst empfangen hat, *bevor* die Kugel ihr Ziel erreicht.

Circa drei Meter beträgt die Distanz, auf der sich Gedanke und Kugel ein Wettrennen lieferten. So groß war der Abstand von Osmanovićs Position zwischen Sofa und Glastisch bis zu der Waffe am ausgestreckten Arm des Eindringlings. Ungefähr dreihundert Zentimeter zwischen einem Opfer, das sich vor Angst einnässte, und seinem Henker.

Dreitausend Millimeter zwischen Leben und Tod.

Er liegt, wie er fiel. Schief. Auf dem Ledersofa. Rücklings. Halb heruntergerutscht. Die Knie gebeugt und die Arme ein wenig zur Seite gestreckt. 105 Kilogramm verteilt auf 183 Zentimeter, ein Stamm, an der Wurzel gefällt.

Der massige Brustkorb ragt empor, Muskeln umspielen die Arme, und der breite Rückenmuskel, *latissimus dorsi*, der seinem Oberkörper die Form eines Vs verleiht, sorgt dafür, dass das weiße Unterhemd an den Achselhöhlen spannt. Unreine und vernarbte Haut, von dem teigigen Gesicht bis zu den Schultern. Aus den Beinen der blauen Adidas-Jogginghose lugen nackte Füße hervor.

Auf der gelben Tapete Blutspritzer und Überreste von Hirnmasse. Dort steckt neben dem kitschigen Supermarktgemälde auch der wahrscheinliche Sieger des Wettlaufs – die Kugel. Um das Loch in der Wand hat jemand einen weißen Kreidekreis gezeichnet.

Nina sammelte die Fotos, die sie auf ihrem Schreibtisch ausgebreitet hatte, wieder ein und legte sie zurück in die Mappe.

Im Grunde genommen spielte es keine Rolle, ob der Kerl noch einen Gedanken gehabt hatte oder nicht. Sie war einfach nur neugierig.

Das Klingeln des Telefons unterbrach ihre Spekulationen. Sie hob ab.

»Nina Portland.«

»Ich rufe aus dem Auto an. Bin erst auf halbem Weg über Fünen, also schaffe ich es heute nicht mehr zurück. Wie ist es heute Nachmittag gelaufen? Irgendwelche neuen Anhaltspunkte?«

Es war ihr Chef, Birkedal. Im Hintergrund hörte sie eine Stimme, unter Garantie Paul Potts.

»Keiner will etwas sagen. Oder sie wissen nichts. Potts?«

»Ja … Gut, wir besprechen die Situation morgen, Portland.«

»Okay, tschüss.«

Hmm, immer noch »Portland« und nicht »Nina«. Ihr Chef war so einfach zu lesen wie eine Leuchtreklame in der Nacht. »Portland« bedeutete, dass er gerade nicht zum Plaudern aufgelegt war. Keine Vertrautheit, nur Chef und Angestellte, ich-frage-du-antwortest. Es herrschten also noch immer arktische Verhältnisse zwischen ihnen. So wie seit Langem.

Birkedal war wohl kaum in Spekulationen vertieft. Der Gedanke brachte sie zum Schmunzeln: Polizeiinspektor Erik Birkedal, der Chef der Ermittlungsabteilung, mit einer Hand am Steuer, das Fenster vielleicht ein wenig heruntergelassen und die graue Löwenmähne im Wind flatternd, wahrscheinlich bei gemächlichen einhundert Stundenkilometern auf dem Heimweg in Richtung Esbjerg, gemeinsam mit seinem Begleiter Paul Potts. Wenn sie nichts Interessantes über den Fall zu berichten hatte, zog er es vor, mit dem singenden Glückspilz allein zu sein.

Nichts für ungut. In ihrem CD-Regal zu Hause stand er ebenfalls, Potts. So weit war es schon gekommen. Ein wohlüberlegter Sympathiekauf, nachdem sie sich den alten Clip von Paul Potts' erstem Fernsehauftritt bei der britischen Talentshow angesehen hatte, deren Namen ihr gerade nicht einfiel. Susan Boyle würde immer wie ein billiger Abklatsch dessen wirken.

Der kleine, unansehnliche Mann mit den schiefen Schneidezähnen hatte ihr Herz berührt, das mit jedem Jahr zusehends weichmütiger wurde. Jetzt stand Paul Potts im Regal unterhalb ihrer kompletten U2-Sammlung und lebte in einer eigenartigen musikalischen WG mit Bono.

Ihr Blick fiel auf ein Foto, das sie noch nicht zurück in die Mappe gelegt hatte. Eine Nahaufnahme von den Überbleibseln des kurzgeschorenen Hinterkopfs in der Blutlache auf dem Sofa.

Abgesehen von Familie und Freunden gab es sicher niemanden, der Merzuk »Muscles« Osmanović vermissen würde. Der junge Ex-Jugoslawe, oder genauer gesagt Bosnier, stammte aus dem muslimischen Bevölkerungsteil Bosnien-Herzegowinas und hatte alles dafür getan, sein neues Heimatland zu schikanieren und die primitivsten und abscheulichsten Instinkte seiner Bewohner ans Tageslicht zu befördern.

Trotz seines fehlenden Hinterkopfs – tatsächlich konnte man sich sogar fragen, ob er überhaupt jemals einen solchen *gehabt hatte* – diente Osmanović als Beispiel für eine besorgniserregende Entwicklung in Dänemark. Unter Einwanderern und ihren Nachkommen war die Kriminalitätsrate drastisch angestiegen. Mit einem Alter von sechsundzwanzig passte Osmanović genau ins Raster. Denn im Vorjahr war fast jeder vierte Mann nicht-westlicher Herkunft zwischen zwanzig und neunundzwanzig für eine Straftat belangt worden.

Diese Überrepräsentation hallte sogar bis in die Ministerien nach. Und dass die Gruppe nicht-westlicher Bürger für gut sechzig Prozent aller Gewalttaten verantwortlich war, machte die Sache nicht besser.

Viel näher war Merzuk Osmanović einer Bezeichnung als »Musterbeispiel« wohl nie gekommen. Nur war es leider das falsche Muster.

Sein Leben hatte aus einer wahren Flut kürzerer Gefängnisaufenthalte bestanden. Mehrere Fälle von schwerer Körperverletzung hatten ihn dorthin gebracht, wie auch eine anscheinend recht zielstrebige Karriere im Verkauf von allerlei Betäubungsmitteln – inklusive eines Nebengeschäfts, das sich der Versorgung seiner hantelstemmenden Bruderschaft mit Steroiden widmete.

Nina war ihm schon mehrmals begegnet, bevor die Pistolenkugel ihn im Wohnzimmer niederstreckte. Selbst in Handschellen behielt er sein Grinsen bei, nur um gelegentlich aus der Haut zu fahren und mit netten Bezeichnungen wie »Drecksfotze« oder »Scheißrassisten« um sich zu werfen. Einmal hatte sie ihm ihr Knie in den Schritt stoßen müssen und es, um ehrlich zu sein, genossen, ihn einknicken und wie einen kleinen Jungen winseln zu sehen.

Manchmal fühlte es sich an, als steckte sie bis zum Hals in der Scheiße. Als würde selbst der größte Einsatz keine Veränderung zum Positiven bewirken. Vielleicht hatte sie an diesem Abend mit Paul Potts deshalb Rotz und Wasser geheult …

Erst vor Kurzem hatte sie darüber nachgedacht. Wenn sie in der Zeit zurückging, kam es ihr vor, als sei mit Josef Fritzl etwas ernsthaft ins Rutschen gekommen. Seit der Entlarvung des alternden österreichischen Monsters und seiner Schreckensherrschaft im Keller war es, als würde die Welt immer verrückter und gestörter.

Auf jeden wahnsinnigen Fall folgte ein weiterer, noch schlimmerer, sowohl in Dänemark als auch im Rest der Welt. Irgendwann wären alle immun gegen Dinge, die eigentlich schockieren sollten.

In solch bizarren Zeiten sehnte man sich nach der Reinheit des Märchens. Man sehnte sich nach Paul Potts und dem Triumph seiner banal schiefen Hauer mit Nessun Dorma.

Dafür würde diesem Mistkerl Osmanović niemand auch nur eine Träne nachweinen.

Die Hinrichtung, anders konnte man den Mord nicht nennen, hatte an einem Mittwochabend in der letzten Woche stattgefunden. Jetzt war Freitag, und offen gesagt waren sie bei den Ermittlungen keinen Schritt weitergekommen.

Hatte das Opfer seinen Mörder gekannt? Das war immer die große Frage. Bei weit mehr als der Hälfte aller Morde gab es eine irgend geartete Beziehung zwischen Opfer und Täter.

Anonyme Morde waren die schwereren Fälle. Wie sollte man einen Täter ausfindig machen, der quasi aus dem Nichts kam?

Im Fall von Merzuk Osmanović erschien es naheliegend, dass es sich um einen Mord unter Bekannten handelte. Nur hatte der Mistkerl einen so riesigen Bekanntenkreis – aus Freunden und Feinden –, dass es unfassbar mühsam war, diejenigen einzugrenzen, die möglicherweise ein Motiv gehabt haben könnten. Die eine deftige Rechnung mit Osmanović zu begleichen hatten. Noch dazu gab es keine Zeugen. Und in Osmanovićs Milieu dürfte niemand große Lust haben, der Ordnungsmacht behilflich zu sein.

Nina lehnte sich im Bürostuhl zurück und schloss die Augen. Die zentralen Passagen aus den Berichten von Kriminaltechnik und Rechtsmedizin konnte sie ohne Weiteres aufsagen. Selten waren sie derart spartanisch ausgefallen.

Die Spurentechniker hatten nichts gefunden. Keine Fingerabdrücke, keine Anzeichen für einen Einbruch oder Diebstahl, keine Kampfspuren, nur eine unverschlossene Wohnungstür.

Und natürlich die üblichen Haarspuren, die von allem und jedem stammen konnten. Nicht einmal einen brauchbaren Abdruck von nassen oder schmutzigen Schuhen auf der Treppe konnten sie in direkte Verbindung mit der Erschießung bringen.

Soweit sie sich erinnern konnte, war die Spurenlage in all den Jahren, die sie mit Mordfällen zu tun hatte, noch nie so dürftig gewesen.

Und auch beim rechtsmedizinischen Institut in Århus hatte niemand einen Schreibkrampf erleiden müssen. Im Gutachten stand nicht mehr als das, was man schon im Vorhinein am Tatort hatte ablesen können.

Ein paar Schmauchspuren im Gesicht. Da es sich um eine Dum-Dum-Kugel handelte, oder Hohlspitzgeschoss, wie es im Fachjargon hieß, hatte das Projektil Osmanović den halben Hinterkopf weggepustet. Im Prinzip konnte man solche Patronen zu Hause am Küchentisch selbst herstellen, indem man die Spitze flach feilte oder ein kleines Kreuz hineinsägte, oder aber man kaufte fertige Munition, zum Beispiel mit einem kleinen Hohlraum in der Spitze. Diese Art von Munition nutzte man nur, wenn das Ziel von vornherein feststand: Zerstörung.

Auch beim eigentlichen Tatverlauf gab es keine großen Überraschungen. Drei Möglichkeiten standen zur Auswahl:

1. Osmanović hatte seine Tür nicht abgeschlossen.
2. Osmanović hatte den Täter selbst hereingelassen.
3. Der Täter war im Besitz eines Schlüssels gewesen.

Nichts davon brachte sie in diesem verfluchten Fall weiter. Ihr fiel auf, wie klinisch das Ganze war. Als hätte jemand bloß auf einen Knopf gedrückt und Osmanović damit von der Erdoberfläche getilgt.

Nina öffnete die Augen, lehnte sich nach vorn und loggte sich aus. Es war erst drei Uhr, aber sie hatte Überstunden gemacht, seit ein Familienangehöriger Merzuk Osmanović am letzten

Donnerstagvormittag auf dem Sofa gefunden hatte. Das leise Brummen des Computers erstarb.

Nina lehnte sich wieder zurück, legte die Beine auf die Schreibtischkante und schloss erneut die Augen.

Damit war auch diese Woche vergangen. Es war Freitag, vor ihr lag ein langes, herrliches Wochenende. Und eines war sicher: Sie hegte keinerlei Absichten, auch nur eine einzige Sekunde über einen zutiefst unsympathischen, vermutlich Drogen vertickenden, mit Steroiden vollgepumpten Bodybuilder nachzudenken, der sie obendrein noch als »Drecksfotze« bezeichnet hatte. Erst am Montag hatte das Präsidium wieder Anspruch auf ihren Kopf und ihre Gedanken.

Schritte näherten sich auf dem Flur, sie hielten an der Tür inne, aber Nina reagierte nicht.

»Schläfst du?«

Thøgersens Stimme klang scherzend.

»Ja, tue ich.«

»Worüber denkst du nach, Nina?«

»Wer sagt, dass ich nachdenke?«

»Du grübelst …«

»Nee.«

»Über den Osmanović-Fall.«

Sie schlug die Augen auf, drehte sich auf dem Stuhl herum und sah zu dem stellvertretenden Polizeiinspektor Gunnar Thøgersen, der am Türrahmen lehnte. Er grinste.

»Ein nerviger Fall, oder?«

»Ja, einer von der schweren Sorte.«

»Und das, obwohl die Sequenzen deutlich sind«, merkte Thøgersen leise an.

»Wir sind in anderthalb Wochen keinen Zentimeter vorangekommen. Jetzt brauche ich einfach mal ein Wochenende zum Verschnaufen. Wie sieht's bei dir aus?«

»Wir laufen einen Halbmarathon – in Kiel.«

»Deine Frau und du?«

»Ja … Im Anschluss werden wir dort unten einen älteren Herrn besuchen. Er verkauft ein kleines Ding.«

»Bist du wieder in Sachen Schwarzpulver unterwegs?«

»Hmm, die herrlichste Steinschlosspistole, die ich je gesehen habe. Fantastischer Zustand, Holz und Messing glänzen geradezu. Gebaut von J. G. Jagenberg aus Solingen, einem wahren Meister seines Fachs. Baujahr 1791 … *Die* hätte ich gern, Nina.«

Er seufzte.

Sie gluckste.

»Ah, deshalb nimmt man also mehrere Hundert Kilometer Autofahrt auf sich, um zwanzig Kilometer zu rennen.«

»Wir nehmen uns ein gutes Hotel und bleiben bis Sonntag dort.«

»Du bist gewieft.«

Sie konnte Gunnar Thøgersen gut leiden, Vize-Thøgersen, Thøger. Ihr stellvertretender Chef war Ermittlungsleiter und ein angenehmer Zeitgenosse, Mitte fünfzig, außerdem besaß er einen herrlich trockenen Humor. Früher war er ein abgehetzter Kettenraucher gewesen. Bis zu dem Tag, als sein Arzt einen warnenden Zeigefinger erhoben hatte. Daraufhin hatte Thøgersen sein Leben in die Hand genommen und es kräftig umgekrempelt. Heute kamen Gemüse und fettarmes Essen auf den Tisch. Die Verwandlung hatte ihn schon diverse Paare Laufschuhe gekostet, denn in den letzten Jahren hatte er bereits mehrere Marathons absolviert, manche davon gemeinsam mit seiner Frau.

Der zweite Vorsitzende der Waffenhistorischen Gesellschaft Dänemarks hatte die perfekte Balance zwischen Job und Freizeit gefunden. Vor zehn bis zwölf Jahren hätte er vermutlich selbst im Schlaf über den Osmanović-Fall gegrübelt. Laut ratternd hätte sein Hirn alles in die berühmt-berüchtigten Thøgersen'schen

Sequenzen unterteilt, da ihm das Zerstückeln der Realität dabei half, Dinge zu sehen, die andere übersahen.

»Genieß erst mal dein Wochenende, Nina. Entspann dich – lass den Fall ruhen. Bis Montag!«.

»Klar doch. Halt das Pulver trocken …«

Sie hob eine Hand zum Gruß, doch Thøgersen war bereits von dannen geritten. Ein strammer Freitagsgalopp den Flur hinab, die Duellpistole zum Schuss gegen jedweden Missetäter erhoben, der ihn womöglich aufhalten wollen könnte.

Draußen war es bereits dunkel geworden. Mit einem Mal war es Herbst. Nina ließ den Blick über die Arbeitsplatte schweifen, wo die Deckenlampe auf Lauchstangen, Maiskolben, eine dünne Soße, Kartoffeln und Hacksteaks schien, und musste an Thøgersen und seinen gesunden Lebensstil denken. Sie und Jonas waren ebenfalls nicht ungeschoren davongekommen. Seit sechs Monaten hielt ihr Haushalt in der Kirkegade 23 einen stabileren Kurs als der Dow Jones. Im Großen und Ganzen gab es jeden Tag gesundes, selbst zubereitetes Essen. Ihre drei täglichen Zigaretten hatte sie schrittweise auf zwei, dann eine – und schließlich auf null reduziert. Damit war der Countdown beendet, und sie hatte sich von der Startrampe in ein rauchfreies Dasein katapultiert, das unbestritten seine Vorteile hatte – nur eben auch Nachteile.

»Woran denkst du, Mama?« Jonas sah sie fragend an.

»An nichts Besonderes. Schneidest du die bitte klein?«, sagte sie und deutete mit dem Kopf auf die Schüssel mit den Lauchstangen.

»Okay, ich teile sie in Sequenzen.«

Sie lachten vertraut, wie schon millionenfach zuvor. Im Portland'schen Heim im ersten Stock gab es keine Scheiben, Stücke oder Würfel, nur Thøgersens Sequenzen. Jonas wusste immer, was auf dem Präsidium vor sich ging, und er kannte alle ihre Kollegen, auch wenn er bisher nur wenige von ihnen getroffen hatte.

Sie aßen zu Abend, wie meistens schweigend. Draußen die Dunkelheit, in ihrer Küche Licht und Behaglichkeit. Nina entzündete die beiden Kerzen auf dem Tisch, die sie in der Eile vergessen hatte. Das war das wahre Leben, einfach hier zu sitzen, mit ihrem großgewachsenen, wunderbaren Jungen zu Abend zu essen und die Wärme, die Zusammengehörigkeit zwischen ihnen zu spüren. Zu wissen, dass eine dreizehn Jahre alte Nabelschnur aus dem stärksten Tauwerk der Welt bestand und niemals reißen würde, bis zu dem Tag, an dem sie endgültig Lebewohl sagen müsste.

Sie streckte sich über den kleinen Tisch und fuhr ihm durch die Haare.

»Was ist los, meine kleine Schmalzlocke? Hattest du einen schönen Tag?«

»Mama, lass das …«

Jonas lächelte, so gut er es mit vollgestopftem Mund hinbekam. Sein Appetit war gigantisch, aber er hatte im letzten halben Jahr auch einen wahnsinnigen Schuss gemacht. Inzwischen war er wohl genauso groß wie sie.

Es brauchte schon sehr viel Liebe oder einen Arbeitshandschuh, um dem Jungen durch die Haare zu wuscheln. Früher war es herrlich gewesen, mit der Hand über die weichen, kurzen Stoppeln zu fahren, aber jetzt war die Mähne länger und mit irgendeinem wachsartigen Zeug beschmiert, damit die Frisur auch cool und trendy aussah. Auf die Sache mit der »Schmalzlocke« war sie in den ersten Wachstagen gekommen. In seinen guten Momenten sah Jonas darüber hinweg und ließ sich nicht aufziehen, die meiste Zeit war er jedoch davon genervt.

»War's ein guter oder ein schlechter Tag?«

»Er war okay, würde ich sagen.«

»Und was ist mit dem Dänisch-Aufsatz?«

»War okay. Anscheinend habe ich ›ein großes Erzähltalent‹. Und als sie die Aufsätze zurückgegeben hat, hat sie gesagt, dass ich es sogar noch besser könnte, wenn ich nicht so faul wäre. Sie meinte, ich hätte es plötzlich sehr eilig gehabt, die Geschichte zu Ende zu bringen.«

Der Gedanke daran ließ sie schmunzeln. Er konnte *wirklich* gut erzählen. Kreatives Schreiben, hieß das früher nicht so? Seine Lehrerin war bei Elterngesprächen schon mehrfach darauf zu sprechen gekommen. Auch darauf, dass er es besser könnte, wenn er sich ein bisschen mehr Mühe gäbe, sich auf den Unterricht zu konzentrieren.

»Aber sie hat doch recht, oder? Du hast zu spät angefangen, mein Lieber, und dann lief auf einmal Fußball im Fernsehen. Das sollten wir in Zukunft lieber anders machen, meinst du nicht auch?«

»Wie läuft's mit dem Affen?«

»Was denn für ein Affe?«

»Der, dem in den Kopf geschossen wurde.«

Ihr fiel ein, dass sie Merzuk Osmanović tatsächlich als »Affe« bezeichnet hatte, als sie Jonas das erste Mal von dem Fall erzählte. Nicht gerade besonders pädagogisch, entsprach aber der Wahrheit.

»Ach so, der … Er ist immer noch tot.«

»Oh, Mama, jetzt tu nicht so doof. Gibt's was Neues in dem Fall?«

Typisch, Jonas ließ nicht locker. Bei jedem größeren Fall geriet sie beinahe in ein Kreuzverhör. Er wollte alles wissen, und normalerweise gab sie ihm eine ausführliche, aber leicht zensierte Zusammenfassung.

»Tatsächlich gibt es da überhaupt nichts, Jonas. Leider … Es sieht so aus, als wäre das ein Fall, mit dem wir noch richtig viele Probleme haben werden. So was ist im Einwanderermilieu immer schwierig. Manche *wollen* uns nicht helfen, manche *haben keine Lust* – und manche haben sogar *Angst* vor der Polizei.«

»Wieso das?«

»Vielleicht, weil sie aus einem Land kommen, in dem man der Polizei nicht trauen kann. Vielleicht haben sie erlebt, dass die Polizei Leute verprügelt, dass Beamte bestechlich sind, dass Leute verfolgt werden, wenn sie die falsche Religion haben oder aus der falschen Gesellschaftsschicht kommen …«

»Vielleicht sind seine Familie und Freunde selbst kriminell und wollen deshalb nicht helfen?«

»Genau. Er kam aus einem kriminellen Umfeld, war schon mal im Gefängnis, und wir sind beinahe sicher, dass er Drogen verkauft hat, konnten es aber nicht beweisen. Wenn die Polizei die Hilfe von Verbrechern braucht, wird es wahnsinnig schwer. Es ist gut möglich, dass jemand weiß, ob er Feinde hatte. Aber niemand sagt etwas.«

»Er hatte keinen Job, ist aber trotzdem in einem teuren BMW rumgefahren. Dann muss er doch kriminell gewesen sein?«

»Allem Anschein nach, ja.«

»Wird der Fall jemals aufgeklärt, Mama?«

»Es ist noch zu früh, um etwas dazu zu sagen. Wenn man es am allerwenigsten erwartet, kann sich plötzlich etwas Neues ergeben, und dann kommt wieder Schwung in die Ermittlungen …«

Auf der Arbeitsfläche gab ihr Handy einen Piepton von sich. Sie kippelte auf dem Stuhl nach hinten und griff danach.

»Hi Nina – viel los hier, habe mehrere Termine übers Wochenende – alles gut bei mir – fliege wahrscheinlich in einer Woche heim – mach dir keine Sorgen – hoffe, bei dir ist alles okay? Kuss Tim«

»Wer war das?« Jonas beobachtete sie.

»Ach, nur ein Kollege. Nichts Besonderes.«

Um Jonas' Lippen spielte ein füchsisches Lächeln.

»Keine Kappen oder Kapuzen am Tisch – und kein SMS-Theater, wenn wir essen …« Er versuchte, die barschen Ermahnungen nachzuahmen, die er so oft zu hören bekam.

Sie legte das Handy wieder zurück.

»Gut, mein Schatz, wenigstens hast du zugehört. Und entschuldige, bitte. Ich dachte, es wäre vielleicht etwas Wichtiges.«

Sie schob den Schaukelstuhl vors Fenster, holte ein Glas und ein Bier aus der Küche, löschte das Licht im Wohnzimmer, machte es sich im Schaukelstuhl bequem und legte die Füße auf der kleinen Kommode ab.

So hatte sie schon Hunderte Male dagesessen. Im Dunkeln, vor dem großen Fenster. Die Vor Frelsers Kirke auf der gegenüberliegenden Straßenseite wie ein vertrauter Freund.

Behutsam in das weiche Licht der Lampen auf dem mit Kopfstein gepflasterten Platz getaucht, ragte die Kirche dort drüben empor. Oder vielleicht lud sie sie nickend zum Abendplausch ein?

Wie oft sie sich hier schon ihren Gedanken hingegeben hatte. Manchmal waren sie ein chaotisches Universum voller Angst, Schwermut, berauschender Freude oder sprudelnder Energie. Andere Male saß sie einfach nur hier, weil es angenehm war, feste Routinen zu haben.

So wie an diesem Abend. Freitagabendgemütlichkeit nach einer hektischen Woche. Sie schenkte das Bier ins Glas. »Fanø Lyng« hieß die Sorte der ortsansässigen Brauerei. Andächtig ließ sie den ersten Schluck im Mund hin- und herschwappen, und sie bildete sich ein, leichte Nuancen von Spätsommer und Honig von ihrer Heimatinsel zu erschmecken.

Heute Abend gab es keine wichtigen Dinge mit der Kirche zu

besprechen. Das war nicht einfach so dahergesagt, sie schaffte es anscheinend tatsächlich, den Osmanović-Fall loszulassen. Der Mistkerl war es nicht wert.

Vor ihr lag nichts als ein ganz normales Wochenende in einem ganz normalen Leben. Der morgige Tag würde aus Putzen und Wäschewaschen bestehen. Jonas war den ganzen Nachmittag bei einem Fußballspiel, und abends wollten sie ins Kino und einen Film anschauen, von dem Jonas schon eine ganze Weile redete, dessen Titel sie sich aber einfach nicht merken konnte. Am Sonntag würden sie Onkel und Tante in Sønderho einen Besuch abstatten. Sie wollten gemeinsam mit ihrem Vater dorthin radeln. Und in der Küche mit der niedrigen Decke im reetgedeckten Haus auf Sønderland würden sie sich von Astrids traditionellen Kochkünsten verwöhnen lassen. Wenn sie alle um den Tisch saßen, würde Nina jeden von ihnen heimlich anschauen – und froh sein, dass es sie gab.

Und schon wäre es wieder Montag.

Nina hatte gerade erst registriert, dass sie an rein gar nichts dachte, da ließ sie mit dem ihr eigenen Talent selbst die Schlange in den Paradiesgarten der vor sich hinschlummernden Kriminalkommissarin. Schon beim Abendessen hatte sie es gemerkt.

»Hi«? Schrieb man so etwas eigentlich nicht an Freunde und Familie? Eine gewöhnliche und völlig unpersönliche Begrüßung. Sie griff nach dem Handy. Ein Knopfdruck und die Nachricht leuchtete im Dunkeln auf. Sie las sie erneut. »Hi« war ein Minuspunkt, »Kuss« ein Plus. Das eine hob das andere auf, also immer noch derselbe Status quo. Aber wo war das »ich vermisse dich«? Wie konnte er das nur vergessen? Das heißt … Es sei denn, dass er sie schlicht und ergreifend gar nicht vermisste. Was er vor drei SMS aber noch getan hatte. Zum Teufel damit …

Dieses Fernbeziehungs-Kommunikations-Hickhack lag ihr einfach nicht. Immer suchte sie nach versteckten Andeutungen und Stimmungen oder interpretierte einzelne Wörter, als wäre jede SMS ein Beweisstück in einer komplizierten Ermittlung. Womöglich war es nur ein Hirngespinst, aber ihr kam es so vor, als seien seine Nachrichten immer häufiger von einem nüchternen Ton geprägt.

Er erlebte dort drüben sicher eine Menge. Bei ihr passierte dagegen nicht das Geringste. Rührte das Missverhältnis zwischen ihren Worten daher?

Sie vermisste Tim Wejse. Und es gefiel ihr überhaupt nicht, dass er sich irgendwo im höllisch gefährlichen Islamabad herumtrieb, wohin ihn der Nachrichtendienst der Polizei, PET, entsandt hatte. Genau an den Ort, wo ein Mitarbeiter des Dienstes bei dem großen Terrorangriff auf das Marriott Hotel ums Leben gekommen war. Der Gedanke daran löste Beklemmungen in ihr aus.

Früher hätte ihr das keine nennenswerten Sorgen bereitet, jetzt allerdings schon. Waren sie zusammen? Allein die Frage klang nach Schulhofgetuschel. Nein, waren sie nicht. Aber was dann? Ein Liebespaar? Nein. Hoffentlich nicht. Die hatten doch einen Hang zu tragischen Toden, oder? So wie Elvira Madigan und Sixten Sparre, oder das junge Paar, das während des Bürgerkriegs in Sarajevo auf einer Brücke erschossen wurde.

Ein Liebespaar also auf keinen Fall. Vielleicht waren sie einfach nur erwachsene – sehr erwachsene Menschen, die inmitten prallgefüllter Terminkalender eine kleine gemeinsame Oase gefunden hatten. Aber sollte es für immer so bleiben? Waren sie dazu verdammt, immer nur ein wenig Zeit zu stehlen, so wie Kinder Lakritze stibitzten?

Sie wollte wissen, woran sie waren, wollte ihre Beziehung in die richtige Schublade stecken können. Und dabei war sie nicht einmal sicher, ob sie nicht vielleicht sogar selbst schuld an der unklaren Lage zwischen ihnen war.

Jonas wusste nichts. Mit Absicht. Er hatte Tim erst ein einziges

Mal getroffen – als Tim und sie für eine kurze Zeit Kollegen gewesen waren. Nach der Sache mit Martin, dem Zimmermeister, hatte sie vorerst keine Lust gehabt, den Versuch zu wiederholen.

Nein, es gab keinen Grund, irgendetwas zu erzwingen. Und es war vergeudete Zeit, sich den Kopf über eine SMS zu zerbrechen – eine SMS aus Islamabad …

3

Er war ein schwarzer Panther. Ein geschmeidiges Raubtier in der Nacht.

Er machte ein paar Schritte ins Gebüsch neben der Eisenbahnbrücke und spürte, wie er eins mit der Dunkelheit wurde. Er fühlte sich gut. Beim Gedanken an das, was nun unmittelbar bevorstand, überkam ihn kein nervöses Zittern. Sein Kopf blieb kühl, er hatte den Überblick, das Timing war perfekt – all das konstatierte er bloß, ließ sich davon nicht ablenken. Er hatte einen Job. Und er war vorbereitet.

Dies war die zweite Mission. Die letzte Mission. *Mission Delete – Part Two.*

Über mehrere Wochen hatte er das Objekt observiert und seine Beobachtungen sorgfältig in eine Tabelle eingetragen, sodass er die Mission schon früher hätte ausführen können. Aber die Bedingungen waren nicht gut genug gewesen. Bei trockenem Wetter hatte der Mond viel zu hell geleuchtet. Jetzt war alles perfekt. Wind, Regen und eine dichte Wolkendecke.

Er drückte auf seine Armbanduhr, und die aufleuchtenden Ziffern zeigten an, dass er nur noch drei Minuten warten musste. Den Zeitplan kannte er auswendig. Das Objekt, logischerweise Objekt B, joggte jeden Dienstag und Donnerstag – mit seltenen Abweichungen – den Kiesweg entlang, wobei Regen kein Faktor zu sein schien, der jemanden im Haus hielt, den es fünfmal pro Woche ins Fitnessstudio trieb. Auch an diesem Abend gab es keine Unregelmäßigkeiten, denn er hatte überprüft, dass Objekt B seine Wohnung planmäßig verlassen und die Joggingrunde begonnen hatte. Objekt B trug sogar eine neonorange reflektierende Sportjacke, was ebenfalls sehr hilfreich war.

Um seine Schuhe hatte er ein neues Paar schwarzer Ledersäckchen geschnürt, die er jetzt noch einmal zurechtzog. Der Regen war zwar ein guter Verbündeter, aber er hatte nicht vor, den Polizeitechnikern auch nur ansatzweise das Geschenk einer hinterlassenen Spur zu machen. Seine Vorbereitungen waren eine exakte Wiederholung derjenigen der ersten Mission gewesen. Disziplin und Vorsicht bedeuteten Überleben.

Zuerst die Dusche. Acht Minuten plus drei Minuten und dreißig Sekunden unter eiskaltem Wasser. Danach, Körper und Schädel sorgfältig rasiert, hatte er sich im Keller angezogen. Ein komplett neuer Satz schwarzer Kleidung von seiner Einkaufstour in Hamburg. Die Kleider der ersten Mission hatte er längst in einer Kiesgrube weit außerhalb der Stadt verbrannt.

Schwarze Socken, schwarze Unterhose, lange Funktionsunterwäsche, ein schwarzes T-Shirt, schwarze Regenbekleidung, eine schwarze Sturmhaube und schwarze Handschuhe.

Er war der Panther.

Regen tropfte vom Rand seiner Kapuze, als er im Dunkel vor der Hecke einen entfernten Schatten wahrnahm. Konzentriert starrte er in die Richtung der Bewegung. Tatsächlich … Der Schatten färbte sich orange, als Objekt B in die schwachen Scheinwerferstrahlen der oberhalb des Kieswegs gelegenen Industrieanlage lief. Auf einem knapp einhundert Meter langen Streifen waren die krummen Bäumchen auf dem Feld in ein fahles Licht getaucht, wie auf einem Schlachtfeld, das er einmal überquert hatte.

Jetzt hatte Objekt B den Lichtstreifen hinter sich gelassen. Nur noch dreihundert Meter.

Er hob sein Fahrrad an und trug es die wenigen Stufen bis zu dem kleinen gewölbten Tunnel hinunter, durch den der Weg unter der Eisenbahnbrücke hindurch und weiter ins Grüne führte. Hier kannte er sich gut aus, war den Rundweg schon selbst unzählige Male gelaufen. Im Tunnel war es stockfinster. Der Boden bestand aus massiven Holzplanken, da unter ihnen ein kleiner Bach floss.

Er legte das Fahrrad quer in die schmale Passage, kniete sich auf die Bretter und schaltete die starke Taschenlampe ein, die er so platzierte, dass sie die kleine Szene möglichst gut beleuchtete.

Mit der rechten Hand griff er unter die Regenjacke, und seine Finger schlossen sich fest um den Pistolenschaft. Der Schalldämpfer war zwar nicht besonders lang, aber er machte die Waffe trotzdem ein wenig unhandlich. Jetzt lag sie schwer und ruhig in seiner Hand.

Er war bereit.

Als Erstes registrierte er das Geräusch von knirschendem Kies und aufspritzendem Wasser aus den Pfützen auf dem Weg. Ein schwerer und fester Lauf, der sich jetzt verlangsamte. Objekt B wusste, dass man auf den Stufen zum Tunnel im Dunkeln vorsichtig sein musste. Eilige Schritte ertönten, also war das Licht seiner Taschenlampe jetzt zu sehen.

Er blieb weiter knien und hielt sich die rechte Schulter mit der linken Hand, so als hätte er sich verletzt.

»Was soll das denn?«

Er hörte die tiefe Stimme von Objekt B, ehe er aufsah.

»Was ist los mit dir, verdammt? Du versperrst den ganzen Tunnel!«

Objekt B blieb auf der anderen Seite des Fahrrads stehen – wie geplant. Er selbst rappelte sich unter schmerzvollem Stöhnen langsam auf.

»Sorry … So ein Mist, ich bin gestürzt …«

»Heb dein Scheißfahrrad auf und fahr ins Krankenhaus, wenn es so schlimm ist.«

»Ja …«

Er griff nach der Taschenlampe und richtete sich ganz auf. Blitzschnell hielt er den Lichtkegel direkt in das Gesicht von Objekt B, zog die Pistole, streckte den Arm und zielte.

»Du Idiot! Du …«

Die Zeit blieb stehen.

Es war, als liefe alles in einzelnen, wie festgefrorenen Bildern ab. Dunkel. Grelles Licht. Erstaunen. Plopp, das dumpfe Knallen des Schalldämpfers. Große, weiße Augen. Ein Punkt. Rosa. Die Stirn.

Objekt B kippte nach hinten. Als Letztes schlug sein zerstörter Hinterkopf auf dem Bretterboden auf.

Er schwenkte den Strahl der Taschenlampe über den orangegekleideten Körper. Dann machte er einen großen Schritt über das Fahrrad, richtete die Waffe auf das Herz und spannte den Finger ein zweites Mal um den Abzug.

Delete … Mission accomplished.

Erst als er die Wohnungstür hinter sich verschlossen hatte, erlaubte er sich, die Wachsamkeit herunterzufahren. Zwischen dem Punkt, an dem er mit dem Rad losgefahren war, und seiner Rückkehr zum Fahrradständer im Hinterhof lagen sechsundsiebzig Minuten Arbeit unter höchster Konzentration.

Er ließ sich aufs Sofa sinken, lehnte sich zurück und schloss die Augen. In Gedanken ging er nochmals alles detailliert durch, hielt sich aber nicht mit der eigentlichen »Liquidierung« des Objekts auf, sondern befasste sich mit allem anderen rund um die Mission.

Er hatte keine Spuren bei der Observierung des Hauses von Objekt B in Kvaglund hinterlassen, und der Regen hatte sämtliche Reifenabdrücke des Fahrrads auf dem Kiesweg weggespült. Sicherheitshalber hatte er das Fahrrad trotzdem bis zur asphaltierten

Straße an der Berufsschule getragen, deren weiträumiges Gelände zwischen dem Spangsbjerg Møllevej und dem Waldstreifen mit den Rundwegen lag. Dort hatte er seinen kleinen Rucksack in einem Busch versteckt und war auf dem festen Untergrund in Gummistiefel gestiegen, hatte die Sturmhaube gegen eine normale Mütze getauscht und war dann, die Kapuze der Regenjacke fest ums Gesicht gezurrt, in Richtung Stadtzentrum gefahren. Keine Menschenseele war unterwegs gewesen. Kurz danach hatte es zu stürmen begonnen.

Morgen früh wartete lediglich eine letzte Aufgabe auf ihn: Waffe und Ausrüstung loswerden. Letztere würde er wieder verbrennen. Die Pistole, eine Makarow 9 mm, die Standardwaffe der ehemaligen Länder des Warschauer Pakts, würde in einem Weiher landen.

Er öffnete die Augen wieder und starrte an die Decke. Leere … War es nicht das, was ihn gerade erfüllte? Er fühlte sich voller – Leere. Es war kein schlechtes Gefühl, eher wie Erleichterung. Erlösung nach vielen Monaten der Planung. Die beiden Aufgaben, die er sich selbst gestellt hatte, waren perfekt gelöst. Jetzt musste er einfach abwarten, welche Wendung das Leben nehmen würde.

In jedem Fall hatte er sich selbst weiter erforscht. Er konnte sich noch immer fokussieren, alles andere ausblenden und ein Ziel verfolgen.

Nach der ersten Mission hatte er geglaubt, er würde sich für einige Tage treiben lassen. So wie früher – hemmungsloser Rausch und schlafende Dämonen. Aber so war es nicht gekommen. Er hatte keinen Tropfen angerührt, weder Whisky noch etwas anderes. Denn die zweite und letzte Mission hatte den gesamten Raum eingenommen.

Er hatte den Fokus aufrechterhalten.

Langsam stand er auf und ging zum Regal neben dem Fernseher. An der Wand waren mit Reißbrettstiften zwei Fotos befestigt. Links prangte das Konterfei von Objekt A. Das Bild war in der Mitte in zwei Streifen gerissen, die übereinandergelegt an der Wand hingen. Er nahm Objekt B herunter, riss das Foto durch, legte die Hälften übereinander und presste den Reißbrettstift mitten hindurch.

Entzweigerissene Gesichter. Abschaum, von der Erde getilgt. Ausgelöscht.

Darunter hingen drei kleine gerahmte Fotos. Sie waren kostbar. Mit dem Feuerzeug aus dem Regal zündete er die drei Teelichter an. Dann setzte er sich wieder aufs Sofa.

Reglos saß er in der dunklen Wohnung und schaute sie einfach nur an. Draußen hörte er den Wind heulen.

Es kam ihm vor, als stünden die drei Flammen ruhiger als sonst. Ihr rastloses Flackern war verschwunden.

4

Er flog seinem eigenen Untergang entgegen, gefesselt in einem Flugzeug, das ihn im Dunkeln an ein unbekanntes Ziel brachte.

Er wusste nur, dass vor ihm Gesetzlosigkeit, Einsamkeit und schlimmere körperliche und seelische Schmerzen lagen, als ein Mensch sich jemals vorzustellen vermochte.

Nein, er wusste mehr als das. Er wusste auch, dass sich sein Leben dem Ende näherte und dass er seine Liebsten mit großer Wahrscheinlichkeit nie wieder sehen würde.

Wie war es so weit gekommen?

Er hatte keine Antwort darauf. Wirklich belastbare Fakten hatte er in den letzten Tagen nicht sammeln können, aber immerhin konnte er abschätzen, dass die Maschine einem östlichen oder südöstlichen Kurs folgte. Sie waren in Keflavík abgehoben, und ausgehend von der Platzierung der Gebäude unter ihnen glaubte er zu wissen, dass sie zunächst in südlicher Richtung an Höhe gewannen, um anschließend einen Knick nach Osten zu machen. Aber sicher war er nicht. Vielleicht hatte er auch deshalb ein Gefühl für den Kurs der Maschine, weil er ahnte, was ihm bald widerfahren würde.

Denn das, was ihm bevorstand, geschah in der Regel an einem weit entfernten und unwahrscheinlichen Ort – zum Beispiel in einem abgelegenen Gebiet in Polen, Rumänien, Bulgarien – oder im Nahen Osten. Zumindest war es das, woran er sich aus den Medien erinnerte.

Inzwischen waren dreizehn Tage vergangen. Es kam ihm so surreal vor. Gerade war er noch fröhlich und zufrieden an einem sonnigen Nachmittag auf dem Weg zum Einkauf im ICA-Supermarkt gewesen, und im nächsten Augenblick saß er isoliert in einem kleinen Zimmer auf Island. War die Welt komplett verrückt geworden? Oder war er derjenige, der den Verstand verloren hatte? Wie war so etwas in einer zivilisierten Welt überhaupt möglich?

Immerhin waren sie höflich und korrekt gewesen, die Amerikaner, die sich im Team um ihn gekümmert und ihn befragt hatten. Ihm wurde kein Schaden zugefügt, aber offensichtlich hatte er nicht die Antworten geliefert, auf die sie aus waren. Sonst säße er nicht hier.

Es kam ihm vor, als sei das Ganze nur eine Art Vorspiel, eine vorbereitende Phase gewesen. Ein einleitendes Manöver, förmlich und routiniert, und als es nicht zu den gewünschten Ergebnissen führte, schickte man ihn in die Hölle, um zu beobachten, wie er die dortigen Prüfungen meisterte.

Er hatte noch nie Angst gehabt zu sterben. Bis heute. Seine Frau und die beiden Kleinen machten den großen Unterschied aus. Er musste den Glauben in seinem Herzen bewahren. Dafür beten, dass sie eines Tages wieder vereint wären, *inschallah*.

Zwei Begleiter flogen mit ihm. Den einen hatte er im Lauf der vergangenen dreizehn Tage studieren können, aber der andere, ein stämmiger und rotwangiger Mann mit rotblondem Haar, hatte nicht an den Sitzungen im Verhörzimmer mitgewirkt. Jetzt saß dieser Kerl auf dem Platz ganz vorne rechts, der Sitz links von ihm sowie die beiden Plätze in der mittleren Sitzreihe waren leer. Er selbst und der Begleiter, den er bereits kannte, ein jüngerer Kerl mit schwarzem Bürstenschnitt, befanden sich in der hintersten Sitzreihe. Er links vom schmalen Mittelgang, sein Bewacher rechts davon. Der Mann gähnte, schaltete das Leselicht ein und schlug eine Zeitung auf.

Wahrscheinlich würde das Flugzeug zwischenlanden, um

Treibstoff nachzutanken. Trotz allem war es ein weiter Weg von Island bis nach Rumänien, falls sie also wirklich dorthin flogen.

Sein Körper protestierte, die vornübergebeugte Sitzhaltung strengte ihn an. Die Handschellen waren um einen Metallbügel geführt, der mit der Wand und dem Boden des Flugzeugs fest verschraubt war. Deshalb war es ihm nicht möglich, sich zurückzulehnen und auszuruhen.

Bei der Ankunft hatten sie ihm einen Baumwoll-Jogginganzug und ein Paar Hausschuhe ausgehändigt. Jetzt hatte er seine eigene Kleidung und Schuhe wieder zurückbekommen, sonderbarerweise. Trugen Leute wie er sonst nicht immer Overalls? Hmm, vielleicht war das nur im Fernsehen so …

Was war das? Sein Blick fiel auf einen kleinen Gegenstand unter dem Vordersitz, der im Licht der Lampe über ihm ein wenig glänzte. Anscheinend steckte der Gegenstand dort unten fest.

Er schielte nach rechts. Der Mann mit dem Bürstenschnitt hatte den Mund leicht geöffnet, und der Kopf neigte sich ein wenig auf die Schulter. Für einen kurzen Moment hob sich der Kopf, dann sank er wieder nach unten. Offensichtlich kämpfte sein schwarzhaariger Bewacher gegen den Schlaf an.

Nach vorne behinderten die Handschellen seine Bewegungsfreiheit kaum, also rutschte er auf dem Sitz vor, beugte sich nach unten und steckte eine Hand in den Spalt zwischen dem Boden und dem Vordersitz. Seine Finger schlossen sich um ein Stück Metall, und er zog die Hand zurück. Rechts von ihm schlief sein Bewacher mit offenem Mund.

Was jetzt in seiner Hand lag, war ein Messer. Ein solides Buttermesser aus Edelstahl. Er studierte es genau, die Form, die Materialdicke, er fühlte das Gewicht, die Stärke und die Schwächen. Plötzlich hob der Mann rechts von ihm ruckartig den Kopf, und er verbarg das Messer schnell wieder.

Es war kein richtiges Messer, und erst recht kein Schraubenzieher – einfach nur ein Messer, mit dem man aß. Vielleicht hatte sich jemand damit an Bord ein Butterbrot geschmiert und es dann fallen lassen. Es konnte schon seit Jahren dort gelegen haben.

Womöglich hatte der Chef der Firma auf dem Weg zu Geschäftsverhandlungen im Ausland hier gesessen und Kaffee getrunken. Der Chef von … Er versuchte, sich an den Namen zu erinnern, der diskret auf der Seite des Fliegers stand. Er beugte sich vor und zog eine Serviette mit dem Firmenlogo aus der Sitztasche vor ihm. Der Name darauf war derselbe wie auf dem Flugzeug. »Skúlason Constructions International«. Er saß in der Maschine einer isländischen Baufirma – oder gehörte sie ihr gar nicht?

Er legte die Hände um den Metallbügel und blickte wieder aus dem Fenster ins große Nichts. Der Gedankenstrom in seinem Kopf rauschte weiter. Deutlich sah er ihre Gesichter … Drei Menschen – sein ganzes Leben.

Vorsichtig rüttelte er am Bügel. Der schwarzhaarige Bewacher neben ihm wurde nicht wach. Ein wenig gab der Bügel nach. Nicht am Boden, aber dort, wo er an der Bordkabinenwand befestigt war. Der Bügel musste eigens zu diesem Zweck hier angebracht worden sein, denn etwas so Hinderliches gehörte nicht zur Standardausstattung eines Passagierjets. Und Skúlason Constructions International transportierte wohl kaum angekettete Bausklaven mit dem Flugzeug.

Eine Plastikmuffe verdeckte die Stelle, an der der Bügel mit der Bordwand verschraubt war. Er steckte das Messer darunter und versuchte, sie aufzuhebeln. Nach ein paar Versuchen knackte etwas, und er konnte die Muffe auf den Bügel schieben. Er war mit drei Schrauben befestigt, drei Schrauben mit ganz gewöhnlichen Schlitzen. Eine saß sogar ein wenig schief.

Im Dunkeln vor dem Fenster tauchten wieder ihre Gesichter auf. Seine geliebte Britt, der kleine Mats und die kleine Annika … Sie lächelten ihm zu.

Er sah auch das kleine, grelle Licht auf dem Flügel. Es gab ihm Halt. Das Licht war real, das Flugzeug war real, die Handschellen, der Bügel, der Schmerz.

Er wog das Buttermesser in der Hand. War es möglich? Und wenn ja, was passierte danach? Er versuchte, sich die vielen verschiedenen Handlungsmöglichkeiten und ihre wahrscheinlichen Konsequenzen vorzustellen. Das Leben bestand aus Entscheidungen. Manchmal blieb einem viel Bedenkzeit, andere Male nur wenig. Aber entscheiden … musste man sich immer.

La ilaha illa Allah, wa Muhammad rasul Allah. Es gibt keinen Gott außer Allah, und Mohammed ist sein Prophet.

Dann traf er seine Entscheidung.

5

Er schraubte mit dem leichten Schnarchen seines Bewachers um die Wette, dessen Kopf inzwischen wieder schlaff auf der Schulter ruhte. Es hatte eine halbe Ewigkeit gedauert, bis der Mann erneut eingeschlafen war; zuerst war er aufgestanden und hatte sich weiter vorn mit seinem rotblonden Kollegen unterhalten, dann hatte er noch eine Weile Zeitung gelesen, bevor er wieder eingeschlafen war.

Sein Blick wanderte im Dreieck zwischen dem Bewacher neben ihm, dem breit gebauten, rotblonden Mann vorne rechts – und dem Buttermesser, das er so fest umklammerte, dass ihm die Kanten in die Finger schnitten.

Die Armbanduhr hatten sie ihm nicht zurückgegeben. Daher ahnte er nicht, wie lange er sich schon mit den drei Schrauben abmühte. Er schien beinahe selbst in dem Dreieck zu verschwinden, das er durch seine immense Konzentration formte. Es gab nur die beiden Bewacher und seine angeketteten Hände mit dem Messer. Alles andere hatte das Dreieck verschluckt. Verschwanden auf diese Weise nicht auch Dinge im Bermudadreieck? Als er sich dazu entschloss, den Versuch zu wagen, endete sein innerer Dialog über die Optionen, Konsequenzen und Risiken. Und auch die Bilder von Britt, Mats und Annika lösten sich in Luft auf.

In diesem Moment waren seine arbeitenden, schweißnassen Hände und das glatte Edelstahlmesser alles, was existierte. Und die Schrauben … Jetzt gab auch die dritte und letzte nach. Sie saß am festesten in der Bordwand.

Er beugte sich nach links und nutzte sein Körpergewicht. Sein linker Daumen schmerzte höllisch vom Drücken gegen die Messerschneide, damit das Messer nicht aus dem Schraubenschlitz sprang, während er es mit der rechten Hand fest umschlossen hielt und immer weiter drehte. Der Messergriff bildete den Hebel, der die ganze Operation erst möglich machte. Mit jeder Drehung ragte der Schraubenkopf ein kleines Stück weiter heraus.

Zuletzt lag sie in seiner Hand, die Schraube. Er hatte sie alle drei bewältigt, mit einem einfachen Messer, das tiefrote Striemen auf seiner Haut hinterlassen hatte.

Ohne Probleme bog er den Metallbügel nach hinten und führte die Kette der Handschellen durch die entstandene Lücke. Für einen kurzen Augenblick lehnte er sich im Sitz nach hinten, sodass er endlich seinen Rücken entspannen konnte.

Ein letztes Mal ging er in Gedanken die nächsten Sekunden durch. Er wollte keinen tödlichen Schlag abgeben, aber jetzt war er schon so weit gekommen … Lieber schlug er zu fest zu als zu sanft. Es galt er oder sie. Er holte tief Luft.

Bis zur hinteren Wand der Kabine waren es nur wenige Schritte, dort hing ein kleiner Feuerlöscher. Vorsichtig stand er auf, schlich nach hinten und löste den roten Metallzylinder. Er lag schwer in seiner rechten Hand.

Der Schlag gegen den Hinterkopf der Wache war präzise und hart. Noch bevor der Körper des Mannes zur Seite kippte, eilte er weiter nach vorn. Sein zweiter Bewacher schaffte es gerade so, den Kopf zu drehen, ehe er ihm den Feuerlöscher mit Gewalt gegen die Schläfe rammte. Ohne innezuhalten oder auch nur für den Bruchteil einer Sekunde zu zögern, riss er die Tür zum Cockpit auf, zerrte dem Piloten das Headset vom Kopf, zog den Stecker und hielt den Feuerlöscher drohend über ihn, bereit zuzuschlagen.

»Sitzen bleiben! Fliegen Sie weiter! Und tun Sie, was ich sage!«

Angst flackerte in den Augen des Piloten auf, doch er nickte.

»Der Transponder. Wo ist er?«

»Transponder? Ich verstehe nicht … Wovon reden Sie?« Der Pilot rang um Luft.

Er stieß dem Piloten den Feuerlöscher seitlich in die Rippen. Der Mann heulte vor Schmerzen auf.

»Ich frage noch einmal. Wo sitzt der Transponder?«

Auch wenn er ihn nicht unmittelbar lokalisieren konnte, schätzte er sich glücklich über sein Flugzeugwissen.

Der Pilot deutete auf eine der vielen Knopfreihen zwischen den Instrumenten und Anzeigen im Cockpit.

Er beugte sich über den Mann hinter dem Steuer und drückte selbst auf »Off«. Damit verschwand das Flugzeug vom Radarschirm all derer, die es momentan beobachteten. Und damit war auch die Gefahr gebannt, dass der Pilot den Hijacking-Code eingab, mit dem er den Signalmodus ändern und der Welt mitteilen konnte, dass jemand das Flugzeug gekapert hatte.

»Lassen Sie den Autopiloten angeschaltet, stehen Sie langsam auf und gehen Sie vor mir her. Eine falsche Bewegung und ich zertrümmere Ihnen den Schädel!«

Der Mann gehorchte und ließ sich aus dem Cockpit in den hinteren Teil des Flugzeugs bringen. Er machte einen gequälten Eindruck, so als wären mehrere seiner Rippen gebrochen.

»Stehen bleiben, keine Bewegung!«

An der vordersten Sitzreihe machten sie Halt, und er durchsuchte die Taschen des rotblonden Bewachers, in denen er zum Glück schnell fand, was er brauchte: Die Handschellenschlüssel. Nach einigem Herumhantieren schaffte er es, seine Hände zu befreien. Er befühlte den Hals der Wache. Ja, der Mann hatte Puls. Dann nahm er die Pistole aus dem Schulterholster unter der Jacke und richtete sie auf den Piloten.

»Sie verhalten sich ganz ruhig, verstanden?«

Der Pilot nickte. Die Augen des Mannes waren schmal vor Schmerzen.

Er schnallte das Holster des Bewachers ab, zog das Notizbuch aus der Innentasche des Jacketts und sah es durch. Falls es einen offiziellen Ausweis enthielt, würde er ihn einstecken, aber natürlich gab es kein solches Dokument.

Dann ging er hinüber zu dem anderen bewusstlosen Mann, rollte ihn auf den Bauch, zog ihm das Tweedsakko aus, löste das Schulterholster und kontrollierte alle Taschen. Mit demselben Ergebnis. Mehrere Kreditkarten und andere Ausweise – aber nichts, das irgendetwas über einen Auftraggeber verraten hätte. Er legte dem Mann zwei Finger an den Hals. Sein Schlag mit dem Feuerlöscher war zwar hart gewesen, aber auch dieser Kerl lebte noch.

Eine Reihe von Erschütterungen ließ das Flugzeug beben, und er musste sich auf den Boden setzen, um nicht das Gleichgewicht zu verlieren. Der Pilot umklammerte eine Sitzlehne und hielt sich auf den Beinen.

»Zurück ins Cockpit, schnell!«, zischte er und hob drohend die Pistole.

Er ging dicht hinter dem Piloten und blieb an der Tür stehen, um ihn von dort in Schach zu halten. Alles war so schnell gegangen – und viel einfacher, als er sich vorzustellen gewagt hatte. Alles, was er bislang unternommen hatte, war gut gegangen, und es kam ihm beinahe so vor, als sei es in einer einzigen großen und fließenden Bewegung geschehen.

Aber was nun? Die Frage traf ihn mit der Macht einer inneren Erschütterung. Das Flugzeug wurde von Neuem durchgerüttelt.

»Was passiert da?«

Er musste sich auf den Platz neben dem Piloten setzen, auf dessen Gesicht ein verbissener Ausdruck prangte.

»Wir sind auf dem Weg in ein Unwetter. Eines von der heftigen

Sorte. Was zur Hölle haben Sie sich dabei gedacht? Sind Sie verrückt, oder was?«

Anscheinend hatte der Pilot den ersten Schock überwunden.

»Verrückt? Gut möglich … Beziehungsweise, ich hoffe, es zu vermeiden. Wohin fliegen wir?«

»Rumänien.«

»Wohin in Rumänien?«

»In die Nähe von Braşov, Transsilvanien.«

»Dracula. Wie passend. Wo sind wir jetzt?«

»Über der Nordsee.«

»Treibstoff?«

»Geplant war eine Zwischenlandung zum Tanken in Esbjerg, Dänemark.«

»Wann?«

»Voraussichtliche Landung in fünfunddreißig Minuten.«

»Haben Sie eine Karte? Eine Landkarte?«

Der Pilot nickte, kramte in einer Seitentasche und reichte ihm eine Kartenauswahl, als das Flugzeug erneut zu tanzen begann und eine Reihe von Blitzen links von ihnen aufflammte.

»Und was in aller Herren Namen haben Sie jetzt vor? Wo wollen Sie hin?«, rief der Pilot.

»Fliegen Sie einfach«, antwortete er schulterzuckend.

»Sie haben keine Chance. Stoppen Sie diesen Wahnsinn, solange noch die Möglichkeit besteht, lebend aus der Sache rauszukommen. Sie können nicht …«

»Halten Sie den Mund!«

Ratlos blätterte er durch die Karten. Er war an einem Punkt, an dem er zwar zu einer Handlung in der Lage war, aber die daraus folgenden Konsequenzen konnte er unmöglich überblicken. Einige der Karten besah er sich genauer, während das Flugzeug erneut in heftige Turbulenzen geriet.

Er studierte drei der Landkarten noch einmal, minutiös und

mit einer Konzentration, die die schlimmste Übelkeit in Schach hielt. Von ihren Touren ins schwedische Fjäll wusste er, dass es das eine war, auf eine Karte zu schauen. Von oben waren Wälder grün, Erhebungen braun, kleine Striche bedeuteten Moore, und blaue Linien standen für Bäche oder Flüsse. Etwas ganz anderes aber war es, mitten in der Natur zu stehen, wo selbst ein niedriger Busch ein unüberwindbares Hindernis darstellen konnte. Aber er *musste* sich entscheiden.

Zwei Landkarten legte er zur Seite und vertiefte sich in die dritte. Vielleicht täuschte er sich, aber sie erschien ihm zuverlässiger als die anderen, steigerte seine ohnehin schon geringen Erfolgsaussichten.

Er faltete die Karte ein wenig zusammen und hielt sie dem Piloten hin.

»Billund liegt dort, wo mein Zeigefinger ist … Wo befinden wir uns gerade, in etwa?«

Der Pilot deutete aufs Meer.

Er warf einen weiteren Blick auf die Karte, wägte seine Entscheidung ein letztes Mal blitzschnell ab: Vorteile? Nachteile?

Dann hielt er dem Piloten die Karte wieder hin, deutete auf einen Ort und gab seine Anweisungen.

6

Die Autoscheinwerfer ließen die Vogelbeeren in der Dunkelheit aufglühen, als sie auf das große Gelände des Ausbildungszentrums EUC Vest abbog, das man früher einmal Berufsschule genannt hatte.

Vogelbeerensträucher flankierten die Straße auf beiden Seiten, die abwärts an einer Reihe mit großen Hallen vorbeiführte, von denen jede mit einem Buchstabenschild versehen war. F für die Elektronikfächer, E für Dienstleistungsfächer, C für Metallverarbeitung, A für Maler und so weiter.

Fehlte nur ein Schild mit M für Mord … »Portland, aufstehen! Wir haben noch einen …«, rief sie sich Birkedals Worte in Erinnerung. Er hatte keine Zeit mit einer Begrüßung, einem Guten Morgen oder anderen Banalitäten verplempert.

»Noch einen was?« Nina hatte tief geseufzt, als es in der Leitung explodierte.

»Einen Mord, verdammt! EUC Vest, Spangsbjerg Møllevej, jetzt!«

Weg war er. Und wie ein dienstbeflissener Zirkusgaul, der einen Hauch Sägemehl schnuppert, war sie aus dem Bett gesprungen. Vielleicht schaffte sie es ja als Erste an den Tatort?

Sie kam an einer kleinen Gruppe dunkler Gestalten vorbei, die an der Haltestelle auf der anderen Straßenseite auf die Regionalbahn nach Varde und weiter nördlich warteten.

Es war früh. So früh, dass es noch dunkel war. Zwar wurde es Anfang Oktober noch verhältnismäßig schnell hell, aber die Tage wurden kürzer.

Nina stellte den Rückspiegel gerade, während sie im Leerlauf an den Werkstatthallen der Schule vorbeirollte. Ihr kastanienbraunes Haar hatte sie im Nacken zu einem kurzen Zopf gebunden, und trotzdem wirkte es zerzaust. Sie fischte einen Lippenstift aus der Tasche und trug etwas Rot auf. Jetzt sah sie ganz akzeptabel aus, und mit einem übertrieben gepflegten Äußeren fühlte sie sich ohnehin nicht wohl.

Die Ermittlungen im Osmanović-Fall stagnierten seit Anfang der Woche. Gestern Abend hatte sie eine Diskussionsveranstaltung mit dem Motto »Dänische Volksdichtung trifft auf Mohammed« in der örtlichen Bibliothek besucht. Offiziell im Rahmen ihrer Arbeit als PET-Kontakt des Polizeipräsidiums, aber das Thema interessierte sie auch persönlich. Außerdem wollte sie die Gelegenheit nutzen, um Informanten zu treffen und nach Osmanović zu fragen.

Allerdings hatte sich der ganze Aufwand als zwecklos herausgestellt. Niemand konnte mit neuen Informationen über Merzuk Osmanović aufwarten. Und das imaginäre Aufeinandertreffen zwischen dem historischen dänischen Theologen, Psalmendichter und Gelehrten Grundtvig und dem islamischen Propheten war ebenfalls eine Enttäuschung gewesen.

Jetzt sah sie das rot-weiße Flatterband, das ein Stück weiter vorn die erste Absperrung markierte. Links davon parkte ein Streifenwagen. Sie fuhr etwas entfernt davon an die Seite und stellte ihr Auto ab. Birkedals Privatwagen war der einzige, den sie kannte.

Nina ging auf die Absperrung zu, während das Blaulicht des Streifenwagens kalte Schatten auf die Bäume und Büsche warf. Ein blauer Herbst. Blau – und blutig …

Einer ihrer Kollegen vom örtlichen Polizeirevier saß im Streifenwagen und hatte das Fenster heruntergelassen. Sie winkte ihm zu.

»Guten Morgen, wo muss ich hin?«

»Geradeaus den Weg entlang und dann runter zum Bach unter der Eisenbahnbrücke. Du kannst es gar nicht verfehlen.«

Nina stieg über das Absperrband und folgte dem Kiesweg. Ein Stück weiter links war ein weiterer Zugangsweg abgesperrt. Vorläufig würde ein ziemlich großer Teil des Gebiets für die Öffentlichkeit nicht zugänglich sein.

Der Grüngürtel war lang, er erstreckte sich von hinter Kvaglund bis zur Küste, wurde dazwischen aber vom Storebæltsvej, der Eisenbahnlinie, der Stormgade und vom Spangsbjerg Møllevej in kleinere Abschnitte geteilt. Nina kannte die Gegend von ein paar Joggingtouren, meistens drehte sie ihre Runden aber im Vognsbølparken.

Der Lichtkegel einer Taschenlampe schien auf. Ein Kollege sperrte gerade den Weg auf der anderen Seite des Bachs ab. Aus dem Inneren des kleinen Tunnels drang ein schwacher Lichtschein.

»Bist du das, Birkedal?«, rief sie.

»Ja!«

»Kann ich näher kommen?«

»Ja, wenn du nicht herumtrampelst.«

Aus Rücksicht auf die Techniker musste ein Tatort stets mit Vorsicht betreten und dann versiegelt werden.

»Hallo, da drüben, sieh endlich zu, dass der Weg abgesperrt wird!«

Polizeiinspektor Erik Birkedals Stimme donnerte aus dem Inneren des Tunnels und und trug bis zu dem Beamten auf der anderen Seite des Bachs.

Vorsichtig stieg Nina die Stufen aus alten Bahnschwellen hinab zur Unterführung, durch die der kleine Bach floss.

»Morgen, wie …«, setzte Nina im selben Moment an, in dem ein Zug über ihren Kopf hinweg ratterte.

»Was? Ich verstehe kein Wort!« Birkedal drehte sich zu ihr um, und sie erhaschte einen Blick auf den gereizten Ausdruck in seinem Gesicht, als der Lichtstrahl seiner Taschenlampe darüberglitt.

»Nichts, ich hab nur Hallo gesagt.«

Birkedal ignorierte sie, stand einfach nur da mit seiner zerzausten silbergrauen Löwenmähne. Er richtete die Taschenlampe auf die Leiche.

»Weißt du, wie …«

»Nein! Einen Dreck weiß ich, Portland. Wir müssen ja warten. Und es kann eine Ewigkeit dauern, bis sich diese Trantüten hierherbequemen!«

Mit den Trantüten waren die Kollegen des Kriminaltechnischen Zentrums in Fredericia und der Rechtsmedizin in Århus gemeint. Sie waren nicht gerade bekannt für ihre Schnelligkeit.

»Schwarz, weiß, gelb, grün? Mann, Frau?«

»Hmm, es hat den Anschein, als wäre er ›von einer nicht-dänischen Abkunft‹.«

Nina verkniff sich ein Lachen. Mit exakt dieser politisch korrekten Formulierung hatte Birkedal schon immer seine Schwierigkeiten gehabt.

»Abkunft? Wie wäre es mit nicht-dänischer Auskunft?«

»Zum Teufel, Portland …«

»Ist ja gut, es heißt ›Herkunft‹.«

Birkedal war also wieder stinksauer. Sie konnte sich nicht daran erinnern, wann sie zum letzten Mal ein heiteres Gespräch miteinander geführt hatten.

»Aber soweit ich erkennen kann, hat er eine Kugel in die Stirn bekommen. Und eine ins Herz, richtig?«

Birkedal nickte. »Kennst du ihn?«, fragte er Nina.

»Von hier aus nicht. Gib mir mal die Taschenlampe.«

Grummelnd reichte er ihr die Lampe, und sie trat vorsichtig ein paar Schritte näher. Das Gesicht kam ihr zwar bekannt vor, aber sie wusste nicht, woher.

»Vielleicht ist es derselbe Täter wie bei Osmanović?«, brummte Birkedal.

»Möglich … Aber es ist nicht exakt dieselbe Vorgehensweise. Das mit dem Herz ist neu. Eventuell ein Racheakt? Verfeindete Gangs? Ein Streit um Territorien? Drogen? Wir hatten Osmanović schon eine Weile im Verdacht, zu dealen. Wer hat die Leiche gefunden?«, fragte Nina.

»Ein Mann, der mit seinem Hund unterwegs war. Aber bis auf Weiteres ist alles reine Spekulation. Wir wissen nicht einmal, ob der Hund hier irgendwo hingepisst hat. Wir wissen gar nichts.« Birkedal kratzte sich im Nacken, ehe er fortfuhr: »Wir gehen wieder hoch! Ich will nicht, dass noch mehr Leute hier unten herumtrampeln. Wir halten die Lagebesprechung oben ab, falls denn überhaupt jemand kommt. Thøgersen hat sich auch noch nicht blicken lassen. Sind heute alle am Bett festgekettet, oder was ist los?«

Er wartete nicht auf eine Antwort, sondern scheuchte Nina mit einer zornigen Handbewegung aus dem Tunnel.

Schweigend stiegen sie zum Weg nach oben, in Richtung des blinkenden Blaulichts.

Früher hatten sie ein großartiges Verhältnis zueinander gehabt, ein mehr als großartiges sogar. Manchmal hatte sie den Eindruck gewonnen, dass Erik Birkedal sie als ebenbürtig betrachtete – und dass er sie und ihre Art tatsächlich mochte.

Es war in Ordnung für sie gewesen, dass Birkedal strenger mit ihr umging und höhere Ansprüche an sie stellte als an andere. Er tat das, weil er sicher war, dass sie es zu schätzen wusste, oder weil er sie gern herausforderte. Und dann gab es da noch seine Angewohnheit, sie beim Vornamen zu nennen, wenn er sie über die unsichtbare Linie bat, die er gezogen hatte. Nina erinnerte sich genau, wann er sie zuletzt so genannt hatte.

Sie starrte auf seinen abweisenden Rücken, während sie die Stufen nach oben stiegen.

Zuletzt hatte er die vier Buchstaben N-i-n-a während eines Gesprächs in seinem Büro ausgesprochen, das er damit beschloss, sie eine »arrogante, sture Zicke« zu nennen. Das war vor mehreren Monaten gewesen. Seitdem wartete sie geduldig darauf, dass sein Ärger verflog und er ihr »vergab«. Vielleicht nicht, indem er das Thema direkt ansprach, aber indem ihr Arbeitsverhältnis wieder normale Züge annahm.

Doch das geschah nicht.

Polizeiinspektor Erik Birkedal war offensichtlich enttäuscht. Sie hatte sich dazu entschlossen, den Führungskurs der Polizei nicht fortzusetzen. Den Kurs, den sie unterbrochen hatte, um in einem Fall zu ermitteln, bei dem es um eine Leiche bei den Kohlehalden am Kraftwerk gegangen war. Hatte Birkedal wirklich so große Ziele, was ihre Karriere betraf? Hielt er so viel von ihr und ihrem Talent, dass er für sie nur das Beste im Sinn hatte – also einen Posten in der Chefetage – und sich mit dem Gedanken an etwas Geringeres auf gar keinen Fall abfinden konnte?

Auf jeden Fall war ihre Absage der Auslöser für seinen Zorn gewesen.

Im wahrsten Sinne des Wortes hatte sich eine Polizeireform zwischen sie gestellt. Nina hatte ihren Ausstieg aus dem Führungskurs damit gerechtfertigt, dass sie diese Reform niemals mittragen könnte. Wie sollte sie jeden Morgen in den Spiegel blicken, wenn sie eine Reform verteidigen musste, die ihre geliebte Polizei zu zerstören drohte? Von einer Führungskraft erwartete man schließlich Loyalität. Eine Loyalität, die sie nicht besaß. Nicht zu diesem Zeitpunkt.

Während sie Birkedal ihre Kritikpunkte nacheinander an den Fingern aufzählte, hatte sein Gesicht immer glühendere Farben angenommen.

»Du arrogante sture Zicke«, brüllte er schließlich. »Raus!«

Der auf die Tür gerichtete Zeigefinger sprach eine ebenso deutliche Sprache. Nina war kurz davor gewesen, ihrem Chef Ausdrücke desselben Kalibers an den Kopf zu schleudern. Offenbar besaß sie aber noch eine Spur Vernunft, die sie dazu bewogen hatte, es nicht zu tun. Jedenfalls hatte sie Birkedals Büro sofort verlassen. Und seitdem war sie eben »Portland« und nicht mehr »Nina«.

Birkedal lief auf das rot-weiße Absperrband zu wie ein Geher auf die Ziellinie, sprengte das Band aber nicht, da im selben Moment Thøgersen in seinem alten Toyota angerauscht kam und ihn neben Birkedals Wagen abstellte.

Der Polizeiinspektor hob den linken Arm und starrte demonstrativ auf seine Armbanduhr.

»Guten Morgen«, grüßte Gunnar Thøgersen und trottete mit marathonleichten Schritten auf sie zu. Wie immer trug er seine hellbraune Wildlederjacke, die nur wenig jünger war als sein Auto.

Er schenkte der Pose seines Vorgesetzten keine Beachtung, die als Skulptur wohl den Titel »Empörter Polizeiinspektor mit Uhr« getragen hätte.

Ninas Sohn Jonas hätte es ein wenig umgangssprachlicher ausgedrückt: »Stinksaurer alter Bulle zeigt auf seine Plastikuhr.«

Als Nächstes stieg Torsten Monberg aus seinem Wagen. Das versprach, heiter zu werden. Zwei Meter vor seinem zur Skulptur erstarrten Vorgesetzten blieb Ninas Kollege stehen.

»Hallo, und guten Morgen … ich musste erst noch Zähne putzen, und dann mussten wir die Autos in der Einfahrt umparken, tja, und dann …«

Monberg verstummte. Vielleicht hatte er selbst bemerkt, wie albern er klang. Birkedal gab noch immer keinen Ton von sich.

Werner Madsen kam als Nächster an, knallte seine Wagentür zu und nahm sich die Zeit, seine Pfeife anzuzünden, ehe er zu ihnen herüberkam. »Moin«, grüßte er mit einem Nicken in die

Runde und stellte sich neben Nina, ohne Birkedal viel Aufmerksamkeit zu schenken.

Madsen redete nie viel, schon gar nicht frühmorgens. Wenn er einmal in Rente ging, würde Nina ihn schmerzlich vermissen.

Die Scheinwerfer des letzten eingetroffenen Wagens erloschen. Er gehörte Polizeikommissar Johnny Ulbæk, der sich in flottem Trab näherte. Nina stand ruhig da und genoss das Schauspiel.

Ulbæk breitete die Arme zu einer entschuldigenden Geste aus: »Sorry, aber heute war ich damit dran, die Kinder abzuliefern, und wir hätten den Plan auch ge…«

Birkedals Handkantenschlag in die Luft brachte den in fünischem Singsang vorgebrachten Erklärungsversuch zu einem abrupten Ende. Ulbæk war kein gehorsamer Schoßhund wie Monberg, sondern einfach nur ein korrekter, moderner Familienvater. Nina musste an den Morgen draußen beim Kraftwerk denken, als er ihr zum ersten Mal von dem großen Whiteboard in der Ulbæk'schen Küche erzählt hatte, auf dem sämtliche Pflichten und Aufgaben der Familienmitglieder sorgfältig in einen Wochenplan eingetragen wurden.

Sie schielte zu Thøgersen hinüber, dessen Logistikhirn die Sache mit dem Whiteboard liebte. Er lächelte leicht.

Die Polizeiinspektorenskulptur erwachte wieder zum Leben, als Birkedal plötzlich den Arm senkte und sogar zu reden begann.

»Da inzwischen alle so freundlich waren, sich hier einzufinden, können wir ja loslegen«, brummte er. »In dem Gebiet hinter mir liegt eine männliche Leiche, wahrscheinlich Mitte dreißig. Der Kerl liegt in dem Tunnel unter der Eisenbahnbrücke, durch den der Weg aus Kvaglund und der Bach verlaufen. Ein Schuss in die Stirn, ein zweiter in die Herzgegend. Wer das Opfer ist, wissen wir noch nicht. Und ich will nicht, dass noch mehr Leute am Tatort herumstiefeln, deshalb warten wir auf die Kriminaltechnik und die Rechtsmedizin. Die Leiche wurde von einem Spaziergänger gefunden, der mit seinem Hund unterwegs war. Wir haben seine Aussage bereits aufgenommen und ihn nach Hause geschickt. Da es den ganzen Abend und die Nacht hindurch in einer Tour geschifft hat, brauchen wir uns keine großen Hoffnungen auf verwertbare Spuren zu machen. Thøger, du leitest die Ermittlung. Madsen und Monberg, ihr geht heute die Wege im Gebiet hier draußen ab. Hier sind Hundehalter, Jogger und so weiter unterwegs. Und die bewegen sich gewöhnlich auf denselben Routen. Und fragt auch in der Schule nach. Gibt es Putzleute, die abends noch in den Räumen sind und die etwas mitbekommen haben könnten? Ulbæk, du beschaffst die relevanten Telefondaten von den Funkmasten und brauchbare Karten. Außerdem hältst du dich bereit für eine Identifikation, wenn der Kerl untersucht und fotografiert wird. Portland … du fährst wieder zurück und kümmerst dich weiter um Osmanović.«

Birkedal fuhr sich mit einer Hand durch die struppige Mähne und hielt inne.

Ihre Enttäuschung war mit Händen zu greifen. Hier draußen durfte sie also keinen Part übernehmen, sondern sollte sich weiter mit der Osmanović-Ermittlung befassen, die sich immer mehr als Reinfall entpuppte. Es war eine regelrechte Bestrafung, aber im Moment ließ sie es mit Birkedal besser nicht auf einen Streit ankommen.

»Ist das Opfer ein Däne? Ich denke an den Osmanović-Fall …«, fragte sie.

Werner Madsen stieß eine angenehm duftende Rauchwolke aus.

»Der Mann ist anscheinend von einer … nicht-dänischen … *Herkunft*. Weitere Fragen?«, antwortete Birkedal und blickte in die Morgendämmerung.

»Eine Kugel in die Stirn, eine ins Herz. Sieht nach einer Hinrichtung à la Osmanović aus, oder? Gehen wir der Spur nach?«, wollte Ulbæk wissen.

»Nein, Ulbæk. Bevor wir keine weiteren Informationen haben, ziehen wir keine Verbindungen zwischen irgendwas. Auch wenn das nach einem möglichen Ansatz klingt. Wir treffen uns um 16 Uhr im Präsidium – und zwar pünktlich. Dann wissen wir, wer unser Opfer ist, und sehen weiter. Sonst noch was?«

Birkedal schaute fragend in die Runde.

»Offenbar nicht. Thøger, melde dich in Fredericia und Århus. Die Herren und Damen Kriminaltechniker und Rechtsmediziner sollen ihre Hintern bewegen und herkommen, verdammt. Los, an die Arbeit!«

Damit schlurfte Birkedal zurück zu seinem Auto, während die anderen stehen blieben und sich vielsagende Blicke zuwarfen.

7

Das knirschende Geräusch zwischen den Zähnen holte ihn aus den Tiefen des Schlafs. Es dauerte ewig, bis sein Gehirn mühsam hochfuhr und ihm sagte, wo er sich befand. Und warum.

Zum zweiten Mal innerhalb weniger Stunden erwachte er inmitten von Chaos.

Er erinnerte sich dumpf an das erste Mal, als er umnachtet zu sich gekommen war und sein Mund nach Blut geschmeckt hatte. Jetzt lag er immerhin. Zuvor hatte er kopfüber in dem havarierten Flugzeug gehangen. Es waren höllische Schmerzen gewesen, als hätte ihm jemand eine Ahle in den Hinterkopf gerammt. Mit etwas Gewalt hatte er sich aus dem Sicherheitsgurt befreit und war auf die Kabinendecke der Maschine gestürzt.

Irgendwie hatte er es auf die Beine geschafft und war losgelaufen.

Langsam öffnete er die Augen und rollte sich auf die Seite. Sand, überall Sand. Sogar seine Augen waren voll davon.

Es war immer noch dunkel, und um ihn herum pfiff der Wind. Jetzt registrierte er noch etwas – einen beißenden Geruch direkt vor seinem Gesicht. Eindeutig, er hatte sich übergeben. Nur eine Armlänge von ihm entfernt befand sich eine große, stinkende Lache mit Erbrochenem.

Mit der Zunge sammelte er den Sand in seinem Mund und spuckte ihn aus, aber es knirschte immer noch. Er drehte sich wieder auf den Rücken und schloss die Augen.

In seinen Ohren hallten die panischen Schreie des Piloten nach, und Bruchstücke der letzten Sekunden an Bord drangen an die Oberfläche seines Bewusstseins: das schäumende Meer, die Finsternis, der breite Strand, das Beben des Flugzeugs, der Schrei. Zuletzt die Stille und der Geschmack von Blut.

Er schlug die Augen wieder auf.

Ihm war kalt, seine Glieder waren steif und schmerzten. Er musste wieder aufstehen und sich bewegen.

Langsam fügten sich die einzelnen Eindrücke und Abfolgen zu einer zusammenhängenden Ereigniskette, aber die Konzentration strengte ihn so sehr an, dass es schmerzte.

An seinen Füßen erahnte er ein schwarzes Bündel, den kleinen Rucksack, den er im Cockpit gefunden hatte. Nach und nach kehrte die Erinnerung zurück. Im Flugzeug hatte er ein paar Dinge in den Rucksack gesteckt, unter anderem ein Erste-Hilfe-Set.

Hatte er daran gedacht? … Für einen kurzen Moment wusste er es nicht mehr, und sein Herz schlug wie wild vor Panik. Dann fiel es ihm ein, und er atmete erleichtert auf. Er *hatte* die Waffe und das Schulterholster mitgenommen.

Die Daunenjacke, die er trug, stammte aus dem Cockpit. Seine eigene Lederjacke war völlig durchnässt gewesen, und er hatte sie irgendwo in das dunkle Versteck geworfen.

Erst jetzt kam ihm die Wunde in den Sinn. Vorsichtig befühlte er sie. Die Pflaster waren durchgeblutet, was dann wohl auch für die beiden Kompressen galt, die er auf die Wunde gepresst hatte, nachdem er sie notdürftig desinfiziert hatte.

Wie er sich die Verletzung zugezogen hatte, wusste er nicht, aber bei der wilden Bruchlandung waren sicher einige lose Gegenstände durch die Maschine geschleudert worden.

Der Pilot und einer seiner beiden Bewacher, der rotblonde, waren noch am Leben, zumindest waren sie das zu dem Zeitpunkt gewesen, als er selbst aus dem Flugzeug gekrochen war. Die Wache mit dem Bürstenschnitt war tot.

An die ersten Schritte im Freien konnte er sich nur unzusammenhängend erinnern. Ein wahnsinniger Wind hatte ihn mehrmals von den Beinen geholt, der peitschende Regen hatte in den Augen geschmerzt.

Wie lange der Sturm ihn vor sich hergetrieben hatte, wusste er nicht mehr. Besonders weit konnte er nicht gekommen sein, denn schon bald war ihm übel und schwindelig geworden.

Eine Gehirnerschütterung … Verdammt.

Plötzlich war ihm klar, was nicht stimmte, und Angst durchzuckte ihn. Die Symptome waren eindeutig. Eine starke Gehirnerschütterung würde seine Überlebenschancen erheblich mindern.

Er meinte sich daran zu erinnern, wie er Schutz gesucht hatte. Den Beton hatte er eher ertastet als gesehen. Er war um das Gebäude herumgestolpert, das teilweise im Sand vergraben war, und hatte einen Eingang gefunden, der ihm Schutz vor dem Wind bot.

Er musste im Eingangsbereich eines Bunkers liegen. Wenn er den Arm ausstreckte, kam er bis an die Decke.

Über den Zweiten Weltkrieg wusste er im Grunde alles. Diese Anlagen hier konnten nur das Werk der Deutschen sein. Schweden, seine neue Heimat, war neutral gewesen, während Norwegen und Dänemark unter deutscher Besatzung gestanden hatten.

Ein stechender Schmerz fuhr ihm in den Schädel.

Hier lag er also. In Dänemark. An der Westküste Jütlands, nahe der deutschen Grenze. In einem Bunker aus längst vergangenen Tagen. Weit weg von seinen Liebsten, weit weg von dem Leben, das er bis noch vor wenigen Tagen geführt hatte. Wie sah seine – wie sah ihre Zukunft aus? Durfte er überhaupt auf eine Zukunft hoffen?

Er rollte sich auf den Bauch und robbte vorsichtig ins Freie. Um sich aufrecht hinzustellen, musste er sich an der Wand des Bunkers abstützen. Draußen über dem Meer waren die Wellen immer noch mit Gischt besetzt, und langsam setzte die Dämmerung ein. Weiter den Strand hinab erahnte er die quaderförmigen Umrisse von zwei weiteren Bunkern.

Vorsichtig drehte er den Kopf. Es tat fürchterlich weh. Er rieb sich die Augen, aber der Schmerz ließ einfach nicht nach. Jetzt flimmerte alles.

Dann bebte es mehrmals heftig in seiner Brust, er fiel auf die Knie und übergab sich.

Er nahm eine der beiden Wasserflaschen, die er im Flugzeug gefunden hatte, aus dem Rucksack und spülte sich den Mund aus. Das half etwas. Er musste wieder aufstehen, aber vor allem musste er weiter. Die Sonne war noch nicht aufgegangen, also blieb ihm eine Chance, ein Stück voranzukommen, im Schutz der Dämmerung – falls so etwas wie ein Schutz in seiner zertrümmerten Welt überhaupt existierte.

In wenigen Stunden war er ein gejagter Mann …

8

Ihre frühmorgendliche Resignation hatte sich im Lauf der letzten Stunden in stetig wachsende Wut gewandelt. Sie durfte sich nicht an der neuen Ermittlung beteiligen, sondern sollte sich um ihre eigene kümmern. Ihre Laune besserte sich nicht, als sie auf dem Weg in ihr Büro eine Ausgabe der Lokalzeitung mitnahm. »Polizisten klagen: Wir müssen die Verbrecher in Ruhe lassen«, lautete die Aufmacherschlagzeile.

Ganze zwei Seiten widmete die Zeitung der scharfen Kritik an den Prioritäten der Polizei, die von mehreren Vertretern der Polizeigewerkschaft vorgebracht wurde. An vielen Orten im Polizeibezirk seien Beamte zu Verkehrskontrollen abkommandiert worden, weil die Führungsriege den Zielvorgaben für die Region hinterherhinke. Und wenn die gesamte Truppe dazu eingesetzt werde, der Lokalbevölkerung Bußgelder für Geschwindigkeits-, Sicherheits- und andere Verkehrsvergehen aufzubrummen, bliebe nicht genügend Zeit für die wirklich wichtigen Ermittlungen, so die Kritiker.

Polizeidirektor Blix, der nach dem Personalaustausch in der Chefetage noch verhältnismäßig neu auf seinem Posten war, wischte die Kritik mit einem arroganten Unterton beiseite. »Es wird immer Leute geben, denen es schwerfällt, sich auf neue Verhältnisse einzustellen, aber sie benötigen einfach nur etwas mehr Zeit«, lautete sein Kommentar. Dass der Direktor einen zusätzlichen Jahresbonus in Höhe von 87.000 Kronen erwartete, wurde in einem kleineren Artikel erwähnt.

Für Nina war Blix von Anfang an ein Aushängeschild dieser

Reform gewesen. Dabei waren seine Erfolge nicht zu unterschätzen. Blix erreichte seine Ziele und zog großen Vorteil daraus, dass er keinerlei Empathie besaß, die ansonsten vielleicht seinen Blick fürs Wesentliche vernebelt oder ihn belastet hätte.

Durch die Reform war aus der Ordnungsmacht ein Wirtschaftsunternehmen geworden, das im Prinzip ebenso gut auch Waffeleisen am Fließband hätte herstellen können. Lagen die Erfolgsquoten auf einem hohen Niveau, gab es einen Bonus für den Chef, der im Einklang mit dem neuen Zeitgeist natürlich nicht mehr Polizeichef heißen durfte, sondern ein Polizei*direktor* sein musste.

Nina kapierte nicht, dass niemand es kapierte.

Die Polizei war ein Exekutivorgan und kein Produktionsbetrieb. Sie hatte der Gesellschaft zu dienen und dafür zu sorgen, dass sich alle an die geltenden Spielregeln hielten.

Es war Nina unbegreiflich, wie sich die leitenden Beamten verschiedener Abteilungen mit dieser Situation abfinden konnten, und sie wusste, dass Birkedal wusste, wie absurd die Lage war. Trotzdem ließ er es an ihr aus, wenn sie sich weigerte, die Hacken zusammenzuschlagen und zu parieren.

Jetzt blieb nur noch die Konfrontation. Sie wappnete sich, dem Löwen in die Augen zu blicken.

Als sie den Beschluss erst einmal gefasst hatte, musste er sofort in die Tat umgesetzt werden. Sie stob den Gang hinunter, Birkedals Tür stand offen. Nina klopfte zweimal an den Rahmen. Birkedal blickte zerstreut von seinem Schreibtisch auf.

»Portland?«

Mehr sagte er nicht. Er kniff die Augen zusammen, als versuchte er krampfhaft zu begreifen, warum in aller Herren Namen sie in seinem Büro stand.

»Wir müssen uns unterhalten. Hast du Zeit?«, sagte Nina.

Seine buschigen Augenbrauen bewegten sich eine Spur nach oben.

»Ja, setz dich.«

Schon jetzt hatte die ganze Situation einen steifen Charakter. Früher war Nina einfach eingetreten und hatte sich auf den Stuhl vor seinem Schreibtisch fallen lassen.

Sie nahm Platz und kam direkt zur Sache.

»Das geht so einfach nicht. Wir beide können doch nicht …«

Im selben Moment klingelte Birkedals Telefon. Er ging ran und legte eine Sekunde später die Hand über den Hörer.

»Das ist wichtig, Portland. Und es wird dauern. Ein andermal, ja?«

Schneller, als man »Polizeireform« sagen konnte, sprang Nina auf und verschwand aus der Tür. Sie spürte, wie sich die Hitze auf ihre Wangen legte, als sie zurück zu ihrem eigenen Büro stapfte und die Tür so fest zuschlug, dass der Rahmen zitterte. Ihrem Schreibtischstuhl verpasste sie einen heftigen Tritt, sodass er quer durchs Zimmer rollte und mit einem Krachen gegen den Heizkörper prallte, das wahrscheinlich im gesamten Präsidium zu hören war.

Nicht einmal für ein Gespräch mit ihr nahm er sich Zeit. Birkedal hätte den Anrufer bitten können, zurückzurufen, oder sie eine halbe Stunde später wieder zu sich bestellen … Wieso hatte sie es so weit kommen lassen?

Nina blieb mehrere Minuten mitten im Raum stehen, völlig in Gedanken versunken, als es plötzlich an die Tür klopfte. Ulbæk steckte seinen Kopf herein. Auch er gehörte zum Heer der Enttäuschten.

Polizeikommissar Johnny Ulbæk hatte sie bei den vorbereitenden Aufgaben für den Führungskurs unterstützt und wäre auch während der gesamten Strapazen ihre erste Anlaufstelle gewesen. Er bedauerte ihre Entscheidung, den Kurs nicht weiterzuführen, sehr, hatte es aber akzeptiert. Und trotz ihrer so unterschiedlichen Lebensstile – der eine komplett durchgeplant, die andere stets halb im Chaos versunken – waren sie tatsächlich gut miteinander ausgekommen.

»Lässt du deine Wut etwa an unschuldigen Büromöbeln aus, Nina?«, fragte der moderne Familienvater mit einem Lächeln.

»Ach, die ganze Sache ist einfach großer Mist.«

»Birkedal, oder?«

Nina nickte.

»Bestimmt war er noch ein bisschen sauer wegen heute Morgen, aber jetzt ist er wieder besser drauf. Ich habe gerade mit ihm gesprochen, deshalb …«

»Du hast *gerade eben* mit ihm gesprochen?«, fragte sie ungläubig.

»Ja, wieso?«

»Gerade eben? Ich dachte, er hätte ein wichtiges Telefonat?«

»Nö, er hat mich gebeten, dir eine Aufgabe zu geben. Hast du heute Morgen schon die Nachrichten gehört?«

»Nein, warum? Gibt es schon was Neues zum Mord?«

Johnny Ulbæk schüttelte den Kopf und setzte sich auf die Schreibtischkante.

»Über den Mord noch nicht, nein. Aber heute Nacht und heute Früh wurde nach einem Privatflugzeug gefahndet, Pilot und zwei Passagiere. Inzwischen wurde die Maschine gefunden. Offenbar ist sie weiter nördlich am Strand notgelandet und dabei verunglückt.«

»Und was hat das mit uns zu tun, wenn ich fragen darf?«

»Es gab einen Toten …«

»Ja, und?«

Resigniert breitete Ulbæk die Arme aus.

»Und jetzt soll ich mich darum kümmern?«, fragte Nina.

»Ja, sagt Birkedal.«

»Das sagt er also. Hat er sonst noch etwas verlauten lassen?«

»Ich weiß, was du von der Sache hältst, Nina, aber mach es einfach. Fahr hin, schnapp ein bisschen frische Luft und komm ein wenig zur Ruhe.«

»Mit anderen Worten verbannt er mich von meinem Posten.«

Ulbæk nickte mit Leichenbittermiene.

»Aber wenn die beiden Mordermittlungen zusammenlaufen, bist du wieder mit dabei. Heute Nachmittag klärt sich die Identität des zweiten Opfers, und dann wird langsam ein Schuh draus. Bis dahin kommst du mit dem Osmanović-Fall doch sowieso nicht weiter. Fahr hin und kümmere dich um den Flugzeugabsturz, und morgen sieht alles schon besser aus.«

Nina zögerte. Dann schob sie den Bürostuhl zurück an seinen Platz und nahm ihre Jacke vom Haken.

»Okay, ich fahre hin. Wo genau ist das?«

»In der Nähe von Henne. Sprich mit Steffensen aus Varde.«

In der Tür blieb sie stehen, Ulbæk saß immer noch auf dem Tisch.

»Hast du die Zeitung gesehen?«, wollte sie wissen.

»Ja.«

»Und, was meinst du dazu?«

Ulbæk zuckte mit den Schultern.

»Tja, was soll ich sagen?«

»Es müssen Strafzettel ausgestellt werden, weil die Quote nicht ganz erreicht ist. Was ist deine Meinung dazu, Johnny?«

»Was ich persönlich dazu denke, spielt keine Rolle. Über manche Dinge lohnt es sich einfach nicht, zu diskutieren, Nina. Und über diese Sache schon gar nicht.«

»Hmm …«

Auf einmal waren sie da. Mit Sirene und Blaulicht brachen die zwei Krankenwagen durch den Nebel und schossen über die Tarphagebrücke wie zwei Raketen über die Startrampe. Genauso plötzlich waren sie wieder verschwunden, und das unheilverkündende Sirenengeheul erstarb.

Jetzt überquerte Nina die Varde Å, die sich links von ihr breit und mächtig durch die Wiesenlandschaft in Richtung der Bucht von Ho schlängelte. Wie eine Decke aus Watte lag der Nebel über dem flachen Feuchtland, das bei Sturm manchmal komplett überflutet wurde, sodass es aussah, als hätte das Meer es sich einverleibt.

Also hatten zwei der Flugzeuginsassen überlebt, je einer pro Krankenwagen. Der eine, der es nicht geschafft hatte, ein Passagier, lag noch im Wrack und wartete auf Nina. So waren die Regeln: Starb jemand, musste die Polizei überprüfen, ob ein Verbrechen vorlag.

Sie steckte immer noch im dichten Wattenebel, aber weiter vorn, wo das Gelände wieder anstieg, wurden die Umrisse allmählich schärfer.

Birkedal hätte ihr nichts Schlimmeres antun können, und das wusste er. Gerade als die Arbeiten an einer wichtigen Ermittlung begannen, hatte er sie verstoßen und an einen kalten, öden Strand am Ende der Welt geschickt.

Endlich entkam sie dem Nebel, der im Rückspiegel des Autos wie ein verschwommener Streifen aussah. Vielleicht war es mit Birkedal gar nicht so, wie sie dachte. Vielleicht war sie einfach zu voreilig und blickte zu selten zurück?

Vielleicht hatte Birkedal verstanden, dass sie dringend an die frische Luft musste. Sich abkühlen. Birkedal hatte ihre Wut gesehen – und sie davor bewahrt, gegenüber einem Vorgesetzten die Fassung zu verlieren.

Wenn es etwas Positives an dieser Situation gab, dann waren es der Tapetenwechsel und die Auszeit von einer stagnierenden Ermittlung.

Auf der Gegenfahrbahn kam ihr das Auto des Notarztes entgegen, in gemächlichem Tempo. Seine Arbeit war erledigt. In Kürze würden die beiden Überlebenden im Krankenhaus in Esbjerg ankommen.

Steffensen, der stellvertretende Polizeihauptkommissar aus Varde, hatte über die beiden Glücklichen nur gesagt, sie sähen »wie aus der Hölle« aus. Er war schnell am Unglücksort gewesen, der anscheinend nicht leicht zugänglich war und sich einen Kilometer südlich von der Stelle befand, wo die Henne Mølleå ins Meer mündete. Das Flugzeugwrack selbst lag ein Stück weiter oben in den Dünen, sodass man die Rettungswagen bis nach unten zum Strand bei Børsmose gelotst hatte, weil der Fluss einen Zugang von Norden versperrte. Allerdings gab es auf Höhe des Henne Mølleå Badehotel eine kleine Fußgängerbrücke, und genau dort sollte sie sich mit dem Lokalbeamten aus Nørre Nebel treffen, der nach der Alarmierung als Erster am Unglücksort eingetroffen war. Jønsson hieß der Mann, der mit einem Geländewagen auf sie wartete und den sie noch gut aus seiner Zeit bei der ehemaligen Einsatzgruppe für organisierte Kriminalität in Esbjerg kannte.

Nina bog auf den Blåvandvej ab und kam an der Einfahrt zur Kaserne Oksbøl vorbei, ehe sie weiter durch die eigenartige Landschaft fuhr. Raupenfahrzeuge und anderes schweres Kriegsgerät hatten tiefe Spuren durch die Heidegebiete gezogen, wo noch vereinzelte lila Blüten schimmerten.

Zusammen mit Jonas war sie im Sommer manchmal hierhergefahren, wenn sie Onkel Jørgens Auto ausgeliehen hatte. Im Vergleich zu den Touristenmagneten in Blåvand, Vejers und Henne war der Strand von Grærup beinahe ein Geheimnis, und einmal hatten sie und Jonas einen ganzen Tag an einem Angelteich verbracht, der inmitten von Dünen und Strandhafer verborgen lag. Jonas hatte eine Forelle gefangen, die sie abends mit jungen Kartoffeln brieten. An solche Tage erinnerte sie sich gern.

Die Militärübungsanlage hatte enorme Ausmaße, es war die größte in ganz Dänemark. Sie erstreckte sich bis nach Kallesmærsk Hede im Süden und endete im Norden auf Höhe der Kærgård

Klitplantage. Ein riesiges Gebiet aus Strand, Wiesen, Wald, Heiden und Dünenanpflanzungen, das zwar einer Menge Restriktionen unterlag, aber an mehreren Orten öffentlich zugänglich war.

Auf Schildern war für jeden Monat angegeben, wann und für wie lange Militärmanöver mit scharfer Munition stattfanden.

Vereinzelt tauchten kleine Häuser und Bauernhöfe entlang der Straße auf. Auf den ersten Blick schienen sie gut in Schuss zu sein, ein Haus war sogar frisch mit Reet gedeckt, aber der Schein trog. Nina hatte die Häuser schon immer unheimlich gefunden, selbst in flirrender Sommerhitze und mit der Aussicht auf ein kühlendes Bad in den Wellen. Denn sie kannte ihre Geschichte. Mitte der 1960er Jahre hatte der dänische Staat die Besitzer allesamt enteignet. Unter großem Protest hatte man den Leuten den Arm auf den Rücken gedreht und sie von ihren Grundstücken gejagt. Familien, die seit Generationen hier lebten und in dieser kargen Landschaft verwurzelt waren, wurden vertrieben, nur damit das Heer mehr Bewegungsfreiheit bei Manövern hatte, die nur einem einzigen Zweck dienten: den Widerstand gegen das rote Russland trainieren.

Das Militär war dazu verpflichtet, die Gebäude von damals instand zu halten. Aber alles war verschlossen. Vielleicht um rastlose Geister einzusperren? Der Anblick von Fenstern und Türen, die lediglich aus bemalten Holzbrettern bestanden, trug zu Ninas Gefühl bei, eine morbide Kulisse zu durchqueren.

In der Heidelandschaft lauerte kein Russe. Heute bereitete man die Soldaten hier auf die internationalen Aufgaben vor, an denen Dänemark sich beteiligte.

Die Welt war eine andere geworden, seit die ehemaligen Behausungen dieser einfachen Leute mit Fensterattrappen versehen wurden, doch in dieser Welt bezahlten dänische Soldaten ihren Einsatz mit dem Leben. Im Gegensatz zu damals im Kalten Krieg, als zwar niemand starb, aber alle den Tod fürchteten.

Nina bog nach rechts ab und folgte der Straße vorbei am Grærup Langsø. Auf den Feldern dahinter, wo entlang des Ufers dichte Sträucher standen, entdeckte sie, die Rothirsche. Der größte Wildbestand des gesamten Königreichs, manchmal sah man mehrere Hundert Tiere auf einem Fleck. Sie und Jonas hatten einmal hundertfünfundzwanzig Hirsche gezählt.

Ihr kam das Ganze so bizarr vor. Häuserattrappen, in denen das Leid vergangener Zeiten lauerte, Rotwild, das in den Spuren von Panzern äste, und Soldaten in Tarnfarben, die sich auf eine Welt vorbereiteten, in der das Böse offen zutage trat.

Endlich erreichte sie das offene Land, wo Filsø Hede in der Ferne an die Dünen grenzte. Jetzt bog sie links in Richtung des Henne Mølleå Badehotel ab, das erst einige Minuten später am Ende der langen Schotterstraße zum Meer vor ihr auftauchte. Hellgelb und matt lag das Hotelgebäude an einer Dünenreihe. Am anderen Ende des Parkplatzes stand ein Geländewagen. Und auf der Fußgängerbrücke über den Fluss wartete der Lokalbeamte.

9

Mathias Jønsson und war ein großgewachsener und breit gebauter Mann. Er war der lebende Beweis dafür, dass das von zu vielen schlechten Fernsehserien herrührende Vorurteil, Provinzbeamte seien per Definition schlichte Gemüter, nicht stimmte.

Der große Mann mit schwedischen Wurzeln war intelligent, und zu der Zeit, als sie in Esbjerg Kollegen gewesen waren, hatte Nina ihn schnell zu schätzen gelernt. Aber womöglich waren es eben gerade sein kluger Kopf und die Fähigkeit zur Reflexion, die dem großen Jønsson die Arbeit und das Leben so beschwerlich gemacht hatten. Denn er vergaß nicht. Er kam nie ganz über die Krawalle in Nørrebro hinweg, die 1993 im Zusammenhang mit dem dänischen Ja zum Vertrag von Maastricht stattgefunden hatten. Bei den Ausschreitungen wurde er von einem Pflasterstein am Kopf getroffen und von einer Meute aggressiver Demonstranten in eine Ecke gedrängt, ehe ihm Kollegen zu Hilfe kamen.

Er hatte Nina von der Episode erzählt, die seine Psyche angeknackst und den Erzkopenhagener Jønsson dazu bewogen hatte, mit seiner kleinen Familie weit in den Westen zu ziehen, so weit weg von der Hauptstadt wie nur irgend möglich, und den Job bei der damaligen Einsatzgruppe in Esbjerg anzunehmen. Doch hin und wieder stellte sich auch diese Arbeit als hart und gefährlich heraus. Und damit kam er nicht zurecht. Der Posten Beamter der Polizei von Nørre Snede ein Stück die Küste hinauf war für ihn wie ein Rettungsanker gewesen, und in den zehn Jahren, die seit seinem Wechsel vergangen waren, hatte Nina nichts anderes von ihm gehört, als dass es ihm gut ging.

Jønsson streckte seine große Pranke aus und gab ihr zur Begrüßung einen festen Händedruck.

»Gut, dich wieder mal zu sehen, Nina. Ist lange her.«

»Ebenso, Jønsson. Wie geht's?«

»Prima, richtig prima. Hier oben lösen wir zwar nicht die schwierigsten Fälle der Welt, aber in kleineren Gemeinden sind auch kleinere Dinge wichtig.«

»Dann kommt der Herr also klar – trotz der Reform?«

»Ja, ich komme klar. Dieser ganze Verwaltungskram ist für uns Dorfpolizisten, die in der Hierarchie schließlich ganz unten stehen, einfach eine Nummer zu hoch.«

Jønsson gluckste grinsend, genau, wie Nina es in Erinnerung hatte.

»Dann war also alles bestens, bis dir dieses Flugzeug in den Vorgarten gestürzt ist?«

»Na ja, ich muss den Fall ja nicht zu Ende bringen. Ich war nur als Erster vor Ort.«

»Es gab zwei Überlebende?«

»Ja, sie wurden schon abgeholt.«

»Ich habe die Krankenwagen auf dem Weg gesehen. Wollen wir los?«

Sie stiegen in Jønssons Auto. Er startete den Motor und steuerte den Geländewagen über einen kleinen Abhang auf die sandige Fläche neben dem Fluss, der ein paar Hundert Meter weiter ins Meer mündete. Jønsson gab kräftig Gas, und der Wagen bahnte sich einen Weg durch den Sand.

»Sag mal, Nina, wieso bist du überhaupt wegen einer solchen Routinesache hier hochgefahren? Wie ich höre, habt ihr doch gerade mit zwei Morden zu tun.«

»Ich glaube, Birkedal war der Meinung, es täte mir gut, mal an die frische Luft zu kommen und mich ein wenig abzukühlen. Wir haben schon seit einiger Zeit ein bisschen Krach miteinander. Ah, ist das wegen der Verschmutzung durch die Abfallgruben in der Kærgård Klitplantage?«

Nina reagierte auf das gelbe Warnschild mitten auf dem Strand. »Verschmutztes Gebiet. Vom Aufenthalt wird abgeraten. Kontakt mit Sand und Wasser vermeiden«, stand darauf in Dänisch, Englisch und Deutsch. Trotzdem begegnete ihnen eine Touristengruppe aus Erwachsenen und Kindern, die am Strand Drachen steigen ließen.

»Tja, die Sünden der Vergangenheit«, sagte Jønsson. »Auch wenn sie inzwischen das meiste beseitigt haben, wird es sicher noch lange dauern, bevor das Gebiet wieder freigegeben wird. Auf den nächsten gut anderthalb Kilometern gilt Badeverbot.«

»Aber …«, warf Nina ein und deutete auf die Touristen hinter ihnen.

»Ach so, die meisten, das heißt die Deutschen, nehmen die Warnungen nicht ernst und kommen trotzdem her. Das will mir einfach nicht in den Kopf. Was die damals in die Dünen gekippt haben, war das reinste Gift.«

Jønsson rümpfte die Nase und schüttelte den Kopf.

Nina schaute hinaus auf die Wellen. Heute erschien es absurd, aber in den 1950er Jahren hatte das Grindsted-Chemiewerk sein Abwasser mit dem Segen der Behörden in Gruben geleitet, die sich mitten in den Dünen befanden. Und erst 1970 hatten sie diese Art der Entsorgung beendet. Mit dem Resultat, dass Chemikalien an den Strand gelangten und das gesamte Gebiet verseuchten, über dem dazu zeitweise ein abscheulicher Gestank hing. Erst jetzt, mehrere Jahre nach der Jahrtausendwende, war der Druck auf die Behörden zu groß geworden und hatte eine Reaktion herbeigeführt. Die Kosten für die Dekontaminierung würden in die Millionen gehen.

Sie näherten sich zwei Streifenwagen, die oben in den Dünen parkten. Weiter den Strand hinab erahnte Nina einen Krankenwagen, der vermutlich die Leiche nach Esbjerg transportieren sollte. Jønsson hielt kurz an und deutete mit dem Finger nach vorn.

»Da! Da vorne war es. Eines der Räder muss irgendwie mit der Sandbank in Kontakt gekommen sein.«

Nina schaute in die Richtung, in die er zeigte. Der Sand war aufgewühlt, als wäre dort gegraben worden. Es begann zu regnen, und Jønsson schaltete die Scheibenwischer ein.

»Und was ist dann passiert?«, fragte Nina.

Jønssons Finger schwenkte hinüber zu den Streifenwagen.

»Ich glaube, die Maschine ist schräg über den Strand gedonnert und hat sich ein- oder zweimal überschlagen, bevor sie an den vorderen Dünen noch mal nach oben gedrückt wurde und dann im weichen Sand in der Senke dahinter gelandet ist.«

Das Flugzeug selbst konnte Nina noch nicht sehen.

»Und deutsche Touristen haben das Wrack gefunden?«

»Ja, genau. Theoretisch hätte es mehrere Tage unentdeckt dort liegen bleiben können. Vom Strand aus ist es nicht zu erkennen.«

»Aber sie haben es trotzdem gefunden?«

»Die Touristen trampeln hier überall herum, steigen auf die höchsten Dünen, um die Aussicht zu genießen, immer wieder hoch und runter.«

Jønsson stellte den Geländewagen neben den anderen Autos ab, und sie stiegen aus. Sie begrüßten die beiden Kollegen, die in den Streifenwagen Schutz gesucht hatten. Dann führte Jønsson Nina auf eine der vorderen, niedrigen Dünen. Dort unten lag das Flugzeugwrack, teilweise zusammengedrückt, aber nicht zertrümmert und auch nicht ausgebrannt. Die Maschine lag auf dem Rücken, ein Rad des vorderen Fahrwerks fehlte, das andere war gebrochen.

»Was für ein Höllenritt … Bis hier oben …«, entfuhr es Nina.

»Die beiden Überlebenden waren schwerstverletzt, glaube ich«, erwiderte Jønsson.

Hinter ihnen kämpfte sich eine Gestalt die Dünen hinauf. Es war Steffensen, der den Sandhügel nun wieder hinunter, in Richtung Flugzeug schlitterte.

»Mistwetter … Aber gut, wollen wir uns die Sache mal von Nahem ansehen.«

Damit machte Nina einen Schritt vorwärts und glitt auf die gleiche Weise wie Steffensen die Düne hinunter. Der stellvertretende Polizeihauptkommissar wartete am zerstörten Heck auf sie, wo sie sich einander vorstellten. Steffensen war noch nicht lange in Varde stationiert.

Nina ließ den Blick über das Wrack schweifen.

»Woher kam die Maschine? Und wohin war sie unterwegs?«, wollte sie wissen.

»Aus Island, und nach Rumänien. Sie hätte am Flughafen in Esbjerg zwischenlanden sollen«, antwortete Steffensen. Nina schätzte den Mann auf Mitte vierzig.

»Dann haben Sie bereits mit den Leuten vom Flughafen gesprochen?«

»Mit dem Flughafen Billund und dem Flughafen Esbjerg. Sie haben den Flug bestätigt, auch die Papiere waren in Ordnung. Die Maschine wurde schon in Esbjerg erwartet, kam aber nie in den Bereich des Luftraums, für den der Tower in Esbjerg zuständig ist«, erklärte Steffensen.

»Von diesen Dingen habe ich keine Ahnung, Luftraum, Radar, Flugzeugtypen und solche Sachen. Für mich muss ein Flugzeug einfach … fliegen …«, sagte Nina.

»Der Eigentümer ist eine isländische Baufirma«, fuhr Steffensen fort. Er zückte seinen Notizblock und hielt eine schützende Hand darüber, damit seine Aufzeichnungen nicht vom Regen aufgeweicht wurden.

»Sie heißt Skúlason Constructions International, und soweit ich weiß, war es eine Geschäftsreise, aber gestern Abend gab es ein heftiges Unwetter, und im Flughafen meinten sie, dass …«

Nina hob abwehrend die Hand, vielleicht eine Spur zu früh.

»Schon okay, darum kümmern Sie und Ihre Leute sich, oder? Ich bin nur wegen der Leiche hier.«

Steffensens Miene war die Verärgerung über Ninas Unterbrechung deutlich anzusehen.

Nina ging zu der kleinen Tür, die nur noch an einem Scharnier hing, und schlüpfte ins Innere auf die Decke der Kabine. Der Leichnam lehnte an der teilweise zertrümmerten Wand zum Fahrerhaus. Nein, Cockpit, korrigierte Nina sich selbst. Gebückt näherte sie sich und ging in die Hocke.

Alles stand Kopf. Unwillkürlich lehnte sie sich zur Seite und ließ den Kopf schräg nach unten hängen, damit sie die gesamte Szene aus der richtigen Perspektive begutachten konnte. Der Mittelteil des Flugzeugs war im Großen und Ganzen unbeschädigt. Einige der Sitze waren verdreht, saßen schief oder waren, wie ganz hinten, aus der Verankerung gerissen worden. Genauso wie ein Metallbügel zwischen zwei Sitzen, den es aus der Wand gerissen hatte und der jetzt schief von ein paar Schrauben im Boden herunterhing. Mehrere Seitenfenster waren herausgedrückt oder zersplittert. Bei jedem Windstoß, der durch die Dünensenke fuhr, zog es im Wrack. Anscheinend hatte es aufgehört zu regnen.

Ganz vorn lag ein Feuerlöscher. Nina ließ den Blick langsam durch die Maschine wandern und entdeckte die dazugehörige Wandhalterung am hinteren Ende. Trotz ihrer inzwischen recht vielen Dienstjahre war sie zum ersten Mal mit einer solchen Aufgabe betraut.

Sie besah sich alles ein letztes Mal. Tatorte waren etwas völlig anderes als das, was sich ihr hier bot. Tatorte erzählten Geschichten, unabhängig davon, ob es um Details oder offensichtliche Spuren ging, ganz unabhängig davon, ob man sie in Thøgersen'schen

Sequenzen betrachtete oder nicht. Das Einzige, das sie hier erkennen konnte, war, dass die Notlandung des Fliegers entsetzlich gewesen sein musste.

»Nina! Können sie ihn bald rausholen?«, erklang Jønssons tiefe Bassstimme von draußen.

»Einen Moment noch!«, rief sie zurück.

Sie kroch die letzten Meter bis zur Leiche, die auf dem Rücken lag – der Kopf eigenartig schief auf der Seite hängend. Gebrochenes Genick? Der Mann war Mitte vierzig, breit gebaut und muskulös. An der kurzgeschorenen Schläfe hatte sich ein Blutfleck ausgebreitet, und soweit Nina erkennen konnte, war er auch am Hinterkopf verletzt. Wieso um Himmels willen war der Mann nicht angeschnallt gewesen? Dann wäre es wohl kaum so schlimm ausgegangen. Oder hatte sich der Gurt gelöst?

Sie durchsuchte seine Kleidung und fand eine Brieftasche mit einem Pass in der Innentasche des dunklen Tweedsakkos. Finn Eliasson, so der Name des Opfers, wurde sechsundvierzig Jahre alt. Der Name stimmte mit den Angaben auf dem Führerschein und zwei Kreditkarten überein. Außerdem befanden sich in der Brieftasche noch einige isländische Geldscheine, Dollarnoten und Münzen. Mehr nicht.

»Jønsson, komm mal her!«

»Was gibt's denn, Nina?« Der Polizist steckte den Kopf ins Flugzeuginnere.

»Ich kann mir beim besten Willen nicht vorstellen, dass jemand die Leiche aus dem Gurt gelöst hat. Oder liege ich falsch?«

»Natürlich nicht. Der Kerl lag so da wie jetzt. Wunderst du dich, wieso er nicht angeschnallt war?«

Nina nickte.

»Du hast recht. Das ist eigenartig«, meinte Jønsson.

»Was war mit dem anderen?«

»Der lag daneben.«

»Könnte er seinen Gurt selbst gelöst haben?«

»Als ich ihn gefunden habe, war er bewusstlos. Ich bin davon ausgegangen, dass er sich selbst befreit hat – wie der Pilot.«

»Der war auch nicht angeschnallt?«

»Nein, es sah so aus, als hätte er sich losgemacht und versucht, auf die Beine zu kommen, denn er lag auf der Cockpitdecke direkt unter seinem Sitz.«

»Das stimmt sicher, aber der mit dem gebrochenen Genick hat seinen Gurt nicht selbst gelöst. Kaum vorstellbar, dass jemand bei einer Notlandung nicht angeschnallt ist. Sagst du draußen Bescheid, dass sie die Trage holen können?«

Jønsson verschwand aus der Tür. Noch einmal glitt Ninas Blick durch das Flugzeug. Auf der Kabinendecke lagen einige Dinge verstreut. Bestimmt waren alle losen Gegenstände mit gewaltiger Kraft durch die Luft geschleudert worden. Hier eine zerbeulte Thermoskanne, eine zerbrochene Tasse, da eine ohne Henkel, eine Sonnenbrille, eine leere Feuchttuchpackung, zwei Schuhe – einer der Passagiere musste sie während des Flugs ausgezogen haben –, ein paar Zeitungen und Magazine, ein Messer zum Broteschmieren, Plastikgeschirr, ein halb angekautes Kaffeeteilchen und ein immer noch in Plastik verpacktes Sandwich mit Schinken und Käse.

Nina schob sich kriechend weiter nach vorne und schaute ins Cockpit. Unter dem Sitz befand sich eine eingetrocknete Blutlache. Dort musste der Pilot gelegen haben, der es anscheinend immerhin geschafft hatte, sich aus dem Sitz zu befreien. Der Gurt baumelte von der Decke herab, beziehungsweise vom Boden. Nina krabbelte rückwärts wieder aus der Kabine und drückte sich aus der Türöffnung, wo die Sanitäter bereits mit der Trage warteten, um die Leiche abzutransportieren.

Jønsson und Steffensen hatten Gesellschaft von ihrem Chef Mikkelsen bekommen, der seit mehr als zwei Jahrzehnten an der

Spitze der Polizeistation in Varde stand. Er war ein etwas ungelenker, rotwangiger Kumpeltyp – und ziemlich direkt. Nina schätzte ihn sehr.

»Hallo Nina. Lang ist's her«, begrüßte er sie mit festem Handschlag.

»Viel zu lang. Ich finde, du bist ein bisschen spät dran, findest du nicht auch?«

»Besprechungen, immer diese ewigen Besprechungen. Seit der Reform habe ich nichts anderes getan, als in Besprechungen zu sitzen«, brummte Mikkelsen und lächelte.

Er war einer der wenigen Chefs, die ihrer Unzufriedenheit frei heraus Luft machten. Das lag in seiner Natur – und außerdem wollte er nicht mehr Karriere machen. Im Gegenteil, seine neigte sich dem Ende entgegen, denn das Rentenalter war nicht mehr fern.

»Dann erzähl mir mal, was wir hier haben, Nina.« Mikkelsen sah sie an.

»Wir haben ein Flugzeug, das irgendwann während des Sturms gestern Abend hier am Strand notgelandet ist. Der Pilot und ein Passagier haben das Unglück schwerverletzt überlebt, ein anderer Passagier ist tot. Man muss kein Gerichtsmediziner sein, um festzustellen, dass sich der Arme das Genick gebrochen hat.«

»Was den Teil betrifft, gehe ich davon aus, dass du das mit Birkedal regelst, oder?«, fragte Mikkelsen.

»Ja, ich unterhalte mich mit den beiden Überlebenden, sobald die Ärzte grünes Licht geben. Das heißt, sofern sie durchkommen, natürlich«, antwortete Nina.

»Gut, dann kümmern wir uns um den Rest. Was ist das eigentlich für ein Gerät?« Mikkelsen deutete mit dem Kopf zum Wrack.

»Das, guter Mann, nennt man Flugzeug«, gab Nina zurück und tätschelte ihm liebevoll die Schulter.

»Dass es keine Weltraumrakete ist, sehe ich ja, aber …«

Steffensen war rasch mit seinem Notizblock zur Stelle.

»Es ist eine Cessna Citation, CJ1+. Ich war in Kontakt mit den Flughäfen in Kopenhagen, Billund und Esbjerg. Sie sollte in Esbjerg zwischenlanden, hat es aber nicht einmal in den Luftraum von Billund geschafft, bevor sie vom Radar verschwunden ist. Das heißt, Copenhagen Control hatte Kontakt zur Maschine«, ratterte er herunter.

»Hmm … Und wo kamen die armen Kerle her?«

»Aus Island, sie waren unterwegs nach Rumänien.«

»Nach Rumänien? Was zum Teufel wollten sie denn da?« Mikkelsen wirkte, als fiele ihm nicht ein einziger sinnvoller Grund ein, um von Island nach Rumänien zu fliegen.

»Anscheinend war es eine Geschäftsreise.«

Bevor Steffensen seinen Chef mit weiteren Fakten aus seinem Block füttern konnte, nutzte Nina die Gelegenheit und stellte eine Frage.

»Mehr gibt es vorerst nicht zu tun, oder Mikkelsen?«

Er schüttelte den Kopf.

»Wärt ihr so lieb und haltet mich auf dem Laufenden? Zum Beispiel, wenn ihr mit den Isländern gesprochen habt?«, bat Nina.

»Natürlich, machen wir.«

»Danke, dann verschwinde ich wieder. Besser, ich melde mich daheim zum Dienst. Fährst du mich zurück, lieber Jønsson?«

Ein sonderbares Gefühl überkam sie, als sie durch den lockeren Sand die Düne hinaufstapften. Auf den ersten zehn bis zwanzig Metern hatte sie es nicht wahrgenommen, aber jetzt spürte sie es deutlich. Sie hatte einer Sache den Rücken gekehrt, mit der sie noch nicht fertig war. War es die Leiche? Hatte der Tote ein Geheimnis?

Nina blieb einen Moment stehen und betrachtete das Flugzeug. Sie bekam nicht zu fassen, was genau sich so verkehrt anfühlte.

Erst als sie auf dem Beifahrersitz in Jønssons Geländewagen Platz nahm, gab sie nach. Sie wusste nicht, warum, aber sie musste noch einmal zurück.

»Was ist, Nina?«

Jønsson bedachte sie mit einem verwunderten Blick, als sie wieder ausstieg.

»Ich habe etwas vergessen. Glaube ich jedenfalls. Gib mir fünf Minuten.«

Die Sanitäter hatten die Leiche gerade auf die Trage gehoben, als sie wieder beim Flugzeugwrack ankam. Mikkelsen und Steffensen standen auf einer Düne und blickten aufs Meer hinaus. Sie winkte den Männern kurz zu und dachte, dass sie ähnlich verdutzt dreinblickten wie Jønsson.

»Darf ich mal sehen?«, fragte sie an die Sanitäter gewandt.

Nina hob die Decke an und blickte in das blasse reglose Gesicht des Toten.

»Okay, danke«, sagte sie und zog die Decke wieder über das Gesicht. Dann ging sie um das Flugzeug herum und kletterte erneut hinein. Sie krabbelte bis zum Cockpit und blieb dort knien.

Ihr Blick scannte den Innenraum. Es waren dieselben Details, die sie sich schon beim ersten Mal eingeprägt hatte – plus ein paar neue. Sie hatte einen Kugelschreiber und ein Stück Schokolade übersehen, das halb unter einer Zeitung verdeckt lag. Und jetzt? Nichts davon schien irgendwie bedeutsam, nichts inspirierte sie oder brachte sie auf eine neue Spur.

Ninas Schuhe waren voller Sand, und auf ihrem Hosenbein klebte ein Klacks Butter, wo auch immer der hergekommen war. Sie nahm die Papierverpackung des Feuchttuchs und wischte das Fett damit von der Hose. Gerade hatte sie es weggeworfen, als ihr klarwurde, dass sie dem Tuch unbedingt Beachtung schenken sollte. Sie hob es wieder auf und schmierte das Fett an eine Zeitung.

Möglicherweise war es doch an der Zeit, wenigstens ein klitzekleines bisschen mit Intuition zu arbeiten … Es war nämlich gar kein Feuchttuch, dessen Aufgabe darin bestand, einem verschwitzten Fluggast vorzugaukeln, er befände sich in einem Zitronenhain. Es war die Verpackung eines Desinfektionstuchs, mit dem man Kratzer und kleinere Wunden säuberte. Eines von der Sorte, die in jedem Erste-Hilfe-Set zu finden war. Wo war eigentlich der Verbandskasten des Flugzeugs?, fiel Nina da ein. Sie schnupperte an der Verpackung, deren Innenseite aus Folie bestand. Ein schwacher Geruch nach Desinfektionsmittel. Der Text auf der Außenseite war englisch. »0,05 % Chlorhexidin« stand dort. Sie lag also richtig.

Von den drei Flugzeuginsassen hatte sich *nach* der Landung heute Nacht wohl kaum jemand mit einem Desinfektionstuch abgewischt. Aber vielleicht *davor*? Und was, wenn irgendjemand das Tuch bei einem früheren Flug benutzt hatte? Nina kam zu der Erkenntnis, dass es keine Erkenntnis gab.

Sie verließ die Maschine wieder und machte sich auf den Rückweg über die Düne. Am höchsten Punkt hielt sie inne und blickte ein letztes Mal zurück. Sie wusste immer noch nicht genau, was es war, aber das Gefühl war nicht verschwunden. Irgendetwas ging von dem Wrack aus. Etwas … Unheilverkündendes.

10

Weich und warm legte sich die Sonne auf seine Wange.

Das registrierte er als Erstes. Die Wärme beruhigte ihn, schützte ihn vor all den hässlichen Dingen. Er war in Wärme gehüllt, wie ein Kind in eine Decke. Die Ereignisse der vorherigen Nacht existierten nicht. Langsam und unschuldig erwachte er an einem neuen Tag.

Dann traf es ihn mit größter Wucht.

Ein Ereignis reihte sich an das nächste, bis sie eine Abfolge bildeten.

Er hielt die Augen geschlossen und rollte sich auf den Rücken, damit die Sonne auf sein ganzes Gesicht schien. Würde er für den Rest seines Lebens im Chaos aufwachen?

Er blinzelte und öffnete die Augen. Direkt über ihm war blauer Himmel, ein Loch in der Wolkendecke.

Seine Erinnerungen waren unzusammenhängend, doch er glaubte, dass er eine lange Strecke halb taumelnd, halb kriechend zurückgelegt hatte, seit er in dem kalten Betonklotz am Strand das letzte Mal im Chaos aufgewacht war.

Jetzt lag er zwischen hohen, starren Grashalmen, die ihm in den Nacken und die Finger stachen. Er trug alle seine Kleider und hatte eine Decke um sich gehüllt, die aus dem Flugzeug stammen musste. Als Unterlage diente ihm ein Stück Plastikfolie, das er am Strand gefunden hatte, wie ihm plötzlich wieder einfiel.

Dann kamen sie, die Bilder von Britt, Mats und Annika, der Klang ihrer Stimmen, ihr glucksendes Lachen, ihr Kichern. Einen Augenblick lang schämte er sich dafür, dass er erst jetzt an sie dachte. Sie hätten sein erster Gedanke sein sollen. Aber die nervenaufreibenden Ereignisse, in die er verwickelt war, hatten ihn selbst seine Liebsten vergessen lassen. Und auch jetzt musste er den Gedanken an sie zurückdrängen, um sich voll und ganz auf die Aufgabe der nächsten Stunden, Tage, vielleicht sogar Monate konzentrieren zu können:

Überleben.

Er tastete um sich und fand den kleinen schwarzen Nylonrucksack an seiner Seite. Was darin war? Er wusste nicht mehr, was er eingepackt und was er liegen gelassen hatte. Alles war wie im Nebel geschehen. Selbst wenn er die Waffe hatte mitnehmen wollen, hatte er es dann auch wirklich getan?

Es kam ihm so vor, als wäre er all diese Fragen schon einmal durchgegangen. Beim letzten Mal, als er aufgewacht war? Oder beim Mal davor?

Langsam kam er auf die Knie, nachdem er sich herumgerollt hatte. Er öffnete den Rucksack und leerte den Inhalt auf den Boden.

Da war eine zusätzliche kleine Decke von der Art, wie sie Fluggesellschaften oft an Bord führten. Groß genug, um sie über die Schultern zu legen, mehr nicht. Ein Pullover, den er im Cockpit eingesteckt hatte, wie ihm wieder einfiel. Zwei Flaschen Mineralwasser, eine Packung Kekse, ein Erste-Hilfe-Set und die beiden Schulterholster mit den Pistolen.

Er setzte sich im hohen Gras auf und versuchte, sich zu sammeln, richtig wach zu werden. Noch immer wärmte die Sonne sein Gesicht, und er zog die Daunenjacke aus, um Hemd und T-Shirt zu trocknen. Sie fühlten sich klamm an. Im selben Moment drängte sich ihm die Frage auf, ob er einfach hier im offenen Gelände sitzen und so tun konnte, als sei nichts geschehen. Falls sie seine Spur entdeckt hatten, konnten sie ihn jederzeit erwischen. Gerade war die dänische Polizei sicher damit beschäftigt, sich einen Überblick über die Situation zu verschaffen. Vielleicht hatten sich die Amerikaner schon gemeldet und vorsichtig die Botschaft durchsickern lassen: »Wisst ihr, unsere lieben dänischen Freunde, die Sache ist die: Wir vermissen einen Mann aus dem Flugzeug – einen äußerst wichtigen Passagier, der unbedingt gefunden werden muss.«

Es gab allerdings auch eine zweite Option, ging ihm durch den Kopf. Möglicherweise wusste niemand, dass ein Passagier aus dem Flugzeug fehlte. Und selbst wenn die Amerikaner es zu diesem Zeitpunkt eventuell wussten, dann würden sie um jeden Preis verhindern wollen, dass andere davon erfuhren. Die zweite Option verschaffte ihm vielleicht einen Vorsprung.

Welche Option wahrscheinlicher war, ahnte er nicht. Im Moment schwirrte noch kein Helikopter am Himmel, so viel konnte er festhalten. Ein gutes Zeichen, mehr aber auch nicht.

Erst jetzt richtete er die volle Aufmerksamkeit auf seine Umgebung. Er befand sich mitten in dem hohen Dickicht aus Gräsern, Heide und struppigen Büschen, das sich hinter den ungefähr einhundertfünfzig Meter entfernten hohen Dünen ausbreitete. Auf der anderen Seite der Dünen mit ihren welligen Grasperücken lag das Meer, am Himmel zogen Wolken vorüber. Er drehte sich um und blickte dahin, wo die Landschaft in niedrigere Hügel überging und wo hier und da ein Grüppchen nackter, schwarzer Bäume zusammenstand. Weiter im Landesinneren, dort wo der Grasstreifen endete, ragte der Wald wie eine grüne Mauer empor, die von hier aus undurchdringlich wirkte. Über dichtem Buschwerk thronten riesige Fichten, soweit das Auge reichte.

Bis zur nächsten Wohnsiedlung konnten es zwei Kilometer sein – oder fünfzig. Er wusste lediglich, dass Dänemark ein winzig kleines Land war. Und auf Kleinstädte hatte er nicht geachtet, als er die Landkarten im Cockpit fieberhaft …

Die Karte … Für einen Sekundenbruchteil fürchtete er, sie läge noch immer in der nassen Lederjacke, die er im Bunker zurückgelassen hatte. Doch dann fiel ihm ein, dass er die Karte sorgfältig in eine Plastiktüte und dann in die Seitentasche des Rucksacks gesteckt hatte. Alle seine Erinnerungen bestanden aus Fragmenten, die mal mehr, mal weniger deutlich ausfielen. Der Gedanke, er könnte etwas derart Wichtiges vergessen haben, war ihm besonders unbehaglich.

Er holte die Karte hervor und breitete sie auf dem Boden aus. Immerhin fand er rasch den Küstenort, den er im Flugzeug ausgewählt hatte. Der Name war ihm im Gedächtnis geblieben, »Henne Strand«. Dort, irgendwo südlich von Henne Strand, hatte er den Piloten gezwungen, die Maschine zu landen.

Plötzlich passierte es wieder, seine Augen versagten ihm den Dienst, und die Landkarte mit ihren vielen verschiedenen Farben, Zahlen und Buchstaben verschwamm. Übelkeit stieg in ihm auf. Scheiße … Er hatte sich bereits in der Kälte des versandeten Bunkers übergeben. Und auch hier im Gras hatte er sich erbrochen, bevor seine Beine nachgaben und er zum wiederholten Mal das Bewusstsein verloren hatte.

Eine Gehirnerschütterung machte ihn zu einem leichten Opfer. Es kam ihm vor, als hätte er selbst diesen Gedanken schon mehrmals gedacht, aber er war sich nicht sicher.

Er musste sich ausruhen. Und zwar mehrere Tage lang. So etwas konnte einen umbringen.

Er steckte die Karte wieder ein, rollte die Decke und die Plastikunterlage zusammen und verstaute beides im Rucksack. Als er endlich wieder aufrecht stand und die ersten unsicheren Schritte wagte, spürte er, dass seine Chancen nie schlechter gestanden hatten.

Das Gelände war ein enormes Hindernis. Loser Sand, hohes Gras, dichtes Buschwerk, in dem sich hinterhältige unsichtbare

Löcher verbargen. Wenn man an die falschen Stellen trat, konnte man sich leicht den Fuß verstauchen. Senken mit weichem, fast schon moorartigem Boden, gesäumt von morschen Zweigen.

Wie oft er gestürzt war, wusste er schon nicht mehr. Er würde verlieren. Es war unmöglich, und doch musste er es versuchen …

Er musste immer am Strand entlang, nach Süden. Sobald er einen besseren Unterschlupf fand, um sich zu verstecken und Kräfte zu sammeln, würde er die Karte noch einmal genauer studieren. Noch immer war er in dem flachen Gelände unterwegs, das zwischen den hohen Dünen zu seiner Rechten und dem dichten Wald zu seiner Linken gelegen war. Eine Einöde, so weit er blicken konnte. Kein Anzeichen von menschlicher Anwesenheit, nur ein paar verstreute Hinterlassenschaften. Gegenstände, die am Strand angespült worden waren und weiter ins Hinterland geweht wurden. Einmal hatte er sich gebückt und ein längeres Stück Seil eingesteckt.

Unten am eigentlichen Strand zu laufen, wäre um einiges leichter, aber das wagte er nicht. Lieber blieb er in dem unwegsamen Gelände und hoffte auf das Beste.

Irgendwann sah er sich genötigt, den Kurs zu ändern und weiter rechts am Fuß der Dünen weiterzugehen, wo der schimmernde, lockere Sand zwar ein neues Problem darstellte, das Gelände aber übersichtlicher war als das tückische Gebiet direkt vor seiner Nase. Innerhalb von Minuten schlug das Wetter um. Er bemerkte es nur, weil er zufällig auf seinen eigenen Schatten sah, dessen Ränder plötzlich unscharf wirkten.

Erst jetzt hob er den Kopf. Die weißen Wolken waren verschwunden, verdrängt von einer massiven grauen Wolkendecke, die sich über dem Meer in eine tiefschwarze Regenfront verwandelte und schon bald die Küste erreichen würde.

Nach ein paar Hundert Metern stoppte er abrupt. Inzwischen hatte er den Sand am Fuß der Dünen erreicht. Er kniete sich auf den Boden und grub das Stück Plastikfolie frei, über das er beinahe gestolpert wäre. Mehr davon konnte er gut gebrauchen. Es war von der kräftigen Sorte, die als Verpackungsmaterial genutzt wurde. In seiner eigenen Firma umwickelten sie damit die Paletten mit Gartenstühlen, Tischen und dergleichen.

Die Firma war jetzt tot. Britt konnte sie nicht ohne ihn weiterführen, alles basierte auf seinen Kontakten, seinem Netzwerk. Auf vierundzwanzig Angestellten hatte er es gebracht. Und zu einem Überschuss von 6,3 Millionen Schwedischen Kronen im letzten Geschäftsjahr. In diesem Jahr wäre der Gewinn sogar noch größer ausgefallen, hätte diese widersinnige Katastrophe ihn nicht vollkommen aus der Bahn geworfen.

Er schob die Gedanken beiseite. Die Firma war nicht länger Teil der Zukunft, für die er jetzt kämpfte.

Er war kein Geschäftsführer mehr, nicht mehr sein eigener Chef.

Er war ein Gefangener auf der Flucht.

Mit den Händen schaufelte er den Sand zur Seite, und nach einigen Minuten konnte er eine große Plastikfolie aus dem Boden befreien. Ohne zu wissen, wofür er sie genau verwenden könnte, rollte er die Plastikbahn zusammen und befestigte sie am Rucksack.

Über dem Meer war die schwarze Wolkenbank weiter herangezogen. In einer guten halben Stunde würde die Welt hier untergehen. Er musste schnell weiter.

Bei jedem Schritt zerstach das hohe scharfkantige Dünengras seine Beine. Trotzdem war es besser, als sich durch das tundraähnliche Gelände zu schlagen.

Nach einer Weile schien es ihm, als führten die Dünen einen Eroberungsfeldzug gegen das grasbewachsene Gelände. Erst dichtes Buschwerk hielt den Sandangriff auf. Er konnte am Rand des losen Sands laufen, was jedoch einem Umweg von mehreren Hundert Metern gleichkam, oder er überwand die Reihe aus kleineren Dünen, die jetzt vor ihm lag. Mit der Unschlüssigkeit eines müden Mannes entschied er sich schließlich für Letzteres.

Als er zum dritten Mal eine steile Dünenböschung hinabstieg, stürzte er. Ein Bein brach unter ihm weg, bevor er halb rollend, halb schlitternd durch den weißen Sand rutschte.

Beim vierten Anstieg war er sicher, die letzte Düne erklommen zu haben. Wieder zog sich alles in ihm zusammen, und er erbrach sich. Nichts als Flüssigkeit. Sein Magen war längst leer.

Er spuckte aus und hob den Kopf. Ihn streifte der Gedanke, dass er auf allen vieren lag wie ein Opferlamm auf dem Altar. Jetzt konnten sie ihn an Ort und Stelle schlachten. Auf einmal glaubte er, eine Veränderung zu registrieren … Er schüttelte den Kopf, um klarer sehen zu können, doch er hatte sich nicht getäuscht. Etwas hatte sich verändert.

Vor ihm erstreckte sich eine große Senke. Zwar nicht tiefer als die kleinen Kuhlen zwischen den Dünen, dafür aber sehr viel größer. Und menschengemacht. Er blieb bäuchlings liegen, während er das Gelände scannte und sich Details einprägte.

Die Fläche war vollkommen verlassen. Ein Kiesweg führte aus dem Gebiet heraus und war so breit, dass er als Zufahrtsstraße für schweres Gerät dienen musste. Durch das gesamte Gebiet und die angrenzenden Dünen verliefen rot-weiße Bänder, die sich bei genauerem Hinsehen als farbige Absperrketten entpuppten. Auf der rechten Seite in Richtung Meer befand sich ein offener Platz mit einigen Containern und anderem Material. Vor der Einfahrt zu dem Platz stand ein großes Schild mit Symbolen, die er aus der weiten Entfernung aber nicht erkennen konnte. Es waren noch weitere solcher Schilder über das ganze Gelände verteilt.

Handelte es sich um eine Art Kiesgrube? Immerhin hatte der Sand eine gute Qualität. Nein, es gab keine Anzeichen für Gruben und auch keinerlei Maschinen. Er wunderte sich einen kurzen

Moment, bis sein Blick auf etwas fiel, das Besorgnis in ihm weckte. Periskope … An mehreren Stellen ragten Rohre aus der Erde, die am oberen Ende einen waagerechten Knick machten.

Dann also Gas? Öl? Irgendwelche Bohrarbeiten? Er hörte auf, zu raten. Wenigstens war das Gebiet nicht hermetisch abgeriegelt, und da es Reifenspuren von Fahrzeugen gab, schloss er, dass kein großes Risiko für ihn bestand. Vor allem der Kiesweg erschien verlockend. Endlich ein fester, ebener Boden, auf dem er gehen konnte – und kein kraftraubender Sand. Aber wo ein Weg war, waren auch – sehr wahrscheinlich – Menschen …

Nachdem er das Gebiet eine Weile aus seinem Versteck im hohen Gras der Düne beobachtet hatte, kletterte er die Böschung hinunter und betrat den offenen Platz. Ein Stück weiter vorn begegnete er einem Schild mit der Aufschrift »Sicherheitszone 2«, und kurz danach noch einem Schild, das anscheinend den Eingang zu diesem merkwürdigen Gebiet markierte. Den Text konnte er ohne große Probleme lesen, auch wenn ihm einzelne Wörter und Wendungen nichts sagten. Es ging hier nicht um Öl oder Gas, sondern um Umweltverschmutzung. Anscheinend wurde zurzeit versucht, die Reste von chemisch verseuchtem Abwasser zu beseitigen.

»… das von der Grindsted-Chemiewerk AG in der Zeit von 1956–1973 mit behördlicher Genehmigung in sechs Gruben der Kærgård Plantage vergraben wurde. Die Beseitigung der Giftstoffe ist ein Teil der …«

Weiter las er nicht. Es war zu anstrengend für seinen bereits schmerzenden Kopf, und mehr brauchte er nicht zu wissen.

Der breite Zufahrtsweg führte weg von der Küste und durch den Wald. Früher oder später würde er in eine asphaltierte Straße münden, das war logisch. Ein zweiter, parallel zur Küste gelegener Weg schien auf einen Parkplatz zu führen. Diesmal traf er die Entscheidung rascher und folgte dem kleinen Kiesweg, auf dem weitere Schilder auf Englisch und auf Deutsch vor der Umweltverschmutzung warnten und von einem Aufenthalt in diesem Gebiet abrieten.

Eine ebene Fläche am Rand der äußersten Dünenreihe war mit Pfählen abgegrenzt, deren Spitzen allesamt gelb angestrichen waren. Das große und grasbewachsene Areal wirkte vollkommen unschuldig, aber dort waren also früher die Chemikalien hingeflossen.

Am Ende des schmalen Wegs lag ein kleiner Parkplatz, von dem aus ein Pfad in das Waldstück entlang der Küste führte. Er beschleunigte das Tempo. Besonders schnell konnte er zwar nicht laufen, aber trotzdem war er dreimal schneller als im offenen Gelände. Er begann zu schwitzen, und kalter Schweiß lief seine Stirn hinab. Nach etwa zwanzig Minuten verschwammen die Nadelbäume vor ihm zu einer einzigen grünen Masse.

Er blieb stehen, lehnte sich an einen Baumstamm und atmete tief aus. Nach einem Moment normalisierte sich sein Blick wieder, und er zwang sich zum Weitergehen. Rechts von ihm hingen die Wolken schwer am Himmel.

Der Pfad traf auf einen neuen und breiteren Weg, und er bog nach links ab, landeinwärts. Nicht, weil er damit einen gut durchdachten Plan verfolgte, sondern einfach weil er den Gedanken nicht ertrug, sich noch einmal einen Weg durch das unwegsame Dünengelände bahnen zu müssen. Bald darauf befand er sich auf einer Lichtung inmitten von schlaksigen Kiefern und Büschen. Zwischen zwei großen Sträuchern stand ein Holzturm, ein Hochsitz, genau wie die, die er von zu Hause kannte. Britts Familie hatte ihn ein paarmal zur Elchjagd mitgenommen, aber einen Schuss hatte er nie abgegeben. Jetzt war er der Gejagte.

Einen Augenblick hielt er inne, um sich umzusehen. Auf der anderen Seite der Lichtung gab es einen Pfad durch dicht stehende Fichten, während vor ihm eine Reifenspur im Sand eine

Kurve machte und allem Anschein nach in ein Gebiet mit niedrigerer Vegetation führte.

Der unerträgliche Schmerz in seinem Kopf machte ihm eine Entscheidung unmöglich, und es fühlte sich an, als wäre sein Gehirn nicht ansatzweise in der Lage, das Signal zum Aufbruch an die Beine zu senden.

Dann kam der Regen. Schwer, hart und plötzlich prasselten die Tropfen auf ihn nieder, als verliefe direkt über ihm eine exakte Grenzlinie. Auf der einen Seite war es trocken, auf der anderen goss es wie aus Kübeln.

Ihm blieb nur eines übrig. Er warf den Rucksack ab, löste das Seil und breitete das neugefundene Stück Folie aus. Im Sandboden wühlte er nach dem richtigen Stein und wurde fündig. Mit einem kleinen und scharfkantigen Feuerstein ritzte er einen ungeraden Schnitt in die Mitte der Folie. Dann griff er mit beiden Händen hinein und vergrößerte das Loch. Er setzte den Rucksack wieder auf und steckte seinen Kopf durch das Loch in der Plastikplane.

Über ihm strömte der Regen, aber sein improvisierter Poncho funktionierte. Langsam überquerte er die Lichtung und folgte den Fahrspuren. In seinem Plastikschutz hörte er, wie aus dem ersten heftigen Platzregen schnell ein andauerndes und schweres Rauschen wurde.

Der Regen war eisig kalt. Jetzt waren es keine Schlaglöcher, Wurzeln oder andere Stolperfallen mehr, auf die er sich konzentrieren musste. Dort wo Steine und Kies in den tiefen Fahrspuren lagen, stand bereits das Wasser.

Während er sich weiter vorankämpfte, öffnete sich allmählich die Landschaft. Auf beiden Seiten des sich dahinwindenden Wegs breitete sich ein wahrer Teppich aus kleinen Büschen aus, aus dem hier und da kleine Grüppchen toter Bäume und struppiger Kiefern ragten. Erst mehrere Hundert Meter links von ihm erhoben sich die hohen Fichtenbäume und bildeten die natürliche Grenze des unebenen Terrains. Seit der Lichtung war er nicht weit gekommen, allerhöchstens einen Kilometer.

Der Sturz geschah nicht plötzlich. Eher in Zeitlupe. Ein Bein gab unter ihm nach, er stürzte und landete auf einem Kissen der braun-lilafarbenen Pflanzenwelt, die die Fahrspuren umgab.

Es war vorbei. Er hatte seine Grenze erreicht. Jetzt konnte er hier liegen bleiben wie eine Schildkröte auf dem Rücken und darauf warten, dass sie ihn einfach aufsammelten.

Unter größten Anstrengungen schaffte er es, sich auf die Seite zu drehen. Erst nach einer Weile registrierte er, was seine Augen da sahen. Die unendliche Decke aus grünen Blättern und Sträuchern, die sich über die Senken und kleinen Hügel erstreckte, war – ein Dach. Er besah sich die Blätter über seinem Gesicht. Sie glichen denen von Eichen.

Die Blätter bildeten tatsächlich ein Dach über dem riesigen Gebiet, und nun lag er hier und betrachtete es von unten. Ein undurchdringliches Strauchwerk aus verschlungenen Ästen, die aus dem weißen Sand, dem Moos und den braun-lilafarbenen Pflänzchen ragten, in alle Richtungen wucherten und sich oben unter dem Blätterdach miteinander verflochten. Nein … vielleicht waren es vielmehr kleine Bäume, die unter dem Sand begraben waren, der von den heftigen Stürmen im Frühjahr und im Herbst ins Hinterland geweht wurde.

Vom Boden bis zum Blätterdach war es nicht mehr als ein knapper Meter. Sich durch dieses Gelände zu schlagen, war für einen Menschen schlicht unmöglich, das Land war uneinnehmbar. Bewegte man sich aber kriechend fort und konnte durch die engen Korridore robben, war diese Landschaft ein perfekter Ort.

Mit Mühe kam er wieder auf die Knie. Die Idee, die in seinem dröhnenden Kopf keimte, verlieh ihm neue Kräfte. Er nahm den Poncho ab, band ihn am Rucksack fest und krabbelte durch das wilde Geflecht aus Ästen, während er den Rucksack vor sich herschob.

Unter dem natürlichen Blätterdach blieb er vor dem Regen weitgehend verschont. Es war erschöpfend, sich vorwärtszuarbeiten, mal auf den Knien, mal auf den Ellenbogen, aber er kämpfte sich verbissen weiter, Meter um Meter. Er würde weit in das versteckte Land hineinkriechen, und dann würde er schlafen.

Bei seinen regelmäßigen Pausen, um Luft zu holen oder gegen das zunehmende Schwindelgefühl anzukämpfen, lag er auf dem Rücken im Miniaturwald und schaute hinauf zu dem grünen Dach. Er war Gulliver bei den Liliputanern.

Nachdem er sich lange abgemüht hatte, fand er endlich einen geeigneten Lagerplatz, einen winzigen moosbedeckten Hügel. Hier würde das Regenwasser ablaufen, und da sich die kleine Erhebung inmitten einer großen Senke befand, würde man ihn hier kaum entdecken. Er brachte seine letzten Kräfte auf, um sich ein Lager zu bauen. Das eine Folienstück nutzte er als Unterlage gegen die Feuchtigkeit, mit dem anderen spannte er einen Meter über dem Boden ein zusätzliches Dach in den »Baumkronen« ab. Danach breitete er die Decken aus und kroch in seinen notdürftigen Unterschlupf.

Noch immer prasselte der Regen auf das Blätterdach über seinem improvisierten Lager ein, er hatte kein bisschen nachgelassen. Ab und zu konnte er zusehen, wie sich das Wasser auf der Folie sammelte und in kleinen Strömen seitlich herabfloss.

Jetzt war er vollkommen erschöpft. Liegen zu bleiben war das Einzige, zu dem er noch in der Lage war.

11

Schüsse auf offener Straße.

Sie hatte es auf der Rückfahrt vom Strand über Funk mitbekommen, daher wunderte sie sich nicht darüber, dass es im Präsidium zuging wie in einem Ameisenhaufen, als sie mit dem Dienstwagen auf den Hof fuhr.

Sollte irgendjemand auch nur den geringsten Zweifel daran haben, brauchte er oder sie nur einen Blick auf den Bürgersteig zu werfen. Vor dem Haupteingang tummelten sich ungeduldig wartende Menschen mit Taschen, Kameras und Mikrofonständern; die Fernsehjournalisten hatten ihre üblichen Posten bezogen. Eine Nahaufnahme von Birkedals todernster Miene mit dem Polizeischild über der Tür im Hintergrund, so hatten sie es am liebsten … Nicht, dass es ihm diesmal recht wäre. Zu einem so frühen Zeitpunkt war es noch nicht nötig, Informationen nach außen zu geben, also würde er wohl irgendwelche leeren Phrasen dreschen.

Immer wieder kamen ihr Streifenwagen entgegen. An dieses Bild würde man sich wohl gewöhnen müssen. Im Zuge der Ermittlung hatte man beschlossen, massiv Präsenz auf der Straße zu zeigen – auch um die Leute zu beruhigen, die bereits in helle Panik verfielen.

Denn anscheinend handelte es sich nicht um eine Einzeltat. Auch wenn es niemand aussprach, war das Wort »Bandenkrieg« allgegenwärtig.

Esbjerg war bisher noch nie zum Schauplatz von Gangfehden mit heftigen Schießereien geworden, wie sie beispielsweise in

Kopenhagen zwischen Rockern und Einwanderergangs während der Kämpfe um das Drogenmonopol getobt hatten.

Jetzt allerdings brannte das Feuer lichterloh – nach zwei Hinrichtungen und einem Schusswechsel auf offener Straße.

Nina hastete durch das Gebäude, ohne irgendjemanden nach den Details zu fragen. In fünf Minuten fand das Briefing statt. Falls es nicht ausfiel, wovon sie als Verbannte natürlich als Letzte erfahren würde. Auf ihrer Etage angekommen traf sie in der Tür auf Ulbæk, der sie beinahe über den Haufen rannte und sich hektisch entschuldigte. Er hatte sie in seiner Rolle als Birkedals Laufbursche selbst an den Strand in Henne beordert, daher legte sie ihm trotz des denkbar schlechten Zeitpunkts eine Hand auf die Schulter, um ihn davon abzuhalten, einfach weiterzusprinten.

»Du, wegen des Flugzeugs …« Sie gab sich große Mühe, es nicht auf die Spitze zu treiben.

Der fünische Polizeikommissar wirkte verdutzt. Sie spürte, wie es in seinem pflichtbesessenen Beamtenschädel vor Aufträgen brummte, die er nun in höchster Eile in die Tat umzusetzen versuchte.

»Das Flugzeug?«

»Ja, das Flugzeug … oben am Henne Strand.«

»Ach so, ja. Was ist damit?«

»Tja, ich bin wieder zurück. Ich habe mit dem Amtsarzt wegen der Leichenschau gesprochen, aber ich …«

»Gut, Nina, in Ordnung. Das klären wir später. Ich hab es echt eilig.«

Ulbæk war schon wieder weitergeeilt.

»Was ist mit dem Briefing?«, rief sie ihm hinterher.

»Um eine halbe Stunde verschoben!«, schallte es von unten durch das Treppenhaus.

Nina nahm sich auf dem Weg in ihr Büro eine Tasse Kaffee mit und setzte sich vor den Rechner. Inzwischen hatte es das verunglückte Flugzeug in die Online-Schlagzeilen geschafft. Dort stand allerdings nichts, was sie nicht bereits wusste. Auf der Homepage der lokalen Zeitung war natürlich die Schießerei das bestimmende Thema.

Das Opfer, ein Mann in den Zwanzigern, war beim Verlassen eines Imbissladens in der Storegade auf dem Gehweg niedergeschossen worden. Den Informationen der Zeitung zufolge hatte er ein »südländisches« Äußeres. Nina musste grinsen. Bald würde Birkedal erneut die ihm so verhasste Prüfung über »eine nichtdänische ethnische Herkunft« ablegen müssen.

Angeblich war das Opfer nur leicht verletzt worden. Über die Anzahl der abgegebenen Schüsse gab es widersprüchliche Aussagen, aber anscheinend waren sie aus einem dunklen Auto abgefeuert worden, das den Tatort in hohem Tempo verlassen hatte. Ausgehend davon stürzten sich die Journalisten in allerlei ausschweifende Spekulationen und brachten die Episode natürlich mit den beiden Morden in Verbindung, bei denen sie im Übrigen Parallelen zum gegenwärtigen Bandenkrieg in Kopenhagen zu erkennen glaubten.

Die wenigen verbürgten Fakten, die sich zum Toten unter der Eisenbahnbrücke und zu der Schießerei in dem Zeitungsartikel fanden, stammten alle von Birkedal. Und der hatte sich sehr bedeckt gehalten. Der Rest des Artikels bestand aus einem Mix aus logischen Schlüssen und Mutmaßungen, die auf Äußerungen der beiden Imbissverkäuferinnen sowie eines Gasts basierten, mit denen die Reporter gesprochen hatten.

Eigentlich sollte die Aussicht auf eine drohende Auseinandersetzung zwischen verfeindeten Gangs Ninas Denken bestimmen, aber irgendwie kam ihr das Ganze so … banal vor. Stattdessen kehrten ihre Gedanken immer wieder zu der missglückten Notlandung fest.

Nina las weiter und versuchte, diese Gedanken abzuschütteln.

Die Wahrheit war einfach. Flugzeuge *konnten* bei Unwettern Probleme bekommen, Notlandungen *konnten* schiefgehen, Passagiere *konnten* aus ihren Sitzen geschleudert werden und sterben, wenn ihre Maschine sich überschlug. Punkt.

Der Amtsarzt hatte die rechtsmedizinische Leichenschau für den Nachmittag anberaumt. Er würde sie selbst durchführen, und das nur, weil Nina darauf gepocht hatte. Sie hatte ihn während der Rückfahrt per Telefon darum gebeten. Angeblich war der Mann schwer beschäftigt, weshalb sie sich um Punkt 17 Uhr in der Leichenhalle des Krankenhauses verabredet hatten. Dann würde sich zeigen, ob es einen Grund gab, sich weiter mit der Sache auseinanderzusetzen. Natürlich hatte Nina auf dem Rückweg auch im Krankenhaus vorbeigeschaut, wo sie jedoch erfahren hatte, dass keiner der beiden Überlebenden in der Lage war, mit der Polizei zu reden. Der Pilot lag auf dem Operationstisch, während man den Passagier ins künstliche Koma versetzt hatte, um seinen Körper zu entlasten. Über die Verletzungen hatte sie bei ihrem Besuch keine Informationen erhalten.

Draußen auf dem Flur ertönten hektische Schritte. Ihre Kollegen machten sich auf den Weg in den großen Besprechungssaal. Nina schielte zur Uhr an der Wand. Die halbe Stunde war bereits um, also stand sie auf und folgte dem Strom.

Polizeidirektor Blix höchstpersönlich thronte an der Stirnseite des Konferenztischs. Was ihn wohl in diese einfachen Räumlichkeiten verschlagen haben mochte? Und um ihn herum war alles vertreten, was das Präsidium an diesem Tag an Direktoren, Inspektoren, Stellvertretern und Neulingen hatte aufbieten können. Sie waren nicht gekommen, um als eingeschworene Musketiere gemeinsam den großen Strafzetteltag auszurufen.

Der geschäftsführende Direktor der Polizeifabrik würde Birkedal mit seinem Drachenatem dauerhaft im Nacken sitzen, denn nicht nur die *Funktionalität* des Polizeibezirks, sondern auch Direktor

Blix selbst war der Beobachtung und dem Urteil von Medien und Politik ausgesetzt. Einer Politik, die jede sich bietende Gelegenheit nutzte, um die Polizeireform zu Grabe zu tragen. Sollte das tatsächlich gelingen, würde Nina bei der Beerdigung lächeln.

Sie hatte es im Gefühl. Wenn es etwas gab, das die Schwächen der Einheit aufdecken konnte, dann ein Bandenkrieg, weil er so viele Ressourcen erforderte.

Die Drogenfahnder aus der Abteilung für organisierte Kriminalität waren ebenfalls gekommen. Ein Großteil der Ermittlungen würde sich in ihrem Territorium abspielen. Madsen starrte an die Decke und sah aus, als vermisse er seine Pfeife. Ulbæk blätterte konzentriert in seinen Notizen, während sich Thøgersen leise mit Frederiksen unterhielt, dem Chef der Lokalpolizei, der heutzutage *stellvertretender Polizeiinspektor* hieß. Alle waren da, mit Ausnahme von einem, Polizeiinspektor Erik Birkedal.

Torsten Monberg saß neben Nina und beugte sich zu ihr hinüber.

»Wo um alles in der Welt hast du gesteckt, Nina?«, flüsterte er.

»Am Strand«, antwortete sie.

»Am Strand? Was soll das heißen?«

Sie hatte schon länger beschlossen, ein wenig netter zu Monberg zu sein und das blauäugige, braungebrannte Muskelpaket nicht allzu oft zu piesacken. Monberg war seinerseits auch sehr viel umgänglicher geworden, seit ihm klar geworden war, dass sie den Führungskurs hatte sausen lassen.

»Ein Flugzeug musste heute Nacht oben am Henne Strand notlanden. Es gab einen Toten, und ich wurde hinbeordert, um mir die Sache anzusehen.«

»Mitten in dem Chaos hier?« Er deutete vielsagend mit dem Kopf in die Runde.

»Ja, mitten in dem Chaos hier.«

»Das ist doch verrückt, Nina … Das ist doch wirklich verrückt …«

Sie konnte förmlich sehen, wie es in Monbergs Schädel zu rattern begann, um eine Erklärung zu finden.

Nina Portland, die Hauptfigur bei einigen der dramatischsten und kompliziertesten Fälle der letzten Zeit, PET-Kontaktperson des Präsidiums, auf Du und Du mit einigen der führenden Männer desselben Nachrichtendienstes, die nervige, schlagfertige, sture Nina Portland … Birkedals *Liebling*. Wie konnte diese Nina Portland in so kurzer Zeit nur so tief fallen?

Die Rädchen in Monbergs Kopf drehten und drehten sich, allerdings erfolglos, wie es den Anschein hatte. Denn er blieb stumm und sah sehr nachdenklich aus.

Endlich kam Birkedal in seinem Fernseh-Tweedsakko in den Besprechungssaal gestürmt und nahm Kurs auf seinen angestammten Platz neben Thøgersen. Aber an diesem Tag war nichts wie sonst. Blix und ein paar Leute aus seinem Hofstaat hatten die festen Plätze belegt – sicher aus reiner Unwissenheit, weil sie sich an einem für sie wildfremden Ort befanden. Birkedals Augenbrauen schossen beinahe senkrecht in die Höhe, als er den Frevel entdeckte. Er knallte seine Papiere und Ordner auf die Tischplatte und schien gerade wütend Luft zu holen, als ihn eine Direktorenhand an der Schulter berührte.

Es war wie im Kino, nur besser.

»Lassen Sie mich noch kurz ein paar einleitende Worte sagen, Erik«, sprach Blix leise.

Erik. Wieso eigentlich nicht. Birkedal, das heißt, Erik fuhr herum und starrte seinen Vorgesetzten an. Im Blick des Löwen gab es kein Erbarmen. Man konnte von Birkedal halten, was man wollte – sie wünschte ihn ja selbst gerade auf den Mond –, aber der Mann ließ sich nicht unterbuttern.

»Dann beeilen Sie sich gefälligst«, fauchte er und nahm auf einem fremden Stuhl Platz.

Direktor Blix, natürlich ein studierter Jurist, war ein schlaksiger Mann von etwa einem Meter neunzig. Er stand auf und rieb sich erwartungsvoll die Hände.

»Meine Damen und Herren …«

Die Begrüßung hatte einen bitteren Tonfall, und passend dazu folgte danach eine lange Pause.

»Allein die Zahl der heute hier Anwesenden ist ein Ausdruck dafür, in welcher ernsten Situation wir uns befinden. Denn … ohne Zweifel ist der *Bandenkrieg* nun auch in Esbjerg angekommen. Er stellt eine enorme Herausforderung für unsere Organisation dar, viele Blicke werden in der kommenden Zeit auf uns gerichtet sein. Deshalb werden wir allen zeigen, dass wir hier in Esbjerg in der Lage sind, selbst die schwersten Aufgaben zu meistern. Es verlangt uns allen ein hohes Maß an Anpassungsbereitschaft ab, wenn wir über bestehende Barrieren hinweg zusammenarbeiten müssen, aber gerade der Wille zur Interdisziplinarität und die Fähigkeit, Gebrauch von unseren gegenseitigen Spitzenkompetenzen zu machen, wird die Arbeit voranbringen und den Bürgerinnen und Bürgern sowie der Presse zeigen, dass Flexibilität die *force number one* des neuen Systems darstellt. Diesen Fall können wir im Geiste der Reform innovativ angehen und damit einen Maßstab für unseren Bezirk als Ganzes setzen. Alle, die heute hier stehen, wissen, dass …«

Weiter reichte Ninas Aufmerksamkeit nicht. Der Direktor war der Einzige, der stand, alle anderen saßen. Sie schielte zu Monberg hinüber, der hochkonzentriert zuzuhören schien. Entweder brütete er über Wörtern wie »Interdisziplinarität« und »innovativ« – oder er versuchte immer noch, das Rätsel Nina Portland zu lösen.

Sie wachte erst wieder auf, als sie Birkedals dumpfes Räuspern hörte. Seiner Gewohnheit treu war er zum Fensterrahmen geschlurft, von wo aus er eine große Unzufriedenheit mit den Worten seines »Vorredners« ausstrahlte.

»Jetzt ist gute alte, handfeste Polizeiarbeit gefragt, liebe Leute.

Wir müssen alle an einem Strang ziehen. Wir haben zwei Morde, beziehungsweise Hinrichtungen, und eine Schießerei, vermutlich ein weiterer Mordversuch. Das klingt nach: Gewalttaten und Rache. Verdammt gefährlich, weil jede Tat eine neue hervorruft und die Gewalt nie endet. Deshalb müssen wir das hier beenden, bevor uns die Scheiße in den Händen explodiert.«

Der Ton hatte sich geändert. Jetzt lauschten alle aufmerksam.

»Folgendes wissen wir: Beide Opfer sind *nicht-dänisch.*«

Nina grinste. Auch ein Löwe konnte dazulernen.

»Unser erstes Opfer ist Merzuk Osmanović, Bosnier, sechsundzwanzig Jahre alt. Er wurde vor sechzehn Tagen ermordet. Ein echter Mistkerl mit mehreren Vorstrafen, einige davon wegen Drogendelikten. Wir hatten ihn ihm Verdacht, in Drogengeschäfte verwickelt zu sein, konnten ihm aber nichts nachweisen. Er starb an einem Schuss in die Stirn in seiner Wohnung im Stengårdsvej. Das zweite Opfer ist Evrim Yilmaz, Türke, dreiunddreißig Jahre alt. Er wurde wahrscheinlich gestern Abend bei einer Joggingrunde durch das Naturgebiet zwischen Kvaglund und der Kreuzung Stormgade/Spangsbjerg Møllevej erschossen. Zwei Kugeln. Eine in die Stirn und eine ins Herz. Aktuell findet die Obduktion statt. Yilmaz war ebenfalls mehrfach vorbestraft, hauptsächlich wegen Drogen, aber auch wegen brutaler Gewaltvergehen. Das heißt: Zwei richtig brutale und skrupellose Männer.«

Birkedal verließ den Fensterrahmen und lief an der Wand entlang wie ein Raubtier, das hinter Gitterstäben hin- und herwandert. Er fuhr fort:

»Der Kerl, der heute fast umgebracht worden wäre, ist achtundzwanzig Jahre alt. Er heißt Hasan Zlatar und kommt wie Osmanović aus Bosnien. Sie sind beide Muslime.«

Offensichtlich war Birkedal gut vorbereitet. Und er hatte recht. Bei den bevorstehenden Ermittlungen würden Punkte wie ethnische Herkunft und Religion sicher eine Rolle spielen.

»Zlatar wurde nur leicht an der Schulter verletzt und ist für eine Aussage auf die Wache gebracht worden. Aber wer hat geschossen? Anscheinend ein Kerl namens …«

Zum ersten Mal musste Birkedal auf seine Papiere zurückgreifen.

»… namens Özgür Celik, der einen türkischen Hintergrund hat. Ein aufgewecktes Mädchen, das sich im Laden neben dem Imbiss aufgehalten hat, vor dem das Opfer stand, konnte ein Handyfoto schießen. Darauf ist ein Mann zu erkennen, der mit einer Pistole aus einem geöffneten Autofenster zielt. Bei diesem Mann handelt es sich mit großer Sicherheit um Özgür Celik. Seit der Attacke ist er jedoch wie vom Erdboden verschluckt.«

Birkedal legte eine Kunstpause ein. Er wusste aus eigener Erfahrung, dass die vielen fremd klingenden Namen es seinen Zuhörern nicht einfacher machten, sich alles zu merken.

»Also, Leute … Bosniaken und Türken, wohin führt uns das? Mitten in einen schwelenden Bandenkrieg, fürchte ich. Wir haben uns den ganzen Tag mit den persönlichen Beziehungen der Opfer beschäftigt, und es gibt ein deutliches Muster: Zuerst wird der Bosniake Osmanović ermordet, den wir mit einem Loch im Kopf auf seinem Sofa gefunden haben. Dann der Türke Yilmaz, der in der Unterführung hinter dem Ausbildungszentrum EUC Vest lag. Als Nächstes der Mordversuch am Bosniaken Zlatar. Ein Vergeltungsschlag folgt auf den nächsten. Der Kampf um den Drogenmarkt ist in vollem Gange. Dabei reden wir nicht von bestimmten Banden, sondern von klar definierten Personenkreisen. Alle Namen gehören zu einem bestimmten Kreis. Während Osmanović wahrscheinlich den einen Kreis anführte, war Yilmaz anscheinend nur die rechte Hand in der türkischen Gruppe. Aber wir müssen davon ausgehen, dass es weitere Attacken geben wird. Wenn sie sich abwechseln, wird das nächste Opfer ein Türke sein. Unsere Aufgabe besteht nun darin, genau das zu verhindern. Und das erreichen wir nur durch gemeinsame Anstrengungen. Sichtbarkeit, Präsenz und harte Arbeit von jedem, von den Leuten in den Streifenwagen bis zu den Ermittlern.«

Nina entnahm Birkedals Ton, dass er vorhatte, die rein praktische Organisation der Ermittlungen Thøgersen zu überlassen. Und Thøgersens Miene gab ihr recht. Er prüfte seine Unterlagen ein letztes Mal und machte sich bereit.

Nina warf einen Blick auf ihre Armbanduhr. Ihr blieb nur noch eine halbe Stunde, bis sie den Amtsarzt in der Leichenhalle treffen sollte. Birkedal kam langsam zum Ende. Mehr als irgendjemand sonst hatte sie sich mit dem Osmanović-Fall befasst, ohne dass es einen Nutzen gehabt hätte. Erst als jemand plötzlich einen Konkurrenten Osmanovićs umlegte, ließ sich ein Zusammenhang erahnen. Es gab ein Motiv und Hintergründe, mit denen man arbeiten konnte. Verdächtige Personen tauchten auf. Der heutige Mordversuch auf offener Straße bestätigte diese Vermutungen nur weiter. Und bei all dem bestand Ninas Belohnung für ihren tagelangen unermüdlichen Einsatz aus einer Verbannung an den Henne Strand.

Selbstverständlich war es völlig unerhört, eine Besprechung dieses Kalibers vorzeitig zu verlassen. Nichtsdestotrotz stand Nina von ihrem Platz auf und schlüpfte aus dem Saal, mit Torsten Monbergs verwunderten Riesenaugen im Rücken und begleitet von vielen weiteren fragenden Blicken. Darunter vermutlich der von Birkedal.

Es war schon über eine Woche her, dass sie »B. Majgaard«, wie es auf dem handgeschriebenen Namensschild über dem Briefschlitz stand, gesehen hatte. Bestimmt war Bent, ihr liebenswürdiger Nachbar und unverbesserlicher Schnorrer, mit einem Auto beschäftigt.

Nina stellte die Einkaufstüten auf dem Treppenabsatz ab und

kramte nach den Schlüsseln. Kaum hatte sie den Gedanken zu Ende geführt, da riss Bent seine Wohnungstür schon sperrangelweit auf.

»Hallo Nina, hab ich doch richtig gehört, dass du das auf der Treppe bist. Lange nicht gesehen. Was treibst du so?«

Bents stark schielende Augen wirkten fröhlich hinter den dicken Brillengläsern.

»Na, du? Ich habe gerade das Gleiche gedacht. Und bin zu dem Schluss gekommen, dass du bestimmt viel in der Autowerkstatt zu tun hattest.«

»Autowerkstatt? Ich wasche meine Hände in Unschuld, Nina. Ich bin schließlich Frührentner.«

»Ja, genau, und ich bin die beste Freundin von Angelina Jolie.«

»Ha! Du bist verrückt, Nina.«

Bent lachte schallend und fokussierte seinen Blick auf die Einkaufstüten.

»Vielleicht hast du heute ja schon selbst gekocht, Bent?«, versuchte Nina, ihren Nachbarn auflaufen zu lassen.

»Leider verhält es sich so, dass Jamie Oliver gerade keine Zeit hatte, deshalb …«

»Deshalb bist du dazu verdammt, dir etwas zu bestellen.«

Bent nickte grinsend.

»Bei deiner Ernährung würde es mich nicht wundern, wenn aus dir niemals ein *richtiger* Rentner wird, mein Lieber.«

»Sagt ausgerechnet die, die man in der Stadt nur Nummer sechzehn nennt.«

»Nummer sechzehn?«

»Milano … Tomaten, Käse, Hackfleisch und Peperoni.«

»Jonas und ich haben seit Monaten keine Pizza mehr bestellt. Bei uns wird gesund gegessen – jedenfalls fast immer. Magst du mitessen?«

»Ja, sehr gern. Danke.«

»Dann also Punkt halb sieben.«

»Punkt, in Ordnung.«

»Im Ernst, sei pünktlich, sonst hat Jonas schon alles verputzt.«

»Das Risiko gehe ich nicht ein, bis nachher.«

Bent Majgaards breites Lächeln verschwand wieder hinter der Wohnungstür. Nina steckte den Schlüssel ins Schloss und öffnete die Tür zu ihrer eigenen Wohnung. Sie hatte Jonas ermahnt, auch dann abzuschließen, wenn er zu Hause war.

»Hallo, Jonas! Bist du daheim?«

Keine Antwort.

»Hallo!«

Sie probierte es auf dem Weg in die Küche noch einmal. Aus Jonas' Zimmer ertönte ein leises Brummen statt wie erwartet Maschinengewehre und explodierende Handgranaten. Die Tür war angelehnt, also stieß Nina sie behutsam auf. Jonas saß auf dem Bett, hatte die Decke über die Beine gelegt und las.

»Aha, der Herr kann also tatsächlich lesen.«

»Ja, kann er.«

Ihr aktuelles Streitthema war sein Bücherkonsum im Vergleich zu der Zeit, die er vor dem Computer verbrachte. Eine vermeintliche Grundsatzdiskussion, in der der Junge hartnäckig behauptete, dass er sehr wohl las, »eine ganze Menge« sogar. Und jetzt saß er da und las tatsächlich. Der Computer war nicht einmal eingeschaltet. Für den Augenblick ging er damit in Führung.

»Harry Potter? Immer noch?«

»Ich hab wieder von vorn angefangen.«

»Ja, aber warum?«

»So entdeckt man neue Details in der Geschichte, aber das ist wieder so eine Sache, die du nicht verstehst, Nina.«

Seit Neuestem nannte er sie »Nina«, wenn er sie provozieren oder einfach nur ein wenig necken wollte. In ihrem tiefsten Inneren gefiel ihr das überhaupt nicht. Denn es demonstrierte höchst effektiv, dass der Junge in rasender Geschwindigkeit älter wurde – was für sie genauso galt – und dass er schon bald ein richtig hochaufgeschossener, pickliger, schüchterner und unmöglicher Teenager sein würde.

»›Mama‹, ich heiße Mama, Jonas Portland.«

»Ich dachte, dein Name wäre Nina.«

Und dann das mit dem »Entdecken von neuen Details« in der Geschichte, das war neu. Aber etwas Gutes. Ein Zeichen dafür, dass im oft kritisierten Dänischunterricht doch noch Dinge geschahen, die die Kinder weiterbrachten. Jonas ging schon in die sechste Klasse, die Zeit flog einfach so dahin.

»Okay, mein Schatz, dann werden wir ja sehen, ob der gute alte Harry beim zweiten Durchgang noch etwas Neues für dich in petto hat. Ich habe übrigens Bent auf der Treppe getroffen, er isst nachher mit.«

»Ist gut.«

Sein Blick klebte an den Buchseiten.

»Ich rufe dich dann.«

Jonas nickte.

Erst als sie die Tür wieder zuzog, wachte er auf, so als wäre ihm plötzlich etwas eingefallen.

»Mama, komm mal her. Ich will dir was zeigen!«

Mama. Der Junge war wieder er selbst. Sie konnte nicht aufhören zu grinsen.

»Worüber lachst du?«

»Ich lache nicht, ich grinse. Was gibt's denn?«

»Mach mal den Schrank auf.«

Verwundert tat sie, was er verlangte. Auf der Innenseite der Schranktür hing eine Dartscheibe, um die herum Styroporstücke klebten. Längst nicht alle Pfeile hatten die Scheibe oder das Styropor getroffen.

»Ist das nicht cool? Ich kann im Bett sitzen und Darts spielen.«

Mit seinem enthusiastischen Tonfall wollte Jonas verschleiern, dass er etwas getan hatte, von dem er sich eine nachträgliche Erlaubnis erhoffte. Normalerweise kaufte er sich nie etwas, ohne dass sie vorher darüber sprachen. Und schon gar nicht ging er an ihre Werkzeugkiste und packte selbst an.

»Sieht auf jeden Fall cool aus.«

Nina wollte keinen Streit anzetteln, und abgesehen davon hatte er immerhin Eigeninitiative gezeigt.

»Aber pass bitte auf, ja?« Sie deutete auf die vielen Löcher in der Schranktür.

»Das ist doch der Witz, wenn ich die Scheibe innen aufhänge. So sieht niemand die Löcher, und es macht nichts.«

Nina gönnte ihm den Sieg.

»Außerdem habe ich sie billig bekommen. Sie war im Angebot, nur 49,50 Kronen. Guck mal.«

Er sammelte die Pfeile auf, die unter dem Bett lagen, und warf sie alle recht nah an die Mitte der Scheibe.

»Jetzt versuch du mal, Mama.«

»Na gut, okay.«

Sie zog die Pfeile heraus und setzte sich auf die Bettkante. Einer landete am Rand der Zielscheibe, einer im Styropor – und einer in der Schranktür.

»Ich glaube, wir müssen das ganze Zimmer mit Styropor tapezieren, wenn ich noch mal werfen soll. Ich kümmere mich lieber ums Abendessen.«

»Was gibt es denn heute?«

»Griechischen Hackbraten mit Kartoffeln.«

»Und was ist mit Tsatsiki?«

»Tsatsiki gibt's auch, yes, Sir …«

Sie schaffte nicht viel mehr, als den Joghurt und eine Gurke aus dem Kühlschrank zu nehmen, als das Telefon ihre Pläne durchkreuzte.

»Nina Portland«, meldete sie sich.

»Hier ist der stellvertretende Polizeihauptkommissar Lars Steffensen aus Varde.«

»So schnell hört man sich wieder.«

Am Telefon klang seine Stimme viel tiefer und schroffer als draußen am Strand.

»Mikkelsen hat mich beauftragt, anzurufen …«

Eine kleine Pause entstand. Offensichtlich behagte es Steffensen nicht sonderlich, dass er die Order hatte, *sie* über *seinen* Fall auf dem Laufenden zu halten.

»Danke, gibt es schon etwas Neues?«

»Ich habe alles rund um diese isländische Firma überprüft, Skúlason Constructions International. Vom obersten Chef Asgeir Skúlason bis zu einem Jon Bjarnason, der ein Tochterunternehmen leitet, das sich ausschließlich dem Im- und Export von Baumaschinen widmet.«

Nina hörte ihm an, dass er beim Reden den Blick starr auf seinen Notizblock geheftet hatte. Und dass es vor Widerwillen in ihm brodelte.

»Das Unternehmen heißt Skúlason Trading. Man bestätigt, im Besitz der Maschine zu sein, man bestätigt, dass man nach Rumänien fliegen wollte. Man kann …«

»Wer ist ›man‹?«

»Jon Bjarnason. Der Chef, den ich gerade erwähnt habe.«

»Okay. Was noch?«

»Die Identität des Piloten und der beiden Mitarbeiter ist geklärt. Natürlich ist man geschockt über das Unglück und schickt sobald wie möglich einen Vertreter nach Esbjerg. Das war alles, glaube ich.«

»Ausgerechnet Rumänien. Von Island nach Rumänien, das ist schon ungewöhnlich.«

»Was meinen Sie?«, fragte Steffensen barsch.

»Wie kann man auf einer kleinen Insel im Nordatlantik sitzen und Geschäfte mit Kunden am anderen Ende von Europa machen, wenn es um Baumaschinen geht?«

»Es handelt sich hauptsächlich um gebrauchte Maschinen, die zum Teil der Firma selbst gehören, aber sie kaufen auch gebrauchte Geräte an anderen Orten auf, in ganz Europa und den USA. Manchmal kauft man Maschinen nur auf Kommission. Dafür gibt es einen großen Markt.«

»Ich hatte keine Ahnung, dass es so zugeht. Aber andererseits habe ich auch noch nie dringend einen Bagger gebraucht.«

»Im letzten Jahr hat die Tochtergesellschaft einen Gewinn von zwölf Millionen Dollar gemacht. Ziemlich gut in der aktuellen Situation.«

»Dann gibt es auf Island also ein paar reiche Leute. Wohin verkaufen sie die meisten Maschinen?«

»Auf den Balkan und nach Osteuropa …«

»Und wer genau waren diese Rumänen? Was wollten sie kaufen?«

»Wenn Sie genau wissen wollen, um wie viele Bulldozer, Kräne und Bagger es ging, rufen Sie am besten selbst dort an und fragen.«

Die Geduld des stellvertretenden Polizeihauptkommissars war fast aufgebraucht. Er seufzte tief und fuhr fort:

»Wie gesagt, der Chef der Isländer hat uns diesen Handel mit einer rumänischen Firma bestätigt. Sie heißt …«

Steffensen blätterte in seinen Papieren.

»Sie heißt Vladescu & Florescu und ist in einer Stadt namens Braşov ansässig. Weitere Fragen?«

»Nein, danke, das war alles sehr ausführlich. Tolle Arbeit. Ich wollte nur sichergehen, dass mit der isländischen Firma alles in Ordnung ist. Tausend Dank für den Anruf.«

Ihr honigsüßer Ton überrumpelte ihn genauso, wie sie es erwartet hatte.

»Äh … Keine Ursache … gern geschehen. Auf Wiederhören.«

»Auf Wiederhören.«

Seine unfreundliche Art hätte sie beinahe in den roten Bereich gebracht, aber zum Glück hatte sie sich beherrscht. Bestimmt grübelte Steffensen jetzt verdutzt, wie um alles in der Welt das Gespräch auf diese Weise zu Ende gegangen war.

Nina schaute auf die Uhr und stellte fest, dass sie sich sputen musste. Sie schälte und presste Knoblauch, wusch und schnippelte Gurken, Tomaten, Paprika und Zwiebeln, während sie in Gedanken mit ganz anderem beschäftigt war.

Es war völlig in Ordnung, dass die Isländer Baumaschinen nach Rumänien verkauften, selbstverständlich war es das. Nina fehlte lediglich die Vorstellungskraft, dass die Welt auf diese Art zusammenhing.

Sie verrührte die Masse mit dem Schafskäse und gab den Knoblauch dazu.

Rumänien … Ausgerechnet …

Ressentiments ließen sich auf zwei mögliche Ursachen zurückführen: Dummheit und Vorurteile – oder persönliche Erfahrungen. Ihre Antipathie gegenüber Rumänien war tief und echt. Vor ein paar Jahren wurde ein junger Kerl aus Esbjerg in Rumänien beinahe zu Tode geprügelt, ausgeraubt und in einen Straßengraben auf dem Land geworfen. Die örtliche Polizei rührte keinen Finger, um ihm zu helfen. Auch bei einem anderen Fall aus dem letzten Jahr hatten sich rumänische Beamte vor allem durch ihr ausgeprägtes Desinteresse hervorgetan, nachdem ein Mädchen aus Esbjerg auf dem Heimweg von einer rumänischen Disko von mehreren Männern vergewaltigt worden war.

Um in dem von Korruption gebeutelten rumänischen Polizeiapparat aufzuräumen, brauchte es schon mehr als einen isländischen Bagger …

Nina wandte sich den Kartoffeln zu, die sie in einer Tüte mit Öl und Kräutern mischte und dann auf ein Backblech gab. Bald war das Essen fertig.

Selbst wenn mit der Maschine und den Passagieren alles in Ordnung war und selbst wenn weder ominöse isländische Finanzhaie noch schamlose rumänische Mafiabosse an Bord gewesen waren, konnte durchaus trotzdem etwas passiert sein. Etwas Kriminelles.

Nina räumte auf und setzte sich an den Küchentisch, wo sie schnell in den Stapel mit Reklameheftchen abtauchte. Wie lange sie in die Angebote der Woche vertieft dagesessen hatte, ahnte sie nicht, aber plötzlich schellte es an der Tür. Sie sah auf ihre Armbanduhr. Bent Majgaard war pünktlich.

»Es ist offen, komm einfach rein, Bent«, rief sie.

Ihr Nachbar trat ein und lehnte sich in der Küche an den Türrahmen. Er atmete erleichtert auf, als er sah, dass Jonas noch nicht an seinem Platz saß. Es gab also noch genug zu essen. Dann stellte er eine große Flasche Bier auf den Tisch, ein dunkles aus dem Brauhaus von Fanø – ihre Lieblingssorte.

»Ich dachte, wir können sie uns teilen, Nina«, schlug Bent vor.

»Gute Idee. Was hätten wir nur getan, wenn sie dichtgemacht hätten?«

Es hatte sie beide schwer mitgenommen, als das Brauhaus der Insel während der Finanzkrise wie so viele andere kleine Brauereien ins Schlingern geraten war. Übergangsweise war sie geschlossen gewesen, und ein Konkurs drohte, ehe ein Investor den ganzen Laden aufgekauft und unter das Dach einer Kopenhagener Brauerei gestellt hatte. Kein besonders schöner Gedanke, war man auf der Insel doch sonst auf Eigenständigkeit bedacht. Aber es war besser als nichts, denn jetzt strömte das Bier wieder.

Bier war Bents und Ninas gemeinsame Passion, so wie auch alle anderen von Ninas Leidenschaften blitzschnell zu ihren gemeinsamen wurden. Als sie und Jonas in die Kirkegade gezogen waren, hatte Bent ihnen in den ersten Tagen einen Willkommensbesuch abgestattet und dabei die ordentlich aufgereihten Kakteen und Sukkulenten auf ihrem Fensterbrett gesehen. Beim zweiten Mal hatte er ihr einen Kaktus mitgebracht, und beim dritten Mal wusste er genauso viel über Kakteen wie sie selbst. So lief es immer. Als Bent spitzbekam, dass Nina geradezu besessen vom Mord am schwedischen Staatsminister Olof Palme war, dauerte es nicht lange, bis er alle Verschwörungstheorien dazu auswendig kannte. Und davon gab es viele.

Bent hatte ein Gehirn wie ein Schwamm – und es arbeitete mindestens genauso schnell, wie sich seine Augen bewegten. Bents neuestes Steckenpferd war die Polizeireform. Sie hatten schon oft darüber diskutiert, weil sie in Ninas Alltag so viel Raum einnahm, was also lag näher, als dass Bent sich auch gründlich mit ihren Fällen vertraut machte?

Der »erwerbsunfähige Frührentner«, der nicht viel erwerbsunfähiger war als Batman, hatte das System mit seiner Gerissenheit besiegt und konnte sich nun jeden Monat über die Rentenzahlungen auf sein Konto freuen. Gleichzeitig genoss er das Leben ohne die strengen Anforderungen eines Arbeitgebers und half in der Autowerkstatt eines Freundes aus, was er allerdings jederzeit hartnäckig leugnete. Nina ließ ihn schnorren, weil er ein liebenswürdiger Schnorrer war. Er würde alles geben, um seine Bullen-Nachbarin und alleinerziehende Mutter zu beschützen, weil er der Ansicht war, dass man auf solche schwachen Geschöpfe besondere Rücksicht nehmen müsse.

Wenn sie Don Quijote war, was ihr zeitweise gar nicht mal abwegig erschien, dann war Bent Majgaard ihr treu ergebener Knappe Sancho Panza. Mitunter hatte er ihr auch dazu geraten, die Windmühlen in Ruhe zu lassen.

»Wo ich darüber nachdenke … Warum bist du eigentlich schon zu Hause, Nina?«

»Was meinst du damit, zu Hause?«

»Ihr habt doch eine Menge zu tun. Erst der Kerl unter der Brücke heute Morgen und dann der versuchte Mord an dem jungen Mann in der Storegade. Ich dachte, bei euch wird jede Hand gebraucht.«

Ohne es zu ahnen, legte Bent seinen Finger direkt in die Wunde. Nina hatte tatsächlich damit gerechnet, einen Anruf von Birkedal oder Thøgersen zu erhalten, während sie bei der Leichenschau des Amtsarztes war, aber ihr Handy war stumm geblieben. Also hatte sie Feierabend gemacht.

»Es arbeiten wirklich viele Leute an den Fällen. Und irgendjemand muss ja pünktlich Schluss machen, sonst sammeln sich zu viele Überstunden an.«

»Hmm …« Bents schielender Blick streifte ihren. »Glaubst du das selbst?«

Er kannte sie wirklich gut, vielleicht sogar zu gut.

»Das Essen ist fertig. Setz dich schon mal, Bent. Es gibt griechischen Hackbraten mit allem Drum und Dran.«

Jonas war in seinem Zimmer eingeschlafen, als sie ihn zum Essen holen wollte, aber sie bekam ihn wach. Zurück in der Küche wartete Bent andächtig, bis es losging.

»Greif zu«, sagte sie.

»Aber Nina … Ein blutiger Bandenkrieg ist doch ein großes Ding, oder?«

»Klar, ich weiß auch nicht, warum ich heute nicht dabei bin. Ich kapiere einfach nicht …«

Jonas kam herein, gähnte und setzte sich.

»Worüber redet ihr?«

Sie setzte ihn kurz über die Ereignisse des Tages ins Bild.

»Was musstest du stattdessen tun?«, fragte Bent und nahm sich vom Tsatsiki.

»Birkedal hat mich hoch an den Henne Strand geschickt. Heute

Nacht ist dort ein Flugzeug notgelandet, und einer der Passagiere ist dabei umgekommen. Irgendjemand musste sich das ja ansehen, nicht wahr?«

»Ist er immer noch sauer auf dich?«

»Es hat sich leise angedeutet«, antwortete Nina mit sarkastischem Unterton.

»Immer noch wegen des Führungskurses, oder gibt es eine neue Ursache?«

Sie nickte. Bent wusste Bescheid über die Weiterbildung und die Chance, die sie sich hatte entgehen lassen.

»Der Kurs … Ansonsten habe ich keinen blassen Schimmer, woran es liegt.«

»Das mit dem Flugzeugabsturz ist mir neu, glaube ich«, sagte Bent.

»Anscheinend ist die Maschine über dem Meer in ein heftiges Unwetter geraten. Vertreter eines isländischen Bauunternehmens waren auf dem Weg zu Geschäftsverhandlungen in Rumänien, zwei Passagiere und ein Pilot. Einer der Fluggäste hat nicht überlebt.«

»Woran ist er gestorben?«, wollte Bent wissen.

Jonas blickte von seinem Teller hoch und stellte die Ohren auf Empfang.

»Er hat sich das Genick gebrochen … Das Flugzeug hat sich am Strand überschlagen.«

»Dann war es also reine Routinearbeit – mitten in einem Bandenkrieg«, schloss Bent.

»Jau, reine Routine.«

Sie aßen schweigend, doch die Stille hielt nicht lange an, denn Bent fiel ein, dass ihm noch ein Update zu Ninas Privatleben fehlte. Er wusste genau, dass Tim Wejse in regelmäßigen Abständen vorbeischaute, und hatte sich sogar ein paarmal kurz mit ihm unterhalten, wie sich das als guter Nachbar gehörte. Viel mehr wusste er aber nicht. Aus diesem Teil ihres Lebens wollte Nina Bent möglichst heraushalten.

»Wie geht es eigentlich Tim Wejse? Deinem ehemaligen Kollegen?«, fragte Bent.

»Dem geht's gut.«

»Hat er nicht in Kopenhagen gearbeitet?«

»Doch.«

»Beim PET, oder?«

»Ja.«

Jonas' Ohren waren wieder empfangsbereit. Tim hatte Nina zweimal auf einen Kaffee besucht, als Jonas zu Hause gewesen war. Danach aber nicht mehr. Die anderen Male war Jonas nicht daheim gewesen. Die Tür zu ihrem – und zu Jonas' Leben war keine Schwingtür.

»Ist eine Weile her, dass ich ihn gesehen habe«, meinte Bent.

»Soweit ich weiß, ist er im Moment beruflich verreist.«

»Spannend, weißt du, wohin?«

»Ich glaube, es war Islamabad.«

»Islamabad? Was für ein Ort. Ich möchte gerne wissen, was der PET dort zu tun hat.«

»Keine Ahnung, Bent. Keine Ahnung.«

Jonas sah sie an. Lag da etwas Skepsis in seinem Blick? Er konnte selbst die geringste Abweichung an ihrer Art zu antworten erkennen, eine veränderte Tonlage, einen Stimmungswechsel oder welche noch so mikroskopisch kleine Unstimmigkeit in ihrem mütterlichen Normalzustand.

»Mama, wo liegt Islamabad noch mal?«

»Islamabad liegt … jenseits aller Vernunft. Wer will Eis zum Nachtisch?«

Die Kaffeetasse in ihren Händen fühlte sich angenehm warm an. Wie gewöhnlich hatte sie die Beine auf die niedrige Kommode gelegt und ließ den Blick über die Vor Frelsers Kirke auf der anderen Seite der Skolegade schweifen.

Bent war früh gegangen, weil er sich einen neuen Film auf der enormen Anlage in seinem kleinen Wohnzimmer ansehen wollte. Der ganze Raum stand voll von speziellen Lautsprechern, die einen glauben ließen, ein Helikopter würde eine dröhnende Runde durch die Wohnung drehen. Die Einladung in Bents Heimkino hatte Nina dankend abgelehnt. Jonas hatte seine restlichen Hausaufgaben erledigt und war schon vor etwa zwei Stunden schlafen gegangen.

Birkedal würde fuchsteufelswild sein, wenn er erfuhr, was sie im Schilde führte. »Warum zum Teufel, Portland?« Sie konnte ihn schon brüllen hören.

Nina hatte eine Obduktion der Leiche beantragt. Birkedal hin oder her. Bandenkrieg hin oder her. Verbannt hin oder her. Nichts und niemand auf dieser Welt konnte sie davon abhalten. Die Leiche sollte ins Rechtsmedizinische Institut, basta. Irgendetwas an diesem verdammten Flugzeug stimmte nicht. Und auch mit der Leiche war irgendetwas nicht in Ordnung.

Laut dem Amtsarzt war der Mann an einem Genickbruch gestorben. Auf der Stirn hatte er eine Platzwunde, während sein Hinterkopf schwerer in Mitleidenschaft gezogen worden war. Eine Fraktur, die trotz allem aber nicht tödlich gewesen sei, wie der Arzt meinte. Nina hatte schon mehrere Kurse absolviert, bei denen sie ausgebildeten Rechtsmedizinern gelauscht hatte. Ihrer Meinung nach sah es nach einem Schädelbruch durch die Einwirkung eines stumpfen Gegenstands aus. Der Amtsarzt hatte ihr nickend zugestimmt. Er war zwar kein absoluter Experte, aber immerhin ein Mann vom Fach. Die Verletzung wies keine scharfen Kanten und keine tieferen Einschnitte auf. Kurzum: Etwas Stumpfes hatte den Mann getroffen, ein Gegenstand mit einer glatten Oberfläche.

Auf den ersten Blick war das nicht unbedingt verdächtig. Bei einer Notlandung mit Überschlag konnte man sich den Kopf sicher mehrmals stoßen, ehe das Flugzeug zum Stillstand kam. Hier war Logik gefragt, es gab keinen Grund, sich auf Spekulationen einzulassen. Aber trotzdem …

Es wurmte sie, während sie neben der Bahre im Leichenhaus standen. Das Unbestimmte, das an ihr nagte, wollte keine Form annehmen, aber Nina weigerte sich strikt, dieses Gefühl Intuition zu nennen. Zum einen, weil es zu banal, und zum anderen, weil es unglaublich billig war, immer von Intuition zu sprechen, wenn eine Frau beteiligt war. Vielmehr war es eine Irritation darüber, den eigentlichen Gedanken nicht zu fassen zu bekommen.

Der Arzt hatte sie nur fragend angesehen, als sie die Verlegung der Leiche ins Rechtsmedizinische Institut verlangte. Wenige Augenblicke zuvor waren sie sich noch einig gewesen, dass es eine höchst plausible Ursache für den Tod des Mannes gab. Während sie noch versuchte, ihre Gedanken zu ordnen, hatte sie schwammige Erklärungen zu beschleunigten Körpern und abbremsenden Objekten abgegeben.

Der Mann war heftig mit der Stirn gegen irgendetwas Festes gekracht, als das Flugzeug aufprallte, vielleicht die Kabinenwand zum Cockpit, was ihm das Genick gebrochen und zu seinem Tod geführt hatte. So weit waren sie und der Arzt sich einig.

Aber wie konnte ein Körper, der sich so schnell nach vorn bewegte, gleichzeitig von hinten getroffen werden? Das erschien Nina einfach unmöglich.

Die Fraktur am Hinterkopf musste vorher entstanden sein. Natürlich konnte es dafür eine plausible Erklärung geben, das musste sie einräumen. Aber vielleicht hatte auch irgendwer *vor* der Notlandung auf den Kopf des Mannes eingeschlagen.

Wenn man diesem Gedanken folgte, begriff man auch, wieso der Mann nicht angeschnallt gewesen war. Einen bewusstlosen

Mann von solcher Statur wuchtete man nicht einfach so wieder in den Sitz und schnallte ihn an.

So konnte es gewesen sein. Es gab zwar auch andere mögliche Erklärungen, aber diese wollte sie überprüfen. Und der richtige Ort dafür war das Rechtsmedizinische Institut, das sich im Krankenhaus des Århuser Stadtteils Skejby befand.

Im Anschluss hatte sie sich darüber geärgert, das Widersprüchliche an diesen beiden Verletzungen nicht sofort erkannt und mit dem offenen Sicherheitsgurt in Verbindung gebracht zu haben. Sie hatte sich zu sehr auf die Verletzungen an sich konzentriert, wo das eigentlich Interessante doch darin bestand, dass der Mann nicht angeschnallt gewesen war.

Manchmal konnte etwas ganz Einfaches einen daran hindern, etwas anderes, ebenso Einfaches zu erkennen und zu verstehen.

Natürlich bestand ein gewisses Risiko, ein recht großes sogar, dass sie falsch lag und ihren Kopf weit ins Maul des Löwen steckte. Diese Chance würde sich Birkedal nicht entgehen lassen.

Was war nur los mit ihm?

Ihr Blick glitt über das Dach der Kirche, wie schon so oft. Es war eine Art Leinwand, auf die sie ihre Gedanken projizierte. Manchmal vergebens, aber hin und wieder hatte sie Glück. Birkedals Gesicht erschien dort drüben, mit freundlicher Miene, dann erzürnt. Nina hörte ihn sprechen, hörte den himmelweiten Unterschied zwischen dem sanften »Nina« und dem bellenden »Portland«.

In der kommenden Zeit, mit dem laufenden Bandenkrieg am Bein, würde ihr Chef in die Bredouille geraten. Schon bald würde sich ein heikles Spannungsfeld zwischen der Ermittlungsabteilung, den internen Chefs und den Politikern entwickeln, die für ein paar Sekunden im nationalen Fernsehen alles Mögliche in die Kamera krähen würden. Nur schnelle Ergebnisse konnten diese Entwicklung aufhalten.

Während im Präsidium alles drunter und drüber ging, kam Nina mit einem Obduktionsantrag und einem mysteriösen Fall an, der im Moment völlig unerwünscht war. Eine herrliche Situation.

Nina wippte im Schaukelstuhl gemächlich vor und zurück. Drüben auf dem Kirchendach sah sie jetzt Torsten Monbergs solariumgebräuntes Gesicht. Ihm würde es sicher gefallen, dass sie eine abwegige Theorie über einen Flugzeugabsturz anschleppte, während alle anderen herumrannten und versuchten, einen drohenden Aufruhr in den Griff zu bekommen. Es war ein so schlechtes Timing, dass nicht einmal er das zustande gebracht hätte.

Dann war da noch Johnny Ulbæk mit seinen klaren Prioritäten. Familie und Karriere. Keine Meinung zu Strafzetteln und Zielquoten, sondern einzig und allein darauf bedacht, überall da eine gute Figur abzugeben, wo es gerade brannte. Der Polizeikommissar würde sich die Gelegenheit nicht entgehen lassen, ein gutes Wort für Nina einzulegen.

Und was war mit Madsen? Hatte er ihr nicht immer zugehört? Doch. Er würde seine Pfeife anstecken, zuhören, laut nachdenken, Schlüsse ziehen. Sie waren sich ziemlich ähnlich. Nina war froh, als sie erfuhr, dass auch er immer noch ein *Kriminalkommissar* war. Eine aussterbende Art. Im Namen der heiligen Reform hießen alle in den unteren Riegen jetzt Polizeiassistenten. Wollte man seinen Rang als Kriminalkommissar oder -kommissarin behalten, musste man einen Antrag stellen. Was Nina natürlich getan hatte. Warum sollte sie nicht am eigentlichen Grund festhalten, der sie einmal dazu bewogen hatte, die Polizeischule zu besuchen? Sie war stolz darauf, *Ermittlerin* zu sein. Sie wollte niemandem Bußgelder aufbrummen, der auf die Straße urinierte. Nein, sie wollte Verbrechen untersuchen – und aufklären. Darin lag ihre Stärke, das war ihr Metier. Deshalb war sie Kriminalkommissarin geblieben. Nicht weil es ihr an Respekt für die Kollegen in anderen Abteilungen mangelte, sondern aus Protest gegen die

Konformität. Sie und Kriminalkommissar Madsen waren aus einem Holz geschnitzt. Er würde sich nicht über sie lustig machen, er würde zuhören und sie ernst nehmen.

Nina wurde aus ihren Gedanken gerissen, als ihr Handy aufleuchtete und einen kurzen Ton von sich gab. Sie hatte eine SMS bekommen.

Hastig griff sie nach dem Handy. Ob sie erleichtert oder besorgt war, dass die Nachricht von Tim Wejse stammte, wusste sie nicht so ganz.

»Hi Schatz – alles ok hier – war stressig die letzten Tage – gestern und heute Besprechungen gehabt – muss vielleicht länger bleiben – Kuss aus Islamabad.«

Nina drückte auf den Knopf ihrer Armbanduhr. Die Leuchtziffern zeigten 23:53 Uhr an. Was Tim betraf, lag sie bereits im Bett und schlief. Um 23:53 Uhr schlief man in der Kirkegade nämlich, und es gab keinen Grund, so zu tun, als wäre es anders. Zu dieser Uhrzeit eine SMS-Unterhaltung zu beginnen, war eine schlechte Idee. Es war einfach nichts für erwachsene Menschen, eine Beziehung per Kurznachrichten zu führen. Solche Nachrichten waren nur dazu gedacht, praktische Informationen zu übermitteln. Sie würde ihm morgen antworten.

Sie las die Nachricht noch einmal – wenn auch widerwillig. »Schatz« war in Ordnung, »stressig« eine schlechte Ausrede, »Kuss aus Islamabad« einfach zu kitschig. Wieso hatte er dafür zwei Tage gebraucht? Selbst in der hektischsten Situation konnte man eine schnelle SMS tippen. Und jetzt schickte er sie mitten in der Nacht aus Pakistan.

Mit einer Antwort konnte sie sich also ruhig Zeit lassen. Morgen Abend wäre ein guter Zeitpunkt …

»Blödes Islamabad.«

12

Eine Uhr schlug ihre zwölf ächzenden Mitternachtsschläge, als sie gerade an den Tresen traten.

Im Spiegel an der Wand sah er die drei Männer hinter sich. Sie standen mitten in der Eingangshalle und warteten. Einer kam aus Reykjavík, einer aus Oslo und einer aus Berlin. Ihre Namen hatte er wie üblich gleich wieder vergessen, zumindest die Nachnamen. Sein Blick kehrte zu seinem eigenen Spiegelbild zurück.

Er war dreiundfünfzig, die Augen müde nach einem langen und ungewöhnlich hektischen Tag. Normalerweise endeten die Arbeitstage eines Sekretärs in der Abteilung für politische und wirtschaftliche Angelegenheiten pünktlich, auch wenn der nichtssagende Titel in seinem Fall eine Stellung als CIA-Büroleiter in Dänemark verheimlichen sollte. Die US-Botschaft war eine Welt für sich, und für gewöhnlich passierte nicht viel in der Kopenhagener Dag Hammarskjölds Allé. Alle gingen ihren Aufgaben nach, während »das Büro« ein Eigenleben zu führen schien. Genau wie überall rund um den Globus, wo die USA eine Vertretung unterhielt.

Nach dem letzten Uhrenschlag wurde es still. Sie hatten ihre Ankunft im Voraus angemeldet, also tauchte sicher gleich jemand auf und händigte ihnen die Schlüssel aus.

Der Tag am Schreibtisch war wie gewöhnlich ruhig gewesen – jedenfalls bis kurz nach Mittag, als ein Telefonanruf alles durcheinandergewirbelt hatte. Der Anruf kam aus dem Hauptquartier in Langley, ein Umstand, der durchaus nicht so alltäglich war. Noch ungewöhnlicher war es, dass der Anruf direkt vom NCS, dem National Clandestine Service kam. Nach den Anschlägen vom 11. September hatte man das legendäre Directorate of Operations umstrukturiert und ihm einen neuen Namen verliehen, aber es war immer noch die gleiche mysteriöse Abteilung, bei der die Fäden aller operativen Angelegenheiten zusammenliefen und die deshalb zu einer bisweilen hysterischen Geheimniskrämerei neigte.

In der Leitung war ein Hector Torres gewesen. Der Name sagte ihm nichts, und der Mann präsentierte sich nur als »Abteilungsleiter«.

Es war ein kurzes Gespräch. Im Prinzip wurde Kopenhagen gebeten, auf die verschlüsselte Nachricht zu warten und den Anordnungen Folge zu leisten. Mit Kopenhagen war er gemeint. Im selben Zug wurde betont, dass keine Mitarbeiter des Büros involviert werden sollten. Was mit anderen Worten hieß, er musste die Sache allein erledigen – und den Mund halten.

Deshalb stand er jetzt hier, am Rezeptionstresen des Strandhotels Vejers, am allerwestlichsten Zipfel des Landes, so weit wie irgend möglich von der dänischen Hauptstadt entfernt. Es war kurz nach Mitternacht, und er wartete immer noch darauf, dass endlich jemand auftauchte. Er war hundemüde und wollte einfach nur ins Bett. Außerdem war er skeptisch, ja mehr als skeptisch, was seine Rolle in dieser undurchsichtigen Sache betraf. Er erkannte nicht mehr als die groben Züge, und die erschienen ihm bedenklich. Aber Befehl war Befehl. Es war nicht zu …

Ein Herr mittleren Alters kam um die Ecke geschlendert und stellte sich hinter den Tresen. Er lächelte und begrüßte ihn mit einem verhaltenen »Welcome«, als fürchtete er, die übrigen Hotelgäste zu wecken – falls zu diesem für ein Badehotel so unsommerlichen Zeitpunkt überhaupt Gäste anwesend waren.

»Arthur McRae, bitte«, sagte er und entschuldigte sich für die späte Anreise.

»Kein Problem, überhaupt kein Problem«, beschwichtigte der Portier auf Englisch, aber mit einem starken dänischen Akzent.

Für die Anmeldung waren so gut wie keine Formulare auszufüllen, nach wenigen Minuten suchte der Portier die Schlüssel heraus und schob sie mit einem gehauchten »upstairs, gentlemen« und einem »good night« über den Tresen.

Die Zimmer waren klein. Nicht gerade der Standard, den McRae gewohnt war, wenn er im Auftrag der »Firma« unterwegs war.

Er verließ sich darauf, dass ihm nach einem oder zwei Tagen gestattet werden würde, sich von diesem Vorhaben zurückzuziehen. Hector Torres würde so bald wie möglich eintreffen, vielleicht schon im Lauf des Vormittags.

Ihm war nach einem Absacker, um gut schlafen zu können, doch zu seiner großen Verärgerung stellte er fest, dass es in seinem Zimmer keine Minibar gab. Er pfefferte die Aktentasche aufs Bett und zog sich aus. Obwohl er müde war, schwirrte ihm der Kopf wegen des Auftrags.

Die Anweisungen waren klar. Man hatte ihn gebeten, alles aufzutreiben, was es an Informationen über ein Flugzeug aus Island gab, das in der letzten Nacht an der jütländischen Westküste notgelandet war. Doch damit nicht genug. Außerdem sollte er zusammentragen, wie die weiteren Abläufe in Dänemark aussahen. Welche Behörden waren für den Fall zuständig? Sogar über die verantwortlichen Entscheidungsträger, in diesem Fall also beim Polizeibezirk Südjütland, sollte er Informationen sammeln und zusätzlich herausfinden, wer rein praktisch an dem Fall arbeitete.

Hinzu kam, dass man ihn mit der primitiven Aufgabe betraut hatte, Zimmer in drei Hotels für je höchstens vier Mann in unterschiedlichen Städten zu buchen. Zu guter Letzt sollte er auch noch dafür sorgen, dass die Menschen auf der mitgeschickten Liste abgeholt wurden.

»Hello, McRae Tours Copenhagen, how can I help you?«

Er sprach leise, und seine Worte steckten voll bissiger Ironie. Es war sein hoffentlich erster und letzter Auftritt als Reiseveranstalter in Dänemark. McRae gehörte nicht zur Kavallerie, in Wahrheit war er noch nie aktiv an einer Operation im Feld beteiligt gewesen. In Wahrheit wollte er am liebsten sofort zurück nach Hause zu seiner Familie in Lyngby.

Man brauchte keine sonderliche analytische Begabung, um sich mehrere mögliche Szenarien auszurechnen, was das verunglückte Flugzeug und das gewaltige Interesse der Firma daran betraf.

Das Ganze drehte sich um eine Person mit dem Decknamen Zulu. Keines der möglichen Szenarien war erfreulich, aber insbesondere eines drohte, Karrieren zu zerstören und für Tod und Verwüstung zu sorgen.

Er wagte nicht einmal, den Gedanken zu Ende zu führen.

13

Der Seenebel legte sich feucht und kalt über die Stadt. Nachts war Esbjerg am schönsten, wenn die Kristalldünste um die Straßenlaternen waberten wie eine stumme Erinnerung, dass das Meer gleich dort draußen lag. Dass die Stadt dem Meer gehörte. Nicht weil man noch nennenswerte Mengen Fisch auslud. Ein Fisch war im Hafen von Esbjerg heutzutage eine Seltenheit.

Esbjerg gehörte dem Meer, weil die Ölfelder für Arbeit und Beschäftigung sorgten, an Land und auf See. Denn ohne Meer kein Export von Waren, kein Transport von Türmen, Gondeln, Rotoren und anderen Windradteilen, die sich in den weitläufigen Lagerstätten des Hafens stapelten.

Es war nach Mitternacht.

Einen weiteren Abend in Folge streifte er jetzt zu später Stunde durch die Straßen. Die Kapuze weit ins Gesicht gezogen und getrieben von einer vibrierenden Rastlosigkeit, die ihn entlang des Hafens und nun in die Stadtmitte geführt hatte.

Seine Medikamente nahm er noch immer nicht, aber es ging ihm einigermaßen gut. Er war sein eigener Arzt, behandelte sich selbst mit enormen Dosen Bewegung, er verbrannte systematisch die Energie seines Körpers – und löste auf diese Weise einige der Verspannungen in seinem Kopf. So hielt er sich selbst im Zaum. Er war ein Boxer, der gegen den eigenen Schatten kämpfte, und aktuell lag er nach Punkten vorne.

Er befand sich im Übergang in eine neue Phase. Eine Phase, in der die ganze Sache Bedeutung erhielt … eine Perspektive … Einen Kontrollverlust hatte er bisher noch nicht erlebt, aber das war eine Gefahr, wenn er seine Medikamente nicht einnahm. Deshalb die viele Bewegung.

Jeden Tag Gewichte stemmen, laufen, Kata-Training. Unter Menschen ging er nie. Hanteln, Gewichte und die Bank standen in seinem Kellerraum, und laufen ging er erst, wenn es dunkel wurde. Die Karatetechniken übte er zu Hause auf dem Wohnzimmerboden. Inzwischen waren ihm die Bewegungsabläufe in Fleisch und Blut übergegangen.

Kontrolle war Kata.

Kontrollverlust war Chaos.

Das Chaos hatte ihn alles gekostet.

Er überquerte den Marktplatz, der bis auf ein unverschämt laut telefonierendes Mädchen auf einem Fahrrad menschenleer war. Er ging weiter geradeaus in Richtung Torvegade.

Die Distanz bis zur Straßenkreuzung schätzte er auf 103, höchstens 105 Meter. Während er zählte, ging er in gleichmäßigen Meterschritten, wie er es oft tat, wenn er im Dunkeln unterwegs war und ein Spiel daraus machte, Entfernungen abzuschätzen. Bis zu einer Straßenlaterne, einer Hausmauer, einer Ampel, von kleineren Distanzen bis hin zu Abständen von etwa dreihundert Metern, oder so weit er zählen wollte.

An der Ampel der Kreuzung blieb er stehen. 101 Meter, das beste Ergebnis dieses Abends. Er konnte es immer noch. Abstände richtig einzuschätzen, war tief in ihm verankert.

Er zog die Kapuze zurecht, damit sie seinen Kopf gut bedeckte. Dann bog er nach links in die Nørregade ein.

Es war Zeit, sich auf den Heimweg zu machen. Heute war ein guter Tag gewesen, und jetzt hatte er das Gefühl, dass er zu Ende gehen konnte – mit einer Abweichung von nur zwei Metern. Das Glück war auf seiner Seite gewesen, aber hieß es nicht, dass Glück findet, wer es herausfordert?

Mit der zweiten Kugel hatte er sein Glück im dunklen Tunnel

auf die Probe gestellt. Er hätte sie nicht abfeuern müssen, denn bereits die erste in die Stirn war tödlich gewesen. Aber in seinen Gedanken kam Kugel Nummer zwei eine völlig andere Bedeutung zu. Sie war eine Signatur, eine andere Signatur.

Durch den Schuss in Yilmaz' Herz unterschied sich der Mord wesentlich von dem an Osmanović. Beiden hatte er eine Kugel in die Stirn gejagt, aber die Kugel ins Herz war neu. Damit hatte er sein Glück herausgefordert, und er war belohnt worden.

Die Zeit, in der er keine Energie verbrannte, verbrachte er entweder vor dem Fernseher oder dem Computer. Heute Mittag hatte er es im Teletext gelesen: Esbjerg steuerte auf einen regelrechten Bandenkrieg zu. Der erste Mord hatte anscheinend zu einem Racheakt geführt, auf den wiederum ein Mordversuch auf offener Straße folgte, erneut ein Vergeltungsschlag.

Auge um Auge, Zahn um Zahn. Schon bald würde das von einer bizarren Mischung aus Männlichkeit, hitzigem Blut und mittelalterlichen Ehrbegriffen geprägte Temperament dieser Kanaken mit ihnen durchgehen.

War es während des großen dänischen Rockerkriegs vor einigen Jahren nicht genauso zugegangen? Die Gangster ermordeten und verstümmelten sich im Wechsel, während Herr und Frau Hansen vergnügt zusahen, wie in den Nachrichten das Blut floss. Und zogen sich die aktuellen Auseinandersetzungen zwischen Hells Angels und Ausländerbanden nicht schon so lange hin, dass man sie als permanent bezeichnen konnte?

Es war nur eine Frage von Stunden oder höchstens Tagen, bis in Esbjerg der nächste umgelegt werden würde.

Diese Lawine hatte er mit Absicht losgetreten, auch wenn es wichtig war, festzuhalten, dass es sich dabei im Grunde nur um einen positiven Nebeneffekt handelte. Eine Möglichkeit, die sich unerwartet während seiner Planung der zweiteiligen *Mission Delete* ergeben hatte.

Etwas weiter vorn traten zwei Gestalten aus einem Hauseingang auf den Bürgersteig. Sie gingen die Straße hinauf, er hinab. Abstand? Neunzig Meter. Jetzt kamen sie an einer Straßenlaterne vorbei. Beide Kerle waren breit gebaut und ihre Haltung und ihr Gang verrieten, dass sie viel trainierten. Der Stämmigere trug einen neongelben Kapuzenpullover und weiße Trainingshosen, sein mittelgroßer Begleiter einen schwarzen Hoodie, eine bunte Hip-Hop-Hose und eine schwarze Cap, die falsch herum auf seinem Kopf saß. Es war nicht nötig, zu raten, aus welchem Milieu sie stammten.

Sechzig Meter.

Die beiden nahmen den gesamten Gehweg ein. Für eine Sekunde überlegte er, die Straßenseite zu wechseln. Vielleicht war es klug, aber auch feige. Es war ihm zutiefst zuwider, den Kopf einzuziehen, und trotzdem wollte er schon die Straße überqueren, als ihm eine innere Stimme befahl, weiter geradeaus zu gehen. Er blieb auf dem Bürgersteig.

Vierzig Meter.

Die beiden Kerle liefen Schulter an Schulter, als gehörte der gesamte Gehweg ihnen. An den Füßen des größeren schimmerten goldene Sneakers, der kleinere trug rote Schuhe.

Noch zwanzig Meter.

Sie machten keinerlei Anstalten, zur Seite zu weichen und ihm Platz zu machen. Er spürte bereits den Zorn in sich aufflammen. Seine Muskeln spannten sich. Er war der Panther.

Zehn Meter.

Er ging höflich und diplomatisch auf die Seite, ganz nah an die Häuserwand rechts von ihm.

Fünf Meter.

Zwischen dem Kerl im schwarzen Pullover und den Mauersteinen war nur ein schmaler Spalt Luft. Er versuchte, sich durch die Lücke zu quetschen. Jetzt passierte es.

Der Schwarzgekleidete trat einen Schritt auf die Seite, holte Schwung und verpasste ihm einen heftigen Schulterstoß, der ihn mit Wucht gegen die Hauswand prallen ließ. Er sammelte sich und musterte die beiden.

»Was ist dein Problem, du Rassistenschwein? Schubst du mich, oder was?«, fuhr ihn der größere der beiden an, dessen sorgfältig gepflegte, dünne Koteletten das hellbraune Gesicht einrahmten.

»Ja, Mann, was soll das, du Penner?«, fiel der Kleine mit ein und stellte sich direkt vor ihn. Das Gesicht mit den sich andeutenden Hamsterbacken ließ vermuten, dass er Steroide nahm. Ein Hamster mit einem Kinnbart, der ebenso kunstfertig wirkte wie die Gesichtsbehaarung seines Kumpels.

»Siehst du nicht, dass das hier unser Gehweg ist, Mann? Bist du dumm, oder was?«, schimpfte er weiter.

»Warum verpisst du dich nicht auf die andere Seite? Oder ist da drüben nicht genug Platz für dich? Antworte!«

In seinem Inneren kochte es, aber er versuchte es ruhig und beherrscht: »Lasst es einfach gut sein, und wir gehen in Ruhe weiter, okay? Ich habe euch nichts getan …«

»Nichts getan? Du provozierst uns, du Arschloch! Rempelst uns einfach an, Mann! Auf unserem Gehweg …«

»Ja, was ist nicht richtig mit dir, du verdammtes Rassistenschwein? Siehst du nicht, dass der Gehweg uns gehört? Zeig ein bisschen Respekt!« Der neongelbe Hamster grinste selbstsicher.

»Ich will keinen Streit, lasst mich weitergehen.«

Damit machte er einen Schritt nach vorne, doch der Große blockierte ihm den Weg und packte ihn am Kragen. Dann geschah es. Ein plötzlicher Stoß mit der Stirn. Mit einer leichten Bewegung des Oberkörpers wich er dem Versuch des Kerls mit dem schwarzen Pullover aus, ihm eine Kopfnuss zu verpassen. In derselben Bewegung richtete er einen präzisen Handkantenschlag gegen den Unterarm des Angreifers, der ihn daraufhin losließ.

Er wich ein Stück zurück und verschaffte sich Platz. Unwillkürlich nahm er die Körperhaltung ein, die tief in seinem Inneren verankert war: gebeugte Knie, das Gewicht aufs linke Bein verlagert, den Oberkörper leicht gedreht, die rechte Hand auf Hüfthöhe zur Faust geballt.

Seine halbstarken Widersacher sahen ihn kurz an.

»Das Karategehampel kannst du dir sparen, Mann. Jetzt bist du selber schuld!«

Der Kerl im schwarzen Hoodie sprang auf ihn zu und feuerte eine gerade Rechte gegen sein Gesicht. Er parierte den Schlag mit dem Unterarm, drehte sich um die eigene Achse und rammte seinem Gegner, als sie für einen Sekundenbruchteil Rücken an Rücken standen, einen Ellenbogen in die Nieren, bevor der Kerl vom Schwung seines eigenen Schlags weiter den Gehweg entlangstolperte.

Jetzt kam der Kleine nach vorn, in seiner rechten Hand blitzte etwas auf.

»Soll ich dich aufschlitzen, du Pisser? Ja, verdammt, ich stech dich ab …«

Sie blickten sich in die Augen, während der größere der beiden sie von der Straße aus beobachtete. Als der Kleine mit erhobenem Messer nach vorn schnellte, packte er das Handgelenk des Kerls und zog ihn zu sich heran. Gleichzeitig beugte er sich nach hinten und stellte sein rechtes Bein auf die Seite. Der Kleine taumelte vorwärts, flog über das Bein und landete bäuchlings auf dem Bürgersteig. Dort verpasste er ihm einen Tritt ins Gesicht, dann lag der Kerl still. Klirrend rutschte das Messer gegen den Bordstein, und er bückte sich blitzschnell, um es aufzuheben. Im Augenwinkel sah er den großen Kerl von Neuem heranstürmen. Aus seiner hockenden Position sprang er senkrecht in die Höhe und traf den Angreifer mit einem Roundhouse-Kick mitten ins Gesicht, sodass dieser geräuschlos zusammensackte.

In der Zwischenzeit war der Neongelbe wieder auf die Beine gekommen, stand nun aber mit vor Angst weit aufgerissenen Augen völlig ratlos auf dem Gehweg.

Mit flüssigen und sicheren Bewegungen umkreiste er sein Opfer und trieb den Kerl an die Hauswand. Dann sprang er vor und ließ seine Faust von der Hüfte in einem Bogen nach oben schnellen. Sie traf das Schlüsselbein seines Gegners, und er hörte das laute Knacken. Der Gelbe brüllte laut auf, als er ihm mit einem Tritt die Beine unter dem Körper wegzog und ihn hintüber auf den Gehweg knallen ließ.

Er setzte sein Knie auf den Brustkorb des gelben Hamsters und drückte fest zu.

»So, du willst mich also aufschlitzen, du kleiner Fettsack?«

Er nahm das Messer von der linken in die rechte Hand und steckte es dem Kerl in ein Nasenloch.

»Weil ich auf eurem Gehweg gelaufen bin? *Eurem* Gehweg? Ihr seid doch gestört … Wenn ihr zwei Arschlöcher mir noch mal über den Weg lauft, sorge ich dafür, dass ihr genauso endet wie die anderen beiden Mistkerle. Merk dir das, Kanake!«

Der Mann nickte.

»Mund auf, du Idiot!«

Mit bebenden Kiefern gehorchte der Halbstarke. Er schob das Messer weit in seinen Rachen, bis nur noch ein kleiner Teil des Schafts herausragte. Dann packte er das Gesicht mit der Hand und drückte die Wangen zusammen, sodass sich der Mund um die Klinge schloss.

»Merk dir das, oder ich lösche dich aus …«

Er stand auf, zog sich die Kapuze wieder über den Kopf und blickte sich um. Der größere der beiden Gangster lag abseits am Straßenrand und stöhnte leise, während der Kurze starr vor Schreck war. In keinem der Fenster ringsum brannte Licht. Also gab es keine Zeugen. Dann rannte er los.

14

Sie begleitete Jonas über die Pflastersteine vor der Kirche. Er zählte zu den Glücklichen, die es bis zur Schule nur ein paar Hundert Meter weit hatten. Als er nach rechts in die Danmarksgade abbiegen wollte, legte sie ihm eine Hand auf die Schulter und gab ihm einen Schmatzer auf die Wange, ehe er ausweichen konnte.

»Hab einen schönen Tag, mein Schatz!«

»Du auch, Mama.«

Schnell sah er sich um. Anscheinend war keiner seiner Freunde in der Nähe und niemand hatte den peinlichen Auftritt mitten auf dem Bürgersteig mitverfolgt.

»Bis heute Nachmittag. Ich schreibe dir dann gleich eine SMS. Ich weiß noch nicht, wie der Tag heute abläuft.«

»Ist in Ordnung, Mama«, antwortete Jonas und hatte sich schon umgedreht, winkte ihr aber noch einmal über die Schulter zu.

Nina warf einen Blick auf ihre Uhr. Fünf vor. Sie schwang sich aufs Rad und gab Gas, sie konnte es gerade noch schaffen. Ein langer Sprint die Kirkegade hinauf, an deren Ende Birkedals wahrscheinlich morgenmuffliges Löwengesicht wartete. Laut dem Lokalradio hatte er guten Grund zu schlechter Laune. Spät in der Nacht, gegen vier Uhr, um genau zu sein, hatte es nämlich einen Anschlag auf eine Erdgeschosswohnung in der Englandsgade gegeben, in der ein junger Kerl mit türkisch klingendem Namen wohnte, was zur Logik von Schlag und Vergeltungsschlag passte. Offensichtlich war jemand der Ansicht gewesen, dieser Mann habe es verdient, einen Molotowcocktail durchs Fenster geworfen zu bekommen.

Wie durch ein Wunder war nur das Wohnzimmer in Brand geraten. Birkedal hingegen würde vor Zorn in Flammen stehen. Um genau solche Gewaltakte zu verhindern, war die Hälfte der Truppe draußen in der Stadt unterwegs – rund um die Uhr.

An der Frodesgade hielt Nina an. Der Sprint hatte sie nicht nennenswert aus der Puste gebracht. Sie war immer noch gut in Form, vielleicht sogar besser als seit Langem. Es machte sich deutlich bemerkbar, dass sie nicht mehr rauchte.

Im Verkehr ergab sich eine kleine Lücke, und Nina überquerte die große Straße, ehe sie sich die letzten Meter bis zum Hinterhof des Präsidiums rollen ließ, wo bereits große Hektik herrschte. Direkt hinter ihr kam Werner Madsen auf seinem Esbjerg-Fahrrad eingetrudelt. Obwohl eigentlich nur die Fährpendler von Fanø ein richtiges Esbjerg-Fahrrad im Radschuppen am Kai stehen hatten, um sich die Zusatzgebühr zu sparen, war auch Madsen von April bis Oktober auf einem solchen Gefährt unterwegs. Seine Frau und er wohnten in einer kleinen Wohnung im Zentrum, aber sobald es etwas milder wurde, flohen sie ins Exil drüben auf Fanø, wo sie in Rindby ein typisch dänisches Sommerhaus mit Reetdach und weißem Zaun besaßen. So hielten sie es schon seit Jahrzehnten. Dort drüben konnte sich Madsen handwerklich austoben und hatte genügend Ruhe, um sich durch alle möglichen Biografien zu schmökern.

Sie nickten einander zu und wünschten sich einen guten Morgen. Madsen schaute auf seine Uhr und zückte augenblicklich die Pfeife.

»Ich glaube, du hast dich gestern aus der Besprechung geschlichen«, stellte er trocken hinter einer aromatischen Tabakwolke fest.

»Ich musste zu einer Leichenschau mit dem Amtsarzt. Hab ich was verpasst?«

Madsen schüttelte den Kopf.

»Nur das Übliche. Du weißt schon, Thøgersen hat die Aufgaben verteilt. Was denn für eine Leichenschau?«

»Das verunglückte Flugzeug … Oben in Henne …«

»Ach ja, davon habe ich am Rande mitbekommen.« Madsen lächelte breit und zwinkerte ihr vertrauensvoll zu. »Birkedal ist in der letzten Zeit nicht ganz er selbst.«

»Was meinst du?«

»Er ist unnahbar und hat eine kurze Zündschnur, oder? Und dann hat er es ausgerechnet auf dich abgesehen. Ich möchte wissen, wieso.«

»Darüber habe ich auch schon nachgedacht. Er ist sauer auf mich, seit ich den Führungskurs hingeschmissen habe.«

»Früher oder später geht das wieder vorbei. Und immerhin hattest du einen schönen Ausflug nach Henne.«

»Stimmt. Dafür darf er jetzt einen Obduktionsantrag unterschreiben. Mitten in einem Bandenkrieg.«

»Darüber wird er sich aber freuen. Warum?«

»Ein paar Dinge stimmen da einfach nicht. Beziehungsweise, auf mich wirkt es so.«

»Dann erzähl mal, wir stehen doch sowieso schon auf der schwarzen Liste.«

Die Morgenbesprechung hatte nur eine Erkenntnis zutage gefördert: Der Bandenkrieg forderte der gesamten Truppe schon jetzt alles ab. Nahezu sämtliche anderen Arbeiten waren für den Moment auf Eis gelegt, und trotzdem hatte jemand die Frechheit besessen, die Polizei noch weiter herauszufordern, indem er einen Molotowcocktail in eine Wohnung warf, während Streifen in den Straßen patrouillierten.

Das war es, was Birkedal so wütend machte. Eine ganze Reihe an polizeibekannten sowie noch unbekannten Verdächtigen war zum Verhör geladen worden, mehr aber auch nicht. Bis dato hatten sie keine Spuren zum Mörder der beiden Toten und auch keine Anhaltspunkte, wer hinter dem Brandattentat stecken könnte. Und von dem Kerl, der bei seinem Mordversuch vor dem Imbiss fotografiert worden war, fehlte immer noch jede Spur. Inzwischen war er sogar in Schweden zur Fahndung ausgeschrieben, weil er dort Verwandte hatte.

Als wäre das nicht alles schon verrückt genug, hatte der Brandanschlag die Medien noch weiter angestachelt. Esbjerg und die Polizei standen im Fokus der Berichterstattung, woran keiner der beiden Parteien in diesem Zusammenhang besonders gelegen war. Im Tagesverlauf würde der Druck noch weiter zunehmen, und wenn Birkedal etwas hasste, dann war es Druck von außen mitten in einer komplexen Ermittlung, die all seine Energie und Aufmerksamkeit erforderte.

Nina bog im großen Kreisverkehr auf die Strandbygade ab. Zwar war der türkische Verein, dessen Räumlichkeiten sich in einer Seitenstraße des Viertels befanden, vormittags geschlossen, aber sie hatte es trotzdem dort versucht. Thøgersen hatte sie losgeschickt, um nochmals die Kontakte abzuklappern, die sie in ihrer Funktion als Verbindungsperson des Nachrichtendienstes der Polizei, PET, aufgebaut hatte.

Gewiss war es Birkedals Idee gewesen, sie auf diese Tour zu schicken. Die Idee war insoweit auch in Ordnung – sie sollte im Milieu ein wenig auf den Busch zu klopfen, damit sich eventuell etwas tat, denn in gewisser Hinsicht ähnelte es beinahe schon einer Parallelgesellschaft.

Aber, und das war der Punkt, an dem sie protestiert hätte, es gab keine Verbindung zwischen dem religiösen Milieu und der gewöhnlichen Kriminalität. Diese zwei Sphären kamen nicht in Kontakt miteinander. Abgebrühten Kriminellen war es egal, was ein Imam oder irgendein anderes religiöses Oberhaupt erzählte.

Deshalb war es die reine Zeitverschwendung, ihr Netzwerk ein zweites Mal anzuzapfen, aber Nina tat es trotzdem.

Sie erreichte den Parkplatz hinter dem Hotel Britannia, gleich gegenüber der Danmarksgades-Schule, wo Jonas gerade in einem der Klassenzimmer saß und hoffentlich gut aufpasste.

Nina schloss den Dienstwagen ab, nahm den kleinen Durchgang in die Skolegade und dann Kurs auf den Marktplatz. Sie wollte mit Ali Birand sprechen, der in der türkischen Gemeinschaft so etwas wie ein ungekrönter König war. Der Rentner gehörte nicht zum religiösen Milieu, eigentlich gehörte er zu keinem der etablierten Milieus, er war einfach … Birand. Allein sein Name wurde schon mit Respekt ausgesprochen. In den Sechzigern war er nach Esbjerg gekommen und hatte einen mühseligen Job beim Tiefbau angenommen, und über die Jahre hatte er sich durch seine lebenskluge, einfache und hilfsbereite Art seine Sporen hier in der Stadt verdient.

Nina kürzte den Weg über die Pflastersteine des Platzes ab. Die Geschäfte ringsum öffneten gerade. Wenn sie ihren Mann richtig kannte, saß Ali Birand in dem Café im Einkaufszentrum, dem Midt-I, und gönnte sich gemeinsam mit seinem kleinen, drahtigen Begleiter, an dessen Namen sie sich nie erinnerte, den ersten Kaffee des Vormittags.

Kurz darauf entdeckte sie ihn. Am hintersten Tisch ragte Birands haarloser Hinterkopf über einem grauen Anzugrücken hervor. Eigenartigerweise war er allein. Nina legte ihm eine Hand auf die Schulter.

»Tag, Birand.«

Überrascht sah der alternde Mann auf.

»Tag, Nina.«

»Heute ganz allein?«

Birand nickte. Eine Quasselstrippe war er nicht.

»Was ist mit deinem Kollegen?«, fragte Nina.

»Krank.«

Sie nahm auf dem Stuhl gegenüber Platz.

»Oh je, was Ernstes?«

»Nein, Grippe.«

Nina nickte. Die Frage nach den Kindern übersprang sie diesmal, auch wenn es zu den üblichen einleitenden Höflichkeiten gehörte, sich nach der Familie zu erkundigen. Ali Birand hatte erfolgreiche Kinder – einen Anwalt, eine Ärztin und eine Verwaltungschefin –, aber Nina hatte schon bei ihrem letzten Gespräch nach dem ersten Mord mit Birand über sie gesprochen.

»Die Welt ist verrückt geworden, Nina.«

Sie seufzte und nickte.

»Ja, völlig durchgeknallt. Du hättest dich bestimmt selbst gemeldet, aber ich muss trotzdem fragen: Weißt du etwas? Auch wenn es nur ein bisschen ist, irgendeine Ungereimtheit, ein Detail, das dir vielleicht nicht einmal wichtig vorgekommen ist?«

Birand schüttelte entschuldigend den Kopf.

»Ich weiß nichts, Nina.«

»Das zweite Mordopfer war Türke.«

»Evrim Yilmaz …«

»Genau. Kannte er den Mann aus der Wohnung in der Englandsgade, wo sie heute Nacht versucht haben, Feuer zu legen?«

»Evrim bedeutet ›Evolution‹ auf Türkisch.«

»Das ist mir bewusst.«

Birand machte ein verblüfftes, vielleicht auch beeindrucktes Gesicht.

»Wirklich? Ein schrecklicheres Beispiel hätte man nicht wählen können. Ein übler Junge aus einer schlechten Familie, ja, er ist … Das Gleiche gilt auch für den Kerl aus der Englandsgade. Seine halbe Familie sitzt in der Türkei hinter Gittern, und glaub mir, es ist eine große Familie.«

Sie grinste, Birand hatte Humor.

»Aber kannten sie sich?«

»Ja, ist doch alles eine Bande. Beides Kriminelle. Drogen, was sonst?«

»Aber du weißt nichts?«

»Tut mir leid, Nina. Ich weiß nur das, was ich höre und lese. Dass offenbar zwei Gangs im Krieg miteinander sind.«

»Und du hast keine Verbindung zu ihnen oder ihren Familien?«

»Diese Familien sind eine Schande für uns andere. Niemand wird Evrim vermissen. Traurig, aber wahr. Solche Typen findet man wohl auch unter Dänen. Das sind Leute, auf die man gut verzichten kann.«

»Von der Sorte fallen mir einige ein, das kannst du mir glauben. Na ja, ich muss weiter, Birand, es gibt viel zu tun. Wenn du etwas hörst, dann …«

Ali Birand nickte.

»Selbstverständlich, Nina.«

Der Flughafen lag ein Stück abseits der Autobahn, die zwischen flachen Feldern nach Osten verlief. Nina nahm aber die alte Landstraße dorthin, die durch die Dörfer Andrup und Skads führte. Sie wollte dem Flughafendirektor einen Besuch abstatten. Das war der zweite Punkt auf ihrem Tagesplan.

Den ersten Punkt hatte sie vor einer Viertelstunde hinter sich gebracht, als sie am Eingang zur Intensivstation des Krankenhauses abgewiesen wurde. Der anwesende Oberarzt erklärte ihr, dass beide Männer aus dem havarierten Flugzeug gerade schliefen und ihre Ruhe brauchten. Später dürfe sie aber gern wiederkommen.

Mit der Autobahn war auch ein wenig Fortschritt in die Gegend gekommen. In der Nähe des Flughafens war ein riesiges Landwirtschaftszentrum gebaut worden. Der Flughafen selbst bestand aus einer Reihe flacher zusammenhängender Gebäude, von denen einzig der Kontrolltower in den Himmel ragte. So hatte der Flughafen schon immer ausgesehen. Hier gab es keine Entwicklung, eher Abwicklung, und das war symptomatisch für diese Teile des Landes, die den wenig ruhmvollen Spitznamen Randdänemark trugen. Inzwischen war es lange her, dass man die Inlandsrouten in Esbjerg vom Flugplan gestrichen hatte. Die Brücke über den Großen Belt hatte das Rennen für sich entschieden. Für ein paar Jahre war Ryanair ein guter Partner gewesen, mit mehreren Flügen nach Stansted pro Woche, aber heute flog die Fluggesellschaft vom Flughafen Billund aus. Helikopterverkehr gab es dafür reichlich, von und zu den Ölfeldern in der Nordsee, und soweit Nina sich erinnerte, konnte man immer noch einen Flieger nach Aberdeen oder Stavanger nehmen. Beides natürlich Ölstädte wie Esbjerg.

Nina parkte das Auto und ließ sich den Weg durch die langen Gänge zwischen den Gebäuden erklären. Sie hatte keinen Termin mit dem Direktor vereinbart, und obendrein pfuschte sie ihren Kollegen aus Varde ins Handwerk, denn eigentlich waren sie für alle praktischen Angelegenheiten und die Fragen nach dem Wer, Was und Warum zuständig. Ihre Aufgabe hatte lediglich darin bestanden, sich die Leiche anzuschauen.

Sie hatte eine Leiche auf den Seziertisch gebracht, ohne jemanden darüber zu informieren. Steuerte sie mit ihrem Alleingang bereits auf die nächste Abreibung zu?

Ihre Schritte wurden kürzer, während sie mit sich selbst verhandelte. Die Zuversicht gewann die Oberhand. Nach all den Fällen, die Grund zur Kritik an ihrer Eigenwilligkeit – oder Selbstständigkeit, wenn man so wollte – geboten hatten, bemühte sie sich schon lange darum, die Balance auf dem schmalen Pfad der Tugend zu halten. Sie hatte sich seit Ewigkeiten keinen Fehltritt mehr geleistet, und das tat sie jetzt auch nicht. Sie musste einfach nur sichergehen, dass sie nicht – dass niemand – ein Verbrechen übersah.

Mit einem Mal befand sie sich im Büro der Sekretärin, wo man sie bat, einen Augenblick zu warten. Kurz darauf führte man sie in das Büro des Direktors. Hinter dem Schreibtisch stand ein turmhoher, schlaksiger Mann, der sie freundlich anlächelte und sie einlud, Platz zu nehmen. »Hans Lehmann«, stellte er sich vor und drückte ihre Hand.

»So wie ich es verstehe, geht es noch mal um die Cessna aus Island?«

»Ja, genau, das Flugzeug vom Henne Strand … Entschuldigen Sie bitte die Unannehmlichkeiten, ich weiß, dass einer meiner Kollegen bereits mit Ihnen gesprochen hat, aber ein paar Dinge sind mir noch unklar.«

Sie setzte sich auf den Stuhl. Der Direktor, der auf die fünfzig zuging, tat das ebenfalls, doch auch sitzend überragte er sie noch um einen Kopf. Im Vergleich zu ihm musste sie winzig klein wirken.

Nina an den Tower, Esbjerg, bitte kommen.

»Wissen Sie, ich hätte gern einen Überblick über die Routineabläufe bei einem solchen Flug mit Zwischenlandung. Wie sehen die aus? Ruft das Cockpit in Esbjerg an und bittet um die Erlaubnis, landen zu dürfen?«

Der Kontrolltower lächelte.

»Der Pilot, in diesem Fall der Mann in der Cessna Citation, geht ins Flughafenbüro in Keflavík und erstellt dort seinen Flugplan, inklusive eventueller *fuelstops*. Außerdem wählt er zur Sicherheit einen Alternativflughafen aus, falls Probleme auftreten. In diesem konkreten Fall nimmt er natürlich den nächstgelegenen, also Billund. Wir bekommen den Flugplan zugeschickt und sind bereit für die Ankunft des Flugzeugs.«

»Wissen Sie, wer sich an Bord befindet?«

»In Keflavík wird eine Passagierliste angefertigt, die vor dem Start aktualisiert wird, falls ein Fluggast zum Beispiel nicht einsteigt. Die Namen der Passagiere kennen wir nicht, wissen aber, wie viele es sind.«

»Das ist jetzt vielleicht eine dumme Frage … aber sind es normalerweise nicht zwei Piloten?«

»Wenn es sich um einen kommerziellen Flug handelt, müssen immer zwei Piloten an Bord sein, richtig. Bei einem Privatflug reicht einer.«

Er legte eine Pause ein, und Nina versuchte, ihre Gedanken zu sortieren. Es fiel ihr schwer, qualifizierte Fragen zu einem Thema zu stellen, von dem ihr jegliche Ahnung fehlte. Andererseits kam es hier nicht darauf an, dass sie eine gute Figur abgab.

»Gut, wir sitzen also in dieser Privatmaschine, starten und sind auf dem Weg von Island nach Rumänien. Und gleich gehen wir wieder runter, um uns in Esbjerg ein wenig Benzin zu besorgen. Kontrollieren Sie die Passagiere, wenn der Flieger gelandet ist, sehen Sie sich Pässe, Dokumente und solche Dinge an?«

Der Direktor lachte glucksend.

»Die Luftfahrt ist eine Welt für sich. Die meisten Menschen wissen höchstens, dass sie in einem Flieger von A nach B sitzen. So ist es einfach. Mit Super bleifrei würde man nicht weit kommen … Aber um Ihre Frage zu beantworten, nein, wir kontrollieren niemanden. Im Fall von Zwischenstopps zum Tanken ist der Flughafen Esbjerg keine Behörde, sondern ein Dienstleister, der eine Dienstleistung verkauft.«

»Aber sehen Sie die Passagiere? Sprechen Sie mit ihnen?«

»Unterschiedlich. Ein Kapitän kann natürlich darum bitten, nicht von Bord zu gehen und stattdessen nur den Gurt zu öffnen und die Beine auszustrecken, während aufgetankt wird. Von unserer Seite besteht kein Anlass, da misstrauisch zu sein. Passkontrollen und dergleichen werden erst nach dem Erreichen des Zielflughafens durchgeführt.«

»Und was passiert mit dem Flugzeug, während es in der Luft

ist? Können Sie es auf der gesamten Route von Keflavík aus verfolgen? Haben Sie während des Flugs Kontakt?«

Für einen Augenblick zögerte der menschliche Kontrolltower, als suche er nach einer ausreichend pädagogischen Antwort.

»Der Luftraum über der ganzen Welt ist in sogenannte Korridore aufgeteilt …«

Nina nickte, davon hatte sie schon einmal gehört. Nur erschien ihr die Vorstellung, die Luft wie Kuchenstücke zu zerteilen, ungewöhnlich.

»… was natürlich auch für den Luftraum zwischen Esbjerg und Keflavík gilt. Während des Flugs bewegt man sich durch mehrere dieser Korridore. Der erste ist Iceland Control, dann kommt Stavanger, dann Copenhagen Control, Billund Control und zum Schluss Esbjerg. In diesem Fall hat es unser Tower nicht einmal geschafft, Kontakt zur Cessna herzustellen. Sie verschwand vom Radar, als sie noch im Bereich von Copenhagen Control war. Die Zuständigkeit von Kopenhagen reicht bis eine halbe Stunde vor der Westküste Jütlands.«

»Aha, und was passiert, wenn so plötzlich kein Kontakt mehr da ist?«

»Verschwindet ein Flugzeug vom Radar, versucht der Tower immer erst, nochmals Kontakt aufzunehmen. Wenn das scheitert, wird die Polizei verständigt.«

»Es hat eine Weile gedauert, bis ein Rettungshubschrauber unterwegs war, oder?«

»Es war ja ein Unwetter im Gang.«

Richtig, über diesen Teil der Nordsee war eine Unwetterfront gezogen. Nina setzte die Informationen zusammen und ließ die Maschine vor ihrem inneren Auge Richtung Esbjerg fliegen, bis eine neue Frage auftauchte.

»Wie kann ein Flugzeug eigentlich plötzlich vom Radar verschwinden?«

»Im Normalfall kann es das nicht, es sei denn, es stürzt ab. Und falls es trotzdem geschieht, dann liegt das entweder an einem technischen Problem oder an einem Bedienungsfehler. Es ist möglich, den Transponder auszuschalten, der das Radarsignal zurücksendet, wodurch das Flugzeug von unserem Schirm verschwindet. Brenzliger, aber ebenfalls möglich wäre es, auf eine Flughöhe von unter fünfhundert Fuß zu gehen.«

»Also besonders niedrig fliegen?«

Der Direktor nickte und presste seine Fingerspitzen gegeneinander, während er zu überlegen schien, ob er mit seiner Frage eine Grenze überschritt. Er stellte sie trotzdem:

»Vermuten Sie einen kriminellen Hintergrund?«

»Ach du liebe Güte, nein …«

Ihre Beteuerung war beinahe die Wahrheit. Die Einzige, die ein Verbrechen in Bezug auf den Flug und die Leiche witterte, war sie selbst.

»Aber bei Todesfällen müssen wir der Sache natürlich nachgehen.«

»Natürlich, natürlich«, stimmte der Kontrolltower zu.

Nina stand auf. Jetzt war sie immerhin fast so groß wie der sitzende Direktor.

»Ich denke, das war alles …«

»Wenn wirklich etwas Kriminelles im Gange gewesen wäre, hätte man das Signal ja ändern können«, fiel dem Flughafendirektor plötzlich ein.

»Was meinen Sie?«, fragte Nina.

»Man kann den Transponder aktivieren, damit er einen besonderen Hijacking-Code sendet. Also ein geheimes Notfallsignal, das an den zuständigen Tower geht. Aber die Cessna ist einfach nur verschwunden, ohne ein Signal zu senden. Haben die beiden Überlebenden denn nicht helfen können?«

»Wir konnten noch nicht mit ihnen sprechen.«

»Die Blackbox gäbe es auch noch, das heißt, in Wahrheit ist der Stimmenrekorder gar nicht schwarz, sondern orange«, ergänzte der Flughafenchef und stand auf.

Nina an den Tower:

»Den Rekorder werden wir noch auswerten, und ich hoffe, mich im Laufe des Tages mit den beiden unterhalten zu können. Das sollte uns jedenfalls Klarheit verschaffen. Vielen Dank für Ihre Hilfe.«

Der Hinterhof des Präsidiums glich einem orientalischen Ziegenmarkt, als Nina zurück in Esbjerg war. Sie fuhr gar nicht erst auf den Hof, sondern parkte den Wagen an der Straße.

Mit harter Miene stand die Justizministerin des Landes der Journalistenschar gegenüber, die ihr die Mikrofone fast in den Hals schob. Direkt vor der Ministerin lauerten vier Journalisten mit Fernsehkameras, dahinter drängten sich diejenigen mit normalen Fotoapparaten und andere mit bunten Mikrofonen, einer kritzelte in einen Notizblock, und ein anderer reckte ein Diktiergerät in die Luft.

Die Justizministerin wurde regelrecht belagert, und das vor eindrucksvoller Kulisse. Sie stand vor einem Streifenwagen, bei dem sich ein freundlicher Kollege dazu hatte breitschlagen lassen, das Blaulicht einzuschalten.

Erst jetzt fiel Ninas Blick auf Polizeidirektor Blix, der sich gerade so weit im Hintergrund hielt, dass es noch angemessen wirkte, aber nicht so weit, dass ihn die Kameras nicht mit aufs Bild bekamen. Schräg hinter ihm stand Birkedal, mit verschränkten Armen und einem Mund, der sich in einen schmalen Strich verwandelt hatte. Nina ging zu einer Gruppe Kollegen hinüber, die aufmerksam zuhörten.

»Solche Zustände werde ich schlicht und ergreifend nicht tolerieren. Wir leben in einer freien und demokratischen Gesellschaft, in der wir uns als Bürgerinnen und Bürger sicher bewegen können müssen – und genau das verspreche ich Ihnen. Ich hatte soeben ein gutes und konstruktives Gespräch mit Polizeidirektor Blix, bei dem wir mehrere Maßnahmen erörtert haben, um der unakzeptablen Welle von Gewalt entgegenzutreten, die nun auch Esbjerg getroffen hat.«

Dem letzten Satz ließ die Ministerin einen Peitschenhieb mit ihrem Pferdeschwanz folgen. Ihre Stimme klang wie ein Schneidbrenner. Eine Journalistin stellte eine Frage, die Nina aber nicht verstand.

»Wir haben in Erwägung gezogen, neue Methoden anzuwenden, deren Finanzierung ich im Ministerium prüfen werde. Wir stehen vor einer gewaltigen Herausforderung, daher appelliere ich …«

Nina bahnte sich ihren Weg zum am weitesten entfernten Treppenhaus. Mit ihren »Maßnahmen« und »Methoden« klang die Ministerin wie jeder andere Politiker auch.

Zwar hatte Nina nicht damit gerechnet, dass die Justizministerin Esbjerg so schnell einen Katastrophenbesuch abstatten würde, aber sie hatte gewusst, dass es so kommen würde. Die Visite war eine teuflische Mischung aus moralischer Unterstützung und einem erhobenen Zeigefinger, der Blix galt, vor allem aber war es ein Medienstunt. Wer sonst, wenn nicht die Justizministerin, sollte während der Eskalation eines Bandenkriegs Handlungskraft ausstrahlen? Zudem war die Ministerin noch relativ frisch im Amt, sodass sie sich die Chance auf einen Brennpunktbesuch nicht entgehen ließ.

Nina konnte sich das Grinsen nicht verkneifen. Manche Mechanismen waren so vorhersehbar, wie dass das Fleisch immer dann zäh geriet, wenn Gäste kamen. Der große Ministerinnenbesuch würde viele weitere Besuche von weniger wichtigen Politikern und Politikerinnen nach sich ziehen.

Intern würde der Polizeidirektor den Fokus noch stärker auf

die Bekämpfung des Bandenkriegs richten als schon vor dem Besuch der Justizministerin – und die gesamte Chefetage sowie die Führungskräfte der mittleren Ebene mit einspannen. In diesem Moment hatte Nina nicht den Hauch eines Zweifels, dass tief in Birkedal eine Bombe tickte, die bei der erstbesten Gelegenheit explodieren würde. Eine Sache war es, sich für eine langweilige Pressekonferenz im üblichen Tweedsakko an den üblichen Ort vor dem Polizeischild am Haupteingang zu stellen. An dem polizeipolitischen Zirkus im Hinterhof des Präsidiums mitwirken zu müssen, war etwas völlig anderes. Der alte Löwe stand mit Sicherheit kurz davor, aus der Haut zu fahren. Und zu allem Überdruss war das Timing derart schlecht, dass Birkedal seinen Zorn an Nina auslassen würde.

Sie überlegte, wie sie die Sache angehen sollte, während sie sich an mehreren Kolleginnen vorbeischob, die die Show im Hof durch die Fenster mitverfolgten. Birkedals Name fiel. »Der Schlips steht ihm gut«, meinte eine Polizistin.

Es war wichtig, dass sie ihren Chef von dem Obduktionsantrag in Kenntnis setzte, und am besten tat sie es noch heute. Sie konnte damit nicht bis zu einem anderen Tag warten, an dem Birkedal möglicherweise weniger gereizt war.

In der Ermittlungsabteilung war der Flur angenehmerweise wie leergefegt. Nina brauchte einen Moment Ruhe, um sich zu sammeln, bevor sie Birkedal gegenübertrat.

»Portland!«, schallte es von hinter ihr, gefolgt von harten Schuhsohlen auf dem Vinylboden.

Überrascht drehte Nina sich um, obwohl sie nur zu gut wusste, wer da rief. Birkedal kam herangehastet, als wäre er vor irgendetwas auf der Flucht. Das war er vielleicht sogar. Falls sich jemand aus der Affäre zu ziehen versuchte, würde Blix das schon zu verhindern wissen, damit seine Organisation während des glamourösen Besuchs nach außen hin intakt wirkte.

»Portland, in mein Büro!«

Birkedal ging mit entschlossenen Schritten hinein, und Nina folgte ihm.

»Tür zu«, blaffte er und ließ sich schwer in den Schreibtischstuhl fallen. Nina nahm auf der anderen Seite des Tisches Platz.

»Die Frau hat noch in die Windeln gemacht, da habe ich schon meinen ersten Mörder geschnappt«, spottete er und machte eine Bewegung mit dem Kopf in Richtung Hinterhof.

»Er ist in ein Waldstück geflüchtet. Ich habe ihn eingeholt, wir haben uns geprügelt, und ich habe ihn niedergestreckt. Der Kerl hatte seinen Nachbarn mit einer Axt erschlagen. Jetzt wird hier so ein riesiges Theater veranstaltet, nur weil irgend so eine Politiktante ihren Besuch angekündigt hat. Was für ein Mist, Nina …«

Verdutzt saß Nina auf ihrem Stuhl und vernahm zum ersten Mal seit Langem einen Hauch der Vertrautheit, die früher zwischen ihnen geherrscht hatte, wenn sie unter sich waren. In den Momenten, in denen Portland zu Nina wurde. Vielleicht merkte Birkedal selbst, dass seine Gefühle mit ihm durchgingen, denn urplötzlich nahm sein Gesicht eine todernste Miene an.

»Was zum Teufel ist das eigentlich für eine Sache, in die sich der Fall mit diesem bescheuerten Flugzeug gerade entwickelt? Ich habe einen Anruf aus Århus bekommen … Eine Obduktion? Sag mal, bist du jetzt vollkommen übergeschnappt? Ich obduziere gleich *dich*. Ist dir eigentlich klar, was um uns herum vor sich geht, Portland? Wir sind mitten in einem Bandenkrieg, auf den Straßen stapeln sich die Leichen. Die einzige Frage ist momentan, ob heute noch einer umgebracht wird – oder erst morgen. Kapierst du das? Und du hast nicht einmal etwas gesagt, warst dir zu fein, um zu fragen. Wieso sich auch die Mühe machen und irgendjemanden über irgendwas informieren? Du weißt es schließlich am besten. Und dann auch noch mitten in dieser Krise, in der jede Arbeitsstunde zählt. Was verdammt soll das?«

Mit jedem Wort wirkte Birkedal zorniger, er war wirklich kurz vorm Explodieren. Seinen kleinen Anflug von Vertrautheit hatte er durch sein gebelltes »Portland« blitzschnell wieder wettgemacht.

»Ich habe keine Informationen zurückgehalten. Ich habe die Situation eingeschätzt und …«

»Tatsache ist, dass ich aus Århus angerufen werde, während uns hier die Kugeln um die Ohren fliegen – und ich habe nicht die geringste Ahnung, um was es geht. Ich bin hier der Chef – nur falls du dir unsicher sein solltest«, schnitt Birkedal ihr das Wort ab.

Nina musste tief durchatmen, um nicht die Fassung zu verlieren.

»Ich hätte dir doch heute alles erzählt, sobald ihr unten im Hof fertig gewesen wärt. Ich wollte …«

Es klopfte energisch an die Tür, und Thøgersen rauschte hinein.

»Entschuldigt bitte, aber du wirst unten vermisst«, sagte er an Birkedal gewandt.

»Ich bin nicht hier!«

»Aber Blix hat gesagt …«

»Ich sagte, ich bin nicht hier!«

»Die großen Zeitungen wollen ein Foto vom Ermittlungschef zusammen mit der Justizministerin, und ich habe Blix versprochen …«

»Sag ihm, was du willst. Sag, dass ich auf dem Pott sitze. Ich kann so was nicht ausstehen … dieses Affentheater …«

Anscheinend waren Birkedal und Nina derselben Ansicht, was den Zirkus im Hinterhof des Präsidiums betraf. Thøgersen zog wieder ab, und Birkedal rieb sich seufzend das Gesicht.

»Wo waren wir stehen geblieben?«

Seine Gesichtsfarbe hatte sich nach seinem vorherigen Wutausbruch wieder ein klein wenig normalisiert.

»Ich habe gesagt, dass ich es dir heute erzählt hätte. Hier im Haus geht es ja drunter und drüber, und keiner hat sich auch nur ansatzweise für das Flugzeug interessiert. Deshalb …«

Mit einem Mal fühlte sie sich so müde, war die ganze Streiterei leid. Vielleicht war es die Tatsache, dass Birkedal sie inmitten der hektischen, fordernden Ermittlungen zum Henne Strand abkommandiert hatte, obwohl er wusste, dass Nina genau solche Ermittlungen liebte. Vielleicht war es diese Tatsache, an die Nina jetzt erinnert wurde und die ihr innerhalb von Sekunden den letzten Kampfeswillen raubte.

Mit resignierter Miene spielte sie ihre beste Karte, und das schon früh:

»Ich würde dich schlecht kennen, wenn du wirklich denken würdest, wir sollten einen Fall nicht gründlich untersuchen, nur weil wir noch andere wichtige Fälle zu untersuchen haben. Vielleicht finde ich was, vielleicht nicht. Das wird die Obduktion zeigen. Ansonsten … kannst du sie auch einfach absagen. Sie wollen erst morgen früh damit anfangen.«

Polizeiinspektor Erik Birkedal saß still da und vermied es, sie anzusehen. Dann nickte er.

»Na gut, dann setz mich über die wichtigsten Punkte ins Bild.«

Waren die Straßen an einem grauen und stürmischen Nachmittag wie diesem quasi leergefegt, platzte der große Eingangsbereich des Krankenhauses dagegen beinahe aus allen Nähten. Dort herrschte ein heilloses Durcheinander aus Angestellten, Patienten und Angehörigen.

Nach dem Gespräch in Birkedals Büro wartete der letzte Punkt ihres Tagesplans. Birkedal hatte das Vorhaben abgesegnet, was ihr ein gutes Gefühl gab. Er hatte ihr zugehört, ohne sie ein einziges Mal zu unterbrechen und ohne sich aufzuregen. Aber auch ohne »Nina«. Sie hatte ihm ihre Gedanken zum Fall dargelegt, ihm jeden noch so kleinen Anhaltspunkt erklärt, der sie zu ihrer Entscheidung gebracht hatte, eine Obduktion zu veranlassen.

Zum zweiten Mal für heute ging sie nach oben in Richtung Intensivstation.

Mehr war es nicht gewesen. Nachdem Birkedal sich alles angehört hatte, war »Okay, klingt vernünftig« sein einziger Kommentar. Erst als sie auf dem Weg aus der Tür war, hatte er laut geflüstert:

»Wenn am Ende herauskommt, dass irgendein Vollidiot irgendetwas Kriminelles an Bord dieses bescheuerten Flugzeugs angestellt hat, dann helfen dir bei den Ermittlungen dein Sohn, dein Vater mit seinem Hund, deine Tante und der alte Dorfpolizist, darauf kannst du deinen Hintern verwetten. Denn andere Leute, die ich dafür abstellen könnte, gibt es nicht.«

Nina erwiderte nichts darauf, sondern ging einfach. Erik Birkedal stand so sehr unter Druck, wie sie es noch nie erlebt hatte. Das war zutiefst beunruhigend, denn niemand konnte sich ernsthaft vorstellen, dass es ihnen gelingen würde, den Bandenkrieg zu stoppen, bevor er weitere Opfer forderte.

Anscheinend hatte es auf der Intensivstation einen Schichtwechsel gegeben, denn Nina erkannte niemanden wieder. Wie beim letzten Mal stellte sie sich vor und wurde ein paarmal weitergeschickt, bis jemand eine Frau mittleren Alters in weißem Kittel aus einem Büro holte.

»Nina Portland, von der Kriminalpolizei.«

Auch wenn es schon längst nicht mehr »Kriminalpolizei« hieß, nutzte Nina die Bezeichnung stur weiter. »Ermittlungsabteilung« klang ihr zu sehr nach Betriebswirtschaft. Sie schüttelte der Ärztin die Hand.

»Alice Mortensen, ich bin die Oberärztin. Es geht um die beiden Männer aus dem verunglückten Flugzeug, richtig?«

»Genau, ich war heute Vormittag schon einmal hier, aber es

war ein schlechter Zeitpunkt. Ich würde gerne mit den Herren sprechen, oder wenigstens mit demjenigen von beiden, dem es momentan am besten geht.«

Die Oberärztin breitete ihre Arme zu einer entschuldigenden Geste aus.

»Wie ärgerlich … Leider geht es im Moment auch nicht. Sie schlafen beide, und nach dem Besuch brauchen sie ihre Ruhe.«

»Was für ein Besuch? Von wem?«

»Darüber darf ich nichts sagen.«

»Dürfen Sie schon. Wenn Sie wollen.«

»Tut mir leid, kommen Sie morgen wieder.«

»Hören Sie zu, Frau …«, Nina warf einen demonstrativen Blick auf das Namensschild der Ärztin, »… Frau Mortensen. Es ist spät, es ist Herbst, und mir reicht es für heute. Wir reden hier von einer potenziellen Mordermittlung. Der Name dieses Besuchers ist außerordentlich wichtig. Wollen Sie wirklich die Aufklärung eines Verbrechens behindern?«

Die Oberärztin fühlte sich unter Ninas feurigen Blicken sichtlich unwohl, zögerte aber.

»War es der Chef der Männer, ein Isländer? Bjarna Irgendwas?«, fragte Nina.

Die Ärztin schüttelte den Kopf.

»Er war Amerikaner.«

»Amerikaner?«

»Ja, das war nicht zu überhören. Sein Akzent war eindeutig.«

»Haben Sie einen Namen?«

»Nein, hier muss sich niemand ausweisen.«

»Wie sah er aus? War er alt? Jung?«

»Hmm, Mitte vierzig, denke ich. Er sah irgendwie südamerikanisch aus …«

»Okay, wie lange war er hier?«

»Das kann ich so genau nicht sagen. Wir haben ihm gesagt, dass die Patienten Ruhe brauchen, daher denke ich nicht, dass er lange geblieben ist.«

»Hat er mit beiden Männern gesprochen?«

»Ich glaube schon.«

15

Zimmer 38 … Arthur McRae folgte den kleinen Schildern durch die schmalen Hotelflure. Er hatte die Anweisung erhalten, sich im Zimmer von Hector Torres einzufinden, von dem bisher keine Spur zu sehen gewesen war. Nicht einmal im Speisesaal, wo McRae und die drei anderen ein spätes Abendessen serviert bekommen hatten. Der Kellner hatte sie gefragt, was sie zu dieser Jahreszeit nach Dänemark verschlug, worauf McRae antwortete, dass sie mit Tourismus zu tun hätten. Offenbar ein überzeugender Grund für ihren Aufenthalt, denn der Kellner fragte nicht weiter nach.

38. Er blieb stehen. In Wahrheit hatte er nicht einmal mit Torres gesprochen. Irgendjemand hatte lediglich ein Stück Papier unter seiner Zimmertür hindurchgeschoben, auf dem »Briefing, 21 Uhr, Zimmer 38, H. Torres« stand.

Er klopfte diskret an.

»McRae«, flüsterte er in Richtung der geschlossenen Tür. Warum er flüsterte, wusste er selbst nicht so genau, und bevor er weiter darüber nachdenken konnte, wurde die Tür geöffnet.

Ein großgewachsener und athletisch wirkender Mann bat ihn lächelnd herein, gab ihm die Hand und stellte sich nur mit seinem Vornamen vor. Sein rabenschwarzes Haar war kurzgeschnitten, sein Äußeres gepflegt. Er trug graue Hosen und darüber ein weißes Hemd mit einer schwarzen Krawatte, die locker um den Kragen hing. An den Schläfen schimmerten ein paar graue Strähnen. Der Mann mochte etwa Mitte vierzig sein.

»Setzen Sie sich«, forderte Torres ihn auf, und McRae ließ sich auf den einzigen Stuhl im ganzen Zimmer fallen, den man nur mit viel Wohlwollen als bequem bezeichnen konnte. Torres selbst nahm an dem winzigen Schreibtisch Platz.

»Heute war ein langer Tag. Kommen wir lieber direkt zur Sache, Arthur. Wären Sie so nett und bringen mich auf den aktuellen Stand?«

McRae nickte und bemerkte erst jetzt die beiden besonderen Merkmale an Torres, da das Licht anders fiel. Die kleine Wölbung auf seiner Nase verriet, dass sie einmal gebrochen gewesen war, und an der Stirn, links, direkt am Haaransatz, befand sich eine ausgefranste Narbe. Trotz der beiden Schönheitsfehler wirkte McRaes Kollege alles andere als unzivilisiert. Sie verliehen dem glatten Gesicht nur ein wenig mehr Charakter. Jeder konnte sich die Nase brechen oder eine Narbe auf der Stirn davontragen. Vielleicht war Torres nur ein Schreibtischtäter, wie er selbst. Davon gab es im Geheimdienst trotz allem eine ganze Menge. Ebenso möglich war es allerdings, dass Hector Torres zu den harten Hunden zählte.

»So ist es sicher am einfachsten«, erklärte McRae, während er die zusammengefaltete Landkarte aus der Innentasche seines Sakkos zog und auf dem Bett ausbreitete. »Dann können Sie mir besser folgen.«

Torres nickte.

»Also, das Flugzeug ist hier verunglückt«, sagte McRae und deutete auf eine Stelle südlich des Henne Strand.

»Ich habe unsere Leute in drei Gruppen aufgeteilt. Eine sollte die nähere Umgebung im Norden, eine die im Süden und eine das Gebiet landeinwärts absuchen.«

Hector Torres' Miene ließ nicht darauf schließen, dass er einen Kommentar abgeben wollte, also sprach McRae weiter und kam direkt zum Fazit. Wenn man wie sein Kollege weit oben in der Hierarchie des NCS stand, waren weitschweifende Ausführungen nicht von Interesse.

»Hier«, sagte er und setzte seinen Finger an eine neue Stelle auf der Karte. »Ungefähr einen halben Kilometer südlich der Absturzstelle haben wir Spuren gefunden.«

Noch immer regte sich nichts in Torres' Gesicht.

»In einem ehemaligen Luftschutzbunker, der noch aus dem Zweiten Weltkrieg stammt, sind wir auf Spuren von … Zulu gestoßen«, fuhr er fort. »Der Bunker ist teilweise versandet, aber auf der Landseite bietet er im Eingangsbereich Schutz. Im Sand konnten wir Spuren einer Person feststellen, die dort gelegen haben muss. Außerdem fanden sich die Reste von Erbrochenem und eine durchnässte Lederjacke.«

Jetzt kam Bewegung in das ernste Gesicht.

»Weitere Spuren?«

»Leider nicht. Das Gelände ist schwierig. Sowohl, um sich darin fortzubewegen, als auch für die Spurensuche. Dazu kommt das stürmische Wetter, das den Sand aufgewirbelt und Abdrücke verwischt hat. Natürlich gibt es trotzdem Spuren, aber zu dieser Jahreszeit sind leider viele deutsche Touristen an der Küste unterwegs. Sie laufen an den Stränden herum, steigen auf die Dünen und bewegen sich auch weiter ins Landesinnere. Daher ist es schwer zu sagen, zu wem eine Fußspur gehört. Fritz oder Zulu?«

Der Witz ging völlig an Torres vorbei, nicht einmal der Anflug eines Lächelns war zu erahnen.

»Wie lange haben Sie die Gegend südlich des Bunkers abgesucht?«

»Ab Mittag waren alle damit beschäftigt. Sobald wir die Entdeckung gemacht hatten, habe ich sämtliche Männer zusammengerufen.«

»Zusammengerufen? Diskret, will ich hoffen?«

»Selbstverständlich sind wir einzeln ins Gelände gegangen. Ich habe lediglich die restlichen Männer ins Gebiet gelotst, da sich der Einsatz dort konzentrieren sollte.«

»Ausgezeichnet. Zeigen Sie mir, wie viel Sie abdecken konnten.«

McRae ließ seinen Zeigefinger über die Karte gleiten. Auf dem Papier wirkte das Gebiet lächerlich klein, während es ihm im Freien so vorgekommen war, als hätten sie eine riesige unüberschaubare Fläche durchkämmt.

»Wenn wir wenigstens einen Hund hätten«, dachte er laut.

Torres legte die Stirn in Falten.

»Einen Hund? Die Fährte ist zu alt und nicht stark genug, abgesehen davon, dass das Wetter und die salzige Luft sie ohnehin schon unbrauchbar gemacht haben. Und im Übrigen würden wir große Aufmerksamkeit auf uns ziehen, wenn wir jetzt anfangen, nach einem geeigneten Spürhund zu fragen. Beschreiben Sie mir bitte das Gelände, Arthur.«

»Wie gesagt, es ist schwierig. Obwohl wir vor Ort waren, konnten wir nicht die gesamte Fläche absuchen. Unser Mann könnte sich dort überall verstecken. Weite Teile des Gebiets sind vollkommen von Gestrüpp überwuchert. Überall Blätter, Nadeln, Dornen, die reinste Hölle für eine Personensuche. Aber sehen Sie … hier verläuft eine kleine asphaltierte Straße in Nord-Süd-Richtung. Über sie kommt man weiter ins Landesinnere. Er könnte gelaufen oder per Anhalter gefahren sein, oder er hat ein Auto gestohlen. Ebenfalls möglich wäre, dass er die Straße nur überquert und es in diese Forstgebiete geschafft hat, Vrøgum Plantage und Ål Plantage. In Westjütland gibt es die größten und verlassensten Landstücke ganz Dänemarks, außerdem hält das dänische Militär hier draußen Übungen ab, nur damit Sie Bescheid wissen, falls wir einem Panzer begegnen.«

»Was ist Ihre finale Einschätzung der Mission?«

»Sie ist unmöglich. Absolut unmöglich.«

Torres nahm die Karte, legte sie auf den Schreibtisch und studierte sie mehrere Minuten lang intensiv. Dann breitete er sie wieder auf dem Bett aus.

»Wir müssen davon ausgehen, dass er nicht plötzlich die Richtung gewechselt hat und nach Norden gegangen ist. Das heißt, er bewegt sich weiter auf südlichem, süd-westlichem oder westlichem Kurs.«

»Sie setzen voraus, dass er in der Gegend bleibt. Vielleicht wurde er von einem Auto mitgenommen und ist nicht mehr in der Nähe«, wandte McRae ein.

»Das wage ich zu bezweifeln, Arthur. Ich werde gleich darauf zurückkommen. Stellen Sie sich Folgendes vor: Sie sind in einem fremden Land in einer verlassenen Gegend abgestürzt. Sie sind auf der Flucht? Was tun Sie?«

»Äh …«

»Schauen Sie auf die Landkarte. Was ist tief in der menschlichen Natur verankert? Was haben wir seit Jahrhunderten auf fremden Kontinenten getan?«

McRae ahnte nicht, worauf Torres hinauswollte, und fühlte sich ein wenig unterlegen. Torres gab die Antwort selbst.

»Wasser, die Küste. Wir neigen dazu, Küstenverläufen und Flüssen zu folgen, weil uns das in einer unbekannten Welt ein Gefühl von Sicherheit verschafft. Wir glauben, uns besser orientieren zu können und eine Art Überblick zu bewahren. Ich glaube, Zulu ist dem Küstenverlauf weiter gefolgt, vielleicht ist er ein Stück landeinwärts gegangen, aber immer noch entlang der Küste. Wir wissen nicht, ob er im Besitz einer Karte ist. Aber wir wissen, dass er sich in dieser Ecke von Dänemark nicht auskennt.«

Hector Torres fuhr mit dem Zeigefinger den Küstenverlauf nach Süden nach.

»Und worauf trifft er hier im Süden? Stehen dort nicht einige kleine Häuser, hier in Børsmose und am Græup Strand ein Stück weiter noch mehr?«

»Vejers nicht zu vergessen. Hier gibt es Hunderte solcher

Hütten, und diese Ferienhäuschen sind größtenteils so gut ausgestattet, dass man das ganze Jahr in ihnen wohnen könnte, wenn es erlaubt wäre.«

»Dürfen die Leute nicht in ihren eigenen Häusern wohnen?«

»Nein, nicht permanent. Die Kommunen wollen nicht, dass die Häuser ganzjährig bewohnt sind. Es ist immer nur zeitweise erlaubt.«

»Verrücktes Land … tut aber nichts weiter zur Sache. Ich denke, Zulu wird sich ein solches Ferienhäuschen suchen. Er hat sich übergeben, was eindeutig auf eine schwere Gehirnerschütterung hindeutet. Ich habe heute Mittag mit dem Piloten im Krankenhaus gesprochen, und von ihm weiß ich, dass unser Mann am Kopf verwundet ist und im Flugzeug das Bewusstsein verloren hat. Mehr konnte der Pilot nicht sehen, bevor er selbst ohnmächtig wurde.«

»So etwas kann mitunter tödlich ausgehen.«

»Zulu ist jemand, der selbst unter extremsten Bedingungen noch funktioniert.«

Obwohl er sehr versucht war, hielt er sich mit einer Nachfrage an Torres zurück. Der NCS war die Abteilung der Firma, in der es am schwersten war, Antworten zu bekommen.

Für eine Weile saßen sie schweigend da. McRae konnte einen starken Whisky jetzt gut vertragen, aber Torres hatte ihm nichts angeboten. Auf dem Schreibtisch stand bloß eine halbleere Wasserflasche.

»Wir suchen weiter«, sagte Hector Torres, ohne ihn anzusehen.

»Es ist Ihre Entscheidung …«

»Wir geben der Sache noch zwei Tage. Wir durchkämmen das Gebiet bis nach Vejers, so gut wir eben können. Jedes Ferienhäuschen wird kontrolliert. Irgendwo muss er sich einen Unterschlupf suchen und ausruhen, das ist das einzige Mittel gegen eine Gehirnerschütterung. Wir werden ihn finden, koste es, was es wolle. Alles andere zieht unüberschaubare Konsequenzen nach sich.«

McRae konnte seine Neugier schließlich doch nicht im Zaum halten. Was hatte er schon zu verlieren? Er stellte die Frage.

»Sagen Sie, wer ist eigentlich Zulu?«

»Glauben Sie mir, Arthur, das wollen Sie nicht wirklich wissen.«

16

Hatte sie etwa erwartet, der Pilot würde ihr ins Ohr flüstern, dass der überlebende Passagier einen Mord begangen hatte? Oder dass umgekehrt der Passagier den Piloten als Mörder entlarven würde? Oder gar, dass beide ihre Ermittlung in eine neue, glaubwürdige Richtung führen würden?

Seit dem frühen Morgen war sie im Krankenhaus gewesen, jetzt saß sie wieder in ihrem Büro und schrieb einen Bericht. Sie hatte nichts.

»Heftige Turbulenzen, Gewitter, Blitz, kein Funkkontakt, Fehlfunktionen in beinahe allen technischen Geräten, Turbinenausfall, erst eine, dann beide. Keine anderen Möglichkeiten außer einer Notlandung auf dem Strand, Schock, Chaos, Blut, Schmerzen …«

Reduzierte sie die Aussagen der beiden aufs Wesentliche, waren sie sich ziemlich ähnlich. Skeptiker – Nina zählte zur besonders notorischen Sorte – würden anmerken, diese Ähnlichkeit sei ziemlich auffallend. Zu viele Wörter stimmten überein. Wie groß war die Wahrscheinlichkeit, dass die Berichte zweier Menschen beinahe im Wortlaut übereinstimmten? Sie war sehr gering. Es sei denn, ihre Geschichten waren abgesprochen – oder in irgendeiner Form inszeniert. Nur von wem?

Nina ärgerte sich darüber, nicht die Erste gewesen zu sein, die mit den beiden Überlebenden gesprochen hatte. Verbissen grübelte sie darüber nach, wer der Mann sein konnte, der so plötzlich im Krankenhaus aufgetaucht war. Südamerikanisch … Ein Anruf bei der isländischen Firma hatte auch keine Klarheit gebracht. Offenbar fanden dort gerade eine Menge Meetings statt, und man hatte sie im internen Telefonsystem kreuz und quer weiterverbunden.

»Island noch mal anrufen«, kritzelte sie auf einen gelben Notizzettel, den sie an ihren Computerbildschirm klebte. Im selben Moment trudelte eine E-Mail ein. Sie klickte darauf, und eine Nachricht des Polizeidirektors öffnete sich.

»Die Lage der Nation – Tag 1« lautete der prätentiöse Titel von Blix' Bericht über die aktuelle Situation, den er gerade mit einer Rundmail an seine vielen Hundert Unterstellten geschickt hatte. Selbstverständlich konnte ein solches Schreiben keinen profanen Titel wie »Bericht« tragen.

Nina spürte, wie eine leichte Verärgerung in ihr aufkeimte. Es gefiel ihr nicht, dass ihre Stadt wegen einer solchen Sache im Fokus stand. Sie ertrug es nicht, dass verfeindete Gruppierungen ausgerechnet ihren Wohnort ausgewählt hatten, um sich dort gegenseitig niederzumetzeln. Einen solchen Angriff auf ihre Stadt konnte sie einfach nicht dulden. Direktor Blix war ein Zugezogener, den der Ehrgeiz in den Westen getrieben hatte. Jemand wie er fühlte sich nicht getroffen, wenn Esbjerg in den Dreck gezogen wurde, garantiert aber, wenn sein eigenes Reich Schmutz abbekam.

Nina ackerte sich durch die Zeilen der umfangreichen Nachricht, die damit einsetzte, dass sich Esbjerg – und damit sie alle – gerade im Auge eines Orkans befänden. Gleich zu Beginn erlaubte sich Blix also einen groben Schnitzer. Wenn es einen Ort gab, an dem es ruhig und friedlich zuging, dann ja wohl im Auge eines Sturms. Aber das hatte Blix mit dem Ausdruck sicher nicht gemeint.

Der Direktor bat sie alle, in diesen schweren Zeiten aufeinander achtzugeben und sich gegenseitig zu unterstützen, seine Rhetorik war durchsetzt von billigen Teambuilding-Phrasen. Nina übersprang einen größeren Abschnitt und kam direkt zum Ende, wo ein Diagramm eingefügt war, aus dem sämtliche polizeilichen

Maßnahmen hervorgingen, die innerhalb der letzten vierundzwanzig Stunden im Hinblick auf den Bandenkrieg ergriffen worden waren.

Zum Schluss dankte der Direktor allen Kollegen für den reibungslosen Ablauf während des Besuchs der Justizministerin, trotz des ernsten Anlasses. Welchen Anteil hatten die Beamten eigentlich daran? Im letzten Abschnitt dankte er noch einmal »allen, die dort draußen gerade alles geben«. Gefolgt von einer allerletzten Aufmunterung: »Nicht vergessen, wir haben die Unterstützung der Justizministerin.«

Frisch motiviert durch das ministerielle Salz in der Suppe des Berichts schwang Nina ihre Beine auf den Schreibtisch, lehnte sich zurück und musste gleichzeitig gähnen und lachen.

»Was ist denn so lustig?«, fragte Thøgersen, der gerade hereinkam.

»Ach, ich … erfreue mich einfach des Lebens.«

»Momentan gibt es aber nicht viel Grund zur Freude«, seufzte Thøgersen.

Er wirkte gedrückt und müde, wie er da in seiner alten Lederjacke am Türrahmen lehnte.

»Aber heute Nacht ist nichts passiert, oder?«

»Nein, es war alles ruhig. Was treibst du?«

Nina zuckte mit den Schultern. Gute Frage. Was trieb sie eigentlich mitten in dem Bandenkrieg, bei dessen Auftakt mit dem Mord an Osmanović sie noch alle Hände voll zu tun gehabt hatte, bei dem sie jetzt aber völlig aus dem Spiel war?

»Ich sitze immer noch an der Sache mit dem Flugzeug vom Henne Strand.«

»Herrje, ist die Untersuchung nicht bald abgeschlossen?«

»Es fehlen noch ein paar Kleinigkeiten. Ich warte gerade auf die Ergebnisse aus der Rechtsmedizin.«

Es sah aus, als fiele Thøgersen plötzlich ein, dass auch er sich mitten in einem Bandenkrieg befand und dass er aus einem bestimmten Grund in Ninas Büro Halt gemacht hatte.

»Blödes Flugzeug … Lass die Sache liegen, wir haben im Moment Wichtigeres zu tun. Ich will, dass du mir hilfst.«

Thøgersen klang wie ein Mann, der den Atem des Drachen im Nacken spürte. Zwar war ein Bandenkrieg dafür nötig gewesen, aber er konnte also auch anders.

»Klar, die Rechtsmedizin läuft mir nicht weg. Was soll ich tun?«

Nina verbrachte mehrere Stunden damit, in den Fluren der großen Wohnblöcke im Stengårdsvej Geistern hinterherzujagen. Es war zwecklos.

Thøgersen hatte sie losgeschickt, um Personen aus dem Umfeld von Osmanović oder solche, die eine direkte Verbindung zu seinem Netzwerk hatten, zu befragen. Jemand, der im Stengårdsvej wohnte, hatte ihnen einen Tipp gegeben, weigerte sich aber strikt, seine Identität preiszugeben. Der Mann hatte angedeutet, dass es unter den Mitgliedern des inneren Kreises gehörig brodelte. Mehrmals fiel das Wort »Rache«. Natürlich musste Thøgersen dem nachgehen, aber es war beinahe ebenso natürlich, dass Ninas Versuche, den Verdacht zu erhärten, fehlschlugen.

Obwohl sie diejenige war, die die involvierten Familien durch die Mordermittlung am besten kannte, blieben Türen und Münder verschlossen.

Sie war gründlich gewesen. War die Etagen in den Blocks rund um Osmanovićs Wohnung eine nach der anderen abgegangen. Hatte Frage um Frage gestellt und zugehört – auch wenn sie nur Schweigen erntete.

Das Ergebnis war niederschmetternd. Diejenigen, die sich bereit erklärten, mit ihr zu sprechen, sagten natürlich, dass sie Angst hatten.

»Was passiert wohl beim nächsten Mal?«

»Sollen Unschuldige zufällig von einer Kugel getroffen werden?«

»Und wo ist die Polizei? Die rührt mal wieder keinen Finger, weil ja nur Einwanderer betroffen sind.«

Einen Effekt hatten Ninas Bemühungen allerdings doch. Das Milieu wurde direkt oder indirekt darauf aufmerksam, dass sich die Polizei in Alarmbereitschaft befand. Also sendete ihre kleine Tour von Tür zu Tür immerhin ein Signal, genau, wie die verstärkte Polizeipräsenz in den Straßen ein Signal aussandte.

Wieder im Präsidium hatte sie den Eindruck, als käme sie gerade aus einer Welt zurück, die für die allermeisten Bewohner der Stadt höchst unwirklich war. Ihr Ausflug hatte sie in ein Stück Parallel-Dänemark oder Unter-Dänemark geführt, wo Menschen aller Nationalitäten auf viel zu engem Raum lebten, mit Ausnahme von Dänen. Eine Welt, in der sich traditionelle Verhaltensmuster auflösten und die neue Daseinsvoraussetzungen schuf. Eine der neuen Prämissen lautete: »Die Polizei will uns nichts Gutes.«

Nina fühlte sich ein wenig mutlos, als sie im Präsidium die Treppe zu ihrer Etage nach oben stieg, wo es vor Kollegen nur so schwirrte. Das Problem war, dass das Einzige, das sie tun konnten, genau darin bestand – herumzuschwirren. Ein Mann war auf dem Sofa, ein zweiter unter einer Eisenbahnbrücke erschossen worden. Noch immer hatten sie zwei Morde aufzuklären, und sie waren den Tätern keinen Zentimeter näher gekommen. Stattdessen schwirrten und schwirrten sie herum …

Die größte der herumschwirrenden Fliegen, oder wenigstens die mit den meisten Muskeln, kam in einem enganliegenden T-Shirt den Gang entlanggehastet. Wenn der Muskel zwischen seinen Ohren von derselben Beschaffenheit wie sein Bizeps wäre, dann hätte man Torsten Monberg längst zum Chef der Nationalbank ernannt. So aber musste er sich mit dem Rang eines Polizeiassistenten begnügen – was ihn jedoch nicht daran hinderte, nach Höherem zu streben. Nina ermahnte sich selbst, keine freche Bemerkung abzugeben.

»Hi, Monberg! Du siehst gestresst aus, was ist los?«

»Ich bin an der Sache mit dem Kerl in der Unterführung dran. Es ist ein verdammtes Mysterium.«

»Was meinst du?«

»Keine Spuren, keine Zeugen, nichts. Der Mörder ist quasi von oben gekommen, hat zwei Kugeln in unser Opfer geballert und ist dann wieder in den Himmel gestiegen.«

»Ein Engel.«

»Ein Engel?« Torsten Monberg knetete sich nachdenklich das Kinn.

»Ja, Nina, ein verdammter Engel. Das kann man ruhig sagen. Na ja, ich muss weiter …«

Monberg machte eine entschuldigende Geste und steuerte auf die Treppe zu.

Nina betrat Thøgersens Büro, um ihn auf den neuesten Stand zu bringen, aber er war nicht da. Selbst in diesen Zeiten war sein Schreibtisch sauber und aufgeräumt. Im Durcheinander funktionierte sein logistisches Hirn nicht, denn um Sachverhalte in Sequenzen einzuteilen, brauchte es Ordnung und Übersicht. Sie schrieb ihm einen Zettel und legte ihn auf Thøgersens Stuhl: »Im Stengårdsvej war nichts zu holen, Nina P.«

Dann eilte sie in ihr eigenes Büro und schloss die Tür hinter sich. Die Antwort aus der Rechtsmedizin musste längst eingetroffen sein. Ja, der stellvertretende staatliche Pathologe Kjeld Borre hatte eine Mail geschickt. Sie warf ihre Jacke auf den Stuhl in der Ecke und machte sich bereit. Jetzt war Konzentration gefordert.

Nach dem ersten, schnellen Überfliegen las sie die Nachricht von vorn. Enttäuscht, aber gefasst. Als sie fertig war, machte sie sich Notizen und begann ihren Bericht.

Denn jetzt konnte der Fall abgeschlossen werden. Zum Glück – und leider.

Aus rechtsmedizinischer Sicht gab es keine Anhaltspunkte für eine kriminelle Handlung welcher Art auch immer. Damit war die Sache erledigt.

Das Gutachten des Rechtsmedizinischen Instituts enthielt zwei zentrale Passagen. Zum einen die Todesursache: Ein heftiges Schleudertrauma hatte einen Genickbruch herbeigeführt, was eine Freilegung der Halswirbel bestätigt hatte. Entsprechend der Verletzung an der Stirn fand sich im Gehirn eine kleinere Blutung sowie eine größere Blutung auf der gegenüberliegenden Seite, klassische Coup- und Contre-coup-Verletzungen.

Dann die Reihenfolge, in der die Verletzungen zustande gekommen waren: Klinisch war es völlig unmöglich, festzustellen, welche der Verletzungen als erste eingetreten war. Die Wunde am Hinterkopf des Mannes könnte zuerst entstanden sein, wonach er mit dem Kopf gegen etwas geprallt war und sich das Genick gebrochen hatte. Genauso gut hätte er sich aber auch den Kopf stoßen und das Genick brechen können – bevor er von einem losen Gegenstand in der Kabine getroffen oder weiter herumgeschleudert wurde, wobei er sich die Verletzung am Hinterkopf hätte zuziehen können.

Kjeld Borre hielt sich mit Schlussfolgerungen jeglicher Art zurück, und genau so sollte es schließlich auch sein. Das Einzige, das er mit Gewissheit feststellte, war, dass beide Verletzungen entstanden waren, als das Opfer noch lebte, da an beiden Stellen Blutungen im Gewebe aufgetreten waren.

Zum Schluss gab es noch ein kleines Detail, das möglicherweise ein wenig Licht auf den Tod des Mannes werfen konnte, an sich aber nur wenig verdächtig erschien. In der Wunde am Hinterkopf des Opfers fanden sich Fragmente eines roten Lacks oder einer Farbe.

Mehr Informationen lieferte das Gutachten der Rechtsmedizin nicht, und Nina machte sich sofort an ihren eigenen Bericht, damit sie den Fall abhaken konnte. Danach wollte sie sich mit frischem Mut zum Dienst im Bandenkrieg melden, nachdem sich Birkedal nun hoffentlich besonnen hatte und sie ihren gewohnten zentralen Platz in den Ermittlungen einnehmen ließ. Es gab schließlich noch zwei ungeklärte Morde, von denen einer von einem Engel begangen worden war …

Nach einer Stunde konzentrierter Arbeit beendete sie ihren Bericht. Da sie ohnehin bei Birkedal vorbeischauen wollte, druckte sie ihn aus und nahm ihn mit.

Birkedal würde den Bericht mit einem Nicken zur Kenntnis nehmen, sich aber kaum die Mühe machen, auch nur eine einzige Zeile davon zu lesen, da ihn nur das Fazit interessierte, und Mikkelsen aus Varde die offizielle Schließung des Falls überlassen, da er der zuständige Beamte war.

Nina holte die Papiere aus dem Drucker, ging über den Flur und betrat Birkedals Büro, nachdem sie noch im Laufen einmal kurz an die Tür geklopft hatte. Er war nicht da. Thøgersen genauso wenig. Vielleicht waren sie in einer Besprechung? Sie zögerte. Sollte sie den Bericht auf seinen Schreibtisch legen oder es lassen? Sie konnte ihm einen Stapel loser Papiere nicht einfach so hinwerfen, und irgendwo hier hatte Birkedal einen kleinen Tacker, das wusste sie. Nina schaute nach. Die oberste Schreibtischschublade war nur mit Papier gefüllt. In der zweiten wurde sie fündig, unter einem Blatt versteckte sich der kleine rote Hefter. Schnell tackerte sie ihren Ausdruck zusammen und legte ihn auf den Tisch.

Erst als sie das Heftgerät wieder an seinen Platz räumen wollte, fiel ihr Blick auf das Blatt Papier, das darüber gelegen hatte. Sie wollte schon die Schublade schließen, als ihr plötzlich klar wurde, was für ein Dokument ihre Augen da gerade entdeckt hatten. Gebückt las sie den Brief aus dem Krankenhaus in Vejle.

Er war an Birkedal privat adressiert, der Absender war die Radiologische Abteilung der Klinik.

Nina las mit dem Gewissen einer Diebin. Es war eine Erinnerung an einen Termin zur Strahlentherapie in der nächsten Woche. Birkedal sollte sich in der Abteilung melden und den Erinnerungsbrief mitbringen. Falls er am genannten Datum nicht können sollte, bat man ihn um einen Anruf. In der letzten Zeile stand: »Anbei finden Sie den Patientenwegweiser zur Strahlentherapie.«

Ninas Herz klopfte wie wild. Sie stieß die Schublade zu, stürmte aus dem Büro und suchte Schutz an ihrem eigenen Schreibtisch. In ihrem Kopf herrschte ein heilloses Gedankenwirrwarr, während sie still dasaß und die Wand anstarrte.

Strahlentherapie …

Es konnte alles Mögliche sein. Mit keinem einzigen Wort war erwähnt gewesen, warum er dorthin sollte. Natürlich stand es nicht dort. Birkedal wusste es schließlich. Ein unbehagliches Gefühl durchfuhr sie.

Krebs …

Es war die einzig plausible Antwort. Das Wort allein versetzte sie in Angst. Krebs war ein unerbittlicher und gnadenloser Gegner. Familie, enge Freunde, Kollegen, Bekannte, die Liste der Menschen, die den Kampf gegen ihn verloren hatten, war lang.

Zuerst war da ihr Mentor während der ersten fünf Jahre bei der Polizei in Esbjerg, Hans Påske. Zwar kein Krebs, aber eine Thrombose. Dazu kam, dass sich der Tod mit Ende dreißig, Anfang vierzig langsam, aber sicher immer näher heranpirschte. Vor einem Jahr war eine ihrer besten Freundinnen – Mutter von zwei Kindern – an Gebärmutterhalskrebs gestorben. Vor Kurzem ein Kollege aus der Schutzpolizei, erst achtundzwanzig und gerade Vater einer kleinen Tochter geworden – Darmkrebs. Zuletzt einer von Astrids und Jørgens Nachbarn in Sønderho – Lungenkrebs. Und jetzt …

Eine neue Welle des Unbehagens überkam sie. Dem König der Löwen, Polizeiinspektor Erik Birkedal, stand ein Kampf bevor, den er geheim hielt.

Ninas Telefon klingelte. Es war Thøgersen. Er war nicht im Präsidium, wollte aber wissen, ob sie schon fertig war. Sie sollte eine neue Zeugin verhören, die sich wegen des Brandanschlags gemeldet hatte. Eine ältere Dame hatte etwas aus einem Fenster beobachtet.

Ohne genauer hinzuhören, sagte Nina zu. Es gab auch Menschen, die den Kampf gegen den Krebs gewannen. Sogar schwere Kämpfe.

Thøgersen klang abgehetzt, plötzlich war er nicht mehr in der Leitung. Nina musste sich zusammenreißen und wieder in Gang kommen, also nahm sie ihre Jacke und verließ das Büro.

Nur zehn Schritte den Flur hinab sah sie die Tür zum Treppenhaus aufschwingen. Herein kam … Birkedal … Hinter ihm der Sensenmann in seinem schwarzen Umhang. Sie kam am Büro ihres Chefs vorbei, wo die Tür immer noch offen stand. Jetzt waren nicht mehr viele Schritte zwischen ihnen. Nina blieb mitten auf dem Korridor stehen, wie versteinert. Vor drei Sekunden hatte sie sich noch entschieden, ihn nur kurz im Vorbeigehen zu grüßen und dann weiter zur Treppe zu gehen.

Birkedal blieb ebenfalls stehen. Der Sensenmann tat es ihm gleich, hielt aber ein paar Schritte Abstand. Mit fragendem Blick brummte Birkedal in ihre Richtung:

»Was gibt's?«

Er sah krank aus. Eindeutig. Wieso war ihr das nicht schon früher aufgefallen? Waren seine Wangen nicht eingefallen? War nicht die Tatkraft aus seinem Blick gewichen und durch etwas Mattes, Ängstliches ersetzt?

»Nichts … das heißt, ich habe meinen Bericht auf deinen Schreibtisch gelegt …«

»Was denn für einen Bericht?«

»Das Flugzeug am Henne Strand.«

Birkedal stieß genervt Luft aus. Als wäre ihm der Fall nicht mehrere Worte wert, beließ er es bei einem einzigen.

»Und?«

Wie er so leicht gebeugt vor ihr stand und auf ihre Antwort wartete, deutete seine ganze Körperhaltung darauf hin, dass er entkräftet war. Er atmete schwer. Hatte er etwa Probleme mit der Atmung?

»Was mich betrifft, ist der Fall erledigt. Die Rechtsmedizin hat nichts gefunden, das uns einen Grund gäbe, weiter zu ermitteln, deshalb …«

»Das habe ich doch die ganze Zeit gesagt, Portland. Flugzeug fliegt, Flugzeug stürzt, Flugzeug muss notlanden. Nicht alles ist gleich Mord, Totschlag und Intrigen. Meld dich bei Thøgersen, ja?«

Damit schob sich Birkedal an ihr vorbei in Richtung Büro. Der Sensenmann war verschwunden, ohne dass sie es bemerkt hatte.

Es regnete in Strömen, schon seit sie Esbjerg verlassen hatte. und den ganzen Weg bis zum Henne Strand schüttete es weiter. Sie hatte den Dienstwagen am Badehotel geparkt und war am Fluss bis zum Strand hinuntergelaufen.

Was machte sie hier? Wieso war sie auf dem Weg zum Unfallort in einem Fall, der gar keiner mehr war?

Sie wusste es nicht. Irgendetwas trieb sie an, ohne dass sie weiter darüber nachdachte. Wieder sah sie Birkedals Gesicht vor sich.

Krank, mit eingefallenen Wangen, matt, gelähmt, kurzatmig. Es war nicht abzustreiten, dass der Schock sie alles Mögliche überinterpretieren ließ, aber die Strahlentherapie hatte sie sich nicht eingebildet. Sie war real, und sie sollte schon in der nächsten Woche beginnen.

Der Regen nahm zu, als sie sich durch den losen Dünensand nach oben kämpfte. Das Flugzeug kam schnell in Sicht, und sie ließ sich wieder in die kleine Senke gleiten, wo die Maschine noch immer auf dem Rücken lag. Mikkelsen würde bestimmt dafür sorgen, dass das Wrack morgen abtransportiert wurde.

»Zutritt verboten, Polizei.« Nina entfernte das Siegel und das Absperrband von der Flugzeugtür und stieg hinein. Drinnen setzte sie sich in die Hocke, über ihr hingen die Sitze von der Decke.

Sie scannte die Kabine ab und blickte auf dasselbe Bild, an das sie sich vom vorigen Mal erinnerte. Dann kroch sie ein Stück weiter ins Flugzeuginnere und setzte sich auf eine Zeitung. Nur wenige Meter vor ihr, an der Wand zum Cockpit, hatte die Leiche gelegen. Nina rief sich die zentralen Passagen des Obduktionsberichts in Erinnerung, während sie gleichzeitig eine Verbindung zwischen den Bildern herzustellen versuchte, die vor ihrem inneren Auge auftauchten, damit sie wie ein Film abliefen. Thøgersen'sche Sequenzen wäre wohl die richtige Bezeichnung, aber im Grunde lief es auf die Fähigkeit hinaus, sich in eine Situation hineinzuversetzen.

In einer Ecke lag ein Feuerlöscher. Jetzt wo sie ihn entdeckt hatte, erinnerte sie sich wieder an ihn. Sie krabbelte hin und betrachtete ihn genauer.

Der Feuerlöscher war rot, das war das Codewort. Es konnte nur der Feuerlöscher sein. Ansonsten gab es in der Kabine nichts Rotes, weder lose Gegenstände noch Inventar.

Das bedeutete: Der Feuerlöscher hatte den Mann am Hinterkopf getroffen. Vielleicht bevor, vielleicht aber auch nachdem er mit der Stirn gegen die Kabinenwand geknallt war und sich das Genick gebrochen hatte.

Was wiederum hieß: Jemand konnte dem Mann den Feuerlöscher gegen den Hinterkopf und ihn damit bewusstlos geschlagen haben. Ein Szenario, das die Frage, wieso der Mann nicht angeschnallt gewesen war, in ein anderes Licht tauchte.

Nina schaute sich die Befestigung des Feuerlöschers an der Kabinenrückwand an. Der Löscher war mit zwei Bügeln festgeklemmt gewesen, der Mechanismus ähnelte dem einer Skibindung. Beide Bügel waren geöffnet, konnten aber auch während der gewaltsamen Notlandung aufgesprungen sein. Sie setzte den Pulverlöscher in die Halterung und klemmte ihn fest. Die beiden Bügel saßen stramm um den roten Zylinder. Wirklich stramm.

War sie deshalb noch einmal hergekommen? Um sich wenigstens davon zu überzeugen, dass sie sich nicht irrte? Kriminaltechnisch war es schlicht unmöglich zu widerlegen, dass an Bord des Flugzeugs vor dem Absturz alles ruhig und friedlich gewesen war.

Ein letztes Mal ließ sie den Blick durch die Kabine schweifen, dann stieg sie wieder aus dem Flugzeug. Es regnete immer noch. Sie kletterte die Dünen in Richtung Meer hinauf. Der Wind hatte aufgefrischt, und die grauen Wellen zeigten ihre Zähne.

Diesmal drehte sie sich nicht um. »Nicht alles ist gleich Mord, Totschlag und Intrigen.«

17

Name?

Ich heiße Zulfikkur Wur.

Geburtsdatum?

Ich wurde am 2. April 1967 geboren.

Geburtsort?

Im Tal von Watelai, im Distrikt Bajaur in Pakistan.

Wohnort?

Ich wohne im Limhamnsvägen in Malmö, Schweden.

Familienstand?

Verheiratet mit der Anwältin Britt Lindgren.

Kinder?

Annika, fast vier und Mats, fünf Jahre alt.

Ausbildung?

Kaufmännisch ausgebildeter Wirtschaftswissenschaftler. Ich habe das Abacus College of Business and Commerce in Peshawar besucht und Wirtschaftswissenschaften an der Universität in Peshawar studiert.

Arbeit?

Ich leite meine eigene Firma, Wur Trading AB, die Waren importiert und weiterverkauft. Hauptsächlich Möbel und Gartenmöbel aus Asien. Außerdem besitze ich einige Geschäfte im Ausland, die skandinavische Designermöbel vertreiben.

Wo befindest du dich?

Ich bin irgendwo in Dänemark, auf der Halbinsel Jütland, in der Nähe der Küste. Die nächstgrößere Stadt ist Esbjerg und liegt etwa vierzig Kilometer südlich von mir.

Warum bist du hier?

Ich wurde auf offener Straße entführt. Ich war auf dem Weg zum Supermarkt, als sie mich in den Van zerrten.

Warum bist du entführt worden?

Weil sie glauben, ich wäre ein Terrorist – oder ich hätte Verbindungen zu Terroristen.

Was geschieht als Nächstes?

Weiter … Ich muss weiter … Es gibt keinen Weg zurück.

In seinem Rücken knackte es, als er sich vorsichtig bewegte, um die Position zu ändern. Seine Glieder fühlten sich steif an.

Schon mehrmals hatte er sich jetzt selbst Fragen gestellt und beantwortet. Es half ihm dabei, in der Wirklichkeit zu bleiben, verhinderte, dass er kollabierte. Bei den ersten Malen fielen ihm fast keine Antworten ein, jetzt klappte es schon besser. Sein Gehirn kam langsam wieder auf Touren.

Er öffnete die Augen. Während er geschlafen hatte, war die Welt rings um ihn weiß und unschuldig geworden. Waren das die weißen Deckenpaneele in seinem Schlafzimmer zu Hause?

Das hatte er gedacht, nachdem er das erste Mal aus dem endlosen Schlaf aufgewacht war, erinnerte er sich plötzlich. Auch an die letzten Stunden konnte er sich wieder erinnern, ebenso an kleine, unbedeutende Details, die bisher noch im Chaos untergegangen waren.

Nein, das hier war natürlich nicht Schweden. Er war nicht in Malmö, lag nicht in seinem eigenen Bett.

Dreißig bis vierzig Zentimeter über seinem Kopf war das weiße Stück Plastikfolie noch immer wie eine Zeltplane aufgespannt. Er war nicht nass geworden, aber er fror. Plastik über seinem Kopf und Plastik als Unterlage auf einem Lager aus kleinen Ästen, Blättern und Moos. All das hatte seinen Zweck erfüllt, aber jetzt war Schluss.

Je wacher er wurde, desto stärker wurde das Gefühl. Sein Magen krampfte sich zusammen. Darin herrschte Leere, und die Signale seines Körpers wurden immer heftiger.

Hunger. Er musste unbedingt etwas zu essen besorgen, und er musste ins Warme. Jede Faser, jede Sehne und jeder Muskel seines Körpers sehnten sich nach Wärme. Die vergangenen vierundzwanzig Stunden hatten ihm die allerletzten Wärmereserven geraubt, denn die Nacht war eiskalt gewesen.

Viele Stunden lang hatte er wie der riesige Gulliver unbeweglich hier gelegen, und es hatte ihm gutgetan. Dass er sich das letzte Mal übergeben hatte, war schon länger her. Die Übelkeit und die Kopfschmerzen waren verschwunden. Allerdings stellte er sich die Frage, wie viel Kraft er noch besaß. Wie lange würden seine Kräfte ausreichen? Würden die stechenden Schmerzen im Kopf und die Übelkeit wiederkommen, wenn er sich anstrengte?

Es gab nur eine Möglichkeit, das herauszufinden: Er musste es ausprobieren.

Sein gesamter Proviant hatte aus einer halben Keksrolle und einer kleinen Flasche Wasser bestanden. Nachdem beides aufgebraucht gewesen war, hatte er das Regenwasser auf seinem improvisierten Dach gesammelt und in die Flasche laufen lassen. Plötzlich zog sich sein Zwerchfell ruckartig zusammen. Er musste etwas zu essen auftreiben. Ohne Nahrung keine Energie.

Erst jetzt, als er prüfen wollte, ob sein Körper funktionierte, fiel ihm die Wunde wieder ein. Er fuhr mit den Fingern über den Verband an seinem Kopf, der aber glücklicherweise nicht verrutscht zu sein schien. Das ließ ihn hoffen, dass sich die Wunde nicht entzündet hatte. Nur ein einziges Mal hatte er den Verband abgenommen und eine neue Schicht der Salbe aufgetragen, die er im Erste-Hilfe-Set des Flugzeugs gefunden hatte.

Behutsam tastete er seinen Körper ab.

Alles tat weh, doch seine Beine gehorchten ihm. Die Finger waren steif, taten aber ebenfalls, was sie sollten. Wenn er vorsichtig den linken Arm bewegte, fuhr ihm ein Schmerz in die Schulter.

Er schlug die Decke ganz zur Seite und rollte sich langsam herum. Erst auf die Seite, dann auf den Bauch. Wie ein kleines Kind, das gerade krabbeln lernt, zog er die Beine nach vorn, ehe er die Handflächen in die Erde stemmte und sich auf die Knie drückte.

Nachdem er sich einen Augenblick lang gesammelt hatte, kroch er behutsam durch das Gebüsch. Es funktionierte recht gut. Sein Ziel war eine lichte Stelle einige Meter vor ihm. Als er sie erreichte, richtete er sich langsam auf, bis sein Kopf schließlich durch das Blätterdach stieß. Es war ein Triumph, endlich wieder auf zwei Beinen zu stehen – und ein Segen für seinen Rücken.

Er blickte auf einen wogenden grünen Blätterteppich, der den Kurven der Landschaft folgte und da, wo ihm nicht Dünen die Sicht versperrten, von Kiefern begrenzt wurde.

Für einen Moment genoss er den Anblick und streckte sich ein wenig. Tagelang war Gulliver auf dem Rücken liegend an Pfählen festgebunden gewesen, doch jetzt hatte er seine Ketten gesprengt und seine Freiheit wiedergewonnen.

Eine – und das wusste er – völlig absurde positive Stimmung ergriff Besitz von ihm.

Nach einer Weile kroch er zurück in sein Lager, holte die Landkarte hervor und studierte sie ein letztes Mal. Mit dem Zeigefinger suchte er nach dem Namen »Henne«, folgte dem Strand damit nach Süden bis zur Absturzstelle und ein kleines Stück weiter, ehe er den Kurs um neunzig Grad ins Landesinnere änderte. Dort lag er jetzt …

Im Schutz der Dunkelheit würde er zurück an den Strand und dort am Wasser entlanggehen, wo er keine Spuren und Geruchsfährten hinterließ. Er würde seinen Weg nach Süden fortsetzen, in Richtung der kleinen Punkte auf der Karte, die bedeuteten, dass es dort Häuser gab, möglicherweise Ferienhäuser.

Alles Überflüssige nahm er aus dem Rucksack, darunter eine Pistole und zwei Schulterholster. Als er fertig war, wog der Rucksack nur noch die Hälfte.

Weit über ihm nahm er das entfernte Dröhnen eines Düsenjets wahr. Vielleicht eine Touristenmaschine auf dem Weg in wärmere Gefilde? Noch immer waren keine ratternden Hubschrauber zu hören, kein Hundegebell. Er dachte nicht mehr darüber nach, warum das so war. Das Geräusch des Flugzeugs wurde leiser und erstarb dann ganz.

Er musste weg, sobald die Dämmerung einsetzte. Denn nicht nur der Hunger trieb ihn an.

Den ganzen Tag über hatte er es schon vernommen … Eine bedrohliche Stille lastete auf der Landschaft.

18

Die Bodenbretter knarrten laut unter seinen bloßen Füßen.

Es war bereits später Nachmittag, aber die Nachbarin unter ihm würde sich nicht über den Lärm beschweren. Anna, eine Frau aus Grönland, saß mit sehr großer Wahrscheinlichkeit in einer Kneipe. Der riesige, in die Jahre gekommene Klinkerbau lag an der Ecke von Gammel Færgevej und Nyhavnsgade, ganz in der Nähe des großen Kreisverkehrs am Strandby Plads und damit ungefähr dort, wo die Stadt aufhörte und das Meer begann.

Anna hatte sich ein Mal beklagt – und seitdem nie wieder. Er hatte mit nacktem Oberkörper aufgemacht und ihr erklärt, was er da tat, woraufhin sie völlig entgeistert zurück in ihre Wohnung geeilt war. Seitdem ging sie ihm aus dem Weg.

Was er auf dem zerschlissenen Teppichboden übte, waren Kata. Kata war japanisch und bedeutete so viel wie »eingeübtes Bewegungsmuster«. Seine Stilrichtung war das Shotokan-Karate. Selbst wenn er nicht mehr in einem Dojo trainierte, arbeitete er weiter an seinen Techniken im Kampf gegen den unsichtbaren Gegner. Es waren diese verinnerlichten Bewegungsmuster, die es einem Karateka ermöglichten, instinktiv und blitzschnell zu reagieren – ohne Zögern, ohne Gnade. Den schwarzen Gürtel hatte er schon mit Mitte zwanzig erreicht. Heute war er mit zehn goldenen Streifen versehen, und im Lauf der zwanzig Jahre, die inzwischen vergangen waren, hatte er seine Kampfkünste mehr als einmal gebraucht. Im Krieg und als Zivilist.

Es ärgerte ihn über die Maßen, dass er die Kontrolle verloren und den beiden Gangstern auf dem Bürgersteig eine Lektion erteilt hatte. Noch dazu hätte er sich beinahe verraten, als er ihnen drohte. In der Aufregung hatte er irgendetwas angedeutet, aber es war wenigstens so vage und dämlich gewesen, dass es jeder hätte von sich geben können. Trotzdem plagte es ihn, weil es unnötig war. Er wäre besser einfach weitergegangen. Er, der ansonsten nahezu jede Form von Aufmerksamkeit vermied. Vor allem jetzt hätte er gut daran getan, nachdem er seine beiden Missionen vorbereitet und dann ausgeführt hatte.

Er hätte klüger sein müssen. Zwei respektlose Halbstarke wie die beiden auf dem Gehweg waren keine echte Herausforderung für ihn.

Ihm war bewusst, wieso es schiefgegangen war. Es war der *Kontrollverlust*, seine Sicherung war durchgebrannt, wie schon einige Male in den letzten Jahren. Schuld waren seine inneren Dämonen.

Als er die dritte Kata beendet hatte, ging er ans Fenster. Er trug nur ein T-Shirt und eine kurze Hose. Seine Wohnung befand sich im zweiten Stock des letzten Gebäudeabschnitts auf der Nyhavnsgade-Seite. Von dort blickte er über das große Grundstück mit dem Supermarkt und der Tankstelle vor dem Kreisverkehr, dahinter lagen die Wohnblocks des Gammel Vardevej und des Hjertingvej. Beinahe konnte er sogar die Kunden der Shell-Tankstelle direkt am Kreisverkehr beobachten.

Die Dunkelheit ließ auf sich warten. Er mochte das Licht nicht – genauso wenig wie die Menschen, die sich darin bewegten. Die Dunkelheit schenkte ihm Freiheit, sie war wie geschaffen für einen Panther.

Die letzte Nacht war grauenhaft gewesen. Er konnte nicht schlafen, und als er dann doch endlich in den Schlaf fiel, brachen Albträume in Serie über ihn herein. Um halb fünf war er aufgestanden und in seine Laufkleider geschlüpft. Er rannte zehn Kilometer, duschte und legte sich wieder ins Bett. Diesmal konnte er schlafen. Den Rest des Tages hatte er nichts getan, bis er mit seinen Kata begann.

Jetzt setzte er sich vor den Computer und überflog die üblichen Webseiten. Über den Bandenkrieg in Esbjerg war nichts – oder nur sehr wenig – zu lesen. In der Nacht war es ruhig geblieben. Der oberste Polizeichef erklärte, dass es noch nie ein derart massives Polizeiaufgebot gegeben habe wie in der aktuellen Situation. So würde es auch bleiben. »Wir setzen das Milieu unter Druck«, hieß es.

Dass es der Polizei anscheinend gelungen war, die Gemüter zu besänftigen, ärgerte ihn ebenso sehr, wie er sich über den Nebeneffekt seiner beiden Missionen gefreut hatte: die Schweine bekriegten sich jetzt gegenseitig. Aber es gab nichts Neues. Der Brandanschlag in der Englandsgade blieb das letzte Ereignis.

Auch im Fernsehen wurde kein Wort über Esbjerg verloren, lediglich im Teletext las er eine kurze Meldung. Er zappte sich durch sämtliche sechsundvierzig Kanäle und blieb für einen Augenblick bei National Geographic hängen, bis er bemerkte, dass er die Sendung über Ausgrabungen im Dschungel Guatemalas schon kannte.

Er schaltete das Gerät aus und trat wieder ans Fenster. Auch dort gab es immer noch nichts zu sehen. Im Schlafzimmer stieg er in seine lange Trainingshose, trank dann zwei Gläser Wasser in der Küche, ging zurück ins Schlafzimmer und zog Strümpfe und einen Kapuzenpullover an. Dann nahm er wieder seinen Platz am Fenster ein. Nach einer Weile holte er einen Stuhl und stellte ihn an die Wand. Er setzte sich darauf und starrte an die Decke.

Leere …

Eine teuflische innere Leere machte ihm zu schaffen. Während der viele Monate andauernden Arbeit an der Planung von *Mission Delete – One and Two* – war die Zeit wie im Flug vergangen. Er hatte kein Glück verspürt, denn so etwas existierte nicht, aber er war beschäftigt gewesen, und sein Dasein hatte einen Sinn gehabt. Weil er das verstand, konnte er sich die innere Leere und die höllische Rastlosigkeit, die damit einherging, so gut erklären. Mit dieser Unruhe hatte er schon viele Jahre gelebt, aber in der letzten Zeit war sie immer schlimmer geworden.

Sein Blick glitt von der Decke über die Wand nach unten – hinunter auf das Unausweichliche …

Links oben prangte das halbe Gesicht von Objekt A. Das Foto war der Länge nach in zwei Hälften gerissen, die mit einem Reißnagel an der Wand befestigt waren. Merzuk Osmanović hatte es nicht verdient, weiterzuleben.

Rechts oben hingen die Fetzen des Gesichts von Objekt B. Beinahe war es die Ironie des Schicksals. Evrim Yilmaz' Leben endete abrupt, als er gerade an einem armen Kerl vorbeirennen wollte, der mit seinem Fahrrad gestürzt war. Auch der Türke hatte es nicht verdient, zu leben.

Er ließ den Blick zwischen den beiden hin- und herwandern. Die minutiöse Planung erfüllte ihn mit Stolz. Sorgfalt wurde belohnt, man würde ihn niemals verdächtigen. Und wenn die Gesellschaft sich wagte, ehrlich und aufrichtig zu sein, dann würde sie seine Taten anerkennen.

Wer war der Schlimmere, Osmanović oder Yilmaz? Beide waren Verbrecher, sie gehörten zur selben Kategorie. Ihr Vergehen war das gleiche. Er nahm die Bildhälften von der Wand und legte sie in die Schublade, in der auch das restliche Material seiner Vorbereitungen lagerte: die Überwachungstabellen, Personenbeschreibungen, Wochenpläne und all die anderen sorgfältig zusammengetragenen Informationen.

Es fühlte sich befreiend an. Er warf einen erneuten Blick auf die Wand. Die Anwesenheit dieser beiden Verbrecher mitten in seinem Heiligtum war eine Kränkung gewesen – eine wichtige Kränkung jedoch, die ihn stets an die Notwendigkeit seiner Mission erinnerte und ihm dabei half, die Konzentration zu bewahren.

Seit der Eliminierung von Objekt B hatte er die beiden Fotos entfernen wollen, aber vielleicht war es ihm schwergefallen, weil sie von der Tat selbst zeugten. Jetzt war es leicht, sie hingen nicht mehr da. Nie wieder würden sie seine Liebsten allein durch ihre Anwesenheit kränken.

Zum ersten Mal seit vielen Monaten konnte er die drei anderen Fotos an der Wand ohne schlechtes Gewissen betrachten. In kleinen Goldrahmen hingen sie Seite an Seite über dem Regal mit den Teelichtern. Sie waren fast heruntergebrannt. Er holte drei neue und zündete sie an.

Wenn er zu Hause war, brannten die drei Kerzen auf dem Regal immer. Klitzekleine Lichter in einer riesigen Welt, die einzigen Lichter zu ihren Ehren und ihrem Gedenken, die einzigen Lichter, die sie auf ihrer Reise begleiteten und ihnen den Weg durch die Dunkelheit wiesen.

Milica.

Palle.

Jakob.

Auf seine eigene, ungewöhnliche Art sprach er ein Gebet für jeden von ihnen. Kein Gebet im christlichen Sinn, er war nicht religiös. Selbst wenn er es vor langer Zeit einmal gewesen war, hatte er zu viel gesehen und erlebt, um noch an irgendetwas glauben zu können. Vielmehr war es ein kurzes, lockeres Gespräch mit jedem von ihnen. Eine Umarmung, ein Gruß, ein Schulterklopfen.

Milica Nicic, die schöne Königin.

Palle Nybro, *best buddy.*

Jakob Jeremiassen, der verlorene Junge.

Wie ihm schon direkt nach dem Abschluss der Mission aufgefallen war, standen die Flammen auch jetzt vollkommen ruhig. Er hatte viel darüber nachgedacht, was er hinterher mit den Unterlagen anstellen sollte. Jedes Foto, jedes Blatt Papier war ein Beweis, der ihn fällen – und erlösen konnte.

Das kleine Ferienhäuschen draußen an der Klippe am Sjelborgdalen, seit Jahrzehnten im Besitz der Familie, war die Lösung, zu der er gekommen war. Sein Kajak lagerte bereits dort, weshalb er oft dorthin radelte. Er hatte das Haus gekauft, das vielmehr eine Hütte war, beziehungsweise, er hatte den Anteil seiner Schwester gekauft, denn er war der Einzige, den es jemals dorthin verschlug.

Die Urlaubssaison war zu Ende. Dort draußen würden sich keine Menschen mehr aufhalten, höchstens an den Wochenenden ein paar wenige. Also konnte er das Material in das Häuschen bringen, dort verstecken und nur hervorholen, wenn der Untergang drohte und er etwas brauchte, das ihn daran erinnerte, dass das Leben eine Art Sinn hatte.

19

»Ob er immer noch da draußen ist?« Arthur McRae schüttelte sich und deutete mit dem Kopf in Richtung Landesinneres, wo die Dünen sich im Mondlicht wie eine Schanze erhoben. Das unwegsame Gelände dahinter stellte für Angreifer von der Seeseite ein weiteres und noch schwierigeres Hindernis dar.

McRae hatte sich nie mit der Geschichte Dänemarks auseinandergesetzt, auch wenn ihm die Wikinger natürlich ein Begriff waren, und mit Sicherheit hatte es im Lauf der Zeit noch andere Kriegerstämme gegeben. Die letzten Eroberer hier waren im Zweiten Weltkrieg die Deutschen gewesen, deren Hinterlassenschaften in Form von Betonfestungen immer noch den Strand besetzt hielten.

Dass die Umgebung eine echte Herausforderung war, hatte er während der Suche in den letzten Tagen am eigenen Leib erfahren.

Allerdings war er auch nicht so trainiert wie die anderen. Gott, vor ein paar Tagen hätte er nicht einen müden Cent darauf gesetzt, dass er spätabends mit einem der Männer aus dem innersten Kreis des NCS einen breiten Strand in Jütland entlangschlendern würde.

»Irgendwo dort draußen wird er schon sein«, antwortete Hector Torres und nickte. Vielleicht um sich selbst zu überzeugen?

»Was lässt Sie das glauben?«

»Wo sollte er sonst sein?«

»Ich meine … Er könnte getrampt sein, ein Auto gestohlen oder den Zug genommen haben. Was das angeht, könnte er das

Land auch bereits ganz verlassen haben, nach Deutschland zum Beispiel.«

Bisher hatte er keine Zeit gehabt, diese offensichtlichen Möglichkeiten mit Torres zu erörtern, denn sie waren nur zweimal unter sich gewesen: an dem Abend in Torres' Zimmer und jetzt.

Torres rieb sich nachdenklich das Kinn. Er hatte diesen Spaziergang am Strand unterhalb des Hotels in Vejers »angeordnet«, aber noch nicht den geringsten Anhaltspunkt dafür geliefert, wieso sie hier in der Kälte herumlaufen mussten.

»Ich weiß einiges über Zulu. Ich vermute, dass er sich eine Gehirnerschütterung zugezogen hat, und ich weiß, dass er klug genug ist, so etwas nicht auf die leichte Schulter zu nehmen. Außerdem weiß ich, dass Zulu ein Mann ist, der nie aus der Panik heraus handelt. Wenn er die Gegend tatsächlich verlassen wollte, wohin sollte er gehen, noch dazu in seiner miserablen Verfassung? Das wäre eine unüberlegte Aktion. Deshalb hält er sich noch irgendwo hier auf. Er leckt seine Wunden und überlegt, was sein nächstes Ziel ist.«

McRae zog in Erwägung, Torres noch einmal zu fragen, wer Zulu eigentlich war. Obwohl er es wirklich wissen wollte, blieb er stumm.

»Sie kennen ihn, Ihre Theorie ist fundierter als meine.«

Torres erwiderte nichts, aber im Prinzip war es auch eher eine Feststellung. Eine Weile gingen sie schweigend nebeneinander her. Der Mond tauchte den Strand in ein fahles Licht und versilberte das Meer. Dafür, dass der Herbst kurz bevorstand, war der Wind relativ mild. Nach dem späten Abendessen gegen halb neun hatte McRae mit seiner Frau und den Kindern telefoniert, und jetzt reichte es ihm. Er wollte nur nach Hause.

»Wir hören auf«, sagte Torres.

McRae war erleichtert. Es war sinnlos, diskret von einem Ferienhäuschen zum nächsten zu gehen und nach Spuren zu suchen, wie es ihr kleiner Suchtrupp die letzten beiden Tage über getan hatte. Die mühsame Arbeit hatte ihnen nichts gebracht, nicht den kleinsten Fingerzeig über Zulus möglichen Aufenthaltsort.

Sie hatten die wenigen Häuser am Børsmose Strand abgesucht und alle Gebäude des Campingplatzes, der über den Winter geschlossen war. Auch sämtliche Häuser am Grærup Strand hatten sie durchkämmt, sie waren ihm wie eine kleine, seltsam verlassene Enklave vorgekommen. Weiter südlich lag Vejers, wo er selbst seit inzwischen vier Nächten schlief. Vejers war eine unmögliche Aufgabe. Eine regelrechte Urlaubsstadt mit Hunderten Ferienhäusern und -wohnungen, von denen ein Teil aktuell bewohnt war, da es deutschen Touristen anscheinend gefiel, ihre Herbstferien im kühlen Dänemark zu verbringen. Wenn Zulu es so weit nach Süden geschafft hatte und sich dort versteckt hielt, würden sie ihn nicht finden. Dort konnte man ganz einfach nicht diskret herumschnüffeln.

Torres fuhr fort:

»Ich habe mit Langley gesprochen, kurz bevor wir hier an den Strand gegangen sind. Der zusätzliche Tag, den wir bekommen haben, war alles. Achtundvierzig Stunden waren das absolute Maximum. Arthur, ich möchte Sie bitten, die Männer morgen früh loszuschicken. Kümmern Sie sich um die praktischen Angelegenheiten wie Transport und so weiter, ja?«

»Selbstverständlich.«

»Und ich würde gern den einen der beiden Stockholmer behalten, Cornelius, Hendryks aus Berlin, Mand aus Oslo und Jackson aus Reykjavík. Sie sollen alle weiter dort bleiben, wo sie sind, und die Füße still halten …«

»Ich kümmere mich darum.«

»Sie können dann übrigens auch wieder nach Hause fahren.«

McRaes Laune stieg spürbar. Tatsächlich sprudelte er vor Freude sogar fast über.

»Den weiteren Verlauf übernehme ich selbst«, fügte Torres hinzu.

»Was passiert denn jetzt?«

»Langley steht im Kontakt mit dem Nachrichtendienst der dänischen Polizei, dem PET. Primär geht es darum, schon ab den frühen Morgenstunden eine großangelegte Suchaktion zu organisieren – mit Hunden, vielen Hunden. Auch wenn sie vielleicht keinen konkreten Anhaltspunkt haben, sind ihre sensiblen Schnauzen immer noch die beste Waffe in dieser Einöde hier.«

»Das gehört aber nicht zu den Kompetenzen des PET.«

»Nein, ich weiß, aber der PET ist unser Partner hier, und als solcher sind uns seine Leute dabei behilflich, den Kontakt zur lokalen Polizeibehörde in Esbjerg herzustellen, die dann gebeten wird, auszurücken.«

»Dann wird die Fahndung also öffentlich?«

»In Langley sieht man sich gezwungen, dieses Risiko einzugehen. Man muss es gegen die Katastrophe abwägen, die es bedeuten würde, wenn Zulu entkommt. Auf dem Papier wird es lediglich eine Suche nach einem vierten Flugpassagier sein, von dem befürchtet wird, er streife verletzt und verwirrt durch die Gegend.«

»Aber was ist, wenn die Wahrheit herauskommt?«

»Dann öffnet sich die Büchse der Pandora. Und das meine ich im wahrsten Sinne des Wortes.«

Wieder musste McRae seine Neugier zügeln. Wer war dieser Zulu, der die Welt ins Unheil stürzen konnte? Fast als hätte Torres seine Gedanken gelesen, sagte er:

»Zulu ist ein Terrorist, ein islamistischer Terrorist. So, jetzt wissen Sie es.«

Die ganze Zeit über hatte er diesen Verdacht gehegt. Wahrscheinlich war der Flüchtige zu Hause – oder auf offener Straße – in irgendeinem westeuropäischen Land aufgegriffen worden. Die ersten Verhöre hatten vermutlich unter isolierten Verhältnissen in der Basis auf Island stattgefunden. Der heiklere Teil der Arbeit wurde an anderen Orten unter fremder Flagge erledigt, wo man nicht ganz so sensibel war.

Trotzdem war es ein Schock für ihn.

Von Anfang an war es das erklärte Ziel des neuen Präsidenten gewesen, unmenschliche Methoden dieser Art als Allererstes zu beenden. Wieder und wieder hatte er es in seinem Wahlkampf proklamiert, und er hatte es angepackt, sobald er ins Oval Office eingezogen war.

Und trotzdem. Zulu war also ein *Ghost Prisoner*, ein Geistergefangener … So nannte man diejenigen, die früher an geheime Orte, Gefängnisse und andere sogenannte *black sites* geflogen worden waren, wo man sie leichter zum Reden bringen konnte. Diejenigen, die nie offiziell registriert wurden und daher de facto auch nicht existierten – sie waren … Geister. Manche wurden nach Guantánamo gebracht. Manche wurden an einem fremden Ort aus einem Van auf den Bürgersteig geschubst. Und manche tauchten nie wieder auf, wenn man diversen Menschenrechtsorganisationen Glauben schenken wollte.

»Ich dachte, mit solchen Dingen wäre Schluss?«

»›Solche Dinge‹? Was meinen Sie damit, Arthur?«

»Die Flüge, die Entführungen.«

»Dachten Sie das wirklich?«

»All die Versprechungen des Präsidenten. Er hat viel bewegt auf diesem Gebiet.«

»Das hat er absolut.«

»Aber wie ist es dann möglich …«

Torres hob eine Hand und unterbrach ihn. Ließ der Mond nicht ein leichtes Lächeln erkennen?

»Was keiner weiß, tut niemandem weh. Zulu ist der letzte. Der allerletzte Geist. Lassen Sie uns umdrehen …«

20

Sie besah sich gerade eines der drei Einschusslöcher in der Wand, als ihr Handy klingelte. Es musste die Nachricht sein, auf die sie warteten. Nina hatte absolut keine Lust, den Anruf entgegenzunehmen.

»Portland.«

»Hier ist Monberg.«

Sein gefasster Tonfall machte das restliche Gespräch eigentlich überflüssig. Er räusperte sich.

»Das Baby ist tot. Sie konnten das Mädchen nicht mehr retten.«

»Hmm …«

»Sie haben lange um sie gekämpft, aber es war vergebens. Die Kugel hat …«

»Okay, Monberg, danke für den Anruf.«

Nina legte auf und setzte sich auf den Stuhl am Fenster. Werner Madsen, der im Zimmer nebenan war, musste das Handyklingeln gehört haben, denn er steckte den Kopf durch die Tür und sah sie fragend an.

»Tot …«, seufzte sie.

»Scheiße, Nina.«

»Ja, es ist kaum zu ertragen.«

Madsen zog sich lautlos zurück, und Nina widmete sich wieder der Wand. Das Gebäude bestand aus massiven Betonelementen, daher handelte es sich eher um Flecken als um Einschusslöcher. Drei Löcher in der großen Fensterfront, zwei Flecken in der Tapete über dem Sofa und ein Loch in der Leinwand mit der lächerlichen Sonnenuntergangsszene, die in der Wandmitte hing.

Ein Projektil lag zwischen den Sofakissen, ein anderes steckte im Holzboden bei den Fenstern. Das kleine Beistellbett mit Rädern stand immer noch neben dem Couchtisch. Die weiße Matratze rot gefärbt.

Wenn die Techniker aus Fredericia endlich bald auftauchten, würden sie sich die Schusswinkel ansehen und präzise Berechnungen dazu anstellen, aber selbst ohne ein Abitur in Mathematik konnte man sich den Hergang erschließen. Auf Beton lässt sich nicht ohne Weiteres schießen. Das dritte Projektil war abgeprallt und umgelenkt worden.

Nina stand auf, nahm das Feuerzeug, nahm eine Zigarette aus der Schachtel, die auf dem Couchtisch herumlag, und ging nach draußen auf den Balkon. Die kühle Nachtluft tat gut. Sie zündete die Zigarette an, diese eine brauchte sie jetzt. Fünf Monate alt, tief schlafend, das ganze Leben noch vor sich. Nina schaute über die Schulter in die Wohnung. Wie viel Quadratmeter hatte das Wohnzimmer noch gleich? Und wie wenig Fläche das Babybettchen? Wie groß war die Wahrscheinlichkeit für so etwas?

Scheiße.

Thøgersen hatte sie um kurz vor eins angerufen und geweckt. Davor hatte sie höchstens eine Stunde geschlafen. Jetzt war es 2:05 Uhr, aber Nina fühlte sich nicht müde.

Die Wohnung lag im zweiten Stock eines Wohnblocks am Kvaglundparken. Vom Balkon aus konnte sie hinauf auf die Straße sehen, die mitten durch das Viertel verlief. Dort oben stand ein Streifenwagen mit blinkendem Blaulicht. Die Straße zu den Wohnblocks war die zweite auf der rechten Seite, Birkelunden hieß sie, Birkenhain. In Kvaglund endeten die Namen aller Wohnblocks – und davon gab es dort viele – auf »-lunden«. Askelunden, Cederlunden, Daddellunden, Nøddelunden, Kastanielunden und immer so weiter, der botanische Erfindungsgeist schien hier keine Grenzen zu kennen.

Aller Wahrscheinlichkeit nach waren die Schüsse von der Durchfahrtsstraße weiter oben, dem Kvaglundparken, abgefeuert worden. Am Straßenrand gab es einige Büsche und Bäume, die in der Dunkelheit leicht Schutz boten, und die Distanz zu den Wohnblocks betrug kaum mehr als einhundert Meter.

Die Wohnung war das Heim eines jungen türkischen Ehepaares. Damit war das Muster also gebrochen, denn die letzte Tat war der Brandanschlag gewesen, das Opfer ebenfalls ein Türke. Der Logik des Bandenkriegs zufolge wären nun die Türken am Zug gewesen, aber offensichtlich hatte das bosnische Netzwerk um den ermordeten Anführer Merzuk Osmanović erneut zugeschlagen.

Ein Baby von fünf Monaten umzubringen, brachte auf der Straße keinen Respekt ein. Dabei war unerheblich, dass es keine Absicht gewesen war. Auch im Gefängnis, wo der Schuldige hoffentlich bald landen würde, wurde eine solche Tat nicht respektiert. Allerdings konnte die Polizei jetzt davon ausgehen, dass die türkische Seite den Mord mit massiver Gewalt rächen würde. Polizeidirektor Blix wälzte sich in seinem Bett vermutlich bereits mit fünfzehntausend Umdrehungen pro Minute hin und her.

Birkedal war selbst vor Ort gewesen, als Nina ankam, und hatte alles und jeden herumdirigiert, so als wäre er nicht einmal erkältet. In diesem Moment saß er bestimmt im Präsidium und sah der ersten Tagesdämmerung mit Grausen entgegen … Voll frischer Energie würde sich die Presse auf sie stürzen und das Präsidium belagern. Die Mittagszeitungen würden sich geifernd über die Story hermachen – und über die Polizei. Birkedal musste wohl oder übel wieder in seinem Tweedsakko auf dem Bürgersteig vor dem Präsidium antreten und ein Fernsehinterview nach dem anderen geben.

Dass Kriminelle durch die Stadt zogen und sich gegenseitig erschossen, war schlimm genug. Aber Kinder hatten in diesem Krieg nichts verloren, sie waren tabu.

Gemeinsam mit Werner Madsen und einer Handvoll weiterer Kollegen war sie sofort losgezogen und hatte die nächsten Nachbarn im Wohnblock befragt. Leider konnte ihnen niemand brauchbare Informationen liefern. Weder über den oder die Schützen noch über das Ehepaar. Der Mann, dessen Name ihr entfallen war, sei »ein netter Mensch« gewesen, habe »oft gelächelt«, »stets freundlich«, und er habe »immer höflich gegrüßt«.

In diesen Augenblicken wurde der Ehemann verhört. Aus Rücksicht auf die dramatischen Umstände fand das Verhör im Krankenhaus statt, wo sich eine Notfallseelsorgerin zur selben Zeit um seine Frau kümmerte. Thøgersen führte die Befragung persönlich durch, zusammen mit Ulbæk. Plötzlich klingelte Ninas Handy wieder, es war Thøgersen.

»Alles geklärt, bleibt weiter dran«, sagte er.

»Okay, wir legen los«, erwiderte Nina.

»Verdammt, Nina«, entfuhr es ihm nach einer kurzen Pause.

»Ja. Es ist so traurig.«

»Hier hat sich alles ein wenig verzögert, und wir fangen erst jetzt mit dem Mann an. Meldet euch, sobald ihr etwas habt!«

»Klar, machen wir.«

Nina legte auf und ging zu Madsen, der vor einem Kleiderschrank kniete, in den er seinen Kopf gesteckt hatte.

»Thøgersen hat gerade angerufen, Werner. Mach einfach weiter, ich fange drüben im Wohnzimmer an.«

Sie erhielt ein zustimmendes Brummen als Antwort und ließ ihn allein. Was sie suchten, war die eine Sache, um die sich der ganze Krieg zu drehen schien: Drogen.

Nina sah sich im Wohnzimmer um. Wo sollte sie beginnen? Sie setzte sich auf den Stuhl. Solche Herausforderungen liebte sie, die losen Enden und die offenen Fragen, die Puzzleteile, die es aufzudecken und zusammenzusetzen galt. In ihrem Leben hatte sie nur einen einzigen wahren Meister auf dem Gebiet der Ermittlung, wozu auch Durchsuchungen zählten, gekannt. Er lebte nicht mehr. Ihr geliebter Mentor Kriminalkommissar Hans Påske war an einer Thrombose gestorben, als er im Begriff war, abzutreten, und seinen wohlverdienten Ruhestand genießen wollte.

Am 15. November war es schon acht Jahre her. Fachlich und menschlich war er unübertroffen gewesen und außerdem in allerhöchstem Maße für einen Chefposten qualifiziert. Aber er hatte sich stur geweigert, diesen Weg einzuschlagen. Er wusste, dass er den Anforderungen des Systems nicht genügen und dabei integer bleiben konnte. Påske ging keine Kompromisse ein, er war die Sturheit in Person gewesen.

Jedes Jahr an seinem Todestag legte Nina einen Strauß Blumen auf sein Grab. Aber sie schuldete ihm so viel mehr.

»Mensch, Nina, was ist dir lieber: ein großes Loch mit einem Spaten zu graben oder mit einem Bagger?«

Wieder hörte sie seine tiefe Stimme in ihrem Kopf. Diese Frage hatte er ihr unzählige Male gestellt. Manchmal mit einem Grinsen, manchmal mit einem grimmigen Unterton – und manchmal resigniert.

Die Frage war ein Sinnbild für Påskes Auffassung von Ermittlungsarbeit. In erster Linie war sie eine intellektuelle Herausforderung, die man mit Augen, Ohren und Verstand bewerkstelligte.

Nina ließ den Blick durch den Raum gleiten. Sie stand auf, öffnete die Türen im Regal, zog die Schubladen der Kommode heraus, setzte sich wieder, stand auf, ging durch die Räume, öffnete alles, das sich öffnen ließ, registrierte jedes Detail – bewegte sonst aber nichts.

Zuletzt ging sie zurück ins Wohnzimmer, wo sie sich erneut hinsetzte. Wieder hörte sie Påskes Stimme:

»Und, was siehst du, Nina?«

Zwar schlug ihr in der Wohnung kein überbordender Luxus

entgegen, aber in jedem Fall ein gewisser Hang zu Qualität, angefangen bei der Tatsache, dass es sich beim Auto der Familie um einen großen und selbstverständlich schwarzen BMW handelte. Was im Übrigen auch deshalb recht interessant war, da der Mann als arbeitslos gemeldet war. Nina sah teure Parfüms, auch solche für Männer, Küchengeräte von Markenherstellern, kostspielige Kleider, eine Rolex-Uhr, die der Mann in der Eile vergessen hatte anzuziehen, teure Schuhe, einen hochwertigen PC, Möbel, die jedenfalls nicht von IKEA stammten, eine Stereoanlage mit futuristischen Lautsprechern und im Wohnzimmer einen klobigen Designerfernseher mit Standfuß.

Einzig das nun durchlöcherte Gemälde über dem Sofa passte nicht wirklich ins Gesamtbild, aber Kunst war schließlich Geschmackssache.

Nina blieb ein paar Minuten sitzen und überlegte, was Påske dieser Tatort sagen würde, dann ging sie hinüber zu Madsen, der inzwischen auf den Dielen lag und die Bodenplatte eines Kleiderschranks abklopfte.

»Hast du einen Schraubenzieher?«, fragte sie.

»Der Werkzeugkasten steht hinter der Tür da, bedien dich«, murmelte er.

Zur Sicherheit nahm Nina zwei Schraubenzieher mit, einen normalen und einen mit Kreuzschlitz. Zurück im Wohnzimmer schob sie den Fernseher von der Wand und zog einige Kabel und Stecker heraus. Um die hintere Verkleidung abzunehmen, musste sie einige Kreuzschlitzschrauben herausdrehen. Sie sah sich das Innenleben an, das ihr aber nicht weiter verdächtig vorkam, bis sie eine kleine schwarze Plastikkappe entdeckte, die mit vier Schrauben befestigt war. Als sie sie entfernt hatte, war zu sehen, dass der Hohlraum dahinter gefüllt war.

Mit dem Schraubenzieher gelang es ihr, die fünf kleinen versteckten Plastikbeutel herauszuholen. Sie enthielten ein weißes Pulver. Kokain, tippte Nina und legte die Beutel auf den Couchtisch.

»Madsen! Ich habe was.«

Im nächsten Augenblick erschien ihr älterer Kollege in der Tür. Sie deutete mit dem Kopf auf ihren Fund.

»Was zur …«

»Ja, sieht so aus, als hätte unser ach so netter und höflicher Mann doch ein wenig Dreck am Stecken.«

In ihrer Stimme schwang nicht der leiseste Hauch von Triumph mit. Mit einem Mal fühlte sich Nina sehr müde.

»Das ist genug, um einen ganzen Nobelclub mehrere Wochen lang bei Laune zu halten. Vielleicht ist es ein Lager?«

»Möglicherweise … Er könnte aber auch noch andere Verstecke haben.«

Madsen blickte sich um und knetete sein Kinn.

»Du hast das Wohnzimmer gar nicht durchsucht, sondern dir gleich den Fernseher angesehen. Warum?«

»Na ja, es ist kein Flachbildgerät. Zwar ein Designerteil, aber ein altes Röhrenmodell. Guck dich um, überall Qualität und die neuesten Modelle technischer Geräte. Wer hier wohnt, besitzt definitiv einen Flachbildfernseher. Mein Gott, heutzutage hat doch jeder einen Flatscreen. Sogar mein Sohn hat einen in seinem Zimmer. Deshalb habe ich nur den Fernseher untersucht. Er hat nicht ins Bild gepasst.«

»Gut beobachtet, Nina.«

»Erinnerst du dich an Hans Påske?«

»Wer tut das nicht?«

»Er war mein Mentor, als ich in Esbjerg anfing. Ich würde wetten, er hätte den Stoff in unter fünf Minuten gefunden.«

Madsen nickte zustimmend und zog seine Pfeife aus der Brusttasche.

»Ja, Påske hatte wirklich einiges auf dem Kasten. Wie lange ist es jetzt her, sieben Jahre?«

»Im November werden es acht.«

»Wie die Zeit vergeht. Ich bin mal kurz draußen auf dem Balkon.«

Nina nahm sich noch eine Zigarette aus dem Päckchen auf dem Couchtisch.

»Ich komme mit«, sagte sie.

»Ich dachte, du rauchst nicht mehr?«

»Nein, eigentlich nicht, aber heute ist eine Ausnahme erlaubt.«

Schon bald ging die Sonne auf. Nina streckte sich und gähnte herzhaft. Nicht mehr lange, bis sie endlich schlafen gehen konnte. Madsen hatte sich gerade verabschiedet. Sie hatten mit Thøgersen abgesprochen, sich zu Hause ein wenig Schlaf zu gönnen und dann gegen Mittag wieder im Präsidium zusammenzukommen.

Die operative Arbeit war erledigt, der Bericht geschrieben. Kurz nach Ninas Entdeckung hatte Madsen einen falschen Boden im Kleiderschrank bemerkt, in dem sich drei Beutel mit kunterbunten Ecstasy-Pillen befunden hatten, drei große Beutel.

Der angeblich so zuvorkommende und höfliche Mann mit dem Namen Tuncay Terim war also eine Art Zwischenhändler im Drogengeschäft. So war es oft, wenn die Maske fiel: Die Schönen waren die Schlimmsten. Egal, welchen Glauben oder welche Hautfarbe sie hatten.

Ninas letzter Stand war, dass Terim behauptete, den Fernseher vor Kurzem über eine Zeitungsannonce gekauft zu haben. Ein Mann aus Fünen habe das Gerät verkauft, den Namen wisse er nicht mehr. Da der Verkäufer ohnehin in Esbjerg zu tun gehabt habe, sei er so nett gewesen, das Gerät frei Haus zu liefern. Was die Rauschmittel betraf, mussten sie schon die ganze Zeit über im

Fernseher gelegen haben. Möglicherweise hatten sie dem vorherigen Besitzer gehört.

Es war nur eine Frage von wenigen Stunden, bis der Mann einknickte. Der Tod seiner Tochter wurde ihm in seiner ganzen Tragweite erst allmählich bewusst. Seine Frau stand unter Schock und konnte nicht verhört werden.

Wenn Nina zurück ins Präsidium kam, würde es einem riesigen Ameisenhaufen gleichen. Etwas Ähnliches hatte sie in ihrer langen Dienstzeit noch nie erlebt. Der Bandenkrieg hinterließ seine Spuren im Präsidium wie ein Panzer in einem Kräuterbeet. Und in den kommenden Stunden drohte ihnen zudem eine weitere Runde durch den Fleischwolf der Medienmaschinerie.

Auf Birkedal hatte sie nur einen flüchtigen Blick erhascht, als er mit gehetzter Miene die Treppe nach unten gehastet war. Er wirkte zwar gestresst – ansonsten aber völlig fit. Genau wie sie es sich auf dem Balkon in der vergangenen Nacht vorgestellt hatte, klemmte das Interview-Tweedsakko unter seinem Arm.

Der Gedanke, dass dieser Mann ernsthaft krank sein sollte, war vollkommen surreal. Hatte sie sich vielleicht verlesen, etwas falsch verstanden? »Strahlentherapie«. Nein, es gab kein Missverständnis. Das war reines Wunschdenken. Und Wunschdenken führte zu nichts. Die Kugel würde immer wieder von der Betonwand abprallen, die Flugbahn ändern und …

Kein noch so großer Wunsch war in der Lage, die Vergangenheit zu ändern, weder die ferne noch die nahe. Dem Krebs waren Wünsche egal. Der Pistolenkugel waren sie egal.

Laut der vorläufigen Untersuchungsergebnisse war die Tatwaffe ein gewöhnliches Jagdgewehr. Eine ungewöhnliche Wahl für ein Attentat, das vor allem als symbolische Handlung gedacht gewesen sein musste. Drei Warnschüsse, von denen der Täter nicht ernsthaft hatte glauben können, dass sie tödlich enden würden. Oder … Ein Gewehr mit Zielfernrohr in geduldigen Händen, die nur darauf warteten, dass der junge, gutaussehende Tuncay Terim vom Sofa aufstand? Es war nicht auszuschließen.

Jetzt waren es drei Tote. Dazu ein Mordversuch auf offener Straße und ein Brandanschlag mitten in der Nacht. Was passierte als Nächstes? Und wo?

Nina fuhr den Computer runter und stand auf. Mit Jonas hatte sie schon seit einiger Zeit ausgemacht, dass er selbst dafür sorgen musste, rechtzeitig aus den Federn und pünktlich in die Schule zu kommen. Jetzt konnte sie es immerhin schaffen, gemeinsam mit ihm zu frühstücken.

Es dämmerte. Auf dem Hof des Präsidiums bellten Hunde, schon seit einer Weile. Nina sah aus dem Fenster und bekam einen kleineren Schock. Sämtliche Hundeführer machten sich bereit zum Ausrücken, und auf der Straße warteten weitere Hundefahrzeuge, was bedeutete, dass auch die Hundestaffel aus Aabenraa alarmiert sein worden mussten.

Noch nie hatte sie so viele Hunde an einem Ort gesehen, sie hatte nicht einmal geahnt, dass die Polizei über so viele Tiere verfügte. Offensichtlich gab es neue Erkenntnisse im Fall des toten Babys oder bei der Fahndung des Täters aus der Storegade. Es musste einen handfesten Hinweis gegeben haben, sonst wäre ein solcher Aufwand nicht betrieben worden.

21

Seine zweite Mahlzeit heute Morgen würde aus Nudeln mit Dosentomaten, Mais und Champignons bestehen. Er rührte im Topf auf dem kleinen Herd, bei dem es sich eigentlich nur um zwei elektrische Kochfelder handelte. Sein eher eigentümliches Gericht roch gar nicht mal schlecht.

Draußen war es hell, aber wie schon in den letzten Tagen hatte er keinen blassen Schimmer, wie spät es war. Er schaute aus einem Fenster nach oben. Es war so hell, wie es unter einer schweren dunkelgrauen Wolkendecke eben sein konnte, die bald den ganzen Himmel einnehmen würde. Sie trieb vom Meer heran.

Ihrer Farbe nach zu urteilen, enthielten die Wolken große Wassermengen. Ihn schauderte, und er dachte zurück an sein Lager in dem versandeten Miniaturwald. Für einen kurzen Moment schätzte er sich glücklich. Essen, Wärme – und Regen, der seine Spuren verwischte … Er rührte noch einmal um, die Tomatensauce köchelte. Sein Magen knurrte.

Er schüttete den gesamten Topfinhalt in einen tiefen Teller und nahm ihn mit in das kleine Wohnzimmer, wo er sich vor dem Holzofen auf den Teppich setzte. Kurz darauf trommelte der Regen auf die Dachpappe über ihm.

Die ersten warmen Bissen waren wie eine Reise in eine andere und bessere Welt. Bewusst hielt er sich zurück, kaute sorgfältig und aß nur langsam. Er wusste, was ihm drohte, wenn er nach Tagen ohne Nahrung alles in sich hineinstopfte. Deshalb hatte er auch nur eine Kleinigkeit gegessen, bevor er sich schlafen gelegt hatte.

In dem kleinen Ferienhäuschen fanden sich Überbleibsel diverser Urlaube. So hatte er in einem Küchenschrank die typischen Hinterlassenschaften entdeckt, Dinge, die niemand wieder mit nach Hause schleppen wollte: Nudeln, Reis, Tomaten und Würstchen in Dosen, die er aus naheliegenden Gründen nicht essen wollte – nicht essen konnte –, und weitere Konserven. Seine erste Mahlzeit hatte aus zwei Scheiben schwedischem Knäckebrot mit Erdbeermarmelade bestanden, einem Stück Schokolade und einer großen Tasse Tee, um wenigstens die schlimmste Kälte aus dem Körper zu vertreiben.

Nach dem Essen hatte er Feuer gemacht – schlicht und ergreifend, weil er musste. Nach der langen Zeit in der Kälte musste er sich aufwärmen, egal, welche Risiken das nach sich zog. Anschließend hatte er sich auf den Teppich vor den Ofen gelegt und gespürt, wie die Kälte nach und nach aus seinem Körper wich, ehe der Schlaf ihn schließlich übermannte.

Trotz der Müdigkeit hatte er höchstens zwei Stunden geschlafen, und als er aufwachte, meldete sich sofort der Hunger wieder. Dieses Mal hatte es etwas Warmes sein müssen, das ihm Kraft gab und den Magen füllte. Er verputzte den letzten Rest Nudeln, stellte den Teller zur Seite und rollte sich wie eine Katze auf dem Teppich zusammen. Wieder fiel er in den Schlaf.

Es kam ihm so vor, als wäre er freiwillig in eine Falle getappt, denn der erste Ort, an dem jemand nach ihm suchen würde, waren die Ferienhäuser. Aber er hatte keine Wahl gehabt. Sein Kopf, sein ganzer Körper brauchten die Ruhe, die Wärme, das Essen. Nur für einen Tag, höchstens zwei. Das würde seine Chancen verbessern.

Kurz vor Tagesanbruch hatte er das kleine Häuschen entdeckt. Er hatte die mit Abstand kleinste und schäbigste Hütte ausgewählt. Vielleicht war es deshalb gut gegangen. In der Gegend standen mehrere große, moderne Häuser, einige gemauert, einige aus Holz, und vor manchen parkten Autos mit deutschen Kennzeichen. Deshalb fühlte er sich sicher genug, den Holzofen anzufeuern. Immerhin war er doch nicht der einzige Mensch im Umkreis von Meilen.

Seine Strategie hatte bereits festgestanden, bevor er aus seinem Lager im versandeten Wald aufgebrochen war. Während er sich anschließend am Strand entlanggeschleppt hatte, ermahnte er sich immer wieder daran, an seinem Plan festzuhalten: keine eingeschlagenen Fenster, keine sichtbaren Einbruchsspuren. Er würde ganz einfach in die Hütte kommen – mit einem Schlüssel. Wie in Schweden hinterlegte man sicher auch in Dänemark einen Schlüssel fürs Sommerhäuschen. Zwar ein wenig versteckt, aber immer noch leicht zu finden.

Die Strategie schlug fehl. An allen naheliegenden Stellen hatte er gesucht, unter der Fußmatte, unter Steinen, hinter Brettern, in Blumentöpfen. Nirgendwo ein Schlüssel. Er war schon fast bereit, sich mit Gewalt Zutritt zu verschaffen, als er an dem kleinen, schwarzen Holzhäuschen vorbeikam, das etwas abseits lag und von hohen Fichten umgeben war. Erst dort hatte er Glück. Der Schlüssel lag unter einem Eimer auf der Hintertreppe.

Obwohl er auf seiner nächtlichen Wanderung mehrmals Pausen eingelegt hatte, war er vor Müdigkeit beinahe umgekippt, bis er ein Feuer entfacht hatte.

Erst auf dem letzten anstrengenden Stück, vom Strand beinahe senkrecht die Dünen hinauf zum Wohngebiet, hatte sein Kopf wirklich zu schmerzen begonnen. Ihm war nicht übel geworden, aber sein Körper hatte ihm unmissverständlich zu verstehen gegeben, dass er immer noch Ruhe brauchte.

Wenn er wieder aufwachte – und falls er sich dann noch auf freiem Fuß befand –, musste er sich zuallererst um seine Kopfverletzung kümmern. Der Verband musste abgenommen, die Wunde gesäubert und mit Salbe eingerieben werden. Als Nächstes würde er die Umgebung auskundschaften und sich eine Art Notfallplan zurechtlegen. Das war unabdingbar, denn es würde sicher nicht so weitergehen wie bisher: ohne Hubschrauber, ohne Suchhunde, ohne Polizei. Er musste auf der Hut sein.

Mit den Fingern fuhr er über den Teppich und unter die Jacke, die er neben sein Kopfkissen gelegt hatte. Sie schlossen sich um das kalte Metall. Es war die Waffe, die er behalten hatte, eine Glock. Er war zu weit gekommen, um sich kampflos zu ergeben. Zu verzweifelt, um die weiße Flagge zu hissen. Er hatte ein Flugzeug entführt und war indirekt für den Tod eines anderen Menschen verantwortlich. Das logische Urteil lautete: schuldig. Völlig unabhängig davon, welche Anklage sie gegen ihn konstruieren würden.

Die Wärmestrahlen des Holzofens streichelten ihn sanft, so wie seine Frau ihn an einem Samstagabend im Nacken kraulte, wenn sie gemeinsam fernsahen, nachdem sie die Kinder ins Bett gebracht hatten.

Ja, jetzt lag ihre Hand auf seiner Wange, strich über seinen Hals und zupfte ihn liebevoll am Ohr.

Wie war sein Leben nur so schrecklich aus der Bahn geraten?

22

Erst bei Einbruch der Dunkelheit sollten sie die Suche einstellen, so lautete die Anweisung. Der Hundeführer warf einen Blick auf seine Armbanduhr. Vielleicht würden sie noch zwei oder drei weitere Felder schaffen, bevor es dunkel wurde. Vor ihnen lag ein besonders schwieriger und zeitraubender Abschnitt.

Er studierte die Karte. Die sich dahinschlängelnde Reifenspur zu seinen Füßen bildete die Grenze zum nächsten Feld. Er pfiff Max zu sich, und der sechs Jahre alte Schäferhund tauchte aus dem Unterholz auf, setzte sich und bekam die ersehnte Belohnung in Form eines Leckerlis.

Auch der Kollege rechts von ihm in der Suchkette betrachtete seine Karte. Dann kam die Nachricht über Funk: »Eine Viertelstunde Pause.«

Der strömende Regen, der ihnen seit dem frühen Morgen die Arbeit erschwerte, hatte vor einer halben Stunde aufgehört, und jetzt war das Gelände völlig durchgeweicht. Am Wegesrand setzte er sich auf ein Stück Moos, zog Max zu sich und streichelte ihn. Erneut schaute er auf die Landkarte.

Es war ein verdammt rätselhafter und schwieriger Auftrag, auf den sie da angesetzt waren. Nicht nur ein paar von ihnen, nein, alle Suchhunde aus dem riesigen Gebiet, das der Polizeibezirk Südjütland umfasste, und damit auch alle verfügbaren Kollegen der Hundestaffel aus Aabenraa.

Nach einer gemeinsamen Besprechung im Präsidium hatten sie im Morgengrauen mit der Suche im Gelände begonnen. Man hatte ihnen ein Foto des Gesuchten mitgegeben. Ein hübscher und gepflegter Mann, der um die vierzig Jahre alt zu sein schien. Das schwarz glänzende Haar trug er kurzgeschnitten, außerdem hatte er einen sorgfältig gestutzten Bart, der Oberlippe und Kinnpartie bedeckte.

Der Gesuchte hatte keine Identität.

Allein dieser Umstand hatte in den Reihen der Suchhundeführer für einiges Murren gesorgt. Warum bekamen sie keinen Namen? Keine anderen Informationen?

Warum wurden alle Fragen auf der Stelle abgewiesen. »Zum aktuellen Zeitpunkt ist es nicht möglich, den Namen der Zielperson bekanntzugeben, was allerdings keinen Einfluss auf unsere Aufgabe hat: Er muss so schnell wie möglich gefunden werden.«

Die Zielperson war bewaffnet.

Von der Zielperson ging eine erhöhte Gefahr aus.

Mit einem Mal hatte es den Kritikern die Sprache verschlagen. Die Stille hielt eine ganze Weile an, ehe jemand eine neue Frage stellte – diesmal war er es selbst, daher konnte er sich an den genauen Wortlaut erinnern: »Steht die Suche im Zusammenhang mit dem Bandenkrieg?«

»Kein Kommentar zum gegenwärtigen Zeitpunkt«, hatte die Antwort gelautet.

Sie hatten das Kartenmaterial erhalten, auf dem das Suchgebiet bereits in Felder aufgeteilt worden war. Es war die mit Abstand größte Suchaktion, an der er in all seinen Jahren bei der Polizei je teilgenommen hatte. Das Gebiet war weitläufig und – wie sich herausstellen sollte – an vielen Stellen absolut undurchdringbar. Sie bekamen die Order, mit einer gigantischen Suchkette südlich von Henne zu beginnen, an einem Bunker auf dem breiten Strandstreifen.

Ihm war der Gedanke an die kleine Passagiermaschine gekommen, die vor einigen Tagen genau in diesem Gebiet abgestürzt war. Noch während er in Erwägung gezogen hatte, nachzufragen und eine weitere abweisende Antwort zu erhalten, war ihm ein Kollege aus Südjütland zuvorgekommen.

»Hat die Suche etwas mit dem Flugzeug zu tun, das beim Henne Strand havariert ist?«, fragte der Mann.

»Verstehen Sie bitte, dass wir im Moment nichts dazu sagen können.«

Von ihrem Startpunkt beim Bunker hatten sie sich nach Süden hin weiter vorgearbeitet. Auf einer Breite von etwa drei Kilometern, vom Strand bis ins Landesinnere, suchten sie nach der Zielperson. Ein Teil des Suchstreifens verlief durch Militärgebiet, aber dort war keinerlei Aktivität zu verzeichnen gewesen.

Sie hatten nichts gefunden. Nicht die geringste Spur ihrer Zielperson. Er selbst hatte in der Mitte der Kette gesucht, gute anderthalb Kilometer vom Meer entfernt. Inzwischen waren sie bis in das Gebiet der Kærgård Klitplantage vorgedrungen, das er aus der Zeitung und dem Fernsehen als den Ort kannte, wo man vor vielen Jahren eine Menge giftiger Chemikalien deponiert hatte.

Max hatte seinen »Korridor« eifrig abgesucht, der zunächst hinter den großen Dünen an der Küste verlief. Allerdings vermieste der Strandhafer ihnen die Arbeit. Die Halme waren spitz wie Nadeln und standen so hoch, dass es ihnen nur mühsam gelang, sich einen Weg hindurch zu bahnen. Es wurde definitiv nicht besser, als sie sich anschließend durch das tückische Heidekraut schlagen mussten, das Pfützen und Löcher im Boden vor ihnen verbarg.

Mehrfach wäre er beinahe umgeknickt, zweimal war er gestürzt, als er mit dem Fuß in einer Bodenspalte beziehungsweise einem Erdloch stecken blieb. Als wäre das alles nicht schon genug. Nach dem sintflutartigen Regen der letzten Tage stand in allen Senken Wasser, und wenn man in einem solchen versumpften Feuchtgebiet erst einmal vom Pfad abgekommen war und sich verirrt hatte, blieb einem nur eine Option: umdrehen und einen neuen Weg finden.

Später verwandelte sich ihr Korridor in ein gewöhnliches Forstgebiet mit vielen dicht stehenden Fichten, Sträuchern, Büschen und Brombeerhecken. Jetzt saßen sie also hier und sammelten Kräfte für eine neue Herausforderung, die sich völlig unübersichtlich gestaltete.

Vor ihm erstreckte sich eine sanfte grüne Hügellandschaft, die beim ersten Hinsehen einen überschaubaren und zuverlässigen Eindruck machte. Sie unterschied sich komplett von dem Gelände, das sie hinter sich gebracht hatten, denn hier wuchs Blattwerk, soweit das Auge reichte – von Nadelhölzern keine Spur.

Auf seinem Platz neben den Fahrspuren im Sand saß er genau auf der richtigen Höhe, um sich einen guten Eindruck vom Gelände zu verschaffen. Es waren Eichen, das hieß eher eine Art Eichengestrüpp mit verzweigten, krummen Miniaturstämmen und Ästen, die eine Höhe von ungefähr anderthalb Metern erreichten, von wo aus sich die Blätter zu einem einzigen großen Dach zusammenschlossen. Für Menschen war es absolut unmöglich, sich aufrecht durch dieses Gelände zu bewegen.

Also konnte er Max nicht begleiten und wie gewohnt den Kontakt zu ihm halten. Das Gleiche galt für die zwei oder drei seiner Kollegen, die den Rest des undurchdringlichen Gebiets abdecken sollten.

Gefahr? Bewaffnet?

Im Laufe des Tages hatte er immer wieder daran gedacht. Was war, wenn sich der Gesuchte irgendwo in diesem Dickicht aufhielt, in dem niemand vorankam? Würde Max das erste Opfer werden?

Bei dem Gedanken lief ihm ein Schauer über den Rücken. Es war etwas völlig anderes und für ihn viel Alltäglicheres, nach hilflosen Menschen wie etwa Demenzkranken zu suchen, die verwirrt durch die Gegend irrten. Und dann diese Geheimniskrämerei. Ihr Chef hatte das Briefing sogar damit beendet, sie *ausdrücklich* auf ihre Schweigepflicht hinzuweisen.

Vielleicht hatten sie sich deshalb damit begnügt, untereinander über den geradezu irrwitzigen Umstand zu sprechen, dass sie keine Unterstützung aus der Luft hatten. Sogar bei kleineren Suchaktionen half normalerweise ein Helikopter. In ihrem Fall wären mindestens zwei erforderlich gewesen.

Nur leider hatte die Sache mit den Helikoptern den Nachteil, dass diese augenblicklich die Aufmerksamkeit der Öffentlichkeit auf sich zogen.

Er wischte seine Gedankenspiele beiseite und ging zu seinem Suchnachbar, mit dem er besprach, wie sie das vor ihnen liegende Problem am besten angingen. Der Kollege erklärte ihm, dass sie einen jungen, versandeten Eichenwald vor sich hatten. Sand wurde verweht und blieb zwischen den Bäumen liegen, bildete kleine Täler und Hügel und häufte sich nach und nach immer weiter an, sodass ein Teil der Baumstämme darin verschwand, wodurch die Eichen Büschen ähnelten.

Sie einigten sich darauf, zu improvisieren und die grüne Barriere aus Blättern versuchsweise zu durchbrechen, wenn sich ihnen ein Eingang bot. Ansonsten wollten sie am Rand des versandeten Waldes entlanggehen und von dort aus den Kontakt zu den Hunden halten. Schließlich kam über Funk die Nachricht, dass sie sich wieder sammeln sollten, und gemeinsam mit Max nahm er seine Position wieder ein, um im neuen Geländeabschnitt mit der Suche zu beginnen.

Auf sein kurzes Kommando hin lief Max los und verschwand bereitwillig unter dem Blätterdach. Innerhalb von zwei Sekunden hatte er jegliches Gefühl verloren, wo Max sich gerade befand. Er selbst musste einen Umweg nehmen und den Fahrspuren folgen, ehe er über eine kleine Schneise aus Heidekraut eine niedrige Düne erklomm, deren kahler Kopf zwischen den Blättern herauslugte.

Bis dorthin brauchte er ganze zehn Minuten, und er war gerade in die Hocke gegangen, um zu verschnaufen, als Max anschlug. Erst einmal. Er spürte, wie sich sein Herzschlag beschleunigte, und lauschte angespannt.

Wieder bellte Max. Er atmete erleichtert auf. Max stand nicht unmittelbar einem Menschen gegenüber, das konnte er hören. Ihn selbst mochten etwa fünfzig Meter von seinem Hund trennen. Die ersten zehn bis fünfzehn Meter konnte er entlang eines schmalen überschwemmten Grabens waten, danach würde er auf allen vieren weiterkriechen müssen.

Keuchend und schwitzend robbte er in seiner schweren Kleidung durch das matschige Gelände, zwischen verwitterten Stämmen und Ästen hindurch, an denen er ständig hängen blieb. Die ganze Zeit über hielt er den Kontakt zu Max, der ihm entgegengelaufen kam, als er sich gerade durch eine Senke schob, die voller Wasser stand. Max lief das letzte Stück voran, blieb stehen und schlug wieder an. Er selbst kam wenige Augenblicke später angekrochen und stemmte sich auf die Knie. Was war das, vor ihm, mitten auf dem Waldboden?

Es war ein Bett, wobei »Lager« wahrscheinlich eine treffendere Beschreibung war. Eine erhobene Liegefläche aus Sand, Moos, Blättern und Zweigen, mit einem Stück Plastikfolie als Laken. Nur dreißig bis vierzig Zentimeter über dem Lager war ein weiteres Stück Folie gespannt. Es war an den Ästen befestigt und bildete eine Art Regendach.

Er beobachtete Max genau, aber sein Hund hatte keine Fährte aufgenommen. Der heftige Regen schien alle Spuren beseitigt zu haben.

Neben dem improvisierten Bett lag ein kleiner Haufen mit Gegenständen, die irgendjemand zurückgelassen hatte. Ein Pullover, die Reste einer Keksschachtel, Verbandszeug aus einem Erste-Hilfe-Set, zwei kleine Decken und … Er riss die Augen weit auf, als er die Decken zur Seite schob. Darunter lagen zwei zusammengerollte Schulterholster und eine Pistole – das Magazin fehlte.

Sofort meldete er sich über Funk. Jetzt wurde es wirklich brenzlig.

23

Sie erreichten die Fähre im letzten Moment. Aksel, der seit vielen Jahren auf dem Fährschiff arbeitete und von allen nur bei seinem Vornamen genannt wurde, war gerade dabei, den Zugang zu schließen. Grinsend stieß er das Tor zur Gangway wieder auf und schüttelte den Kopf, als sie im Laufschritt an Bord sprangen.

»Danke, Aksel!«

»Stets zu Diensten, Nina. Es ist nicht das erste Mal – und sicher auch nicht das letzte …«

»Na, dann weißt du ja immerhin Bescheid«, frotzelte Nina.

Es schüttete. Hatte es in der letzten Zeit nicht dauerhaft geregnet? Vielleicht war das die Quittung für einen Sommer voller Sonne.

»Willst du nicht mit nach oben?«, fragte Nina und blieb am Treppenaufgang stehen.

»Es regnet, Mama.«

»Jonas, es gibt kein schlechtes Wetter, nur …«

»… schlechte Kleidung. Was für ein dummes Gelaber, Mama.«

»Sprich anständig, wie oft soll ich dir das noch sagen? Und habe ich dir nicht gesagt, du sollst die andere Jacke anziehen?«

»Kapier das doch. Ich mag es nicht, nass zu werden. Ich setze mich rein.«

Nina ging trotzdem nach oben aufs Deck. Seit ewigen Zeiten verbrachte sie die Überfahrt nach Fanø im Freien. Schon als sie noch zur Schule gegangen war und die Tour in der alten Fahrrinne um einiges länger gedauert hatte als heute, aber auch später als Erwachsene hielt sie es so. Die Fahrt durch Wind und Wellen war eine läuternde Erfahrung, auch wenn sie nur ein paar Minuten währte.

Jonas hatte sich darüber gefreut, dass sie seinem Großvater einen kurzen Besuch zum Abendessen abstatten würden, abgesehen davon war er in den letzten Tagen aber ziemlich mürrisch gewesen und hatte sich oft zurückgezogen. Vielleicht ging das schon länger so, wenn sie genauer darüber nachdachte. Und was hatte sie dagegen unternommen? Nichts. Sie hatte sich einfach mit dem Gedanken begnügt, dass es als Teenager immer Phasen gab, in denen man seine Eltern für vollkommen zurückgeblieben hielt.

Klang sie wie eine dieser typischen nervenden Mütter, deren Sorgen und ewige Ermahnungen einen in einer Zeit, in der man das eigene Kindsein hinter sich ließ, nur noch mehr aufbrachten?

»Jonas, es gibt kein schlechtes Wetter …« Bla, bla, bla.

Mit Sicherheit hatte sie noch andere Redewendungen auf Lager, die aus der Zeit stammten, als Jonas klein war, inzwischen aber garantiert komplett bescheuert klangen. Ihre neckenden Küsschen auf dem Weg zur Schule und vieles andere mehr. Konnte sie das alles deshalb nicht ablegen, weil sie selbst älter wurde? Oder lag es daran, dass sie sich wünschte, die Zeit würde stehen bleiben?

Selbst sein ständiges Fluchen bekämpfte sie mit Zurechtweisungen und erhobenem Zeigefinger.

Auch in diesem Punkt war sie ein hoffnungsloser Fall. Sie fluchte ja selbst, wenn etwas sie auf die Palme brachte. Sie schüttelte den Kopf über sich selbst, während die Fähre aus dem Hafen schipperte. Schon kamen der Fähranleger und der Hafen von Nordby näher. Über Ninas Kopf kreischte ein Schwarm Möwen. Wenn die Überfahrt doch nur eine Stunde dauern würde. Es gab so viel – nicht nur die kritische Selbstsicht –, das von der Seeluft profitierte.

Seit sie kurz nach Mittag zurück ins Präsidium gefahren war, hatte sie permanent unter Druck gestanden. Und es war ihr schwergefallen, die Müdigkeit abzuschütteln, die von einem langen Nickerchen zur falschen Tageszeit herrührte.

Gemeinsam mit Madsen hatte sie die offenen Fragen zusammengetragen und einen Bericht geschrieben, außerdem waren sie beide in ein Verhör des jungen Vaters involviert gewesen. Am späten Nachmittag konnte die schwer geprüfte Truppe einen bitter nötigen ersten Erfolg verzeichnen. Der junge Türke, der versucht hatte, den Bosnier auf dem Bürgersteig in der Storegade zu erschießen, war in Köln ohne Widerstand von Beamten der deutschen Polizei festgenommen worden. Nachdem sie herausgefunden hatten, dass ein Bruder des Mannes dort lebte, hatten sie die Deutschen um Amtshilfe gebeten

In ganz ungewohnter Manier war es Blix selbst, der sich um die moralische Stärkung kümmerte und die guten Nachrichten im Präsidium und in den Medien verbreitete. Esbjerg brauchte ein Erfolgserlebnis. Und Esbjerg, das war er selbst. Der gewaltsame Tod eines kleinen Mädchens hatte dem Fall eine ganz neue Tragweite gegeben, und eine solche Gelegenheit zur Aufmunterung aller Kollegen hatte sich der Polizeidirektor nicht entgehen lassen. Das war auch in Ordnung. Erfolg brachte Erfolg hervor, aber es fehlten ihnen noch immer drei Mörder und der Werfer des Molotowcocktails. Zudem stellte es sich als unwahrscheinlich schwer heraus, sich einen vollständigen Überblick über die Mitglieder und Kontaktleute der beteiligten Gangs zu verschaffen.

In ein oder zwei Minuten würde die Fähre anlegen. Jonas wartete bereits am Ausgang, Nina sah ihn von ihrem Platz auf dem Passagierdeck aus. Sie bildete sich ein, dass seine mürrische Phase schon vor einem Monat begonnen hatte, als er von der ersten Mannschaft in die zweite versetzt worden war – zum ersten Mal überhaupt, seit er als Sechsjähriger mit dem Fußballspielen begonnen hatte. Aber sie hatten darüber gesprochen. Genug, glaubte sie jedenfalls. Vielleicht waren es aber auch Dinge, die sich mit der Zeit von selbst lösen würden, ohne mütterliche Einmischung.

Sie musste besser auf ihn achten. Mehr Zeit darauf verwenden, herauszufinden, woher der Wind wehte. Nina ging die Treppen nach unten und stellte sich in die Schlange.

Es nieselte so fein, dass man es kaum spürte. Zügig gingen sie durch Nordby und redeten dabei kein Wort miteinander. Nach wenigen Minuten bogen sie von der Hauptstraße, der Hovedgade, ab und setzten ihren Weg durch den schmalen Fregatvej fort, wo Großvaters reetgedecktes Haus hinter der Buchenhecke stand.

In allen Fenstern brannte Licht, und der Rauch aus dem Schornstein zeigte an, dass ein Feuer im Kaminofen brannte. »Kapitän Frederik Portland« prangte kunstvoll eingraviert auf dem Messingschild an der Haustür.

»Warum müssen eigentlich immer wir hierherkommen? Er besucht uns so gut wie nie.«

»Du weißt doch, wie das ist, Jonas … Opa ist sich treu. Er verlässt seine Insel nicht, er kommt nur aufs Festland, wenn es sich nicht vermeiden lässt.«

»Opa ist cool.«

»Hmm, vielleicht ist er das, *cool* … Weck ihn mal auf.«

Jonas nahm den Löwenkopf und knallte ihn gegen die Tür. Aus dem Haus war ein Rufen zu hören, wenn auch ziemlich leise.

»Klopf noch mal«, meinte Nina.

»Ja, aber er ist doch zu Hause.«

»Mach's trotzdem.«

Jonas klopfte erneut.

»Hereiiin!«

Sie öffneten die Tür und traten in den Flur.

»Zum Teufel, seid ihr taub? Oder wollt ihr Kleinholz aus meiner Tür machen? Dass man schon so jung sein Gehör verloren hat …«

Jetzt war sein Rufen deutlich zu vernehmen, es kam aus der Küche. Wenn er eines Tages an die Tür kam und sie freundlich hereinbat, dann war irgendetwas gewaltig faul.

Obwohl sie seine Stimme deutlich hörten, klang sie eigenartig dumpf. Als sie in die Küche mit der niedrigen Decke kamen, sahen sie, weshalb. Der alte Kapitän steckte mit dem gesamten Oberkörper in einem der unteren Küchenschränke. Sein Hintern ragte in die Luft und verriet, dass seine Hose ein Loch hatte. Wie immer war er barfuß.

»Was machst du da, Opa?«

»Hallo, mein Junge. In zwei Sekunden siehst du es.«

Unter großem Keuchen schob er sich rückwärts wieder aus dem Schrank. Er trug nichts als sein unentbehrliches Netzunterhemd. In der Hand hielt er triumphierend irgendeinen Gegenstand aus durchsichtigem Kunststoff, den er dicht vor Jonas' Gesicht schwenkte.

»Guck mal, ist sie nicht süß?«

Es war eine Lebendmausefalle, eine kleine Plastikbox, in der eine Maus saß.

»Das hier ist eine Spitzmaus, mein Junge.«

»Iih, der Schwanz ist ja total zum Kotzen.«

»Zum Kotzen?«

»Ja, zum Kotzen.«

»Jonas meint ›eklig‹, Papa.«

Der Alte drehte sich um und gab ihr einen Kuss auf die Wange.

»Hallo, mein Mädchen. Zum Kotzen? Das ist eines der schönsten Geschöpfe unserer Natur. Wartet kurz, ich lasse sie gleich wieder frei.«

Sie hörten die Haustür, und Jonas verdrehte die Augen. Kurz danach war sein Opa zurück.

»So! Das arme Ding ist wieder frei.«

Erst jetzt kam Vasco in die Küche getrappelt. Anscheinend hatte er im Wohnzimmer gelegen und gedöst. Der kleine Foxterrier, dessen Namensvetter mit dem Zusatz »da Gama« seinerzeit ein wenig wacher gewesen war und den Seeweg nach Indien entdeckt hatte, sprang schwanzwedelnd an Jonas hoch und schlug beinahe einen Salto.

»Soll das etwa heißen, Kapitän Portland, Bezwinger der sieben Weltmeere, fängt mit großem Tamtam Mäuse in seiner Küche, nur um sie Sekunden später in die Freiheit zu entlassen, damit sie sich wieder hineinschleichen können und der ganze Spaß von vorn anfängt?«

»Nur mit der Ruhe, meine Liebe, ich habe keinen Vogel, bloß eine Maus im Küchenschrank.«

Jonas' Blick wanderte zwischen den beiden hin und her. Manchmal war es wie im Theater. Die zwei spannen, aber sie waren lustig.

»Gerade zu einer Spitzmaus sollte man nett sein. Sie kann nichts dafür, ihre Schnauze sitzt zu weit vorne. Und außerdem setze ich sie immer bei den Nachbarn aus.«

»Drüben bei Esther?«, fragte Nina.

»Ja genau, bei der alten Kratzbürste. Ihr täten Mann und Maus sicher gut, aber jetzt muss sie eben mit der Maus vorliebnehmen. Jonas, mein Junge, sag, wie geht's dir?«

Der Kapitän klopfte Jonas liebevoll auf den Rücken.

»Ganz okay, Opa.«

»Und beim Fußball?«

»Einigermaßen …«

»Und mit der Schule, was ist damit?«

»Die steht, wo sie sonst auch steht.«

»Ha! Das tut sie bestimmt, du Halunke. Ich wollte aber wissen, ob es bei dir *läuft*, wie man so sagt. Oder müssen wir dir eine Stelle als Schiffsjunge suchen?«

»Es läuft okay. Und nein danke, die Überfahrt zwischen Fanø und Esbjerg reicht mir völlig.«

»Eine Landratte, was? Aber das ist sicher besser, sonst endest du noch so wie ich.«

Der alte Portland breitete die Arme aus und wippte auf den bloßen Zehenspitzen auf und ab. Struppiges, silbern schimmerndes Haar bedeckte ihn, vom Spitzbart bis auf die Brust, Nacken, Rücken, Arme und Schultern. Büschelweise stand das Haar aus den Maschen seines Unterhemds heraus, sodass er aussah wie eine riesige Staubfluse in einem Schleppnetz, fand Nina. Nur auf seinem Kopf wuchs kaum etwas.

»Du meinst im selben Unterhemd, Opa?«

»Na, was soll an dem denn verkehrt sein? Aber vielleicht ziehe ich mir lieber mal ein Hemd über. Schließlich ist die Polizei im Haus. Außerdem koche ich gerade dein Leibgericht, mein Junge, sei mal ein wenig netter zu meinem Unterhemd.«

»Plankensteak?«

»Si, amigo, mit Kartoffelbrei und Karotten. Wir gehen über die Planke. Setzt euch und macht es euch gemütlich. In zehn Minuten gibt es was zu futtern.«

Der Kapitän verschwand für einen Moment und kam in einem zerknitterten Hemd zurück, ehe er sich am Herd zu schaffen machte, wo er das meiste anscheinend schon vorbereitet hatte. Seine Steaks waren eine Spezialität, die er während der vielen Jahrzehnte auf See entwickelt und verfeinert hatte. Sie waren länglich, sahen ein wenig aus wie Schiffsplanken und wurden mit Pfeffersauce übergossen.

»Was ist mit dem Fernseher, soll der da überwintern?«, fragte Nina, auch wenn sie damit ein Risiko einging. Über den Fernseher zu reden, bedeutete, auch über Programminhalte zu sprechen. Es war ein hochexplosives Thema, aber ihr Vater hatte vorher schon angekündigt, dass er den Fernseher aus Protest aus seinem Haus verbannt hatte. Weiter als bis in die Küche hatte es das Gerät aber nicht geschafft, wo es in einer Ecke auf einem Stuhl stand.

»Ist er angeschlossen, Opa?«, wollte Jonas wissen.

Aus Richtung des Herds war ein tiefes Seufzen zu hören.

»Ja, er ist angeschlossen. Leider.«

»Wieso ›leider‹? Du musst ja nicht fernsehen, wenn du keine Lust dazu hast«, entgegnete Jonas.

»Doch, wenn man die Nachrichten erfahren will. Und ohne Nachrichten geht es eben nicht. Der ganze Rest ist eine Beleidigung der menschlichen Intelligenz. Nichts als Leute, die abnehmen, ihren Garten auf Vordermann bringen, putzen, Maden essen, gemein zueinander sind, einen Partner finden, singen oder tanzen sollen. Zu diesem Haufen Mist gesellen sich dann noch ein paar Schauspieler und selbstgefällige Fernsehjournalisten. Herr im Himmel! Die sollten sich alle was schämen!«

»Apropos Nachrichten, Papa. Können wir ihn einschalten, dann sehen wir sie noch.«

Sie unterbrach ihn lieber, bevor er sich ernsthaft in Rage redete und in einen Feuersturm aus Flüchen und Beleidigungen verfiel, der sich gegen die inhaltslose Medienlandschaft richtete.

Der Nachrichtensprecher an diesem Abend war einer der selbstgefälligen Reporter, über die ihr reizbarer Vater gerade gesprochen hatte. Die Miene des Sprechers nahm ernste Züge an, als er die Nachrichten verkündete:

»Und jetzt nach Esbjerg, wo die Polizei eine erste Festnahme in dem mehrere Tage alten Bandenkrieg verzeichnen kann. Auf Veranlassung der Behörden in Esbjerg hat die deutsche Polizei in Köln einen vierundzwanzigjährigen Türken verhaftet, dessen Wohnsitz in Esbjerg liegt. Er steht unter Verdacht, in Esbjerg auf offener Straße auf einen fünfundzwanzig Jahre alten Bosnier geschossen zu haben.«

Blix erschien auf dem Bildschirm und lächelte breit in die Kamera.

»Wir haben die große Hoffnung, dass diese Verhaftung der Durchbruch ist, auf den wir hingearbeitet haben. In diesem Milieu ist es schwer, irgendjemanden zum Reden zu bekommen. Wenn wir also …«

Nina schaltete den Fernseher aus. Jonas sah sie fragend an, während ihr Vater sich brummend an sie wandte.

»Na, genug gesehen von deinem Chef? Immerhin hast du selbst genug zu tun, mein Schatz. Wie kommt ihr in dem Fall mit dem Baby voran?«

»Die Mutter wird in Spangsbjerg in der Psychiatrie behandelt. Sie hatte einen kompletten Blackout. Ihr Mann steht kurz davor, einzuknicken, hält aber noch stand. Ein hübscher Kerl, und trotzdem kriminell. Ihre ganze Wohnung war voller Drogen.«

»Könnt ihr nicht einfach die ganze Bande einsperren und sehen, ob das hilft?«

»Das geht nicht, Papa. Uns fehlt jemand, der auspackt. Aber zuallererst bringen wir den Mistkerl hinter Gitter, der das Kind auf dem Gewissen hat.«

»Was ist mit der Spurensicherung?«, fragte Jonas in fast schon gewohnter Weise.

»Natürlich wurden Spuren gesichert, Jonas. Wir glauben, der Täter hat hinter einer Baumreihe gestanden und von dort auf den Wohnblock gefeuert. Ein Stück davon entfernt wurden unter anderem Fußabdrücke und Zigarettenstummel sichergestellt. Viele Verbrecher rauchen noch eine, bevor sie loslegen.«

»Und das ist dumm. Denn es bringt sie mit dem Tatort in Verbindung«, sprach Jonas weiter, aus dem gern alles Mögliche werden durfte, außer ein Polizeibeamter.

»Wie denn das?«, fragte der Kapitän, auch wenn er die Antwort höchstwahrscheinlich kannte.

»DNA, Opa. An einer Zigarette befinden sich immer Speichelreste. Die DNA überführt jeden.«

»Hm, ich habe oft in den Pazifik gespuckt.«

»Das zählt nicht«, sagte Jonas.

»Ach so? Jetzt gibt es jedenfalls Essen, meine Lieben. Jonas, deckst du bitte den Tisch? Und Nina, drei Gläser Wasser aus dem dänischen Untergrund, por favor.«

Kurz darauf nahmen sie in der Küche Platz, sozusagen mittschiffs im wichtigsten Raum des Hauses im Fregatvej. Hierhin rollte der alte Portland das Aquarium, wenn er daran herumbastelte, und hier war er der Herr über den Herd, auch wenn in der Portland'schen Nordby-Küche eher lateinamerikanischer Machismo als französische Finesse vorherrschte. Das lag zum großen Teil wahrscheinlich an seinen vielen Jahren auf See, aber natürlich auch daran, dass er lange Zeit eine feste Bleibe in Valparaíso in Chile gehabt hatte.

Sie unterhielten sich über Wind und Wetter und den neusten Inseltratsch, während sie aßen. Jonas lebte auf. Es ging ihm wie Nina selbst: In Kapitän Frederik Portlands gelöster Gesellschaft fühlte er sich pudelwohl.

Der Alte hatte sich in einer weitschweifigen Erzählung über den Wasserstand der Weltmeere verloren, unterstützt von Jonas' interessierten Fragen. Nina selbst hörte nicht zu. Einen Vater hatte sie ihrem Sohn nie bieten können. Die echte Erklärung schuldete sie ihm immer noch, und sie spürte, wie der Augenblick der Wahrheit näher kam. Aber einen Großvater hatte er bekommen, und er liebte ihn abgöttisch.

Sie beobachtete die beiden. Sie lachten über irgendetwas, das sie nicht mitbekommen hatte. Den Großteil ihres Lebens hatte sie selbst ebenfalls auf einen Vater verzichten müssen. Er war aufs Meer geflüchtet, als ihre Mutter und ihr jüngerer Bruder bei einem Verkehrsunfall ums Leben kamen. Nina wuchs bei Tante Astrid und Onkel Jørgen in Sønderho auf, wo ihr Vater in den ersten Jahren nach dem Unglück trotz allem hin und wieder auftauchte.

Zwischen seinen Besuchen verging jedoch immer mehr Zeit, und eines Tages kam er schließlich gar nicht mehr. Er hielt das Wiedersehen nicht aus.

So lautete jedenfalls Astrids Interpretation. Selbst hatte sich Nina nie mit dem alten Kapitän ausgesprochen. Sie freute sich lieber über ihn, als mit ihm abzurechnen. Der Rest musste sich nach und nach ergeben. Wie gern verbrächte sie mehr Zeit mit ihm, auch allein, aber auf irgendeine verfluchte Art schien die Polizeiarbeit sie nahezu völlig zu verschlucken und spuckte freitags nachmittags nur klägliche Reste von ihr aus. So wurden es eben mehr kurze Besuche und gemeinsame Abendessen in Sønderho als vertraute Begegnungen zwischen einem Vater und einer Tochter, die mehrere Jahre hinterherhinkten, was Zeit zu zweit betraf.

Frederik Portland war nicht unsterblich, auch wenn er immer noch viel Energie besaß. Eines Tages würde er untergehen, mit Mann und Maus … Dann wäre er wieder fort, und Nina würde sich darüber ärgern, nicht mehr von ihm gehabt zu haben. Sie musste …

»Du grübelst, mein Schatz. Es ist aber auch eine wirklich furchtbare Sache. Kleine Kinder sind die Letzten, die so etwas verdienen.«

Nina nickte.

»Ja, es ist so ungerecht.«

Für einen Augenblick sah sie sich rauchend auf dem Balkon stehen und in das Blaulicht der Streifenwagen starren, das Blinken in der Nacht.

Vasco schleckte ihre Hand ab, und sie streichelte seinen Kopf. Er war ein richtig guter kleiner … Hund …

In der Hektik des Tages, an dem sie und Madsen genug zu tun gehabt hatten, war ihr eine offene Frage völlig entglitten. Jetzt tauchte sie wieder auf, gerade in dem Moment, als sie sich selbst vorgehalten hatte, dass die Arbeit zu viel von ihrer Zeit fraß.

Die Hunde, zum Teufel, die Hunde …

Bevor sie frühmorgens zurück nach Hause gefahren war, um zu schlafen, hatte sie sich über das riesige Hundeaufgebot gewundert. Später hatte sie keinen Gedanken mehr daran verschwendet, bis irgendjemand es am Rande erwähnte. Sonderbar daran war, dass niemand wirklich wusste, was es mit dem Großeinsatz eigentlich auf sich hatte.

Nachmittags hatte sie sich mit einem Kollegen darüber unterhalten. Er unterstützte die Techniker in Kvaglund, die dort herauszufinden versuchten, wo sich der Schütze aufgehalten und was er getan hatte, bevor er die drei Schüsse abgab. Von den vielen Polizeihunden hatte Ninas Kollege allerdings nichts gesehen.

Birkedal war nicht auffindbar gewesen, weshalb sie sich stattdessen an Thøgersen gewandt hatte, der gerade auf dem Sprung war. In diesen Tagen konnte er seine solide Kondition wirklich gut gebrauchen; er rannte unermüdlich durchs ganze Haus, um alles zu koordinieren.

»Wo sind denn die ganzen Hundeführer abgeblieben?«, hatte Nina ihn gefragt.

»Die Hunde? Suchen die nicht gerade ein Gebiet ab?«

»Nicht in Kvaglund, wie es heißt …«

»Das müssen sie aber. Wenn nicht, dann weiß ich auch nicht, wo sie sind.«

Thøgersen hatte es vermieden, ihr in die Augen zu sehen. Auch sein ansonsten so ruhiger Blick wirkte gestresst. Bevor sie weitere Fragen stellen konnte, hatte er demonstrativ auf seine Uhr geschaut und war davongelaufen. Er musste zu einem Briefing.

Nina hatte sich weiter gewundert. Madsen ebenfalls. Sogar Monberg kam die Sache komisch vor. Deshalb hatte sie sich erlaubt, einen der Hundeführer anzurufen, den sie ziemlich gut kannte. Oscar Iversen war ein richtiger Hundemensch, der äußerst gern – und lang – von seinem stattlichen Schäferhund Max und dessen Leistungen erzählte. Sowohl Oscar als auch Max waren angenehme Zeitgenossen.

Iversen ging nicht ans Telefon, also hatte sie eine Nachricht hinterlassen. Erst jetzt fiel ihr auf, dass er nie zurückgerufen hatte. Es war schon nach acht Uhr, aber vielleicht meldete er sich noch. Oder …

»Ihr müsst mich für einen Augenblick entschuldigen. Ich habe vergessen, dass ich noch jemanden anrufen wollte«, sagte Nina.

»Schon in Ordnung. Ich kümmere mich in der Zwischenzeit um den Nachtisch, wenn ihr welchen mögt. Ich habe nämlich nur Eis«, erwiderte ihr Vater.

Nina verschwand leise in den vorderen Flur, während Jonas nach hinten ging, um im Kühlschrank nach Eis zu schauen. Gerade als sie die erste Ziffer ins Handy tippen wollte, leuchtete ihr Display im dunklen Flur auf.

»Zwei Dumme, ein Gedanke. Hallo Iversen, ich wollte gerade deine Nummer wählen.«

»Hallo, entschuldige bitte, dass ich mich nicht früher gemeldet habe. Ich habe eben erst gegessen. Wie kann ich dir helfen?«

»Ich habe schon mit einigen anderen darüber gesprochen, aber offenbar hat niemand einen Schimmer, was ihr heute den ganzen Tag mit all den Hunden gemacht habt. Ich arbeite an dem Fall mit dem toten Baby, und ich dachte, ihr hättet in Kvaglund gesucht?«

»Nein, wir waren nicht in Kvaglund.«

Seine Antwort klang ein wenig zögerlich. Mehr sagte er nicht.

»Ja, aber warum?«

Eine kurze Pause entstand.

»Okay, Nina. Ich sag's dir, aber nur unter einer Bedingung.«

»Und die wäre?«

»Du hast es nicht von mir gehört.«

24

Er saß auf dem Lehnstuhl in dem dunklen Hotelzimmer, nur die Nachttischlampe leuchtete. In der einen Hand hielt er eine Flasche Mineralwasser, in der anderen sein Handy. Es war nach neun, es hätte längst klingeln sollen.

Nachdem die ganze Maschinerie erst einmal ins Rollen gebracht war, hatte er außer den Telefonaten mit Langley nicht viel zu tun. Die Stimmung dort war gelinde gesagt angespannt.

Mehrere Köpfe standen auf dem Spiel.

Er hatte eine Runde durch das kleine Strandstädtchen Vejers gedreht, eine Tasse Kaffee getrunken, und er hatte in seinem Hotelzimmer gesessen und nachgedacht. Viel nachgedacht.

Die letzten beiden Stunden hatte er in dem Lehnstuhl verbracht, das Handy in der Hand, und auf eine Meldung des Nachrichtendiensts der dänischen Polizei gewartet. Am späten Nachmittag hatte sich der Chef des PET gemeldet, der unter seinen Kollegen am anderen Ufer des Atlantik vorsichtigen Optimismus verbreitet hatte: zwei Schulterholster, eine Pistole … Aber die beste Neuigkeit an der ganzen Sache war, dass Zulu dazu gezwungen gewesen war, sich ein richtiges Lager auf dem Waldboden zu bauen.

Damit stand eines fest: Er war verletzt. Zwar stellte sich die Frage, wie schwer, aber offenbar stand es so schlimm um ihn, dass selbst ein Mann wie Zulu bei strömendem Regen mehrere Tage auf dem Waldboden liegen bleiben musste, ohne sich zu bewegen. Und das, obwohl er auf der Flucht war und wusste, dass er damit ein enormes Risiko einging.

Die Theorie mit der Gehirnerschütterung hatte also immer noch Bestand. Zwar hatte Zulu sein Lager offenbar verlassen, aber in dieser Verfassung konnte er nicht sehr weit kommen. Bald musste jemand anrufen.

Es dauerte noch weitere fünfundzwanzig quälende Minuten, ehe das Handy klingelte.

»Torres«, meldete er sich.

»Gudmundsen hier, guten Abend.«

Erneut war es Ove Gudmundsen. Der Mann an der Spitze des PET. Bisher hatten sie sich nicht persönlich getroffen, die gesamte Kommunikation lief über Langley.

»Guten Abend.«

»Wie Sie vielleicht vermuten, hatten wir keinen Kontakt zu Z. In dem Fall hätte ich sofort angerufen«, erklärte Gudmundsen.

Ihm fiel auf, dass der Däne lediglich die alphabetische Bezeichnung des Gefangenen nutzte, Z. Mit seinem Vorgesetzten zu Hause in Langley war er übereingekommen, dass Zulu für die meisten der Involvierten lang genug war. Der PET-Chef wusste aber natürlich, wofür das Z stand.

»Wir haben den ganzen Tag über in südlicher Richtung weitergesucht und sind beinahe bis zum Gebiet rund um Grærup und den Grærup Strand gekommen. Es ist die erste reguläre Ferienhäusergegend südlich von Henne, und morgen im Lauf des Vormittags werden wir dort von Tür zu Tür gehen. Dabei helfen die Mitglieder unseres Sondereinsatzkommandos AKS aus«, sagte der PET-Chef.

»Eine vernünftige Maßnahme. Wenn es ihm nicht gelungen ist, das Gebiet ganz zu verlassen, würde ich behaupten, wir sind ihm dicht auf den Fersen. In seinem Zustand kommt er nicht schnell voran«, meinte Torres.

»Das stimmt mit den fachärztlichen Einschätzungen überein, die wir eingeholt haben. Alles deutet darauf hin, dass unser Mann eine starke Gehirnerschütterung erlitten hat. Jemand, der unter großem Druck steht und auf der Flucht trotzdem kostbare Zeit darauf verwendet, still zu liegen, ist jemand, der in irgendeiner Form eingeschränkt ist – und jemand, der seine eigenen Grenzen kennt.«

»Er ist ein Profi.«

»Definitiv. Ich werde morgen wahrscheinlich selbst nach Esbjerg reisen, um den Polizeidirektor zu treffen, und versuchen, die Situation zu entwirren. Seine gesamte Truppe arbeitet auf Hochtouren. In der Stadt herrscht ein Bandenkrieg, also ist dieser … Fall … das Letzte, was Esbjerg jetzt gebrauchen kann.«

»Verständlich. Wollen wir hoffen, dass wir den Fall morgen beenden können.«

»Wir reden hier vom örtlichen Polizeidirektor, Torres. Er hat ausdrücklich um ein Treffen mit einem Repräsentanten gebeten, der Ihre Version der Ereignisse schildern kann. Der Direktor will wissen, wozu seine Leute eingesetzt werden und warum. Vielleicht keine ganz unberechtigte Frage.«

»Ich werde es mit meinen Leuten besprechen. Gegebenenfalls werde ich derjenige sein, der das Treffen wahrnimmt. Ich werde eine passende Antwort parat haben, wenn Sie mich morgen um die Mittagszeit briefen. Sollte es einen Durchbruch geben, möchte ich es bitte umgehend erfahren«, sagte Torres.

»Ich sorge dafür, dass Sie auf dem Laufenden gehalten werden.«

»Danke, auf Wiederhören.«

Damit legte Hector Torres auf. Es hätte besser laufen können. Aber auch sehr viel schlimmer. Am wichtigsten war, dass etwas geschah. Dass ihre Freunde, die Dänen, den Ernst der Lage begriffen.

Er und seine Leute hatten ihr eigenes Spiel gespielt, indem sie versucht hatten, die Sache mithilfe der Spezialkräfte selbst wieder in Ordnung zu bringen. Sie waren gescheitert.

Jetzt hatten sie also Schritt zwei ihres Notfallplans in Gang gesetzt. Alles stand und fiel damit, ob es ihnen gelang, die Öffentlichkeit – das hieß, die Medien – aus der Sache herauszuhalten. Seine Erfahrung sagte ihm, dass das nur äußerst selten möglich war. Aber in diesem Fall verschmolz die große Suchaktion beinahe mit dem alles überschattenden Bandenkrieg in Esbjerg, und in solchen Krisenzeiten wurde das Gesamtbild so unscharf, dass niemand – nicht einmal die Presse – die Fahndung als etwas Besonderes wahrnahm.

Das gab ihm Grund zur Hoffnung, die ganze Angelegenheit friedlich regeln zu können, unter Freunden. Aber morgen *mussten* sie Zulu finden. Ansonsten wären sie bald dazu gezwungen, Helikopter einzusetzen, und dann wäre es schon sehr viel schwerer, die Aufmerksamkeit von sich zu lenken.

Torres stellte sich vor, wie große Helikopter laut dröhnend über den verlassenen Waldstücken und Heideflächen kreisten. Die Neugierde wäre enorm.

Beim Gedanken an dieses Szenario bekam er eine Gänsehaut.

25

Zum zweiten Mal erkundete er nun das Gelände nach Norden hin. Beim ersten Mal hatte er sich im fahlen Licht bei Tagesanbruch ins Freie gewagt. Jetzt war es mitten am Vormittag. Vorsichtig kroch er durch Sand und Dünengras, bis er die höchste Düne erklommen hatte. Dort drückte er sich flach an den Boden.

Er hörte sie, lange bevor er sie sehen konnte. Seit dem ersten Morgen in Freiheit hatte er sie gefürchtet. Er hatte sich gefragt, wo sie blieben. Jetzt waren sie hier.

Die Hunde.

Durch das Fernglas, das er am Vorabend gestohlen hatte, sah er sie eifrig vor der Kette aus Hundeführern herumflitzen. Es waren viele. Viele Menschen und viele Hunde. Dabei sah er nicht einmal alle von ihnen, da seine Sicht in Richtung des großen Sees, des Grærup Langsø, von einer Dünenreihe versperrt wurde, außerdem war ein Teil der Suchkette direkt vor ihm in einer Senke verborgen.

Sie hatten die Hunde erst spät eingesetzt. Als er in seinem Lager im versandeten Wald gelegen hatte, war er alle möglichen Szenarien durchgegangen. Irgendwann hatte ihn das Nachdenken verrückt gemacht, weil es einfach zu viele Kombinationsmöglichkeiten gab. Er hielt fest, dass sie spät dran waren und dass diese »Trägheit der Systeme« sein Glück war. Denn eines war sicher: Er – oder genauer, sein ganzer Fall – war das, was man als »heikle Sache« bezeichnen würde.

Gab es nach all den Versprechungen des neuen Präsidenten Barack Obama in Bezug auf Gefangene, nach seinem feierlichen

Nein zur Folter, dem Nein zu Guantánamo, dem Nein zu Entführungen und Geheimgefängnissen noch irgendeine Regierung auf diesem Planeten, die ihn und seine Geschichte *nicht* als einen Fall bewerten würden, von dem Pest und Cholera ausgingen?

Er schaute in den grauen Himmel. Und es gab noch immer Ungereimtheiten. Die fehlenden Helikopter verrieten ihm, dass die Menschenjagd nur halbherzig vorangetrieben wurde.

Ein letztes Mal sah er durch das Fernglas und beobachtete seine Verfolger. Er hatte einen Vorsprung von mindestens zwei Stunden.

Dann robbte er die Düne wieder hinunter und folgte einem sandigen Pfad, bis er an das Gebüsch kam, wo er sein Fahrrad abgestellt hatte. Zusammen mit dem Fernglas war es Teil seiner neuen »Ausrüstung«. Mit ein wenig Glück würde das Fahrrad eine wichtige Rolle in dem Plan spielen, den er sich mühevoll für die nächste Zeit zurechtgelegt hatte.

In hohem Tempo radelte er die Kieswege entlang, vorbei an den unbewohnten Ferienhäusern, bis er seine »eigene« Hütte erreichte.

Den eigentlichen Masterplan, der sein Überleben sichern sollte, hatte er gestern im Lauf des Nachmittags aufgestellt, als er vor dem Holzofen lag. Um die Teile seines Plans, für die eine längere Vorbereitung nötig war, hatte er sich am Abend gekümmert.

Sein Plan war simpel. Er brauchte nur wenige Dinge dafür.

Eine Spanplatte.

Einen toten Fuchs.

Ein Fahrrad.

Einen Komposthaufen.

Einen Spaten.

Eine Rolle Müllsäcke.

Zwei weitere Ferienhäuser.

Ob der Plan allerdings aufging, stand auf einem anderen Blatt.

Wieder und wieder hatte er alles überdacht. Eine bessere Möglichkeit blieb ihm nicht.

Körperlich war er keinesfalls in der Lage, zu fliehen.

Sein Kopf fühlte sich besser an, die Wunde am Hinterkopf hatte er versorgt, aber noch immer brauchte er zwei bis drei Tage voller Ruhe, Wärme und mit ausreichend Nahrung. Begab er sich jetzt auf die Flucht, säße er innerhalb von vierundzwanzig Stunden hinter Gittern.

Er radelte an seiner eigenen Hütte vorbei zum südlichen Rand der Ferienhaussiedlung. Vor dem roten Haus, in das er am Abend zuvor eingebrochen war, hielt er an. Er hatte die Scheibe der Hintertür eingeschlagen und sich so Zugang verschafft.

In einem Küchenschrank hatte er die üblichen Vorräte in Form von Nudeln, Reis und diversen Konserven entdeckt und sich daraus ein Abendessen zubereitet. Teller, Töpfe und dergleichen hatte er danach stehen lassen, so als wäre das Haus bewohnt. Sogar eines der Betten hatte er zerwühlt, bevor er zuletzt den Ofen angefeuert hatte. Dank des Schlüssels zum Schuppen war er in den Besitz eines älteren grünen Herrenrads gekommen.

Jetzt ging er wieder hinein, legte ein paar Holzscheite nach und verließ das Haus wieder. Die Hintertür mit der eingeschlagenen Scheibe ließ er offen stehen.

Alles sollte so aussehen, als hätte der Bewohner das Ferienhäuschen Hals über Kopf verlassen. Und zwar auf einem Fahrrad …

Er beeilte sich auf dem Rückweg zu seiner eigenen, bescheideneren Hütte. Das grüne Herrenrad stellte er unter dem Carport eines Hauses ab, das ein Stück weiter den Kiesweg hinab stand. Immer wieder schärfte er sich ein, dass er gut vorbereitet war und er es nicht eilig hatte, sodass er die letzten Meter zur Hütte in einem ruhigeren Tempo zurücklegte.

Auch dem Nachbarhaus auf der gegenüberliegenden Seite des Kieswegs hatte er im Rahmen seines Plans einen Besuch abgestattet. Um hineinzukommen, hatte er ein kleines Toilettenfenster zertrümmert. Zügig hatte er die Küche durchsucht und die besten Lebensmittel eingesteckt – vier Dosen Cola waren ein besonders erfreulicher Fund –, ehe er das Haus wieder verließ. Das offen stehende Fenster war vom Kiesweg aus gut zu erkennen.

Damit wollte er zwei Dinge bezwecken:

Das Haus gegenüber würde das erste sein, in dem die Polizei bei ihrer Suche tatsächlich auf Spuren von ihm stieß. Für eine Weile wäre die Aufregung groß, und man würde alles genauestens untersuchen, die Jagd nach ihm dann aber mit frischem Eifer fortsetzen. Der unscheinbaren kleinen Hütte gegenüber, die ihm als Versteck diente, würde man nicht viel Beachtung schenken. Sein Plan war paradox, und er musste an die Militärstrategen der Vergangenheit denken.

An einen Erwin Rommel, der im Zweiten Weltkrieg Teile seiner Truppen über das Kyrenaika-Plateau schickte, um die britischen Verbände in Bengasi abzuschneiden.

War das sicherste Versteck für einen Bankräuber nicht die Bank selbst? Es *würde* funktionieren.

Mit dem Einbruch im Nachbarhaus verfolgte er aber noch ein zweites, simpleres Ziel. Er wollte eine Verbindung zu dem anderen Einbruch in das rote Ferienhaus herstellen, wo das Feuer im Holzofen wahrscheinlich gerade lustig brannte. Durch dieses Ablenkungsmanöver sollte die Polizei glauben, er bewege sich nach Süden, *heraus* aus dem Ferienhausgebiet beim Grærup Strand und weiter in Richtung der sehr viel größeren Ferienhaussiedlung in der Nähe von Vejers.

Beide Manöver würden gehörig Staub aufwirbeln. Wieder dachte er an den deutschen Rommel, der jedes noch so wackelige Fahrzeug genutzt hatte, um eine riesige Staubwolke in der Wüste aufsteigen zu lassen, damit die Briten glaubten, das Afrika-Korps sei um ein Vielfaches größer, als es in Wirklichkeit war.

Ein letztes Mal kontrollierte er die kleine Hütte, alles war aufgeräumt, der Holzofen wieder eiskalt. Er hatte keine sichtbaren Spuren hinterlassen.

Draußen beäugte er den Rasen. Er hatte sorgsam darauf geachtet, keine Fußspuren zu hinterlassen, als er seine schwere Last durch die Hecke auf das Nachbargrundstück linkerhand geschleppt hatte. Niemand konnte auch nur ahnen, dass hier jemand im Schutz der Dunkelheit geschuftet hatte.

In einer Schublade hatte er eine Rolle mit dicken schwarzen Müllsäcken gefunden, die er einen nach dem anderen mit so viel Erde gefüllt hatte, wie er nur tragen konnte.

Er schlüpfte durch eine kleine Öffnung in der Hecke und betrat den Garten des Nachbarhauses. Hinter einem Schuppen, wo bereits andere Gartenabfälle lagerten, hatte er die Säcke ordentlich aufgestapelt. Mit ruhigem Blick nahm er sein Werk in Augenschein. Es funktionierte. Er sah ein Sommerhäuschen, dessen Besitzer im Garten werkelte und gerade Hecken und Sträucher geschnitten hatte. Offenbar war auch gegraben worden, und die Erde wartete auf den Abtransport. Mit einem guten Gefühl im Bauch kehrte er zurück in seinen eigenen Garten.

Der Fuchs … Das arme Tier, das ihn zu seinem Plan inspiriert hatte, lag neben dem großen Komposthaufen im Vorgarten, neben einem Hagebuttenstrauch. Er hatte ihn auf seiner Inspektionsrunde am Tag zuvor entdeckt, als er ein wenig ziellos durch die Gegend gestreift war, um seine Möglichkeiten auszuloten – und Inspiration zu finden. Zuerst hatte er bloß im Vorbeigehen einen kurzen Blick auf das Tier geworfen, war dann aber zurückgekommen und hatte den Fuchs geholt.

Es war ein ausgewachsener Fuchs, dessen Fell recht kläglich wirkte. Vielleicht hatte er die Räude gehabt, jedenfalls sah sein Schweif ziemlich mitgenommen aus. Die Verwesung hatte bereits eingesetzt, und der Kadaver war perfekt für seinen Plan.

Er hatte den Fuchs an einem Hinterbein genommen und mehrmals über den Rasen rund um den Komposthaufen geschleift. In diesem Zustand hinterließ das Tier einen Geruch, der alles überschattete.

Ein weiteres Mal besah er sich den Komposthaufen und hielt Ausschau nach verräterischen Details. Er fand keine.

Sicher hatten die Hausbesitzer den Kompost im Frühjahr mit einem kleinen Blätterhaufen angelegt, und über den Sommer war er dann immer weiter angewachsen. Stachelige Hagebuttenzweige, Nadeläste, Stroh und gemähtes Gras, einige Bretterreste, eingegangene Pflanzen, ein verfaultes Vogelhäuschen und diverse andere Abfälle hatten sich angesammelt. Ein solider, durchschnittlicher Haufen Gartenabfälle eben.

Unter dem Haufen befand sich sein geheimes Versteck.

Zunächst hatte er die Gartenabfälle zur Seite geschoben, damit der Fleck verrottetes Gras ihn später nicht verriet. Er hatte ein Loch gegraben, kein großes, aber gerade groß und tief genug, dass er mit unters Kinn gezogenen Knien und dem Rücken an der Wand gut sitzen konnte. Auf dem Loch lag eine Spanplatte, die er im Schuppen gefunden hatte, und im Loch selbst lagen mehrere Sitzpolster von der Art, wie man sie sonst für Gartenstühle benutzte.

Dann stellte er ein Holzbrett senkrecht in den Graben, das gerade hoch genug war, dass sich ein Spalt ergab, durch den er hinabgleiten konnte, wenn er die Spanplatte darauf legte. Anschließend hatte er den gesamten Komposthaufen wieder aufgeschichtet, der ungefähr dreimal so groß war wie die Spanplatte selbst.

Es war höchst simpel – und praktisch. Wenn er die Platte anhob, konnte er direkt aufs Nachbargrundstück schauen und mitverfolgen, wie sich die Dinge entwickelten.

Er hielt inne und lauschte einen Moment, noch war aber nichts zu hören. Innerhalb der nächsten Stunde würden sie hier sein, war er sich sicher. Die letzte halbe Stunde würde er einfach auf der Bank hinten im Garten sitzen und an seine Familie denken.

Sein Plan würde aufgehen, gegen jede Wahrscheinlichkeit.

Mit einem toten Fuchs, einer Spanplatte und einigen anderen banalen Dingen würde er den Grenzverlauf ganz plötzlich verschieben.

War er eben noch verwundet gewesen und *vor* den Truppen des Feinds gejagt worden, würde er bald aus seinem Versteck hervorkriechen und befände sich dann *hinter* den gegnerischen Linien. Ein himmelweiter Unterschied. So konnte er in seinem Refugium Kräfte sammeln, bevor die eigentliche und um einiges anspruchsvollere Flucht und die Jagd nach einem neuen Leben begannen.

Aus dem Haus holte er sich eine Dose Cole, ein wenig Schokolade und Knäckebrot. Das sollte sein Proviant für die Zeit im Erdloch sein. Dann schloss er die Haustür ab und legte den Schlüssel zurück an seinen Platz, ehe er sich auf die Bank hinter dem Schuppen setzte und sich zurücklehnte. Dort blieb er bewegungslos und mit geschlossenen Augen sitzen.

Er hörte ihr Lachen und rief sich ihr Lächeln und ihre fröhlichen Augen in Erinnerung. Vielleicht würde es sehr lange dauern, aber irgendwann würde er wieder mit seinen Liebsten vereint sein. Er bat darum, dass sie stark im Glauben blieben.

Max lief aufgeregt vor ihm her, die Schnauze immer am Boden. Über den Hund hatte sich Iversen bisher keine Sorgen machen müssen – noch nicht. Beim kleinsten Anzeichen von etwas Verdächtigem sollten sie sich sofort melden, dann würden die kampfbereiten Kollegen der Antiterroreinheit ausrücken.

Die zwölf Mann der Spezialeinheit warteten in zwei unauffälligen Minibussen, die an verschiedenen Stellen im nördlichen Teil der Ferienhaussiedlung in der Nähe des Grærup Strands parkten.

Sie würden ihnen nach Süden folgen, je weiter die Hausdurchsuchungen voranschritten.

Allein ihre Anwesenheit machte ihn nervös, was er natürlich jederzeit abstreiten würde. In seiner gesamten Dienstzeit hatte er noch nie mit den ruppigen Kerlen der Spezialeinheit zusammengearbeitet, die der Großteil seiner Kollegen nur kurz AKS nannte.

Wie die meisten anderen wusste er, dass die Einheit nach den dramatischen Ereignissen bei den Olympischen Spielen von München 1972 ins Leben gerufen worden war. Heute bestand das Kommando aus festen Mitgliedern, die ihr Training gemeinsam mit den beiden Eliteeinheiten des Militärs absolvierten, dem Kampfschwimmer- und dem Jägerkorps. Das AKS übernahm, wenn es richtig anstrengend wurde – und zu gefährlich für normalsterbliche Beamte wie ihn selbst. Bei Geiselnahmen und Verhaftungen von besonders gefährlichen Personen wurde das AKS eingesetzt, aber es übernahm auch Aufgaben des Personenschutzes, etwa, wenn ausländische Staatsoberhäupter oder Royals zu Besuch in Dänemark waren.

Iversen trieb Max durch aufmunternde Zurufe weiter an, der in Gräben, Hecken, Einfahrten und Gärten nach Fährten suchte.

Obwohl sich die Arbeit hier grundlegend von der Suche in offenem Gelände unterschied, hielten sie die Kettenformation bei. Es war wichtig, den Gesuchten vor ihrer Linie zu halten.

Sie hatten die Order erhalten, jedes einzelne Ferienhaus zu kontrollieren, was bedeutete, dass einige Kollegen nichts anderes taten, als Gebäude mit Dietrichen zu öffnen. An diesem Tag würde die Suche viel Zeit in Anspruch nehmen, aber offenbar ging die Einsatzleitung davon aus, dass sie dem Gesuchten bereits dicht auf den Fersen waren und das Vorgehen sich lohnte.

Iversen warf einen kurzen Blick auf seine Geländekarte. Sie hatten sich von der nördlichsten Straße, dem Blåbærvej, über den Klitrosevej und den quer verlaufenden Lyngvej weiter nach Süden gearbeitet. Gemeinsam mit mehreren Kollegen waren sie gerade im Hjelmevej angelangt, während eine weitere Gruppe den Storkenæbvej absuchte.

Während der Aktion waren sie nur auf zwei bewohnte Häuser gestoßen. Beide Male waren es deutsche Touristen gewesen, die sie in ihrer Urlaubsabgeschiedenheit gestört und regelrecht schockiert hatten. Jetzt konzentrierten sie sich auf die Ferienhaussiedlung. Die Areale rund um den Grærup Langsø und das Militärgelände mit seinen leerstehenden Häusern und Höfen würden sie später durchkämmen.

Nicht auszudenken, was los wäre, wenn es der Gesuchte bis nach Vejers geschafft hatte. Dann könnte man auf keinen Fall auf diese Art weitersuchen. Es wäre unmöglich …

In diesem Moment empfing Iversen einen Funkspruch: »Deutliche Einbruchsspuren an einem Ferienhaus im Storkenæbvej Nummer 8. Eine Scheibe ist eingeschlagen, das Fenster ist angelehnt. Wir beobachten das Haus aus der Entfernung, bitte kommen.«

Der Einsatzleiter meldete sich prompt.

»Nachricht an alle: Sofortiger Rückzug aus dem Einsatzgebiet. Ich wiederhole: Alle Mann verlassen das Gebiet sofort. Sammelpunkt am Beginn des Blåbærvej.«

Erleichtert darüber, dass Max diesmal nicht als Erster vor Ort war, rief Iversen seinen treuen Begleiter zu sich. Durch ein Loch in einem Gartenzaun sah er eines der beiden AKS-Fahrzeuge vorbeirollen. Darin saßen sechs bis an die Zähne bewaffnete Spezialisten mit der besten Ausrüstung, die es gab. Sie waren jung, und sie waren bereit. Vielleicht würde schon in ein paar Minuten das Feuer auf sie eröffnet …

Iversen strich Max über den Rücken. Es war ein wesentlich besseres Gefühl, sich zurückzuziehen als weiterzusuchen.

Sein Herz schlug wild in seiner Brust. Die kommende halbe Stunde würde alles entscheiden. Denn jetzt schlugen sie zu. Lautlos und mit einer gnadenlosen Effektivität.

Ein Sondereinsatzkommando in Aktion.

Mit dem Holzbrett stemmte er die Spanplatte etwa um eine Grashalmlänge hoch, sodass er sehen konnte, wie sich die schwarz gekleideten Gestalten mit Sturmhauben, Helmen und Maschinengewehren vollkommen geräuschlos auf dem Grundstück bewegten.

Vier Männer sammelten sich vor der Haustür, vier weitere schlichen in den Garten, während die dritte Gruppe neben einem der Fenster Stellung bezog. Sie schienen nur noch auf ein Funksignal zu warten.

Als sie es erhielten, ging alles so schnell, dass ihm kaum die Zeit blieb, zu begreifen, was er sah. Die Einheit war im Haus verschwunden und kam wenige Augenblicke später wieder heraus. Kein Chaos, keine Blendgranaten, kein Gebrüll, nur Bewegungen.

Ein großgewachsener Mann im schwarzen Kampfanzug sprach in sein Funkgerät, und kurz darauf fuhren auf dem Kiesweg zwei Minibusse vor, die vor dem Haus stoppten. Die Männer hatten ihre Helme unter die Arme geklemmt und unterhielten sich leise, der ein oder andere rauchte eine Zigarette. Dann kamen weitere Leute hinzu, mehr Stimmen waren zu hören. Manche trugen den Schriftzug »Polizei« auf dem Rücken.

Ungefähr eine Viertelstunde verging, dann waren die Hunde zurück. Zuerst war das Gebell noch weit entfernt, dann wurde es lauter, bis es schließlich ganz nah war. Er versuchte, die Kommandos der Hundeführer zu verstehen. Dass sie Dänisch miteinander sprachen, machte die Sache nicht einfacher, aber er war sicher, die Worte »weiter« und »Tempo« gehört zu haben.

Jetzt entfernte sich die Suchkette weiter in Richtung Süden, das erkannte er an dem Gebell und Gewinsel der Hunde. Von einem

Einbruch in ein Ferienhaus ließ sich der Leiter der Suchaktion offenbar nicht sonderlich lange aufhalten.

Die Männer der Spezialeinheit packten ihre Sachen zusammen und stiegen in die Minibusse, bevor die Fahrzeuge in derselben Richtung verschwanden, aus der sie gekommen waren. Ein einzelner Beamter blieb auf der Veranda des Nachbarhauses sitzen und zündete sich eine Zigarette an. Sicher wartete er auf jemanden, vielleicht auf die Kollegen, die sich um die technischen Untersuchungen kümmerten. Denn trotz aller Eile würden sie doch bestimmt versuchen, Fingerabdrücke zu sichern?

Sein Plan war bis ins letzte Detail aufgegangen …

Ein scharfes Hundebellen riss ihn aus seinen Gedanken und strafte ihn für seinen Übermut.

Er entsicherte seine Pistole.

Zwei Männer riefen sich irgendetwas zu. Also hatte man Leute abgestellt, die umliegenden Gebäude abzusuchen, obwohl der Hauptteil der Truppe schon weitergezogen war. Sekunden später tauchten zwei Hundeführer in seinem Blickfeld auf. Sie hatten es eilig. Einer blieb an der Einfahrt zu der kleinen Hütte stehen und schaute in den Garten. Für einen Moment schien es, als sähe er sich tatsächlich den Komposthaufen an. Der Mann rief seinen Hund zu sich und näherte sich dem Garten.

Ganz vorsichtig legte er das Bretterstück zur Seite und ließ die Spanplatte nach unten sinken. In seinem Versteck war es nun vollkommen dunkel. Nur an der Stelle, wo er ein kleines Luftloch gelassen hatte, fiel ein schwacher Lichtstreif hinein. Er bildete sich ein, schwere Stiefelschritte auf den Gehwegplatten zu hören.

Mit einer urplötzlichen Gewalt zerriss das Bellen des Hundes die eingetretene Stille, und eine Adrenalinwelle flutete seinen Körper. Wenn es sein musste, würde er Gebrauch von seiner Waffe machen. Er würde schießen. Gleich würde er den Finger um den Abzug spannen und …

Der Hund hörte auf zu bellen. Jetzt war da ein leises Winseln, und dann gar kein Geräusch mehr. Er glaubte, etwas zu hören, das nach »Komm schon, Max« oder »Kommst du, Max?« klang.

Auch ohne seine Verfolger zu sehen, konnte er sich die Szene vorstellen, die sich jetzt im Garten abspielte: Bellender Hund – stinkender Fuchskadaver – ungeduldiger Hundeführer – marode Hütte – ein schneller Blick durch die Fenster – weiter – nach Süden – dem Flüchtigen hinterher.

Es dauerte nicht lang, bis er das Geräusch sich entfernender Schritte vernahm. Trotzdem kauerte er noch eine Weile reglos in seinem Versteck. Dann stemmte er die Spanplatte hoch. In den ersten Sekunden war er vom Tageslicht geblendet. Auf der Veranda gegenüber saß noch immer derselbe Beamte und betrachtete seine Stiefelspitzen, als wäre nichts geschehen. Keine Geräusche waren zu hören, keine Hunde.

Er würde also noch einige Stunden in seinem dunklen Loch ausharren müssen, aber sobald alle verschwunden waren und die Nacht hereinbrach, konnte er wieder ins Freie. Dann hätte er jedenfalls einen taktischen Sieg errungen:

Er befände sich plötzlich *hinter* den feindlichen Linien.

26

Die Nacht war ohne Vergeltungsschläge verlaufen. Es war gut möglich, dass auf den Straßen mehr Polizisten als Bürger unterwegs gewesen waren. Durch den Mord an dem Baby waren die Nerven bei allen bis zum Zerreißen gespannt.

Außerdem war die Geduld der Angehörigen am Ende. Drei Morde und noch kein festgenommener Verdächtiger. Der Drogenfund und die Verhaftung des jungen Vaters sowie die des Schützen aus der Storegade durch die deutsche Polizei hatten ihnen ein wenig Zeit verschafft, aber bei Weitem nicht genug.

Der Fall des getöteten Babys hatte allerhöchste Priorität. Ihre gesamte Abteilung war damit befasst, auch alle Kollegen der Abteilungen für organisierte Kriminalität und Wirtschaftskriminalität wurden im Bandenkrieg mit eingesetzt.

Nina war früh dran, es war erst halb acht, aber alle arbeiteten bereits auf Hochtouren. Auch Thøgersen und Birkedal war sie begegnet, die beiden saßen inzwischen aber in morgendlichen Besprechungen.

In den ersten chaotischen Minuten nach ihrem Gespräch mit Iversen, dem Hundeführer, hatte nicht viel gefehlt, und sie hätte sich ein Taxi zu Birkedal nach Hause genommen, die Tür eingetreten und ihn zur Rede gestellt.

Den ganzen restlichen Abend bei ihrem Vater, der ansonsten wirklich gemütlich gewesen war, hatte sie über die Situation nachgedacht – und auch als sie nach Hause kamen, ließ die Sache sie nicht los.

In ihrem Schaukelstuhl hatte sie auf die Vor Frelsers Kirke geschaut und nach einer Erklärung gesucht. Zum Schluss sah sie nur eine einzige Lösung:

Nina musste Nina bleiben … Schluss mit dem vorsichtigen Herumtapsen und damit, sich selbst zu verleugnen. Schluss damit, in Birkedals Bahnen zu denken und zu versuchen, wechselnde Stimmungen und Motive zu erahnen. Für Nina gab es nur eine einzige richtige Vorgehensweise, und das war die direkte Konfrontation.

Nur auf eine Sache konnte sie nicht eingehen, obwohl es sie brennend interessierte. Birkedals Krankheit. Damit würde sie erstens seine Privatsphäre verletzen. Und zweitens könnte sie, selbst wenn sie sich nicht um den ersten Punkt scherte, seine Krankheit niemals erwähnen, ohne gleichzeitig zugeben zu müssen, dass sie in seinen Schreibtischschubladen herumgeschnüffelt hatte.

Innerhalb der ersten halben Stunde auf dem Präsidium hatte sie neue Informationen erhalten, die ihr beim Duell in Birkedals Büro nützlich sein konnten. Wenn es wirklich dazu kam.

Wie sich nämlich herausstellte, war der junge türkische Familienvater nicht wie erwartet eingeknickt, sondern hatte sich im Lauf der Nacht immer besser im Griff gehabt. Eines Tages würde er sich zwar bestimmt verraten, aber so lange konnten sie einfach nicht warten.

Nina hatte die Zeit genutzt, um sich ein probates Mittel gegen das Mauern des jungen Türken zu überlegen, aber ihre Lösung erforderte eine Erlaubnis von oben. Damit wollte sie ihr Gespräch bei Birkedal eröffnen. Wenn es etwas gab, dass ihr Chef gern hören wollte, war es, dass der Türke sang.

Obwohl Nina mehrfach über den Flur spazierte, war es bereits elf Uhr, bis sich endlich eine Möglichkeit ergab. Nina sah, wie Birkedal in seinem Büro verschwand und die Tür schloss.

Sie gab ihm fünf Minuten, dann klopfte sie energisch an und

trat im selben Moment ein, als ihr Chef ein lautes »Ja« brummte. Seine Lesebrille ruhte auf dem äußersten Rand der Nasenspitze, während er in einen Stapel Dokumente vertieft war.

»Portland, was gibt's?«

Ein Schatten huschte über sein Gesicht, als er aufblickte. Um ihn wahrzunehmen, musste man Birkedal sehr gut kennen, denn der Schatten war flüchtig – aber entlarvend. Was sie in seinen Augen sah, war das Aufblitzen irgendeines nicht näher bestimmbaren Gedankens. Etwas, das ihm widerstrebte und ein gewisses Unbehagen hervorrief. Im Lauf der Jahre hatte Nina denselben Ausdruck schon einige Male bei ihm bemerkt.

»Hast du Zeit?«

Nina stellte sich neben den Stuhl, nahm entgegen ihrer Gewohnheit aber nicht Platz.

»Zeit? Ich habe es furchtbar eilig. Diesen ganzen Stapel hier muss ich vor der nächsten Besprechung durchgesehen haben. Also …«

Birkedal breitete die Arme aus und kratzte sich die struppige Mähne.

Ihren ersten Zug führte sie bewusst offen.

»Willst du nicht zuerst wissen, was ich will?«

»Ja, dann spuck es endlich aus, statt diese Spielchen zu treiben!«

Nina ließ sich auf den Stuhl fallen, auf dem sie schon so viele Diskussionen mit Birkedal geführt hatte. Manchmal waren es die reinsten Schlagabtäusche gewesen, andere Male hatten sie mit einer solchen Vertrautheit gesprochen, wie es sie zwischen Töchtern und Vätern gab. Eine Nähe, die zwischen Birkedal und ihr seit langer Zeit nicht mehr aufgekommen war.

Sie wollte ihm alles in Punkten auflisten. Ihr Umfeld – oder besser gesagt die Männer in ihrer Umgebung – war ganz versessen auf Unterpunkte, wie sie längst herausgefunden hatte. Wie verworren man argumentierte, spielte kaum noch eine Rolle, solange man alles zergliederte..

»Punkt eins«, begann Nina. »Der junge Türke, der Vater des Babys, das von einem Querschläger getötet wurde. Ich würde mich gern an ihm versuchen.«

»An ihm versuchen? Was meinst du damit?«

»Er hat bisher nichts Brauchbares von sich gegeben. Wir dachten, der Tod seiner Tochter würde ihn und seine Frau zum Reden bringen, das ist aber nicht passiert. So wie es den Anschein hat, eher im Gegenteil. Er wirkt wie ein Mann, der überhaupt nichts zu sagen gedenkt, und wir können nicht mehr warten. Wir brauchen einen Einblick in die kriminellen Netzwerke, in das türkische und das bosnische. Anders kommen wir nicht an Verdächtige, und er muss uns dabei helfen. Wir können nicht länger gegen Schatten kämpfen, wir brauchen Namen. Und zwar jetzt!«

»Das weiß ich doch alles, verdammt. Was genau willst du denn ›versuchen‹?«

»Ich will ihn ins Krankenhaus bringen. Ihn am Kragen packen und mit in die Leichenhalle schleifen.«

»In die Leichenhalle. Das klingt nicht gerade … regelkonform.«

»Na und? Wenn es funktioniert?«

»Was hast du denn konkret im Sinn?«

»Das Laken zur Seite ziehen, damit er sich anschauen kann, wie sein kleines Mädchen mit Einschussloch im Bauch aussieht, tiefgekühlt. Dann kann er seine Schlüsse daraus ziehen, kann begreifen, woran er sich da beteiligt.«

»Portland, das geht nicht. Selbst gegenüber jemandem wie ihm müssen wir Rücksicht zeigen. Du willst ihn vor der Leiche seines kleinen Kindes geradezu vernehmen. Wenn das rauskommt, gibt es ein Riesengeschrei.«

»Möglich. Aber es ist schnell wieder vergessen, wenn unsere

Ermittlungen Erfolg haben. Glaubst du etwa, ich finde das lustig? Ich war dort. Ich habe das Blut im Babybett gesehen. Und genau das ist unsere Realität. Wir müssen ihn über die Klippe stoßen, direkt in den Abgrund. Dorthin, wo er endlich anfängt, zu reden.«

»Und du glaubst, das wird er?«

»Wenn man ihm beikommt, dann auf diese Weise. Ich finde, es ist einen Versuch wert. Jedenfalls haben wir im Augenblick nicht viel zu verlieren.«

Birkedal nahm die Brille von der Nase und ließ sie auf den Schreibtisch fallen, während er mit beiden Händen sein Gesicht rieb.

»Dann tu, was du nicht lassen kannst«, sagte er schließlich. »Aber nicht allein. Der Kerl ist schwerkriminell. Ihr müsst zu zweit sein.«

»Madsen ist mit dabei.«

»Gut, das wäre das. Gib mir Bescheid, sobald du etwas weißt.«

Damit setzte Birkedal die Brille wieder auf die Nase und machte Anstalten, sich erneut seinen Unterlagen zu widmen.

»Punkt zwei …«

Nina sagte es mit fester Stimme, ließ die Wörter zwischen ihnen in der Luft stehen.

Verblüfft sah Birkedal auf. Er musste wirklich unter Stress stehen. Es konnte ihn nicht schockieren, dass auf einen ersten Punkt ein zweiter folgte. Nachdem sie seine volle Aufmerksamkeit hatte, sprach Nina weiter:

»Punkt zwei … Wir haben in den letzten Jahren eine Menge erlebt, du und ich. Ich dachte, zwischen uns gäbe es ein gegenseitiges Verständnis, Vertrautheit. Ich begreife einfach nicht, dass du immer noch wütend auf mich bist, weil ich den Führungskurs geschmissen habe. Du warst genervt und unfair, hast mich ignoriert, und du hast mich zu Strafaufgaben verdonnert. Willst du noch ein halbes Jahr alles in dich hineinfressen, nur weil ich nicht mehr Chefin werden möchte?«

Birkedal sah nicht überrascht aus. Er hatte es sicher schon längst kommen sehen. Er hielt einen warnenden Zeigefinger in die Luft.

»Davon stimmt kein Wort, nicht ein einziges. Ob du Chefin werden willst oder nicht, ist ganz allein deine eigene Entscheidung. Alles, was du mir da vorwirfst, ist ein Produkt deiner Fantasie. So wie die Dinge heute stehen, müssen wir alle unser Bestes geben und an einem Strang ziehen. Falls du mit Strafaufgaben meinst, dass ich dir Fälle zugeteilt habe, die unter deiner Würde liegen, dann tut mir das leid. Aber in unserem Metier gibt es nun mal weniger Kuchen als Brot, und wir müssen alle satt werden.«

Es sah ihm ähnlich, dass er dabei war, sich zu vergaloppieren. Entweder begriff er nicht, worauf sie hinauswollte, oder er ging direkt zum Gegenangriff über. Sie hatte mit keiner Silbe beklagt, dass ihr die Aufgaben zu langweilig oder zu klein wären. Im Gegenteil. Sie respektierte selbst die weniger aufregenden Aspekte ihrer Arbeit, und das traf bei Weitem nicht auf alle ihrer Kollegen zu.

»Ich finde, du solltest dir mal zuhören und dich fragen, ob du dich wirklich vernünftig verhältst.«

»Das muss ich nicht, denn ich …«

»Und Punkt drei …«

Nina schnitt ihm das Wort ab. Damit hatte er nicht gerechnet, nicht mit noch einem Punkt auf ihrer Liste. Sie schleuderte es ihm geradezu ins Gesicht:

»Was zum Teufel treibt eigentlich die gesamte Hundestaffel unseres Bezirks am Henne Strand? Den zweiten Tag in Folge?«

Da war er wieder, dieser flüchtige Schatten. Über das, was Birkedal nun sagte, war er offensichtlich nicht stolz.

»Verlang keine Antwort von mir, Portland.«

»Findest du nicht, dass du mir nach alldem eine Antwort

schuldig bist? Immerhin hast du mich selbst dorthin geschickt, damit ich mich um die Sache mit dem abgestürzten Flugzeug kümmere. Was ich übrigens ohne Murren erledigt habe, obwohl wir zwei Morde aufzuklären haben. Es hängt damit zusammen, nicht wahr? Das Flugzeug und die große Suchaktion da oben gehören zu ein und demselben Fall. Was ist da los?«

Birkedal nahm seine Brille erneut ab und rieb sich die Augen, so als würde sich Nina in Luft auflösen, wenn er nur lange genug rieb. Tiefseufzend schüttelte er den Kopf.

»Nina, verdammt …«

Bei ihr schrillten sämtliche Alarmglocken: Er hatte gerade das Unaussprechliche ausgesprochen, hatte die vier Buchstaben N-i-n-a in den Mund genommen. Nicht Portland oder irgendetwas anderes, sondern Nina.

Er setzte neu an.

»Ja, ja, ja. Ich weiß, du hättest eingeweiht werden sollen. Aber ich bestimme nicht alles. Diese Sache ist einfach zu groß, ich habe das nicht zu entscheiden. Mehr kann ich dir dazu nicht sagen. Später vielleicht. Aber eins steht fest, Nina. Es ist eine richtig miese Sache.«

Sie nickten sich schweigend zu.

Nach einigen Sekunden elektrischer Stille schaute er ihr in die Augen und lächelte angestrengt. Würde ihm jetzt die so schwierige Entschuldigung über die Lippen kommen?

Birkedal deutete mit dem Kopf Richtung Tür.

»Und jetzt raus mit dir, Nina.«

Sie nickte, stand auf und verließ das Büro. Es war kein Sieg, aber auch keine Niederlage. Sie war einfach nur erleichtert.

Tuncay Terim ging zwischen ihnen, als sie den langen Krankenhausfluren folgten. Er trug einen schwarzen Anzug – und Handschellen. Trotzdem hielt Madsen ihn am Arm.

Schon als sie auf den Parkplatz eingebogen waren, war der junge Vater sichtlich nervös geworden. Anscheinend ahnte er, wohin sie auf dem Weg waren. An der letzten schweren Tür blieb er abrupt stehen und wich zurück.

»Was machen wir hier?« Seine Frage klang schrill.

»Wir besuchen jemanden«, antwortete Madsen trocken.

»Nein!«

Der Mann versuchte, sich loszureißen.

»Doch!«

Nina stieß die Tür auf, und gemeinsam schoben sie ihn hinein und durch eine weitere Tür. Ein Krankenpfleger grüßte sie freundlich und nickte. Der Besuch war natürlich im Vorfeld mit dem Krankenhaus abgesprochen.

Sie lächelte zurück und bedankte sich. Weitere Erklärungen waren nicht nötig, an der Wand vor ihnen stand ein kleines rollbares Bett aus Metall, das mit einem weißen Laken bedeckt war.

Die letzten Meter mussten sie Terim ziehen. Madsen hielt ihn von hinten fest, während der Mann sich wand, um freizukommen. Als er mit beiden Füßen sicher auf dem Boden stand, gelang es ihm, Madsen nach hinten gegen die Wand zu drücken, ehe Nina und Madsen ihn schließlich mit vereinten Kräften vor das Bett zerrten.

Nina verpasste Terim eine schallende Ohrfeige, woraufhin er für einen Moment mit entsetztem Blick still dastand.

Mit einer raschen Bewegung riss Nina das weiße Laken zur Seite, und Terims Kiefer begannen zu beben. Dann kamen die Tränen, und er zitterte am ganzen Körper. Madsen ließ ihn los, und Terim vergrub sein Gesicht in den gefesselten Händen. So stand er eine Weile da, während Tränen und Rotz zwischen seinen Fingern hindurchliefen. Als er wieder aufsah, ruhte sein Blick kurz auf dem kleinen Körper.

Er schrie. Laut und verzweifelt: »Neeein, neeein, Aisha, Aisha, kleine Aisha …«

Terim sank schluchzend auf dem Fliesenboden zusammen und blieb dort mehrere Minuten lang liegen.

Als er keine Anstalten machte, sich wieder aufzurichten, packten Nina und Madsen ihn unter den Armen und zogen ihn hoch. Er hielt den Blick starr zu Boden gerichtet. Jetzt wirkte er wie versteinert.

»Ist es nicht höchste Zeit, dass Sie diesen Wahnsinn hier stoppen? Geben Sie uns Namen. Wer sind die Leute in Ihrem Netzwerk, wer arbeitet für die Bosnier? Reden Sie, dann können wir der Sache weiter nachgehen.«

Terim hielt den Blick gesenkt und rührte sich nicht. Er schien überhaupt nichts sagen zu wollen. Nina ging auf ihn zu, was ihn ein paar Schritte zurückweichen ließ, womöglich aus Angst vor einer neuen Ohrfeige.

Mit einer Hand auf seiner Brust presste Nina ihn gegen die Wand, stach ihm mit einer schnellen Bewegung Daumen und Zeigefinger in den Hals und drückte zu. Er schrie auf, als sie ihn mit beiden Fingern zurück an das kleine Bett zog und seinen Kopf mit der anderen Hand an den Haaren nach hinten riss. Wieder begann er zu zittern und zu weinen.

Sie lockerte den schmerzhaften Griff um seinen Halsmuskel ein wenig, hielt ihn aber immer noch umklammert. Es gab keinen Ausweg für ihn …

Ein winziges Mädchen, im Tod erstarrt und mit geschlossenen Augen, bleich trotz des olivfarbenen Teints, die kleinen Ärmchen an den Seiten liegend, die fülligen Schenkel, auf dem Bauch eine lange, sorgfältig genähte Obduktionsnarbe.

Ohne ihren festen Griff hätte er sich wieder auf den Boden geworfen.

»Schauen Sie sie gut an, Sie elender Mistkerl! Das ist Ihre Tochter. Und es ist Ihre Schuld, dass sie hier liegt. Ihr schickes Auto, all die teuren Dinge, der schwarze Anzug … mit dem Leben Ihrer Tochter erkauft. Wie viele Leben haben Sie mit Ihren beschissenen Drogen zerstört? Wie viele haben Sie umgebracht? Ihre Hände sind voller Blut.«

Nina drückte fester auf den Halsmuskel des Mannes.

»Sehen Sie sie an! Sie sind es ihr schuldig, die Wahrheit zu sagen. Sie sind es ihr schuldig, ein guter Vater zu sein. Sie sind es ihr schuldig, der ganzen Sache ein Ende zu bereiten. Sie sind es ihr schuldig, uns zu helfen. Das alles sind Sie Ihrer Tochter schuldig. Es ist das Einzige, das Sie noch für sie tun können, das einzig Richtige. Das Einzige, worum Ihre kleine Aisha Sie anfleht …«

Sie löste den Griff um seinen Hals und den Kopf. Diesmal blieb er stehen. Tränen rannen über sein gequältes Gesicht.

»Reden Sie mit ihr. Fragen Sie sie«, flüsterte Nina.

Sie warf Madsen einen Blick zu. Er nickte, und sie zogen sich ans andere Ende des Raums zurück.

Terim stand reglos vor dem kleinen Bett. Nach einigen Minuten beugte er sich nach vorn und strich mit einer Hand über die Wange seiner Tochter. Es sah aus, als bewegten sich seine Lippen.

27

Tuncay Terim wurde direkt wieder in seine Zelle geführt, als sie aus der Leichenhalle zurückkamen. Dort saß er nun ohne Anzug – und ohne Schnürsenkel. Für den restlichen Tag wollten sie ihn in Ruhe lassen, damit er nachdenken und sein Gewissen befragen konnte. Sofern er eines besaß.

Es war kräftezehrend gewesen, und Nina fühlte sich müde. Als Terim das erste Mal vor dem kleinen Bett stand, hatte sie einen Hauch Mitleid mit ihm verspürt. Als er sich dann aber auf den Boden warf und anschließend schweigend auf den Boden starrte, war sie richtig wütend geworden. Zum Schluss fühlte sie fast gar nichts mehr. Wenn es eine Sorte Verbrecher gab, auf die sie absolut allergisch reagierte, dann waren es die, die mit Drogen zu tun hatten.

Es war schon nach fünf Uhr. Trotzdem arbeiteten sie noch unter Hochdruck. Madsen ging die Telekommunikationsdaten aus der Umgebung durch, während sie selbst sich mit den Informationen über den familiären Hintergrund Terims beschäftigte, die sie bisher ermittelt hatten. Dabei hatte Terim ihnen schon in den ersten Stunden nach seiner Verhaftung bereitwillig geholfen.

Mit Jonas hatte sie sich längst per SMS abgestimmt, er musste – mal wieder – allein zurechtkommen. Und wenn sie es dann endlich aus dem Büro schaffte, war es wahrscheinlich schon so spät, dass sie sehenden Auges direkt aufs Pizza-Feld vorrücken musste. Einmal Peperoni, Hackfleisch und Bacon in die Kirkegade 23 bitte, bei Rabenmutter klingeln, im ersten Stock rechts.

Ein paarmal hatte sie nach Birkedal gesucht, ihn aber nicht finden können. Er hatte sie gebeten, sich zu melden, sobald sie von ihrem Ausflug in die Leichenhalle zurück waren. Aber ihr Chef war verschwunden. Der Bandenkonflikt halste ihm mehr Besprechungen auf als sonst in einem ganzen Jahr. Was auch immer ihm fehlte, er zeigte trotzdem vollen Einsatz.

»Nina, ich soll dir etwas von Birkedal ausrichten.«

Thøgersen stand in der Tür. Er wirkte gestresst und machte ein ungewöhnlich ernstes Gesicht. Auch bei ihm hinterließ der Bandenkrieg seine Spuren.

»Ja? Ich habe schon nach ihm gesucht. Ohne Erfolg.«

»Er sitzt in einer Besprechung, glaube ich. Er hat mich vor ein paar Minuten angerufen. Ich soll dir sagen, dass du gebeten wirst, um 17:30 Uhr im Chefbüro zu erscheinen.«

»Okay, in zwanzig Minuten bei Birkedal.«

»Nein, nicht bei ihm, beim obersten Chef, im Büro des Polizeidirektors.«

»Bei Blix? Warum das?«

»Dazu hat er sich bedeckt gehalten. Jetzt habe ich meine Pflicht jedenfalls getan. Also, in zwanzig Minuten.«

Nina nickte nachdenklich. Thøgersen hatte sich bereits wieder aus dem Staub gemacht. Noch nie hatte sie einen Fuß in Blix' Büro gesetzt. Sie hatte auch nie damit gerechnet, dass es einmal dazu kommen würde. Alles, was sie von Blix wusste, stammte aus den Medien und aus der Gewerkschaftszeitung. Er war ein Super-Jurist im mittleren Alter und hatte den riesigen Polizeibezirk im Rahmen der Reform übertragen bekommen. Irgendwo hatte sie sogar gelesen, er sei adelig. Das war aber noch lange kein Grund, so unsympathisch aufzutreten. Er war, adelig oder nicht, ein Mensch, dessen Büro sie niemals freiwillig betreten hätte.

Erst jetzt wurde es ihr klar.

Sie wusste ganz genau, was ihr blühte. Scheiße … Ein Disziplinarverfahren war das Allerletzte, das ihr jetzt noch fehlte. Wo stand sie? Wie würde sich Birkedal verhalten? Nina hoffte auf seine volle Rückendeckung. An Madsen brauchte sie nicht zu zweifeln.

Sie sollte also bei Blix wie eine Leibeigene aufs Rad gebunden werden, nur wegen einer einzigen Ohrfeige und einem festen Griff.

»Werner, es sieht schlecht aus. Unser Freund hat sich anscheinend bereits über meine ›Brutalität‹ beschwert. Ich soll mich in zwanzig Minuten im Büro des Polizeidirektors melden.«

»Hmm …« Madsen sah sie nachdenklich an. »Du kannst auf mich zählen, Nina. Das weißt du.«

»Das weiß ich. Und auf Birkedal sicher auch. Ich werde es wahrscheinlich auch überleben, aber damit gibt uns Terim wohl einen Wink mit dem Zaunpfahl. Er wird uns nicht helfen.«

»Sieht ganz danach aus, leider. Aber deine Idee war trotzdem gut. Ich hoffe nur, du musst nicht allzu viel dafür einstecken, Nina.«

»Das war es wert. Sagen wir, ich habe ihn von hinten am Hals gefasst, als er dich geschubst hat? Und ein Stoß von vorn, mit der flachen Hand auf die Brust?«

»Um den Hals von hinten, Hand auf die Brust. Das kann ich mir merken. Es gibt keinen Grund, Blix noch mehr zu erzählen. Wären wir erfolgreich gewesen, hätte er den Ruhm für sich beansprucht, denkst du nicht?«

»Ohne rot zu werden. Gut, ich muss noch ein paar Dinge erledigen, bevor die Inquisition ruft.«

»Kannst du mich danach zu Hause anrufen? Ich würde gern wissen, wie es ausgegangen ist.«

»Abgemacht.«

Nina kehrte an ihren Schreibtisch zurück und räumte notdürftig auf, damit sie sich morgen früh wieder zurechtfand. Sie schickte eine weitere SMS an Jonas, bekam aber keine Antwort. Dann war es so weit. Der Polizeidirektor wartete.

Also hieß es Treppen nach unten steigen und endlose Flure

durchqueren. Nina war noch etwa zwanzig Meter von seinem Büro entfernt, als ihr Handy klingelte. Es war ihr Freund und Informant Ali Birand.

Sie blieb stehen. Birand rief selten an, um nicht zu sagen niemals. Ihr blieb keine andere Möglichkeit, als ranzugehen.

»Hallo Birand, wie kann ich dir helfen?«

»Tut mir leid, dass ich störe, aber du hast schließlich gesagt, ich soll mich melden, wenn ich etwas höre, richtig?«

»Klar.«

»Es geht um etwas, das ich von Bekannten erfahren habe. Der Kerl aus der Englandsgade, dem jemand eine Brandbombe durchs Fenster geworfen hat, kannte den jungen Vater aus dem Kvaglundparken, dessen Kind erschossen wurde.«

»Das klingt tatsächlich interessant, Birand.«

»Laut meinen Bekannten wurden die beiden öfter zusammen gesehen.«

Es war gut, dass er sie anrief, auch wenn seine Informationen nicht unbedingt Gold wert waren. Nina war nicht überrascht, dass die beiden Türken, die zu Opfern von Racheakten geworden waren, sich gegenseitig kannten.

»Und da wäre noch etwas, Nina.«

Am anderen Ende des Korridors kam ihr Birkedal entgegengetrabt.

»Ja?«

»Ich habe mit einem Mann gesprochen, dessen Sohn auf offener Straße verprügelt wurde. Er war mit einem Freund unterwegs, als die beiden von einem Dänen überfallen wurden. Er konnte wohl Karate und hat etwas gesagt wie: ›Wenn ihr nicht aufpasst, ergeht es euch wie den beiden anderen Schweinen.‹«

»Hmm, schlimm, dass der Bandenkrieg solche Zusammenstöße produziert. Es wäre schön, wenn man sich draußen sicher fühlen könnte.«

Birkedal war inzwischen bei ihr angekommen, klopfte ihr energisch auf die Schulter und zeigte demonstrativ auf seine Armbanduhr.

»Falls die beiden den Überfall nicht schon angezeigt haben, dann dürfen sie es natürlich sehr gern tun, Birand. Sie sollen einfach zu uns kommen.«

»Aber, verstehst du nicht, sie wollen keinen …«

»Ich muss leider weiter, Birand. In zehn Sekunden fängt eine wichtige Besprechung an. Danke für deinen Anruf.«

»Dafür nicht, Nina.«

Sie schlüpfte hinter Birkedal durch die Tür in Blix' Büro. Es war ein großer Raum … und sie bekam einen mittleren Herzinfarkt, als sie die lange Seite des riesigen Konferenztisches sah.

Am Kopfende thronte Polizeidirektor Blix und trommelte ungeduldig auf die Tischplatte. Entlang der Wand folgten der stellvertretende Polizeidirektor Magnussen, Chefpolizeiinspektor Jensen, Polizeiinspektor Frederiksen und Polizeiinspektor Obberud.

Ihr erster Gedanke war, dass es sich nicht um ein kurzes dienstliches Gespräch handelte, sondern vielmehr um eine Hinrichtung vor der gesamten Führungsriege. Vielleicht auch eine interne Fortbildung mit dem Titel »Kurs 4: Die Guillotine und ihre Folgen«.

»Nehmen Sie doch bitte Platz«, bat der Polizeidirektor und deutete mit dem Kopf zur leeren Tischseite.

Nina setzte sich rasch neben Birkedal, der den ersten freien Platz rechts von Blix genommen hatte. Daneben war noch für zwei weitere Gäste eingedeckt.

»Greifen Sie zu«, sagte Blix.

Es gab Kaffee, Tee und Mineralwasser, außerdem stand eine Schale mit Gebäck auf dem Tisch.

»Ja, wir warten noch auf die letzten Gäste.« Er schaute auf die

Uhr über seinem Schreibtisch am anderen Ende des Raums. Es war fünf Minuten nach halb sechs.

Nina lehnte sich zurück und war mit einem Mal völlig entspannt. Sie hatte total danebengelegen, es ging hier nicht um Ohrfeigen oder schmerzhafte Polizeigriffe. Sie nahm einfach nur an einer Besprechung teil, das war alles. Dieser Gedanke verursachte eine angenehme Wärme in ihrem ganzen Körper. Terim hatte sich nicht beschwert, also konnten sie immer noch auf seine Kooperation hoffen, wenn sie ihn morgen früh erneut verhörten. Aber auf wen warteten sie hier eigentlich noch?

»Sie kümmern sich um den Fall des getöteten Babys, habe ich gehört«, wandte sich Vizepolizeidirektor Magnussen an sie und unterbrach damit die Stille am Tisch.

»Wir sind inzwischen sogar recht viele«, erwiderte Nina.

»Was für ein unfassbares Drama. Ich meine … wie wahrscheinlich ist es, dass von drei wahllos durchs Wohnzimmerfenster gefeuerten Kugeln eine …«

Nina nickte.

»Ich war heute Nachmittag in der Leichenhalle. So etwas darf einfach nicht vorkommen. Das ist gegen die Natur.«

»Leider geht es nicht danach, wer es verdient hätte. Sonst hätten wir es um einiges leichter«, schob Blix ein und erreichte damit einen vorläufigen Tiefpunkt des gewohnheitsmäßigen Austauschs von Gemeinplätzen. Nina rätselte in Gedanken, was es mit den beiden leeren Plätzen am Tisch auf sich hatte.

»Wenn alle, die es verdient haben, bestraft würden, bräuchten wir viel mehr Gefängnisse«, lautete der Kommentar von Chefpolizeiinspektor Jensen. Er war wirklich in Ordnung, unglaublich clever und fleißig – und er hatte eine Raffinesse, die man unter seinesgleichen nur selten fand.

Der Einzige, der nicht grinsen musste, war Blix.

Birkedal saß schweigend mit der Kaffeetasse in den Händen

auf seinem Stuhl. Nina vermutete, dass er ebenso viel Lust auf die Besprechung hatte wie sie – nämlich gar keine.

Es klopfte an die Tür, und eine Sekretärin spähte vorsichtig in den Raum.

»Direktor Blix, die Gäste sind da.«

Nina fiel auf, dass der Polizeidirektor um ein Haar von seinem Platz aufgesprungen wäre. Stattdessen sagte er aber ganz ruhig:

»Wunderbar, bringen Sie sie bitte herein.«

In Erwartung einer Fanfare drehte sich Nina ein wenig auf ihrem Stuhl. Als Erstes kam ein Mann herein, der ein langweiliges dunkelblaues Sakko trug, und … sie kannte ihn. Es war Ove Gudmundsen, der Chef des Polizeilichen Nachrichtendienstes PET.

»Entschuldigen Sie die Verspätung«, sagte er.

Der große Mann mit der etwas nachlässigen Körperhaltung war schon mit ausgestreckter Hand auf dem Weg zu Blix, als er Nina entdeckte.

»Was zum … ist das nicht …? Hallo, Nina, lange nicht gesehen.«

Er gab ihr die Hand und tätschelte ihre Schulter. Aus dem Augenwinkel sah Nina, wie Blix' Mund zu einem schmalen Strich wurde.

Den zweiten Gast kannte sie nicht. Er war Mitte vierzig, und er hatte etwas Weltläufiges, Mondänes an sich, das im krassen Gegensatz zu Gudmundsens altmodischem Erscheinungsbild stand. Der Fremde war glattrasiert und wirkte überaus gepflegt, an den Schläfen schimmerten kleine silberne Sprenkel. Er wirkte etwas dunkler – vielleicht ein Südamerikaner?

Südamerikanisch … Wo zur Hölle hatte sie das neulich gehört? Sie überlegte fieberhaft, während der Mann reihum die Hände schüttelte.

Südamerikanisch … Verdammt, wo hatte sie das gehört?

Gudmundsen setzte sich auf den Stuhl neben ihr.

Südamerikanisch? Im Krankenhaus, die Oberärztin. Sie hatte gesagt, der Mann, der die beiden Überlebenden des Flugzeugabsturzes besucht hatte, habe »irgendwie südamerikanisch« ausgesehen.

Jetzt war ihr klar, warum sie hier saß.

Jetzt wusste sie, dass es wahnsinnig spannend werden würde.

Und sie wusste auch, dass jetzt ganz andere Spielregeln galten.

»*Welcome* …«

Der Polizeidirektor wechselte ins Englische.

»Gestatten Sie mir, der Ordnung halber einmal kurz alle Anwesenden vorzustellen«, sagte Blix und machte eine Handbewegung in Richtung des Tisches.

»Mein Stellvertreter, Vizepolizeidirektor Peter Magnussen, Chefpolizeiinspektor Gert Jensen, Polizeiinspektor Henrik Frederiksen und Polizeiinspektor Bjarne Obberud. Unsere beiden Gäste, Hector Torres von der operativen Abteilung der CIA, dem National Clandestine Service, sowie Ove Gudmundsen, der wohl keiner weiteren Vorstellung bedarf. Als Nächstes Polizeiassistentin Nina …«

»Kriminalkommissarin …«

Es rutschte ihr einfach heraus, sie konnte nichts dagegen tun. Etwas so hart Erkämpftes musste verteidigt werden. Blix räusperte sich.

»*Kriminalkommissarin* Nina Portland und ihr Chef, Erik Birkedal, Leiter der Ermittlungsabteilung. Frau Portland wohnt dieser Besprechung bei, da sie als Erste mit dem Fall betraut war – und weil Birkedal sie gern auch weiterhin dabeihaben möchte. Damit wäre das geklärt. Aus Rücksicht auf unseren Gast möchte ich Sie bitten, alle Redebeiträge in englischer Sprache zu halten. Vielen Dank.«

Birkedal, der alte Bandit. Er hatte sie persönlich empfohlen. Also hatte er ihr während ihrer letzten Unterhaltung doch zugehört und auf eine Art und Weise gehandelt, die Tauwetter ankündigte.

Aus reinem Übermut schob sie eine Kaffeekanne zu Gudmundsen hinüber. Auf seinem blanken Schädel spiegelte sich das Licht der Deckenlampen. Er war sichtlich älter geworden, inzwischen musste er auf die sechzig zugehen. Solange Nina sich erinnern konnte, leitete er den PET.

Blix setzte seinen Monolog mit Vergnügen fort:

»Kommen wir zur Agenda unserer heutigen Zusammenkunft. In einem ersten Teil verschaffen wir uns einen Überblick und tauschen Informationen aus, damit beide Parteien wissen, wo sie in dieser schwierigen … Angelegenheit … stehen. Wir halten den aktuellen Stand der Dinge fest und diskutieren die weitere Strategie. Dafür ist exakt eine Stunde veranschlagt. Außerdem mache ich Sie hiermit alle darauf aufmerksam, dass dieses Treffen streng vertraulich ist.«

Er nickte ihr zu – nur ihr –, so als wollte er die Bedeutung seiner Aussage gegenüber dem einzigen anwesenden Fremdkörper, einer einfachen Polizeibeamtin, und dazu noch einer Frau, unterstreichen. Sie ließ ihn nicken. Blix sprach weiter.

»Der zweite Teil besteht aus einer geschlossenen Besprechung, an der ausschließlich PET, CIA, Magnussen und ich teilnehmen werden. Zunächst möchte ich Mister Torres aber darum bitten, uns etwas genauer über die gesuchte Person ins Bild zu setzen.«

»Ich habe keinen blassen Schimmer, worum es hier überhaupt geht. Wenn meine Anwesenheit irgendeinen Zweck erfüllen soll, dann hätte ich gern eine kurze Zusammenfassung«, meldete sich Nina zu Wort.

»Ich muss einräumen, dass auch meine Kenntnisse des Falls äußerst begrenzt sind«, stärkte ihr Frederiksen den Rücken.

Blix warf Birkedal einen Blick zu.

»Wollen Sie, oder soll ich, Birkedal?«

»Machen Sie nur.«

»Ausgezeichnet ... Es verhält sich folgendermaßen, dass vor einigen Tagen ein Flugzeug am Strand bei Henne abgestürzt ist. An Bord waren der Pilot, zwei Begleiter und ein pakistanischer Staatsbürger, der beim CIA unter Verdacht steht, ein Terrorist zu sein. Dieser Mann, den wir vorläufig Zulu nennen, hat gewaltsam die Kontrolle des Flugzeugs übernommen und eine Notlandung in Strandnähe erzwungen. Dabei verunglückte die Maschine und einer der Begleiter kam ums Leben. Zulu hat vermutlich Verletzungen davongetragen, sehr wahrscheinlich eine Gehirnerschütterung, und er ist entkommen. Allen Erkenntnissen nach hat er sich einige Zeit im Dickicht in der Nähe der Küste aufgehalten und Kräfte gesammelt. Aus diversen Gründen ist die Fahndung erst jetzt in vollem Gange. Seit zwei Tagen ist unsere Hundestaffel im Einsatz, aber bisher haben wir den Gesuchten nicht ausfindig machen können. Das war die Kurzversion.«

Seit der Mann von der CIA den Raum betreten hatte, hatte sie geahnt, um was es hier gehen könnte, und trotzdem war es etwas anderes, Gewissheit zu haben. Das, worüber Nina sich so sehr den Kopf zerbrochen hatte, war kein gewöhnliches Verbrechen. Es war sehr viel mehr. Hier ging es um echten politischen Sprengstoff.

Hätte sie es ahnen müssen? Jetzt, nachdem Obama dem Treiben angeblich ein Ende bereitete und nachdem sie überprüft hatten, dass die Maschine einer Baufirma gehörte – wie zur Hölle hätte sie darauf kommen sollen? Die Hintergründe dessen, was sich am Strand von Henne abgespielt hatte, überstiegen ihre Fantasie. Oder, mehr noch, ihre schlimmsten Albträume.

Das Flugzeug aus Island war also ein regulärer Gefangenentransport gewesen, obwohl diese heftig umstrittenen CIA-Flüge auf Geheiß des Präsidenten eigentlich untersagt worden waren. Bei dem geheimen Passagier handelte es sich um einen Gefangenen, den die CIA entführt hatte, ohne sich mit Kleinlichkeiten wie Gesetzen oder Menschenrechten abzugeben. Solche Gefangenen nannte man Ghost Prisoners – Geistergefangene.

Welche Identität auch immer sich hinter »Zulu« verbarg, der Fall des Mannes war anachronistisch, ein unheilvolles Echo der Bush-junior-Ära, als Politik und Gesellschaft nach dem Sturz der Zwillingstürme am 11. September 2001 jedes Mittel gegen Terrorismus recht gewesen war.

Die möglichen Folgen dieser Sache waren unmöglich einzuschätzen.

Nina war in Gedanken abgedriftet. Sie musste sich jetzt konzentrieren. Umständlich kramte Birkedal seine Lesebrille hervor, setzte sie auf die Nase und zog eine Akte aus seiner Tasche. Dann blickte er in die Papiere.

»Wie gesagt haben wir zwei Tage lang nach dem Gefangenen gesucht. Gestern haben wir die Stelle entdeckt, an der er sich vermutlich ausgeruht hat. Im versandeten Eichenwald der Kærgård Klitplantage befand sich ein provisorisches Lager. Heute haben wir die Suche im Ferienhausgebiet nahe des Grærup Strand fortgesetzt, mit Unterstützung des Sondereinsatzkommandos AKS. Dort konnten wir an zwei Orten Spuren des Gesuchten sicherstellen. Zulu ist in eines der Häuser in der Mitte der Siedlung eingebrochen, hat es durchsucht und ist anschließend wieder verschwunden. Weiterhin haben unsere Kriminaltechniker Zulus DNA in einem Haus am südlichen Ende des Ferienhausgebiets gefunden. Hier hat der Gefangene allem Anschein nach gegessen und auch übernachtet. Sogar der Ofen war angefeuert. Wahrscheinlich hat ihn das Gebell der Hunde aufgeschreckt und dazu veranlasst, weiterzufliehen. Dieses Mal möglicherweise mit einem Fahrrad. Der Eigentümer des Hauses hat jedenfalls bestätigt, dass ein altes Herrenrad fehlt. Der Vogel ist also ausgeflogen, aber wir waren verdammt nah dran.«

Direktor Blix übernahm wieder.

»Mit diesem Szenario werden wir uns auseinandersetzen müssen. Wie gehen wir in diesem schwerzugänglichen Gebiet vor, das einerseits die größten Heide- und Forstflächen Dänemarks einschließt und andererseits zu großen Teilen aus Militärgelände besteht? Mir ist schmerzlich bewusst, wie sehr die Bandenunruhen in der Stadt uns alle fordern. Dennoch habe ich Polizeiinspektor Birkedal gebeten, sich persönlich dieser … heiklen Sache anzunehmen.«

Blix tat sich sichtlich schwer, die Eskalation des Bandenkrieges zu benennen. Das zeigte nur, wie beunruhigend das Ganze wirklich war.

»Bevor wir mögliche Strategien erörtern, möchte ich unseren Gast von der CIA um ein Briefing bitten«, sagte Blix jetzt. »Bis jetzt hatten wir nur begrenzten Zugang zu Informationen, und die Kommunikation zwischen CIA, PET und mir lief rein telefonisch ab. Im Hinblick auf die in diesem Fall eingesetzten Ressourcen erscheint es mir nur recht und billig, dass wir, die hier zusammengekommen sind, klare Antworten auf folgende Fragen erhalten. Erstens, woran sind wir beteiligt? Und an dieser Stelle sei mir die Bemerkung gestattet, dass ich dieser Beteiligung nicht notwendigerweise in allen Konsequenzen zustimme. Zweitens, wer ist Zulu? Was hat er getan, und welches sind seine Motive? Haben Sie Beweise?«

Der Polizeidirektor stand ebenfalls auf Tagesordnungspunkte und nutzte sie, um seiner Rede Nachdruck zu verleihen. Er war rhetorisch begabt, und sein Englisch war perfekt, so viel musste man ihm lassen.

»Also, Mister Torres … Wollen wir bei Zulu nicht einfach mit dem Anfang beginnen, damit wir die – vielen – Lücken in seiner Geschichte füllen können?«, fragte Blix.

»Selbstverständlich«, erwiderte Torres ruhig. »Zuerst möchte ich mich jedoch für die Einladung bedanken und im Namen der operativen Leitung in Langley die große Wertschätzung für die konstruktive Mitarbeit der hiesigen Polizeikräfte zum Ausdruck bringen. Das sollte nicht vergessen werden.«

Die Diplomatie war nun wahrhaftig im Präsidium angekommen.

Hector Torres sprach weiter:

»Auch wir finden es nur angemessen, unser Wissen mit Ihnen allen zu teilen. Dass Sie diese Fragen stellen, ist ebenfalls gerechtfertigt. Die letzten Jahre waren von einer guten und engen Zusammenarbeit unserer beiden Länder geprägt, wobei ich insbesondere an die Einsätze im Irak und Afghanistan denke, aber auch an den Austausch von Informationen in Bezug auf die Arbeit in der Terrorismusprävention. Legen wir also die Karten auf den Tisch. Ich gebe Ihnen eine kurze Zusammenfassung rund um die Person, die hinter Zulu steht. Wir glauben, sein richtiger Name lautet Zulfikkur Wur. Er ist Terrorist …«

Torres griff nach einer Flasche Wasser und nahm sich Zeit, den Deckel abzuschrauben und sein Glas zu füllen.

»… und gefährlich. Er hat …«

Es klopfte vorsichtig an die Tür, und die Sekretärin kam herein. Blix klang mehr als verärgert.

»Ja?«

»Eine Nina Portland?«

»Das bin ich. Was gibt es?«, fragte Nina.

»Telefon für Sie.«

»Im Moment ist es wirklich unpassend. Können Sie nicht einfach sagen, dass ich zurückrufe? Wer ist es denn?«

»Der diensthabende Revierleiter. Er sagte, es sei sehr dringend, und ich solle Sie einfach aus der Besprechung holen …«

»Okay. Entschuldigen Sie bitte, aber dann ist es wohl …«

»Ja, ja, ist gut, wir machen eine kurze Pause. Aber höchstens zwei Minuten.«

Nina verließ den Raum, schloss die Tür hinter sich und folgte der Sekretärin an ihren Schreibtisch.

»Nina Portland«, meldete sie sich am Telefon.

»Jan Albertsen hier, Revierleiter. Sie haben einen Sohn namens Jonas, richtig?«

In Sekundenbruchteilen schnürte sich ihr Magen zusammen. Nina blieb die Luft weg.

»Ja, was ist …«, presste sie hervor.

»Keine Sorge, nur mit der Ruhe«, schob der Mann glücklicherweise hinterher, und Nina ließ sich auf den Stuhl der Sekretärin sinken.

»Ihm ist nichts zugestoßen.«

Ninas Herz klopfte noch immer bis zum Hals.

»Was ist mit ihm?«

»Er sitzt gerade im Erdgeschoss.«

»Hier, im Präsidium?«

»Ganz richtig. Ich sage es lieber gleich, Ihr Sohn wurde auf frischer Tat beim Ladendiebstahl erwischt.«

»Das kann nicht wahr sein! Doch nicht Jonas! So etwas würde er niemals tun, das weiß ich …«

»Ich verstehe Sie gut, mein Sohn ist im gleichen Alter. Aber wie gesagt, er wurde auf frischer Tat ertappt.«

»Wo? Und wie?«

»Einige Mitarbeiter des Sportgeschäfts in der Kongensgade haben ihn aufgehalten, weil er ein teures Dartpfeil-Set in seiner Kapuze versteckt hatte und den Laden verlassen wollte. Als er sagte, wer er war, sind wir hingefahren und haben ihn mitgenommen. Das machen wir normalerweise ja nicht … Wir haben ihn aufs Präsidium gebracht, damit Sie die Sache selbst mit ihm klären können. Es tut ihm wohl ziemlich leid, soll ich ausrichten. Kommen Sie gleich runter?«

»Das …«

Jonas, Tränen, Dartpfeile, Schäferhunde, verlassene Waldstücke, der Terrorist, der gefährliche Mann, der blinde Passagier aus ihrem Flugzeug. Ihre Gedanken überschlugen sich, und gleichzeitig stand alles still.

»Das kann ich nicht, also nicht sofort, aber gleich. Ich sitze in einer Besprechung beim Polizeidirektor, die ich nicht verlassen kann. Es tut mir schrecklich leid, aber es ist unmöglich.«

»Ist das Ihr Ernst?« Der Revierleiter klang entrüstet.

»Sie verstehen das falsch … Es ist die einzige Besprechung der Welt, die ich nicht einfach abbrechen kann. Aber sobald ich komme, werden wir das Missverständnis sicher aus der Welt schaffen. Ich kann in …«

Sie warf einen Blick auf ihre Uhr.

»… in fünfunddreißig Minuten da sein! Sagen Sie ihm, dass ich einen CIA-Mann treffe. Das wird er verstehen. Und würden Sie ihm bitte ausrichten, dass ich die Sache in Ordnung bringe?«

»Ein CIA-Mann also? Tja, warum nicht?«

Nina legte auf und eilte zurück zur Besprechung in Blix' Büro. Es hatte wirklich nicht lange gedauert. Birkedal wandte sich zu ihr um und sah sie an. Bestimmt weil ihr Gesicht aussah wie eine rote Ampel.

»Ist etwas passiert, Nina?«

»Nein, nein. Nur ein Missverständnis.«

Polizeidirektor Blix zog seine bereits erhobenen Augenbrauen noch ein Stück weiter in die Höhe.

»Gut, und jetzt bitte keine weiteren Unterbrechungen mehr«, sagte er. »Bitte fahren Sie fort, Mister Torres.«

»Wie bereits erwähnt, ist Zulfikkur Wur extrem gefährlich. Wir glauben, dass er einen amerikanischen Militärattaché in Karatschi mit einem Genickschuss getötet hat. Ich könnte jetzt eine lange Liste seiner Taten herunterbeten, will mich aber darauf beschränken, dass er an der Planung mehrerer Terrorakte beteiligt war, unter anderem in Mumbai und Kairo, außerdem hat er Kontakte zu Terrorzellen in Großbritannien. Und last but not least: Er ist mitverantwortlich für den Anschlag auf die USS Cole am zwölften Oktober 2000 in Aden im Jemen. Dabei kamen siebzehn Marineinfanteristen ums Leben, neununddreißig wurden verletzt. Zulfikkur Wur steht seit Langem weit oben auf unserer Liste.«

Jonas, Ladendiebstahl, auf frischer Tat … Die Wörter schienen ganz und gar nicht zusammenzupassen.

Nina kämpfte. In ihr zog sich alles zusammen, wenn sie daran dachte, wie es ihm gerade wohl ging. Auf frischer Tat? Was für ein furchtbares Missverständnis. Und ausgerechnet jetzt, mitten in dieser Sache.

»Ich kann nicht näher darauf eingehen, wie wir ihn ausfindig gemacht haben und wie seine Festnahme vonstatten ging, aber er wurde nach Island gebracht, um dort verhört zu werden. Unsere isländischen Freunde stellten uns das Flugzeug zur Verfügung, mit dem Wur zu weiteren Vernehmungen nach Rumänien geflogen werden sollte.«

Torres griff mit ruhiger Hand nach seinem Wasserglas. Obwohl er derjenige war, der ihnen diese riesige Katastrophe beschert hatte, wirkte er eiskalt.

»Zulfikkur Wur ist dreiundvierzig Jahre alt und von paschtunischer Abstammung. Er wurde in Bajaur, dem nördlichsten Stammesgebiet im Norden Pakistans geboren und ist dort auch aufgewachsen. In dieser Gegend herrschen seit Jahren Unruhen. Bajaur grenzt an Afghanistan und hat unter den Taliban zu leiden. Warum sich Zulfikkur Wur für ein Leben voller Angst und Terror entschied, wissen wir nicht. Aber seiner Gefangennahme gingen jahrelange Ermittlungen voraus.«

Hector Torres trank einen Schluck Wasser. Dabei ließ er den Blick über die anwesenden Personen gleiten, allerdings nicht auf melodramatische Art, sondern eher mit einem Ausdruck von Wachsamkeit, als wollte er einschätzen, welchen Effekt seine Ausführungen auf die Zuhörer hatten.

»Insgesamt eine sehr erfolgreiche Operation, wenn wir von einer vermaledeiten Tatsache absehen: nämlich, dass Zulfikkur Wur nie in Rumänien angekommen ist«, schloss Torres.

Nina starrte auf ihre Armbanduhr und zählte die Sekunden. Noch eine halbe Stunde, noch eine verdammte halbe Stunde …

»Haben Sie vielen Dank, Torres. Ihre Praxis, Menschen ohne legale juristische Grundlage festzunehmen und zu entführen, ist wirklich außerordentlich verblüffend. Darauf kommen wir während des vertraulichen Teils dieses Treffens zurück«, sagte Blix.

Ove Gudmundsen, der bisher geschwiegen hatte, nickte zustimmend, als wüsste er bereits über die Agenda des vertraulichen Treffens Bescheid.

Nina konnte nicht länger hier sitzen, sie musste aufstehen und gehen. Ihre Finger schlossen sich bereits um die Armlehnen, und sie war kurz davor, sich aus dem Konferenzstuhl nach oben zu drücken, als Blix sie ansprach.

»Birkedal und Portland, jetzt geht es um unsere Fahndungsstrategien, das fällt in Ihren Aufgabenbereich. Lassen Sie uns gemeinsam Ideen austauschen. Besteht Konsens darüber, dass wir weiter in südlicher Richtung nach ihm suchen? Sogar bis nach Esbjerg, falls nötig? Und wie sperren wir das Gebiet ab, um sicherzugehen, dass der Flüchtige es nicht wieder verlässt? Ist es möglich, dass er es bereits verlassen hat? Dieser verfluchte … Zulfikkur … scheint ja wie vom Erdboden verschluckt.«

»Zu den speziellen Gegebenheiten des Terrains kann ich mich nicht äußern, da ich persönlich bislang nicht in die Suchaktion involviert war. Der Ordnung halber will ich hinzufügen, dass sich der PET in Person unseres operativen Leiters, Chefpolizeiinspektor Frede Tarp, sowie einer Handvoll ausgewählter Mitarbeiter, vor Ort, also hier in Esbjerg, um die Sache kümmern wird«, ergänzte Gudmundsen.

Hector Torres rutschte nach vorn auf die Stuhlkante.

»Ich bin kein Experte für die geografischen Herausforderungen der Suchaktion. Aber ich kann Ihnen etwas mitgeben, von dem ich hoffe, dass es alle Anwesenden – und im Übrigen auch alle anderen Beteiligten – verinnerlichen: Unterschätzen Sie niemals, und damit meine ich wirklich niemals, Zulfikkur Wur.«

28

Aus seinem unterirdischen Versteck beobachtete er, wie der letzte Polizeibeamte das Ferienhaus verließ, als die Dämmerung schleichend hereinbrach. Der Mann hatte sich den lieben langen Tag gelangweilt und eine Zigarette nach der anderen geraucht. Er wirkte ziemlich froh, als ihn zwei Kollegen mit einem Streifenwagen von seinem Posten erlösten.

Das rot-weiß gestreifte Flatterband mit der Aufschrift »Polizei« hatten sie unmittelbar nach der Durchsuchung angebracht. Jetzt hatte der Beamte es längst wieder entfernt, als wolle man dem Vorfall möglichst wenig Aufmerksamkeit zukommen lassen.

Nachdem der Streifenwagen gefahren war, blieb er noch eine Weile in seinem Loch sitzen. Erst dann drückte er die Spanplatte hoch, quetschte sich durch die Öffnung und kroch unter Zweigen und Blättern hervor.

Sein Körper schmerzte bei jeder kleinsten Bewegung, aber das würde wieder vergehen. Der Kopf bereitete ihm größere Sorgen, denn über den Tag hatte er mehrmals heftige Kopfschmerzen gehabt. Sie waren mal stärker, mal schwächer gewesen, aber nie ganz verschwunden. Er hoffte, dass es an der enormen Anspannung und der Belastung lag, der er ausgesetzt war – und vielleicht auch an der Kälte und den vielen Stunden, die er in dem Loch gekauert hatte.

Er humpelte zur Hintertür und holte den Schlüssel unter dem Eimer hervor. Es war fast, als käme er nach einer langen Reise zurück in sein eigenes Zuhause. Die kleine Holzhütte hatte ihm gute Dienste geleistet, aber jetzt würde er sie nur noch ein paar weitere Tage nutzen, um seinem Kopf und seinem Körper Ruhe zu gönnen und wieder zu Kräften zu kommen. Risiko oder nicht, er war gezwungen, den Ofen jeden Abend und jede Nacht anzuheizen, denn die Wärme war wichtig für die Heilung. Außerdem war das Gebiet im Herbst ziemlich verlassen. Eventuell machte jemand in dieser Gegend mal einen Nachmittagsspaziergang, aber nach Einbruch der Dunkelheit würde niemand hierherkommen.

Nachdem er eine Runde durchs Haus gegangen war und die Gardinen zugezogen hatte, knüllte er etwas Zeitungspapier zusammen, legte es in den Holzofen und platzierte kleine Holzstückchen darauf. Mit einem Streichholz entzündete er die Papierkugel, und als die Flammen Nahrung fanden und aufloderten, legte er größere Scheite nach. Auf Knien blieb er vor der offenen Luke sitzen und wärmte seine Hände. Danach war der Rücken an der Reihe. Sein Körper schien vor Freude zu jubeln.

Eilig warf er einen Blick in den Küchenschrank und entschied sich dafür, zur Feier des Tages einen seiner Schätze zu opfern. Er würde die Dose Spaghetti Bolognese öffnen – und dazu eine Cola trinken.

Während das Essen erhitzt wurde, säuberte er erneut die Wunde. Unter den gegebenen Umständen sah sie ziemlich gut aus. Anschließend holte er eine Matratze, Kissen und zwei Daunendecken aus dem Schlafzimmer und legte alles vor den Ofen. In der kleinen Hütte wurde es schnell warm, und er setzte sich mit dem Teller direkt ans Feuer. Spaghetti mit Hackfleischsauce waren eine herrliche Erfindung, er hatte einen riesigen Appetit.

Als er die halbe Portion verschlungen hatte, begann sein Gehirn wieder zu arbeiten. Auf dem kleinen Tisch in der Ecke stand ein Fernseher. Er hatte noch nicht getestet, ob er funktionierte, aber im Augenblick war er ohnehin zu müde dafür. Außer den Geräuschen der Natur brauchte er nichts. Er könnte auf einem

Felsen leben oder mehrere Jahre in dieser Hütte verbringen. Das Einzige, ohne das er nicht leben konnte, war seine Familie.

Er kratzte den Teller bis auf den letzten Klecks sauber und stellte ihn zur Seite. Licht musste er keines löschen, einzig die Flammen hinter der gläsernen Scheibe des Ofens beleuchteten den Raum. Im Sitzen zog er sich aus, legte sich auf die Matratze und hüllte sich in die dicken Decken.

Der Moment, in dem er im dunklen Loch saß und das erste Hundebellen und -knurren zu ihm durchdrang, dieser Moment würde ihn für den Rest seines Lebens verfolgen.

Er rollte sich zusammen. Sein Körper fühlte sich unendlich schwer an.

29

Ihr Licht am Fahrrad war defekt, und inzwischen war es so dunkel, dass ihr ein Bußgeld drohte, wenn sie von einem Kollegen erwischt wurde. Dumm und peinlich, aber nur folgerichtig, dass ein gigantischer Scheißtag wie dieser ohne Fahrradlicht endete.

Und dabei hatte er so gut begonnen. Zuerst das lang erhoffte klärende Gespräch mit Birkedal, dann der Besuch in der Leichenhalle, der sich möglicherweise gelohnt hatte, gefolgt von der plötzlichen Einladung zu der Besprechung bei Blix, und nicht zuletzt das Vertrauen, das Birkedal ihr entgegenbrachte. Dazu kam die Dimension des Falls – ihres Falls, dem der bei Henne abgestürzten Maschine. Der Fall, von dem niemand etwas hatte hören oder wissen wollen, und jetzt saßen PET und CIA mit am Tisch.

Es war nicht zu leugnen: Der Tag hatte sich zu einem reinen Triumphzug für sie entwickelt.

Ein Triumphzug, der ein abruptes Ende fand, als die Sekretärin sie ans Telefon holte.

Jonas … Ihr armer, lieber Jonas … Was um alles in der Welt war passiert?

Im selben Augenblick, in dem Blix die Besprechung beendet hatte, war Nina aus der Tür gehastet. Sie hatte das Meeting nicht eher verlassen können. Es war unmöglich gewesen, da sie verschiedene Strategien diskutiert hatten. In wenigen Sekunden war sie unten bei Jonas, der auf einem Stuhl in der Ecke der Dienststelle saß. Er sah so traurig und niedergeschlagen aus wie noch nie. Seine Augen schimmerten feucht.

Nina hatte versucht, ihn zu umarmen, doch er hatte sie nur

trotzig von sich geschoben und gefragt, warum sie nicht sofort gekommen war. Sie hatte ihm erklärt, dass es nicht möglich gewesen war, weil sie an einer Besprechung mit dem PET und der CIA teilgenommen hatte.

»CIA … Das hat der Typ mir ausgerichtet. Glaubst du immer noch, ich wäre fünf? Denkst du wirklich, du könntest mir etwas vormachen, Mama?«

Er war stinkwütend gewesen, und wenn sie ihn nicht fest an der Hand gepackt hätte, wäre er vielleicht sogar davongerannt.

Jetzt trat sie so fest in die Pedale, wie sie nur konnte. Nur ein langer Sprint durch die Kirkegade, dann war sie wieder zu Hause bei ihm.

Gemeinsam waren sie nach oben in ihr Büro gegangen, um über die Sache zu reden. Das Schlimmste war, dass sie ihn nicht nach Hause begleiten konnte, weil sie zu einer weiteren Besprechung musste, um den Ablauf des nächsten Tags vorzubereiten. Die Suche sollte morgen früh mit derselben Intensität fortgesetzt werden.

An jedem anderen Tag hätte sie es geliebt, sich mitten in einem so heiklen Fall zu befinden. An jedem anderen Tag hätte ein Fall dieses Ausmaßes und mit diesen Voraussetzungen ihr ungeahnte Kräfte verliehen und ihr das Gefühl gegeben, den besten Job der Welt zu haben.

Jetzt steckte sie bis zum Hals in der Scheiße.

Als Erstes hatte sie in Sønderho angerufen, wo Tante Astrid und Jørgen versprochen hatten, die nächste Fähre zu nehmen. Danach hatte sie sich in ihrem Büro mit Jonas unterhalten, bis Astrid und Jørgen anriefen und sagten, dass sie vor dem Haupteingang warteten, um Jonas nach Hause in die Kirkegade zu bringen.

All das wegen ein paar bescheuerter Dartpfeile.

Der Alarm hatte geschrillt, als Jonas das Sportgeschäft in der

Fußgängerzone verlassen wollte. Er hatte sich erschreckt und war verwirrt stehen geblieben. Ein Verkäufer war zu ihm gekommen und hatte ihn ein zweites Mal durch die Tür geführt. Mit demselben Ergebnis. Also durchsuchten sie ihn und fanden eine Plastikverpackung mit drei teuren Dartpfeilen in der Kapuze seines Sweatshirts.

Jonas konnte es sich nur so erklären: Jemand hatte die Pfeile in seine Kapuze gesteckt.

Nina glaubte ihm, sie hatte keinen Grund, es nicht zu tun. Sie wollte und konnte nichts anderes glauben. Ihr Sohn war kein Dieb. Sie hasste sich selbst für das kleine Teufelchen auf ihrer Schulter, das sie fragte:

»Und was, wenn doch?«

Wie waren die Pfeile in der Kapuze gelandet? Jonas' Erklärung war simpel. Im Laden hatte er zwei ältere Schüler aus der Klasse über ihm getroffen. Den einen, René, kannte Nina nicht, dafür aber den anderen, Big Bo, ein ziemlicher Rowdy. Seinen Vater kannte sie viel zu gut. Er war ein verurteilter Hehler und Gewalttäter.

Big Bo wäre definitiv in der Lage dazu, so etwas zu tun. Die Alternative war für sie völlig undenkbar.

Jonas hatte sich allerdings gerade eine Dartscheibe gekauft, und er befand sich in einer schwierigen Phase. Nein! So konnte es einfach nicht gewesen sein.

Zu Hause würden sie noch mal in Ruhe über alles sprechen. Jonas wusste, wie die Polizei arbeitete, und jetzt war er sozusagen selbst geladen. Nur leider in seinem eigenen Fall.

Nina flog in rasendem Tempo über die Pflastersteine vor der Vor Frelsers Kirke und vergaß beinahe, an der Skolegade anzuhalten. Dann war sie endlich da. Sie stellte das Rad vor dem Schaufenster des Gardinengeschäfts ab, schoss die Treppe nach oben und schloss die Wohnungstür auf.

Der Geruch, der ihr entgegenschlug, war eindeutig. Sie hatten Chinesisch gegessen. Wahrscheinlich hatte Jonas entschieden, etwas vom China House auf der anderen Straßenseite zu holen. In der Luft lag Curryduft gepaart mit der charakteristischen Fritteusen-Note, die fest dazugehörte, egal, ob es nun Frühlingsrollen, Garnelen im Teigmantel oder Wan Tan waren. Vielleicht nahm sie auch ein wenig süß-saure Sauce wahr.

Sie schaute ins Wohnzimmer. Astrid und Jørgen saßen auf dem Sofa und sahen fern. Die 21-Uhr-Nachrichten hatten gerade begonnen.

»Hallo, dem Geruch nach war heute der chinesische Koch dran, was?«

Astrid nickte.

»Es war Jonas' Idee. Mit seinem Appetit ist jedenfalls alles in Ordnung. Wir haben dir eine Auswahl aufgehoben und in den Kühlschrank gestellt. Hattest du viel zu tun?«

»Ein absoluter Wahnsinnstag. Und zum Schluss musste auch noch alles zusammenkrachen. Es tut mir leid, aber …«

»Du musst dich nicht entschuldigen, Port. Wenn die Pflicht ruft, gehorcht man eben.«

Jørgen war jahrzehntelang Dorfpolizist auf Fanø gewesen, ihre ganze Kindheit über waren sie und Tante Astrid es gewohnt, dass er zu den sonderbarsten Uhrzeiten ausrücken musste.

»Warst du wirklich in einer Besprechung mit der CIA?« Der alte Dorfpolizist roch nach Sägemehl.

»Ja, PET und CIA. Was ist mit Jonas, wie geht es ihm?«

»Er wollte in seinem Zimmer sein. Als ich vor einer Viertelstunde nachgeschaut habe, hat er Computer gespielt«, antwortete Astrid.

»Ich gehe mal zu ihm und rede mit ihm. Essen kann ich später noch.«

Tatsächlich saß Jonas vor dem Computer und spielte. Er war

ihr gegenüber immer noch ziemlich reserviert, akzeptierte aber, das Spiel abzubrechen. Gemeinsam gingen sie den Ablauf der Ereignisse im Sportgeschäft noch einmal durch, diesmal genauer, von dem Moment, in dem er den Laden betreten hatte, bis zum Einsetzen des Alarms.

Big Bo und sein Kumpel René waren erst nach Jonas in den Laden gegangen.

»Und du hast sie vorher in der Fußgängerzone nicht gesehen?«

Jonas schüttelte den Kopf.

»Aber sie hätten dich sehen können?«

Er nickte.

»Ist dir aufgefallen, ob sie direkt auf dich zugekommen sind, oder sind sie schon vorher durch den Laden gestreift?«

Jonas schloss die Augen und dachte nach.

»Ich glaube … ich bin mir sicher … dass sie direkt zu mir nach unten gekommen sind, weil ich sie zum ersten Mal ganz oben an der Glastür gesehen habe, als sie gerade in den Laden kamen. Da haben sie mich gesehen und sind zu mir runter. Ich hatte mir gerade Hallenfußballschuhe angeguckt.«

»Aber eigentlich kennst du sie gar nicht, oder?«

»Nicht wirklich, nur aus der Schule.«

»Ihr seid dann also gemeinsam durch den Laden gestreift. Du hast dir Fußballtrikots und Fußballschuhe angeschaut. Waren sie die ganze Zeit dabei?«

»Eigentlich schon. Nur manchmal bleibt man eben stehen, wenn man etwas Interessantes entdeckt.«

»Habt ihr Quatsch gemacht? Herumgealbert? Oder wart ihr still?«

»Bo hat ein paar komische Dinge über einige Mädchen im Laden gesagt, über die wir gelacht haben. Und René hat sich eine Skibrille, Mütze und Handschuhe aus einem Wühltisch angezogen und damit ein bisschen herumgealbert.«

»Haben René und Bo hinter deinem Rücken über dich gelacht? Versuch, dich daran zu erinnern, Jonas. Haben sie so geredet, dass du es nicht mitbekommen solltest?«

»Nee, ich glaube nicht. Ist mir nicht aufgefallen. Jedenfalls haben sie nicht in einer Ecke gestanden und getuschelt oder so.«

»Dann kommt ihr an den Ständer mit den Dartpfeilen. Wer sagt als Erstes etwas?«

»Ich, glaube ich, weil ich die Pfeile entdecke.«

»Was sagst du?«

»Irgendwas in der Art wie ›Oh, guckt mal, was für coole Pfeile.‹«

»Und dann?«

»Erzähle ich von meiner Dartscheibe und dass die Pfeile, die dabei waren, Schrottpfeile sind, mit denen man eigentlich im Freien spielt.«

»Danach nimmst du ein Pfeile-Set vom Ständer und schaust es dir an. Nehmen die anderen auch Pfeile in die Hand? Das ist wichtig, Jonas, denk nach.«

Jonas konzentrierte sich, aber er war unsicher.

»Ich weiß es nicht, Mama. Bo hat sich ein paar goldene angeguckt, aber ich glaube nicht, dass er sie vom Ständer genommen hat. René stand hinter uns und hat irgendwas davon erzählt, dass Dart nur was für Schwuchteln wäre …«

»Wer ist als Erster weitergegangen?«

»René …«

»Und als Nächster?«

»Ich.«

»Also ist Bo hinter dir, als ihr weitergeht. Was schaut ihr euch als Nächstes an?«

»Ein paar Hanteln, die wir probehalber anheben. Dann guckt Bo auf seine Uhr und sagt, dass er losmuss. Danach hauen René und er ab.«

»Sagen sie noch irgendwas? Verabschieden sie sich so, als wärt ihr gute Freunde, oder wie ist es?«

»Bei Bo weiß man nie, woran man ist. Auf dem Schulhof ist er manchmal total nett und manchmal ein richtiger Vollidiot. Dann provoziert er grundlos Leute oder macht sich über sie lustig.«

»Haben sie gelacht, als sie den Laden verlassen haben?«

»Nee, aber …« Jonas musste sich anstrengen, um die Szene vor sich zu sehen. »Ich erinnere mich daran, dass ich es ein wenig komisch fand, dass Bo sich vor einem Schaufenster noch mal umgedreht und mir von der Straße aus zugewinkt hat. So etwas macht er sonst nicht. Und, Mama, wir sind überhaupt keine Freunde.«

»Hmm … die Pfeile in deiner Kapuze, wie sahen die aus?«

»Äh, irgendwie rot, glaube ich. So ganz genau weiß ich das nicht mehr, weil der Alarm wie verrückt geschrillt hat, und dann kamen schon die Mitarbeiter angerannt.«

»Rot? Vielleicht waren es besonders coole Pfeile?«

»Ich weiß es nicht.«

»Hattest du die roten Pfeile auf dem Ständer gesehen?«

»Nein.«

Nina stellte ihr Rad auf dem Bürgersteig vor dem Haus in der Finlandsgade ab, nur wenige Straßen von der Kirkegade entfernt. Beim Klingelschild blieb sie kurz stehen und ging dann nach oben in den zweiten Stock.

An der Wohnungstür hing bloß ein alter Aufkleber, auf dem »P. Bjerg und T. Hansen« zu lesen war. Letzteres stand für Tommy Hansen, Bos Vater. Ein übler Typ, der seine große Klappe schnell verlor, sobald er sich hinter den Mauern des Polizeipräsidiums befand.

Sie drückte die Klingel. Ihre Uhr zeigte 21:23 Uhr an, vielleicht ein wenig spät, aber das war ihr egal. Außerdem war sie überzeugt, dass in einem Haushalt, in dem Tommy Hansen der Vater war, ein Junge in Bos Alter noch längst nicht ins Bett geschickt wurde. Eine Frau öffnete, die wohl »P. Bjerg« sein musste. Sie wirkte alles andere als freundlich.

»Guten Abend, und entschuldigen Sie bitte die Störung. Mein Name ist Nina Portland, mein Sohn geht in die Klasse unter Bo. Ich würde ihm gern eine Frage stellen, also wenn das in Ordnung ist?«

Die Frau nickte nur und schlug ihr die Tür vor der Nase zu. Kurz darauf wurde sie wieder geöffnet. Bo stand in T-Shirt und Boxershorts vor ihr. Er erkannte sie, das sah sie an seinem Gesichtsausdruck. Nina erklärte, dass sie sich über den Nachmittag mit Jonas im Sportgeschäft unterhalten wollte, nannte aber keinen Grund. Bo, der größer und muskulöser als die meisten Jungen in seinem Alter war, nickte nur abwartend. Ihm schien die Situation überhaupt nicht unangenehm zu sein.

»Du und René treffen im Sportladen also auf Jonas. Wer von euch war zuerst im Geschäft?«

»Jonas. Wir haben ihn gesehen, als wir reingegangen sind.«

»Und dann? Wart ihr drinnen zusammen unterwegs?«

»Die meiste Zeit schon. Aber man bleibt ja ab und zu stehen. Gibt viel zu sehen da.«

»Was habt ihr euch angeschaut?«

Bo überlegte einen Augenblick, bevor er antwortete.

»Jonas stand bei den Hallenfußballschuhen, als wir kamen. Also haben wir uns auch dort umgesehen. Danach waren wir bei den Trikots und Fußballschuhen. Warum wollen Sie das eigentlich alles so genau wissen?«

»Dir ist klar, dass ich bei der Polizei bin, oder?«

Bo nickte.

»Manchmal müssen wir eben eine Menge Fragen stellen. Was ist danach passiert?«

»Wir sind weiter durch den Laden gegangen. René hat sich ein paar Skisachen angezogen. Manchmal spinnt er ein bisschen. Eine Verkäuferin hat ihm gesagt, dass er die Sachen zurücklegen soll, wenn er nur Blödsinn damit machen will. Und dann sind wir bei den Dartpfeilen stehen geblieben, weil Jonas sich dafür interessierte. Er hat uns erzählt, dass er sich vor Kurzem eine Dartscheibe gekauft hat …«

»Was waren das für Pfeile? Welche Farben hatten sie?«

»Extrem teure, goldene, silberne, in allen möglichen Farben … Es gab auch ein paar rote, mit so einem Metalllack.«

»Rot? Warum ausgerechnet rote Pfeile?«

»Was meinen Sie?«

»Du erinnerst dich an die roten Pfeile …«

»Weil Jonas sie sich genommen hat. Sie waren richtig cool, in Ferrari-Farben, rot mit gelb-schwarzen Plastikfedern und mit dem Pferdelogo. Er meinte, sie würden ihm gut gefallen.«

»Wart ihr danach noch zusammen, oder ist Jonas stehen geblieben?«

»Wir sind noch kurz dortgeblieben, aber dann ist mir eingefallen, dass ich nach Hause muss. Also sind René und ich gegangen.«

Es lief nicht so, wie sie gehofft hatte. Da stand Big Bo vor ihr, in Boxershorts, und er war höflich und antwortete brav auf ihre Fragen, wo er doch eigentlich frech und respektlos hätte sein sollen. Was sollte sie unternehmen?

Langsam erschien ein Grinsen auf Bos Gesicht. Er kämpfte dagegen an, aber vergebens. Es wurde immer breiter und seine Augen immer kleiner. Dann sagte er:

»Für wie dumm hältst du mich eigentlich, du Bullentante? Du bist hier, weil Jonas die Pfeile geklaut hat. Das kann sich doch jeder denken. Er wollte sie haben, hatte aber nicht genug Kohle. Hat er selber gesagt. Also hat er sie einfach geklaut. Warum würdest du sonst hier antanzen und blöde Fragen stellen? Ha, der kleine Drecksack ist ein Dieb!«

Überrumpelt, gereizt und schockiert von der Verwandlung des Jungen – war sie schon kurz davor, ihm Daumen und Zeigefinger in den Hals zu rammen und zuzupacken.

»Pass auf, Freundchen«, drohte sie ihm.

Eine Alarmglocke in ihrem Hinterkopf ließ sie kurz innehalten, und sie hielt den Zeigefinger lediglich dicht vor Bos Gesicht. Im selben Moment betrat sein Vater den Wohnungsflur.

»Was geht hier vor?«

»Oh, hallo Tommy, ich unterhalte mich gerade mit Ihrem Sohn.«

»Sie haben ihn bedroht, das habe ich genau gesehen!«

»Das war nur ein erhobener Zeigefinger.«

»Was zur Hölle machen Sie hier eigentlich?«

Der Sohn, der seinem Vater stärker nachschlug, als sie gedacht hätte, mischte sich ein.

»Ihr blöder Sohn, dieser Jonas, von dem ich dir erzählt habe, hat etwas in einem Sportgeschäft geklaut. Und jetzt will sie mir die Schuld dafür geben.«

Tommy Hansen, der eine durchschnittliche Statur hatte und schon bald von seinem Sohn überragt werden würde, machte einen Schritt nach vorn. Mit einem Mal war ein zorniger Ausdruck in seinem Blick, und sein gesamtes Auftreten wirkte unvorhersehbar. Nina hatte das schon einmal bei ihm gesehen, aber sie fürchtete sich nicht. Hansen legte sich nur mit Leuten an, mit denen er fertigwurde.

»Schminken Sie sich diese Idee besser gleich wieder ab, Tommy! Das wäre Gewalt gegen eine Staatsbeamtin im Dienst, und so etwas endet immer mit einem Besuch auf dem Präsidium. Und wir wissen beide, wie gern Sie sich dort in die Hose machen.«

Sein Blick wurde, wenn möglich, noch wilder, aber offenbar wollte er kein Risiko eingehen.

»Du blöde Drecks…«

»Sie und Ihr Sohn haben wirklich einen üblen Wortschatz. *Ihr* Sohn hat *meinem* Sohn eine Falle gestellt und es so aussehen lassen, als hätte er etwas aus einem Sportgeschäft gestohlen. Wenn Sie ein anständiger Vater wären, würden Sie ihm mal die Leviten lesen.«

»Mein Sohn hat gar nichts getan, so viel steht fest, Bullensau!«

»Sie sind wirklich eine reizende Familie. Die Sache hat ein Nachspiel, merken Sie sich das!«

Damit machte Nina auf dem Absatz kehrt und lief die Treppe nach unten – begleitet von einer regelrechten Flutwelle aus Beleidigungen.

Die Tür knarrte, als sie wieder nach Hause kam. Sie schob sie vorsichtig auf und schaute nach Jonas. Er hatte sich tatsächlich an die Absprache gehalten und lag schon schlafend im Bett. Oder zumindest tat er so. An einem Tag wie diesem fiel es ihm sicher schwer, einzuschlafen, bei all den Gedanken, die ihm durch den Kopf gehen mussten.

Bei ihr sah es nicht viel anders aus. Aus polizeilicher Sicht war Bos Aussage genauso viel wert wie die von Jonas. Aber danach sollte der Fall nicht beurteilt werden. Nina wusste einfach, dass ihr Sohn niemals Ladendiebstahl begehen würde. Alles andere spielte keine Rolle. Dass bei Bo der Apfel nicht weit vom Stamm fiel, bestätigte Jonas' Aussage nur.

Allerdings war ihr auf dem Heimweg ein Detail aufgefallen, über das sie sich immer noch wunderte. Die einzige plausible Erklärung sprach ebenfalls für Jonas.

Bo hatte gesagt, die Pfeile wären in den Farben von Ferrari gewesen, sogar mit Logo. Nicht einmal daran konnte sich Jonas erinnern. Der Alarm hatte ihn erschreckt, sodass er lediglich gesehen hatte, dass die Pfeile rot gewesen waren – mehr nicht.

Warum? Weil er sie nicht in den Händen gehalten oder genauer betrachtet hatte. Bo hatte sie in seine Kapuze gesteckt.

Fest stand nur die verfluchte Tatsache, dass Jonas die Schuld dafür bekam.

Sie musste sich die Sache unbedingt genauer ansehen. Nur hatte sie keinen blassen Schimmer, wie um alles in der Welt sie dafür Zeit freischaufeln sollte. Von jetzt an würde sich alles ausschließlich um den Ghost Prisoner Zulfikkur Wur drehen.

Im Wohnzimmer saßen Astrid und Jørgen immer noch auf dem Sofa, beide mit einer Kaffeetasse in der Hand.

»Willst du nichts essen, Nina?«

Sie nickte Astrid zu, die schon ihr ganzes Leben wie eine Mutter für sie gewesen war und daher das Recht auf eine normale mütterliche Besorgnis hatte.

»Doch, gleich.«

»Was hat der Kerl gesagt«, fragte Jørgen.

»Viel ist nicht dabei herausgekommen. Er hat mehr oder weniger das Gleiche gesagt wie Jonas – aber gegen Ende wurde er völlig respektlos und frech. Und dann ist auch noch sein Vater aufgetaucht, was die Sache nicht besser gemacht hat. Alles in allem: nichts Wichtiges.«

»Also bleibt es an Jonas hängen. Auf frischer Tat …«

»Sieht ganz danach aus. Ich kann nicht durchboxen, dass sich jemand um die Sache kümmert, ich kann es einfach nicht. Und ich will nicht. So etwas kann ich überhaupt nicht leiden. Das wäre Vetternwirtschaft und zugleich unfassbar naiv. Als würde ich, eine verzweifelte Kriminalkommissarin und Mutter, den tatsächlichen Beweis nicht anerkennen, als würde ich mich weigern, der Tatsache ins Auge zu blicken, dass mein Sohn mit den Pfeilen erwischt wurde. Meine Güte, das kommt jeden Tag vor. Und in den allermeisten Fällen schwören die Eltern, dass es ihrem ach so wohlerzogenen Schatz nie in den Sinn käme, etwas zu stehlen.

Genau wie bei mir. Aber auch die Kinder von anständigen Leuten klauen. Das würde ich jederzeit unterschreiben. Nur nicht, wenn es um Jonas geht … Wisst ihr, was ich meine?«

Astrid und Jørgen nickten synchron. Dann sagte Astrid:

»Also geht es dabei auch um dich, richtig? Was wäre, wenn du einfach darauf pfeifen würdest, ob du dich richtig verhältst. Wenn du nur an Jonas denken würdest, Nina, was wäre dann?«

»Ich muss nun mal noch ein paar Jahre bei dem Laden arbeiten, und es wäre besser, wenn die Leute nicht anfingen, an mir zu zweifeln. Sie dürfen über mich denken, was immer sie wollen. Nur eine einzige Sache soll niemand infrage stellen können: meine persönliche Integrität.«

Auf dem Sofa wurde verständnisvoll genickt. Schwang da auch Enttäuschung mit?

»Aber natürlich lasse ich Jonas nicht im Stich. Er ist wichtiger als meine Arbeit.«

Nina zögerte, denn ihre Idee war erst wenige Minuten alt. Onkel Jørgen hatte ein besonders weiches Herz, und die Aussicht, dass sein geliebter Neffe dastünde wie ein Ladendieb, hatte ihm sichtlich zugesetzt. Jetzt sah er sie prüfend an, ob es nicht doch einen Ausweg gab. Nina fuhr fort:

»Die einzige Chance sind die Überwachungsbänder aus dem Geschäft. Ich kann es vor mir selbst verantworten, nach den Videos zu fragen, um sie durchzusehen. Trotz allem ist mit diesem Bo ein sehr zweifelhafter Typ in die Sache verwickelt. Ich habe momentan nur absolut keine Zeit, mir die Bänder selbst anzuschauen. Wenn ich dich davon überzeugen kann, dich um die weiteren ›Ermittlungen‹ zu kümmern, könnten wir vielleicht Erfolg haben.«

Der alte Dorfpolizist brauchte keine Bedenkzeit.

»Aber natürlich … Gern! Wann?«

»Morgen früh um zehn, wenn das Geschäft öffnet. Zu der Zeit

habe ich bestimmt keine Besprechung. Ich werde da sein, um jeden Preis. Wir treffen uns draußen vor dem Laden, dann gehe ich rein und regele das. Du bekommst die Bänder oder die DVDs mit nach Hause und kannst sie sofort sichten.«

»Abgemacht.«

»Tausend Dank. Jetzt wärme ich mir das Essen auf.«

Die Mikrowelle hatte sich noch nicht lange gedreht, als es laut aus dem Wohnzimmer rief. Es war Jørgen.

»Nina, komm her! Schnell! Beeil dich!«

Sie hastete hinüber. Gerade liefen die Spätnachrichten auf TV2, und sie platzte mitten in einen Satz.

»… und wie die amerikanische Zeitung Washington Post vor Kurzem auf ihrer Internetseite schrieb, findet diese unglaubliche Menschenjagd auf dänischem Boden statt.«

Nina erstarrte. Oh nein …

»Laut einer anonymen Quelle handelt es sich um einen seit Langem gesuchten Terroristen, der sich an Bord eines CIA-Gefangenentransports von Island nach Rumänien befand, der in Dänemark verunglückt sein soll. Aus Washington ist uns jetzt unser Korrespondent Niels Ager zugeschaltet. Niels, wie lautet Ihre erste Einschätzung der Situation?«

»Es klingt absolut unglaublich, Marie. Nach den Terrorangriffen vom 11. September 2001 gab der damalige Präsident Bush grünes Licht für solche äußerst umstrittenen Gefangenentransporte, die Präsident Barack Obama fast als erste Amtshandlung wieder verbot. Während seiner gesamten Wahlkampagne hatte Obama Gefangenentransporte und Foltermethoden verurteilt und sogar angekündigt, Guantánamo zu schließen. Wenn sich diese Meldung aus Dänemark bewahrheiten sollte, könnte das fatale Auswirkungen für den Präsidenten und seine Regierung haben.«

»Die Jagd nach dem Terroristen, der als extrem gefährlich gilt, wird den Informationen der Washington Post zufolge durch eine Zusammenarbeit zwischen CIA, dem Nachrichtendienst der Polizei PET sowie der Polizei Südjütland mit Hauptsitz in Esbjerg koordiniert. Den einzigen Verantwortlichen, den wir kurz vor dieser Sendung erreichen konnten, war der Landespolizeipräsident Adam Bonde, der allerdings keinen Kommentar abgeben wollte. Gibt es bereits Äußerungen von Seiten der CIA oder anderen Behörden, Niels?«

»Auch die CIA hält sich in dieser Sache bedeckt und will sich nicht äußern, andere Stimmen gibt es bislang nicht. Es hat beinahe den Anschein, als würde ganz Washington im Augenblick den Atem anhalten. Nach meiner Erfahrung ist das die bekannte Ruhe vor dem Sturm.«

»Vielen Dank für diese Einschätzung aus Washington, Niels. Wir werden uns in den Frühnachrichten wieder bei Niels melden. Bei mir im Studio ist jetzt mein Kollege Lars Hvitt, der uns einige Hintergründe zu den Vorkommnissen in Dänemark liefern kann. Momentan wissen wir, dass es vor einigen Tagen tatsächlich zu einem Flugzeugabsturz gekommen ist, nicht wahr?«

Der Gast im Studio hielt eine Zeitung in die Höhe.

»Ganz genau, denn wenn wir uns die Ausgabe der südjütländischen Tageszeitung Jydske Vestkysten vom 9. Oktober ansehen, finden wir die Meldung über ein Flugzeug, das bei einer Notlandung an der jütländischen Westküste verunglückt ist. Dabei handelt es sich um eine Maschine aus Island auf dem Weg nach Rumänien, die einer isländischen Baufirma gehören soll. In Rumänien sollte angeblich über den Verkauf gebrauchter Baumaschinen verhandelt werden. Offenbar zwang ein schweres Unwetter den Piloten zu einer Notlandung am Henne Strand. Dabei kam ein Passagier ums Leben. Ein zweiter Passagier sowie der Pilot wurden mit schweren Verletzungen ins Krankenhaus von Esbjerg gebracht, wo sie sich angeblich immer noch befinden.

Große Aufmerksamkeit erhielt dieses Ereignis in der dänischen Medienlandschaft allerdings nicht.«

»Es ist aber möglich, dass es sich um die Maschine handelt, auf das sich die Washington Post bezieht?«

»Im Moment ist alles noch reine Spekulation, Marie, aber diese Möglichkeit besteht. Gegebenenfalls war ein Gefangener an Bord, der die missglückte Notlandung unbeschadet überstanden hat und sich jetzt auf freiem Fuß befindet – der besagte Terrorist …«

»Vielen Dank, Lars. Wir werden in den morgigen Frühnachrichten wieder umfassend über die Ereignisse und Entwicklungen berichten. Eine neue Studie zeigt, dass dänische Schulkinder immer übergewichtiger werden …«

Nina war vollkommen schockiert. Sie konnte keinen klaren Gedanken fassen. Dann klingelte ihr Handy.

Morgen würde ein Tag in der Hölle werden.

30

Birkedal hatte eine Tasse Kaffee vor sich stehen und studierte die Landkarte, die er mit einigen Magneten auf einer riesigen Whiteboardtafel befestigt hatte. Die Tafel überdeckte eine ganze Wand und war mit Notizen in blauer Schrift übersät.

Nina kam pünktlich mit dem Uhrschlag. Es war exakt fünf Uhr morgens, als sie an den Türrahmen klopfte. Sie hoffte nur, dass Jonas gut schlief und ein wenig Abstand zu den Ereignissen von gestern gewinnen konnte.

»Guten Morgen.«

»Guten Morgen, Nina.«

Wieder nannte er sie beim Vornamen. Für einen Morgen in der Hölle war das zumindest ein recht guter Anfang.

»Ist heute Nacht irgendetwas passiert, also im Hinblick auf den Bandenkrieg?«

»Eine Schlägerei auf dem Marktplatz gegen Mitternacht. Anscheinend waren es Anhänger beider Lager, drei Türken und zwei Bosnier wurden festgenommen. Ansonsten war alles ruhig.«

»Wer vernimmt Tuncay Terim? Das sollte heute Vormittag …«

»Madsen. Und Monberg. Hoffen wir mal, dass der Ausflug in die Leichenhalle den Kerl zur Vernunft gebracht hat.«

»Die Chancen stehen nicht schlecht, würde ich sagen.«

Es war Birkedal gewesen, der sie gestern Abend direkt nach den Nachrichten angerufen hatte. Er hatte es genauso gesehen wie sie. Sie kamen vom Regen in die Traufe.

»Konntest du gestern Abend noch mit Blix sprechen?«, fragte Nina.

»Er ist in einer halben Stunde hier. Immerhin hat er eingesehen, dass ich mich nicht allein um die Weltpresse kümmern kann. Und damit meine ich wirklich die ganze Welt … Außerdem ist er über diese Aufgabe bestimmt nicht traurig.«

»Aber die Sache wird sich in Sekundenschnelle in eine politische Angelegenheit entwickeln. Innen- und Außenpolitik.«

»Sobald Dänemark aus den Federn kommt, bricht die Hölle los, aber das ist nicht unser Bier. Und eigentlich auch nicht das von Blix. Über diese Dinge sollen sie sich weiter oben streiten. So sehe ich das«, sagte Birkedal.

»Was ist mit Obama?«

»Tja, gute Frage. Da drüben ist alles möglich, oder? Wenn er sich um seine Angelegenheiten kümmert, kümmern wir uns um unsere.«

»Und unser Staatsminister? Der Außenminister? Jetzt fängt es wieder von vorn an, die ganze Leier mit der Verletzung unseres Luftraums durch die Amerikaner und diese Dinge.«

»Das ganze System steigert sich da hinein. Das war zumindest Gudmundsens Theorie.«

»Was ist mit uns? Sind alle Straßensperren eingerichtet, auf die wir uns gestern geeinigt haben?«

Birkedal nickte.

»Blix hat Verstärkung aus Südjütland angefordert. Im Grunde ist alles, was laufen – und bellen – kann, bei uns im Einsatz. Nur damit du es weißt, Nina: Ich habe Ulbæk in dieser … Angelegenheit … zu meinem Stellvertreter gemacht. Er wird auch jeden Moment eintreffen.«

»Das ist vollkommen in Ordnung.«

Es klang wirklich nicht wie eine versteckte Andeutung auf ihren abgebrochenen Führungskurs. Ulbæk war ein fähiger Mann, und Birkedal brauchte jemanden, der ihm auf Chefniveau assistierte.

»Außerdem werden wir eng mit Tarp und seinen Leuten beim PET zusammenarbeiten, während Gudmundsen sich in höheren Kreisen bewegt. Weiß Gott, er wird in Schwierigkeiten kommen, der arme Mann. Ich glaube, sie haben ihn mit heruntergelassenen Hosen erwischt. Wie ich vernommen habe, hat er es nicht geschafft, den parlamentarischen Kontrollausschuss zu informieren – und vielleicht nicht einmal das Justizministerium. Die Washington Post war einfach zu schnell.«

»Und was mache ich?«

»Ich habe für dich eine Rolle als, sagen wir, ›Springerin‹ oder ›Späherin‹ angedacht. Du tust sowieso, was du willst. Allerdings hast du jetzt die Erlaubnis dazu. Und fairerweise muss ich sagen …«

Birkedals Grummeln kam von tief unten, als er weitersprach:

»… ja, du warst von Anfang an auf der richtigen Fährte mit diesem elenden Flugzeug. Es tut mir leid, ich hätte vielleicht besser …«

»Schon okay. Machen wir weiter, anscheinend wartet die Welt auf uns.«

»Das wäre das erste Mal. Und es könnte sein, dass die Welt noch eine ganze Weile warten muss. Sieh dir die Karte an. Das Gebiet ist so unfassbar groß, es gibt Tausende Ferienhäuser, riesige Waldstücke, unzählige Wege nach draußen, Trampelpfade, Kieswege, asphaltierte Straßen … Er könnte die Gegend schon gestern Nachmittag verlassen haben. Vielleicht ist er getrampt, vielleicht versteckt er sich in einem LKW und ist auf dem Weg nach München – nach Hamburg oder Kopenhagen oder Warschau, Stockholm, Frederikshavn – oder sogar nach Esbjerg.«

Birkedal schien einen kleinen Anfall von Galgenhumor zu haben. Er musste lachen und verschüttete ein wenig Kaffee.

»Soll ich sagen, was du nicht sagen willst – oder kannst? Nur damit wir wissen, wo wir stehen?«

Ihr Chef schüttelte den Kopf.

»Nicht nötig, Nina. Jeder sieht, dass es unmöglich ist. Wir haben eine Aufgabe bekommen, von der jeder weiß, dass sie nicht zu lösen ist, aber wir sollten trotzdem so tun, als würden wir daran glauben. Und dabei soll es unbedingt so aussehen, als wäre es unsere Paradedisziplin. Draußen laufen gleich die Fernsehkameras.«

»Gut, dann kann uns die Welt wenigstens jetzt nicht zuhören.«

»Psst …«, machte Birkedal und legte einen Finger auf seine Lippen. »Der PET ist schließlich auch noch mit von der Partie. Ich habe sogar nachgesehen, dass Tarp nicht unter meinem Schreibtisch sitzt, als ich hergekommen bin.«

Trotz der angespannten Lage wirkte er aufgeräumt und munterer als seit Langem. Merkwürdig …

»Ich habe ein bisschen darüber nachgedacht, als ich gestern nicht einschlafen konnte. Wir haben *eine* Chance«, sagte Nina.

Dass sie nicht in den Schlaf fand, hatte weniger an Wur gelegen als an einem armen, wunderbaren Jungen, der plötzlich in die Klemme geraten war.

»Schön zu hören. Und worin besteht diese eine Chance?«

»Was hat dieser Torres von der CIA nicht gleich gesagt? ›Unterschätzen Sie niemals Zulfikkur Wur.‹ Der Mann war bei dem Anschlag auf die USS Cole dabei, das heißt, er ist intelligent, eiskalt und hochprofessionell. Er weiß sich selbst einzuschätzen – auch in der aktuellen Situation – und berechnet die Risiken. Wenn er nicht fit ist, zieht er sich so lange zurück, bis seine Gesundheit ihm wieder bessere Voraussetzungen verschafft.«

Birkedal wirkte nachdenklich.

»Daran habe ich auch schon gedacht. Klar, eine mikroskopisch kleine Chance besteht natürlich immer. Aber wir haben viel zu wenig Informationen über den Mann. Wir wissen nicht einmal, ob er sich alle Rippen gebrochen oder ob er nur ein bisschen Nasenbluten hat. In ein paar Stunden tummelt sich hier die ganze Weltpresse, und wir spielen Blindekuh, Nina.«

»Wir wissen, dass er das Erste-Hilfe-Set noch im Flugzeug benutzt hat. Wir wissen, dass er das Set mitgenommen hat. Dass er sich im Bunker übergeben hat, dass er sich im Dickicht ein Lager gebaut hat. So etwas macht man zu dieser Jahreszeit nicht aus freien Stücken, und wir …«

»Es sei denn, man ist äußerst gewieft und rechnet sich aus, dass die Polizei als Allererstes in den Ferienhäusern suchen wird.«

Nina fuhr mit ihrer eigenen Argumentation fort:

»Im offenen Gelände ist man bloßgestellt, ist den Hunden und den Infrarotkameras der Helikopter schutzlos ausgeliefert.«

»Die ganze Sache ist so heikel, da kann er sich denken, dass die Kavallerie nicht mit lauten Fanfaren anrückt – oder mit Hubschraubern. Wie du schon gesagt hast, der Mann ist ein Profi.«

»Okay, entweder zwingt ihn unsere Suche aus der Deckung, oder es sind Hunger und Durst. Das Erste, was er tun wird, ist, sich ein leeres Ferienhäuschen zu suchen, in dem er sich unter der Bettdecke verkriechen kann. In dem anderen Haus gab es deutliche Spuren. Er hat in einem Bett geschlafen, sich etwas zu Essen gemacht und sogar den Ofen angefeuert. Ich glaube nicht, dass er stark genug für eine Flucht ist. Außerdem ist er nicht mobil. Noch nicht. Sonst hätte er sich anders verhalten«, sagte Nina.

»Hmm … Wollen wir hoffen, dass du richtig liegst. Was meinst du, hat er den Mann getötet?«

Nina konnte das Grinsen nicht zurückhalten.

»Hast du meinen Bericht nicht gelesen?«

»Doch, aber die ganze Zeit ist irgendetwas anderes angefallen, und ich kann mich nicht mehr im Wortlaut daran erinnern, was …«

»Ich glaube, er hat einem seiner Bewacher einen Feuerlöscher gegen den Kopf gerammt. Und zwar mit Gewalt. Allerdings war der Schlag laut Rechtsmedizin nicht tödlich.«

Es klopfte, und durch die offene Tür traten Blix und Ulbæk ins Büro. Ohne einen guten Morgen zu wünschen, stieß der Polizeidirektor eine Flut aus Flüchen und Beschimpfungen aus, die kaum zu seiner noblen Herkunft passen wollten. Stöhnend setzte sich Blix an den kleinen Schreibtisch.

»Noch nie … noch nie habe ich so etwas erlebt … Zum Schluss habe ich einfach das Telefonkabel gezogen. DR, TV2, CNN, BBC, ABC, CBS, Fox, ARD, ZDF und noch mehr Buchstaben. Schweden, Norweger, Italiener, Spanier, Finnen, Inder, Thailänder, das ganze Programm, einmal rund um den Globus – sogar aus Australien kommen die Anrufe. Es wird die reinste Sturmflut. Wenn wir nichts unternehmen, ertrinken wir! Falls jemand von Ihnen eine Idee hat, dann wäre jetzt der perfekte Zeitpunkt dafür!«

Für einen kurzen Augenblick saßen sie schweigend da und starrten einander oder die große Landkarte an der Wand an. Nina dachte nach, betrachtete die Linien, Abgrenzungen und Farben auf der Karte. Es war schwierig. Ein Schwarm verfluchter Dartpfeile zischte ihr um die Ohren und blieb in der Landkarte stecken. Doch, möglicherweise hatte sie etwas, das hilfreich sein könnte.

»Wenn wir sie nicht fernhalten, wimmeln die Journalisten mit ihren Kamerateams wie die Ameisen überall herum. Und während der Fahndung können wir es nicht gebrauchen, dass sie uns im Weg stehen und uns an der Arbeit hindern. Das heißt: Wir müssen sehr zuvorkommend sein und alle Fragen mit einem Lächeln auf den Lippen beantworten.«

Der Gedanke ließ Blix skeptisch aussehen. Nina stand auf und umriss ein Gebiet auf der Karte mit ihrem Finger.

»Diesen Bereich haben wir mit Hunden abgesucht, von der Unfallstelle bei Henne im Norden bis einschließlich zu diesem kleinen Ferienhausgebiet in Grærup. Landeinwärts wird das Gebiet von der Straße abgegrenzt, die vom Strandvejen in Henne aus über Filsø, Kærgård und Grærup nach Süden verläuft und dann auf den Vejers Strandvej trifft. Die Straße ist lang, relativ breit, und östlich davon gibt es nur das militärische Übungsgelände.«

Ihr Finger folgte der Straße auf der Landkarte.

»Im Norden heißt sie Porsmosevej, weiter südlich dann Kærgårdvej und Urkokvej. Diese Strecke könnten wir den Fernsehsendern und ihren Übertragungswagen zur Verfügung stellen, sozusagen als Pressekorridor … Beim Fernsehen geht es doch immer um Bilder, gute Motive, Landschaften, Stimmung, oder nicht? Von dort hätten sie eine Aussicht auf die größten Hirschbestände Dänemarks. Im Moment äsen sie entlang des Grærup Langsø. Im Hintergrund würden sie außerdem die Dünen, Heidelandschaften, Heidekraut und Nadelbäume einfangen. Eine richtig kitschige Idylle … Und wir könnten sie sogar einige der Kieswege dort befahren lassen und ihnen das versandete Waldstück zeigen, in dem Zulfikkur Wur seinen Lagerplatz eingerichtet hat. Damit gewähren wir der Presse einen Einblick und kooperieren. Im Gegenzug haben wir die Kontrolle und können die Suche weiter südlich ungestört fortsetzen. Das wäre mein … Plan …«

Sie setzte sich, und schon flogen die Dartpfeile wieder. War Jonas inzwischen wach? Gleichzeitig registrierte sie, wie aufmerksam die Männer jetzt die Landkarte betrachteten und ihren Plan im Stillen nachvollzogen.

»Gekauft! Alle Achtung, Kriminalkommissarin Portland, alle Achtung«, entfuhr es dem Polizeidirektor, als wäre er gerade vom Blitz getroffen worden. Er zwinkerte ihr freundschaftlich zu, richtete sich auf dem Stuhl auf und fuhr fort:

»In der Fachsprache nennt man das Presse-Pools. Man nutzt

diese Methode beispielsweise bei royalen Hochzeiten. Wir organisieren also einen riesigen Pool auf dieser Straße, dann bekommen sie in Australien auch mal Rothirsche und Strandhafer zu sehen. Der Plan ist verdammt noch mal gekauft!«

Blix' Gesicht leuchtete auf, jetzt hatte er ein Problem weniger. Die Liste der Unwägbarkeiten war sicherlich kilometerlang.

Birkedal nickte.

»Das könnte unter Umständen funktionieren.«

Auch Ulbæk stimmte eifrig nickend zu.

»Spitzenidee, Nina! Es ist proaktiv, offen und ein Service. Gleichzeitig zeigen wir Respekt gegenüber der Nachrichtenvermittlung. So sieht moderne Polizeiarbeit aus, wir beweisen, dass wir unserem neuen Wertecodex bereits folgen. Kurz gesagt: Marketing der Extraklasse.«

Damit nutzte Ulbæk gleich eine ganze Reihe von Schlüsselbegriffen, mit denen er bei Blix garantiert punktete. Nicht, dass Nina hinter diesem makellosen Strike ein berechnendes Kalkül vermutete, vielmehr war Ulbæk einfach nur ein moderner, *trendy* Familienvater, der für seine Arbeit brannte.

Trotzdem konnte sie seine Aussage nicht unkommentiert stehen lassen.

»Jepp, hoffen wir, dass jemand ein Benchmark zu unserer Presseorganisation durchführt, wenn diese Sache überstanden ist.«

Blix und Ulbæk wirkten begeistert angesichts dieser Idee, während Birkedal, der alte Löwe, nur eine Augenbraue unter seiner wilden Mähne anhob. Natürlich durchschaute er ihren Sarkasmus.

»Die Probleme mit der Presse sind also erledigt. Könnten wir uns nun wieder ums Wesentliche kümmern?«

Birkedal wartete gar nicht erst auf eine Antwort. Allein, kostbare Zeit für das Diskutieren einer möglichen Pressestrategie aufzuwenden, verärgerte ihn.

»Heute Morgen erhalten wir zusätzliche Unterstützung von zwölf Hundeführern der Polizeibezirke Südjütland und Westjütland, aber wir stehen von Beginn an unter Druck. Selbst wenn wir von dem Druck absehen, den wir von außen erwarten müssen – und von den Medien. Wir stehen unter Druck, weil wir relativ sicher davon ausgehen können, dass dieser Zulfikkur Wur nach dem Flugzeugunglück immer noch geschwächt ist. Das wird er aber nicht bleiben.«

Die Unterstützung aus Süd- und Westjütland musste Birkedal dem Polizeidirektor schon am Vorabend abgerungen haben, denn Blix konnte es nicht besonders leiden, wenn andere sich in sein Territorium einmischten.

Ulbæk merkte auf.

»Wäre eine Zusammenarbeit mit dem Heer nicht auch vorstellbar? Das Hauptquartier liegt in Oksbøl, sie kennen die Umgebung wie ihre eigene Westentasche, und sie könnten locker die Manpower für alle Absperrungen und Kontrollen aufbringen.«

»Kommt überhaupt nicht infrage!«

Blix' scharfer Ton machte den eigentlich guten, wenn auch für Ninas Geschmack ein wenig unkonventionellen Vorschlag sofort wieder zunichte. Birkedal sprach weiter:

»Wir überspringen das Gebiet zwischen Grærup und Vejers, dort ist alles bepflanzt, und Zulfikkur Wur wird sich kaum ein zweites Mal dort niederlassen. Und wenn er tatsächlich mit dem Fahrrad geflohen ist, das im zweiten Ferienhaus in Grærup fehlt, dann radelt er sicher nicht quer über die Heide … Wir kontrollieren die enteigneten Gebäude auf dem Militärgelände, konzentrieren uns ansonsten aber komplett auf Vejers, das ist nämlich eine Menge Holz. Wir überprüfen sämtliche Ferienhäuser. Es sind unfassbar viele, und unsere Leute gehen nur rein, wenn etwas verdächtig ist. Die allermeisten Gebäude sind zurzeit unbewohnt, obwohl immer noch ein paar deutsche Touristen in diesem Gebiet Urlaub machen. Außerdem werden wir die Keller und Waschräume der Hotels, Lager von Geschäften und alle weiteren potenziellen Verstecke in Vejers unter die Lupe nehmen.«

Birkedal hielt kurz inne und kniff die Augen zusammen, als versuche er, sich an etwas zu erinnern.

»Ach ja … die Hubschrauber. Wir setzen zwei Helikopter ein, um das offene Gelände abzusuchen, inklusive der Forstgebiete, die wir auslassen. Von oben betrachtet könnte sich das ein oder andere vielleicht doch als interessant herausstellen. Das Gleiche gilt für die Ferienhaussiedlung, die eine äußerst große Fläche abdeckt. Durch die Hubschrauber haben wir ein zusätzliches Auge, aber ich persönlich glaube, dass er von den Bodentruppen gefunden werden wird. Und wir müssen ihn finden. Wenn wir ihn nicht innerhalb der nächsten zwei bis drei Tage fassen, dann sieht es schlecht aus. Denn dann ist er möglicherweise wieder fit genug, um seine Flucht fortzusetzen. Schauen Sie einmal hier …«

Birkedal deutete auf große grüne und hellbraune Flächen auf der Landkarte.

»Im Süden erstreckt sich Kallesmærsk Hede, ein riesiges Areal. Außerdem Bordrup Plantage und Oksby Plantage, und wir können verflucht noch mal nicht jeden einzelnen Tannenzapfen umdrehen …«

Er klatschte seine ganze Handfläche auf die entsprechende Stelle auf der Karte.

»Und hier! Als wäre Vejers nicht schlimm genug, haben wir hier den reinsten Albtraum in Form des gesamten Blåvand-Ho-Gebiets. Kommen wir bis dorthin und stehen immer noch mit leeren Händen da, müssen wir aufgeben. Oder unsere Strategie ändern. Denn dann könnte Zulfikkur Wur genauso gut in Brørup, Brøndby oder … Berlin sitzen.«

Birkedal glückte die Alliteration, was ihn zufrieden brummen ließ. Er sah alles andere als krank aus, aber so war es wohl mit einer Krebserkrankung: in den frühen Stadien blieb sie unsichtbar. Nina lief ein Schauer den Rücken hinunter.

»Habe ich etwas vergessen, Nina?«

Birkedal warf ihr einen fragenden Blick zu. Sie schüttelte den Kopf, ehe Blix auf seine Uhr sah und das Treffen beendete.

»Aller-, allerspätestens morgen müssen wir ihn haben, um jeden Preis«, erklärte er mit düsterer Miene, bevor er von seinem Stuhl hochfuhr und das Büro eilig verließ.

Die »Terroristen-Jagd in Dänemark« löste in den frühen Morgenstunden ein wahres Erdbeben in der Presse aus. Nina hatte eine der ersten Sendungen auf TV2 News gesehen, es ging um nichts anderes. In den USA war die Hölle los, in der westlichen Welt, und in Dänemark. Im Grunde überall.

Eine der vielen Expertinnen betonte die übergeordnete Perspektive, den politischen Skandal mit seinen Auswirkungen im Ausland und hierzulande. Aber die Geschichte spreche auch die Instinkte der Menschen an. Es seien die einzigartigen Dimensionen, die die Geschichte so explosiv machten, sagte die Expertin mit der großen Brille. Alles ließ sich auf ein einziges Wort herunterbrechen.

Menschenjagd.

Jagd und Flucht, hier waren Urkräfte am Werk. Hinzu kam die Faszination der Menschen an einer »echten« Geschichte und die damit einhergehende Neugier, wer am Ende gewinnen würde.

»Eines der größten Medienereignisse, das jemals auf dänischem Boden stattgefunden hat, nimmt gerade Form an.«

So in etwa lautete das Fazit der Expertin, bevor in das abenddunkle Washington geschaltet wurde, wo ein grell beleuchteter Korrespondent erzählte, dass die USA am Morgen zu einer politischen Götterdämmerung erwachen würden.

Wer die Zeit dazu hatte, konnte sich den ganzen Tag von

der Nachrichtenmaschinerie unterhalten lassen, die unermüdlich ratterte.

Zeit hatte Nina nicht. Sie war durchs ganze Haus gewirbelt und hatte einen Haufen kleinerer organisatorischer Dinge in Verbindung mit der Suche erledigt. Dafür brauchte sie alle aktuellen Einsatzberichte, und die örtlichen Polizeistationen sollten sie unverzüglich informieren, falls Autodiebstähle oder Einbrüche gemeldet wurden, sogar wenn es sich nur um einen Geräteschuppen handelte. In der jetzigen Situation konnte jedes Detail den Unterschied ausmachen. Zur selben Zeit hatte Nina mit Ulbæk über den Verlauf der ersten Tage und die Aufgabenverteilung gesprochen, bevor er nach Vejers gefahren war, um die Einsatzkräfte vor Ort zu koordinieren.

Birkedal hatte mit Frede Tarp, dem operativen Leiter des PET, vereinbart, um zwölf Uhr ein kurzes Briefing im Strandhotel in Vejers abzuhalten, wo Tarp und seine Leute unterkommen würden und wo Hector Torres wohnte. Birkedal würde selbst dorthin fahren, und Nina hatte geplant, rechtzeitig vor Ort zu sein, um sich umzusehen – wie es sich für eine gute »Späherin« gehörte.

In der Zwischenzeit hatte sie auch Zeit gefunden, Madsen mitzuteilen, dass er Terim gemeinsam Monberg vernehmen sollte. Sie hatten sich auch auf eine Strategie geeinigt.

Für den Schock, für das brutale Element hatten sie bereits gesorgt. Jetzt galt es, vorsichtig zu Werke zu gehen und an das Gewissen zu appellieren, das der junge Mann hoffentlich wiedergefunden hatte. Außerdem war es wichtig, dafür zu sorgen, dass Monberg den Ball flach hielt. Seine Befragungstechnik war nicht gerade feinfühlig, und sein massiver Oberkörper führte bei manchen Befragten dazu, dass sie komplett dichtmachten, während er auf Kioskräuber, Straßendealer und andere kleine Fische einen formidablen Effekt hatte.

Im Sportgeschäft wurden gerade erst die Ladentüren geöffnet, als Nina von ihrem Rad sprang. Es war zwei Minuten nach zehn. Jørgen wartete natürlich bereits und trat von einem Bein aufs andere.

»Hallo Port! Du hast es geschafft, mitten in dem Aufruhr. Ich sag's dir, in der Laksegade ist der Teufel los.«

Was genau er immer mit der Laksegade wollte, hatte sie nie wirklich herausgefunden.

»Ich musste den Chef der hiesigen Polizei auf dem Weg aus dem Präsidium abwimmeln. Er wollte eine Besprechung, Chefs wollen immer Besprechungen.«

»Das weiß ich noch gut aus meiner Zeit. Glaubst du, es klappt?«

»Nein, es wird schwer, ihn zu finden. Wir haben schon viel Zeit verloren.«

»Ich meinte eigentlich – mit Jonas.«

»Entschuldige bitte, ich verliere gerade den Verstand. Es wird schon klappen, Jørgen. Auf den Überwachungsbändern wird sich irgendetwas finden, das Jonas' Erklärung stützt. Die Geschäfte sind ja heutzutage voller Kameras. Es wird schon alles wieder in Ordnung kommen.«

»Hoffentlich sind diese Kameras nicht kaputt, oder irgendwer hat vergessen, sie einzuschalten, oder die Bänder werden automatisch gelöscht, sonst stehen wir da wie der Ochs vorm Berg.«

»Immer mit der Ruhe. Gehen wir erst mal rein, und ich erkläre, was los ist.«

Es war noch kein einziger Kunde im Geschäft, und Nina ging zur nächsten Kasse, wo sie nach dem Ladeninhaber fragte. Gerade war nur die Schichtleiterin da, die die Verkäuferin freundlicherweise in einem der hinteren Büros suchte. Kurz darauf kam eine jüngere Frau auf Nina und Jørgen zu und stellte sich vor. Nina zeigte ihren Dienstausweis.

»Wie kann ich Ihnen helfen?«, fragte die Frau.

»Gestern gab es hier einen potenziellen Ladendiebstahl, nicht wahr?«

»Richtig, ein junger Kerl, der Waren in seiner Kapuze hatte. Dartpfeile, um genau zu sein. Ich habe selbst mit ihm gesprochen.«

»Der junge Kerl ist mein Sohn.«

»O, okay …« Die junge Frau nickte ernst.

»Ich bin sowohl als Beamtin als auch als seine Mutter hier. Mein Sohn sagt, er sei von zwei älteren Mitschülern hereingelegt worden, und das muss ich überprüfen. Deshalb hätte ich gern die Erlaubnis, die Videoaufzeichnungen von gestern durchzusehen, das heißt, in etwa den Zeitraum zwischen 16:00 und 16:45 Uhr. Wäre das möglich?«

»Kein Problem, der Monitor steht hinten.«

»Könnte ich das Material stattdessen ausleihen? Also die Bänder oder die DVD?«

»Das sollte machbar sein. Die Ausrüstung ist brandneu, daher habe ich gerade erst eine Einweisung in die Bedienung erhalten. Wir zeichnen auf einer Festplatte auf, man kann aber eine CD mit dem entsprechenden Zeitraum bespielen. Wir müssen lediglich die infrage kommenden Kameranummern herausfinden. Folgen Sie mir.«

Auf halbem Weg durch die große Abteilung im Erdgeschoss hielt die Schichtleiterin an einem kleineren Verkaufsbereich an und zeigte auf den Verkaufsständer mit den in Plastik verschweißten Dartpfeilen.

»Hier haben wir Kamera 8. Sie sollte den Verkaufsständer da vorn draufhaben.«

»Ich würde die drei Jungs gern durch den Laden gehen sehen. Sie haben sich außerdem auch Hallenschuhe, Fußballschuhe und Fußballtrikots angeschaut. Und gern auch den Eingangsbereich.«

»Dann brauchen wir die anderen Nummern ebenfalls«, erwiderte die Frau und ging weiter, während sie sich die Nummern der jeweiligen Überwachungskameras notierte.

»Also, das wäre geschafft. Die Kameras 2, 8, 10, 11 und 13 kommen infrage … Ich gehe rasch nach hinten und starte den Vorgang, kann Ihnen aber nicht sagen, wie lange es dauert.«

»Ist es in Ordnung, wenn mein Onkel hier wartet und die CD mitnimmt? Ich bin ein wenig im Stress.«

»Ich gebe sie ihm dann. Ja, ich habe von dem Terroristen oben in Henne gehört. Und dann der Bandenkrieg in Esbjerg. Im Moment drehen alle durch, was?«

»Und wie. Vielen Dank für Ihre Hilfe, wirklich sehr nett von Ihnen.«

»Ich hoffe, es hilft. Ihr Sohn war gestern vollkommen schockiert. Er tat mir wirklich leid, aber wir haben eben unsere Vorschriften.«

»Das verstehe ich. Nochmals danke und auf Wiedersehen.«

Jørgen hatte sich die ganze Zeit über im Hintergrund gehalten. Jetzt ging Nina zu ihm, nickte und lächelte. Der Stein, der ihrem Onkel vom Herzen fiel, hätte beinahe ein Loch in den Boden gesprengt.

»Lass uns kurz rausgehen und reden.«

Sie verließen das Geschäft und gingen zu ihrem Fahrrad.

»Ich werde mir die Aufnahmen ansehen, Port. Und wenn ich dafür eine Lupe brauche, ich hole Jonas aus diesem Schlamassel hier raus.«

»Danke, Jørgen. Habt ihr ihn heute Morgen aus den Federn bekommen?«

»Ohne Schwierigkeiten. Ich hole ihn um drei an der Fähre ab.«

»Was hat er dazu gesagt, nach gestern wieder in die Schule zu müssen?«

»Keinen Ton. Er hat kein Wort darüber verloren, aber er hat sich gefreut, als wir ihm sagten, dass er die nächsten Tage bei uns wohnen soll. Und als Astrid ihm erzählt hat, dass die Sache mit der CIA wahr ist, schien es in Ordnung zu sein. Der Junge kann ja selbst lesen und fernsehen …«

»Normalerweise interessiert er sich ja für solche Dinge, warum also nicht? Danke für eure Hilfe. Ich wüsste nicht, was ich ohne euch tun würde. Papa ist bei solchen Angelegenheiten nicht unbedingt die beste Anlaufstelle … Rufst du mich gleich an, wenn du die Kameraaufzeichnungen durchgesehen hast, ja?«

»Klar doch.«

»Du wirst den Abschnitt schon finden, in dem dieser Rowdy die Pfeile in Jonas' Kapuze steckt. Da bin ich mir hundertprozentig sicher. Jetzt muss ich mich sputen, es ist noch eine Menge zu tun, und um zwölf muss ich schon in Henne sein. Treffen mit dem PET.«

»Ich werde tun, was ich kann. Pass gut auf dich auf und denk immer dran, Nina … Immer zu zweit bleiben …«

Sie gab ihm einen beruhigenden Klaps auf die Schulter. So war es schon oft gewesen. Genau wie bei Birkedal konnte sie auch Jørgens Gemütszustand an der Art ablesen, wie er sie nannte. »Port« war der übliche, entspannte Kosename, den er seit ihrer Jugend benutzte. Wenn er sie »Nina« nannte, war die Lage um einiges ernster.

»Natürlich, Jørgen.«

»Das ist die goldene Regel, sie galt selbst zu meiner Zeit.«

»Keine Sorge, sie gilt immer noch.«

»Und pass auf, der Kerl ist kein gewöhnlicher Verbrecher. Er ist gefährlich. Richtig gefährlich, haben sie gesagt.«

»Ich verspreche dir, ich passe auf mich auf. Und ich bin ja auch nicht … ungefährlich, oder?«

Jørgen schüttelte leicht den Kopf über ihre Bemerkung, aber sein Lächeln wirkte steif. Nina schwang sich aufs Rad und winkte ihm zu. Der alte Dorfpolizist war schon besorgt geboren worden.

Sie war noch nicht weit gefahren, als sie es spürte. Eine zitternde Vorahnung in ihrem Bauch, ein Beben im Zwerchfell, das kaum merklich stärker wurde. Sie drosselte das Tempo und versuchte, einen Grund dafür ausfindig zu machen.

Hatte es etwas mit Jonas zu tun? Fürchtete sie Zulfikkur Wur, den Ghost Prisoner, den sie bisher nur auf einem Schwarz-Weiß-Foto gesehen hatte? Oder war es in Wahrheit Jørgens Sorge um sie, die irgendein unheilverkündendes Gefühl in ihr auslöste?

Als sie die Kirkegade ein Stück hinaufgefahren war und gerade die Nørregade überqueren wollte, hatte sich die Vorahnung in ihrem Bauch in einen Klumpen Angst verwandelt.

31

Nina und Birkedal verließen das Hotel gemeinsam und gingen die kleine Vortreppe nach unten zum Parkplatz. Das Treffen mit Tarp vom PET war kurz gewesen, ein Briefing, bei dem er seine Leute vorgestellt hatte. Einer fehlte noch, aber insgesamt würden sie zu fünft sein, plus Tarp selbst. Sie würden zu den übrigen Einsatzkräften hinzustoßen. Hector Torres war nicht dabei gewesen, da er eine Telefonkonferenz hatte; er würde später am Tag erneut mit Polizeidirektor Blix zusammenkommen.

Birkedal öffnete die Tür seines Wagens und lehnte sich dagegen.

»Mit dem Hotel hätten sie ein wenig mehr Glück haben können, aber was für eine Lage.«

Er deutete mit dem Kopf auf das Hotelgebäude, das sich vor dem hellen Blau des Himmels erhob. Hatte es nicht seit drei Tagen nicht mehr geregnet?

»Jede andere Unterkunft wäre schöner gewesen«, stimmte Nina zu.

Die Fassade des Strandhotels Vejers war komplett mit großen, hellgrauen Platten bedeckt, die an mehreren Stellen einen altersbedingten nikotingelben Ton angenommen hatten. Mit Sicherheit bestanden die Platten aus Eternit, genau wie das dunkelgraue Wellblechdach, das man normalerweise auf Häusern älteren Datums oder auf kleineren Höfen und Stallungen sah. Die Lage mitten in den Dünen, quasi mit Meerblick aus der ersten Reihe, hätte das Hotel zur Perle der ganzen Westküste machen können. Stattdessen war es einfach bloß … ärgerlich.

»Ich fahre heim. Ich begreife nicht, dass ich noch nichts von Madsen und Monberg gehört habe. Haben sie sich bei dir gemeldet?«

Nina schüttelte den Kopf.

»Dann sind sie wohl noch nicht fertig«, schlussfolgerte Birkedal. »Vielleicht sogar ein gutes Zeichen. Wenn er zu reden beginnt, könnte die Sache endlich Fahrt aufnehmen. Was die Lage hier betrifft, halte mich auf dem Laufenden. Wie ich schon Ulbæk gesagt habe: Ruf an … Und nimm Tarp und seine Leute mit, wenn es Probleme, Diskussionen oder dergleichen gibt, ja?«

»In Ordnung. Ich werde auch fahren, ich mache einen Abstecher nach Græerup, sehe mich ein wenig um und überprüfe die Absperrungen. Ist die Presse dort oben schon vor Ort?«

»Ich weiß zumindest, dass Blix bereits ein paar Leute in deinen ›Pressekorridor‹ geschickt hat. Bis dann.«

Birkedal klemmte sich hinters Steuer, und auch Nina ging zur Fahrertür ihres Dienstwagens, um dasselbe zu tun.

»Und, Nina!«, rief Birkedal.

»Was ist denn?«

»Du nimmst dich verflucht noch mal in Acht, ja? Wenn irgendwas im Anmarsch ist, dann forderst du Unterstützung an. Keine Alleingänge, verstanden?«

Er schlug die Wagentür zu. Schon zum zweiten Mal innerhalb von Stunden bekam sie die Leviten gelesen. Es war aber nun mal so, dass sie am liebsten ihre eigenen Wege ging. Das Gefühl von Unbehagen hatte sich längst verflüchtigt, und diesmal kam es nicht wieder.

Sie stieg in den Wagen und ließ den Motor an. Vor ein paar Tagen wäre es noch undenkbar gewesen, dass Birkedal seine aufrichtige Sorge um sie zum Ausdruck brachte. Vielleicht hatte er sie die ganze Zeit in sich getragen, aber seine Sorge auszusprechen, war eine ganz andere und sehr viel kompliziertere Sache.

Der Mann musste irgendeine innere Hürde überwunden haben, von der sie keine Ahnung hatte, woraus sie bestand.

Sie griff nach ihrem Handy.

»Hi Tim, wo bist du – hatte zu viel zu tun, um zu schreiben – aber ich vermisse dich – melde dich.«

Sie schickte die SMS auf die Reise nach Islamabad. Klang die Nachricht genauso mechanisch wie die Tasten, auf die sie drückte? Denn eigentlich vermisste sie ihn nicht. Zumindest nicht im Moment. Dafür hatte sie keine Zeit; in ihrem Leben existierten in diesen Sekunden nur zwei Dinge: Jonas und die Dartpfeile. Und der Geistergefangene Zulfikkur Wur.

So gesehen war es ein Leben, das für Außenstehende recht übersichtlich wirken musste. Wobei, eigentlich war da noch etwas. Der Tod des Babys ging Nina sehr nah, aber diesen Fall hatte sie abgeben müssen. Wenn sie genauer darüber nachdachte, hatte sie auch den Fall Merzuk Osmanović abgeben müssen.

Um ehrlich zu sein, war der Mistkerl Osmanović auf ihrer Prioritätenliste nach ganz unten gerutscht, als der Bandenkrieg aufgeflammt war. Und als … Sie hatte den Namen vergessen. War sie etwa dabei, so zerstreut zu werden wie Birkedal? Ihr wollte der Name beim besten Willen nicht einfallen, aber sie erinnerte sich daran, dass der Vorname des türkischen Mordopfers »Evolution« bedeutete. Als der Mann ermordet unter der Eisenbahnbrücke gefunden wurde, hätte man erwarten können, dass sich auch ihre Sicht auf den ersten Fall veränderte.

Aber nein. Stattdessen beorderte ein griesgrämiger Birkedal sie nach Henne, um ein Flugzeug zu besichtigen, das sich bei einer Unwetternotlandung überschlagen hatte. Und deshalb saß sie jetzt hier. Nur deshalb saß sie in ihrem Dienstwagen auf dem Hotelparkplatz. Ihr Handy blieb stumm. Nina legte den Gang ein, setzte zurück und bog auf die Straße, die durch Vejers führte. Inzwischen warteten drei ungelöste Mordfälle auf sie.

Wenn man von den äußeren Umständen einmal absah, die den Fall des geflohenen Zulfikkur Wur so überaus spektakulär machten, dann – das wurde ihr allmählich bewusst – hatten sie mit der Ermordung von drei Menschen zu tun, zwei Erwachsenen und einem Baby. Und drei ungelöste Mordfälle waren drei zu viel. Terrorist hin oder her.

Sie ließ den Wagen langsam die Straße entlangrollen. Links lag die Strandgalerie, in deren Schaufenstern fröhliche, bunte Gemälde ausgestellt waren. Gegenüber das Café Tropic, wobei das Straßenbild im Moment nicht besonders tropisch wirkte. Längliche Sandverwehungen aus den Dünen säumten den Straßenrand wie in einer Wüstenstadt. Es folgten die Alte Räucherei, der Supermarkt, eine Pizzeria und eine Süßigkeitenmanufaktur auf der linken Seite.

Eine Familie mit zwei Kindern überquerte in aller Ruhe die Straße und steuerte auf den Spielplatz auf der anderen Seite zu. Auf dem Bürgersteig rechts von Nina führte ein Mann seinen Hund an der Leine.

Plötzlich hatte sie gewaltige Lust zu rauchen. Stattdessen hielt sie an, stieg aus und kaufte eine große Tüte hausgemachter Bonbons.

Vejers war deutlich pittoresker als Blåvand, die Häuser im Ort waren in unterschiedlichen Pastelltönen aufeinander abgestimmt. Nina fuhr gemächlich weiter.

Es waren nicht viele Menschen unterwegs und nur wenige Autos. In Vejers herrschte kein Ausnahmezustand, und der Führungsetage zufolge gab es dazu auch keinen Grund. Auf Blix' ausdrückliche Anordnung hin sollten die Einsatzkräfte, die den bis zum Strand führenden Vejers Havvej kontrollierten, möglichst unauffällig bleiben. An der Hauptschlagader des Orts lagen die Geschäfte und Cafés, und hier schlenderten zu jeder Jahreszeit Touristen entlang. Niemand sollte unnötig erschreckt werden.

In westlicher Richtung flog ein Hubschrauber, und ein Stück weiter vorn fuhr ein Mannschaftswagen vorüber. Für den Moment waren das die einzigen sichtbaren Zeichen ihrer Anwesenheit vor Ort.

Nina ertrug das Warten kaum. Sollte sie Jørgen anrufen und fragen, wie es mit den Überwachungsvideos lief? Sie ließ ihn in Ruhe. Dafür rief sie aber den Einsatzleiter an und erhielt einen schnellen Überblick über die Lage bei der Suche, die langsam voranschritt. Die Hundestaffeln waren auf Höhe des Kratvej angelangt, bisher hatte es jedoch nichts Verdächtiges zu melden gegeben. Mit dem Hubschrauberpiloten hatte der Einsatzleiter gerade noch Kontakt gehabt, sodass er Nina auch dessen Meldung weitergeben konnte: von oben war nichts Ungewöhnliches zu beobachten.

Das nächste Mal stoppte Nina an der ersten sichtbaren Straßensperre am Stadtrand auf Höhe des Nødvejen, der beinahe in gerader Linie zwischen den Häusern und dem angrenzenden Waldstück bis nach Græurup im Norden verlief. Sie wechselte ein paar Worte mit den beiden Kollegen, die sich auf ihrem Posten langweilten. Sie hatten nichts bemerkt und auch kein einziges Fahrzeug angehalten.

Ein Stück außerhalb hielt sie erneut, diesmal an der Straßensperre am Urkokvej. Im Streifenwagen, der quer auf der Straße stand, saßen zwei Kollegen, die, wie sich herausstellte, aus Sønderborg hinzugerufen worden waren. Nach einem kurzen Plausch wendete Nina, fuhr zurück nach Vejers und bog vor der Stadt rechts auf einen Kiesweg ab. Von der Existenz dieses Wegs hatte sie vor einigen Jahren bei einer Rundfahrt des staatlichen Forstamts erfahren. Sie und Jonas waren gemeinsam mit Astrid und Jørgen und fünfundzwanzig weiteren Gästen zu einer Planwagentour eingeladen worden. Damals waren sie vom Strandhotel aus gestartet, und Nina erinnerte sich, dass die Tour eigentlich erst begonnen hatte, als der Traktorfahrer auf diesen Kiesweg abgebogen war, der sich durch Waldstücke und an offenen Feldern entlang bis nach Græerup schlängelte.

Schon als die Kiefern zu beiden Seiten des Wegs enger zusammenrückten, konnte sie ihre Ermahnungen hören. Der alte Dorfpolizist und der Löwe, die sie nur um einen einzigen, winzigen Gefallen baten: »Geh niemals allein …«

Die Stämme standen dicht an dicht, so weit das Auge reichte, bis ins dunkle Unterholz, wohin die Sonne niemals durchdrang. Hinter jedem Baum konnte sich ein Zulfikkur Wolf verstecken, der mit glühenden Augen und riesigen Zähnen der kleinen, leichtgläubigen Kommissarin Rotkäppchen auflauerte.

Es ärgerte sie, dass sie Hector Torres nicht noch einmal getroffen hatte, denn dann hätte sie ihn um eine sehr viel detailliertere Beschreibung von Wur gebeten. Sie mussten mehr über ihn wissen, um vorhersagen zu können, was sein nächster Zug war.

Während der Besprechung hatte sie ihrem Unmut über diesen Zustand bei Frede Tarp, dem PET-Chef, Luft gemacht. Er hatte ihr recht gegeben und versprochen, dass er Torres und die CIA schnellstmöglich dazu bringen wollte, mit weiteren Informationen herauszurücken.

Der Weg führte durch ein Gebiet mit einigen kleineren Seen, die während des Kriegs entstanden waren, als die Deutschen nach Steinen für ihre Bunker entlang der Küste gegraben hatten. Jetzt schloss sich der Wald wieder um sie.

Sie hatte den Weg nicht eingeschlagen, um ihr Schicksal herauszufordern, sondern damit sie in Ruhe fahren und nachdenken konnte.

Nina war überzeugt davon: In diesem Moment lag Zulfikkur Wur in irgendeinem Unterschlupf und sammelte Kräfte. Die Frage war nur: wo?

Auf einer Lichtung vor ihr schreckte ein Reh auf und sprang über den Weg. Ein nervöses Tier. Wenn man ihm zu nahe kam, rannte es davon.

Gut möglich, dass Zulfikkur Wur als gefährlich angesehen wurde, aber in seiner Situation – auf der Flucht in einem fremden Land, in einem ihm unbekannten Gelände – würde er wohl erst dann gefährlich werden, wenn es keinen anderen Ausweg für ihn gab.

Ihr kam ein abwegiger Gedanke, der sie aber trotzdem verunsicherte. Vielleicht war der Kerl schon längst über alle Berge, während sie die Ferienhäuser in Vejers und die Umgebung durchkämmten.

Sie hatte eine bange Vorahnung, die ihr ziemlich sicher sagte, dass sie heute Abend allesamt unverrichteter Dinge ins Bett gehen würden. Damit wären vierundzwanzig Stunden vergangen, seit sie Wurs Spur gefunden hatten, und der Druck von außen würde weiter steigen.

Am wahrscheinlichsten war es, dass sie innerhalb der nächsten Tage aufgeben mussten, genau wie Birkedal es in seinem Büro angedeutet hatte. Dann würde man sie alle vom Fall abziehen, und sie konnten sich wieder dem Bandenaufruhr und den unaufgeklärten Morden widmen, während Dänemark, die USA und der Rest der Welt den politischen Teil der Angelegenheit rund um den Geistergefangenen bis zum Umfallen weiteranalysieren würden.

Also musste sie einem weiteren Fall den Rücken kehren, den sie nicht lösen konnte. Es war zum …

Vor ihr auf dem Kies lag ein Baumstamm. Er versperrte ihr den Weg direkt nach einer Kurve. Es war kein dicker Kiefernstamm, sondern ein alter, morscher Baum, in etwa so dick wie ein Zaunpfahl, der durch den Wind abgeknickt war. Nina zog die Handbremse und wollte gerade aussteigen.

War er wirklich durch den Wind umgestürzt? Dass er dort lag, könnte ebenso gut Absicht sein.

»Immer zu zweit, Nina, niemals allein …«

Sie sah sich um. Links von ihr standen die Stämme so dicht, dass kaum Licht hindurchfiel. Auf der rechten Seite befanden sich ein Graben und ein Grasstreifen und dahinter eine rechteckige Fläche voller Baumstümpfe.

Wie immer trug sie ihre Dienstwaffe im Schulterholster. Mit der rechten Hand griff sie unter die Lederjacke, holte sie hervor und entsicherte die Pistole. Im Magazin ihrer Heckler & Koch USP Compact befanden sich dreizehn Schuss. Nina war eine gute Schützin. Eine zu gute, wie mehrere ihrer Kollegen fanden. Die meisten von ihnen hatten im Dienst noch nie auch nur einen einzigen Schuss abgegeben. Nina hingegen schon. Mehrere sogar. Sie hatte es niemandem gegenüber erwähnt, abgesehen von den Malen, als es »offiziell« passiert war und daher routinemäßige Untersuchungen nach sich gezogen hatte.

Im Prinzip waren dreizehn Schüsse zwölf zu viel. Sie öffnete die Tür und stieg aus.

Die Sonne brach durch die Wolken und tauchte alles in ein warmes Licht. Von irgendwoher ertönte Vogelgezwitscher. Nach dem langen Sommer wirkten die grünen Farben verbraucht und blass. Bald würde alles in Brauntöne übergehen. Nina lehnte am Auto und hielt ihr Gesicht in die Sonnenstrahlen. Die Stille war herrlich.

Sie konnte nicht anders, als vor sich hin zu lächeln, während sie die Pistole zurück an ihren Platz steckte. Auf ihrem Waldweg war weit und breit kein pakistanischer Terrorist zu sehen.

Gerade hatte sie den morschen Baumstamm in den Graben geworfen, da schrillte das Handy in ihrer Jackentasche. Wie das Display verriet, kam der Anruf aus Sønderho.

»Hallo Jørgen.«

»Hallo Nina.«

Nicht »Port«. Das verhieß nichts Gutes. Genauso wenig wie die kurze Pause, die ihr Onkel brauchte, bevor er zu reden begann.

»Ich fürchte, es sieht schlecht aus, Nina.«

»Warum das? Was stimmt denn nicht?«

»Ich habe mir alles einmal angesehen. Es gibt nichts, das Jonas' Version bestätigt. Man sieht nicht, wie dieser Bo die Pfeile nimmt. Es ist …«

»Aber Jørgen, das kann nicht sein! Ich bin absolut sicher, dass Jonas es nicht getan hat. So etwas macht er einfach nicht. Das weißt du doch.«

»Jetzt hör mal zu, das wollte ich gerade eben erklären … Man sieht die Jungs nicht bei den Dartpfeilen stehen. Überhaupt nicht. Man sieht nur, wie sie durch den Laden gehen, und dann, schwupps, sind sie weg. Da ist ein toter Winkel, Nina. Keine Kamera hat aufgezeichnet, was passiert ist.«

»Das kann nicht wahr sein.«

»Es ist wahr. Ich habe auch noch mal mit der Verkäuferin gesprochen. Sie wissen, dass es solche ›Buchten‹ gibt, wie sie es nannte, die nicht von den Kameras erfasst werden. Es ist verflucht ärgerlich, dass es ausgerechnet die Dartpfeile sein mussten … Verflucht ärgerlich.«

»So ein Mist … Ich war mir sicher, dass die Aufnahmen Jonas entlasten würden.«

»Und jetzt, Nina?«

Jonas' trauriges Gesicht erschien vor ihr, und dann eine Hand, die den Stempel auf seine Stirn klatschte. »Ladendieb«. Aus der Ferne hörte sie das höhnische Lachen von Bo und seinem Vater.

»Und jetzt, Nina?«, wiederholte Jørgen.

»Keine Ahnung. Ich habe absolut keine Ahnung. Ich brauche … ein bisschen Zeit zum Nachdenken.«

»Zeit? Du hast keine Zeit. Ihr müsst einen Terroristen finden, während euch die ganze Welt im Nacken sitzt. Und du brauchst Zeit?«

»Ich bin komplett leer, alles was ich denken kann, ist ›armer Jonas‹. Das mit den Kameras war unsere einzige Chance. Wir sind am Arsch.«

Jørgen räusperte sich und schnaubte schwer.

»Was passiert denn jetzt mit Jonas? Und mit euch?«

»Wir werden es überleben. Er ist ja unter fünfzehn, also bekommt er keinen Eintrag ins Strafregister oder so. Was passieren wird, ist Folgendes: Das Jugendamt wird darüber informiert, dass er einen Ladendiebstahl begangen hat – zum ersten Mal. So ist der offizielle Ablauf.«

»Dann muss er nicht zu einer Anhörung, oder?«

»Ich glaube nicht. Früher hätte die Polizei einen solchen Burschen nach Hause geschleift und ihm vor seinen Eltern eine Standpauke gehalten. Heute machen wir so etwas nicht mehr … Und die Polizei bin in diesem Fall ja ich … Mir steht die Sache bis hier, Jørgen, aber ich habe wirklich keinen blassen Schimmer, was ich tun soll.«

Nach einem kurzen Moment der Stille sagte Jørgen, dass er sie nicht weiter stören wolle, da sie sicher alle Hände voll zu tun habe. Sie legten auf.

Eine große Wolke verschlang die Sonne, und Ninas Gesicht fühlte sich sofort wieder kühl an. Sie hatte sich ganz und gar darauf verlassen, war vollkommen sicher gewesen, dass die Überwachungskameras Jonas retten würden.

Schon wieder hatte sie eine unbändige Lust auf eine Zigarette. Nur eine Zigarette war in der Lage, ihr träges Hirn wieder in Schwung zu bringen. Aber sie hatte keine. Denn sie rauchte nicht. Nur auf nächtlichen Balkonen, wenn in den entlegensten Winkeln statistischer Unmöglichkeiten Kleinkinder von verirrten Pistolenkugeln getötet wurden.

Nina setzte sich ins Auto, steckte zwei Bonbons in den Mund und schnappte nach Luft, während sie weiter den Kiesweg entlangfuhr, jetzt wesentlich schneller als zuvor. Sie hörte sich selbst mit verstellter Stimme sagen: »Davon geht doch die Welt nicht unter, Nina.«

Dass Frauen wie kein zweites Lebewesen auf dieser Welt zu Multitasking fähig waren, war vollkommener Unfug. Nina war zu überhaupt nichts fähig, das auch nur irgendetwas mit Multi zu tun hatte.

Sie konnte nicht gleichzeitig über Jonas und Zulfikkur Wur nachdenken.

Sie konnte nicht gleichzeitig Dartpfeil-Mysterien lösen und Geistergefangene aufspüren.

Sie war gelähmt.

Ihr ganzes Denkvermögen hatte ausgesetzt – auf unbestimmte Zeit.

Zornig schlug sie mit den Fäusten aufs Lenkrad und bremste heftig. Der Wind löste die entstandene Staubwolke schnell wieder auf. Sie hatte das Ende des Kieswegs erreicht, der in den Græerup Havvej mündete, ganz wie sie es noch in Erinnerung hatte. Nina bremste und blieb einen Moment stehen. Bog sie nach links ab, würde die Straße sie zum Ferienhausgebiet führen, entschied sie sich für rechts, käme sie an einigen verlassenen Militärgebäuden am Grærup Krydset vorbei, wo sie die Möglichkeit hatte, den »Pressekorridor« entlang des Sees zu nehmen. Sie setzte den Blinker nach rechts, schaffte es aber nicht, Gas zu geben. Wieder klingelte ihr Handy. Diesmal war es Monberg. Er klang gelöst.

»Madsen kann gerade nicht, aber ich habe ihm versprochen, dich sofort anzurufen. Es hat tatsächlich geklappt! Er hat den Mund aufgemacht. Vielleicht hat er sich die ganze Nacht den Kopf darüber zerbrochen, dass seine Tochter noch am Leben sein könnte. Er will reinen Tisch machen. Was sagst du dazu, Nina?«

»Wirklich toll, Monberg. Freut mich zu hören. Das bringt uns womöglich den großen Durchbruch.«

»Du klingst nicht gerade begeistert. Ist alles okay?«

»Doch, ich finde es super. Ich bin nur gerade auf dem Weg zu einem Meeting mit dem PET, das in fünf Sekunden losgeht, deshalb …«

»PET? Okay, jedenfalls weißt du jetzt Bescheid.«

Es war ein Lichtblick an diesem bereits jetzt tiefschwarzen Tag. Aber Monberg hatte recht, so richtig freuen konnte sie sich nicht.

Mit quietschenden Reifen gab sie Gas, bog rechts ab und raste die kurze Strecke zwischen den Wiesengebieten entlang. An der ersten Abzweigung nach Grærup versperrte ein Streifenwagen wie geplant den Urkokvej. Eigentlich hätte Nina anhalten und sich kurz mit den Kollegen unterhalten sollen, aber dazu war sie nicht in der Lage.

»Grærup« bestand aus einer Handvoll Höfe und wenigen Häusern. Wenn man vom Kærgårdvej abbog, stand dort ein großes, verrostetes Stahlrohr, das die Stelle markierte, an dem bis Ende der 1960er Jahre die Molkerei der Landwirtschaftsgemeinschaft gestanden hatte.

Hier befand sich das südliche Ende des Pressekorridors. Ein zweites Kollegenteam hatte dort seinen Posten und wies den Ankömmlingen den Weg. Gerade halfen sie einem Kastenwagen, die richtige Straße zu nehmen. Er war mit Parabolantennen ausgestattet und sicherlich bereit, ein TV-Signal in den inzwischen wieder wolkenverhangenen Himmel zu senden.

Einer der beiden Polizisten stand etwas abseits und rauchte. Das gab den Ausschlag. Nina fuhr rechts ran, lief zu dem Mann, schnorrte sich eine Zigarette – und hastete zurück zum Auto. Sie folgte einer Reifenspur über ein Feld in Richtung eines der leerstehenden Höfe, der hinter einer Hecke verborgen war.

Sie parkte auf dem ehemaligen Hofplatz, auf dem das Gras inzwischen kniehoch stand. Überall fanden sich Spuren von schwerem militärischem Gerät, quer über den Hofplatz erahnte sie die Abdrücke von Raupenketten.

»Militärgelände – unbefugter Zutritt verboten« stand mit schwarzer Schrift auf einem gelben Schild an der Eingangstür. Nina drückte die Klinke, doch die Tür war abgeschlossen.

Die Treppenstufen waren der beste Ort, also setzte sie sich dorthin und zündete die Zigarette mit dem Feuerzeug an, das sie immer noch in der Hosentasche hatte. Sie nahm einen tiefen Zug und ließ den Rauch langsam durch die Lippen ausströmen. Es schmeckte nicht besonders gut. Jedenfalls nicht so befreiend gut wie in der Nacht auf dem Balkon. Möglicherweise schmeckte die Zigarette sogar überhaupt nicht gut.

Nina hatte gehofft, dass ihre Gedankenmaschinerie nach dem ersten Zug wieder anlaufen würde. Nicht mit einem mechanischen Rattern wie in Monbergs handbetriebener Mühle, sondern mit dem lauten Aufheulen eines Jetmotors und dem heftigen Sog des Portland'schen Teilchenbeschleunigers …

Sie hatte sich etwas vorgemacht. Tatsache war, dass die Zigarette nicht half.

Nina ließ den Stummel auf den Boden fallen und trat ihn aus.

Teilchenbeschleuniger … von wegen.

Nina blieb weitere fünf Minuten sitzen, ehe sie sich aufraffte und sich die Rückseite des alten Wohnhauses ansah.

Die Fenster waren mit Holzbrettern verbarrikadiert, auf die eine künstlerische Seele Rahmen und Sprossen gemalt hatte. Aus der Entfernung erfüllten die falschen Fenster jedoch ihren Zweck. Hinter dem Haus stand das Gras hoch, und im Lauf der Jahre waren die Sträucher immer näher gerückt. Was sich wohl in den Gebäuden befand? Wahrscheinlich nichts. Höchstens ein wackliger Küchentisch und ein paar Stühle, damit die Soldaten sich ausruhen konnten. Aber Nina wollte lieber sichergehen, dass es sich auch tatsächlich so verhielt.

Sie versuchte, einige der Holzplatten an den Fenstern zu lösen. Es war unmöglich. Sie ging um die Ecke und hinter den Stallungen entlang, wo sich ein Hagebuttenstrauch die Mauer emporrankte. Dort befand sich auch eine grün gestrichene Tür, die eher eine Art Scheunentor darstellte. Ein Flügel war nur angelehnt.

Der Gedanke, mit der Hand unter die Lederjacke zu greifen und ihre Pistole aus dem Holster zu ziehen, war naheliegend. Denken konnte sie also noch … Aber dieses Grundstück war bereits durchsucht worden, und im Umkreis von wenigen Hundert Metern standen zwei Streifenwagen mit vier Polizisten bereit. Außerdem fuhr ein Presseauto nach dem anderen vorbei. Also ließ sie die Waffe stecken. Warnungen und bange Vorahnungen würden ihr nicht noch mal einen Streich spielen wie vorhin auf dem Waldweg.

Nina zog an dem verrosteten Türbeschlag. Der Türflügel schleifte über das hohe Gras, aber sie konnte sich gerade so hindurchquetschen.

Bis auf einen schmalen Lichtstreifen, der durch den Spalt in der Tür hereinfiel und das bisschen Helligkeit, das durch die mit Holzbrettern verbarrikadierten Fenster sickerte, herrschte Dunkelheit.

Sie wartete darauf, dass sich ihre Augen an die Verhältnisse gewöhnten. Nach einer Weile traten die Konturen hervor. Fast der gesamte Stall war leergeräumt, nur in der Mitte konnte sie einige Tierstände erahnen und eine große Maschine links von ihr. War das nicht das, was man in den alten Tagen Mähbinder genannt hatte? Sie ging näher heran.

Als sie gerade mit der Hand über das staubige Gerät fahren wollte, hörte sie ein schwaches Geräusch hinter sich. Knirschende Schuhsohlen auf Steinboden.

Sie schaffte es nicht mehr, sich umzudrehen.

Ein Paar starker Arme hielt sie fest von hinten umklammert und hob sie beinahe vom Boden.

»Niemals allein, Nina …«, fuhr es ihr durch den Kopf.

Eine Hand legte sich auf ihren Mund.

32

Im Hintergrund lief immer noch der Fernseher. Das tat er, seit er heute früh um sechs von seiner Joggingrunde zurückgekehrt war. Und jetzt war es … Er schaute auf die Uhranzeige in der unteren rechten Ecke seines Computerbildschirms. Es war bereits 14:17 Uhr.

Der Skandal hatte eine Lawine ausgelöst.

Es hatte eine ellenlange Reihe an Kommentaren von dänischen Politikern gegeben, und jetzt fing das Gejammer über die Verletzung des dänischen Luftraums von vorne an. Kritik von der Opposition, verteidigende Worte von den Regierungsparteien. Hinzu kamen mindestens ebenso viele ausländische Stimmen, die meisten davon amerikanisch. Es war ein ewiges Hin und Her. Der US-amerikanische Präsident hielt sich weiterhin bedeckt, nur ein Sprecher des Weißen Hauses trat vor die Presse, allerdings bestand seine Aufgabe darin, nichts zu sagen. Und zu guter Letzt gab es die vielen Wiederholungen und Hintergrundreportagen über die berüchtigten Gefangenentransporte der CIA.

Gelegentlich schaltete er um zu CNN oder zur BBC, die meiste Zeit aber lief der dänische Sender TV2 News, der als Erstes mit einem Reporterteam in Grærup vor Ort gewesen war.

Die ganze Geschichte bekam eine eigene Dimension für ihn, denn er kannte sich in dieser Gegend besonders gut aus. Sowohl aus seiner Zeit beim Heer als auch als Zivilist. Unzählige Stunden hatte er in der Kaserne Oksbøl verbracht und war kreuz und quer durch das riesige Gelände marschiert. Tagein, tagaus hatte er in Brikby, der Übungsstadt des Militärs, für die verschiedenen internationalen Einsätze trainiert, an denen er teilgenommen hatte.

Einmal, in einer längst vergangenen und unschuldigen Jugend, hatte er als gänzlich unerfahrener Soldat an den Schutztruppenmissionen der Vereinten Nationen auf dem Balkan teilgenommen. Mit den Jahren waren es mehr Einsätze geworden, selbst im Irak und in Afghanistan war er gewesen.

Jetzt waren die Felder vor dem Grærup Langsø im Hintergrund zu sehen, wo eine Herde mit über Hundert Rothirschen äste und sich wie gewöhnlich nicht von dem Verkehr auf der asphaltierten Straße stören ließ. Vielleicht würde das heute anders sein, denn mittlerweile stand dort eine ganze Kolonne aus Übertragungswagen und anderen Fahrzeugen.

Weiter draußen, hinter dem Schilfrohr versperrten die Dünen den Blick auf die Nordsee, die sich unter wolkenbedecktem Himmel gen Westen erstreckte.

An all das hatte er oft gedacht – weit weg in der Fremde. Als Zivilist war er hierher zurückgekehrt und hatte gefunden, wonach er suchte – Heidekraut, Strandhafer, brackiges Wasser, die Ruhe unter dem Rauschen der Bäume, wandernden Sand, Strandroggen, Sanddorn, Eichensträucher, Mauerpfeffer, Krähen- und Heidelbeeren.

Doch als er es fand, wusste er nichts mehr damit anzufangen.

Sein Oberkörper war nackt, und der Heizkörper bollerte wie ein alter Dieselmotor im Bug eines Kutters. Er hatte einige seiner Kata absolviert – und immer wieder Pausen eingelegt, um die Situation weiterzuverfolgen.

Der Bandenkrieg in Esbjerg war von der großangelegten Menschenjagd vollkommen in den Hintergrund gedrängt worden. Immerhin war es bemerkenswert, dass es einem Gefangenen in diesen hoch technologisierten Zeiten gelang, unbemerkt und ungehindert einen Privatjet zu kapern, die Maschine zur Notlandung zu zwingen – und dann in die Wildnis zu fliehen.

Er hatte es schon immer gesagt, beziehungsweise seit seiner ersten Tour auf den Balkan. Die Fantasie diente nur einem Zweck: von der Realität übertroffen zu werden.

Wieder und wieder und wieder und wieder …

Er hatte es selbst gesehen, war selbst Teil der Wirklichkeit gewesen, als sie um ihre eigene Achse wirbelte und surreal wurde.

Draußen vor dem Grærup Langsø und den Rothirschen standen die Pressegesandten in einer Reihe; er konnte sie nicht ausstehen. Denn er kannte diesen Schlag, er war ihnen oft genug begegnet – den sogenannten Kriegsberichterstattern –, weit weg, dort, wo die Masken fielen. Wenn das geschah, sah man deutlich, dass Journalisten nur Geier waren, die auf Kadaver lauerten.

Während seines ersten Jahres hatte er sich fünf oder sechs Mal mit einem Journalisten getroffen, immer spätabends in einer Bar. Er hatte versucht, dem Mann zu verstehen zu geben, was die Zuschauer zu Hause vermittelt bekommen sollten, worin das Wesentliche ihrer Mission bestand und inwiefern sie einem höheren, humanitären Ziel dienen konnte.

Es war ihm nie gelungen. Die Journalisten wussten selbst immer alles am besten. Sie waren diejenigen, die sich die Realität so zurechtlegten, wie es ihnen am besten passte.

Er überflog die Online-Schlagzeilen der Washington Post. Seit er das letzte Mal nachgesehen hatte, war nur ein einziger neuer Artikel erschienen. Die Washington Post hatte die ganze Geschichte erst ans Licht gebracht.

Jetzt stand er vom Schreibtisch auf und schaute aus dem Fenster. Unten auf dem Parkplatz war ein Stammkunde auf dem Weg zum Würstchenstand. Frauen und Männer schoben überfüllte Einkaufswagen aus dem Supermarkt. Keinem fehlte es an etwas.

Die Esbjerger vor seinen Fenstern waren in Sicherheit, und es ging ihnen gut. Keine Granateneinschläge, keine Sprengfallen.

Am Flackern der Flammen erkannte er, dass die drei Teelichter bald ausgehen würden. Er holte drei neue und betrachtete die Bilder.

Milica Nicic, die schöne Königin.

Palle Nybro, *best buddy.*

Jakob Jeremiassen, der verlorene Junge.

Wie jeden Tag hatte er auch heute jedem von ihnen einen guten Morgen gewünscht. Manchmal war das alles, an anderen Tagen ließ er zum Beispiel Milica kurz wissen, was er zu Abend essen wollte. Wenn er ihnen von den Dingen erzählte, die in seinem Kopf vor sich gingen, während er schlief, nahm das natürlich sehr viel mehr Zeit in Anspruch.

Dann wurde es so kompliziert, dass er einen Stuhl an die Wand rücken und sich setzen musste, bevor er die richtigen Worte fand.

Über den Mord an dem kleinen türkischen Mädchen hatte er mit Milica und mit Palle gesprochen. Nicht, dass er es gewesen wäre, der den Abzug betätigt hatte. Wenn man einen anderen Menschen töten wollte, wie konnte man dann so dumm sein und wahllos auf ein Fenster schießen? Noch dazu mit einer Waffe, die eindeutig nicht für weit entfernte Ziele geeignet war?

Die Nachricht vom Tod des Babys auf der Homepage der Lokalzeitung hatte ihn total überrumpelt und völlig widersprüchliche Gefühle in ihm ausgelöst. Als er selbst keine Klarheit fand, hatte er den Stuhl an die Wand gerückt, um sie zu befragen.

Zuerst hatte er sich schuldig gefühlt. Hätte er die Lawine mit seiner *Mission Delete* nicht erst ins Rollen gebracht, wäre das kleine Mädchen noch am Leben. Dann aber hatte sich sein Verstand eingeschaltet: Den Schuss hatte ein anderer Mann abgefeuert. Und damit getötet. Es war ein Zufall. Mit diesem Kind verhielt es sich genau wie mit den anderen.

In derselben Nacht kamen die Bilder zurück.

Der kleine Körper eines Babys, das enthauptet worden war.

Der kleine Junge mit dem Loch in der Stirn.

Die hellrosa Plastiksandale an dem abgerissenen Bein in dem Durcheinander aus verstümmelten Körpern.

An dem Kind des türkischen Drogengangsters war nichts Besonderes. Es war in eine Welt geboren worden, in der volle Einkaufswagen durch den Wohlfahrtsstaat rollten.

Hatte der junge Vater auch nur eine einzige Sekunde an die vielen Kinder gedacht, die er selbst ermordet hatte? Wie viele starben in diesem Augenblick durch seine Drogen? Und wie viele würde er in Zukunft noch töten? Keinen Gedanken hatte er daran verschwendet. Jetzt musste der junge Vater selbst den Preis dafür zahlen.

Mit der Unterstützung von Milica und Palle hatte er sich mit sich selbst versöhnt. Das tote Baby betraf sein Gewissen nicht.

Ein kurzes Fanfarensignal kündigte Neuigkeiten im Fernsehkanal an. Der Nachrichtensprecher schaltete nach Græerup, wo ein Reporter mit Mikrofon vor einer Schutzhecke stand. Er interviewte einen Mann mit grauem Schnauzbart, anscheinend der Leiter der Suchaktion. Als der Mann erklären sollte, wie sie mit der Arbeit vorankamen, ging seine Antwort im Lärm eines Helikopters unter, der im Tiefflug über sie hinwegzog. Der Reporter bat den Polizeibeamten um eine Wiederholung.

»Zum jetzigen Zeitpunkt sind wir damit beschäftigt, das Ferienhausgebiet in Vejers zu untersuchen. Wir gehen das Areal von Norden her durch. Bisher hatten wir noch keinen Kontakt zum Gesuchten.«

»Konnten Sie bereits Spuren des mutmaßlichen Terroristen Zulfikkur Wur sicherstellen?«

»Dazu kann ich keinen Kommentar abgeben. Ich kann lediglich sagen, dass wir Stand jetzt noch keinen Sichtkontakt mit dem Gesuchten hatten.«

Es folgten weitere Fragen des Reporters, die der Beamte entweder nicht beantworten konnte oder wollte. Während der Helikopter dramatisch über den Dünen stand, wechselte das Bild zurück ins Studio, von wo aus direkt weiter ins Parlament im Schloss Christiansborg geschaltet wurde. Dort hielt sich der Außenminister für eine Stellungnahme bereit.

Er stellte den Ton aus. Was der Außenminister zu der Verletzung des dänischen Luftraums, Gefangenentransporten, illegalen CIA-Praktiken und dem zukünftigen Zusammenarbeitsklima zwischen Dänemark und den USA zu sagen hatte, war ihm egal. Ihn interessierte nur eines:

Die Jagd selbst.

33

Die große Hand presste sich fest auf ihren Mund. Nina versuchte, sich loszureißen, aber es gelang ihr nicht. Dann spürte sie einen Kuss auf ihrem Hals, und eine Stimme flüsterte in ihr Ohr.

»Ich bin der große, gefährliche Zulfikkur, und ich …«

Es war Tim.

Der Mann hinter ihr war Tim Wejse. Es war seine weiche Stimme, es waren seine Hände. Obwohl sie es registrierte, begriff sie es nicht gleich.

Sie trat mit der Ferse nach hinten und traf ihn am Schienbein. Er ließ sie los.

»Aua, verdammt!«

Nina fuhr herum und wollte ihm eine Ohrfeige verpassen, aber er blockte den Schlag ab und packte sie am Handgelenk. Stattdessen rammte sie ihm die linke Faust in den Magen. Als sie erneut zuschlagen wollte, fing er ihre Hand ab.

»Nina! Bist du vollkommen übergeschnappt?«

»Du Idiot! Was machst du hier? Warum bist du hier? Wieso bist du nicht in Islamabad? Warum? Was soll das? Warum schleichst du dich so an?«

Inzwischen hielt er ihre beiden Handgelenke umfasst, aber Nina nahm kaum Notiz davon. Sie war fuchsteufelswild. Und erschrocken. Dagegen gab es nur ein Mittel: reagieren, und zwar heftig.

»Du Riesenidiot, Tim! Was machst du hier?«

Verbissen rangen sie in dem dunklen Stall miteinander, bis es Tim gelang, Nina an sich zu ziehen und sie zu umklammern, sodass sie sich nicht vom Fleck bewegen konnte. Treten konnte sie jetzt auch nicht mehr.

»So, so … Jetzt beruhig dich mal, ja? Das musst du mir schon nachsehen, ich dachte nicht, dass …«

»Was zum Teufel hast du denn dann gedacht, du Dummkopf? Dass ich mich gleich hinlegen würde? Wie dumm kann man sein? Mein Gott, wirklich … Was machst du hier? Warum bist du nicht in Islamabad?«

»Das … Es sollte eigentlich eine Überraschung sein … Nicht? Beruhig dich doch. Hallo, Nina! Schau mich an. Es tut mir leid, Entschuldigung!«

»Lass mich los! Lass mich endlich los!«

Tim gab sie frei, worauf Nina ihn von sich stieß, zur Stalltür rannte und sich ins Freie schob. Sie musste blinzeln, aber sie war froh, wieder im Hellen zu sein. Ihr Herz pochte immer noch wie verrückt, und sie atmete flach. Tim kam ebenfalls aus dem Stall, sie hörte ihn hinter sich.

»Also das war wirklich nicht meine Absicht, ehrlich. Ich habe mich einfach nur wahnsinnig gefreut, dich wiederzusehen.«

Nina drehte sich um. Er schien ein sehr schlechtes Gewissen zu haben, wie er da in seiner ganzen Pracht vor ihr stand und die Mundwinkel nach unten zog.

»Warum bist du hier? Solltest du nicht noch ein paar Tage da unten bleiben?«

Er breitete die Arme zu einer entschuldigenden Geste aus.

»Doch … Aber dann wurde ich zurück nach Hause beordert. Eine dringende Angelegenheit, nämlich genau diese hier … Tarp hat angerufen, und ich bin in den ersten Flieger gestiegen. Die Maschine ist vor einer knappen Stunde in Billund gelandet, aber zum Treffen im Strandhotel habe ich es nicht mehr geschafft.«

»Dann bist du also der, der noch gefehlt hat.«

Tim nickte.

»Es tut mir leid, Nina.«

»Sag mal, begreifst du nicht? Ich stehe da allein im Dunkeln, und du schleichst dich von hinten an mich ran. Was hast du dir dabei gedacht?«

»Vielleicht war es nicht besonders clever, aber ich wollte dich bloß überraschen. Ich habe dich im Auto unten in der Kurve in Grærup gesehen. Eigentlich wollte ich mich hier oben ein bisschen umsehen und danach eine Abkürzung nach Vejers nehmen. Als ich dich im Auto gesehen habe, dachte ich, das wäre ein absoluter Glücksfall. Und dann bin ich dir gefolgt, aber nur, um dich zu überraschen …«

»Was du ja auch getan hast, hurra, hurra.«

»Ach, Mensch, Nina. Soll ich noch tausendmal um Entschuldigung bitten?«

»Das stünde dir ganz gut zu Gesicht. Auf die SMS, die ich dir geschickt habe, hast du auch nicht geantwortet.«

»Ich wollte dich doch bloß überraschen. Ich habe ja selbst noch nicht damit gerechnet, dass ich wieder zurückmuss. Und Tarp hat mir gesagt, wer alles mit in eurem Team sitzt. Er weiß nichts davon, dass … wir uns sehen …«

»Und überhaupt hast du nicht auf besonders viele meiner Nachrichten geantwortet.«

»Habe ich wohl. Auf jede einzelne, soweit ich weiß.«

»Nein.«

»Doch.«

»Angerufen hast du so gut wie gar nicht.«

»Ich habe angerufen, so wie wir es ausgemacht hatten. Immer mit ein paar Tagen Abstand. Du warst doch selbst gegen die Telefoniererei – wegen der Distanz. Hast du selbst gesagt.«

»Was hast du da unten gemacht? Und so lange?«

»Mich um Sicherheitsprozesse und solchen Kram gekümmert, an der Botschaft. Ich habe Risikoeinschätzungen vorgenommen,

Routinen überprüft, Besprechungen mit Leuten in Schlüsselpositionen geführt, diverse Genehmigungen eingeholt, analysiert, Veränderungen eingeleitet. Das ganze Paket eben, du weißt ja, was alles dazugehört. Und dann hatte der eine keine Zeit, dann konnte der andere nicht. Dort unten braucht alles etwas länger, es ist wie auf einem anderen Planeten ... Du wusstest ja, warum ich wegmusste.«

Nina nickte, wenn auch zögerlich. Er hatte ihr zumindest oberflächlich erklärt, was es mit seinem Job in Islamabad auf sich hatte.

»Und jetzt ... Als ob ich nicht schon genug Pakistaner am Hals hätte, finde ich selbst hier einen. In Dänemark, an der Westküste, in den Dünen oder draußen auf der Heide. Man kann keine Zeitung aufschlagen oder ein Radio anschalten, ohne dass sie einem die Geschichte um die Ohren schleudern. Es ist verrückt, total verrückt. Und anscheinend steht für jeden irgendetwas auf dem Spiel. Wo ist dieser Kerl?«

Nina zuckte mit den Schultern.

»Was denkst du, Nina Portland?«

»Keine Ahnung. Die Sache steht mir bis hier. Was stellen die sich denn vor? Dass wir in ein Ferienhaus spazieren und ihm die Decke vom Kopf ziehen? Oder dass wir einen Haufen Blätter zur Seite schieben, und schwupps ...«

»Die Presse steht auch schon in den Startlöchern, sogar in der ersten Reihe, habe ich gesehen.«

»Blix ist ganz aus dem Häuschen. Aus den hintersten Ecken der Welt haben sie bei ihm durchgeklingelt. In ein paar Stunden ist die ganze Straße voller Fernsehsender, Übertragungswagen und Kameraleute, und überall rennen die Journalisten herum.«

»Welche Maßnahmen sind mit Blick auf Zulfikkur Wur im Gange?«

»Vor allem eine großangelegte Suchaktion. Alles, was ›wuff‹ sagen kann, ist zum Dienst einbestellt, auch die Nachbarbezirke helfen aus. Und ich laufe durch die Gegend und weiß nicht, was ich mit mir anfangen soll. Birkedal findet, ich solle tun, was ich immer mache: mein eigenes Ding – und herumschnüffeln. Aber es wird überall geschnüffelt. Wo soll ich da noch mit meiner Schnauze hin?«

»Also hast du hier geschnüffelt.«

»Na ja … Das Gebiet hier ist schon durchsucht, ich war eigentlich nur neugierig.«

»Hmm, jedenfalls ist es toll, dich wiederzusehen. Komm schon …«

Er nahm sie am Arm, zog sie zu sich und gab ihr einen Kuss, gegen den sie keinen erbitterten Widerstand leistete. Allerdings nur unter Vorbehalt.

»Was ist los, Nina?«

»Nichts.«

»Das stimmt nicht.«

»Es ist nur … Es geht mir auf die Nerven. Die ganze Geschichte.«

»Wieso?«

»Nebenbei läuft noch der Bandenkrieg. Ein fünf Monate altes Mädchen wurde von einem Querschläger getötet, als sich irgendein Idiot an einem Türken rächen wollte und durchs Wohnzimmerfenster geschossen hat.«

»Davon habe ich im Internet gelesen.«

»Und die beiden Morde … Wir sind in den Ermittlungen keinen Zentimeter weitergekommen.«

»Ihr steht bei null?«

»Wir stehen bei null.«

»Und das belastet dich?«

»Ja. Und dann ist da noch Jonas. Er hat …«

Tims Handy klingelte. Er sagte ein paar Worte und legte dann wieder auf.

»Das war Tarp. Er sucht nach mir – schon wieder. In einer halben Stunde haben wir unser eigenes internes Briefing im Hotel. Mein Auto steht oben am Kiesweg, ich muss los.«

»Klar.«

»Aber wir sehen uns später, oder?«

Sie nickte. Vielleicht ein wenig unentschlossen? Tim war bereits um die Stallecke verschwunden. Kurz darauf hörte sie einen Automotor. Nina blieb einen Moment stehen.

Von allen Menschen war Tim Wejse der, den sie gerade am allerwenigsten gebrauchen konnte. Ja, sie waren wohl so etwas wie ein Paar. Aber, dass er mitten in diesem Chaos auftauchte – egal, wie blöd seine Überraschungsaktion gewesen war –, machte ihre Situation nur noch komplizierter.

Erst die Sache mit Jonas und dem Ladendiebstahl und dann auch noch die nervenaufreibende Suche nach Zulfikkur Wur …

Wie zur Hölle sollte sie Tim in diesem Chaos auch noch unterbringen? Wo sollte sie die überschüssige Energie hernehmen, um ihm die Aufmerksamkeit zu schenken, die er verdient hatte? So bescheuert er sich im Stall auch verhalten hatte, war nicht er derjenige, mit dem etwas nicht stimmte, sondern sie. Mit der ganzen Situation stimmte etwas nicht.

Nina ging wieder um das Wohnhaus herum, startete den Motor ihres Wagens und fuhr den Kiesweg entlang. Erst als sie die asphaltierte Straße erreichte, entschied sie sich. Sie würde den Pressekorridor abfahren und sich ansehen, wie sich die Lage dort entwickelte. Drei Übertragungswagen fuhren an ihr vorbei, dann gab sie Gas.

Hatte nicht der amerikanische Avantgardekünstler Andy Warhol einmal gesagt, dass irgendwann jeder für fünfzehn Minuten berühmt sein würde?

Ein eigenartiger Gedanke, aber dennoch naheliegend, wenn

man, wie er gerade, bäuchlings auf dem höchsten Punkt einer Düne im struppigen Gras lag und auf eine schier endlose Karawane aus Fernsehübertragungswagen blicken konnte, die auf der anderen Seite des Sees entlangzog.

Sie alle waren aus ein und demselben Grund gekommen – wegen ihm.

Er hatte seine fünfzehn Minuten bekommen. Sogar mehr als das.

Die Szenerie hatte er bereits am Vormittag entdeckt, als er sich aus dem kleinen Ferienhaus geschlichen hatte und durch die Gegend gestreift war, um sich ein Bild von der Lage zu machen. Zu weiten Teilen hatte er sich Ursachen, Auswirkungen und Zusammenhänge selbst erklären können, aber als er zurückkam, hatte er es trotzdem gewagt, den kleinen Fernseher einzuschalten. Nahezu sämtliche Kanäle berichteten über die Suche nach ihm.

Er schaute durch das Fernglas. Seit dem letzten Mal waren viele neue Wagen hinzugekommen, viele weitere Menschen, die mit Kabeln, Stativen, Kameras und sonstiger Ausrüstung herumwuselten. Und Journalisten, die sich in schicken Kleidern mit dem Rücken zur Rotwildherde am See aufstellten und in ihre Mikrofone sprachen.

Fünfzehn Minuten? Wenn es doch nur so wäre.

Er setzte das Fernglas wieder ab und rollte sich auf den Rücken. Die Sonne war schon vor ein paar Stunden hinter einem schwebenden Teppich aus grauen Wolken verschwunden. Jetzt lag er still da und schaute in den Himmel.

Ohne Übertreibung war er vermutlich momentan einer der meistgesuchten Menschen der Welt. Und es war seine eigene Schuld. Das alles hatte er mit einem teuflischen Gedanken während eines Unwetters hoch oben über der Nordsee ins Rollen gebracht. Wo säße er jetzt wohl ohne das Buttermesser unter dem

Vordersitz? In der Nähe von Schloss Dracula, gequält und gefoltert, auf die primitive oder die raffinierte Art?

Sich selbst im Zentrum einer solchen Affäre zu wissen, war gleichermaßen schockierend wie bizarr. Auf allen Kanälen hatten sie dieselben Bilder von ihm ausgestrahlt. Brandneue Fotos, die während seines Aufenthalts auf Island entstanden waren. Natürlich hatten sie die Fotos auch zu Hause in Schweden gesehen. Für Britt musste das schrecklich sein und surreal, aber Annika und Mats würden das alles zum Glück nicht begreifen.

Insgesamt waren nur verblüffend wenige Informationen über ihn im Umlauf. Alles, was sie hatten, drehte sich um seine pakistanische Herkunft, und diese Angaben waren falsch. Wenn die Medien ein wenig mehr Zeit hatten, würden sie beginnen, Fragen zur offiziellen Version der ganzen Angelegenheit zu stellen.

Er hoffte zwar darauf, aber es war wahrscheinlich unumgänglich, dass seine Familie in die Fänge der Medien geriet. Er betete darum, dass sie ihn eines Tages verstehen könnten, verstehen würden. Begreifen würden, dass er das einzig Richtige für sie alle getan hatte, als sein Blick auf das Messer unter dem Flugzeugsitz gefallen war und er dem Gedanken erlaubt hatte, Gestalt anzunehmen.

Er drehte sich wieder auf den Bauch und griff erneut nach dem Fernglas. Ein dunkelblaues Auto fuhr langsam die Straße entlang und zwischen den großen Fernseh-LKWs hindurch, bis es schließlich anhalten musste, weil ein großer Lastwagen mit Parabolantennen auf dem Dach den Weg versperrte.

Eine Person stieg aus dem dunkelblauen Auto und ging mit raschen Schritten über die Straße. Allein am Gang erkannte er, dass es eine Frau war. Ihre Gesichtszüge konnte er aus der Entfernung natürlich nicht ausmachen, aber er sah, dass sie ihre kastanienbraunen Haare zu einem Zopf gebunden hatte. Allerdings nicht zu einem Pferdeschwanz, dafür waren sie zu kurz, sie erinnerten eher an eine kleine struppige Peitsche. Die Frau trug eine hellblaue Jeans und eine offene schwarze Jacke. Und obwohl die Sonne nicht mehr schien, saß eine dunkle Sonnenbrille auf ihrer Nase.

Ihr Auftreten hatte etwas Kraftvolles und Energisches an sich. Die Art und Weise, wie sie die Autotür zuschlug, ihr Tempo und wie ihre Arme mitschwangen beim Gehen …

Sie stellte sich vor den Lastwagenfahrer und gestikulierte. Der dicke Fahrer ebenfalls. Dann zog die Frau etwas aus ihrer Jacke und streckte den Arm aus, vermutlich hielt sie dem Mann eine Karte oder einen Ausweis vors Gesicht. Was auch immer es war, es schien zu funktionieren, denn der Mann fuhr den großen Übertragungswagen an den Straßenrand.

Es musste sich um eine Polizistin oder eine Mitarbeiterin des dänischen Sicherheitsdienstes handeln. Bestimmt war sie nur eine von vielen. Die Frau stieg wieder in ihr Auto und fuhr weiter an der Karawane vorbei.

Er musste zurück, etwas essen, nachdenken – und wieder schlafen. Inzwischen ging es ihm deutlich besser. Seine Kräfte kehrten langsam wieder, und auch wenn er jetzt wieder Kopfschmerzen bekam, waren sie anders und weniger schlimm als zuvor. Mittlerweile konnten sie ebenso gut von den Gedanken herrühren, die ihn nur in Ruhe ließen, wenn er schlief.

Einen Tag noch. Wenn er nur weitere vierundzwanzig Stunden hätte, um sich auszuruhen, würde er sich weiterwagen. Solange er wach war, hatte er zwei Dinge zu tun: die Situation von der Spitze der Düne aus im Auge behalten – und seine nächsten Schritte planen.

34

Die warme, starke Hand streichelte ihre Brust. Jetzt umspielten Lippen und Zunge die Brustwarze, erst vorsichtig, dann wagemutiger.

Ein völlig anderes, heftiges und unkontrollierbares Gefühl hatte sich vor einer halben Stunde in ihr ausgebreitet, als sie sich mitten im Zimmer gegenseitig die Kleider vom Leib gerissen hatten. Er hatte sie fest gepackt und ihren ganzen Körper in Flammen gesetzt. Und sie hatte ihn unbedingt gewollt.

»Ähm …«

Seine Lippen lösten sich von ihr, und er drehte sich auf den Rücken. Sie genossen beide das wohlige Nachglühen und schauten an die vergilbte Zimmerdecke. Nina fühlte sich angenehm schwer, auf ihrer Oberlippe perlte noch ein wenig salziger Schweiß. Sie fühlte sich sogar unverschämt gut. Gerade jetzt, mit Tim, in diesem Bett, in diesem Hotel befand sie sich an einem glücklichen Ort, an dem all das andere ihr nichts anhaben konnte.

Doch in derselben Sekunde, in der sie diesen Gedanken gedacht hatte, war es, als platzte die Seifenblase. Alles, was sie zurückgedrängt hatte, war wieder da und nahm sie in Besitz.

Nach dem Essen, und nachdem Tim sie dazu überredet hatte, im Hotel zu bleiben, hatte sie mit Jonas telefoniert. Er war ziemlich wortkarg, sagte, dass er die Sache ungerecht fand. Danach sprach Nina mit Astrid und mit Jørgen. Beide hatten sie in ihrem winzigen Arbeitszimmer gesessen und das Videomaterial der Überwachungskameras angeschaut. Astrid war ruhig und gefasst gewesen, wie Nina sie kannte. So war ihre Tante schon immer gewesen – Ninas persönlicher Fels in der Brandung, seit ihrer Kindheit in Sønderho. In Jørgen hingegen schwelten Ärger und Sorge.

An der Sache war nichts mehr zu ändern, es gab keine Instanz, an die sie sich noch hätte wenden können. Jonas war auf frischer Tat beim Klauen erwischt worden. Nina konnte nicht anders, wollte nicht anders, als daran zu glauben, dass ihn keine Schuld traf. Für alle anderen aber gab es keinen Grund, an Jonas' Tat zu zweifeln. Sie verspürte ein schlechtes Gewissen, weil sie sich so verdammt gut fühlte, während Jonas in Sønderho saß und einen falschen Verdacht aushielt.

Im Präsidium hatte Tuncay Terim ihnen eine Liste mit Namen aus seiner türkischen Gang gegeben, aber auch die von einigen Bosniern genannt. Sechs dieser Bandenmitglieder hatten sie zum Verhör geholt, weitere sollten folgen. Noch gab es keine Festnahmen, aber der erste Schritt in Richtung einer Aufklärung des Falles war gemacht. Jetzt konnten sie ihre Arbeit mit Observationen und Telefonüberwachungen weiterführen.

Für den Abend und die Nacht war die Suche nach Zulfikkur Wur unterbrochen, würde aber morgen früh mit unvermindertem Einsatz weitergehen. Hunde, Hundeführer, alle Kolleginnen und Kollegen sowie die Antiterroreinheit des AKS würden sich bei Tagesanbruch wieder in Bewegung setzen.

Nina selbst hatte den gesamten Nachmittag an der vordersten Front der Suchaktion verbracht, wo sie einige Ferienhäuser durchsucht hatte, die aus verschiedenen Gründen ihre Aufmerksamkeit erregt hatten. Eine nützliche Arbeit, die irgendjemand erledigen musste, nur hatte sie nicht den Eindruck, dass sie damit etwas bewirkte. Sie leistete nicht das, worauf Birkedal hoffte – das Besondere. Sie hatte keinen rebellischen Gedanken, keine Zweifel an der Strategie, kein Bauchgefühl. Der erste Tag hatte nichts dergleichen in ihr ausgelöst.

Bisher hatte ihr die Zeit gefehlt, um sich damit zu beschäftigen, wie die Medien mit der ganzen Affäre umgingen, aber vor dem Abendessen hatte sie registriert, dass man inzwischen die eigentliche Begründung des Polizeieinsatzes infrage stellte. Der Einsatz habe keine juristische Grundlage, lautete die Kritik von einigen dänischen Beteiligten an der großen Diskussion. Von amerikanischer Seite habe es nie eine Anklage gegeben, hieß es. Juristen und Professoren lieferten sich hitzige Debatten, aber schließlich hatte Nina es aufgegeben, den Ausführungen zu folgen.

Es nervte sie, dass sie auf der Stelle traten. Auch von der CIA und Hector Torres waren keine neuen Informationen gekommen. Ihre dänischen Freunde und Kollegen hätten alle nötigen Kenntnisse über den geflohenen Zulfikkur Wur, behauptete man dort. Was für ein Unsinn, dachte Nina. Die Amerikaner arbeiteten gegen sie. Wenn sie und ihre Kollegen sich Wur näherten, mussten sie wissen, wer er war und wie er reagierte.

»Habt ihr mehr Informationen über Wur als wir?«, fragte sie Tim.

»Nein. Ich weiß genauso viel wie du«, antwortete er.

»Aber das reicht doch bei Weitem nicht, Tim.«

»So ist es eben. Wir haben das bekommen, was die Amerikaner im Moment für uns und unsere Arbeit für nötig erachten. Es ist ein Spiel. Natürlich halten sie etwas zurück. Vielleicht erfahren wir es, vielleicht werden wir es nie wissen. Es hängt ganz davon ab, wie sich die Sache weiterentwickelt.«

Sie rollte sich auf den Bauch, stützte sich auf die Ellenbogen und sah ihn an.

»Mir ist klar, dass jeder von uns seine Aufgabe hat und dass es verschiedene Interessen gibt. Darüber haben wir schon gesprochen. Und weiß Gott, wenn ich den Auftrag bekomme, den Kerl zu schnappen, dann gibt es nichts, das ich lieber täte. Aber das liegt daran, dass ich glaube, was die CIA mir und uns erzählt. Dass er gefährlich ist, ein Terrorist, der viele unschuldige Menschen auf dem Gewissen hat. Wenn er ein Flugzeug dazu zwingt, notzulanden, dann sagt mir mein Verstand, dass an der Sache etwas dran sein muss. Andererseits könnte er aber auch unschuldig sein. Vollkommen unschuldig … Hast du über diese Möglichkeit schon mal nachgedacht, Tim? Es wäre nicht das erste Mal.«

»Ja, es ist sogar schon mehrfach vorgekommen, aber das muss eine genauere Ermittlung herausstellen, schuldig oder nicht.«

»Wenn ich in irgendeinem finsteren Keller in der rumänischen Pampa oder Jordanien oder sonstwo gefoltert würde, dann würde ich auch alles Mögliche gestehen. Es ist wirklich eine Schande. Man kann Leute nicht einfach auf der Straße kidnappen, ohne dass sie angeklagt, geschweige denn verurteilt worden sind … Ein gesetzesloser Raum, in dem die CIA die Leute verhaftet und verurteilt. Eine Sauerei ist das.«

»Ja, es ist absurd. Inzwischen habe ich alle Dokumente durchgesehen, aber genau so ist es zugegangen.«

Tim deutete mit dem Kopf auf einen Stapel mit Ordnern und Dokumentenmappen, die auf dem Schreibtisch und über den Boden verstreut lagen.

»Bush hat 2006 eingeräumt, dass es ein geheimes Gefangenenprogramm und geheime Gefängnisse gab, sogenannte Black Sites. Das alles muss man im Licht der Ereignisse vom 11. September 2001 sehen. Es war die Mobilisierung einer gedemütigten Nation, um nicht zu sagen eines gedemütigten Geheimdienstes. Laut Bush war es Selbstverteidigung, Menschen rund um den Globus zu entführen. Wenn man gesehen hat, wie die Türme einstürzten, ist ›Rechtssicherheit‹ wahrscheinlich nicht gerade das Erste, an das man denkt, oder?«

»Nimmst du diese Praktiken etwa in Schutz, Tim?«

»Nein, ich erkläre sie.«

»Das weiß ich doch alles. Trotzdem rechtfertigt das die Sache nicht. Das sind Methoden, wie wir sie von Diktaturen kennen, wie damals in Chile oder in Argentinien … Entführe deinen Gegner, flieg ihn übers Meer und lass ihn verschwinden.«

Tim gähnte ausgiebig. Nach der langen Reise musste er der Müdigkeit Tribut zollen.

»Ich bin ganz deiner Meinung, Nina. Deshalb wurden die Gefangenentransporte ja auch verboten. Es war eine der ersten Amtshandlungen Obamas.«

»Nur galt das nicht für Zulfikkur Wur, wer auch immer er ist.«

»Anscheinend nicht, aber das müssen sie schon selbst auslöffeln. Es tut mir wirklich leid, Liebes, aber ich falle gleich ins Koma. Ich bin schon seit heute Morgen auf den Beinen. Es ist nicht, weil ich keine Lust hätte, darüber zu diskutieren. Ich bin nur so wahnsinnig müde.«

Nina drehte sich wieder auf den Rücken und zog die Decke über sie beide. Der kuppelförmige Lampenschirm an der Decke war voller toter Fliegen.

»Tim?«

»Hmm.«

»Jonas … Jonas, er ist …«

Sie verstummte.

Ein tiefes Gähnen war zu hören.

»Hm, was ist mit Jonas?«

»Ach, nichts. Nichts Wichtiges.«

»Wie kann es *nichts Wichtiges* sein?«

»Es ist nur … Er hat nach dir gefragt.«

Tim hatte die Augen geschlossen und lächelte.

»Er ist ein guter Junge, dein Jonas. Ein richtig guter Junge.«

»Ja, ist er. Schlaf du nur. Ist es in Ordnung, wenn ich ein bisschen in den Unterlagen blättere?«

»Tu dir keinen Zwang an. Es steht nichts Geheimes drin.«

»Oder ich schalte den Fernseher ein. Kannst du trotzdem schlafen?«

»Bin schon weggedämmert.«

Nina richtete sich auf, schaltete das Gerät ein und senkte die Lautstärke. Dann stand sie auf, nahm sich einen zufälligen Stapel Mappen und kroch zurück unter die Decke. Die erste Mappe war ein dicker Wälzer aus dem Juni 2007, ein Abschlussbericht des Sonderermittlers des Europarates, Dick Marty. In über dreihundertachtundsechzig Punkten behandelte der Bericht das geheime Gefangenenprogramm der CIA. Nina blätterte wahllos darin herum. Der Bericht kam zu dem Schluss, dass ausreichend Indizien für die Behauptung vorlagen, die CIA habe zwischen 2003 und 2005 geheime Gefängnisse in Europa, und insbesondere in Polen und Rumänien, betrieben.

Eine andere Mappe enthielt die Zusammenfassung eines Berichts des Europaparlaments, den ein Ausschuss mit dem bündigen Titel »Nichtständiger Ausschuss zur behaupteten Nutzung europäischer Staaten durch die CIA für die Beförderung und das rechtswidrige Festhalten von Gefangenen« erarbeitet hatte.

Das Papier aus dem Jahr 2006 hielt fest, dass die CIA massenweise illegale Transporte und Inhaftierungen von Terrorverdächtigen auf europäischem Boden durchgeführt hatte – mit der heimlich erteilten Erlaubnis der jeweils zuständigen Regierungen. Zwischen 2001 und 2005 sollten angeblich mindestens 1.245 solcher CIA-Flüge stattgefunden haben. Da waren seitenweise Tabellen über die Flugbewegungen diverser Maschinen zwischen verschiedenen europäischen Flughäfen. Nina legte die Mappe beiseite und griff nach einer dünneren.

Wie sich herausstellte, befanden sich darin Ausdrucke und Kopien einer ganzen Reihe von Fragen, die vor allem von Frank Aaen stammten, einem damaligen dänischen Parlamentarier der Rot-Grünen Partei. Ein Dokument widmete sich explizit dem Flugzeug mit der Registrierungsnummer N221SG, das am 7. März 2005 in Kopenhagen gelandet war. Es kam aus Istanbul und hob erst am folgenden Tag um 8:04 Uhr wieder mit Kurs nach Keflavík, Island ab. Im Text wurde darauf hingewiesen, dass dieses Flugzeug im Verdacht stand, eine der fixen Maschinen im Transportnetzwerk der CIA zu sein, weshalb die Rot-Grüne Partei den damaligen Außenminister Per Stig Møller nach Rücksprache vor den Auswärtigen Ausschuss rief. Aus dem Dokument ging ebenfalls hervor, dass durch die Befragung niemand schlauer wurde.

Eine rote Mappe trug auf der Vorderseite die Aufschrift »Die ministerienübergreifende Arbeitsgruppe zur Ausarbeitung eines Berichts über geheime CIA-Flüge in Dänemark, Grönland und den Färöerinseln«. Es war der Bericht der dänischen Regierung aus dem Jahr 2008. Nina konnte sich noch gut daran erinnern, da es in den Medien viel Aufregung darum gegeben hatte, insbesondere nach einer Fernsehdokumentation, die glaubhaft darstellen konnte, dass Tarnfirmen der CIA den grönländischen Flughafen Narsarsuaq für ihre Zwecke genutzt hatten.

Das Fazit lautete, falls illegale Gefangenentransporte via Dänemark durchgeführt worden waren, dann hatte keine dänische Behörde Kenntnis davon gehabt. Trotz der dänischen Aufregung darüber hatten die USA sich geweigert, an der Aufklärung mitzuwirken. Also hatte auch diese Arbeit ins Leere geführt.

Nina überflog die letzten beiden Ordner. Bei einem handelte es sich allem Anschein nach um eine Art Fall-Sammlung, die einige Menschenrechtsorganisationen gemeinsam herausgegeben hatten, genauer Amnesty International, Cageprisoners, Reprieve, Human Rights Watch sowie das Center for Constitutional Rights and Global Justice in New York. Listen führten Personen, die laut der CIA inhaftiert gewesen waren –, die jetzt aber spurlos verschwunden waren.

In einem Artikel ging es um den kanadischen Staatsbürger

Maher Arar, der bei einer Zwischenlandung in New York verhaftet wurde, als er gerade auf dem Heimweg nach Montreal war. Er wurde für zwei Wochen ohne Kontakt zur Außenwelt festgehalten, ehe man ihn zu Verhören unter Folter nach Jordanien und Syrien flog. Über ein Jahr später wurde er von den Syrern entlassen, und er konnte zurück nach Hause. 2006 sprach ihn eine von der kanadischen Regierung ins Leben gerufene Untersuchungskommission frei, und 2007 erhielt er eine Entschädigung von zehn Millionen kanadischen Dollar sowie eine offizielle Entschuldigung. Von Kanada, nicht von den USA.

Ein zweiter Text schilderte die Geschichte eines Mannes namens Khaled al-Masri, einem vierzig Jahre alten deutschen Staatsangehörigen. Er wollte sich auf einer Urlaubsreise nach Skopje in Mazedonien entspannen, da er Streit mit seiner Frau gehabt hatte. Er wurde an der Grenze festgenommen und einige Zeit festgehalten, bevor man ihn in eine verlassene Ziegelfabrik nördlich von Kabul brachte. Nach fünfmonatiger Gefangenschaft wurde er eines Tages mit verbundenen Augen in ein Flugzeug verfrachtet und nach dem Flug mit einem Auto weitertransportiert, um letztendlich auf einer dunklen Straße an einem fremden Ort ausgesetzt zu werden. Wie sich zeigte, in Albanien. Im Nachgang erklärte die CIA, el-Masri mit einem anderen Mann verwechselt zu haben …

Die Welt war verrückt. Schon vor, während und nach Josef Fritzl. Vielleicht war die Welt in Wirklichkeit noch viel, viel verrückter, als man sich auch nur ansatzweise vorstellen konnte. Gerade diese eingeschränkte Kapazität des menschlichen Vorstellungsvermögens stellte einen soliden Schutzmechanismus, ein Sicherungssystem dar. Denn ohne diesen Schutz war niemand dazu in der Lage, die reale Welt zu ertragen. Und trotzdem geschah es ab und zu, dass dieses Sicherungssystem ausfiel, was jedes Mal ein großes Entsetzen zur Folge hatte.

Nina gähnte lang und herzhaft.

Die letzte Mappe enthielt offenbar ausschließlich Informationen über die osteuropäischen Verzweigungen des CIA-Transportnetzwerks. In Polen knüpften sich Verdachtsmomente an den Szymany-Flughafen, in Rumänien an den Militärflughafen Constanța, an die Militärbasis Fetești und einen dritten, nicht näher genannten Ort. Die Regierungen beider Länder bezeichneten die Vorwürfe als haltlos und wahnsinnig und wiesen sie aufs Schärfste zurück.

Mit einer Handbewegung schubste Nina den ganzen Stapel auf den Boden, sie konnte nichts mehr aufnehmen, auch wenn sie es wollte.

Tim schnarchte schwer, er war weit weg. Sie stellte den Fernseher ein wenig lauter, und der Moderator wünschte den Zuschauern einen guten Abend. Pünktlich zu den Spätnachrichten würde Nina wegdämmern.

»›Bei dem gebürtigen Pakistaner Zulfikkur Wur, nach dem im Rahmen einer großangelegten Fahndungsaktion im Feriengebiet rund um Vejers an der Westküste Jütlands gesucht wird, handelt es sich Angaben zufolge nicht um einen Terroristen. Wur soll ein erfolgreicher Geschäftsmann und friedlicher Familienvater sein, der mit seiner Frau und zwei Kindern im schwedischen Malmö zu Hause ist. Wur hat die schwedische Staatsbürgerschaft.‹ So lautet der Inhalt einer aufsehenerregenden Pressemitteilung, die die Menschenrechtsorganisation Human Rights Watch heute Abend veröffentlicht hat. Vor einer halben Stunde haben wir dazu ein Interview mit Paul Munroe geführt, dem Sprecher der Organisation mit Hauptsitz in New York.«

Nina traute ihren Ohren nicht. Gerade hatte sie diese Möglichkeit Tim gegenüber noch erwähnt. Dass der Terrorist womöglich gar keiner war. Konnte das wahr sein?

Tim schnarchte weiter, und Nina wollte ihn nicht wecken. Es

war ohnehin schon viel zu spät. Der Sprecher von Human Rights Watch erschien auf der Bildfläche. Er sagte:

»Wir haben vor zwölf Tagen von Herrn Wurs Fall erfahren und haben die Zeit seitdem genutzt, uns näher damit zu befassen. Wir können inzwischen bestätigen, dass er vor neunzehn Tagen verschwunden ist. Vermutlich wurde er auf dem Parkplatz eines Supermarkts in Malmö entführt, als er gerade aus dem Auto stieg. Drei Männer zerrten ihn in einen bereitstehenden Transporter, wie zwei Augenzeugen unabhängig voneinander der Polizei berichtet haben. Wurs schwedische Ehefrau, Britt Lindgren, hat ihren Mann noch am selben Tag als vermisst gemeldet.«

Nina rutschte vor bis an die Bettkante. Wenn das stimmte, wäre morgen früh alles auf den Kopf gestellt. Sie lauschte gebannt.

Unter anderem erklärte der Sprecher, dass der dreiundvierzig Jahre alte Wur eine eigene Im- und Exportfirma betrieb, die Wur Trading AB, die mit Möbeln handelte. In Skandinavien und einigen weiteren westeuropäischen Ländern verkaufte er im großen Stil importierte Gartenmöbel aus Asien, während er außerdem eine Handvoll kleinerer Geschäfte im Ausland unterhielt, wo er Möbel in klassisch schlichtem skandinavischem Design verkaufte. Die Tochterfirmen saßen in Ägypten, Syrien, Indien, Pakistan und auf den Philippinen. Nach Schweden war er vor sechseinhalb Jahren gekommen, um eine Unterabteilung seiner damaligen pakistanischen Firma zu etablieren. Dabei lernte er Britt Lindgren kennen, heiratete sie ein Jahr später und verlegte den Hauptort seiner Geschäfte nach Malmö. Das Paar hatte einen fünfjährigen Sohn und eine fast vierjährige Tochter. Britt Lindgren war eine ehemalige Anwältin, arbeitete aber jetzt in der Firma ihres Mannes mit, die für ihr gutes Wachstum vor zwei Jahren mit dem Wirtschaftspreis einer Malmöer Branchenvereinigung ausgezeichnet worden war.

»Haben Sie Zulfikkur Wurs persönlichen und familiären Hintergrund in Pakistan überprüft?«, wollte der Fernsehjournalist wissen.

»Ja, unsere Rechercheure sind auch Herrn Wurs persönlicher Geschichte nachgegangen. Er wurde im Norden Pakistans geboren, im heutigen Bajaur-Distrikt. Seine Familie wohnt in einem Dorf im Tal von Watelai. Wur ist einer von vier Söhnen der Familie. Er hat das Abacus College of Business and Commerce in Peshawar besucht und später Wirtschaftswissenschaften an der Universität in Peshawar studiert.«

»Von amerikanischer Seite wird behauptet, dass er mit den Taliban in Verbindung gebracht werden kann. Stimmt das?«

»Keine unserer Nachforschungen kann das bestätigen. Die einzige Verbindung zu terroristischen Milieus, die wir Herrn Wur nachweisen konnten, ist ein Cousin, der für seine Mittäterschaft an einem Bombenattentat im Jahr 2008, das die Taliban für sich reklamieren, im Gefängnis sitzt. Aber wir sind uns sicher einig, dass niemand automatisch Terrorist wird, nur weil ein Cousin es ist.«

»Weshalb sollten die Menschen diesen neuen Erkenntnissen von Human Rights Watch Glauben schenken?«

»Wir sind eine unabhängige, nicht-staatliche Organisation, die sich seit 1978 mit Menschenrechten beschäftigt. Unsere Recherchen werden von geschulten und erfahrenen Experten durchgeführt, und zwar nicht aus der Distanz, sondern vor Ort. In diesem Fall also in Bajaur, Peshawar und so weiter.«

Der Moderator beendete den Beitrag mit dem Hinweis, dass es zu den neuen Informationen der Menschenrechtsorganisation noch keine offiziellen amerikanischen Stellungnahmen gab, ehe er zur nächsten Meldung überging, die sich dem Chef des Nachrichtendienstes der dänischen Polizei, Ove Gudmundsen, widmete.

Gudmundsen hatte sich anscheinend nicht an die vorgeschriebenen Meldeketten in Ausnahmesituationen gehalten und war so zur Zielscheibe politischer Kritik geworden. Die blonde und dürre Justizministerin erschien auf dem Bildschirm und sagte etwas, das an einen Balanceakt erinnerte. Ihrer diplomatischen Wortwahl entnahm Nina, dass die Ministerin Gudmundsen die Unterstützung versagte, die er eigentlich so bitter nötig hatte.

Es war das reinste Chaos, sowohl in Dänemark als auch in den USA, aber eines stand fest: Wenn der ganze Trubel vorbei war, würden Köpfe rollen. Auf dänischer wie auf amerikanischer Seite.

Die abendliche Berichterstattung über die Affäre schloss ausgerechnet mit Gudmundsens amerikanischem Gegenpart, dem Direktor der CIA, dessen Posten am seidenen Faden zu hängen schien. Er hatte erklärt, absolut keine Kenntnis über den Gefangenentransport von isländischem Boden gehabt zu haben. Der Geheimdienst habe, auf den ausdrücklichen Befehl des Präsidenten, mit dieser Praxis gebrochen. Zu keinem Zeitpunkt habe er als Direktor einen solchen allerletzten Transport gebilligt, dafür habe er nun scharfe interne Ermittlungen eingeleitet, die aufklären sollten, wer für die Operation verantwortlich war.

Nina gab ihm nicht mehr lange, bis er seinen Posten räumen musste. Wusste der Mann wirklich nicht, was in seinem eigenen Laden vor sich ging? Oder er wusste es und versuchte, es zu vertuschen …

Nina schaltete den Fernseher aus und schmiegte sich unter der Decke an einen warmen Tim Wejse, der komplett im Koma war.

Den größten Teil der Nacht hatte sie hellwach dagelegen. Als sie gegen drei Uhr aufwachte, weil ein schnarchender Tim ihr den Ellenbogen in den Rücken stieß, versuchte sie gar nicht erst, wieder einzuschlafen.

Sie hatte es schon über eine Milliarde Mal probiert, wenn sie sich über irgendetwas heftig den Kopf zerbrach. Es war, als würde sie auf einen Knopf drücken, und schon drehte sich die Zentrifuge. Vielleicht nicht unbedingt so schnell wie ein Teilchenbeschleuniger, aber trotzdem schnell genug, um ihr die Entspannung für Kopf und Körper zu verderben.

Die Leuchtziffern ihrer Armbanduhr verrieten, dass es fast fünf war. Vorsichtig schlug sie die Decke zurück und stand auf. Bereit, eine ihrer wichtigsten Regeln zu brechen: keine wichtigen Entscheidungen in schlaflosen Nächten zu treffen.

Leise tapsend sammelte sie ihre Kleider auf, die in alle Richtungen geflogen waren, als Hände und heiße Küsse die Lava zum Überkochen gebracht hatten. Tim schlief immer noch tief und erinnerte am ehesten an einen schlummernden Vulkan, dessen nächster Ausbruch erst in einigen Jahrzehnten bevorstand.

Schließlich pflückte sie ihre Unterhose vom Lampenschirm in der Ecke, packte sie zum restlichen Kleiderhaufen in ihren Armen und verschwand ins Bad, um sich anzuziehen.

Ihre Uhr zeigte 5:18 Uhr an, als sie das Schulterholster festspannte und die Pistole unter ihrer linken Achsel spürte. Sie warf sich die Lederjacke über die Schulter, öffnete die Tür und schlich leise auf den dunklen Hotelflur.

35

Waren das seine Nerven, die ihn nach den aufreibenden letzten Tagen im Stich ließen? Er hielt mitten im Schritt inne und warf sich instinktiv auf den Bauch. Dort draußen – in der einsetzenden Morgendämmerung –, bewegte sich dort nicht etwas Schwarzes?

Er kniff die Augen zusammen. Doch, es stimmte. Die schwarze Gestalt kam näher, und er griff zum Fernglas. Er hatte es behalten, weil er damit gerechnet hatte, bei Tagesanbruch wieder auf die Düne zu klettern und die Umgebung auszukundschaften.

Die Bewegungen waren charakteristisch, es war eine Person in einem Kajak. Wie ein Mühlenrad schaufelte das Paddel durch das Wasser und brachte das kleine Gefährt in hohem Tempo näher. Es nahm direkt Kurs auf den Strandabschnitt unterhalb von ihm, wo die Überreste eines Bunkers aus dem Sand ragten.

Er robbte auf dem kalten Boden ein Stück weiter nach vorn, bis er freie Sicht auf den Strand hatte und das Kajak auf den letzten Metern im Auge behalten konnte. Es war beinahe windstill, und das kleine Boot glitt nahezu lautlos über die blanke Wasseroberfläche.

Einen größeren Zufall hätte es kaum geben können. Wenn eine nagende innere Unruhe ihn nicht mitten in der Nacht auf die Beine gebracht und zu einer rastlosen Wanderung durch die Kieswege zwischen den Ferienhäusern gezwungen hätte … Wenn er nicht zufällig diesen Pfad hinunter zum Meer gewählt hätte … Wenn er nicht genau diese Dinge zu genau diesen Zeiten getan hätte, dann wäre er dem Kajakfahrer, der auf so mysteriöse Weise aus der Dunkelheit auftauchte, niemals begegnet.

Vierzig Meter noch, dreißig, zwanzig. In ein paar Schlägen würde das Boot den Strand erreichen. Jetzt glitt das lange Meereskajak auf den Sand. Er erkannte die Silhouette eines Mannes, der gekonnt aus dem Kajak stieg, es sich auf die Schulter hievte und damit über den breiten Strand auf den Bunker zulief. Der Mann trug einen schwarzen Ganzkörperanzug, eine schwarze Sturmhaube und schwarze Handschuhe. Selbst die Ruderstange und die Ruderblätter waren schwarz, oder jedenfalls dunkel. Noch war es nicht hell genug, um Farben zu unterscheiden, Wur erkannte nur Konturen.

Hinter der ersten niedrigen Düne auf der anderen Seite des Bunkers blieb der Mann stehen, legte das Kajak in den Sand und kniete sich daneben.

Er selbst nahm das Fernglas herunter und schob sich wie eine Schlange ein weiteres Stück durch den Sand nach unten, um besser sehen zu können, was der andere tat. Zwischen ihnen lagen ungefähr siebzig oder achtzig Meter. Wieder schaute er durch das Fernglas.

Der Mann war dabei, Gegenstände aus dem Gepäckraum des Kajaks zu nehmen. Was genau es war, konnte er nicht erkennen, aber darunter war ein großes Bündel, vielleicht ein Rucksack. Jetzt stand der Mann wieder auf und zog den schwarzen Anzug aus. Für einen Augenblick stand er beinahe nackt da, und seine helle Haut hob sich von der Dunkelheit ab, aber nur für einen Augenblick. In verblüffend schnellem Tempo zog er sich andere Kleidung an, ebenfalls dunkel. Dann kniete sich der Mann erneut auf den Boden und packte Dinge in das, was tatsächlich ein Rucksack sein musste.

Es sah aus, als wäre jede seiner Bewegungen genauestens kalkuliert, nichts daran war überflüssig. Außerdem schienen die Bewegungen perfekt aufeinander abgestimmt zu sein, es gab kein Zögern.

Es kam ihm vor, als arbeitete die schwarze Gestalt dort unten mit … militärischer Präzision.

Das war das richtige Wort, »militärisch«. Fließend und effektiv. Es war nur wenige Minuten her, dass das Kajak auf den Strand geglitten war. Inzwischen war es bereits in einem Versteck abgeladen, und der Mann hatte außerdem die Kleidung gewechselt. Jetzt grub er mit einem kleinen, kurzen Spaten im Sand, einem Klappspaten. So wie es aussah, grub er eine schmale Rinne, ungefähr so lang wie das Kajak.

Als er fertig war, legte er etwas in das Kajak, drehte das Gefährt auf den Kopf, schob es in das längliche Loch und bedeckte es wieder mit Sand. Wie die ganze Zeit schon arbeitete der Mann schnell. Nicht so, als wäre er verzweifelt – vielmehr wirkte seine Schnelligkeit wohlüberlegt.

Einen Moment blieb der Mann auf den Knien und versicherte sich, dass sein Boot gut versteckt war. Dann stand er auf, nahm den Rucksack und setzte sich in Bewegung. Mit wenigen langen, sicheren Schritten stieg er zwischen zwei Dünen hinauf. Dann war er weg.

Der Mann war aus seinem Blickfeld verschwunden. Er selbst blieb unbeweglich liegen. Es war dringend notwendig, dass er Stellung bezog, eine Entscheidung traf.

Die mysteriöse Gestalt war ein Soldat. Anders konnte es nicht sein. Aber der Kerl war nicht bloß irgendein kajakbegeisterter Wehrpflichtiger, der Mann war ein Profi. Die Effektivität und das Rhythmische seiner Bewegungen hatten ihn enttarnt. Der Mann fühlte sich wohl in der Nacht. Ein Elitekämpfer.

Wur musste sich selbst Klarheit darüber verschaffen: Was bedeutete das, was er gerade eben beobachtet hatte, für ihn? Am naheliegendsten schien es, dass die Polizei militärische Spezialeinheiten bei der Fahndung nach ihm einsetzte. Aber trotzdem kam ihm das nicht plausibel vor. Wieso sollte man einen einzelnen Mann in ein bereits durchsuchtes Gebiet schicken, noch dazu von der Wasserseite?

Irgendetwas stimmte hier ganz und gar nicht.

Dass er seinen ersten Erklärungsversuch wieder verworfen hatte, machte die Unruhe in ihm nur noch stärker. Denn wenn der Mann nicht war, was man unmittelbar vermuten würde, was oder wer war er dann?

Er hatte keine Antwort auf diese Frage, aber während er darüber nachsann, näherte er sich vorsichtig der Stelle, an der der mysteriöse Fremde sein Kajak vergraben hatte.

Von einer Sache war Wur mit einem Mal überzeugt. Er konnte es nicht länger aufschieben. Noch heute Nacht musste er die Hütte verlassen und sich durch die feindlichen Linien schleichen.

36

Nur vereinzelt gelang es der Sonne, ihr Morgenlicht durch die dicke Wolkendecke scheinen zu lassen. Die Strahlen brachen in Fächern hindurch, was einen dramatischen Effekt auf die Wasseroberfläche hatte, die mit großen, silbrig funkelnden Flecken übersät war, so weit das Auge reichte.

Es war nur wenige Minuten her, dass sie das Festland bei Nyborg hinter sich gelassen hatte. In diesem Augenblick fuhr sie hoch oben und mit freiem Ausblick über den Großen Belt. An einem Rastplatz hatte sie eine Pause eingelegt, im Auto gefrühstückt und Kaffee getrunken, während sie die diversen notwendigen Anrufe getätigt hatte.

Birkedal war als Erster an der Reihe. Er klang, als liefe er bereits auf Hochtouren. Sie hatte ihm ihr Anliegen erklärt, und auch wenn er nicht den Eindruck machte, einen Sinn dahinter zu erkennen, hatte er keinen Protest eingelegt. Er war – wie sie selbst – im Begriff, an dem Ausbleiben der dringend nötigen Resultate zu verzweifeln.

Glücklicherweise war auch diese Nacht in Esbjerg ruhig verlaufen, sodass sie zumindest im Hinblick auf den Bandenkrieg nicht unter unmittelbarem Druck standen. Allerdings befanden sie sich immer noch in einer angespannten Situation, auch wenn die ganze Welt von nichts anderem als der Menschenjagd sprach, und obwohl die Justizministerin sowie eine ganze Reihe weiterer Politiker die Mordfälle in der Stadt offenbar vergessen hatten.

Die gesamte Suchmannschaft und die Antiterroreinheit waren

im Einsatz, und noch bevor der Tag zu Ende war, würden sie das Gebiet rund um Vejers für durchsucht erklären.

Ihr zweiter Anruf ging nach Sønderho. Sie hatte mit ihrer Einschätzung richtig gelegen; Jonas war gerade beim Frühstück, kurz bevor Jørgen ihn zur Fähre bringen würde.

Jonas hatte keine bessere Laune als während der letzten Tage. Er war genau wie sie und sprach morgens nie besonders viel, weswegen nur schwer auszumachen war, worin der Grund für seine Schweigsamkeit lag. Viele Worte kamen jedenfalls nicht über seine Lippen.

Nina war ratlos, wie sie die Sache wieder in Ordnung bringen sollte. Das mit dem Ladendiebstahl war das eine, etwas völlig anderes aber war es, dass sie ihn hatte sitzen lassen. Mit einem Ausflug ins Kino, einer Tüte Popcorn und einem Fingerschnipsen konnte sie es nicht aus der Welt schaffen. Es hatte ihn tiefer getroffen. Und sie war nicht da. Sie erlebte gerade die wahnsinnigsten Stunden ihrer gesamten Dienstzeit, und sie konnte sich nicht freinehmen.

An Tim hatte sie eine SMS geschickt. Nach der langen Reise war er jetzt sicher ausgeruht und hatte bestimmt alle Hände voll zu tun. Was genau für Tarp und seine PET-Truppe auf der Tagesordnung stand, wusste sie nicht. Sie würde es auch nicht erfahren, wenn sie Tim nicht unter Druck setzte. Und das wollte sie nicht.

Seine Antwort war kurz und knapp wie immer gewesen: »Ok, war schön heute Nacht. Sorry, dass ich gepennt habe …«

Auf der ganzen Fahrt hörte sie Radio.

In Amerika wurde die Affäre um den womöglich unschuldigen Gejagten bereits Ghostgate genannt. Die CIA schwieg, während die Gerüchte über den freiwilligen oder unfreiwilligen Rücktritt des Geheimdienstdirektors weiter zunahmen.

Die Sonne warf neue Fächer aus Licht und glitzerndem Silber

aufs Wasser. Noch immer hatte es für Nina etwas Magisches, die lange Straße über den Großen Belt zu fahren. Es war ein beeindruckendes Bauwerk. Danach wartete Seeland – und eine weitere Brücke. Die Öresundbrücke.

Nina war auf dem Weg nach Malmö. Eine andere Möglichkeit hatte sie nicht.

Sie musste die Umgebungen und das Zuhause von Zulfikkur Wur sehen, musste wissen, wie sein Leben in Schweden aussah.

Sie musste durch seine Wohnung gehen, seine Gegenwart spüren – und die Geschichte aus dem Mund seiner Frau hören.

Je mehr sie über ihn erfuhr, je besser sie Zulfikkur Wur verstand, desto besser standen ihre Chancen, ihn auch zu finden. Und er musste gefunden werden, egal, ob er ein internationaler Superterrorist oder ein Opfer der Terrorismusbekämpfung nach Nine Eleven war.

Sie hatte eine etwa vier Stunden lange Fahrt hinter sich, als der Annetorpsvägen endlich in den Limhamnsvägen überging. Fridhem, so hieß das Viertel, sollte hinter Västervång, aber noch vor Ribersborg und dem Slottsparken in Richtung Stadtzentrum liegen. Der Limhamnsvägen verlief bis ins Hafengebiet entlang der Küste. Nina fuhr in einem gemächlichen Tempo, während sie die Straßenschilder rechts von sich im Auge behielt.

Genau dort, wo die Wohnblocks aufhörten und sich eine Reihe Einfamilienhäuser anschloss, tauchte das Schild der Grönvångsgatan auf. Nina entdeckte sie sofort, als sie abbremste – mehrere Autos mit den Logos verschiedener Fernsehsender. Mist … Sie war nicht die Erste.

Die Autos standen achtlos abgestellt vor einer efeubedeckten Mauer, die einmal rund um eine riesige Villa mit schwarz glasierten Dachziegeln lief. »Villa« war im Grunde eine Untertreibung, denn das Gebäude erinnerte eher an ein altes Palais mit verspielten Simsen, Balkonen und verschnörkelten Geländern aus Gusseisen. Nina fuhr an den parkenden Autos vorbei. Zwei Männer mit Kameras filmten die Umgebung, während ein dritter mit einem Kaffeebecher in der Hand daneben stand und rauchte. Alle anderen saßen in ihren Autos.

Sie stellte ihren eigenen Wagen ein Stück die Straße hinauf ab und ging auf dem Bürgersteig zurück zum Haus. Noch hatte niemand sie bemerkt. Sie drückte die Klinke der nächsten Gittertür, doch sie war abgeschlossen. Nina drehte um und ging wieder einige Meter den Bürgersteig hinauf, bevor sie sich diskret umblickte. An der Stelle, wo die Mauer an das Nachbargrundstück grenzte, schlüpfte sie durch eine Hecke und folgte der Mauer bis zur Rückseite des Palais. Dort gelang es ihr dank eines kräftigen Strauchs, sich über die Mauer zu hieven, und sie glitt auf der anderen Seite wieder hinunter.

Vielleicht war das nicht ganz nach den Regeln, aber jetzt befand sie sich auf dem Grundstück, ohne großes Aufsehen erregt zu haben. Alles Weitere würde sie durch Reden oder Lächeln lösen müssen, sofern sie Kontakt zu jemandem bekam.

Von der Straße aus war sie jetzt nicht mehr zu sehen. Nina überquerte den Rasen und ging an der Hauswand entlang bis zu einem eingezäunten Hof mit überdachter Außenküche. Sie klopfte an eine Terrassentür, erst zurückhaltend, dann kräftiger. Hinter der Tür erahnte sie eine gigantische Küche, und nachdem sie eine Weile geklopft hatte, tauchte eine Gestalt auf den Fliesen hinter der Glastür auf. Es war eine Frau, die gleichzeitig wütend und bestürzt aussah. Rasch hielt Nina ihren Dienstausweis an die Scheibe.

Die Frau näherte sich vorsichtig der Tür und musterte den Ausweis. Sie zögerte einen Moment, ehe sie öffnete.

»Dänische Polizei … Das nennt man wohl Hausfriedensbruch, oder? Was gibt Ihnen das Recht …«

»Entschuldigen Sie bitte vielmals, aber ich wollte da draußen keine Aufmerksamkeit erregen.«

Die Wahrheit sah wohl eher so aus, dass sie inmitten der Presseschar noch so laut hätte rufen können und trotzdem nicht eingelassen worden wäre.

»Mein Name ist Nina Portland, ich komme von der Polizei in Esbjerg.«

Sie streckte ihre Hand aus.

»Britt Lindgren.«

Die Frau war in ihrem Alter, Anfang vierzig, hübsch, helles Haar, diskret gekleidet mit schwarzen Leggings und einem langen, steingrauen Kaschmir-Strickpullover. Außerdem trug sie eine auffällige rote Designerbrille.

»Ich würde Ihnen gern ein paar Fragen zu Ihrem Mann, Zulfikkur Wur, stellen.«

»Da sind Sie nicht die Einzige«, sagte die Frau und deutete mit dem Kopf in Richtung Straße. »Die Journalisten da draußen belagern uns seit heute früh. Und sie ziehen nicht ab, obwohl unser Anwalt mitgeteilt hat, dass ich heute um 13 Uhr ein öffentliches Interview gebe. Es ist ein Albtraum ...«

»Das kann ich mir vorstellen.«

»Nein, das können Sie ganz und gar nicht! Sie wissen nicht, wie es ist, wenn Ihr Mann aus heiterem Himmel verschwindet und Sie Ihren Kindern erklären müssen, wo er steckt. Es ist ein Fiebertraum, der nicht enden will. Wieso lässt die dänische Polizei zu, dass so etwas auf dänischem Boden stattfindet? Eine Menschenjagd mit Hunden, Hubschraubern und Spezialeinheiten. Im allerschlimmsten Fall treiben Sie einen unschuldigen Mann in den Tod. Denken Sie mal darüber nach. *Meinen* Mann, den Vater meiner beiden Kinder. Gejagt wie ein verfluchter Schwerverbrecher. Gibt es keine Grenzen für das, was die Polizei gestattet? Gibt es niemanden, der die Amerikaner vor die Tür setzt?«

Britt Lindgrens ruhige und beherrschte Fassade war kurz davor, einzustürzen. Sie war schon lange gewaltigem Druck ausgesetzt, und jetzt zog ein Mediengewitter auf, bei dem sie selbst im Zentrum der Ereignisse stand.

»Ich bin Polizistin und keine Politikerin. Ich bin hierhergekommen, um mich besser in den Fall einzuarbeiten, und ich …«

»Wo ist bloß euer berühmter dänischer Freisinn? Euer Großmut? Als erstes Land der Welt habt ihr die Pornografie erlaubt, habt Christiania stehen und Homosexuelle heiraten lassen. Ihr Dänen wart immer fröhlich, frivol und einfach ihr selbst. Jetzt steht ihr unter der Fuchtel der USA, und nur weil mein Mann eine andere Hautfarbe hat, traut sich niemand, kritische Fragen zu stellen. Ohne Grund werft ihr Leute aus dem Land. Wenn sich jemand nicht integrieren will, dann tobt ihr, lasst euch aber gleichzeitig im großen Stil hier in Malmö nieder, Tür an Tür mit anderen Dänen, und bildet dänische Ghettos. Ich weiß gar nicht, wie viele Dänen hier schon mit ausländischen Ehefrauen gewartet haben, nur weil euer Land keine Fremden hereinlassen will. Ihr solltet euch schämen, solltet ihr euch! Pfui!«

Britt Lindgren holte kurz Luft, um ihre Tirade zum Ende zu bringen:

»Und jetzt pfeift ihr auf die grundlegenden Menschenrechte meines Mannes, bloß weil er aus Pakistan kommt. So und nicht anders ist es doch …«

»Wie gesagt, ich bin keine Politikerin, aber wenn Sie mir bei meinen Fragen helfen würden, könnte das eventuell ein neues Licht auf den Fall werfen.«

Britt Lindgren ließ sich am Küchentisch auf einen Stuhl sinken. Für eine kurze Weile saß sie da und beruhigte sich, ehe ihr Zorn sich in zurückhaltende Freundlichkeit wandelte.

»Es ist eine schwere Zeit … Entschuldigen Sie bitte, das war nicht angebracht. Sie haben eine lange Fahrt hinter sich. Möchten Sie vielleicht eine Tasse Kaffee – oder Tee?«

»Gern einen Kaffee, danke.«

Britt Lindgren stand auf und bat Nina, im angrenzenden Wohnzimmer Platz zu nehmen, während sie den Kaffee zubereitete.

Das Wohnzimmer war riesig; durch eine breite Fensterfront mit großen Sprossenfenstern konnte man in den Vorgarten und auf den Limhamnsvägen blicken, der ein wenig unterhalb des Grundstücks verlief. Eingerichtet war der Raum mit exklusiven Möbeln im schlichten skandinavischen Stil. Eine offen stehende Doppeltür führte in ein weiteres Zimmer, in das Nina eintrat. Es ähnelte einer Mischung aus Herrenzimmer, Bibliothek und Büro. An der hinteren Fensterpartie stand ein Schreibtisch mit Computer, die Wände waren mit Regalen bedeckt, und das Mobiliar bestand aus klassischen, schweren Chesterfield-Möbeln.

Nina sah sich die Regale kurz an. Die gesamte Wand neben ihr schien sich ausschließlich dem Zweiten Weltkrieg zu widmen. Memoiren, Biografien, Autobiografien und Nachschlagewerke, alle säuberlich sortiert. Der Pazifikkrieg, D-Day sowie jeder einzelne der großen Feldherren hatten ihre jeweils eigenen Bereiche. Allein die Bücher über militärische Strategien und Taktiken nahmen über einen Meter ein. Anscheinend besaß der Herr des Hauses ein brennendes Interesse für den Zweiten Weltkrieg. Die übrigen Bücher deckten ein breites Spektrum ab, von gewöhnlicher Belletristik bis hin zu internationaler Wirtschaft und Geschäftsführung. Auf den ersten Blick war der Islam nur durch ein paar dicke Wälzer über Religion und Philosophie vertreten.

Sie ging schnell wieder zurück ins Wohnzimmer.

Zwar hatte es die Sonne immer noch schwer, die Wolkendecke zu durchdringen, trotzdem war die Aussicht einmalig. Zwischen der Straße und der Küste verlief ein schmales grünes Band mit einigen von Schilf umkränzten Teichen. An mehreren Stellen ragten lange Badestege in die Wellen hinaus, und ein Stück weiter östlich befand sich ein großes, pastellgrünes Holzgebäude am Ende des längsten Stegs, bei dem es sich um eine Art Schwimmbad handeln musste.

Eine weite, offene Rasenfläche erstreckte sich bis zu einem Wohngebiet auf einer Landspitze oder Halbinsel. Dort draußen konnte sie den oberen Teil des charakteristischen weißen, geschwungenen Turms sehen, der sich wie eine Spiralnudel in den Himmel drehte. Der Name des Turms fiel ihr nicht mehr ein, aber sie war sich ziemlich sicher, dass der Architekt über ihren Nudelvergleich wohl nicht erfreut wäre. Toll sah der Turm aber aus.

»Sie haben wirklich ein schönes Haus und eine traumhafte Aussicht«, sagte Nina, als sie Britt Lindgren hinter sich hörte. Sie brachte ein Tablett mit zwei Tassen und einer Porzellankanne.

»Ich habe vergessen, wie der Turm heißt …«

»Turning Torso. Ja, es ist herrlich hier. Der Strand von Ribersborg kommt sogar tatsächlich aus Dänemark, das heißt, er wurde künstlich aufgeschüttet. Mit mehreren Tausend Kubikmetern Sand aus der Bucht von Køge. Verrückt, oder? Aber eine gute Idee, es ist der wunderbarste Ort in ganz Malmö. Im Sommer ist es fantastisch hier, von morgens bis abends ist etwas los. Wir gehen oft mit der ganzen Familie ins Schwimmbad und kühlen uns ab. Setzen Sie sich.«

Nina nahm auf dem Sofa Platz, und Britt Lindgren schenkte ihr Kaffee ein. Von der gegenüberliegenden Wand schauten zwei blonde Kinderköpfe lächelnd auf sie herab. Ein Junge und ein Mädchen.

»Stellen Sie Ihre Fragen am besten jetzt. Ich werde tun, was ich kann, um Ihnen zu helfen, aber ich habe leider nur eine halbe Stunde Zeit, bevor unser Anwalt kommt. Er ist ein Freund des Hauses.«

»Dann fangen wir einfach mit dem Anfang an«, sagte Nina. »Anschließend würde ich mir gern auch noch Ihre Firma ansehen, wenn das möglich ist. Nur um mich umzusehen und zu verstehen …«

»Ich kann dort anrufen, damit die Mitarbeiter Bescheid wissen, aber, wie gesagt, kann ich Sie nicht begleiten. Wir müssen die Pressekonferenz besprechen.«

»Danke. Also zum Anfang … Wie haben Sie Ihren Mann kennengelernt?«

»Ich bin ausgebildete Juristin und habe mich als Wirtschaftsanwältin spezialisiert. Ich habe in der Kanzlei gearbeitet, an die Zulfikkur sich gewandt hat, als er überlegte, eine Niederlassung in Schweden zu gründen. Und glücklicherweise haben wir uns ineinander verliebt … Es war Sommer und ziemlich heiß, als Zulfikkur zurückkam, um die Geschäfte unter Dach und Fach zu bringen. Es war eine wunderschöne Zeit. Wir haben unten am Strand gegrillt und Champagner getrunken – und wir sind mitternachts bei Mondschein schwimmen gegangen. Als wir uns ein knappes Jahr kannten und einige Monate zusammen in einer Wohnung im Zentrum gewohnt hatten, wurde ich schwanger. Zulfikkur hat mir hier draußen im Garten einen Antrag gemacht und mir gleichzeitig gesagt, dass er das Haus gekauft hat. Ich habe Ja gesagt, und wir haben in einem Monat zweimal Hochzeit gefeiert. Zuerst hier im Rathaus mit meiner Familie und meinen Freunden. Das zweite Fest fand in Pakistan, in Zulfikkurs Heimat statt, wo wir mit seiner Familie und seinen Freunden feierten. Es war eine Hochzeit nach allen Regeln der Kunst, mit Henna-Nacht, traditioneller Musik und allem Drum und Dran. Das eigentliche Fest dauerte vier Tage lang …«

»Also haben Sie seine Eltern und die nähere Verwandtschaft kennengelernt?«

»Ja, natürlich.«

»Aus welchem Zuhause kommt Ihr Mann? Reich, arm, streng, religiös?«

»Es ist ein traditionelles Zuhause, würde ich sagen. Er hat drei Brüder und zwei Schwestern, sein Vater betreibt eine Handvoll kleinerer Ladengeschäfte in der nächstgrößeren Stadt. Er verkauft Lederwaren und Dinge des täglichen Bedarfs. Verglichen mit den Verhältnissen vor Ort zählt seine Familie wohl eher zu den Wohlhabenderen.«

»Was machen seine Geschwister?«

»Einer hilft dem Vater bei den Geschäften, einer ist Mechaniker und der dritte ist Bäcker. Tja, die Schwestern sind verheiratet … so ist es dort drüben eben …«

»Dann ist Ihr Mann also der Einzige mit einer höheren Ausbildung?«

»Ja, er ist der Älteste. Um den anderen ebenfalls eine gute Ausbildung zu ermöglichen, fehlte das Geld.«

»Es müssen ein immenser Aufwand und Einsatz nötig gewesen sein, um die Firma Wur Trading aufzubauen. Sicher hat Ihr Mann in den letzten Jahren seine gesamte Energie in die Firma gesteckt?«

Britt Lindgren schüttelte lächelnd den Kopf.

»Nein, zum Glück sind wir sein Ein und Alles, die Familie. Mats, Annika und ich … Wir stehen immer an erster Stelle, auch wenn es mit der Zeit natürlich immer aufwendiger wurde, die Firma zu leiten, so wie sie gewachsen ist. Aber mein Mann ist ein totaler Familienmensch, das ist normal in Pakistan. Man sorgt für seine Liebsten. In den ersten Jahren war er bis zu zweihundert Tage im Jahr verreist. Letztes Jahr waren es immerhin einhundertzwanzig, aber sein Ziel waren weniger als hundert Reisetage. Am liebsten will er hier zu Hause bei uns sein.«

»Hundert Tage? Das ist immer noch eine Menge. Also kümmern Sie sich zu Hause um alles?«

»Selbstverständlich, so haben wir es von Anfang an gehandhabt und kennen es nicht anders. Nach drei Jahren habe ich meinen alten Job gekündigt und fing stattdessen an, in der Firma mitzuhelfen. Wir sind harte Arbeit gewohnt. Von nichts kommt nichts.«

»Wohin reist er am meisten?«

»Früher war er oft in Asien, mittlerweile ist er auch viel im Nahen Osten unterwegs, seit wir dort einige Niederlassungen mit skandinavischen Möbeln eröffnet haben. Er überwacht die Geschäfte, kontrolliert die Lager und solche Dinge. Gleichzeitig kauft er Waren für unser Importgeschäft ein.«

»Und skandinavische Designermöbel laufen gut in diesen Ländern?«

»Nicht bei normalen Verbrauchern, aber in den arabischen Ländern gibt es eine Menge reicher Leute, und unsere Möbel haben dort durchaus ein gewisses Prestige.«

»Welchen Hobbys geht Ihr Mann in der wenigen Freizeit nach, die ihm bleibt?«

»Wie gesagt – die meiste Zeit verbringt er mit uns. Und er kümmert sich ums Haus. Sofern es seine Zeit zulässt, hilft er beim Fußballtraining von Mats' Mannschaft aus, und Annika hat gerade mit dem Ponyreiten angefangen. Falls dann noch Zeit ist, interessiert sich Zulfikkur für Geschichte, besonders für den Zweiten Weltkrieg. Wenn er wollte, könnte er jedes Quiz zu diesem Thema gewinnen. Letztes Jahr gab es eine Fernsehshow, aber für so etwas ist er zu bescheiden.«

Ein wehmutiges Lächeln legte sich auf Britt Lindgrens Gesicht. An ihrer silbernen Halskette hing ein kleines Kreuz, das Nina an eine Frage erinnerte, aus der das Misstrauen förmlich heraussprang:

»Ihr Mann ist Muslim. Ist er … sehr gläubig?«

Lindgrens Lächeln wurde eine Spur steifer.

»Falls Sie damit fragen wollen, ob sein Glauben Anlass zur Besorgnis gibt, dann nein. Ja, er ist Muslim, aber er geht in jeder Hinsicht sehr gelassen damit um. So wie Millionen andere Muslime auf der ganzen Welt. Ich bin Christin, und unsere Kinder sind getauft. Wir haben uns schon sehr früh dazu entschieden, dass es so sein sollte. Religion spielt in unserer Familie keine besonders große Rolle. Bei Ihnen etwa?«

Nina schüttelte den Kopf.

»Sehen Sie.«

»Sie sprachen von einer Pressekonferenz. Was genau haben Sie vor?«

»Nach Rücksprache mit unserem Freund, der mit Human Rights Watch in Kontakt war, ist der Plan, uns die Presse zunutze zu machen. Wir wollen Zulfikkurs Geschichte an die Öffentlichkeit bringen. Jeder soll sehen, dass die Anschuldigungen gegen meinen Mann lächerlich sind, und dann hoffen wir das Beste. Vielleicht führt der mediale Druck dazu, dass Sie diese ganze … verdammte Show beenden. Oder dass die Amerikaner ihren Irrtum einräumen und sich zurückziehen. Ich weiß nur eines: Es muss aufhören.«

Unwillkürlich warf Britt Lindgren beim letzten Satz einen Blick auf die Uhr, die an einem dünnen vergoldeten Armband an ihrem Handgelenk saß.

»Haben Sie noch weitere Fragen, Frau Portland? Denn sonst würde ich …«

»Nein, vielen Dank für den Kaffee. Und danke, dass Sie sich trotz meines unglücklichen Auftritts Zeit für mich genommen haben. Wäre es in Ordnung, wenn ich denselben Weg zurückgehe, auf dem ich gekommen bin?«

Britt Lindgren stand auf, nickte und gab Nina die Hand zum Abschied.

»Sie wollen der Belagerung aus dem Weg gehen? Sicher nicht

verkehrt. Ich hoffe, unser Gespräch hat zu irgendetwas Gutem beigetragen, auch wenn ich nicht ganz sicher bin.«

»Das hat es, definitiv.«

Der Hauptsitz von Zulfikkur Wurs Firma befand sich in der Grimsbygatan, am äußersten Ende eines Kais im Freihafen Malmös. Endlose Schlangen aus Lastwagen, die vermutlich auf Zollgenehmigungen warteten, säumten die Straße bis zum Firmensitz.

Im Hafen lag ein grün-weißes Monstrum von Frachtschiff vor Anker, die »Morning Glory«, die den weiten Weg aus Singapur nach Schweden gekommen war. Von *glory* war an der großen Lagerhalle, an der sie gerade vorüberfuhr, jedoch nur wenig zu sehen. Die reihenweise eingeschlagenen Fenster und verrammelten Türen bildeten einen krassen Gegensatz zu den vielen neu hochgezogenen Gebäuden entlang der Malmöer Hafenfront. Direkt hinter der großen Siloanlage der schwedischen Landwirtschaftsgenossenschaft entdeckte Nina das Firmenschild, dunkelbraune Schrift auf weißem Grund und ein großes W, das von diskreten grünen Ornamenten umschlungen war. Wur Trading AB. Die letzten beiden Buchstaben gaben an, dass es sich um eine Aktiengesellschaft handelte.

Nina parkte vor dem Hauptgebäude, einem weißen Klotz mit dunkelgrünen Kacheln, der wohl aus einer Zeit stammte, in der solche Farbkombinationen noch niemandem Augenschmerzen bereitet hatten. Auf dem Schild am Eingang waren die Namen mehrerer Firmen aufgelistet. Sie ging an der Seite des Hauses entlang, bis sie an das erste Rolltor kam, neben dem das große Firmenschild angebracht war. Über dem Tor spiegelte sich die Hafenumgebung in dunklen Fensterfronten, hinter denen sich Büroräumlichkeiten zu befinden schienen.

Man erwartete sie bereits. Nina hatte gerade den Finger vom

Klingelknopf genommen, da öffnete sich auch schon die Tür und ein älterer Herr, der sich als Abteilungsleiter präsentierte, begrüßte sie. Er brachte sie nach oben in ein offenes Großraumbüro, von dem aus man über den inneren Hafen in Richtung Stadtzentrum blicken konnte. Sie lehnte den angebotenen Kaffee dankend ab und ließ sich herumführen, während der Abteilungsleiter erzählte, dass sie die Räumlichkeiten hier erst vor sechs Monaten bezogen hatten und dass immer noch eine Menge fehlte, bevor sie richtig am neuen Standort angekommen wären.

An den Schreibtischen im ersten Stock saßen vier Frauen und ein junger Mann. Eine der Frauen starrte Nina mit fragendem Blick an.

»Die dänische Polizei …«, setzte die Frau zögerlich an, entschied sich dann aber doch dazu, Nina anzusprechen. Sie bebte geradezu.

»Sie haben aber auch gar keinen Anstand! Herr Wur ist der netteste und zuvorkommendste Chef, den ich je hatte. Sind Sie da drüben in Dänemark vollkommen übergeschnappt? Sieht die Justiz tatenlos dabei zu, während Sie Herrn Wur jagen, als wäre er ein Tier? Gibt es denn niemanden, der die Dinge hinterfragt und die Wahrheit herausfinden will, statt einfach blindlings den Amerikanern zu gehorchen?«

»Ich bin Beamtin. Ich erteile keine Befehle, aber ich …«

»Ein Terrorist! Das ist der schiere Wahnsinn! Wissen Sie was? Mein Sohn ist genauso alt wie der Sohn von Herrn Wur, und sie spielen im selben Verein Fußball. Raten Sie mal, wer auf dem Trainingsplatz steht, sooft er kann. Ihr Terrorist … Schämen Sie sich!«

Ein strenger Blick des Abteilungsleiters brachte die Frau zum Schweigen, ehe sie sich demonstrativ von Nina abwendete.

»Entschuldigen Sie bitte, im Augenblick liegen die Nerven ein wenig blank«, sagte der Abteilungsleiter und bat Nina ihm zu folgen.

»Ist schon okay. Auch für uns ist das keine angenehme Situation«, erwiderte sie.

»Herr Wurs Büro. Seine Frau meinte, Sie dürften sich gern umsehen«, sagte der Mann und öffnete die Tür.

Auf einem großen Schreibtisch standen ganze drei Computer, der lederbezogene Bürostuhl hatte eine hohe Lehne und Armstützen. Die Regale waren mit dicken Ordnern bestückt.

»Drei Computer?«

»Ein privater, einer für die Lagersteuerung und einer für die Abrechnungen. So ist es am einfachsten«, erklärte der Mann.

»Und wo befindet sich das Lager?«

»Unter uns, ich zeige Ihnen den Weg.«

Sie gingen zurück durch das völlig stille Großraumbüro und stiegen die Treppe nach unten. Hinter einer schweren Stahltür offenbarte sich eine riesige Lagerhalle mit Schwerlastregalen, die bis unter die Decke reichten.

»Bambusmöbel, Mahagoni, Regale. Und dort drüben die skandinavischen Klassiker. Ein Teil davon geht noch diese Woche in den Nahen Osten. In der Ecke dort unten liegen einige handgeknüpfte Teppiche, mit denen wir es versuchen wollen. Herr Wur hat sie persönlich in Iran gekauft, und da wir selbst importieren, sparen wir uns die Kosten für Zwischenhändler und können einen vernünftigen Preis garantieren.«

»Interessant. Sagen Sie mir, was halten Sie von der ganzen Angelegenheit um Herrn Wur? Was ist Ihre Meinung dazu?«

Der Mann sah ihr mit festem Blick in die Augen.

»Ich persönlich denke, dass die Behauptung, Herr Wur sei ein Terrorist, eine fürchterliche Lüge ist.«

»Könnten Sie sich vorstellen, dass Herr Wur ein Flugzeug entführt?«

»Unter ausreichend großem Druck, vielleicht mit der Aussicht auf Folter, vollkommen außerhalb des gesetzlichen Rahmens, ohne Rechte … Wer würde in einer solchen Lage nicht zum Äußersten greifen – in Notwehr? Herr Wur ist ein entschlossener Mensch, aber Schuld tragen die, die ihn so weit getrieben haben.«

»Hmm. Haben Sie jedenfalls vielen Dank dafür, dass ich mich umschauen durfte. Jetzt habe ich ein klareres Bild von Ihren Geschäften.«

Sie verabschiedete sich und verließ das Firmengebäude. Als sie zurück zum Auto ging, näherte sich die Fähre »Finneagle« dem Kai im inneren Hafen. Sie wusste nicht, woher das Schiff kam. Vielleicht aus Polen oder Deutschland? Zulfikkur Wurs fester Hafen war hier in Malmö, in dieser Umgebung und in dem eindrucksvollen Palais im Limhamnsvägen.

Es war ihr unmöglich, anhand des kurzen Einblicks die Wahrheit über den Menschen Wur zu erkennen, und trotzdem hatte sie das sichere Gefühl, dass sich der Ausflug nach Malmö gelohnt hatte.

Nina setzte sich hinters Steuer und wählte Tims Nummer. Er nahm sofort ab.

»Ich bin's, ich fahre jetzt in Malmö los. Wir sehen uns nachher in Græerup. Ich glaube, wir haben uns verrannt …«

37

Tim lehnte an seinem Auto und telefonierte, als sie endlich den Kiesweg entlanggerollt kam. Sie hielt vor dem putzigen Ferienhaus, dessen Adresse er ihr bei seinem Rückruf gegeben hatte, nachdem er im Präsidium die Berichte ausgegraben hatte.

Es war ein typisch rotes Holzhaus, das im Slåenvej stand, ganz im Süden des Ferienhausareals in Grærup. Nina parkte neben Tim und schaute auf die Uhr, es war fast fünf. Heute war ein langer Tag gewesen, sie war viel Auto gefahren. Sie stieg aus und reckte sich, wobei ihr Rücken laut knackte. Tim beendete das Telefonat, ging auf sie zu und gab ihr einen langen Kuss.

»Was für eine Tour. Wer fährt schon freiwillig bis nach Schweden, wenn man stattdessen neben jemandem wie mir im Hotelbett liegen bleiben kann?«

»Ich dachte ja, ich bekäme ein bisschen mehr … Aber du bist umgefallen wie ein nasser Sack …«

In Tim Wejses Augen funkelte jenes versteckte Lächeln, das einem nur auffiel, wenn man ihn besonders gut kannte.

»Und hast du wenigstens etwas dafür bekommen, dass du mitten in der Nacht abgehauen bist?«

»Eine Menge.« Nina nickte.

»Was denn zum Beispiel?«

»Dass wir jetzt hier sind und Zeit miteinander verbringen, Tim.«

Er nahm sie an den Händen und zog sie an sich.

»Komm zur Sache, Portland. Meine Zeit ist kostbar.«

»Dann lass mich los, du großer …« Sie schnappte nach Luft, und er löste die Umarmung.

»Hast du an die Berichte gedacht, Tim?«

»Klar habe ich das. Ich habe es sogar beinahe geschafft, sie zu lesen.«

»Und was ist mit den Schlüsseln? Hast du sie bekommen?«

»Habe beide dabei.«

»Super. Dann hör gut zu, denn meine Zeit ist ebenfalls kostbar, Freundchen. Einiges davon habe ich ja gestern Abend verschleudert.«

Wieder lächelte Tim kaum merklich. Nina sprach weiter:

»Das hier müsste also das zweite Ferienhaus sein, in das eingebrochen wurde. Der Ablauf war, wie folgt: Am ersten Tag entdeckt die Suchmannschaft ein Lager und zurückgelassene Gegenstände draußen im Eichendickicht bei der Kærgård Klitplantage. An Tag zwei finden sie im nördlichen Teil des hiesigen Ferienhausgebiets ein Haus, an dem es Einbruchsspuren gibt. Später am selben Tag bemerken sie dieses Haus hier. Über die Details bin ich noch nicht vollständig im Bilde, ich beschäftige mich erst seit vorgestern mit dem Fall.«

»Und warum sind wir hier? Möchtest du mir das vielleicht verraten?«

»Gleich … Ich weiß, dass ein Feuer im Ofen brannte, als der Suchtrupp das Haus entdeckt hat. Beziehungsweise, als die AKS-Einheit es gestürmt hat.«

»Ja, im Haus war es warm. Der Ofen muss zu dem Zeitpunkt ungefähr eine halbe Stunde gebrannt haben, stand im Bericht«, ergänzte Tim.

»War nicht auch irgendwas mit einem Fahrrad?«

»Laut den Eigentümern wurden ein Fernglas und ein altes, grünes Herrenrad gestohlen.«

»Hast du die Dokumente dabei? Können wir rein?«

Sie gingen zur Hintertür, wo an der Stelle des Fensters provisorisch eine Holzplatte angebracht worden war. Tim holte den

Schlüssel aus einer Plastiktüte und schloss auf. Sie betraten eine kleine Waschküche.

»Okay, Wejse, was steht über den Einbruch in den Berichten?«

»Einen Moment, ich will nur sichergehen, dass ich die beiden Häuser nicht durcheinanderbringe.«

Er blätterte die Akten durch und suchte nach der richtigen Stelle.

»Ah, hier. In der Küche …«

»Dann mal los.« Sie schob ihn durch einen dunklen Flur, der in die Küche führte. Er las laut vor:

»›In der Küche überall deutliche Anzeichen von Aktivität. Ein Topf mit Nudelresten auf dem Herd, außerdem ein weiterer Topf mit Soßenresten.‹ Und hier steht, dass die Küche unordentlich war, Besteck und Teller standen herum, im Abfalleimer lagen geöffnete Konserven und anderer Verpackungsmüll.«

»Mit anderen Worten: Zulfikkur Wur hat sich etwas zu essen gemacht. Nachdem er tagelang im Gebüsch gelegen hat, war er sicher hungrig. Was steht da noch?«

»Das größte Bett war zerwühlt. Das müsste hier sein, oder?« Tim öffnete eine Tür.

Nina sah sich um. Es war tatsächlich ein Schlafzimmer mit Doppelbett und zwei Kleiderschränken. In den Schränken fand sie einige Kopfkissen, eine Steppdecke und eine normale Decke. Ein Schlafzimmer, wie sie in Ferienhäusern meistens aussahen, spartanisch. Sie befühlte das Bett.

»Definitiv besser als auf einem Haufen Stöcke draußen im Wald zu liegen …«

»Jetzt haben wir alles gesehen. Was beabsichtigst du damit eigentlich, Nina?«

»Ich musste mir alles mit eigenen Augen anschauen und die Folgerungen überprüfen. Weil … Na ja, um es kurz zu machen: Ich glaube, Zulfikkur Wur ist zu intelligent, um sich so zu verhalten.«

»Ist es zu offensichtlich, oder was?«

»Irgendwie ist alles zu plausibel. Ich war doch heute in seinem Zuhause. Erstens kann man kein Unternehmen aufziehen und Geschäfte in mehreren Ländern leiten, wenn man nicht mindestens ein bisschen Grips im Hirn hat. Und zweitens hättest du mal die Bücherregale in seinem privaten Arbeitszimmer sehen sollen. Mehrere Regalmeter vollgestopft mit Literatur über den Zweiten Weltkrieg. Von Nachschlagewerken über Biografien bis hin zu dicken Wälzern über Militärstrategien. Seine Frau meinte, er sei Hobbykriegshistoriker. Deshalb glaube ich, dass das hier irgendwie zu einfach ist.«

»Aber bleibt dir so viel Zeit für ausgefeilte Strategien, wenn du verletzt in einer fremden Gegend auf der Flucht bist? Geht es dann nicht in erster Linie ums Überleben? Da ist es ein geringer Preis, dass irgendwas in deinem Verhalten eventuell zu *offensichtlich* ist.«

»Ich sage ja nicht, dass ich recht habe. Ich weise lediglich darauf hin, dass das hier für mich nicht nach Zulfikkur Wur aussieht. Wenn wir uns kurz vorstellen, du wärst Wur …«

Tim wirkte konzentriert.

»Dir geht es beschissen. Sogar so schlecht, dass du mehrere Tage bei strömendem Regen im Wald gelegen und dich nicht gerührt hast. Obwohl du weißt, dass die Hunde hinter dir her sind – oder zumindest auf dem Weg. Danach geht es dir ein bisschen besser, aber verdammt, bist du hungrig. Außer Keksen hast du nichts im Magen, und du läufst schon fast blau an vor Kälte. Also musst du, entweder freiwillig oder weil die Suchmannschaft dir zu nah auf die Pelle rückt, das Waldlager verlassen und weiter fliehen. Im erstbesten Ferienhaus, an dem du vorbeikommst, schlägst du ein Fenster ein, suchst nach etwas Essbarem und hastest weiter nach Süden durch das Feriengebiet – bis hierher, wo wir jetzt stehen. Was machst du als Nächstes?«

Tim überlegte mit zusammengekniffenen Augen.

»Okay, es gibt zwei Optionen«, sagte er nach einer kurzen Bedenkzeit. »Ich fliehe in einem Affenzahn weiter, oder … mir geht es so schlecht, dass ich das hohe Tempo nicht auf Dauer durchhalten kann. Also muss ich mir eine Strategie zurechtlegen, wie die großen Feldherren des Zweiten Weltkriegs zum Beispiel.«

»Und wie sähe so eine mögliche Strategie aus?«

»Das Haus hier so verlassen, als hätte ich mitten beim Essen aufbrechen müssen. Als hätte ich mir das Fahrrad geschnappt und wäre weiter in südlicher Richtung unterwegs, oder nach Osten, davon gehen alle aus, da von Norden schließlich die Hunde im Anmarsch sind. Wirklich clever wäre es aber, genau das Gegenteil zu tun: in die Richtung zu fliehen, aus der ich gekommen bin. Nach Norden. Das würde allerdings bedeuten, dass ich die Linie der Suchmannschaft durchbrechen muss.«

Nina nickte begeistert.

»Und wenn du richtig, richtig clever wärst, und richtig dreist, was würdest du dann tun?«

Diesmal kam die Antwort postwendend.

»Ich verstecke mich im ersten Ferienhaus. Das hat das Sondereinsatzkommando bereits gestürmt, und die Techniker haben es ebenfalls schon auf den Kopf gestellt. Gibt es einen sichereren Ort, um sich auszuruhen?«

»Das bezweifle ich … Wollen wir los?«

»Was ist mit Verstärkung?«

»Brauchen wir die wirklich? Wir sind zu zweit, wir geben uns gegenseitig Deckung. Hast du deine Schutzweste dabei?«

Tim nickte.

»Und überhaupt, wer würde uns diese Theorie abkaufen, Tim? Selbst wenn, wir müssten zuerst alles ausdiskutieren, und dafür haben wir keine Zeit. Außerdem ist es, wie ich glaube, nicht besonders wahrscheinlich, dass er noch in dem Haus dort oben sitzt. Er hat genug Kräfte gesammelt und hat sich in aller Ruhe aus dem Staub gemacht, während wir unten in Vejers alles abgeklappert haben. Aber wir werden sehen. Wie war die Adresse?«

Wieder schaute Tim in die Akte.

»Storkenæbvej 8.«

»Komm.«

Auch das Ferienhaus im Storkenæbvej 8 war aus Holz. Zu beiden Seiten war es von hohen Tannen und Nadelsträuchern flankiert, und auf der Vorderseite bot eine Dachkonstruktion jedem Schutz, der es sich auf der Terrasse gemütlich machen wollte.

Nina schaute auf die Uhr. Bis hierhin hatten sie knappe zwanzig Minuten gebraucht. Sie waren nur wenige Kilometer gefahren. An der Abzweigung, wo der Lyngvej einen Knick nach Nordwesten machte und sich quer durch das Ferienhausgebiet schlängelte, hatten sie angehalten, sich die schusssicheren Westen übergezogen und waren zu Fuß weitergegangen. Hinter einer Hecke waren sie in Deckung gegangen, und von dort aus konnten sie das Haus mit der Nummer 8 auf dem Briefkasten ein Stück wegabwärts erkennen. In dieser Gegend standen die Häuser nicht besonders dicht beieinander. Gegenüber der Adresse befand sich ein kleines Holzhäuschen, das eher eine Hütte aus den längst vergangenen Zeiten glich, in denen die frische Luft der einzige Luxus in den Ferienhäusern gewesen war. Hin und wieder sah man solche alten Hütten noch.

»Wir checken beide Seiten des Hauses gleichzeitig. Wir gehen hinten herum und nähern uns vom Nachbargrundstück, okay?«, flüsterte Tim.

Sie überquerten den Kiesweg und schlugen sich durch die Gärten der anderen Häuser, die vielmehr offenem Gelände glichen. Wie die anderen Ferienhäuser lag auch Nummer 8 ein wenig näher am Kiesweg, sodass der hintere Garten um ein Vielfaches größer war als die Fläche vor dem Haus. Sie machten Halt und gingen im Schutz der Bäume am Rand des Grundstücks in die Hocke.

»Achte auf mich. Wenn ich den Daumen hebe, zählst du bis drei. Dann rennen wir gleichzeitig los. Schieß lieber zu früh als zu spät.«

»Immer mit der Ruhe, Tim. Er ist nicht mehr da.«

»Vielleicht, aber besser, du zögerst nicht. Und bitte erschieß mich nicht, wenn wir nach vorne kommen.«

»Wenn es sich vermeiden lässt …«

Tim verschwand hinter einigen Sträuchern, und wenige Augenblick später tauchte er in der gegenüberliegenden Hecke wieder auf. Er reckte den Daumen, und Nina zählte. Eins, zwei, drei … Mit einem Satz war sie auf den Beinen und sprintete zur Hauswand. Sie presste sich mit dem Rücken dagegen und hielt ihre Waffe fest umklammert.

Ein Blick durch das erste Fenster.

Keine Bewegung zu erkennen.

Schlafzimmer.

Etagenbetten.

Keine toten Winkel.

Gesichert.

Sie schob sich an der Wand entlang bis zum nächsten Fenster. Es war kleiner als das vorherige.

Keine Bewegungen.

Schlafzimmer.

Zwei Betten. Offener Kleiderschrank.

Keine toten Winkel.

Gesichert.

Dann das letzte auf ihrer Seite, ein großes Wohnzimmerfenster.

Keine Bewegungen.

Wohnzimmer mit offener Küche.

Mehrere tote Winkel, mehrere mögliche Verstecke.

Sie machte einen letzten Schritt in den Vorgarten und blieb an der Hecke stehen. Tim kam über den Rasen auf sie zugelaufen.

»Nichts«, flüsterte er.

»Bei mir auch. Er ist weg.«

»Gehen wir rein. Aber durch die Hintertür.«

»Im Wohnzimmer und in der Küche gibt es schwer einsehbare Stellen, an denen er sich verstecken könnte.«

»Wir gehen auf Nummer sicher. Ich mache auf und gehe als Erster.«

»Jawohl, Herr Wejse.«

Wenige Augenblicke später standen sie im Wohnzimmer. Sie hatten alles durchsucht, überall war es aufgeräumt und sauber.

»Was steht im Bericht, Tim?«

»Das Fenster in der Toilette war eingeschlagen, alles war durchwühlt. Sehr wahrscheinlich hat er Lebensmittel aus den Vorratsschränken mitgenommen, Konserven und solche Dinge. Das ist alles.«

Nina ging in die Küche, überprüfte den Staub in den Schränken auf Spuren, schnupperte an den Tellern und der Spülbürste. Nichts. Unter der Spüle lag ein zusammengeknüllter Spüllappen. Er war staubtrocken und steif.

»Mist, ich habe mich geirrt.«

Sie zog die Weste aus und ließ sich aufs Sofa fallen.

»Ja, schon möglich. Aber vielleicht war er ja trotzdem hier.«

»Es sieht nicht danach aus.«

»Aber deine Theorie war gut.«

»Wir behalten die Sache einfach für uns, okay?«

Tim kannte Nina gut genug, um einfach nur zu nicken.

Mit einem tiefen Seufzen stand sie wieder auf und sah Tim an, der seine Schutzweste noch trug. Alles hatte so gut geklungen, die

Theorie war überzeugend gewesen, das Szenario absolut realistisch. Jetzt hatten sie nichts vorzuweisen. Tim warf einen Blick auf seine Uhr.

»In fünfunddreißig Minuten habe ich ein teaminternes Briefing. Fahren wir?«

»Ja, gehen wir zurück zu den Autos. Ich muss mit Ulbæk reden, wo auch immer der gerade steckt.«

Sie wollte schon losgehen, da klingelte ihr Handy. Es war ihr Vater. Dass der alte Seeteufel jemanden anrief, kam ungefähr so oft vor wie eine Sonnenfinsternis in Dänemark. Und er rief immer nur sie an.

»Was gibt's, Papa? Du rufst aber auch ständig an ...«

Am anderen Ende der Leitung lachte er laut auf.

Tim breitete fragend die Arme aus.

»Jonas ... ich muss mit dir über Jonas reden ...«, sagte ihr Vater plötzlich mit ernster Stimme.

»Einen Moment, Papa.«

Sie wandte sich an Tim.

»Das ist mein Vater, Tim. Ich muss noch etwas ... Privates mit ihm besprechen. Fahr ruhig schon vor.«

»Okay, bis dann.«

Sie winkte ihm kurz hinterher.

»Ich bin wieder da, Papa. Du hast das mit Jonas also schon gehört?«

»Ja, ich war heute Vormittag in Sønderho. Da soll mir doch das Bramsegel reißen, das ist der gröbste Unsinn, den ich je gehört habe. Der Junge stiehlt nicht, zum Teufel. Er stiehlt einfach nicht!«

»Nein! Das sage ich auch gar nicht, verdammt noch mal. Er wurde auf frischer Tat ertappt, das ist das Problem.«

»Frisch? Sag mal, schaust du keine Nachrichten? Beim Fleisch bescheißt alles und jeder. Es ist so alt und gammelig, dass es sich selbst nicht mehr daran erinnern kann, wann es mal frisch war. In Dänemark ist überhaupt nichts mehr frisch! Nicht mal eine Tat!«

Sie holte tief Luft. Das hier konnte sich zu einem schweren Gefecht entwickeln. Nina wusste nicht, wann der alte Kapitän das letzte Mal derart in Rage gewesen war.

Sie lief ein Stück den Kiesweg hinab, und es entstand eine kurze unheilvolle Pause, ehe ihr Vater erneut die Schallmauer durchbrach.

»Du bist hier doch die Polizistin. Unternimm gefälligst etwas dagegen!«

»Und was, bitte? Was schwebt dir denn vor, das ich unternehmen könnte?«

»Ich weiß es nicht. Du bist diejenige, die sich mit solchen Dingen auskennt.«

»Ich weiß nicht, was ich tun soll, Papa«, sagte Nina resigniert. »Ich dachte, die Überwachungsvideos würden ihn freisprechen. Ich habe mir sogar den Halbstarken vorgeknöpft, der hinter der Sache steckt. Aber er und sein Vater haben nur laut gelacht. Mehr können wir einfach nicht ausrichten.«

Wieder eine kurze Pause. Danach klang ihr Vater etwas versöhnlicher.

»Mir tut es für den Jungen nur so leid, mein Mädchen. Es ist nicht gut, wenn man ungerecht behandelt wird. In dieser gottverdammten Welt trifft die Ungerechtigkeit einen am härtesten. Ungerechtigkeit ist das Schlimmste.«

»Wenn das hier alles vorbei ist, werde ich mich mal länger mit ihm unterhalten müssen.«

»Denk in der Zwischenzeit noch mal drüber nach, mein Schatz. Lass dir was einfallen, ja?«

»Es ist überall das Gleiche. In keinem verfluchten Fall geht es vorwärts, es ist wie verhext, Papa. Aber, ja, ich werde mir was einfallen lassen.«

»Du bist nicht auf den Kopf gefallen, das hast du oft genug bewiesen. Du wirst das schon hinkriegen.«

In der eitlen Hoffnung, dass ihr Vater recht behalten würde, legte Nina auf.

Während des Telefonats war sie dem Kiesweg relativ weit gefolgt. Sie machte kehrt, jetzt musste sie sich beeilen. Vier Häuser weiter blieb sie abrupt stehen. Unter einem offenen Carport standen zwei Fahrräder. Eines war rot, ein kleines, verrostetes Kinderrad. Das andere war … grün. Alt. Und das, was man ein echtes Herrenrad nannte.

»Nina, niemals allein, immer zu zweit.«

Für einen Sekundenbruchteil kam ihr der Gedanke, Tim anzurufen und ihn zu bitten, zurückzukommen. Aber er hatte es eilig gehabt. Und gab es auf der Welt nicht mehr als nur ein einziges grünes Herrenrad?

Sie zog ihre Dienstwaffe aus dem Holster und ging am Haus vorbei auf die Hinterseite. Von dort bewegte sie sich langsam an der Wand entlang und warf vorsichtige Blicke in die Fenster. In dem kleinen Haus war nichts Verdächtiges zu sehen. Nina steckte die Pistole wieder zurück unter die Lederjacke und setzte erleichtert den Weg hinauf zur Straße fort. Kurz danach kam sie an dem Ferienhaus vorbei, wo sie und Tim sich vor wenigen Minuten noch mit klopfenden Herzen angeschlichen hatten. Direkt vor dem Haus blieb sie auf dem Kiesweg stehen.

Krieg. Strategie. Logik. Hinter den feindlichen Linien. An der Front.

Rommel, Montgomery, Patton, McArthur.

Auf diesem Gebiet war Zulfikkur Wur zu Hause. Die Frage war nicht, ob er sich von diesen großen Namen hatte inspirieren lassen. Wenn man bedachte, wie viel Raum der Zweite Weltkrieg in seinem Leben einnahm, stellte sich vielmehr die Frage, wie er es überhaupt vermeiden könnte, sich von ihnen inspirieren zu lassen.

Nina schaute sich um. Auf der anderen Seite des Wegs stand das wohl mit Abstand kleinste Haus der gesamten Wohngegend in Græerup, eine alte, schwarz gestrichene Ferienhütte.

Am dreistesten wäre es gewesen, sich in dem Haus zu verstecken, das sie und Tim gerade gemeinsam durchsucht hatten. Was wäre die nächstbeste tollkühne Option?

Sich in unmittelbarer Nähe zu verschanzen – im kleinsten und unansehnlichsten aller Häuser. In der schwarzen Hütte direkt gegenüber. Damit würde niemand rechnen.

Sie musterte die Hütte. Sollte sie es wirklich noch einmal tun? Sollte sie? Die Antwort war Ja.

Nina drehte um und lief den Weg zurück. Zwei Häuser weiter betrat sie einen Garten und näherte sich der Hütte von der Rückseite. Sie überquerte das erste Grundstück und schlich sich auf das Nachbargrundstück des schwarzen Häuschens. Hinter einem Schuppen ging sie in Deckung und beobachtete die Hütte.

Es gab nichts Verdächtiges zu entdecken, auch hinter den kleinen Fenstern regte sich nichts. Mit ihrer Hand stützte sie sich auf einen der vielen schwarzen Müllsäcke neben sich, die sich entlang der hinteren Schuppenwand stapelten. Eigentlich hatte sie Gartenabfälle und Laub darin vermutet, aber der Sack fühlte sich schwer und massiv an. Sie drückte mit der Hand darauf. In dem Sack musste Erde oder Sand sein. Sie tastete mehrere Säcke ab, mit demselben Ergebnis. Auch sie schienen Erde zu enthalten, also öffnete sie einen der Säcke, nahm etwas Erde heraus und roch daran. Um sagen zu können, ob sie tatsächlich frisch war, musste man wohl eine Expertin sein, aber Nina kam es so vor. Hatte alte, muffige Erde nicht einen besonders herben Geruch?

Wenn jemand zu dieser Jahreszeit irgendwo gegraben – und die Erde in Plastiksäcke gefüllt hatte, statt sie mit einem Anhänger wegzufahren, dann fiel das definitiv unter die Kategorie verdächtig.

Sie zog erneut ihre Waffe und näherte sich vorsichtig der Hinterseite des Hauses. »Zum dritten Mal für heute«, dachte sie und legte los. Zuerst die eine Hausseite, dann die andere. Ohne etwas zu finden außer halbleeren Zimmern, unbezogenen Betten und verschrammten Ferienhausmöbeln.

So gut es ging, inspizierte sie den Vorgarten und versuchte gleichzeitig, sich vor möglichen Blicken aus der Hütte zu schützen. Nirgendwo entdeckte sie Anzeichen für ein Loch im Boden, auch im hinteren Bereich des Gartens und beim Schuppen nicht.

Die Erde konnte unmöglich von diesem Grundstück stammen, Rindenmulch für ein Kräuter- oder Blumenbeet war es auch nicht. Zwischen der dunklen Erde gab es zudem größere Schichten mit hellbraunem Sand. Sie gab es auf, es war zu mysteriös. Nicht einmal dieses Rätsel würde sie lösen.

Sie musste weiter, also kroch sie durch eine Hecke auf das Grundstück mit der schwarzen Holzhütte. Sie schickte noch die schnelle Bitte, sie möge ein großes Loch finden, gen Himmel, ehe sie bis zur Bretterwand der Hütte sprintete und sich mit dem Rücken dagegen presste. Die Behausung war so winzig, dass auf der einen Längsseite nur ein einziges Fenster Platz fand. »Und die vierte Runde für heute«, konstatierte sie, machte einen Schritt nach vorn und sah mit gezogener Waffe durch das Fenster.

Keine Bewegungen.

Ein Zimmer, Wohnzimmer und Küche in einem.

Eng.

Sofa, Stuhl, Tisch, Fernseher, Holzofen.

Sie ging wieder in Deckung und machte sich bereit für die andere Hausseite. Dort befanden sich sogar zwei Fenster. Eines gehörte zum Wohnzimmer. Nina warf einen vorsichtigen Blick in das erste Fenster.

Alles ruhig.

Schlafzimmer.

Doppelbett ohne Laken.

Klein. Kahl.

Nina untersuchte den Boden hinter dem Haus und dem kleinen Bretterverschlag: »Keine Löcher«, wie es in der Zahnpastawerbung immer hieß. Zuletzt schaute sie sich im Vorgarten um, der aus einer großen Rasenfläche bestand. Auch hier hatte sich niemand mit einem Spaten zu schaffen gemacht. An der Grenze zum Nachbargrundstück wuchs ein breiter Streifen mit Hagebutten, vor dem sich ein Haufen altes Laub türmte.

Im Gras davor lag etwas. Nina ging näher und erkannte, dass es ein toter Fuchs war. Das arme Tier hatte sicher schon bessere Tage gesehen.

Erleichtert steckte sie ihre Dienstwaffe zurück ins Holster und blickte sich um. Sie hatte ihre Aufgabe erfüllt und war gründlicher gewesen als alle anderen. Was schließlich genau das war, was Birkedal von ihr erwartete. Diesmal hatte sie bloß Pech gehabt.

Sie wollte schon zurück auf die Straße gehen, da fiel ihr Blick auf etwas neben ihrer Schuhspitze. Sie kniete sich auf den Boden und fuhr mit den Fingern über das Gras.

Dort war ein dünner Streifen aus braunem Sand. Nicht viel, aber doch erkennbar. Sie sah sich um. Da vorn, dicht vor dem Laubhaufen entdeckte sie einen weiteren Streifen, eine Prise Sand im dichten Rasengrün. Langsam und mit gesenktem Blick folgte sie, immer noch auf Knien, der Sandspur, die eine eindeutige Richtung aufwies. Sie führte direkt zu einer kleinen Öffnung in der Hecke zum Nachbargrundstück.

Mit der rechten Hand griff sie nach der Pistole unter ihrer Lederjacke, während sie mit der linken in der Tasche nach ihrem Handy tastete. Tim musste …

Eine unheilverkündende Ahnung ließ sie genau in dem Moment herumfahren, als der Schlag sie traf.

Nina registrierte noch einen dunklen Schatten vor dem Himmel, einen erhobenen Arm – und explodierende Sterne funkelten in ihrem Kopf. Dann sah sie nichts mehr.

Es war, als hätte sich ein Schleier über ihre Augen gelegt. Sie blinzelte, doch alles blieb unscharf. Es wurde dunkel, dann kam wieder etwas Licht, nur um gleich wieder zu verschwinden.

Sie lag auf einer Rasenfläche, vor ihrer Nase breitete sich eine grüne Wiese aus. Es duftete nach Gras. Warum lag sie hier?

Jetzt spürte sie, dass sich etwas um ihre Handgelenke spannte. Wieso waren ihre Hände hinter dem Rücken zusammengebunden?

Langsam dämmerte es ihr, doch dann glitt sie plötzlich über das Gras. Nein, sie glitt nicht. Sie wurde über den Boden geschleift, und ihre Füße waren ebenfalls gefesselt. Nina wollte laut schreien, aber sie konnte nicht. Ihr Mund war voller … Stoff. Sie konnte ihn nicht ausspucken.

Sie lag auf dem Bauch, und jemand zog sie an den Beinen über das Gras. Plötzlich stoppte die Bewegung, Ninas Beine fielen schwer auf den Boden. Der gräuliche Schleier über ihren Augen verflog, und sie konnte die Farben wieder deutlicher erkennen. Sie drehte den Kopf. Was war das?

Zwei weit aufgerissene Augen starrten sie an. Sie waren starr, ausdruckslos und hatten eine gelb-grüne Farbe. Ein Tier. Es war der Fuchs, der direkt vor ihrem Gesicht lag und ihr in die Augen schaute.

Nina musste sich anstrengen, um einen Blick hinter sich zu werfen. Sie sah nur den Rücken eines Mannes, der mit irgendetwas mitten in dem Haufen aus Gartenabfällen hantierte. Dann richtete sich der gesamte Laubhaufen auf, und sie spürte erneut einen festen Griff um ihre Fußgelenke. Sie wurde ein Stück weitergeschleift, herumgedreht und auf die Seite gerollt.

»Beine anwinkeln!«

Sie gehorchte dem scharfen Kommando in Schwedisch. Ein

Fuß presste sich hart in ihren Bauch, und sie konnte sich nicht dagegen wehren, nach hinten zu kippen.

Der Boden unter ihr verschwand. Sie schlug mit dem Kopf auf, und ein greller Schmerz jagte durch ihre Schulter. Ihr Gesicht lag in der feuchten Erde.

Ein Loch. Sand und Erde. In ihrem pochenden Hinterkopf setzte sich das Puzzle zusammen.

Dann ertönte über ihr ein dumpfer Schlag, und alles wurde schwarz.

Sie war gefangen – unter der Erde.

38

Der schwarze Panther war inaktiv. Das würde er noch für mehrere Stunden sein. Erst in der Dämmerung würde er sich wieder in Bewegung setzen. Sich strecken, sich bereit zum Sprung machen.

Er lag perfekt. In einer kleinen Sandmulde, die er mit den Händen gegraben hatte, an einer Stelle, wo der Strandhafer dicht wuchs.

Er war unsichtbar. Von Kopf bis Fuß sorgfältig getarnt, seine Kleidung genauestens auf die Umgebung abgestimmt.

Er war geduldig. Streng geschult und ausgestattet mit dem richtigen Gen, das ihn in höchstem Maß für etwas äußerst Wichtiges qualifizierte: zu warten.

Es war lange her, dass er das letzte Mal so dagelegen und diese Position eingenommen hatte. Trotzdem war es ihm nicht schwergefallen. All die Maßnahmen und Regeln, die bis zum kleinsten Detail zu seiner Effektivität beitrugen, waren tief in ihm verankert. Die Demut gegenüber dem Detail an sich war lebenswichtig. Sowohl beim Ausführen eines Auftrags als auch in der grundlegenderen Übung, »zu überleben«.

Seit dem 25. Oktober 2008 hatte er diese Position nicht mehr eingenommen. Nicht seit der Operation Dinesen nahe Girishk in der Provinz Helmand, in Afghanistan.

Eine schmerzhafte Erinnerung, die so scharf war, als hätte ein Chirurg sie mit einem Laserstrahl in sein Gedächtnis gebrannt. Denn es war das eine, eine Kerze für Palle anzuzünden, sich auf den Stuhl an der Wand zu setzen und mit ihm zu sprechen. Etwas anderes war es, die Routinen wieder auszuführen – allein. Es waren *ihre* Routinen gewesen, *ihre* Details.

In einigen Stunden war er wieder der Panther, der Unbesiegbare. Er würde tun, was er tun musste, für Palle, für Milica und für Jakob.

Wer sonst, wenn nicht er, sollte die drei Menschen ehren, die ihm in seinem Leben am meisten bedeutet hatten? Nur ihretwegen war er überhaupt noch am Leben.

Jetzt hatte er seine Wahl getroffen. Hatte eine neue, große Entscheidung gefällt. Es war eine gute, eine richtige Entscheidung.

Er schaute durch sein Spezialfernglas. Die meisten von ihnen waren immer noch da, mehrere Stunden hatte er sie bereits beobachtet. Seit er das Kajak an Land gezogen und diesen Ort zu seinem Versteck auserkoren hatte, lag er flach auf dem Bauch und observierte die Presseschar auf der anderen Seite des Sees. Wie eine Wüstenkarawane waren sie in den frühen Morgenstunden hierher geströmt, und jetzt belagerten Übertragungswagen und andere Fahrzeuge dicht an dicht die Straße dort drüben.

Trotz seines glühenden Hasses für die Pressegeier gab es einige, die er respektierte. Es waren diejenigen, die ihre Arbeit ohne eigennützige Hintergedanken erledigten und sich ihrer Verantwortung bewusst waren. Diejenigen, die weiterkamen als nur bis zur Hotelbar, die Sicherheitsmaßnahmen missachteten, um zu erzählen, wie es *dort draußen* wirklich war.

Einen von ihnen hatte er in Helmand bei der Arbeit erlebt. In diesem Augenblick stand er auf der anderen Seite des Sees und zündete sich eine Zigarette an. Ein älterer Herr, der für die BBC tätig war. Ein Mister Stratton, an den Vornamen erinnerte er sich nicht mehr. Stratton hatte ein bisschen ausgesehen wie John Cleese.

Mit dem Fernglas suchte er die Karawane ab, wie er es inzwischen schon unzählige Male getan hatte. Jetzt waren sie fast alle versammelt.

Dort war der Kerl mit den dünnen Haaren in der Lederjacke, der ihn an Bruce Willis erinnerte. Seit seiner Ankunft um die Mittagszeit hatte er schon mehrere Zigaretten geraucht. Neben ihm ein kleiner rotwangiger Mann im hellen Baumwollmantel, Robert Redford. Dann kam Morgan Freeman. Er war als einer der Ersten vor Ort gewesen. Vielleicht war die Ähnlichkeit zu dem Schauspieler gar nicht so groß, dafür konnte man die nächste in der Reihe aus der Entfernung durchaus für Nicole Kidman halten. Sowohl die Haarfarbe als auch die Frisur und das Gesicht passten. Bestimmt sah sie genauso aus wie die anderen Reporterinnen, die er von den dänischen Nachrichtensendern kannte – besonders gepflegt und geschminkt. Wie sie sich alle inszenierten.

Auf diese Art ging es die gesamte Straße weiter: Robert de Niro, Gene Hackman, Viggo Mortensen, Susan Sarandon, Tom Cruise, Meryl Streep, Michael Douglas, Joe Pesci, Richard Gere, Sharon Stone, Clint Eastwood …Schnell hatte er bemerkt, dass die Karawane in regelmäßigen Abständen in hektische Aktivität verfiel. Immer wenn es auf die volle Stunde zuging, zu der verschiedene Fernsehsender neue Nachrichten brachten, wurde es unruhig, da die Reporter dann *live* aus Dänemark von der Menschenjagd berichteten.

Noch hatte er sich nicht entschieden.

Für einen Entschluss blieb ihm mehr als genug Zeit. Außerdem konnten manche der Teams die Karawane verlassen, oder andere kamen hinzu. Nur bei drei Dingen war er sich sicher:

Ashley Judd sollte es nicht treffen, denn sie konnte er gut leiden. Sie war eine kleine, zarte Person, und sie hatte ein wundervolles Funkeln in den Augen. Der seriöse John Cleese sollte es ebenfalls nicht sein, und auch nicht Viggo Mortensen, weil er aus Dänemark kam. Eigentlich ein irrelevanter Einwand, aber er ließ ihn sich durchgehen, ganz einfach, weil er selbst darüber bestimmte.

Er allein traf die Entscheidung, wer von den Geiern da drüben das Kainsmal erhalten würde.

Wie ein grünes Meer wogte der Strandhafer im Wind. Auf der Heide schimmerten noch vereinzelte lila Blüten, und weiter vorn tummelten sich die Rothirsche und ästen. Ein hübscher Fleck Dänemark war das hier.

Palle war in einer Steinwüste gestorben.

Der erste Schuss traf ihn in die rechte Brusthälfte. Als er Palle hinter einen Felsen in Deckung bringen wollte, war er selbst in die Schulter getroffen worden, musste seinen Partner loslassen und hatte allein Schutz gesucht, während ihm die Kugeln um die Ohren zischten.

Von seinem sicheren Versteck aus musste er es mit ansehen. Ohne eine Chance, einzugreifen.

Sie feuerten gezielt. Der nächste Schuss ging in Palles Oberschenkel. Er versuchte noch davonzukriechen, doch eine weitere Kugel zerfetzte seinen Unterarm.

Ohne nachzudenken, war er nach vorn gestürzt und die fünfzehn Meter bis zu seinem Kameraden gesprintet. Er schaffte es nur, ihn ein paar Meter weiter zu ziehen, ehe er selbst ein zweites Mal getroffen wurde – und dann hörte er, wie Palle wieder getroffen wurde. Erneut ging er in Deckung. Als er einen zweiten Rettungsversuch starten wollte, hatte Palle »Nein, nein, lass es« gerufen.

Palle lag so, dass sie sich gegenseitig in die Augen blicken konnten. Der drahtige Jägersoldat schrie nicht einmal, als sie ihm eine letzte Kugel in die Magengegend verpassten. Es war ein bestialisches Werk an diesem unfruchtbaren, gottverlassenen Flecken Erde. Das pure Böse. Die Barbaren stellten das Feuer ein und überließen Palle dem schmerzvollsten Tod von allen, während sie ihn wie Habichte bewachten und es ihm unmöglich machten, irgendetwas zu tun.

Und dann passierte es. Palles Blick bohrte sich in seinen. Flehend.

Er hatte einen Moment gezögert.

Dann hatte er seinem besten Freund, seinem *buddy* den letzten Wunsch erfüllt.

Könnte er die Zeit zurückdrehen, wäre er dem Tod Seite an Seite mit Palle entgegengegangen.

Nach diesem Tag war er nie wieder er selbst geworden. Nach diesem Tag hatte sich das Leben von Grund auf verändert, die Art, wie es sich vor seinen Augen entfaltete, war eine völlig andere.

Jetzt glitt sein Blick über die Landschaft auf seiner linken Seite, bis zum Rand des Sees und weiter über die dunklen Fichten. Dort oben lagen Børsmose und Kærgård. Gebiete mit weißen Dünen, deren Sand im Wind aufstob wie Pulverschnee und sich dann über das Hinterland legte. Dort wuchsen Gräser in allen Farben, es gab überschwemmte Senken, in denen das Wasser vollkommen ruhig war und wo bei den ersten Schritten durch den Morast ein saurer Geruch aufstieg.

All das kannte er so gut, jeden Halm und jeden Busch. Falls es – entgegen seiner Erwartung – so weit kommen sollte, wäre es ein guter Ort zum Sterben.

Milicas kurzes Leben endete mit den Handgelenken an einem Seil vom Scheunentor des Familienhofs hängend. Er hatte sie damals gefunden. Ihre braunen Augen waren weit aufgerissen und hatten jegliches Leid aus ihrem Körper aufgesaugt.

Ihr Bauch war aufgeschlitzt. Der Fötus hing mit den Eingeweiden aus ihr heraus, als sie sie endlich herunterbekamen.

Niemand hatte ihr Gnade gezeigt. Seine einzige Hoffnung in all den Jahren war, dass sie schnell das Bewusstsein verloren hatte.

Milica war ein uralter serbischer Königinnenname, das hatte sie ihm an einem Tag unter dem Pflaumenbaum erzählt. Er hatte sie 1993 bei seiner allerersten Mission, dem UN-Schutztruppeneinsatz in Tuzla in Bosnien und Herzegowina, kennengelernt. Sie lebte mit ihrer Familie auf dem Hof, der an einer kleinen Kreuzung in der verlassenen Gegend im Südwesten lag. Es gab einen Vater, eine Mutter, drei Söhne – und die hübsche zweiundzwanzigjährige Königin.

Sie war ein Jahr jünger als er. Der Vater ihres ungeborenen Kindes war im Krieg gefallen. Mehrere Male war ihm während der fünf Monate, in denen er sie kannte, der Gedanke gekommen: Wenn sie wollte, könnte sie eines Tages mit zu ihm nach Hause, nach Dänemark, kommen. Er wollte sie beschützen und ihrem Kind ein guter Vater sein.

Er bekam nie die Gelegenheit, es ihr zu sagen.

Über den ganzen Hof verteilt lagen die übrigen Familienmitglieder, abgeschlachtet. Einer der Mörder hatte einen grünen Schal um den abgeschlagenen Kopf des Vaters gebunden, den sie im Schweinestall fanden.

Später wurde der Verdacht bestätigt, der ihnen sofort gekommen war. Eine kleinere Kommandoeinheit der gefürchteten siebten Brigade aus Zenica war auf einem Raubzug gewesen. Die Brigade bestand aus Mudschahedin, muslimischen Kämpfern aus den arabischen Ländern und den Einwanderervororten der europäischen Großstädte. Im Namen Allahs strömten sie auf den Balkan, um ihren Glaubensbrüdern im Krieg beizustehen.

Selbst unter ihresgleichen verbreiteten sie Angst und Schrecken, die siebte Brigade war ein Sammelbecken für blutdurstige Gewalttäter.

Er fand Milica, die Königin, an einem Seil vom Scheunentor hängend, an einem hellen Spätsommermorgen.

Es war lange her. Mit dem Wissen, das er heute über sich selbst hatte, und wenn er zurückdachte, dann war es dieser Morgen gewesen, der den ersten tiefen Riss in seiner Seele hinterlassen hatte. Eigenartig, dass es so viele Jahre gedauert hatte, bis sie endlich zerbrach.

Nach einer weiteren Messung stellte er fest, dass der Wind im Begriff war, sich zu legen. Also musste er an seinen Berechnungen nicht sonderlich viel korrigieren.

Als die Idee im Lauf des gestrigen Tages immer klarere Formen annahm, hatte er als Erstes die Wetteraussichten kontrolliert, denn es gab zwei Voraussetzungen dafür, überhaupt eine neue *Mission Delete* in Erwägung zu ziehen.

Erstens musste ein schwacher Wind wehen, falls er den langen Weg per Boot zurücklegen wollte. Besonders wichtig war es aber für den Heimweg, wenn er dazu gezwungen wäre, etwa eintausend Meter weit rauszupaddeln, um den Helikoptern zu entgehen, die das Gebiet von oben absuchen würden, sobald er seinen Auftrag ausgeführt hatte.

Und es musste dunkel sein, tiefschwarze Nacht, wenn er den Rückzug antrat. Der Panther brauchte die Finsternis.

Beide Voraussetzungen waren erfüllt. Bis zum Abend würde der Wind stark abflauen. Und heute würde ihn auch kein Mondlicht verraten.

Er schaute erneut durch das Fernglas. John Cleese unterhielt sich gerade mit Robert Redford und Penélope Cruz. Tom Hanks saß auf einem Plastikstuhl und las Zeitung, während sich Bruce Willis eine weitere Zigarette in den Mundwinkel steckte. Charlize Theron ging auf ihn zu und fragte anscheinend, ob sie auch eine haben könne. Es war bereits das dritte Mal, dass die verführerische Blonde Willis um eine Zigarette anschnorrte.

Es war genug. Jetzt konnte er sich ebenso gut entscheiden. Er brauchte eine erste und eine zweite Priorität – bei jedem Plan musste es einen Alternativplan geben.

Sein Blick schwenkte über die Menschen, die er den ganzen Tag über beobachtet hatte. Wer, wer, wer?

Bei Tom Cruise blieb er stehen. Er hatte etwas Schmieriges an sich, etwas Selbstverliebtes und künstlich Dramatisches, wenn er vor der Kamera stand und wild gestikulierend in die Landschaft deutete. Außerdem arbeitete er für CNN.

Ja … Tom Cruise war seine erste Priorität.

Wer sollte zu seiner zweiten Priorität werden? Er entschied sich für Gene Hackman. Aus keinem anderen Grund, als dass der Kerl dort drüben wie ein echtes Arschloch wirkte und sich früher am Tag respektlos gegenüber Ashley Judd verhalten hatte.

Tom Cruise stand feixend mit einem seiner Mitarbeiter zusammen. Immerhin war es gut, dass der Mann in der kurzen Zeit, die ihm blieb, noch etwas Spaß hatte.

Er legte das Fernglas beiseite und machte sich an die Vorbereitungen.

39

Die Platte lag schwer und unbeweglich über dem Loch; sie gab auf. Mit dem Rücken und den Beinen hatte sie versucht, die Abdeckung nach oben zu stemmen, aber sie ließ sich nur wenige Millimeter anheben. Außerdem hatte sie gehört, wie Wur etwas auf die Platte legte, nachdem er sie in das dunkle Loch geschubst hatte. Ihr blieb nichts anderes übrig, als zu warten.

Früher oder später musste schließlich jemand nach ihr suchen. Irgendwann würde ihnen sicher auffallen, dass sie nirgendwo zu finden war und nicht einmal die Anrufe auf ihrem Handy entgegennahm. Zulfikkur Wur hatte es eingesteckt. Spätestens dann würden sie das Ferienhausgebiet in Grærup nach ihr durchsuchen, auf ihr Auto stoßen – und sie finden.

Zum Glück drang an den Seiten etwas Luft in das Loch, an Sauerstoffmangel würde sie also nicht sterben, dafür fror sie heftig. Was wäre, wenn jemand ihre Abwesenheit bemerkte, aber nicht mit Tarp und den anderen Leuten vom PET redete? Dann könnte Tim niemandem sagen, wo er sie zuletzt gesehen hatte. Und Tim selbst? War beschäftigt und würde sie garantiert erst spätabends vermissen, wenn er sie fragen wollte, ob sie nicht wieder bei ihm im Hotel übernachten wollte, der Schuft …

Das bedeutete, dass sie womöglich noch eine lange Zeit in diesem verfluchten Loch liegen würde. Und selbst wenn irgendeine hilfsbereite Seele nach ihr suchte, könnte derjenige sie überhaupt finden?

Ihre einzige Chance bestand darin, konzentriert zu lauschen. Wenn sie dann endlich jemanden hörte, musste sie sich auf den

Rücken drehen und mit den Füßen gegen die Holzplatte trampeln, solange sie nur konnte.

Nina brüllte, obwohl der Knebel fast jeden Laut erstickte. Sie hatte keine Zeit, hier herumzuliegen. Sie war der einzige Mensch auf der Welt, der wusste, dass sich Zulfikkur Wur immer noch in dieser Gegend aufhielt. Mit der Theorie zu seinem Interesse an Kriegsstrategien hatte sie nicht besonders weit danebengelegen. Nur um ein Haus … Hätte sie doch bloß Tim zurückgeholt. Aber so war ihre Begegnung wenigstens ohne Schüsse abgelaufen. Wären sie ihm zu zweit und bewaffnet entgegengetreten, hätte sich Wur wohl kaum damit begnügt, sich mit einem Stück Holz zur Wehr zu setzen. Das hieß, sofern Wur tatsächlich der Terrorist war, für den man ihn hielt, und nicht der liebevolle Familienvater, in dessen Wohnzimmer in Malmö sie gerade noch bei seiner netten Frau gesessen und die Bilder seiner hübschen Kinder an der Wand angeschaut hatte.

Jetzt gelang es dem schwedisch-pakistanischen Mistkerl vielleicht sogar, die Konsequenzen zu ziehen und zu fliehen, während sie in seiner vermaledeiten Grube lag und sich zu Tode fror.

40

Würde sie gefunden werden, die Polizistin mit dem schönen kastanienbraunen Haar? Oder musste er sie auf seine persönliche Verlustliste setzen?

Nina hieß sie, Nina Portland. So stand es auf dem Ausweis, den er in einer ihrer Taschen gefunden hatte.

Er glaubte, sie vom Vortag wiederzuerkennen, als er mit dem Fernglas in den Dünen gelegen und die Presseschar beobachtet hatte. Sie war die Frau, die dem LKW-Fahrer zornig zu verstehen gegeben hatte, dass er die Straße freimachen sollte. Sie hatte dieselbe Haarfarbe, dieselbe schwarze Jacke, dieselbe Energie.

Natürlich wäre es ein unnötiger Verlust eines Menschenlebens, wenn sie nicht gefunden würde. Da sie ihr Auto aber irgendwo in der Gegend geparkt haben musste, schätzte er diesen Fall als äußerst unwahrscheinlich ein.

Es war ihre eigene Schuld. Sie und ihr männlicher Begleiter hatten ihren kleinen Einsatz im gegenüberliegenden Haus erfolglos beendet und waren schon auf dem Rückweg, als ihr Handy geklingelt hatte. Sie hätte einfach mit ihrem Partner gehen sollen, statt allein in die entgegengesetzte Richtung zu laufen.

In dem Moment, in dem sie stehen geblieben war und er ihren kritischen Blick über die kleine Hütte hatte gleiten sehen, in diesem Moment hatte er gewusst, dass er sie genauestens im Auge behalten musste. Wie er befürchtet hatte, war sie noch misstrauischer geworden, nachdem sie die Säcke mit der Erde entdeckt hatte. Und als sie Spuren der Erde im Gras vor seinem Versteck fand, war er dazu gezwungen gewesen, einzugreifen.

Ein Scheit Brennholz diente ihm als Keule. Zwar war das Timing des Schlags nicht ganz perfekt, aber es reichte dennoch aus, um sie außer Gefecht zu setzen, sodass er sie knebeln und ihr Hände und Füße fesseln konnte. Nachdem er sie ins Loch hinuntergewuchtet hatte, holte er drei Säcke mit Erde vom Stapel auf dem Nachbargrundstück, legte sie auf die Spanplatte und bedeckte alles notdürftig.

Erst im Schutz der Dunkelheit würde er die feindlichen Linien durchbrechen.

Die Begegnung mit dem mysteriösen Fremden in den frühen Morgenstunden hatte ihm den restlichen Morgen und den ganzen Vormittag über keine Ruhe mehr gelassen.

Jetzt lag er zum dritten Mal am selben Tag oben auf der Düne und hielt mit dem Fernglas Ausschau. Allerdings nicht nach der langen Schlange aus Journalisten. Nein. Er suchte jeden sichtbaren Quadratmeter des Geländes ab, um eine Spur des mysteriösen Kajakruderers zu finden – des Elitesoldaten.

Dort draußen gab es nichts zu entdecken, keinerlei Anzeichen für menschliche Aktivität. Außerdem wurde es jetzt schnell dunkel. Sobald es dämmerte, würde er ein Stück nach Norden gehen, die asphaltierte Straße überqueren und sich dann in Richtung Osten weiter durchschlagen. So lautete der vorläufige Plan. Er war nicht ganz so ausführlich geraten, wie es ihm lieb gewesen wäre, aber es hatte keinen Sinn, eine neue Strategie auszuarbeiten, solange er die Voraussetzungen nicht kannte.

Was die nächsten Tage betraf, gab es viele unbekannte Faktoren, daher musste er improvisieren. Der einzige Faktor, der ihm dabei ernstlich Sorgen bereitete, war der Elitesoldat. Was um alles in der Welt hatte er hier vor?

Nachdem der Mann verschwunden war, hatte er sich der Stelle genähert, wo das Kajak vergraben lag. Er hatte es wieder freigelegt und nach irgendetwas gesucht, das ihm einen Anhaltspunkt liefern konnte, wer der Besitzer des Boots war. Im Kajak lag einzig der schwarze Anzug des Mannes, sonst nichts. Abgesehen von einem Metallschild, auf dem das Modell, die Seriennummer und die Jahreszahl 2009 angegeben waren, sowie einem Aufkleber mit dem Namen und der Adresse des Verkäufers. Er wollte sich nicht auf sein Gedächtnis verlassen und nahm deshalb einen kleinen Stein, mit dem er die Informationen in den schwarzen Lack des Fernglases ritzte. Als er zurück in der Hütte war, notierte er alles auf einem Stück Papier.

Warum er das tat, wusste er nicht genau. Aus Angst, Neugier oder vielleicht auch aus Intuition … Vermutlich käme er ohnehin nicht in eine Lage, in der genügend Zeit war oder die Notwendigkeit bestand, die Angaben genauer zu prüfen, aber Sorgfältigkeit und Voraussicht waren essenzielle Eigenschaften eines jeden Feldherren.

Er setzte das Fernglas wieder ab und ließ den Kopf auf seinem Arm ruhen. Bis es dunkel wurde, wollte er weiter von seinem Posten aus nach dem Fremden spähen. Noch eine halbe Stunde. Dann würde er den nächsten Abschnitt seiner Flucht einleiten.

41

Die Behauptung, der Terrorist sei ein unschuldiger Familienvater und erfolgreicher Geschäftsmann, veränderte alles. Diese irrwitzige Behauptung ließ ihn den Entschluss fassen.

Sicher, er hatte im Laufe des Tages, während immer mehr Pressevertreter in der Gegend rund um Græerup eintrafen, mit dem Gedanken gespielt. Besonders dann, als in den Nachrichtensendungen zu sehen war, wie viele Journalisten und Kamerateams sich auf der Straße entlang des Sees tummelten. Und zugegebenermaßen hatte er bereits einige Berechnungen zu den Grundvoraussetzungen einer solchen Mission angestellt, aber letzten Endes war es die ungeheuerliche Behauptung von Human Rights Watch gewesen, die den Ausschlag gab.

Diejenigen, die Menschenrechte predigten und verlangten, dass man Terroristen, die Tausende von unschuldigen Menschenleben auf dem Gewissen hatten, mit Samthandschuhen anfasste, stammten aus demselben Lager wie diejenigen, die den Einsatz dänischer Soldaten im Ausland immer heftig kritisierten. Sie verrieten ihre bewaffneten Landsleute auf fremdem, lebensgefährlichem Terrain und brachten sie sogar in Verruf, statt dankbar dafür zu sein, dass sie ihr Leben riskierten, um die Welt zu einem besseren Ort zu machen.

Diese Leute und ihre infamen Unterstellungen machten ihn rasend. Sollte man vor Gericht gestellt werden, weil man einem bärtigen Wegelagerer nicht augenblicklich ein Glas kaltes Wasser servierte, wenn man ihn zum Verhör bestellte? Sollte man sich für jeden noch so kleinen Fehltritt von Feiglingen ausschimpfen lassen, die ihrem Land nie gedient hatten und nicht im Entferntesten ahnten, was es bedeutete, mit dem Tod als ständigem Begleiter auf Patrouille zu gehen?

Was zur Hölle bildeten diese Leute sich eigentlich ein?

Ja, und jetzt, jetzt musste die ganze Welt ihr lautes Gejammer hören: Die bösen Amerikaner haben einen unschuldigen schwedischen Staatsbürger entführt und gegen die Menschenrechte verstoßen.

Wenn die CIA sagte, dass der Mann ein Terrorist war, dann war er ein Terrorist. Seine vielen ausländischen Firmen waren die ideale Tarnung. Ihn zu einem Verhör zu zwingen, war eine Notwehrhandlung der Amerikaner. Sollte er sich als so unschuldig herausstellen, wie die Medien behaupteten, dann war das ein verschmerzbarer Fehler im Krieg gegen jene, die die Zivilisation abzuschaffen gedachten.

Das Fadenkreuz seines leistungsstarken Leupold-M3-Zielfernrohrs kroch wie eine Spinne über Tom Cruises Gesicht. Ein Kopfschuss würde es nicht werden. Bei einer Distanz von über eintausend Metern war das zu unsicher; er würde auf den Oberkörper feuern. Für Cruise machte das allerdings keinen Unterschied.

Nachdem er ihn einen ganzen Tag lang durch das Fernglas beobachtet hatte, wusste er ganz genau, dass Cruise ein Reporter von der Sorte war, die es liebte, im Mittelpunkt zu stehen.

Zu seinem Tod würde er ein weltweites Publikum bekommen, *live* vor der Kamera. Mehr konnte er sich nicht wünschen.

Die Hinrichtung würde Chaos verursachen. Mit einem Schlag wären die irrsinnigen Behauptungen über den friedlichen Familienvater, der zur Flucht gezwungen war, vergessen. Alle müssten von vorn nach Informationen über ihn suchen, tiefer graben. Konnte der Gesuchte der Schütze sein? »Ja, wer sonst?«, würde man zweifelsohne fragen. Der Schwedisch-Pakistaner war das einzige kriminelle Element im Umkreis von mehreren Kilometern, umzingelt von der Polizei, verzweifelt, und womöglich stand er schon kurz vor dem Zusammenbruch.

Mit gierigem Grinsen würden die Geier verlauten lassen: »Offenbar hatte die CIA recht. Bei dem gesuchten Zulfikkur Wur aus Schweden handelt es sich doch um einen mörderischen und brandgefährlichen Terroristen. Und jetzt müssen wir Sie vor besonders heftigen Bildern warnen.«

Wer legte sich mit dem Livefernsehen an?

Dass die Frage aufkam, wie um alles in der Welt ein Terrorist an eine Präzisionswaffe inklusive Spezialmunition gelangte, war unumgänglich, allerdings würde man diese Frage erst später stellen. Niemand konnte ihm den Triumph des Augenblicks strittig machen: Chaos und Zweifel.

Sein Gewehr ruhte auf dem Stativ. Es war ein britisches Accuracy International Arctic Warfare, das er 1996 auf dem Schwarzmarkt auf dem Balkan erstanden und im zerlegten Zustand nach Hause geschmuggelt hatte, um seine Sammlung damit zu schmücken. Er maß den Abstand ein letztes Mal und prüfte den Wind. Es war so windstill, wie die Jahreszeit es zuließ. Keine Veränderungen seit seiner letzten Messung vor zehn Minuten. Die Einstellung war korrekt. Zwar ein komplizierter Schuss, aber wenn jemand in der Lage war, ihn zu schaffen, dann er.

Er würde zwischen vierzehn und sechzehn Minuten brauchen, um sich langsam zurückzuziehen und das Kajak zu erreichen. Drei Minuten, um es wieder auszugraben, und weitere vier bis fünf Minuten, um die Kleidung zu wechseln und den Inhalt des Rucksacks im Stauraum des Kajaks unterzubringen.

Unter Umständen musste er dann noch einige Minuten warten, bevor es vollkommen dunkel war, aber das hatte er mit einberechnet. Sogar wenn die Polizeihelikopter am Flughafen von Esbjerg schon bereitstanden, würde er auf dem nachtschwarzen Meer in Sicherheit sein, bevor sie hier ankamen. Und wenn es sich so verhielt, wie er es einschätzte, dann mussten sie von außerhalb Unterstützung durch Spezialhelikopter mit Wärmebildkameras anfordern. Ansonsten hatte eine Suchaktion im Dunkeln keinen Zweck. Das verschaffte ihm noch mehr Zeit, um die Küste ein gutes Stück hinabzupaddeln.

Wie auch immer es lief, sein Rückzug war gesichert.

Die linke Hand fand ihren Platz, dann die rechte. Sorgfalt war von essenzieller Bedeutung. Er legte seine Wange an den Kolben.

In diesem Augenblick gab es für ihn nur eine einzige Sache auf der Welt: das Fadenkreuz im Zielfernrohr. Mit ruhiger Hand fand er den dunkelhaarigen Mann, der mit dem Rücken an einem weißen Kastenwagen lehnte und Kaffee aus einem Plastikbecher trank.

Er senkte das Kreuz ein wenig, bis es auf den Brustkorb des Mannes zeigte. Langsam glitt der Zeigefinger seiner rechten Hand nach unten und nahm seine Position ein. In der Kammer lag eine randlose, flaschenhalsförmige 338er Lapua Magnum Patrone und wartete auf das Signal. In wenigen Sekunden würde sich das Projektil auf seine exakt berechnete Bahn begeben.

Der Finger spannte sich. Tom Cruise nahm einen Schluck Kaffee.

Der Abzug war noch nicht ganz durchgedrückt.

Tom Cruise sagte irgendetwas zu einer Person neben ihm.

Sein Zeigefinger bewegte sich unmerklich.

Tom Cruise lächelte selbstsicher über seine eigene Bemerkung.

Jetzt erreichte er den Abzugswiderstand von 2,8 Pfund. Der Knall war ohrenbetäubend.

Für einige Sekunden verfolgte er die Szenerie auf der anderen Seite des Sees.

Er hatte den Geiern seinen Köder hingeworfen …

42

Der Knall sandte eine Schockwelle durch seinen Körper. Waren seine Nerven nach den kräftezehrenden Tagen auf der Flucht etwa völlig am Ende? Schon möglich … Aber einen Schuss zu hören, war das, was er in diesem Augenblick am allerwenigsten auf der Welt erwartet hätte.

Er riss das Fernglas hoch und ließ den Blick über die Landschaft wandern. Er entdeckte nicht das Geringste, also konzentrierte er sich wieder auf die Presseleute auf der anderen Seite. Was war da los? Menschen liefen hektisch hin und her. Vor einem weißen Kastenwagen lag eine Gestalt auf der Straße, daneben kniete jemand. Immer mehr kamen herangeeilt, während andere offenbar in Deckung gingen, wieder andere wild gestikulierend Kommandos zu erteilen schienen und zu allen Seiten Kameraleute durcheinanderliefen.

Einer der Journalisten war erschossen worden. Von wem? Von wo aus? Er suchte wieder die Dünen und das hohe Gras ab, aber noch immer gab es keine Anzeichen von Bewegung.

Dann traf ihn die Erkenntnis wie ein Schlag. Er war gefangen. Beziehungsweise, wenn er nicht in einem Höllentempo verschwand, wäre er innerhalb kürzester Zeit umzingelt. Irgendwo in seiner Nähe befand sich der Schütze. Es würde eine großangelegte Suche geben, mit allen verfügbaren Einsatzkräften. Die Person dort drüben war vor den Augen der Weltpresse erschossen worden.

Er musste weg. Sofort! Er drehte um und kroch hinunter. Sobald die Dünen Sichtschutz boten, sprintete er durch den Sand und bog in den Pfad zu den Ferienhäusern ein.

Auf keinen Fall durfte er nach Norden und genauso wenig ins offene Gelände, wo ein Schwarm Hubschrauber am Himmel schwirren würde. Sie wären mit Wärmebildkameras ausgestattet, die ihn zu einer leuchtenden Erscheinung machten, wie er durch die Nacht hetzte und stolperte. Dann bräuchten sie ihn nur noch einzufangen und den Amerikanern zu übergeben.

Er musste improvisieren. Als er an dem Pfad zum Meer vorbeikam, wurde ihm noch etwas klar. Er ging langsamer und blieb schließlich ganz stehen. Dann fällte er eine schnelle Entscheidung, machte kehrt und lief zum Strand hinunter.

Nur ein paar Minuten später lag er an der exakt selben Stelle, von der aus er am Morgen den rätselhaften Mann mit dem Kajak an Land hatte gehen sehen. Er lag ganz still, schnappte nach Luft und starrte vor sich in die zunehmende Dunkelheit.

Wie lange er dort schon lag, wusste er nicht mehr genau, aber seine Atmung hatte sich beruhigt, und er konnte klarere Gedanken fassen. Dann tauchte wie aus dem Nichts plötzlich eine Gestalt auf. Der Fremde ließ sich an der Stelle auf die Knie fallen, wo das Kajak vergraben lag. Gerade so konnte Wur die Umrisse eines Gewehrlaufs erkennen, der hinter dem Rücken des Mannes nach oben ragte. Anscheinend hatte dieser Kerl den ganzen Tag auf der Lauer gelegen und geduldig den Einbruch der Dunkelheit abgewartet. So arbeitete ein Scharfschütze. So arbeitete ein Elitesoldat. Scharfschützen waren die unsichtbaren Joker, die die Feldherren im Krieg vor und hinter den feindlichen Linien einsetzen konnten, um wichtige Ziele und Hindernisse aus dem Weg zu räumen.

Jetzt wusste er es. Die brennende Frage war nur – warum? Aber er hatte keine Zeit, weiter darüber zu grübeln. Vorsichtig robbte er zurück zum Pfad, stand auf und sprintete weiter.

Er schnappte sich das Fahrrad aus dem Carport, unter dem er es vor wenigen Tagen abgestellt hatte, schwang sich darauf und trat kräftig in die Pedale.

Einen neuen Plan hatte er nicht, nur eine vage Ahnung, was jetzt funktionieren könnte: nach Süden in das große Ferienhausgebiet bei Vejers fliehen, wo er Menschen vermutete. Viele Menschen, unter denen er sich verstecken und die nächsten Schritte überdenken konnte, jetzt, wo der mysteriöse Scharfschütze ihm den Boden unter den Beinen weggezogen hatte.

43

Jemand, der klaustrophobischer veranlagt war als sie, hätte sicher schon längst den Verstand verloren. Auf unbehagliche Weise erinnerte die Umgebung sie an die Endstation des Lebens: Einzimmerappartement mit Deckel.

Es fehlte nicht viel, und ihr Körper wäre so steif wie eine Leiche. Eingesperrt in ein verdammtes Loch im verdammten Garten eines verdammten Ferienhauses war die Leichenstarre allerdings noch ein wenig zu früh dran. Nina war quicklebendig. Zornig, stur, wütend, genervt – und bald völlig ausgekühlt.

Inzwischen fehlte ihr jedes Gefühl dafür, wie viel Zeit sie schon in dem Loch zugebracht hatte. Sie schätzte, vier bis fünf Stunden. Mehrmals hatte sie mit ihren Stiefeln polternd gegen die Spanplatte getreten, und irgendwann hatte sie es geschafft, ihre Wange so fest gegen die Knie zu reiben, dass das Stück Stoff, das er um ihren Mund gebunden hatte, nach unten rutschte und sie den Knebel ausspucken konnte. Sie rief um Hilfe, aber vergeblich.

Schon seit einiger Zeit hatte sie immer wieder den charakteristischen Lärm von einem oder mehreren Hubschraubern vernommen. So nett sie es fand, dass sie aus der Luft nach ihr suchten, konnte sie einfach nicht begreifen, dass keiner der hellen Köpfe, mit denen sie arbeitete, auf die Idee gekommen war, an dem Ort zu suchen, wo sie sich zuletzt aufgehalten hatte. Es war die pure Dummheit.

Wo zur Hölle blieb Tim Wejse? Wie konnte es angehen, dass er nicht darüber informiert wurde, dass sie mit Helikoptern nach ihr suchten? Wie spät musste der Abend noch werden, bis dem Schwachkopf einfiel, dass er sie vermisste?

Im nächsten Augenblick bereute Nina ihre Wut. Niemand außer ihr selbst war schuld an alledem. Hier lag sie nun, an Händen und Füßen gefesselt, mindestens einen Meter unter der Erde, und warf eine gigantische Ermittlung aus der Bahn, die nur sie allein wieder in die richtige Spur lenken konnte. Sie suchten allesamt am falschen Ort. Alle Einsatzkräfte durchkämmten den Süden, während Zulfikkur Wur sich im Norden versteckt hielt.

Eigentlich müsste sie längst Alarm schlagen …

Und Jonas … Sie konnte ihn nicht wie gewohnt anrufen. Egal, wo sie war, bei der Arbeit oder auf einer Fortbildung, in Dänemark oder im Ausland, nach dem Abendessen rief sie Jonas an.

Nina rappelte sich auf die Knie und lauschte angespannt. Rief da nicht jemand?

Doch, jetzt hörte sie es ein wenig lauter: »Niiinaaa.« Kurz darauf wurden die Rufe noch deutlicher.

Aus vollem Hals erwiderte sie das Rufen, aber das Loch verschluckte jedes Geräusch. Sie warf sich auf den Rücken und hämmerte mit den Stiefelspitzen gegen die Holzplatte. Wieder hörte sie es von oben rufen. Es war Tim Wejse. Er kam immer näher, und sie trat wie eine Besessene gegen die Abdeckung.

Nichts geschah. War Tim etwa noch schwerhöriger als alle anderen Männer?

»Nina!«

Jetzt war seine Stimme ganz nah, Tim musste im Garten sein. Sie schrie aus Leibeskräften.

»Hier, unter den Gartenabfällen.«

»Nur mit der Ruhe, Liebes, ich habe dich gefunden. Erst muss ich die Zweige und ein paar Säcke mit Erde wegschaffen. Ist alles okay bei dir?«

Über ihrem Kopf hörte sie es poltern, dann ein schleifendes Geräusch.

»Ja! Ist ein Heidenspaß, in einem Loch unter Erde eingesperrt zu sein!«

Tim hob die Spanplatte an. Nina spürte einen Windhauch, und frische, kühle Luft schlug ihr entgegen, während sie gleichzeitig vom grellen Licht einer Taschenlampe geblendet wurde.

»Gott sei Dank … Ich habe schon mit dem Schlimmsten gerechnet, Nina. Und du bist dir sicher, dass wirklich alles okay ist?«

»Ja, Tim. Mir geht's gut. Ich habe einen ordentlichen Schlag auf den Hinterkopf abgekriegt, und ich bin der reinste Eisklotz … Aber mir geht's gut.«

Er fasste sie unter den Achseln und hob sie aus dem Loch, dann machte er ihre Hände und Füße los. Nina bedankte sich mit einem Kuss.

»Wo warst du? Wie spät ist es?«

»Gleich halb zehn. Ich hatte …«

»Halb zehn? Schon so spät?«

Sie musste brüllen, denn im selben Moment dröhnte ein Hubschrauber über sie hinweg. Den Helikopter selbst sahen sie zwar nicht, dafür aber den Lichtkegel eines großen Suchscheinwerfers.

»Ich bin wiederauferstanden von den Beinahe-Toten. Magst du die Suchaktion nicht lieber abblasen und die Piloten heimschicken?« Nina deutete mit dem Kopf auf den Lichtkegel, der sich nach Norden hin entfernte.

»Es ist das totale Chaos, sie suchen gar nicht nach dir. Sondern nach Zulfikkur Wur.«

»Dann wissen sie also, dass er noch hier ist. Wie haben sie es herausgefunden?«

»Das war nicht weiter schwer, er hat schließlich erst am frühen Abend einen Journalisten von CNN erschossen. Alles geht drunter und drüber.«

»Einen Journalisten? Zulfikkur Wur?«

Tim nickte.

»Wer denn sonst?«

»Erschossen … Wie, erschossen?«

»Nicht aus nächster Nähe, er muss irgendein Gewehr benutzt haben, wie auch immer er an so eines gekommen ist. Noch kann niemand etwas mit Sicherheit sagen. Der Tatort wird noch untersucht. Ich weiß nur, dass der Kerl innerhalb von Sekundenbruchteilen tot war, vor laufender Kamera.«

»Scheiße …«

»Du zitterst ja am ganzen Körper, Nina. Hier, nimm meine Jacke.«

Er legte ihr seine Jacke um die Schultern und rieb ihren Rücken warm.

»Wur? Das ergibt doch keinen Sinn, Tim. Wieso sollte er einen Journalisten erschießen? Als er mich vor ein paar Stunden niedergeschlagen und in das Loch geworfen hat, war das vor allem, um sein Versteck zu sichern.«

»Ich habe keine Ahnung. Dass er es wirklich war, ist nicht bewiesen. Aber, wie gesagt, wer sollte es denn sonst gewesen sein? Wie bist du eigentlich da unten gelandet?« Er machte eine Kopfbewegung in Richtung des Lochs.

Nina erzählte ihm davon, wie sie zufällig das Fahrrad entdeckt hatte, von der unscheinbaren alten Ferienhütte, den Säcken hinter dem Nachbarhaus und den Sandspuren im Gras.

»Und gerade als mir dämmerte, was all das zu bedeuten hatte, kam er von hinten angeschlichen und hat mir eins auf den Schädel gegeben. Wie dumm kann man sein?«

Tim besah sich ihren Hinterkopf im Schein der Taschenlampe.

»Sieht nicht besonders gut aus.«

»So schlimm?«

»Jedenfalls schlimm genug für eine gründliche Reinigung und ein paar Stiche. Schließlich hast du Sand im Kopf, Kommissarin Portland …«

»Danke, das habe ich inzwischen auch schon begriffen. Was machen wir jetzt?«

»Dich von einem Arzt wieder zusammenflicken lassen. Und danach wirst du ins Bett geschickt, damit du dich wieder aufwärmst und nicht noch eine Lungenentzündung davonträgst.«

»Der Arzt, okay, meinetwegen. Aber ins Bett? Nix da. Was genau passiert gerade?«

»Blix ist persönlich nach Vejers gefahren, um ein so großes Durcheinander wie möglich anzurichten.«

»Der Direktor im Einsatz? Birkedal muss wahnsinnig sein. Was gibt es sonst?«

»Der CIA-Direktor wurde gefeuert.«

»Das war abzusehen.«

»Aber die CIA hält jetzt offiziell an seiner Version fest und dementiert den Bericht von Human Rights Watch. Allerdings geben sie zu, dass Wur ein schwedischer Staatsbürger und Geschäftsmann ist, und sie räumen die theoretische Möglichkeit ein, dass CIA-interne ›Elemente‹ sich den neuen Anordnungen widersetzt und Wur aus Malmö entfernt haben könnten. Sie betonen allerdings, dass er ein Terrorist ist – und gefährlich. Das Statement haben sie veröffentlicht, *bevor* der Journalist erschossen wurde.«

»Tja … Im Moment finde ich es schwer, in der ganzen Angelegenheit den Überblick zu behalten. Ich weiß nur eins: Es ist verzwackt … Was ist bei uns los?«

»Gerade sind wir dabei, das Gebiet abzuriegeln. Zum ersten Mal wissen wir mit Sicherheit, dass sich Zulfikkur Wur noch hier aufhält.«

»Vorausgesetzt er war es, der geschossen hat.«

»Ja, wenn er geschossen hat … Wobei abriegeln vielleicht ein wenig zu hoch gegriffen ist. Niemand kann ein Gebiet von diesem Ausmaß komplett abriegeln, und nachts schon dreimal nicht. Er könnte auch schon ein Stück weggekommen sein, bevor die Helikopter hier waren. Sollen wir im Norden nach ihm suchen oder besser im Süden oder im Osten? Keiner weiß es.«

»Nach Harwich oder Newcastle wird er wohl kaum geschwommen sein. Also warten wir bis morgen früh?«

»Am Boden, ja. Man ist der Ansicht – und diese Einschätzung teile ich –, dass es unmöglich ist, nachts gründlich vorzugehen. Also nutzen wir die Kräfte lieber, um die Straßen und Wege ordentlich abzusperren, und warten, bis es wieder hell ist. Wollen wir los? Kannst du selbst fahren?«

»Ob ich fahren kann?« Nina schnaubte verächtlich und schüttelte den Kopf. »Also manchmal, Tim …«

Sie hatten ein paar Meter hinter sich, da kam ihr plötzlich ein Gedanke.

»Das Fahrrad! Das grüne Fahrrad. Ich muss nachschauen, ob es immer noch da hinten steht.«

Wie die leuchtenden Ziffern anzeigten, war es inzwischen schon 3:47 Uhr. Nina konzentrierte sich auf den Weg des Suchscheinwerfers in der Dunkelheit.

Seit kurz vor Mitternacht saß sie an Bord, nachdem der Arzt sie wiederhergestellt hatte. Neun Stiche waren nötig gewesen, um die Wunde an ihrem Hinterkopf zu schließen. Wejse hatte – mit Birkedals Unterstützung – vergeblich weiter darauf gepocht, dass sie sich ins Bett legte und wieder zu Kräften kam.

Nina saß in einem der sieben Helikopter, die bei der Suche im Einsatz waren. In den ersten Stunden hatte sie eine lose Theorie getestet. Hatte Wur sie eventuell getäuscht, doppelt getäuscht, indem er an seinen Ausgangspunkt zurückgekehrt war, in den versandeten Eichenwald oder sogar an die Absturzstelle selbst?

Um nochmals einen Schritt zu unternehmen, der jeglicher Logik zuwiderlief, brauchte es extrem starke Nerven.

Im Gelände hatten sie keine Menschenseele entdeckt. Der Helikopter war mit einer Wärmebildkamera ausgestattet, aber am Boden gab es nichts zu sehen. Auch das Fahrrad war bisher nicht wieder aufgetaucht.

Blix hatte sich – ob er wohl auch so viel über den Zweiten Weltkrieg las? – wie ein Feldmarschall im vorläufigen Hauptquartier im Strandhotel Vejers niedergelassen, während es in Wirklichkeit Birkedal und Tarp waren, die die Truppen koordinierten.

Wäre sie nur nicht so einfältig und unaufmerksam gewesen, dann hätten sie ihn in der Holzhütte schnappen können, und alle lägen jetzt in ihren warmen Betten. Vermutlich hätten sie den Tod eines Unschuldigen verhindern können.

Sie waren den schmalen Nord-Süd-Korridor, der ihnen zugeteilt worden war, auf- und abgeflogen, und schon im Voraus stand fest, dass jede Nachfrage, die Suche zwischenzeitlich einzustellen, umsonst wäre. In diesem Punkt ließ Direktor Blix nicht mit sich reden.

Mehrmals waren sie über den See geflogen. Erst nach Mitternacht hatten die Leute in der Pressekarawane zusammengepackt und waren zurück in die diversen Hotels gefahren, in denen sie untergebracht waren. Während der Arzt im Strandhotel Erde und Dreck aus der Wunde an ihrem Hinterkopf wusch und sie nähte, hatte Nina vor einem Fernseher gesessen. Die Fernsehteams hatten immer noch live gesendet, filmten sich im Dunkeln gegenseitig selbst und schwenkten gelegentlich zu den Hubschraubern, während sie wilde Vermutungen anstellten.

Einhellige Übereinstimmung herrschte darin, dass Zulfikkur Wur zwangsläufig der Täter sein musste. »Wer denn sonst«, wie Tim es ausgedrückt hatte.

Erst viel zu spät war ihr eingefallen, dass sie es komplett vergessen hatte, sich in Sønderho zu melden. Ihr Herz zog sich zusammen, als sie jetzt wieder daran dachte. Dass sie es vergessen hatte, war nur schwer zu rechtfertigen. An sich war es eine Kleinigkeit, aber manche kleinen Dinge wogen schwer …

Ihr Blick hing im Dunkeln fest und hinkte dem Lichtkegel unbeholfen hinterher. Ihre Augen wollten ihr nicht mehr gehorchen, irgendjemand hatte ihre Lider mit Blei beschwert. Sie gaben allmählich nach und fielen immer wieder für einige Sekunden zu.

Irgendwo dort unter ihnen war er, Zulfikkur Wur, nur wo?

Sie dachte noch daran, nach der Thermoskanne mit Kaffee zu greifen, da kippte ihr Kopf auf die Schulter.

44

Die Familie aus Deutschland packte gerade zusammen. Vater, Mutter und zwei kleine Kinder, der Junge etwa fünf oder sechs, seine Schwester ein oder zwei Jahre jünger. Die Eltern schienen um die Mitte dreißig zu sein, beide trugen schicke Brillen und waren diskret, aber elegant gekleidet.

Er zog den Kopf wieder ein und begab sich vorsichtig in den Schuppen. Es war zu riskant, am Fenster zu stehen und die Familie auszuspionieren.

Vier Häuser weiter war ein anderes Paar ebenfalls dabei, ihr Auto zu packen, genau wie das Pärchen im Haus daneben und die Rentner, die nochmals zwei Häuser weiter Reisetaschen aus ihrem Feriendomizil schleppten. Sie alle waren Deutsche. Vermutlich hatten sie es nach dem Tod des Journalisten mit der Angst zu tun bekommen.

Die drei Urlauberpaare weiter unten hatte er bereits abgehakt. Zum einen wohnten sie zu nah beieinander, was die Dinge verkomplizieren würde, und zum anderen hatten sie keine Kinder. Die Kinder waren wichtig für seinen Plan. Wobei »Plan« eine maßlose Übertreibung war. Von strategischen Überlegungen welcher Art auch immer konnte keine Rede sein, und auch vom Einfluss seiner verehrten Feldherren war an seinen Vorkehrungen nicht das Geringste zu erkennen. Trotzdem drehten sich seine Gedanken um dasselbe Thema wie in jedem Krieg:

Es ging um nichts anderes als das nackte Überleben.

Den restlichen Abend und den Großteil der Nacht hatte er damit verbracht, im nördlichen Abschnitt des Ferienhausgebiets in Vejers umherzustreifen. Das Fahrrad hatte er in einem Teich entsorgt. Damit hatte er es gerade noch rechtzeitig geschafft, sich aus dem Staub zu machen, bevor ein höllischer Lärm die herannahenden Helikopter angekündigt hatte.

Jedes Mal, wenn sie das Gebiet überflogen, ging er in Deckung, mal unter einem Carport, mal in einem Schuppen, unter einem Auto oder irgendwo anders, wo er vermutete, nicht durch seine Körperwärme verraten zu werden. Er hatte die gesamte Nacht nicht geschlafen, dafür aber dieses Ferienhaus hier gefunden, in dessen Schuppen er sich auf einem Stapel Sitzpolster ein wenig ausruhen konnte.

Die ganze Nacht über hatten ihn gleichbleibend starke Kopfschmerzen gequält. Die Gehirnerschütterung war noch immer nicht überstanden.

Beim ersten Morgenlicht hatte er durch eines der Fenster ins Ferienhaus gespäht und gesehen, dass es kurz nach halb sieben war. Es dauerte nicht lange, bis die Eltern aufstanden und anfingen, im Wohnzimmer und der Küche sauber zu machen. Anschließend bereiteten sie das Frühstück für die ganze Familie vor. Dabei merkte er, wie es in seinem Bauch gewaltig knurrte – er hatte einen fürchterlichen Hunger. Die Kinder standen auf, und die Familie frühstückte. Danach putzte der Vater weiter und die Mutter packte alle Dinge in Taschen und Koffer, während die Kinder auf dem Sofa vor dem Fernseher geparkt wurden. Bei ihm zu Hause ging es ganz ähnlich zu, wenn Britt und er ihre Ruhe haben wollten.

Beim Anblick der ersten Reisetasche, in die die Frau die Kinderkleider packte, meldete sich der Gedanke wieder. Der Gedanke ans Überleben.

Es ging nicht. Es konnte einfach nicht klappen. Er war umzingelt, und er konnte nicht entkommen, ohne von den Hubschraubern erwischt oder von den Jägern am Boden in die Ecke gedrängt zu werden, wenn er lediglich versuchte, sich wie ein Rebhuhn zu verstecken. Er wollte sich jetzt nicht mehr teuer verkaufen. Nein, er würde seine Waffe weglegen und sich festnehmen lassen. Er hatte seinen Kampf gekämpft, so gut er konnte. Danach ging es ausschließlich darum, seine Feinde von zwei Dingen zu überzeugen. Erstens: Er hatte den Mann im Flugzeug nicht umgebracht. Und zweitens: Er hatte nicht auf den Journalisten geschossen.

Aber noch gab es einen möglichen Ausweg. Sein Traum von einem freien Leben war noch nicht gestorben.

Er würde gemeinsam mit der deutschen Familie aus dem Gebiet verschwinden und zusammen mit den vielen anderen Deutschen, die heute ihren Dänemarkurlaub beendeten, auf die Landstraßen strömen. Das Auto der Familie war für diesen Zweck wie geschaffen. Er hatte es überprüft, sie fuhren einen Audi, einen Kombi.

Die beiden Eltern wirkten gebildet, also würden sie Englisch sprechen, was eine wichtige Voraussetzung darstellte, denn er musste ihnen genauestens zu verstehen geben, wie sie sich zu verhalten hatten. Und er musste sicher sein, dass ihnen die Konsequenzen bewusst waren, falls sie seinen Anweisungen nicht Folge leisteten.

Wieder donnerte ein Hubschrauber über das Gebiet hinweg. An eine Pause schienen sie nicht zu denken. Wie auch? Die ganze Welt hatte *live* auf den Bildschirmen gesehen, wie der Journalist auf dem Boden lag, nachdem ihn die Kugel getroffen hatte. Vielleicht war der Mann sogar tot? Und möglicherweise hatte irgendjemand zufällig auch die fatalen Sekunden auf Film?

Eines stand fest: Geschossen hatte der rätselhafte Fremde, der Elitesoldat. Aber … als angeblichen Terroristen würde man ihn, den schwedisch-pakistanischen Geschäftsmann aus Malmö, für diese Tat lynchen.

Er hörte, wie die Hintertür des Hauses geöffnet wurde, gefolgt vom lauten Knallen der Autotüren. Als er den Schuppen einen Spaltbreit öffnete, sah er, wie sich der Vater in den Audi setzte und einige Dinge nachprüfte. Anschließend stieg der Mann wieder aus, öffnete den Kofferraum und räumte ein wenig auf. Anscheinend war die Familie bereit, das Auto zu beladen.

Jetzt würde er zuschlagen.

Er trat gegen einen Plastikeimer, der laut polternd durch den Schuppen flog. Kurz darauf wurde die Tür geöffnet, und er richtete die Pistole auf die Stirn des deutschen Familienvaters. Der Mann riss entsetzt die Augen auf.

»*Shut up!*«

Mit einem Pistolenschwenk bedeutete er dem Mann, in den Schuppen zu kommen. Der Mann gehorchte mit mechanischen Bewegungen.

»*Do you speak English*?«

Der Mann nickte. Sein Plan würde also funktionieren. Er fuhr fort:

»Du gehst jetzt rüber zur Tür und rufst deine Frau. Bring sie hierher in den Schuppen. Wie heißt sie?«

»Maria …«

»Gut. Falls du irgendwas versuchst: Ich treffe dich von hier aus, und dann stirbst du, klar? Du rufst nur ihren Namen – sonst nichts – und winkst sie hierher. Verarschst du mich, ist deine ganze Familie dran. Alle … verstanden?«

»Verstanden«, flüsterte der Mann.

»Redet deine Frau auch Englisch?«

»Ja …«

»Gut, dann kann ich mit euch beiden auf einmal sprechen.«

Der Mann befolgte seine Anweisungen. Wenige Augenblicke später kam seine Frau nach draußen, auch wenn sie sehr verwundert – und genervt – aussah. Als sie den Schuppen betrat und in den Lauf der Pistole blickte, veränderte sich ihre Miene schlagartig. Sie erlitt einen Schock.

Er befahl ihnen, sich an die hintere Wand zu stellen.

»Jetzt hört gut zu. Wenn ihr tut, was ich euch sage, dann geschieht niemandem etwas. Also passt auf!«

Die beiden nickten, die Angst stand ihnen ins Gesicht geschrieben.

»Ich will euer gesamtes dänisches Geld. Wie viel habt ihr in etwa?«

Fast wirkte der Mann ein wenig erleichtert, so als dächte er, das Ganze sei ein gewöhnlicher Raubüberfall.

»Nicht viel, wir fahren heute nach Hause. Vielleicht hundert Kronen.«

»Das reicht nicht. Kommen wir auf dem Weg hier raus an einem Bankautomaten vorbei?«

»Ja, in der Stadt gibt es einen.«

»Gut, dann steigst du aus und hebst fünftausend Kronen ab. Aber bevor es so weit ist, geschieht Folgendes: Wenn wir an den Polizeiabsperrungen vorbeikommen, liege ich in eurem Kofferraum … Ihr schließt ihn nicht ab, die Polizei soll sehen können, was ihr dabei habt. Unter Decken, Taschen und so weiter ist ein Hohlraum, in dem ich liege. Meine Pistole ist auf die Rücksitze gerichtet. Wenn irgendetwas Unerwartetes passiert, irgendwas, das mir verdächtig vorkommt, drücke ich ab. Die Kugel geht direkt durch die Rückbank. Ich schaffe es ohne Weiteres, zwei Schüsse abzufeuern – mindestens –, dann verliert ihr sie beide … Versteht ihr, was ich sage?«

Sie nickten. Er konnte ihnen ansehen, dass sie kein Risiko eingehen würden.

»Wie heißen eure Kinder?«

»Alex und Thea.«

»Sie dürfen mich nicht sehen. Wenn wir mit dem Beladen

anfangen, lege ich mich in den Kofferraum, und ihr deckt mich mit einer Decke zu. Bevor ihr irgendetwas anderes macht, setzt ihr die Kinder hinten auf ihre Sitze. So kann ich sicherstellen, dass ihr nicht auf dumme Gedanken kommt, während ihr packt. Wenn ihr tut, was ich euch sage, behaltet ihr Alex und Thea. Wenn nicht …« Er schwenkte die Pistole. »Ihr wisst, was dann passiert.«

Wie auf Kommando nickte das Ehepaar.

»Kommt man auf die Toilette, ohne dabei von den Kindern gesehen zu werden?«

»Ja, die Toilette ist im Hausflur«, antwortete der Vater.

»Gut. Bevor ihr das Auto packt, gebt ihr mir eure Handys. Du kommst mit mir auf die Toilette.«

Er zeigte auf die Frau, die nervös nach Luft schnappte. Dann wandte er sich an den Mann.

»Und du bringst mir etwas zum Essen und einen Kaffee. Während ich esse, holst du mir saubere Kleider, Unterhose, Strümpfe, Hose, T-Shirt, alles … Danach rasiere ich mich. Wenn das erledigt ist, steige ich in den Kofferraum, und ihr beladet das Auto. Verstanden?«

»Fahren Sie bis Deutschland bei uns mit?«, fragte die Frau zögerlich.

Er gab keine Antwort. Die Wahrheit war, dass er es selbst nicht wusste.

Mit ihrer Frage hatte die Frau einen wunden Punkt getroffen. Es war schlicht und ergreifend nicht genügend Zeit dafür gewesen, sich darüber Gedanken zu machen, seit er bemerkt hatte, dass die Familie zu packen begann. Die kurze Zeit hatte gerade einmal dafür gereicht, sich auszudenken, wie er von hier entkommen konnte. Und ohne Risiko war dieser Plan bei Weitem nicht. Aber ein Ehepaar mit zwei lebhaften Kindern auf dem Rücksitz, auf dem Heimweg aus den Ferien, der Kombi voll beladen …

Wieso sollten sie eine deutsche Familie anhalten und kontrollieren, die ganz offensichtlich nichts zu verbergen hatte?

Sobald er aber das Auto verließ, würden sie zum nächsten Telefon rennen und Alarm schlagen. Dann bräche die Hölle wieder von vorn los.

Für dieses Problem gab es nur eine einzige Lösung: Er musste sie alle vier zum Schweigen bringen.

Nachdem sie die Polizeiabsperrung am Rand des Ferienhausgebiets passiert hatten, waren sie noch eine halbe Stunde gefahren. Er hatte die Zeit mit der Armbanduhr des Mannes gestoppt.

Alles hatte geklappt. Vor der Absperrung hatte sich eine Schlange gebildet. Es war Samstag, und alle Mietverträge liefen bis Samstagvormittag. Bis dahin mussten die Ferienhäuser spätestens geräumt sein, damit neue Gäste einziehen konnten, hatte der Vater ihm erklärt.

Am Kontrollpunkt musste der Mann das Fenster herunterlassen. »*Have you seen this man*?«, hatte ein Polizeibeamter gefragt und der Familie dabei wahrscheinlich ein Foto gezeigt.

»*No, sorry*«, hatte der Vater geantwortet und durfte weiterfahren. Vielleicht war der Polizist oder ein Kollege ums Auto gegangen. Von seinem Versteck aus konnte er das nicht erkennen, aber in jedem Fall war es nur eine Formsache gewesen, durch die Absperrung zu kommen.

Nach einigem Gewühle verschaffte er sich ausreichend Platz, um den Kopf zwischen dem Gepäck herausstecken zu können. Die beiden Kinder sahen ihn mit großen Augen an, erst verwundert, dann immer ängstlicher. Sie wussten ziemlich gut, wie eine Pistole aussah.

»Ihr haltet an, wenn ich es sage«, kommandierte er.

Es dauerte relativ lange, bis sich die richtige Gelegenheit in Form eines kleinen Feldwegs ergab, der nach ungefähr fünfzig

Metern zwischen dicht stehenden Tannen in ein kleines Waldstück abbog.

Wenige Minuten später konnten sie alle aus dem Wagen steigen. Hier waren sie vor dem Verkehr auf der Landstraße verborgen, auch wenn sie das Rauschen der Straße deutlich hörten.

Die Handys der Eheleute hatte er noch im Ferienhaus einkassiert, und jetzt überlegte er kurz, eines davon für später zu behalten, aber das erschien ihm zu riskant. Möglicherweise konnte man die Geräte orten. Er schleuderte beide Mobiltelefone in den Wald und befahl der Familie, sich auf den Grasstreifen zwischen den Fahrspuren des Waldwegs zu setzen. Dann ging er zum Auto und warf einen Blick auf die Karte aus dem Handschuhfach.

Eines wusste er bereits: Esbjerg war die nächstgelegene Großstadt, sie zählte zu den fünf oder sechs größten Städten Dänemarks. Sie waren an Varde vorbeigefahren und steuerten einen Kreisverkehr an, von dem aus man auf die Autobahn kam. Entweder fuhr man ein paar Kilometer nach Westen, in Richtung Esbjerg, oder man entschied sich für die andere Richtung, in der man nach Kolding kam. Dort verzweigte sich die Autobahn nach Norden, nach Osten in Richtung Odense, Kopenhagen und Malmö, seinem geliebten Zuhause, sowie nach Süden in Richtung Deutschland.

Malmö war tabu. Kopenhagen, Odense – oder nördlich gen Århus? Er kannte keine Menschenseele in Dänemark. Vielleicht Esbjerg als schnellste Option, um unterzutauchen und sich eine Verschnaufpause zu gönnen? Oder gar das riesengroße Deutschland?

Egal, für welche Richtung er sich entschied, die Familie würde ihm augenblicklich die Polizei und die Spezialeinheiten auf den Hals hetzen.

Er ging wieder zur Familie, die ängstlich miteinander tuschelte.

Als sich sein Blick mit dem des kleinen Mädchens kreuzte, wusste er, dass er *dazu* nicht in der Lage war.

»Was geschieht als Nächstes? Warten wir auf jemanden?«, erdreistete sich der Vater vorsichtig zu fragen.

»Klappe halten!«

Zurück am Auto warf er abermals einen Blick auf die Karte, die auf dem Fahrersitz lag. Er brauchte Zeit. Zeit, um nachzudenken, sich einen Plan zurechtzulegen, Leute zu kontaktieren – und Zeit, um seinen Kopf auszuruhen.

Kolding, Vejle, Horsens, Århus, Randers, Aalborg, Frederikshavn – Schweden – Göteborg? Nein …

Kolding, Odense, Nyborg, Ringsted, Kopenhagen – Schweden – Malmö? Nein …

Kolding, Haderslev, Aabenraa – Deutschland – Flensburg, Hamburg …?

Esbjerg? Wäre das eine Möglichkeit? Wenn er die Stadt wählte, die den chaotischen Ereignissen am nächsten lag, würde er ein Täuschungsmanöver wiederholen, das die Polizistin mit dem kastanienbraunen Haar bereits einmal durchschaut hatte. Aber vielleicht lag die Stärke der doppelten Täuschung gerade in ihrer Unwahrscheinlichkeit.

Nicht nur Malmö, sondern ganz Schweden war für ihn tabu. Eine Landesgrenze via Brücke oder Fähre zu überqueren, war eine unangenehme Engstelle. In diesem Punkt war Deutschland die bessere Wahl, aber in der Gesellschaft von zwei gelähmten Eltern und ihren ängstlichen Kindern fühlte er sich auf der Route über Land extrem verletzlich. Sollte irgendetwas Unvorhergesehenes eintreten, etwa, wenn der Vater am Steuer plötzlich bewusstlos würde, gerieten sie in einen Unfall, lief etwas schief oder würden sie angehalten, dann gab es keinen Fluchtweg.

Er kam wieder auf Esbjerg zurück. Esbjerg bot ihm *eine* theoretische Möglichkeit, die wagemutigste Aktion von allen. Mit

Abstand die gefährlichste. Aber er spürte, dass er es versuchen musste.

Ja … Mit Unterstützung von außen könnte er es schaffen. Es musste Esbjerg sein. Er ging zur Familie, die immer noch wartete.

»Hört zu … Wir fahren nach Esbjerg.«

Er richtete die Pistole auf den Mann.

»Du setzt mich und deine Frau im Zentrum ab. Ich brauche Zeit, um ein paar Dinge zu erledigen, bevor du die Polizei alarmierst. Und du bist nicht so dumm, Alarm zu schlagen, solange ich deine Frau in meiner Gewalt habe.«

»Ich schwöre, wir sagen kein Wort, lassen Sie uns bitte gehen. Nehmen Sie unser Auto, wir sagen nichts. Wir wollen nur …«

»Klappe halten! Du setzt uns wie besprochen im Stadtzentrum ab. Später werden deine Frau und ich den Zug von Esbjerg nach Odense nehmen. Du steigst in Odense aus, nimmst einen Zug in die Gegenrichtung und fährst bis nach Kolding«, erklärte er und richtete seine Waffe auf die Frau.

»Du …«, er zielte wieder auf den Mann, »du wartest in Kolding auf deine Frau. Wenn sie aussteigt, könnt ihr die Polizei rufen.«

»Keine Polizei, ich verspreche es, bitte tun Sie meiner Frau nichts!«

»Gib keine Versprechen, die du nicht einhältst. Maria wird nichts geschehen, wenn sie tut, was ich sage. Aber, wenn ich unterwegs auf die Polizei stoße, garantiere ich für nichts. Also, fahr nach Kolding und warte dort. Keine Dummheiten!«

Die Zugfahrt war ein reines Ablenkungsmanöver. Er würde nicht mitfahren, könnte die Frau aber vielleicht glauben lassen, er befände sich mit im Zug. Das würde ihm ein wenig mehr Zeit verschaffen.

»Gut. Alle einsteigen. Ich habe meine Waffe immer noch auf die Rücksitze gerichtet … Also, denkt an Alex und Thea!«

45

Nachdem er die Wohnung betreten hatte, zündete er als Erstes die Teelichter unter den drei Bildern an. Ihnen war er seinen Respekt schuldig. In ihrem Auftrag arbeitete er.

Milica Nicic, die schöne Königin.

Palle Nybro, *best buddy.*

Jakob Jeremiassen, der verlorene Junge.

Anschließend ließ er sich im Mantel auf das Sofa fallen und schaltete den Fernseher ein. Der Gedanke an all die Fernsehsender hatte ihn schnell aus der Hütte aufbrechen lassen. Er zappte die ersten Kanäle durch, um einen Überblick zu erhalten.

TV2: »… und damit steht die Polizei nach dem Mord in den Dünen am Grærup Langsø vor vierzehn Stunden noch immer ganz am Anfang, während die Fahndung nach dem mutmaßlichen Terroristen weiter auf Hochtouren läuft. Insgesamt sind …«

Dänischer Rundfunk: »… Wir ermitteln in verschiedene Richtungen, und selbstverständlich können wir nicht ausschließen, dass es sich beim Täter um dieselbe Person handelt, nach der wir im Moment suchen, also um den pakistanstämmigen Schweden Zulfikkur Wur. Bisher haben wir …«

CNN: »… grauenvolle Nachricht, die uns hier im Sender erreicht hat. Jeremy Fischer wurde nur fünfunddreißig Jahre alt. Er arbeitete die letzten vier Jahre als Europakorrespondent unseres Senders von Paris aus und war ein hochgeschätzter Kollege, der im Dienste des Journalismus, des Senders und der Zuschauer alles seiner Leidenschaft und Überzeugung unterordnete: wichtigen Ereignissen auf den Grund zu gehen. *Fairness* und *Engage-*

ment sind nur einige der Merkmale, die Kolleginnen und Kollegen immer wieder mit Jeremy Fischer in Verbindung bringen. Im Anschluss zeigen wir ein Porträt des unermüdlichen …«

BBC: »… alles, während sich die dänischen Behörden allem Anschein nach blindlings durch die weitläufigen öden Heide- und Waldgebiete entlang der jütländischen Westküste vorantasten. Zulfikkur Wur, der vor wenigen Tagen ein Flugzeug an genau dieser Küste zur Notlandung zwang, ist jetzt der Hauptverdächtige im Mordfall des Journalisten Jeremy Fischer. Fischer wurde gestern Abend erschossen, kurz bevor er für seinen Arbeitgeber CNN live auf Sendung gehen sollte. Die dänische Polizei und der dänische Nachrichtendienst haben keine weiteren …«

SVT: »… sowie Polizei und Spezialeinheiten am Boden. Der mutmaßliche schwedisch-pakistanische Terrorist Zulfikkur Wur ist zum jetzigen Stand der einzige Verdächtige im Fall des Mordes am CNN-Journalisten Jeremy …«

ARD: »… als die dänische Polizei das Gebiet im Rahmen der großangelegten Suchaktion nach ihm durchkämmte. Von der CIA wird Zulfikkur Wur als äußerst gefährlich beschrieben, aber bislang gibt es kein bestätigtes Motiv für den Mord an …«

Es sah vielversprechend aus, nein, es sah fantastisch aus. Durch sein präzises Eingreifen hatte er – zumindest für einen Augenblick – das Bild der Weltpresse auf die Terroristensuche umgekehrt.

Er drehte sich um und lächelte ihnen zu, Milica, Palle und Jakob. Wenn jemand verstand, dass er die Sache selbst in die Hand hatte nehmen müssen, dann sie.

Kein Sender hatte die Idioten von den Menschenrechtsorganisationen und ihre irrsinnigen Behauptungen auch nur ansatzweise erwähnt. Warum auch? Er wusste schließlich, wie diese Geier tickten. Von Sarajewo bis nach Kabul, überall war es dasselbe. Wenn sie einen frischen Kadaver fanden, schaute keiner mehr auf das, was vorher war.

Der Effekt würde natürlich nachlassen, aber in diesem Moment hatte er die Tagesordnung bestimmt.

Er fühlte sich unglaublich wohl. Entspannt und im Gleichgewicht. Nichts auf der Welt schien ihn in diesen Sekunden aus der Fassung bringen zu können. Er wollte diesen Augenblick genießen, wohl wissend, dass diese Mission wahrscheinlich seine letzte war – und dass bald wieder der quälende Alltag begann.

In der Küche schenkte er sich ein Glas Milch ein und schmierte ein Brot mit Salami und eines mit Leberwurst. Jetzt spürte er eine gewisse Müdigkeit. Heute war möglicherweise einer der seltenen Tage, an denen er sich ins Bett legte – und sofort einschlief.

Tatsächlich war der Rückweg nicht so schwer gewesen wie der Hinweg. Von Westen her hatte eine leichte Brise geweht, sodass er auf dem letzten Stück Rückenwind gehabt hatte. Auf der gesamten Strecke bis Blåvands Huk und durch die Esperance Bucht war er ungefähr anderthalb Kilometer von der Küste entfernt geblieben. Wie auf dem Hinweg hatte er die langgestreckte Landzunge Skallingen zu Fuß überquert. Ungefähr auf der Höhe von Svenskeknolde war er an Land gegangen, hatte das Kajak geschultert und die zweieinhalb Kilometer quer über die Landzunge zurückgelegt, ehe er das Boot in der Bucht von Ho wieder ins Wasser ließ. Mit der Abkürzung über Land hatte er auf beiden Wegen etwa zehn Kilometer Paddeln eingespart, also war es die Anstrengung auf jeden Fall wert gewesen. Zum Schluss musste er nur noch geradeaus durch die Bucht von Ho, direkt auf die steilen Klippen vor Sjelborg zu, wo seine kleine Hütte stand und wo er das Kajak lagerte.

Hier hatte er seine Ausrüstung verstaut und bis in die frühen Morgenstunden versucht, einzuschlafen, jedoch erfolglos. Irgendwann war er aufgestanden und dann mit dem Fahrrad zurück in seine Wohnung gefahren.

Er leerte das Glas in einem einzigen, großen Zug. Doch … jetzt konnte er schlafen.

46

An einem Samstagvormittag wie diesem waren viele Menschen auf den Straßen. Er wusste zwar nicht, wie viele Einwohner die Stadt genau hatte, aber ein Dorf war Esbjerg definitiv nicht. Auf dem letzten Stück durch die Innenstadt hatte er auf der Rückbank zwischen den Kindern Platz genommen.

Er hatte sich die schwarze Kappe des Ehemanns aufgesetzt und trug eine Lesebrille aus dem Handschuhfach. Die Brille saß auf seiner Nasenspitze, damit er über den Gläserrand schauen konnte. Frisch rasiert, einigermaßen getarnt durch Kappe und Brille, gut gekleidet und in Gesellschaft einer Frau fühlte er sich nicht sonderlich exponiert.

Vor wenigen Augenblicken waren die Frau und er am Marktplatz aus dem Auto gestiegen. In der Mitte des Platzes befand sich ein Reiterstandbild, genau wie die Statue Karls X. Gustav zu Hause auf dem Stortorget, nur war der hiesige Reiter vielleicht nicht ganz so füllig. An einer Ecke des Platzes fiel Zulfikkur Wur eine Tourist-Information auf, die in einem hübschen, alten Gebäude mit Turm untergebracht war.

Er zog die Kappe ein wenig tiefer ins Gesicht, schlang seinen Arm um die deutsche Frau, und gemeinsam schlenderten sie in aller Ruhe über das Kopfsteinpflaster des Marktplatzes wie ein ganz gewöhnliches Pärchen auf einem Einkaufsbummel. Ganz offensichtlich behagte Maria die Situation nicht, aber sie hielt sich an die Absprache und setzte sich nicht zur Wehr.

An der Fußgängerzone, die quer über den Markplatz verlief, blieben sie zögernd stehen. Entlang der Straße rechts von ihnen befanden sich die meisten Geschäfte, und sie folgten ihr langsam, während er seinen Blick über die Fassaden gleiten ließ. Zum Glück wurde er schnell fündig – ein Schaufenster bewarb viele verschiedene Modelle in allen möglichen Farben.

Er brauchte ein Handy, ein einfaches Modell ohne Vertrag – und eines, das er in bar bezahlen konnte. Nicht, dass er vorgehabt hätte, viel zu reden, aber er ahnte, dass die Suche nach einer öffentlichen Telefonzelle und damit nach einer sicheren Leitung viel Zeit in Anspruche nehmen würde. Telefonzellen gehörten längst der Vergangenheit an. Nicht einmal in Malmö hätte er gewusst, wo noch eine stand.

Der Kontakt nach außen war eine Voraussetzung dafür, dass sein Plan funktionierte.

Nachdem er Maria genaue Instruktionen gegeben hatte, drückte er ihr einen Tausendkronenschein in die Hand und betrat den Laden nach ihr. Sie war effektiv. Vielleicht dachte sie, je schneller alles über die Bühne ging, desto schneller wäre sie wieder mit ihrer Familie vereint. Ohne zu hadern, tippte sie einem freien Mitarbeiter auf die Schulter und erklärte – wie vereinbart auf Englisch –, wonach sie suchte. Wenige Minuten später verließen sie den Laden wieder mit einem Mobiltelefon in der Hand. Wie der Verkäufer beteuert hatte, war der Akku des Geräts sogar bereits ein wenig geladen. Das passte ausgezeichnet zu seinem Plan.

Sie gingen zurück über den Marktplatz und in einen Kiosk, in dem Maria eine Handvoll Guthabenkarten besorgen sollte. Damit sicherte er sich eine Leitung, die nicht nachverfolgt werden konnte. Jetzt musste er umgehend Kontakt zu Abdul T. aufnehmen, damit alles so klappte wie vorgesehen. Um sein eigentliches Anliegen vorzubringen, war nur ein einziger Anruf nötig, aber sobald er auflegte, würde das »System« die Arbeit aufnehmen. Hinter den Kulissen würde man auf mehreren verschlungenen

Wegen weitere Leute kontaktieren, ehe seine Anfrage an der richtigen Adresse ankam.

Maria und er gingen erneut die Fußgängerzone entlang und bogen in die erste Seitenstraße ab. Dort wies er sie an, vor einem Schaufenster stehen zu bleiben, während er sich so weit entfernte, dass sie ihn nicht mehr hören konnte.

Dann wählte er die Nummer, die er selbst im Schlaf auswendig aufsagen konnte. Es war die Nummer eines kleinen Gemüsehandels in der Wrangelstraße in Berlin Kreuzberg.

Er hielt sich an das Standardprozedere und stellte sich als Muhammed von Nordisk Frugt & Grønt vor. Die jugendliche Stimme am anderen Ende der Leitung bat ihn, einen Augenblick zu warten, ehe sich eine zweite, tiefere Stimme meldete.

»Guten Tag, was kann ich für Sie tun?«

»Es geht um die Farbe Rot.«

»Aha.«

»Reife, rote Tomaten von der Sorte Gemini F1.«

»Einen Moment, ich verbinde«, hieß es nach einer kurzen Pause.

Als eine neue, freundliche Stimme in der Leitung erklang, wiederholte er das Ritual, fragte nach der Farbe Rot und nach Gemini F1. Er kannte die Stimme gut, und er wusste, zu wem sie gehörte.

»Schieß los«, sagte die Person kurz und knapp.

Den Notizzettel hielt er bereits in der Hand.

»Es geht um ein Kajak des Modells Eski 550. Der Hersteller kommt aus Deutschland, Sport Kettmann GmbH.«

Langsam diktierte er die Seriennummer und gab auch Name und Telefonnummer des dänischen Händlers in Horsens durch. Der Mann am anderen Ende wiederholte alles.

»Korrekt. Ich möchte Abdul T. bitten, den Besitzer des Kajaks ausfindig zu machen – inklusive Adresse. Ich melde mich in vier Stunden wieder.«

Er legte auf.

Eine andere Möglichkeit sah er nicht, es war die einzige in seiner unsicheren Situation. Im schlimmsten Fall wohnte der Besitzer des Kajaks in Kopenhagen oder an einem anderen weit entfernten Ort, was einem Fiasko gleichkäme. Viel besser wäre es – und das erschien ihm auch viel logischer –, wenn der Besitzer in der näheren Umgebung wohnte, am allerliebsten natürlich in Esbjerg selbst.

Hatte der Besitzer das Boot irgendwann aber einmal privat weiterverkauft, stünde Wur mit leeren Händen da. Das würde ihn vor eine neue Herausforderung stellen, die ihm in der aktuellen Lage absolut aussichtslos vorkam.

Noch vier Stunden. Dann wusste er, ob er noch eine Chance hatte oder ob er geliefert war. Denn auf eines konnte er sich verlassen: Abdul T. würde seine Aufgabe erledigen, auch wenn er nicht wusste, wie.

In Wahrheit war dies sogar eine der leichtesten Aufgaben, die er Abdul jemals gestellt hatte.

Maria wartete gehorsam vor dem Schaufenster einer Modeboutique. Er nahm sie bei der Hand und steuerte wieder auf die Fußgängerzone zu, die laut dem Schild am Eckhaus Kongensgade hieß. Während sie die Straße entlangspazierten, versuchte er, seine Gedanken chronologisch zu ordnen, um eine Einkaufsliste zu erstellen.

»Føtex« stand in großen Buchstaben über dem Geschäftseingang in einer Seitenstraße. Anscheinend ein Supermarkt, der für seine Zwecke vermutlich ausreichen würde.

Inzwischen war es Nachmittag geworden, und sie betraten den Bahnhof der Stadt. Ein stattliches Backsteingebäude, das am Ende eines kleinen Platzes thronte und im Vergleich mit den umliegenden Gebäuden wie eine historische Perle wirkte.

In zwanzig Minuten waren die vier Stunden Wartezeit um, und er würde ein zweites Mal in Berlin anrufen.

Sie hatten sich die Zeit mit einem Besuch bei McDonald's vertrieben, während dem er den Akku seines neuen Handys diskret aufgeladen hatte. Sie hatten etwas gegessen, ohne ein Wort miteinander zu wechseln. Maria war über die gesamte Dauer ihres Samstagsausflugs stumm geblieben. Sein Appetit war nach einigen Happen bereits wieder verflogen, obwohl er vorher Hunger gehabt hatte. Allein war er noch nie bei McDonald's gewesen, immer nur zusammen mit *ihnen*. Die Kinder quengelten und bettelten jedes Mal, worauf genauso Verlass war wie darauf, dass er jedes Mal nachgab.

Außerdem hatte er seine kleinen Einkäufe erledigt, und sie hatten im Bahnhof bereits einen Blick auf den Zugfahrplan geworfen – sowie zwei Fahrkarten gekauft. Anschließend hatte er eine Weile am Gleis gestanden und seine Optionen geprüft. Er musste die deutsche Frau jetzt loswerden, egal, zu welchem Ergebnis Abdul T. kam. Sie bremste ihn nur.

Das eine Zugticket war für sie, für eine Fahrt von Esbjerg nach Odense. So konnte sie wie besprochen in Odense aussteigen und weiter nach Kolding fahren, wo ihre Familie auf sie wartete. Das andere Ticket galt für eine einfache Verbindung nach Kopenhagen. Es war für ihn.

Der Zug stand bereits am Gleis und wartete. Natürlich war der Bahnsteig videoüberwacht, und das wollte er sich zunutze machen.

»Wenn wir im Abteil sind, setzt du dich auf die linke Seite. Ich werde den Platz direkt hinter dir nehmen. Während der Fahrt haben wir unter keinen Umständen Kontakt zueinander, wir kennen uns nicht. Versuchst du trotzdem, dich umzudrehen, etwas zu sagen oder mich etwas zu fragen, dann wirst du nicht aussteigen, sondern mit mir bis nach Kopenhagen fahren. Also …

Wenn ›Odense‹ durchgesagt wird, steigst du aus und nimmst einen anderen Zug nach Kolding. Dann könnt ihr weiter nach Hause fahren. Nach … Wo wohnt ihr noch mal?«

»In Bielefeld …«

»Genau, nachdem ihr die Polizei alarmiert habt.«

»Wie mein Mann versprochen hat: Wir werden nichts sagen.«

»Und ich bin der Weihnachtsmann. Wie auch immer, danke für den netten Tag und eine gute Heimreise.«

»Sie werden nicht weit kommen. Wir wissen, was Sie getan haben, Sie sind ein Terrorist und Mörder!«

»Das ist offenbar mein Los. Was ist deines, was arbeitest du?«

»Ich bin Juristin bei der Staatsanwaltschaft.«

»Tja, vielleicht ist das so etwas wie die Ironie des Schicksals. Steigen wir ein.«

Sie betraten den Waggon und setzten sich. Maria nahm auf der linken Seite Platz, während er sich auf den Sitz hinter ihr fallen ließ. Zum Glück waren nur wenige andere Passagiere im Zug, und es passte hervorragend in seinen Plan, dass ein paar Plätze weiter eine Gruppe lärmender Teenager saß.

Er behielt die Uhr im Blick. Zwei Minuten vor der Abfahrt stand er leise auf und schlich sich so vorsichtig wie möglich aus dem Abteil, während die Jugendlichen herumalberten und laut lachten. Im Eintrittsbereich öffnete er die Tür gegenüber und stieg nach unten ins Gleisbett, bevor er die Zugtür wieder von außen schloss.

Niemand hatte bemerkt, dass er ausgestiegen war. Er sprintete über die Schienen und ging hinter mehreren Waggons in Deckung, die auf einem Nebengleis standen. Hier würde er einige Minuten warten, ehe er am hinteren Gleisende unauffällig wieder auf den Bahnsteig kletterte – und sich auf den Weg zurück in die Stadt machte.

Wenn es in der hiesigen Polizei kluge Köpfe gab – und das gab es mit Sicherheit, denn einer von ihnen hatte kastanienbraunes Haar –, dann würde man augenblicklich die Überwachungsaufzeichnungen anfordern, sobald das deutsche Ehepaar Alarm schlug. Nach der Durchsicht der Überwachungsbänder wüsste die Polizei, dass die deutsche Frau und er mit dem Zug aus Esbjerg verschwunden waren.

Bis es so weit war, konnte er sich einigermaßen frei bewegen, aber trotzdem warf er ständig einen Blick über die Schulter, um sich zu vergewissern, dass ihn niemand verfolgte. Er schaute auf die Uhr. In fünf Minuten würde er in Kreuzberg anrufen. In fünf Minuten wusste er, ob er eine Chance hatte, seinen Plan durchzuführen.

47

Obwohl sie Licht und Bewegungen registrierten, schienen Ninas Augen nicht richtig in der Lage zu sein, die entsprechenden Botschaften ans Gehirn weiterzuleiten. Alles schien verzögert zu ihr durchzudringen.

Sie war müde. Ihr Körper war so übernächtigt, dass sie sich an die Wand lehnen und sofort hätte einschlafen können. Aber sie musste weitermachen. Sie alle mussten weitermachen.

Einer der kleinen Konferenzsäle des Strandhotels war zur temporären Einsatzleitzentrale von Polizei, PET und Spezialkräften umfunktioniert worden. Gemeinsam mit zwei von Tarps Männern holte Nina gerade Informationen über die Tatwaffe ein. Theoretisch gab es Dutzende Möglichkeiten, aber in dieser Ecke Westjütlands war ein Jagdgewehr die nächstliegende und am einfachsten zu beschaffende Waffe.

Wie die Ermittlungen ergeben hatten, war Jeremy Fischer, der CNN-Journalist, mit Spezialmunition getötet worden. Bei der besonders durchschlagkräftigen Patrone handelte es sich um eine .338er Magnum des finnischen Munitionsherstellers Lapua.

Laut eines Kollegen der Technischen Abteilung hatte man diese Spezialmunition vor allem für militärische und polizeiliche Scharfschützengewehre entwickelt, und sie war unter anderem in den Kriegen in Afghanistan und in Irak zum Einsatz gekommen. In den letzten Jahren wurde die Lapua Magnum aber auch vermehrt für Jagdzwecke verwendet, da man mit einer solchen Patrone so gut wie jedes Wild erlegen konnte. Allerdings diskutierte man in Fachkreisen, ob sich das Kaliber der finnischen Firma auch für Flusspferde, Nashörner oder Elefanten eignete.

Wer besaß solche Munition? Wer besaß ein Gewehr mit den entsprechenden Eigenschaften? Jemand aus dem Militär? Soldaten gab es in der Gegend zuhauf, schließlich befand sich die Kaserne Oksbøl doch gerade um die Ecke. Jemand von der Polizei? Auch von Polizisten wimmelte es hier. Und was war mit Jägern? Konnte es einer der unzähligen gewöhnlichen Jäger von hier sein, oder mussten sie die Kategorie der Großwildjäger mit ins Auge fassen?

Hinzu kamen noch eine ganze Reihe weiterer Fragen. Falls – und nur falls – es sich beim Täter um den gesuchten Zulfikkur Wur handelte, wie um alles in der Welt war er dann an eine Waffe und an diese Munition gekommen? Das hieß, sie mussten in der Umgebung nach Einbrüchen suchen. Falls es nicht Wur war, wer dann? Ein kaltblütiger *Killer* oder ein verblendeter Fanatiker, der zu einer der genannten Gruppen gehörte? Ein Soldat, Polizist oder Jäger?

Von einem Motiv ganz zu schweigen. Ein Motiv bildete den eigentlichen Kern ihrer Arbeit. Hatten sie es ermittelt, erleichterte das alles und führte oft dazu, dass sich die Zahl der möglichen Schuldigen eingrenzen ließ. Aktuell hatten sie nicht einmal den Ansatz eines Motivs. Aus welchem Grund sollte ein unter massivem Druck stehender mutmaßlicher Terrorist einen Journalisten umbringen und damit seine Position im Gelände preisgeben? Und warum sollte eigentlich überhaupt jemand mit einer Magnumpatrone auf einen ihm aller Wahrscheinlichkeit nach unbekannten Reporter von CNN schießen?

Seit dem frühen Morgen hatten sie eine Theorie nach der anderen durchgekaut – und wieder verworfen.

In Ninas Kopf lief jeder Gedanke wie in Zeitlupe ab. Sie brauchten einen Durchbruch in dem Fall, einen blitzschnellen Durchbruch, aber bisher hatten sie nicht einmal die Position des Schützen in den Dünen ausfindig machen können. Im Sand gab es zwar mehrere Spuren, aber welche davon war die richtige? Natürlich hatten sie dort technische Untersuchungen durchgeführt, aber hauptsächlich, weil das Routine war.

Sie hatte sich gefühlt wie ein Wackelpudding, als sie morgens um halb fünf vom Hubschrauber auf dem Hotelparkplatz abgesetzt worden war. In dem Zimmer, das man ihr zur Verfügung gestellt hatte, war sie sofort ins Bett gekrochen, nur um gerade einmal zweieinhalb Stunden später wieder aufzuwachen. Sie konnte nicht länger schlafen. Die Unruhe in ihrem Kopf und ihrem Körper war einfach zu stark, also konnte sie genauso gut auch wieder aufstehen. Sie kannte das Gefühl – eine Mischung aus Wut und Irritation, die denselben Effekt hatte wie mehrere Kilo Koffein.

Als einziges Erfolgserlebnis konnte sie immerhin festhalten, dass sie inmitten des Chaos daran gedacht hatte, in Sønderho anzurufen. Dort vernahm sie eine gewisse Besorgnis darüber, dass sie sich, anders als üblich, am Vorabend nicht gemeldet hatte. Nina fehlte jedoch die Kraft, von den extremen Erlebnissen der letzten Stunden zu berichten – den Stunden unter der Erde und denen in der Luft –, daher beschränkte sie sich auf eine knappe Standardversion von »Stress«. Um Jonas konnte sie sich immer noch nicht kümmern.

Tim Wejse war erst vor einer Stunde aus seinem Hubschrauber gestiegen und gönnte sich jetzt eine oder zwei Stunden Schlaf. Mehr bekam keiner von ihnen. Niemand war ausgeruht, was nicht gerade die besten Voraussetzungen für scharfsinniges Denkvermögen schuf.

Es herrschte eine hektische Stimmung. Im Lauf des Abends und der Nacht waren keine Spuren von Wur gefunden worden – oder die eines anderen Täters. Mit dem ersten Tageslicht hatte dann eine regelrechte Treibjagd durch das Ferienhausgebiet begonnen, das durch Straßensperren und Geländepatrouillen inzwischen hermetisch abgeriegelt war. Die Jagd lief noch immer, in der Hoffnung, Zulfikkur Wur jetzt in die Ecke gedrängt zu haben. Hundeführer, Beamte und die Männer des AKS gingen von Tür zu Tür und durchkämmten das Gebiet nun schon zum zweiten Mal.

Bislang gab es keine Berichte über Spuren des Gesuchten oder sonstige verdächtige Beobachtungen, aber wenn Wur sich wie eine Maus in einem Lock verkrochen hatte, dann konnten sie ihn jetzt jeden Augenblick finden.

Ulbæks Handy klingelte.

»Das kann ja wohl nicht wahr sein!«, brach es Sekunden später aus ihm heraus.

Damit Polizeikommissar Johnny Ulbæk mit seinem beinahe gesungenen fünischen Dialekt und dem entsprechenden Temperament derart aus der Haut fuhr, bedurfte es schon einer Menge.

»Das kann doch wohl nicht wahr sein!«

Nachdem er einige Minuten telefoniert hatte, beendete er das Gespräch mit dem Versprechen, sofort zu kommen, und er bat darum, die Bereitschaftspolizei zu kontaktieren.

Nina gelang es, ihren Blick gerade scharf genug zu stellen, dass sie den ungläubigen Ausdruck in Ulbæks Gesicht erkannte.

»Was ist los?«, fragte sie mechanisch.

»Das glaubst du nicht.«

»Versuch's mal.«

»Das eben war Johansen. Er steht an der Zufahrtsstraße außerhalb der Stadt. Sie sind von drei Busladungen Demonstranten umzingelt, mit Bannern, Megafonen und so weiter. Das ganze Programm.«

»Wer sind sie? Und was wollen sie?«

»Einige gehören wohl zu irgendeiner ›Humanistischen Volksfront‹, andere zum ›Schwarzen Heer‹, und dann sind da noch irgendwelche Spinner von ›Soziales Gewissen‹ oder so – jedenfalls irgendwas mit ›sozial‹. Bei dem Lärm im Hintergrund habe ich das nicht so genau verstanden. Sie wollen sich Zugang zu dem Gebiet verschaffen, entweder durchbrechen sie die Absperrungen oder sie schleichen sich nachts rein, sagen sie.«

»Und warum?«

»Sie wollen Zulfikkur Wur vor einem Justizmord retten … Wenn sie ihn gefunden haben, wollen sie ihn dazu überreden, sich zu stellen – vor laufenden Kameras, damit es in der Öffentlichkeit geschieht und Wur somit indirekt abgesichert ist.«

»Justizmord klingt wirklich gruselig. Aber bei uns ist er doch in sichereren Händen, als wenn er nach Rumänien verschleppt worden wäre.«

»Unter den Demonstranten ist auch ein Parlamentsabgeordneter. Dieser junge, große von den Rot-Grünen.«

»Benny Gunde. Ein ganz schöner Draufgänger, aber dumm ist er definitiv nicht.«

»Genau, Gunde.«

»Also wird aus der Sache schnell ›ein Fall‹, und die Presse hat neuen Stoff für heute Abend.«

»Ich muss los. Entschuldigst du mich bei der Besprechung? Du hast sie doch nicht vergessen, oder?«, fragte Ulbæk.

»Klar, mache ich.« Nina schaute auf die Uhr. »Sie fängt in einer Viertelstunde an.«

Ulbæk zog los. Sie hatte die Besprechung, die Hector Torres inmitten der allgemeinen Hektik einberufen hatte, tatsächlich vergessen. Seit dem ersten Treffen im Büro des Polizeidirektors hatte sich der Abgesandte der CIA, dessen Aufgabe anscheinend darin bestand, für Ordnung zu sorgen, ziemlich bedeckt gehalten. Nina hatte den Eindruck, dass er die meiste Zeit endlose Telefonate geführt und mit dem PET-Chef Ove Gudmundsen in Meetings gesessen hatte.

Sie widmete sich wieder der Arbeit. Sobald sie den Blick auf das Papier vor sich richtete, wollten ihre Augen sofort zufallen. Es war eine Mitgliederliste des Dänischen Jagdverbands, mit dessen Sekretariat sie gesprochen hatte. Insgesamt gab es neunhundert Jagdvereine in Dänemark, die sich auf acht Bezirke verteilten. Grob geschätzt hatte der Verband 95.000 Mitglieder, wobei die Zahl nicht ganz aussagekräftig war, denn man konnte ohne Weiteres Mitglied in mehreren Jagdvereinen sein, und trotzdem … Alles in allem besaßen etwa 160.000 Dänen einen Jagdschein.

Wie sollte ausgerechnet sie in der Lage dazu sein, unter so vielen Namen den richtigen Jäger ausfindig zu machen? Sie schloss für zwei Sekunden die Augen. Es war so angenehm, der Schwere in den Lidern nachzugeben. Wenigstens für ein paar weitere Sekunden.

»Portland! Besprechung, jetzt! Ich glaube, mein Hamster bohnert, sitzt du etwa hier und schläfst?«

Birkedals Gebrüll erweckte sie wieder zum Leben. Es kam von der Tür. Nina öffnete schwerfällig die Augen, sie war allein im Zimmer. Die beiden PET-Beamten waren gegangen. Sie konnte höchstens ein paar Minuten geschlafen haben, und ausgerechnet jetzt musste er angerauscht kommen. In seinem Tonfall war keine Spur von Mitgefühl.

»Hast du nicht gehört, die Besprechung fängt jetzt an!«

»Entspann dich. Ich habe die ganze Nacht in einem Hubschrauber gesessen, deshalb hatte ich nicht viel Schlaf, und außerdem ist es allerhöchstens fünf Minuten her, dass ich …«

»Los jetzt, die anderen warten schon. Wir müssen nur ans andere Ende des Flurs. Hast du gehört, dass da draußen über Hundert Protestler herumrennen und Zulfikkur Wur ›befreien‹ wollen?«

»Ulbæk hat es erzählt, ja. Als hätten wir nicht schon genug

Probleme. Sag mal, wieso denkt Torres eigentlich, wir hätten jetzt Zeit für eine Besprechung – mitten in diesem Chaos?«

»Keine Ahnung. Blix hat die Besprechung anberaumt, auf Veranlassung von Torres. Man kann es sich eben nicht aussuchen.«

Gemeinsam betraten sie das kleine Besprechungszimmer, in dessen Mitte nur ein einziger großer Konferenztisch stand. Alle waren versammelt, Blix und seine Vorgesetzten sowie PET-Chef Tarp mit seinen Leuten. Nina überraschte es, dass auch Tim Wejse mit am Tisch saß. Er sah aus, als hätte er bis vor drei Minuten noch selig unter der Bettdecke geschlummert. Nur Ulbæk fehlte, der im Augenblick sicher mit Demonstranten und diversen Organisationsvertretern diskutierte.

Hector Torres löschte das Licht in dem kleinen Raum, zog die Gardinen zu und setzte sich an das Tischende, wo ein Laptop und ein Projektor vor einer weißen Leinwand bereitstanden.

Nickend begrüßte Nina die anwesenden Herren und nahm neben Birkedal Platz. Ob sie sich jetzt wohl auf eine Diashow von Torres' letztem Honolulu-Urlaub freuen durften?

Der CIA-Mann betätigte die Fernbedienung, und ein Bild erschien auf der Leinwand. Es zeigte einen Jungen mit hellbrauner Haut, vielleicht fünf oder sechs Jahre alt, der zwischen einem Paar stand, wahrscheinlich die Eltern. Links eine weiße Frau mit kurzem Pagenschnitt und großer Brille, rechts ein dunkelhäutiger Mann mit Kinnbart und einer kleinen Brille mit Goldrand.

»Dieses Bild stammt aus dem Jahr 1975. Die Frau ist Maureen Greenway, der Mann Raheem Kakazai. Greenway war zum damaligen Zeitpunkt Mathematikprofessorin an der University of Wisconsin in Milwaukee. Dort verliebte sie sich in einen Gastdozenten, ebenjenen Raheem Kakazai aus Karatschi in Pakistan, der als Professor für internationale Wirtschaft lehrte. Der Junge ging aus ihrer Ehe hervor, er blieb ein Einzelkind. Sein Name ist Jonathan Greenway.«

Rund um den Tisch wuchs die Aufmerksamkeit, und alle schauten konzentriert auf das Bild. Torres zeigte das nächste Foto, auf dem ein Junge im Teenageralter zu sehen war. Er trug Sportkleidung, Schulterpolster und hatte einen Footballhelm unter den Arm geklemmt.

»Auch das hier ist Jonathan Greenway. Inzwischen ist er siebzehn Jahre alt und besucht die Bay View High School in Milwaukee. Er ist ein besonders begabter Schüler und ein talentierter Sportler, ausgezeichnet als bester Footballspieler seines Jahrgangs. Seinen Lehrern zufolge hat er bereits ein festes Ziel für seine Zukunft. Der junge Jonathan möchte Geschichtsprofessor werden.«

Wieder wechselte Torres das Bild.

»Hier ist er neunzehn und steht vor der Boston University, an der er gerade ein Studium an der Historischen Fakultät aufgenommen hat.«

Ein weiteres Foto erschien, ein eher unerwartetes.

»Jetzt befinden wir uns im Jahr 1990 … Saddam Hussein hat Kuwait besetzt. Als Marineinfanterist nimmt der dreiundzwanzigjährige Jonathan Greenway an der Operation Desert Storm teil. Auf seinem rechten Unterarm ist das Motto des Marinekorps, ›Semper Fidelis‹, tätowiert.«

Niemand räusperte sich oder rutschte auf dem Stuhl hin und her. Sogar Tim schien in Rekordzeit hellwach geworden zu sein. Torres zeigte ein letztes Bild. Sie hatten es alle schon zuvor gesehen.

»Dieses Bild von Jonathan Greenway kennen Sie bereits. Es ist nur wenige Tage alt und wurde während seines Aufenthalts auf Island gemacht. Inzwischen hat er den Namen Jonathan Greenway abgelegt – und nennt sich Zulfikkur Wur. Er ist der Mann, nach dem Ihre Leute hier draußen suchen.«

»Unfassbar …« Blix biss sich auf die Unterlippe. »Ganz ähnlich sieht er ihm aber nicht, oder täusche ich mich?«

»An Kinn, Wangen und Nase hat er plastisch-chirurgische Eingriffe vornehmen lassen, und die Tätowierung wurde entfernt. In jedem Fall ist es eine bemerkenswerte Verwandlung, die allerdings einem Muster folgt, das wir im Hinblick auf internationalen Terrorismus schon öfter beobachtet haben.«

Birkedal kam Nina mit einem unzufriedenen Grummeln zuvor.

»Warum erzählen Sie uns das alles? Und warum in aller Herren Namen erst jetzt?«

»Bevor ich darauf antworte, würde ich die Geschichte über Jonathan Greenway gern zu Ende erzählen. Sie ist nämlich noch … spektakulärer. Ist das in Ordnung?«

Die Tonlage von Birkedals Grummeln änderte sich geringfügig, was wohl als eine Art Zustimmung aufgefasst werden musste.

»Wir haben also zwei Akademikereltern und einen jungen Burschen mit einer vielversprechenden universitären Karriere vor sich. Für seinen Abgang von der Universität nach nicht einmal einem Jahr gibt es bis heute keine überzeugende Erklärung, abgesehen davon, dass er nach dem Wegzug aus Milwaukee ein wenig isoliert war. In den folgenden vier bis fünf Jahren hat er nur sporadischen Kontakt zu seinen Eltern, die nichts davon ahnen, dass er auf bemerkenswerte Weise für unser berühmtes Marinekorps angeworben wird.«

Torres schenkte Birkedal ein kurzes Lächeln, vielleicht um seine Ungeduld zu besänftigen. Dann fuhr er fort.

»Wenn die Geschichte wenigstens *nur* um einen jungen Mann ginge, der plötzlich gegen das akademische Milieu aufbegehrt, um einen jungen Mann, der nach seiner Herkunft und seinen Wurzeln sucht, deshalb konvertiert und Muslim wie sein Vater wird, wenn es *nur* das wäre, mein Gott, dann wäre es eben so. Aber so ist es nicht. Jonathan Greenway bleibt Jonathan Greenway, bis er im März 2002 in Afghanistan verschwindet. Einige

Jahre nach dem Golfkrieg verlässt er das Marinekorps und schließt sich einer Spezialeinheit des Heeres an, der Delta Force, die in Fort Bragg, North Carolina, stationiert ist. Die Einheit wurde im Dezember 2001 bei Kämpfen im Tora-Bora-Höhlensystem in Afghanistan eingesetzt, wo man Osama bin Laden vermutete. Im Rahmen der sogenannten Operation Anaconda wird die Delta Force im März 2002 erneut eingesetzt, diesmal um al-Qaida- und Taliban-Verbände im gesamten Shahi-Kot-Tal zu bekämpfen. Jonathan Greenway war Mitglied der Aufklärungstruppe, die an einem Abend Anfang März unter Beschuss geriet.«

Hector Torres schaltete den Projektor aus, und im Zimmer wurde es dunkel.

»Seit diesem Tag hat ihn niemand mehr gesehen. Heute ist Jonathan Greenway offiziell für tot erklärt. Fälle wie ihn bezeichnen wir als MIA, *Missing in Action*.«

Torres stand auf und zog die Gardinen wieder zur Seite. Das hereinfallende Licht blendete sie.

»Und obwohl er also all die Jahre als tot galt – ist er heute quicklebendig, dreiundvierzig Jahre alt, nennt sich Zulfikkur Wur, ist verheiratet mit einer Schwedin, hat zwei Kinder und besitzt sogar die schwedische Staatsbürgerschaft. Wie kann das sein? Reine Magie? Nein, ganz im Gegenteil. Für Greenway war es ein ausgeklügelter und langwieriger Prozess, sich eine neue Identität zu beschaffen. Ebenso wie es ein langer und beschwerlicher Weg für uns war, ihm auf die Schliche zu kommen. Die Leute von Human Rights Watch haben so gesehen sogar vollkommen recht mit ihren Behauptungen und ihrer Version von Zulfikkur Wurs Lebensgeschichte. Was die Organisation allerdings nicht weiß, ist, dass Jonathan Greenway die Identität des echten Zulfikkur Wur übernommen hat. Wur kam im Frühjahr 2002 ums Leben, als ein Bus einen Abhang hinabstürzte. Der

Name Wur gehört zu einem Geschlecht von Stammesführern, genau wie der Name von Greenways Vater, Kakazai. Kakazai verstarb übrigens vor mehr als zehn Jahren an Krebs. Sowohl die Kakazais als auch die Wurs stammen aus Bajaur, dem nördlichsten der Stammesgebiete Pakistans. Beide Familien sind rund um das Tal von Watelai zu Hause, und beide sind Unterfamilien des paschtunischen Tarkani-Stamms. Also hat die Familie von Jonathan Greenway tatsächlich enge Verbindungen zur Familie von Zulfikkur Wur. Können Sie mir bis hierher folgen?«

Rund um den Tisch wurde genickt, während Birkedal ungeduldig mit dem Finger auf seinen Oberschenkel trommelte.

»Wie genau es vonstatten gegangen ist, wissen wir nicht, aber nachdem er desertiert und in die Heimat seines Vaters geflohen ist, muss Jonathan seine Chance gesehen haben, als der echte Zulfikkur Wur starb. Sie waren ungefähr im gleichen Alter und ähnelten einander nicht nur von der Statur, sondern auch vom Aussehen her. Möglicherweise hat Greenway Geld dafür bezahlt, Zulfikkur Wurs Identität übernehmen zu dürfen, vielleicht hatten sie aber auch gemeinsame Ideale, oder es gab andere gute Gründe; in jedem Fall muss das Oberhaupt des Wur-Clans sein Einverständnis gegeben haben. Und schwupps, schon war Jonathan Greenway tot, während Zulfikkur Wur das Busunglück wie durch ein Wunder überlebt hatte. Sie werden sich jetzt fragen, ob wir das beweisen können? Ja, das können wir. Wir haben mehrere Jahre in dem Fall ermittelt und sind allen Spuren nachgegangen. Es gibt zahlreiche Hinweise, Indizien und diverse vertrauenswürdige Zeugenaussagen aus gesicherten Quellen. Nicht zuletzt sind wir im Besitz von Krankenhauspapieren einer plastisch-chirurgischen Klinik in Lahore. Es handelt sich dabei um Dokumente, von denen Jonathan Greenway glaubte, sie wären entsprechend einer Vereinbarung, für die er gezahlt hat, vernichtet worden – was aber nie geschah. Diverse Papiere und Fotos beweisen, wie

Jonathan mit wenigen leichten chirurgischen Eingriffen zu Zulfikkur wurde.«

Torres holte ein Foto aus einer Mappe und schob es über den Tisch zu Blix.

»Geben Sie das bitte einmal herum. Das könnte ohne Weiteres ein Bild des Mannes sein, nach dem wir aktuell fahnden, nicht wahr?«

Blix nickte nachdenklich.

»In Wirklichkeit ist das ein Foto des echten Zulfikkur Wur. Es fällt schwer, die beiden auseinanderzuhalten. Für Jonathan Greenway war die Transformation nach dem Aufenthalt in der Klinik in Lahore vollbracht, und er war bereit, als neuer Mensch die Welt herauszufordern.«

Jetzt setzte sich Torres wieder auf seinen Platz am Tischende.

»Und nun, Mister Birkedal, antworte ich auf Ihre Frage. Sie erhalten diese Informationen erst jetzt, weil mir Langley aufgetragen hat, sie Ihnen zu geben. Der Bericht von Human Rights Watch hat berechtigte Zweifel an unserer Interpretation und der Gültigkeit unserer Informationen aufkommen lassen. Wir können nicht zulassen, dass unsere Partner Zweifel an uns und unseren Motiven haben. Das ist der Grund.«

»Was ist mit dem Beweismaterial? Können wir es sehen?«, fragte Tarp.

»Momentan nicht. Es handelt sich um streng geheime Unterlagen, so wie auch die gesamte Operation rund um Greenway/Wur strengster Geheimhaltung unterliegt. Wenn Sie die aktuellen Diskussionen in den USA und die aus der gesamten Affäre resultierenden Konsequenzen innerhalb der CIA mitverfolgen können, dann, und das kann ich ruhigen Gewissens sagen, ohne eine Verschwiegenheitsklausel zu verletzen, liegt das daran, dass diese Operation keine offiziell genehmigte war. Möglicherweise wurde sie durch ein stillschweigendes Kopfnicken in Gang gesetzt, dazu kann ich nichts sagen, aber es gibt keinerlei schriftliche Belege.«

Nina drängten sich weitere Fragen auf, aber sie zweifelte daran, dass die Antworten ehrlich ausfallen würden. Sie begann mit einer Frage der eher einfachen Sorte.

»Hatte Jonathan Greenway eine Spezialausbildung als Scharf- oder Präzisionsschütze?«

»Nein, sein Spezialgebiet waren Sprengstoffe, aber als Mitglied einer Spezialeinheit hat er selbstverständlich auch den Umgang mit langläufigen Präzisionswaffen erlernt«, erklärte Torres.

»Man kann also davon ausgehen, dass er die nötigen Kenntnisse und Fähigkeiten für die Hinrichtung des CNN-Journalisten besitzt?«, fragte Nina weiter nach.

»Diese Frage muss ich mit Ja beantworten. Aber es ist über acht Jahre her, dass er Mitglied der Delta Force war. Und das Motiv bleibt trotzdem ein Rätsel.«

»Es wäre für unseren Einsatz sehr zweckdienlich gewesen, wenn Sie um einiges früher die Güte gehabt hätten, uns mitzuteilen, dass wir es mit einem ehemaligen Elitesoldaten zu tun haben.«

Nina kam es vor, als würde sie zum Narren gehalten, aber ihre Bemerkung fiel offenbar in einen anderen Zuständigkeitsbereich.

»Ich will die Gelegenheit nicht versäumen, um darauf aufmerksam zu machen, dass ich äußerst unzufrieden mit Ihrer bisherigen … Informationspolitik bin. Geben Sie diese Nachricht weiter. Welches Ziel verfolgte Greenway eigentlich mit seinem komplexen Manöver? Wieso wollten Sie ihn einem Geheimverhör unterziehen?«, schaltete sich der Polizeidirektor vom anderen Tischende ein.

Nina musste zugeben, dass Blix in diesem Moment deutlich mehr Mumm bewies, als sie ihm zugestanden hätte. Sein Kopf war hellrot vor unterdrückter Wut. Vielleicht war es aber auch nur ein Ausdruck seiner verzerrten Selbstwahrnehmung, wenn er ernsthaft glaubte, irgendeine Rolle in den Überlegungen der CIA zu welchem Thema auch immer zu spielen.

»Das Manöver verschaffte Jonathan Greenway die Möglichkeit, ein neues Leben als ganz normaler Muslim und pakistanischer Durchschnittsbürger zu führen, beziehungsweise, mit einem aufstrebenden Geschäft, das er übernehmen konnte, war die Aussicht auf ein Leben in guten Verhältnissen sicher reizvoll. Außerdem hatte er durch die neue Identität großen Spielraum, was den Job betraf, dem er neben seinen alltäglichen Geschäften nachging. Vielleicht war das nicht von Anfang an so von ihm beabsichtigt, aber so ist es gekommen.«

»Job? Welcher Job? Ich dachte, Sie behaupten, er sei Terrorist?« Blix war immer noch verärgert.

»Nach unserer Auffassung stellte Greenway in islamistischen Kreisen, wo man uns alle am liebsten tot sähe, relativ bald nach dem Identitätswechsel seine besonderen Talente dem jeweils Höchstbietenden zur Verfügung. Dabei denke ich insbesondere an seinen Hintergrund als Sprengstoffexperte.«

»Also wurde er dafür angeheuert, die USS Cole in die Luft zu jagen?«, fragte Tarp.

»Nein, was seine Beteiligung in dieser Sache betrifft, müssen wir zurückrudern. Der Anschlag auf die USS Cole fand 2000 statt, Greenway desertierte aber erst 2002. Was ich Ihnen gerade erzählt habe, ersetzt unsere erste Version der Geschichte über Zulfikkur Wur. Zum vorherigen Zeitpunkt waren wir nicht der Ansicht, dass es zielführend wäre, die Ergebnisse jahrelanger minutiöser Ermittlungen mit anderen Parteien zu teilen. Auch intern mussten wir einige Dinge berücksichtigen … In diesem Punkt haben wir unsere Meinung inzwischen aber geändert. Ich habe Ihnen die Wahrheit dargelegt, wie sie sich von unserer Seite aus darstellt. In den ersten Jahren ließ sich Greenway/Wur für die

Planung und/oder Ausführung einer Reihe von Anschlägen bezahlen. Seine erfolgreiche Firma und sein Leben als eine Art Weltbürger mit einem Mittelpunkt im hochangesehenen Schweden waren die perfekte Tarnung für seine Arbeit als Auftragsterrorist für radikale islamistische Kräfte. Wir nehmen außerdem an, dass sich seine Position innerhalb der letzten Jahre verändert hat. Mittlerweile hält er die Fäden in der Hand, wenn es um Einschätzungen, Analysen, Koordination und die Sicherstellung der Finanzierung im Hinblick auf die bedeutendsten Terrorhandlungen geht – Jakarta, Mumbai und …«

Das Klingeln von Birkedals Handy unterbrach Torres' Ausführungen. Birkedal war schon halb aufgestanden, um aus dem Raum zu gehen, während er redete, doch dann entschied er sich anscheinend anders. Stumm blieb er an der Tischkante stehen und lauschte, ehe er das Telefonat beendete.

»Bring sie sofort zur Vernehmung ins Präsidium und besorg ihnen ein Hotel. Ich bin in einer halben Stunde da«, sagte er so laut, dass alle es mithörten.

Ganz instinktiv kratzte Birkedal sich die glänzende Mähne, die an diesem Tag noch kein Shampoo gesehen hatte. Für einen Moment hatte es den Anschein, als befände er sich ganz in seinen Gedanken und würde gar keine Notiz von den Anwesenden nehmen. Dann sprach er quer über den Tisch:

»Greenway, Wur, oder wie zum Henker er jetzt heißt, ist nicht mehr in der Gegend. Heute Vormittag hat er eine deutsche Familie bedroht und sich von ihr durch die Absperrung schmuggeln lassen. Er ist vor unserer Nase durch Esbjerg spaziert und hat Hand in Hand mit der deutschen Mutter Einkäufe erledigt. Anschließend musste sie gemeinsam mit ihm den Zug nach Kopenhagen nehmen, durfte aber in Odense aussteigen. Sie hat sich direkt bei den dortigen Kollegen gemeldet. Wie verdammt kaltblütig kann ein Mensch sein?«

48

Sie kam sich vor, als wäre sie Teil eines großen Wanderzirkus, der nach einer Skandalvorstellung Hals über Kopf seine Zelte abbrechen musste.

Der alte Löwe war als Erster auf und davon. Polizeiinspektor Erik Birkedal hatte Blix' Versuche, die Leitung der organisatorischen Änderungen an sich zu reißen, schlicht ignoriert. Der Chef der Ermittlungsabteilung hatte einige scharfe Kommandos quer über den Tisch gebellt und den Besprechungsraum im Strandhotel dann im Dauerlauf verlassen.

Es waren einige hektische Stunden gewesen, und ihre Müdigkeit war vollkommen verflogen. Erst jetzt machte sich die bleierne Schwere ihrer Augenlider wieder bemerkbar. Tim, der ihr im Büro gegenübersaß, schien es ganz ähnlich zu ergehen. Zwischen ihnen lag ein leerer Pizzakarton.

Gemeinsam hatten sie die Nachrichten im Fernsehen verfolgt. In einem Beitrag ging es um die vielen Demonstranten draußen in der Heide, die nach der langen Fahrt aus Kopenhagen ziemlich frustriert darüber waren, dass der, den sie hatten retten wollen, sich bereits selbst gerettet hatte. Danach sahen sie Birkedal in seinem Tweed-Aufzug, wie er seinen gewohnten Posten auf dem Bürgersteig vor dem Haupteingang des Präsidiums einnahm und die Zuschauer bat, sich umgehend zu melden, falls ihnen etwas von Interesse auffiel. Der Beitrag endete mit einer Personenbeschreibung Zulfikkur Wurs und einem bearbeiteten Fahndungsfoto, das ihn ohne Bart zeigte.

»Könnten wir zur Abwechslung nicht wenigstens dieses eine

Mal ein klitzekleines bisschen Glück auf unserer Seite haben?«, fragte Nina, während sie sich einen Pizzafinger sauber leckte, und schaute zur Decke, um ihrem Gebet zusätzliche Kraft zu verleihen.

Sie standen schon wieder blank da, ohne jede Spur von Zulfikkur Wur, den sie vielleicht richtiger Jonathan Greenway nennen sollte. Egal, wer er war, dieser Mann war intelligent und eiskalt. Bis jetzt glich er viel eher einem Geist denn einem Gefangenen.

Sie hatten sich sofort darum gekümmert, das Material der Überwachungskameras von sämtlichen Bahnhofsgleisen anzufordern, von Esbjerg bis einschließlich Korsør. In der kurzen Zeit – vom Halt in Odense bis zum Bahnhof in Nyborg dauerte es höchstens zwölf bis vierzehn Minuten – hatten es die Kollegen aus Odense nicht geschafft, auf die Warnung der deutschen Frau zu reagieren. Allerdings schalteten sie trotzdem schnell, denn schon auf der anderen Seite der Brücke über den Großen Belt, in Korsør, wurde der Intercityzug nach Kopenhagen gestoppt und von oben bis unten durchsucht. Nur leider mit dem Ergebnis, dass von dem Gesuchten jede Spur fehlte.

Maria Radmann, die deutsche Frau, hatte sich während der Zugfahrt exakt an Wurs Anweisungen gehalten und weder ihren Platz verlassen noch mit ihrem Entführer geredet. Trotz der hohen Sitzlehnen im Zug, die ihr einen Blick nach hinten versperrten, hatte sie die ganze Zeit über gespürt, dass Zulfikkur Wur dicht hinter ihr saß. Als erfahrener Juristin war es ihr allerdings eigenartig vorgekommen, dass Wur sie hatte sehen lassen, bis wohin seine Fahrkarte galt. Sie verließ den Zug in Odense, aber da saß Wur nicht auf seinem Platz. Was bedeutete, dass er irgendwo vor Korsør ausgestiegen sein musste.

Zu zehnt, einschließlich Tim Wejse und Nina selbst, hatten sie das Videomaterial durchgesehen. Dank des recht eng definierten

Zeitfensters war es eine einigermaßen leicht zu bewerkstelligende Aufgabe gewesen. Nur an einem einzigen Ort hatte eine Kamera Zulfikkur Wur, beziehungsweise Jonathan Greenway, eingefangen, und zwar am Bahnhof in Esbjerg, wo er gemeinsam mit der deutschen Frau den Zug bestiegen hatte.

Ob er den Zug anschließend an einem der Halte in Gørding, Vejen, Kolding, Middelfart oder irgendwo ganz anders verlassen hatte, konnte niemand wissen. Insgesamt gab es auf der Strecke von Esbjerg nach Korsør zwölf mögliche Haltestellen für einen IC-Zug. An keinem der Bahnhöfe tauchte Wur auf den Überwachungsbändern auf …

Tim Wejse stützte die Ellenbogen auf den Schreibtisch und verbarg den Kopf in den Händen. Er wirkte resigniert. Nina kannte ihn als ruhigen Charakter mit scharfem Verstand, der trotz seiner bemerkenswerten Ausgeglichenheit wie eine Schlange zubeißen konnte. Jetzt fand sie nur ein einziges Wort, das ihn treffend beschrieb: niedergeschmettert.

»Was für ein Mist, Nina! Jeder, der unter Druck steht und verzweifelt ist, macht etwas Dummes, wenn er auf der Flucht ist. In einer solchen Situation begeht jeder Mensch einen Fehler. Mindestens einen. Immer. Früher oder später passiert es einfach. Nur hier nicht. Nicht bei ihm. Im Gegenteil, der Kerl verarscht uns. Er weiß, dass er am Bahnhof in Esbjerg gefilmt wird. Er weiß, dass wir gerade hier sitzen und uns das alles anschauen – umsonst. Er lacht uns aus. Und obendrein ist er so abgebrüht, dass er die deutsche Frau in Odense aussteigen lässt. Woher soll er wissen, ob sie sich nicht schon in Bramming, Brørup oder Fredericia nach hinten umdreht? Aber das lässt ihn völlig kalt, der Mann ist so selbstsicher, dass er sich damit einfach zusätzliche Zeit verschafft hat, und deshalb ist er …«

»Esbjerg!«

Ungewollt rief sie es laut aus. Tims schmerzverzerrter Miene nach zu urteilen, war ihr Schrei wohl eine Spur zu laut geraten und hatte seine monotone Zusammenfassung unterbrochen.

»Esbjerg? Was meinst du?«

»Er spielt mit uns. Schafft es die Frau bis nach Odense, bevor sie die Polizei alarmiert, ist das in Ordnung – oder vielleicht sogar amüsant für ihn. Dreht sie sich schon in Holsted nach hinten um, ist das weniger günstig – im Grunde aber egal. Weil er überhaupt nicht mit im Zug sitzt.«

Tim starrte sie mit ausdruckslosen Augen an. Über seinem Kopf schwebte eine Sprechblase wie aus einem Comic, vollkommen leer, bis auf ein dickes, fettes Fragezeichen. Für einen kurzen Augenblick schien auch ihr eigenes müdes Gehirn zu kapitulieren, und sie wusste nicht, wie sie ihren Gedanken erklären sollte. Im selben Moment erschien Thøgersen in der Tür.

»Birkedal will euch beide sprechen. Jetzt!«

Die kurze Strecke bis in sein Büro reichte aus, damit Nina sich schuldig fühlte. Hier, zurück in den gewohnten Umgebungen, fiel ihr plötzlich wieder ein, dass ihr Chef krank war, womöglich gar todkrank. In Vejers war er so rastlos und vital gewesen, dass sie es völlig verdrängt hatte.

»Setzt euch!«

Birkedal drehte sich auf dem Stuhl herum, als sie eintraten. Sie waren allein, bis auf Thøgersen natürlich, der an der kurzen Wand stehen blieb. Nina nahm wie gewohnt auf dem Stuhl vor dem Schreibtisch Platz, Tim setzte sich an den Besprechungstisch.

»Gerade hat sich eine junge Frau bei uns gemeldet, die den Aufruf im Fernsehen gesehen hat. Sie wohnt auf der anderen Seite der Eisenbahnlinie in der Exnersgade, und heute Nachmittag hat sie etwas Eigenartiges beobachtet. Etwas so Eigenartiges, dass sie sich die Uhrzeit notiert hat, aber nicht eigenartig genug, um uns direkt zu kontaktieren. Um 15:40 Uhr – also eine Minute vor der Abfahrt des Intercity-Zuges nach Kopenhagen – sieht sie von ihrem Küchenfenster aus, wie ein Mann auf der falschen Seite aus dem Zug steigt. Dann rennt der Mann über die Schienen und versteckt sich offenbar hinter einigen Güterwaggons. Kurz nachdem der Zug abgefahren ist, überquert er die Schienen wieder und verlässt das Bahnhofsgelände hinter einem Lagergebäude.«

Birkedal blätterte kurz in seinen Papieren, ehe er fortfuhr.

»Der Mann trägt eine kurze, beigefarbene Jacke und eine blaue Hose. Also dieselben Klamotten wie unser Freund Greenway/Wur. Aus irgendwelchen Gründen hat er Esbjerg nie verlassen, die deutsche Frau ist allein nach Odense gefahren. Der Mistkerl hält uns zum Narren.«

Auch ein Huhn im Halbschlaf findet mal ein Korn.

Die Realität schien sich mit der Theorie zu decken, die sie gerade noch ihrem apathischen Kollegen und Liebhaber zu erläutern versucht hatte – und sich selbst. Verstohlen sah Nina zu Wejse hinüber.

An ihn gewandt sagte Birkedal jetzt: »Ich habe mit Tarp abgesprochen, dass du Nina mitnimmst. Ihr zwei arbeitet ja gut im Team …«

Die letzte Bemerkung ließ er fallen, ohne eine Miene zu verziehen. Wusste Birkedal etwa, dass sie und Tim …

»Währenddessen richte ich eine Überwachung unseres gesamten muslimischen Milieus ein, Nina. In Zusammenarbeit mit Tarp und dem PET. Also Imame, Moscheen, die typischen Treffpunkte und die offiziellen Vereinslokale, das ganze Paket eben.«

Nina brachte kein Wort heraus. Offenbar hatte sie mit der Theorie über Zulfikkur Wurs Verschwinden ihre letzten geistigen Reserven ausgeschöpft. In ihrem Kopf stand alles still. Wenn sie sich wenigstens eine Viertelstunde hinlegen könnte, wäre sie wieder in der Lage, einigermaßen klar zu reden und zu denken.

»Was hältst du davon? Immerhin kennst du dich am besten in dem Milieu aus.«

»Äh, entschuldige bitte, ich bin hundemüde.«

»Müde?« Birkedal sah abwechselnd sie und Tim an. »Die ewige Ruhe kommt früher, als man denkt. Schlafen könnt ihr in der Urne.«

Sie suchte seinen Blick, aber Birkedal wich ihr aus, war es nicht so? Was waren das für fatalistische Andeutungen, die er da von sich gab? Hatte er gerade angedeutet, dass er bald sterben würde?

»Der Vorschlag klingt vernünftig. Denkt aber auch an die Gebetsräume in den Kellern der Wohnungsvereine, ja?«, antwortete sie schließlich doch noch.

Birkedal nickte.

»Wir gehen so vor, weil wir von Torres wissen, dass der Mistkerl wahrscheinlich keine Verbindungen nach Dänemark hat. Und nach Esbjerg schon gar nicht. Wir vermuten, dass er versuchen wird, Kontakt zu Gleichgesinnten herzustellen, die ihm eventuell helfen können.«

»Und wohin, glauben wir, wird er sich auf lange Sicht orientieren?« Wejse schaffte es immerhin, seine Frage häppchenweise zu formulieren.

»Laut Torres gibt es ein komplexes Kontaktnetzwerk, das unabhängig von seinen Mitgliedern agiert. Am nächsten wären Berlin, London, Paris und Brüssel. Und Stockholm, nicht zu vergessen. Die große Frage ist also: Was will er ausgerechnet in Esbjerg?«

»In aller Ruhe abwarten, bis sich der Sturm gelegt hat«, sagte Nina.

»Vielleicht …« Birkedal rieb sich die Augen. »Aber wo? Du kennst die Stadt und das Milieu besser als jeder andere, Nina. Ihr habt freie Hand. Seht zu, dass ihr loslegt! Und passt auf euch auf!«

49

Er schaltete den Fernseher und das Licht aus, ließ die drei Teelichter aber brennen. Noch nie hatte er sie ausgepustet. Sie standen in kleinen Gläsern und würden von allein ausgehen, während er weg war. Er schnürte seine Laufschuhe, nahm den Schlüssel von der Kommode im Flur, schloss hinter sich ab und ging die knarzenden Treppenstufen nach unten.

Heute würde er die Zwölf-Kilometer-Runde laufen, auch wenn es regnete. In dem leichten und wasserdichten Laufdress war er gut gerüstet, der Regen machte ihm nichts aus. Im Gegenteil, in diesem Wetter lief er besonders gut. Außerdem sehnte er sich nach der Bewegung, nach dem Rhythmus der Atemzüge. Den ganzen Tag hatte er noch nichts unternommen, lediglich ferngesehen und Nachrichten im Internet gelesen. Seit dem Vormittag, als die Schlagzeilen noch von dem ermordeten Journalisten bestimmt worden waren, hatte sich der Fokus geändert.

Einige Stunden lang war eine lächerliche Horde johlender Menschen zu sehen gewesen, die Banner und Plakate in die Luft hielten. Sie waren bis in die hinterste Ecke Westjütlands gefahren, um den Terroristen zu finden und für seine Rechtssicherheit zu sorgen, behaupteten sie. Denn der Mann sei ein unschuldiges Opfer des amerikanisch-imperialistischen Verfolgungswahns und einer Missachtung sämtlicher humanistischer Grundprinzipien. Er selbst hatte sich auf dem Sofa zurückgelehnt und angesichts der Naivität dieser Leute laut gelacht. Was gab es doch für viele Idioten.

Erst gegen Abend hatte die Angelegenheit eine neue Richtung

eingeschlagen, als die Polizei bekanntgab, dass der Terrorist Zulfikkur Wur entkommen war. Er hatte wohl eine deutsche Urlauberfamilie bedroht und sich in ihrem Wagen versteckt. Angeblich war er irgendwo auf der Bahnstrecke zwischen Esbjerg und Odense untergetaucht.

Seine Zweifel, dass man den Mann schnappen würde, wuchsen immer weiter, zumal er es inzwischen geschafft hatte, aus der abgelegenen Küstenregion zu entkommen. Gleichzeitig hatte es den Anschein, als wäre der Polizei schwindlig geworden. Man hatte keine sinnvollen Maßnahmen ergriffen, sondern nur Besprechungen abgehalten, Straßensperren eingerichtet, Hunde ausgeführt und die Weltpresse hofiert. Somit gab es auch nichts Neues über den ermordeten CNN-Journalisten. Keine Hinweise auf einen möglichen Täter, keine Theorien zum Motiv und keine Erkenntnisse aus den kriminaltechnischen Untersuchungen. Ob die Damen und Herren Polizisten auch noch etwas anderes taten, als Hotdogs zu essen und Kakao zu trinken?

Hinter ihm fiel die Haustür ins Schloss, und er sah auf die Uhr. Es war 0:14 Uhr. Er wechselte in den Stoppuhrmodus, blieb einen Moment still stehen und sog die herrliche, feuchte Nachtluft ein. Er musste zurück zu seinen Routinen finden. Jetzt wollte er einfach nur laufen, bis sein Kopf leer war. Er zog den Reißverschluss der Jacke bis zum Hals, rückte die Fleece-Mütze zurecht, startete die Stoppuhr und lief los.

Jetzt war es endgültig vorbei. Weitere Missionen gab es nicht. Nur Leere.

Das bläulich flackernde Schimmern hinter den Fenstern im zweiten Stock, wahrscheinlich ein Fernseher, erlosch. Nur ein schwacher, gelblicher Schein war noch zu sehen. Dann leuchteten die Lampen im Treppenhaus auf. Endlich … Nach so vielen Stunden des Wartens.

Die Straßenlaterne links neben der Haustür funktionierte nicht, aber er erkannte die Gestalt, die auf die Straße trat, auch so. Es war derselbe Mann, der das Kajak über den Strand getragen hatte. Dieselbe Größe, derselbe Körperbau, dieselbe präzise Art, sich fortzubewegen. Jetzt zog der Mann seine Jacke ganz zu, setzte die Mütze auf, drückte auf seine Uhr – und lief los.

Zunächst lief er langsam, aber seine Bewegungen hatten etwas Geschmeidiges und Elastisches an sich, eine Art explosive Energie, die sich jederzeit entladen konnte. Wie bei einem Raubtier, einem schwarzen Panther.

Er sah der Gestalt hinterher, bis sie um die nächste Ecke verschwand. Als es Mitternacht schlug, hatte er schon nicht mehr daran geglaubt, dass sich ihm vor dem nächsten Tag noch eine Gelegenheit bieten würde. Wer ging so spät an einem Samstagabend laufen? Ein Mensch, der ganz allein entschied, was er wann und wo unternahm. Auch auf dem Klingelschild stand nur ein einzelner Name: Henrik Hornemann.

Das war der Mann, der das Kajak gekauft hatte. Glücklicherweise wurden solche Boote in Dänemark nicht zu Dutzenden verkauft. Wie genau Abdul T. den Kerl ausfindig gemacht hatte, wusste er nicht. Wahrscheinlich über die Seriennummer.

Name: Henrik Hornemann. Adresse: Nyhavnsgade 4.

Die Stadtkarte hatte er sich nach seinem Abtauchmanöver am Bahnhof in der Tourist-Information besorgt. Es war nicht weiter schwer gewesen, das Haus zu finden. Der klotzartige Ziegelsteinbau, ein Eckhaus, lag in Hafennähe und war nur einen knappen Kilometer vom Marktplatz entfernt.

Die Lage war praktisch. Gegenüber des Hauses befand sich der Parkplatz eines Supermarkts, an dessen Rückseite er sich in einem Papiercontainer versteckte. Von dort aus hatte er freie Sicht auf das Wohnhaus. Er war kurz im Treppenhaus gewesen, nachdem er die Adresse gefunden hatte. Schon nach einem Blick auf das Klingelschild war er sicher gewesen. In der Wohnung lebten weder Frau noch Kinder, und er suchte nach einem Einzelgänger.

Er war sich im Klaren darüber gewesen, dass er möglicherweise lange warten musste, ebenso wie er darauf eingestellt war, falls nötig, im Container zu übernachten. Mit dem vielen Papiermüll konnte er sich gut zudecken und für ausreichend Wärme sorgen. Denn eine direkte Konfrontation mit Henrik Hornemann kam nicht infrage, das wäre viel zu riskant. Übermut führte einen geradewegs ins Verderben. Er hatte schon zu viel gesehen, um es auf einen Kampf mit dem mysteriösen Dänen ankommen zu lassen. Lieber wollte er den richtigen Moment abwarten.

Und nun hatte seine Vorsicht sich ausgezahlt. Er wartete noch weitere fünf Minuten, falls Henrik Hornemann etwas vergessen haben sollte und noch einmal zurückkam. Als das nicht geschah, kletterte er aus dem Container, überquerte die Straße und drückte die Tür zum Treppenhaus auf. Von Schließ- und Sprechanlagen schien hier noch nie jemand etwas gehört zu haben. Das Gleiche galt offensichtlich auch für Sauberkeit und Ordnung. Hinter der Tür häuften sich Gratiszeitungen und Reklameflyer. Vorsichtig ging er die Treppe hinauf in den zweiten Stock, wo sich Hornemanns Wohnung auf der rechten Seite befand.

Er holte die Hilfsmittel aus der Tasche, die er auf seiner kleinen Einkaufsrunde mit Frau Radmann erstanden hatte: eine Nagelfeile, ein kleines Taschenmesser und ein bisschen Stahldraht. In der anderen Tasche hatte er eine Rolle starkes Klebeband. Er entschied sich für die Feile und das Messer, und nur wenige Augenblicke später konnte er die Wohnungstür behutsam öffnen.

Es war ein eigenartiges Gefühl, das private Universum eines fremden Menschen zu betreten. Vom Flur gingen drei Türen ab, die alle offen standen. Ein leichter Knoblauchgeruch hing in der Luft. Er warf einen Blick in die Küche, deren Inventar uralt wirkte. Die Fronten der Küchenschränke waren blau überstrichen, und die irgendwann einmal weiß gewesene Tapete hatte einige Wasserflecken. Ansonsten sah aber alles sauber und aufgeräumt aus. Im Schlafzimmer bot sich ihm dasselbe Bild, und er schaute nur kurz hinein. Das Bett war mit militärischer Präzision gemacht. In der hinteren Ecke stand eine kleine Duschkabine, daneben führte eine schiefe Tür in eine Toilette, die kaum größer als eine Telefonzelle sein konnte. Er ging weiter ins Wohnzimmer.

Das schummrige Licht stammte von drei Teelichtkerzen auf einem Regal, über dem ein paar Bilder an der Wand hingen. Am Fenster stand ein Schreibtisch mit Computer und dazugehörigem Bildschirm. Die Wand gegenüber des Sofas wurde von einem großen Fernsehapparat eingenommen. Auf dem kleinen Tisch davor fand er eine fast leere Anderthalbliterflasche Cola, außerdem gab es im Wohnzimmer noch eine Kommode aus Kiefernholz und ein Regal an der hinteren Wand. Auf der Tapete waren mehrere bräunliche Flecken zu erkennen, und der verschlissene graue Teppichboden wölbte sich bereits an einigen Stellen.

Alles in allem wirkte die Wohnung normal, wie die eines Junggesellen oder von jemandem, der geschieden war. Was bedeutete, sie wirkte trostloser und schäbiger als normal.

Sein Blick kehrte zu den drei Teelichtern auf dem Regal zurück, und er ging einen Schritt näher heran. Die Kerzen waren das Einzige, das nicht gewöhnlich wirkte. Über ihnen hingen drei kleine gerahmte Fotos, und es schien ihm, als gehörten die Lichter zu je einem der Bilder. Das hier war eine Art privater Schrein.

Auf dem ersten Bild war eine junge Frau mit einem schüchternen Lächeln zu sehen. Sonnenstrahlen umspielten ihr gelocktes Haar und ließen die blauen Augen funkeln. Es war eine Nahaufnahme, aber im Hintergrund konnte man einen Baum erkennen. Vielleicht stand sie unter einem Ast? Jedenfalls fiel ein dunkler Schatten auf ihre blasse Wange.

Sie war eine äußerst hübsche Frau gewesen. »War gewesen«,

musste man wohl sagen, denn sie und die Personen auf den beiden anderen Fotos waren sicher tot, wenn Hornemann auf diese rituelle Weise Kerzen für sie anzündete.

Auch das zweite Foto war ein Porträt. Es zeigte einen rotblonden Mann mit Sommersprossen im sonnengebräunten Gesicht. Er lächelte breit, sodass man die Zähne sah. In seinen Augen blitze etwas Schalkhaftes auf, und die Lachfalten ließen einen fröhlichen Menschen erahnen, auch wenn sein breites Kinn, die schmalen Lippen und die schiefe Nase auf eine gewisse Entschlossenheit hindeuteten. Auf seinem Kopf saß ein bordeauxrotes Barrett mit goldenem Emblem, und er trug Uniform. Offensichtlich ein Kamerad Hornemanns aus Soldatenzeiten.

Das letzte Foto war das eines Teenagers – oder eines jungen Mannes. Ungefähr achtzehn Jahre alt. Er wirkte ganz anders, sowohl vom Äußeren als auch vom Charakter her. Die auffälligen Augen und die hohen Wangenknochen, die kohlschwarzen Haare. Vielleicht war er ein Eskimo? Gehörte Grönland nicht zu Dänemark? Er konnte sich nicht mehr an den exakten Zusammenhang erinnern, aber zwischen den beiden Ländern bestanden eindeutig historische Verbindungen, so viel wusste er. Also handelte es sich bei dem jungen Burschen aller Wahrscheinlichkeit nach um einen Grönländer.

Der Junge sah traurig aus. Seine Augen waren schwarze Perlen, aber sie glänzten nicht. Und obwohl er zu lächeln versucht hatte, als das Bild aufgenommen wurde, schien es, als trüge er keine Freude in sich. Es war das Bild eines hübschen jungen Mannes, dessen Seele zutiefst betrübt war. Oder … betrübt *gewesen war.*

Die Teelichter würden bald ausgehen, und er schaute auf seine Uhr. Vor vierzehn Minuten war Hornemann im Laufschritt um die Ecke gebogen. Ein Mann seines Berufs, ob nun ehemalig oder nicht, und mit dieser körperlichen Verfassung lief mindestens eine Dreiviertelstunde lang. Wahrscheinlich sogar noch länger.

Also blieben ihm noch etwa fünfundzwanzig Minuten, in denen er das Licht einschalten konnte. Dann hatte er einen Zeitpuffer von circa fünf Minuten.

Er ging in die Küche und drückte auf den Lichtschalter, nahm etwas Aufschnitt und einen Milchkarton aus dem Kühlschrank und fand ein paar Scheiben Brot, die er hastig belegte und in wenigen Happen verschlang. Sein Magen hatte vor Hunger bereits laut geknurrt. Im Prinzip war er dauerhungrig, seit er aus dem Flugzeugwrack gekrochen war.

Während er direkt aus dem Karton trank, machte er eine zweite Runde durch die kleine Wohnung, um seine Optionen zu prüfen. Er entschloss sich schnell, löschte das Licht und setzte sich, um zu warten.

Es gab nur eine Möglichkeit für einen Angriff: direkt im Flur.

50

Über dem Hafen von Esbjerg lag ein mattes, gelbliches Licht. Der Hafen kam nicht oft zur Ruhe, aber samstagnachts schlief er. Sie waren auf dem Tolbodvej unterwegs, der seinen Namen dann in Adgangsvejen änderte und später in den H. E. Bluhmes Vej überging. Die mehrere Kilometer lange Straße führte an den vielen verschiedenen Hafenbecken vorbei und mündete am nördlichen Ende des Hafens in eine Landstraße.

»Nimm die zweite Ausfahrt im Kreisel, dann kommen wir zu dem großen Kreisverkehr mit der Tankstelle, die rund um die Uhr geöffnet hat.«

Tim fuhr. Es war kurz vor halb eins, und wären sie nicht die Einheit mit dem kürzesten Anfahrtsweg zum Einsatzort gewesen, als die Meldung hereinkam, würden sie jetzt wahrscheinlich irgendwo schlafen. So waren sie aber die Ersten gewesen, die zu der Brandstiftung im Stengårdsvej anrückten.

Eine Ansammlung neugieriger Menschen, die anscheinend keinen Schlaf brauchten, obwohl es nach Mitternacht war, hatte am Straßenrand gestanden und den – natürlich schwarzlackierten – BMW begafft, der gerade in Flammen aufgegangen war. Er gehörte einem Bosnier, der sich gemeinsam mit seinen Brüdern in Rage redete und demjenigen blutige Rache schwor, der seinen Wagen in einen Feuerball verwandelt hatte.

Die Tat ließ eigentlich nur eine einzige Interpretation zu: Es war ein türkischer Racheakt, der dem Bandenkrieg zuzurechnen war, denn der Besitzer des BMWs stand im Verdacht, Teil der bosnischen Gang zu sein. In den letzten Tagen war es verhältnismäßig ruhig geblieben. Beinahe so, als herrschte eine Art brüchige Waffenruhe.

»Rache, Vergeltung, Rache wegen der Vergeltung, Vergeltung wegen der Rache wegen der Vergeltung … Ich komme da nicht mehr hinterher, Tim. In ein oder zwei Wochen bin ich nicht mehr in der Lage, mich daran zu erinnern, wie das alles angefangen hat.«

»War das nicht dieser Bodybuilder, Osmanović?«

»Ja, das war auch im Stengårdsvej. Drei Blocks weiter. Er saß auf dem Sofa, mit einem Loch in der Stirn. Auf ihn folgte der zweite Mord, der Türke unter der Eisenbahnbrücke, und dann ging es immer so weiter. Es hört nicht auf, bevor wir nicht beide Banden hinter Schloss und Riegel gebracht haben.«

»Was ist eigentlich mit dem Fall des Babys, das von einem Querschläger getötet wurde?«

»Ist zeitlich mit der Suche nach Wur zusammengefallen. Ursprünglich hatten Madsen und ich den Fall, jetzt arbeitet er mit Monberg daran. Momentan laufen mehrere Telefonüberwachungen, es sieht also nicht komplett hoffnungslos aus, immerhin. Und, wer weiß? Vielleicht bringt uns das einen unverhofften Nebeneffekt ein. Einen der anderen Täter, zum Beispiel«, sagte Nina.

»Bei so großen Abhöraktionen kann alles Mögliche passieren. Bevor ich zum PET kam, waren wir mal hinter einem Dealer her, und am Ende haben wir einen zweifachen Mörder verhaftet. Kein schlechter Tausch.«

Auf der gegenüberliegenden Straßenseite leuchteten Reflektorstreifen auf. Sie gehörten zur Trainingskleidung eines Joggers, der ansonsten ganz in Schwarz gekleidet war und eine Mütze trug. Der Mann blinzelte, als sie an ihm vorbeifuhren, lief aber mit kraftvollen und geschmeidigen Schritten weiter.

»Samstagnachts? Da muss jemand aber motiviert sein«, merkte Tim verwundert an und schaute der schwarzen Gestalt hinterher.

»Manche Leute sind eben etwas eigen.«

»Es heißt, man kann davon abhängig werden.«

»Vielleicht ist es gar nicht so dumm, samstagnachts laufen zu gehen. Kein Verkehr und man hat die Strecke für sich allein. Ist dir auch aufgefallen, wie flott der unterwegs war?«

Tim nickte.

»Schneller, als ich es je sein werde. Ich war dreimal pro Woche draußen, immer zwischen sechs und zehn Kilometern, aber dann kam Islamabad dazwischen.«

»Die letzten Male habe ich mich stattdessen fürs Laufband entschieden. Da muss man sich extra anstrengen – was auch nötig ist. Die Zigaretten haben ihre Spuren hinterlassen.«

»Du hast trotzdem abgenommen, oder?«

»Willst du damit andeuten, ich wäre dick gewesen? Findest du etwa, ich hätte abnehmen sollen?«

Tim schüttelte den Kopf und wechselte diskret das Thema:

»Was brauchen wir von der Tankstelle?«, fragte er.

»Kaffee, und zwar literweise. Und irgendwas zu essen.«

Sie hielten auf dem Parkplatz neben den vier weißen Männern, die ein Stück nördlich der Stadt an der Küste saßen. Die Skulpturengruppe trug den Namen »Der Mensch am Meer« und bestand aus vier aufs Meer starrenden neun Meter hohen Männerfiguren. Anfangs war das Kunstwerk äußerst umstritten gewesen, aber mittlerweile gab es kaum noch jemanden, der »die vier weißen Männer« missen wollte. Sie waren zu einem beliebten Wahrzeichen Esbjergs geworden, auch wenn der Künstler die Abstraktionsfähigkeit der Betrachter herausgefordert hatte, als er einen der Riesen mit sechs und einen anderen mit nur vier Fußzehen schuf.

»Machen wir es wie sie, einfach nur dasitzen und gucken.«

Wejse deutete mit dem Kopf auf die vier erleuchteten Riesen, die in die nachtschwarze Bucht hinausschauten, und gähnte dabei ausgiebig.

Ihre Sandwiches hatten sie aufgegessen und kämpften nun mit je einem halben Liter Kaffee – und dem Schlaf. Der Motor lief, und im Auto war es warm. Sie hatten sich bereits darauf geeinigt, dass sie unbedingt ein kurzes Nickerchen einlegen mussten, einen Powernap, sobald es die Arbeit zuließ. Allerdings war weder Nina noch Tim so richtig wohl dabei, sich im Dunkeln auf einen Parkplatz zu stellen und die Augen zuzumachen. Denn sie hatten bisher noch nichts erreicht. Sie hatten nicht mal den Ansatz einer Idee, wie sie bei der Suche nach Wur weiterkämen. Dafür, dass Birkedal sie sozusagen als Sonderbeauftragte losgeschickt hatte, gaben sie ein wirklich erbärmliches Bild ab.

Das Einzige, was sie getan hatten, war, in den Gebieten zu patrouillieren, wo die meisten Mitbürger Muslime waren; ausgehend von der These, dass Zulfikkur Wur eher dort als anderswo auftauchen würde. Bislang ohne Ergebnis.

»Es ist völlig in Ordnung, nur dazusitzen und vor sich hinzustarren, wenn man dabei nachdenkt. Aber das klappt heute irgendwie nicht«, murmelte sie.

Nina schaute zu Tim hinüber, dessen Kopf schlaff auf der Schulter hing. Er war schneller eingeschlafen, als man Islamabad sagen konnte.

Es war eine ziemliche Belastung, freie Hand zu haben, während alle anderen an der kurzen Leine gehalten wurden. Und Nina wusste genau, wieso das so war. Birkedal erwartete etwas Außergewöhnliches von ihr – von ihnen. Irgendwelche spektakulären, halbimpulsiven, intuitionsgesteuerten Portland-Paranoia-Gedanken, die überraschend einen völlig neuen Weg wiesen, wenn man sie nur zu deuten wusste. So wie bei der Sache mit dem Flugzeug, als sie sich geweigert hatte, aufzugeben, oder bei einem der anderen Male, als sie gegen den Strom geschwommen war. In ihren Genen mischte sich Sturheit mit Salzwasser zu etwa gleichen Teilen.

»Wer Kap Horn umrunden will, muss fest auf Deck stehen, zum Teufel.« Der alte Kapitän hatte klare philosophische Vorstellungen vom Leben.

Nina spürte, wie ihre Lider schwer wurden. Sie konnte nicht länger dagegen ankämpfen.

Fünf Minuten Pause, höchstens zehn, dann würde sie den schnarchenden Tim neben sich aufwecken und mit der Arbeit weitermachen.

In ihrem Kopf kehrte eine behagliche Ruhe ein, während sie sachte in das schwarze Loch namens Schlaf glitt, das nur darauf wartete, sie zu verschlucken.

51

Die Haustür schlug zu, und Schritte stiegen die knarrende Treppe nach oben. Sie wurden immer deutlicher. Er presste sich hinter der Wohnungstür an die Wand, die Pistole im Anschlag.

Jetzt verstummten die Schritte, von der anderen Seite der Tür war nur noch ein schwaches Knirschen zu hören, so als verlagerte Hornemann gerade sein Gewicht auf das andere Bein. Dann das Klirren eines Schlüsselbunds, gefolgt vom metallischen Schaben eines Schlüssels, der ins Schloss gesteckt wurde … Die Tür wurde langsam aufgeschoben, und eine schwarze Gestalt betrat den dunklen Wohnungsflur.

Hornemann tastete mit der linken Hand nach dem Lichtschalter neben der Tür. Es klickte, und der Flur war erleuchtet.

Wur schlug fest zu. Ein perfekt getimter Schlag mit dem Pistolenlauf gegen das rechte Ohr, direkt unterhalb der Mütze. Im letzten Moment fing er den fallenden Körper auf, damit er nicht laut krachend auf die Holzdielen stürzte und das gesamte Haus aufweckte.

Nachdem er die Tür geschlossen hatte, schleifte er Hornemann ins Wohnzimmer, wobei ihm die Mütze vom Kopf rutschte. Er holte eine Decke, ein Kissen und ein Handtuch, mit dem er dem schweißüberströmten Mann das Gesicht und die Handgelenke abtrocknete, bevor er ihm Jacke und Schuhe auszog. Mit dem Panzerklebeband fesselte er ihm die Hände hinter dem Rücken, umwickelte die Fußgelenke und klebte einen schmalen Streifen über Hornemanns Mund.

Anschließend breitete Wur die Decke über den durchtrainierten Körper. Wie gut, dass er diesen Hinterhalt geplant hatte. Eine direkte Konfrontation mit Henrik Hornemann wäre sehr wahrscheinlich nicht so glücklich für ihn ausgegangen. Nun konnte er sich hier so lange ungestört einmieten, wie es die Situation erforderte.

In einem Schrank im Schlafzimmer fand er eine Tagesdecke und ein Kopfkissen. Er fühlte sich unendlich müde. Jetzt musste er unbedingt schlafen, bevor ihn eine neue Flutwelle aus Fragen überrollte.

Er legte sich auf das Sofa und zog die Decke über sich. Hornemann lag wenige Armlängen neben ihm auf dem Boden, immer noch bewusstlos. Wur betrachtete den Mann erstaunt. Unter Hornemanns Augen lagen tiefe Schatten, und seine Hautfarbe hatte einen ungesunden und beinahe gräulichen Ton.

Es gab keinen Zweifel daran, dass der Mann ein ausgebildeter Soldat war. Vielleicht hatte Hornemann im Krieg schreckliche Dinge erlebt?

Da waren jede Menge Fragezeichen. Zum Beispiel, was es mit den drei Teelichtern auf sich hatte. Eine Frage ließ Wur jedoch besonders ungeduldig werden. Am liebsten hätte er sie Hornemann sofort gestellt.

Warum hast du es getan?

Möglicherweise gab es gar kein logisches Motiv für den Mord an dem Journalisten. Und vielleicht war es im Augenblick nicht einmal so ausschlaggebend. Wur streifte ein eigentümlicher Gedanke. Hier lag er auf einem fremden Sofa und fühlte sich zum ersten Mal seit Langem absolut sicher – Seite an Seite mit einem Mörder.

52

Auf dem französischen Weißbrot wuchsen große Schimmelflecken, und auch die Tüte mit dem Toastbrot war leer. Anscheinend Jonas' letzte Tat vor seiner Verbannung nach Sønderho, denn sie lag zusammengeknüllt auf dem Regal statt im Mülleimer.

Tim Wejse saß am Küchentisch und gähnte.

»Haferflocken oder Cornflakes?« Ninas Frage fasste das Angebot ihrer Küche ziemlich treffend zusammen.

»Kaffee …«

»Ist unterwegs. Eine Antwort, bitte.«

»Cornflakes. Ist zwar schon eine Weile her, aber ja, gern Cornflakes mit Milch und Zucker.«

»Milch!«

Nina riss die Kühlschranktür auf. Dort stand ein Karton – er war federleicht. Ebenfalls leer. Gab es in der ganzen Wohnung nur noch leere Verpackungen? War es wirklich so schwer, leere Dinge in den Müll zu werfen?

»Wir haben keine mehr, tut mir leid. Was nun?«

»Kaffee, einfach nur Kaffee.«

Die Wanduhr zeigte zehn Minuten vor acht an. Sie waren vor einer guten halben Stunde aus dem Bett gekommen, und obwohl sie beide schon geduscht hatten, wurden sie nicht richtig wach.

Ihre zweite gemeinsame Nacht nach einer langen Zeit der Trennung war nicht ganz so verlaufen, wie man denken könnte.

Ihr kurzes Nickerchen im Auto bei den vier weißen Männern hatte sich zu einer dreiviertelstündigen Angelegenheit ausgewachsen, bevor sie wieder auf die Straßen kamen. Und noch dazu hatte die kleine Pause alles nur schlimmer gemacht, danach fühlten sie sich völlig zerschlagen. Gegen halb vier hatten sie schließlich aufgegeben und waren zu Nina in die Kirkegade gefahren.

Als sie nach dem Weckerklingeln noch einen Moment im Bett geblieben war und realisiert hatte, dass Tim neben ihr lag, hatte sie der verwerfliche Gedanke überkommen, sich herumzurollen und rittlings auf ihn zu setzen, während er noch im Halbschlaf war. Aber irgendeine Stimme hatte ihr gesagt, dass sie das nicht verdient habe, und Tim genauso wenig. Die Stimme hatte ihr befohlen, aufzustehen.

»Nur Kaffee, sonst nichts?«

»Ja.«

»Wir könnten uns auch auf dem Weg etwas zu essen besorgen und mit ins Präsidium nehmen?«

»Ja.«

»Oder wir essen etwas in der Stadt?«, schlug Nina vor.

»Ja.«

»Wie heißt du?«

»Ja.«

Wejse grinste und gähnte von Neuem.

»Islamabad soll der Teufel holen – und diesen Zulfikkur Wur gleich mit. Ich könnte eine ganze Woche schlafen«, murmelte er.

»Holen wir uns also unterwegs etwas. Wir können immer …«

Das Klingeln ihres Handys unterbrach sie. Ihr entfuhr ein müdes »och nö«, als sie sah, dass ihr Informant Ali Birand anrief, und sie ließ es klingeln.

»Warum gehst du nicht ran?«, fragte Tim.

»Das ist einer meiner Kontakte aus der Stadt. Ich hatte ihn total vergessen. Er hat vor einigen Tagen schon einmal angerufen, als ich gerade zu der Besprechung mit Blix und der ganzen Bande musste, in der sie zugegeben haben, was bei dem Flugzeugunglück wirklich passiert ist.«

Endlich hörte das Handy auf zu klingeln.

»Ich war ein wenig gestresst. Er hat mir irgendwas von zwei Jungs erzählt, die Schläge kassiert haben, und er wollte, dass ich mir die Sache ansehe. Ich kann mich nicht einmal daran erinnern, ob ich ihm etwas versprochen habe. Wirklich peinlich … Und jetzt fehlt mir für solchen Kram ganz einfach die Zeit.«

Das Handy begann wieder zu klingeln. Birand gab nicht so leicht auf. Nina zögerte, nahm aber immer noch nicht ab, bis sie ein schlechtes Gewissen bekam. Ali Birand war ein liebenswerter, höflicher Mann. Eigentlich mochte sie ihn.

»Nina«, meldete sie sich.

»Hier ist Ali Birand, störe ich?«

»Hallo, Birand. Nein, nein, überhaupt nicht.«

»Ich habe gerade eben schon mal angerufen.«

»Das habe ich auch gehört, nur habe ich es nicht rechtzeitig geschafft, ranzugehen. Womit kann ich dir helfen?«

»Hast du vergessen, dass ich vor ein paar Tagen angerufen habe …? Oder hattest du bloß zu viel mit diesem Terroristen zu tun?«

»Ja, es ist ein wenig hektisch, aber vergessen habe ich dich bestimmt nicht. Um was geht's denn?«

»Die beiden Jungs, von denen ich dir erzählt habe, wollen sich gern mit der Polizei unterhalten. Sie wollen den Überfall anzeigen.«

»Dafür gibt es doch geregelte Abläufe, Birand. Am einfachsten melden sie sich direkt im Präsidium und sagen, dass sie einen Überfall anzeigen möchten.«

»Weißt du, Nina … das wollen sie eigentlich nicht. Sie waren früher in ein paar Dinge verwickelt, zwar nur kleinere Vergehen, aber trotzdem. Da habe ich den Vorschlag gemacht, dass sie sich vielleicht an dich wenden könnten. Zumindest für den Anfang.

Das Interessante daran war ja, dass der Täter irgendetwas in die Richtung gesagt hat, dass es ihnen ergehen könnte ›wie den anderen zwei‹.«

»Solche Dinge sagt man eben in aufgeheizten Situationen wie dieser. Das bedeutet wohl kaum, dass der Mann etwas über die anderen zwei weiß. Also, wenn wir davon ausgehen, dass mit ›die zwei anderen‹ tatsächlich die ersten beiden Opfer im Bandenkrieg gemeint sind.«

»Genau daran habe ich gedacht, als die Jungs es mir erzählt haben, Nina. Diese beiden muss er gemeint haben! Was sagst du? Ich glaube, sie wollen nur mit der Polizei reden, weil ich so gut von dir gesprochen habe.«

»Das ist auch wirklich nett von dir, Birand. Aber das Problem ist, dass ich alle Hände voll zu tun habe.«

»Ich könnte sofort mit ihnen vorbeikommen. Einem der Väter habe ich versprochen, dass ich sie begleite.«

»Was meinst du? Wo willst du mit ihnen vorbeikommen?«

»Bei dir zu Hause.«

»Das ist eher keine gute Idee.«

»Du sagst doch immer, ich soll mich melden, wenn etwas anliegt, oder etwa nicht, Nina?«

»Doch, das stimmt. Lass mich nur kurz nachdenken …«

Sie saß in der Zwickmühle. Diesen Gefallen konnte sie Ali Birand unmöglich tun, aber wenn sie Nein sagte, zerstörte sie mehrere Jahre voller Freundschaft und das gegenseitige Vertrauen, das sie sich in ihrer Funktion als PET-Kontaktperson mühsam erarbeitet hatte. Sie hatten für solche Dinge keine Zeit – nicht jetzt.

»Okay, dann treffen wir uns. In zwanzig Minuten, schafft ihr das?«

»Aber sicher, Nina. Wo?«

Sie hatten sich Kaffee in Pappbechern und Käsebrötchen vom Bäcker aus der Nørregade besorgt und warteten. Der Kaffee war gut und stark, sodass sie langsam, aber sicher wieder in der Realität ankamen. Zulfikkur Wur befand sich immer noch irgendwo da draußen, und es war immer noch ihre Aufgabe, ihn zu finden. Die maßgebliche Frage war dieselbe wie an den vergangenen Tagen: Wo?

Nina und Tim saßen vor der Bühne im Byparken, auf der untersten Stufe des Amphitheaters. Die Zuschauerränge waren als schmale Terrassen in dem steilen Hang unterhalb des Wasserturms angelegt worden, dessen Umrisse sich scharf vor dem blauen Vormittagshimmel abzeichneten. Hinter dem Turm befanden sich das Kunstmuseum und das Musikhaus, deren Ensemble einen schönen Kontrast zum lärmenden Treiben des Hafens abgaben.

Nina schaute auf die Uhr. Sie waren pünktlich, aber von Ali Birand und den beiden Jungs war nichts zu sehen.

»Noch fünf Minuten, dann hauen wir ab«, sagte Wejse.

Sie nickte. Tim war ungeduldig, das spürte sie, doch in diesem Moment tauchten Birand und die beiden Jugendlichen zum Glück auf. Birand ging vorneweg, hinter ihm seine jungen Begleiter mit breiten Schultern. Allerdings trug einer von ihnen den Arm in einer Schlinge. Sie kamen den Gehweg von der Havnegade aus nach unten zur Bühne.

»Hoppla …«

Tim drehte sich zu ihr um.

»Was ist denn?«

»Ich glaube, den einen kenne ich«, antwortete sie.

Der alternde Birand in seinem schwarzen Jackett und die beiden Jugendlichen, die je einen pinken und einen knallgelben Kapuzenpullover trugen, bildeten ein ungleiches Trio.

»Der kleine Mistkerl in dem gelben Pulli und dem Arm in der

Schlinge ist vorbestraft, wegen Körperverletzung. Hat mit ein paar anderen einen betrunkenen älteren Mann zusammengeschlagen, der einem aus der Bande aus Versehen ein wenig Bier übergeschüttet hatte. Das muss vor ein oder zwei Jahren gewesen sein. Ob Ali Birand wohl ahnt, was für Typen er da im Schlepptau hat?«

Sie und Tim standen auf, gaben den drei Hinzugekommenen die Hand und stellten sich vor. Birand übernahm die Vorstellung für seine jugendlichen Begleiter.

»Was geht ab, Lady, hab ich Sie nicht schon mal gesehen?«, fragte der im gelben Pullover skeptisch. Der Junge hatte Hamsterbacken und auffällig weiche Gesichtszüge, beides untrügliche Zeichen, dass er Steroide nahm. Am linken Auge hatte er ein dickes Veilchen und einen Schnitt in der Augenbraue.

»Woher soll ich wissen, ob du mich schon mal gesehen hast?«

»Vergessen Sie's«, erwiderte der Hamster.

Keiner der beiden reizenden Exemplare machte irgendwelche Anstalten, noch etwas zu sagen, sodass Birand einspringen musste.

»Danke, dass du es einrichten konntest, Nina.«

»Kein Problem. Aber wobei soll ich euch denn helfen?« Sie schaute den beiden Jungen in die Gesichter, die daraufhin betreten mit den Füßen im Kies scharrten.

»Körperverletzung, Mann, krasse Körperverletzung, also an uns, verstehen Sie?«

Offensichtlich war der Schmalere der beiden ebenfalls in der Lage, zu sprechen. Seine Lippe war gespalten und immer noch ein wenig geschwollen.

»Nina, sie wollen einen Überfall mit Körperverletzung anzeigen«, erklärte Birand. Seine Rolle als Vermittler schien ihm nicht zu behagen.

»Okay, ein Überfall mit Körperverletzung. Wollen wir uns hinsetzen?«

»Wir stehen lieber«, sagte der Hamster.

»Ausgezeichnet. Wenn ich mir die Sache ansehen soll, müsst ihr mir schon etwas über den Angriff erzählen. Wann und wo es passiert ist, wäre ein guter Anfang.«

Wie sich herausstellte, war der Pinke fürs Reden zuständig.

»Also, vor acht Tagen. Abends. In der Nørregade, so gegen zwanzig nach zwölf oder halb eins. Da kommt dieser Penner auf uns zu. Er geht auf unserem Gehweg, und er …«

»Euer Gehweg?«

»Ja, da, wo wir halt gerade laufen, Mann. Ist das so schwer zu kapieren?«

»Woher kommt der Mann?«

»Um die Ecke, also aus der Torvegade, glaube ich.«

»Vom Marktplatz her oder aus der anderen Richtung?«

»Vom Marktplatz … Also, wir gehen bergauf, er bergab, und als wir auf gleicher Höhe sind, rennt er voll in mich rein, dieser Verrückte. Wir versuchen, ihn zu ignorieren, aber dann schlägt er mich in den Bauch, und es gibt Stress.«

»Und ihr habt ganz sicher nichts getan? Ihn nicht provoziert? Nicht geschubst?«

»Kapieren Sie's, Lady. Es war so, wie mein Kumpel gesagt hat. Das Arschloch dreht völlig durch, brüllt die übliche Scheiße wie ›Kanake‹, ›Drecksausländer‹ und so, und dann geht er mit seinem Karategehampel auf uns los, dieses Rassistenschwein«, sagte der Hamster aufgebracht.

»Wie sah er aus?«

Keiner der beiden antwortete.

»Es war schon megadunkel«, sagte der Pinkfarbene schulterzuckend.

»Klein, groß, dick, dünn?«, versuchte Nina, ihm auf die Sprünge zu helfen.

»Normal, so groß wie ich«, antwortete der junge Mann.

»Und die Kleider?«

»Schwarzer Hoodie.«

»Das Gesicht?«

»Keine Ahnung, ein scheißnormaler Kopf halt. Kurz rasierte Haare.«

»Welche Haarfarbe?«

»Schwarz – oder dunkel.«

»Ein weißer Mann … Also ein Däne, tippe ich mal.«

»Klar, was sonst?«

»Wie alt?«

»Woher soll ich das wissen?«

»Schätz mal.«

»So dreißig, fünfunddreißig vielleicht …«

»Und sonst ist euch nichts aufgefallen?«

»Nope.«

»Birand hat mir erzählt, der Mann hätte noch etwas anderes gesagt. Er hat euch gedroht?«

»Ja, er hat gesagt, wenn er uns zwei noch mal erwischt, dann würden wir ›genauso enden wie die anderen beiden Mistkerle‹. Genau das hat dieser geistesgestörte Hund gesagt. Und dann hat er noch gemeint, wenn wir uns das nicht merken, würde er uns ›auslöschen‹.«

»›Auslöschen‹? Das klingt speziell. Hat er sonst noch was gesagt?«

»Nein, er hat uns nur fertiggemacht.«

»Und jetzt wollt ihr den Kerl also anzeigen?«

»Hey, das ist ja echt eine kluge Bullentussi, die du da kennst, Ali. Gut kombiniert …«, sagte der Pinke mit einem übertriebenen Grinsen.

»Und warum wollt ihr Anzeige erstatten?« Zum ersten Mal mischte sich auch Wejse in das Gespräch ein.

»Wer ist der eigentlich?«, wollte der Hamster wissen.

»Mein Kollege. Und jetzt beantworte gefälligst die Frage …« Nina war kurz davor, das Treffen abzublasen und Ali zu sagen, dass sie leider nichts für ihn tun konnte.

»Hey, ist es etwa erlaubt, einfach so unschuldige Leute anzugreifen? Wenn es jemand wie wir ist, dann ist das kein Problem, oder was? Wir müssen uns in diesem Drecksland schon genug rassistische Scheiße gefallen lassen … Irgendwann ist es einfach genug, Mann. Und dann kommt so ein Arschloch und macht uns fertig, und wir sollen uns das gefallen lassen?«

»Nein, das müsst ihr nicht«, widersprach Nina.

Der Pinke schob seine geschwollene Oberlippe auf die Seite und entblößte eine Zahnlücke, ehe er weitersprach.

»Zum Zahnarzt muss ich auch, das wird verdammt teuer. Dafür wird er bluten, dieser Hundesohn.«

»Ja, und was ist mit meinem Schlüsselbein? Ich kann überhaupt nichts mehr machen. Außerdem ist mein Handy kaputtgegangen, als er auf uns losgegangen ist. Das war brandneu, Mann, ich will Schadensersatz«, fügte der Hamsterbäckige hinzu. »Und hier habe ich auch noch eine Verletzung. Wissen Sie, was das alles kostet, Lady?«

Er zeigte auf eine Schürfwunde an seinem Ellenbogen.

»Hört auf zu heulen und nehmt euch einen Keks, Jungs. Ihr seid echte Jammerlappen.«

Ihr Temperament ging mit ihr durch. Das Benehmen der beiden reizte sie bis aufs Messer. Sie konnte sich nicht zügeln.

»Wisst ihr, was ich denke? Ich denke, ihr wart selbst schuld. Ich glaube, ihr habt den Typen provoziert, und nicht zu knapp. Ihr habt es so weit getrieben, bis der Kerl euch auf ›eurem Gehweg‹ den Hintern versohlt hat, verdientermaßen. Und jetzt, wo sich die Gelegenheit bietet, wollt ihr daraus Profit schlagen und eine Entschädigung kassieren. Tut mir leid, Birand, aber das ist wirklich erbärmlich.«

Der alte Türke schaute zu Boden, während seine Begleiter sichtlich wütend wurden.

»Was sagst du da, Bitch? Unsere Schuld? Du bist doch nicht ganz dicht im Kopf! Wir sind …«

»Okay, jetzt reicht es.«

Wejse baute sich vor den beiden auf. Er überragte den Pinken beinahe um einen ganzen Kopf – und breiter war er auch.

»Lasst uns alle schön ruhig bleiben. Wir kümmern uns darum, dass der Überfall offiziell zur Anzeige gebracht wird. Dafür liefert ihr uns eine Personenbeschreibung des Kerls, und ihr kommt mit aufs Revier, um euch ein paar Fotos anzusehen. Wenn ihr das macht, regeln wir den Papierkram, damit ihr Schadensersatz beantragen könnt. Deal?«

»Okay, Mann. Sie sind wenigstens nicht so hohl in der Birne wie die Lady da …« Der Hamster machte eine abfällige Kopfbewegung in Ninas Richtung.

Nina ärgerte sich darüber, dass Tim hatte eingreifen müssen. Es war unprofessionell von ihr, aber bei solchen Typen fiel es ihr unfassbar schwer, sich zu zügeln.

»Lasst uns zusammen hingehen. Und falls wir kein Foto des Täters in unseren Akten haben, dann müsst ihr noch mal kommen, damit wir ein Phantombild zeichnen lassen können. Okay?« Wejse sah die beiden fragend an. Sie nickten.

»Dann zeichnet ihr mal.« Der Schmalere der beiden grinste höhnisch.

In seiner abgetragenen schwarzen Anzugjacke ging Ali Birand den Parkweg wieder nach oben. Nina rätselte, ob ihr kleiner Ausbruch Konsequenzen für ihr ansonsten so gutes und freundschaftliches Verhältnis haben würde. Die beiden jungen Kerle trotteten hinter Birand her. Sie schaute zu Wejse und nickte ihm zu. Ohne seine Unterstützung wäre die Situation noch weiter eskaliert.

»Danke, Tim.«

»Du hättest die Sache beinahe vermasselt.«

»Jepp, ich weiß, das war nicht gut. Die zwei sind echt miese Typen, und ja … da ist bei mir einfach die Sicherung durchgebrannt.«

»Wenn sie wirklich einen Mann getroffen haben, der für die ersten beiden Morde verantwortlich ist, haben wir eine vollkommen neue Ausgangslage. Dann hätte jemand Externes den Bandenkrieg ausgelöst, ihr hättet in den falschen Kreisen ermittelt. Dann hättet ihr nach zwei Tätern gesucht – obwohl es nur einen gab.«

»Du misst den Aussagen der beiden zu viel Bedeutung zu. Wer weiß, welche Beleidigungen du solchen Typen wie den beiden an den Kopf werfen würdest, wenn sie dich überfallen? Außerdem wurden Osmanović und Yilmaz nicht auf die gleiche Art erschossen und auch nicht mit derselben Waffe.«

»Aber wir sind uns schon einig, dass die Sache überprüft werden muss?«

»Ja, ja, du hast ja recht, verflucht. Ich finde nur, dass momentan nichts wichtiger ist als Zulfikkur Wur. Und mit dieser Meinung bin ich nicht allein.«

»Komm, gehen wir.«

Birand und seine Begleiter hatten schon die Hälfte des Parkwegs hinauf in Richtung Stadt zurückgelegt.

53

Henrik Hornemann lag auf dem Boden und hatte ihm den Rücken zugewandt. Der Soldat war lange wach gewesen, vielleicht sogar die ganze Nacht hindurch? Zulfikkur Wur konnte es nicht genau sagen, denn er selbst hatte tief und fest geschlafen.

Gegen acht Uhr war er aufgewacht, und da hatte Hornemann ihn vom Boden aus angestarrt. Natürlich hatte der Däne eine brennende Frage, und auch er selbst wollte unbedingt Antworten haben. Doch das konnte warten, und so war er wieder in einen leichten und angenehmen Schlaf gefallen. Er spürte förmlich, wie wohltuend die Ruhe für seinen Kopf war.

Jetzt saß er auf dem Sofa, das Mobiltelefon in der Hand. Er hatte sich entschieden, er würde Britt anrufen. Die Prepaidkarte konnte zwar nicht geortet werden, aber dafür wurde ihr Telefon zu Hause in Malmö selbstverständlich abgehört. Damit sie einen Moment ungestört sprechen konnten, würde sie das Telefon ihrer Nachbarn Lisa und Göran nutzen müssen.

Es fühlte sich beinahe wie ein heiliger Moment an, als er ihre Nummer wählte, so sehr hatte er sich darauf gefreut, so sehr hatte er es herbeigesehnt.

»Hallo, hier ist Britt.«

»Hi, mein Schatz.«

»Zulle?! Bist du das?«

»Ja, hör zu, Schatz. Geh rüber zu Lisa und Göran. Ich rufe in zwei Minuten wieder an.«

»Warum? O, natürlich …«

Britt legte auf. Vor seinem inneren Auge sah er sie durch die

Vordertür und zu ihren Nachbarn eilen. »Zulle« … Dass er noch einmal so genannt wurde. Auf der ganzen Welt gab es nur einen Ort, an dem er »Zulle« war.

Beim Blick auf den Sekundenzeiger der Armbanduhr bedankte er sich im Stillen bei dem deutschen Familienvater, dem er sie genau genommen gestohlen hatte. Jetzt war Britt auf dem Bürgersteig, sie rannte, während der Sekundenzeiger in ruhigem Tempo voranschritt. Jetzt erreichte sie die Einfahrt, die Vordertreppe, sie schellte an der Tür, wartete … Lisa öffnete. Er starrte auf den Sekundenzeiger. Britt erklärte Lisa die Situation, dann folgte sie ihr ins Wohnzimmer, wo neben dem alten Herrenhausstuhl das Telefon stand.

Er wählte die Nummer. Es klingelte.

»Ja!«

Britt klang außer Atem und ein wenig durch den Wind.

»Wie geht's dir, mein Schatz?«, fragte er.

»Gut. Nein … beschissen. Es ist die Hölle.«

»Und den Kindern?«

»Sie vermissen dich, Zulle. Sie begreifen das alles nicht, und ich auch nicht. Es ist ein Albtraum, der absolute Horror …«

»Alles wird wieder gut werden.«

»Ich glaube nicht mehr daran. Wie denn?«

»Ihr müsst stark sein! Glaubt daran, glaubt an mich. Ich arbeite an einer Lösung.«

»O! Eine Sache darf ich nicht vergessen. Ein Mann ist vorbeigekommen, Zulle. Er hat gesagt, wenn du dich meldest, soll ich dir eine Nachricht übermitteln … Eine lebenswichtige Nachricht, meinte er. Warte kurz, ich habe den Zettel in der Tasche. Ich trage ihn immer bei mir, nachts liegt er sogar neben dem Bett. Ich habe so viel an dich gedacht, mein Schatz. Ich habe …«

»Wer war der Mann?«

»Er sagte, sein Name wäre Henry Swann.«

»Wann kam er?«

»Zwei Tage nach der Sache mit dem Flugzeug … Hier ist die Nachricht, die er mir gegeben hat. Hast du etwas zu schreiben, Schatz?«

»Einen Moment.«

Er stieg über Hornemann und nahm sich ein Blatt Papier und einen Kugelschreiber vom Schreibtisch.

»Ja, ich bin bereit.«

Britt diktierte ihm die lange und komplizierte Adresse einer Internetseite, die er wiederholte, um sicherzugehen, dass er sie korrekt notiert hatte.

»Er sagte, du sollst dich auf der Seite einloggen. Sie sei hundertprozentig sicher. Nur Leute mit einem Passwort haben Zugriff darauf.«

»Und wie lautet das Passwort?«

»Das hat er mir nicht genannt, aber ich soll dir Folgendes ausrichten: ›Damaskus 2006, an einem Dienstag im April‹.«

»Damaskus 2006, an einem Dienstag im April?«

»Er meinte, du würdest verstehen, was es bedeutet. Nur du.«

»Okay.«

»Wo bist du, Schatz? Wie kommst du zurecht?«

»Nicht jetzt, Britt. Wir müssen Schluss machen. Aber ich verspreche dir – und den Kindern –, dass alles wieder gut wird. Denk daran. Gib ihnen einen Kuss von mir.«

Dann legte er auf. Ohne ein weiteres Wort, ohne sich zu verabschieden. Es kam ihm vor, als sei das die brutalste Aktion von allen. Aber er hatte keine andere Wahl als aufzulegen – und seine Liebsten loszulassen. Er setzte sich auf den Schreibtischstuhl und schaute auf den braunen Backsteinbau des Supermarkts. Für einen Augenblick zu viert, mit Britt, Mats und Annika, würde er alles geben.

Auf dem Boden rührte sich Hornemann und gab ein paar wütende Grunzlaute von sich. Vielleicht hatte er Hunger oder Durst. Seit seiner ausgedehnten Joggingrunde hatte er nichts mehr zu trinken bekommen. Wur umfasste den trainierten Oberkörper des Dänen und richtete ihn auf, sodass sich Hornemann mit dem Rücken gegen das Sofa lehnen konnte.

»Wenn ich das Tape abziehe, hältst du den Mund. Ansonsten …« Er nahm die Pistole vom Tisch und presste sie gegen Hornemanns Hals.

Der Däne nickte, und Wur riss das Klebeband herunter.

»Wasser … Ich habe Durst«, bat Hornemann mit heiserer Stimme.

Wur ging in die Küche, füllte das größte Glas, das er finden konnte, mit Wasser und flößte es dem Dänen im Wohnzimmer ein. Hornemann trank gierig, und in wenigen Sekunden war das Glas leer.

»Mehr …«

Die Prozedur wiederholte sich, und als das zweite Glas geleert war, sah Hornemann ihn mit ruhigem Blick an.

»Wie hast du mich gefunden?«, fragte er Wur.

Das war sie also, die Frage, die den Mann die ganze Nacht über wach gehalten hatte.

»Warum hast du ihn erschossen?«

Er lächelte. Jetzt hatten sie beide ihre Fragen gestellt.

Hornemann machte allerdings keine Anstalten, zu antworten. *Quid pro quo*, dachte Wur, schob die Pistole unter den Hosenbund und trat vors Fenster. Draußen war an diesem Sonntagvormittag fast niemand zu sehen.

Damaskus, 2006, an einem Dienstag im April …

Er wusste nicht, ob es eine Falle oder ein Rettungsanker war. Er musste es sorgsam abwägen.

»Wieso hast du den Reporter von CNN erschossen? War es etwas Persönliches?«

Wur versuchte, möglichst uninteressiert zu klingen, und drehte Hornemann den Rücken zu.

»Das geht dich nichts an.«

»Die Bilder an der Wand und die Kerzen … Was hat es damit auf sich?«

Hornemann blieb stumm. Also machte sich Wur selbst auf die Suche nach Antworten. Zuerst durchstöberte er die Schubladen des Schreibtischs, anschließend die in der Kommode. Darin lagen mehrere eingerahmte Soldatenfotos, überwiegend Gruppenaufnahmen, aber auch einige wenige, die Hornemann oder den Mann zeigten, dessen Bild im Wohnzimmer an der Wand hing. Sorgfältig verstaut in einer Plastiktüte fand er ein bordeauxrotes Barrett mit einem goldenen Anstecker, ganz ähnlich dem des Mannes auf dem Bild an der Wand.

Er setzte seine Suche in den kleineren Regalschubladen fort. In der obersten entdeckte er die Streifen von zwei durchgerissenen Fotos, die er auf dem Couchtisch wieder zusammenfügte. Ursprünglich waren zwei Männer darauf abgebildet gewesen, beides Ausländer, ihrer Hautfarbe nach zu urteilen.

»Nett sehen die beiden nicht gerade aus, was? Kannst du sie nicht leiden, oder warum sind ihre Fotos zerrissen?«

Diesmal erwartete Wur keine Antwort, und er legte die Streifen wieder zurück. In den nächsten Schubladen befand sich nichts Spannendes mehr. Nach vorn gebeugt und mit auf die Knie gestützten Händen betrachtete er die drei Bilder an der Wand.

»Wer er ist, hätten wir geklärt«, sagte er und berührte das Glas mit dem Zeigefinger. »Er war dein Kamerad, vielleicht sogar dein bester Freund. Und jetzt ist er tot. So ist das eben mit Soldaten, sie gehen das Risiko ein, zu sterben … Aber wer ist das Mädchen? Und der Junge? Wie sind die beiden gestorben? Machen wir einen Deal, Hornemann? Du beantwortest meine Fragen – und ich beantworte deine.«

»Leck mich.«

Wur riss ein neues Stück Tape von der Rolle und klebte es über Hornemanns Mund. Dann setzte er sich an den Schreibtisch. Er musste die Sache mit sich selbst ausmachen. Sollte er – oder sollte er nicht? Und er musste die Aktion gegen das Risiko abwägen, das es bedeutete, noch eine Weile in Esbjerg zu bleiben.

»Damaskus 2006, an einem Dienstag im April.«

Auch damals hatte sich der Mann als Henry Swann vorgestellt.

Der Computer war angeschaltet. Wur tippte die lange Adresse in den Browser und drückte auf Enter. Er landete in einem Diskussionsforum, in dem sich Akademiker über juristische Fragen austauschen konnten. Im neuesten Thread ging es um Ethik und Moral im amerikanischen Gefängniswesen, und einer der Beiträge stammte von einem Henry Swann. Wur zögerte einen Moment. Er fuhr mit dem Mauszeiger über den Bildschirm, wobei er bemerkte, dass der Name »Swann« einen Link enthielt. Nachdem er daraufgeklickt hatte, wurde er zu einem privaten Chatroom weitergeleitet, wo er ein Passwort eingeben sollte.

»Rawda.«

Er tippte die fünf Buchstaben ein und bestätigte die Eingabe.

Damals, 2006, hatte er Henry Swann im Café Rawda in Damaskus getroffen. Swann selbst hatte um ein Treffen in dem uralten Café, einem kulturellen Schmelztiegel, gebeten. Es wurde ein Treffen, das ohne jegliches Ergebnis blieb.

Die Tür war offen, er hatte es geschafft. Auf dem Bildschirm erschien nur eine einzige Textzeile:

Swann sagt: Willkommen, Jonathan Greenway.

Wur reagierte sofort und schickte seine Replik ab, die sich über Swanns Textzeile schob.

Wur sagt: Was willst du?

Jetzt musste er nur noch abwarten.

54

Am Tischende stand Thøgersen in einem dunkelblauen Sweatshirt mit aufgestickter Kompassrose, bei dem sich Nina sicher war, dass es aus dem Supermarkt stammte. Thøgersen sah unendlich müde aus. In den vergangenen zwanzig Minuten hatte er die aktuelle Situation umrissen, und jetzt machte er den Anschein, als brächte er kein einziges Wort mehr heraus.

»Und denkt dran, alles, was mit dem Bandenkrieg zu tun hat, geht direkt an mich.«

Nach der letzten Bemerkung ließ sich Thøgersen schwer auf seinen Stuhl fallen. Das Briefing näherte sich dem Ende. Birkedal schlurfte zu seinem Lieblingsplatz am Fenster und ließ seinen Blick durch den vollbesetzten Raum wandern.

»Und alles, was mit der Fahndung nach Zulfikkur Wur in Verbindung steht, läuft über mich. Wir arbeiten mit unveränderter Stärke weiter, Leute. Jeden Moment ergibt sich eine Gelegenheit. Jeden Moment begeht er einen Fehler. Da können wir einen drauf lassen! Wir werden bereit sein, zuzuschlagen. Passt auf euch auf!«

Nach und nach standen die Anwesenden auf und verließen den Raum. Die allgemeine Stimmung befand sich auf einem geradezu lähmenden Tiefpunkt. Inzwischen gaben sie eine beinahe lächerlich dumme Figur ab, und wem gefiel das schon?

Die vielen Übertragungswagen aus der Karawane an der Küste belagerten jetzt das Polizeipräsidium und verstopften die umliegenden Straßen. Nina selbst hatte noch nichts davon mitbekommen, aber dem Vernehmen nach hagelte es Kritik an der dänischen Polizei, insbesondere natürlich von CNN.

Weder Thøgersen noch Birkedal hatten versucht, irgendetwas schönzureden. Sie hatten keinen einzigen Verdächtigen anzubieten, weder im Fall der beiden Hinrichtungen noch in dem des Brandanschlags in der Englandsgade, nicht im Fall des getöteten Kleinkinds – und auch nicht in dem Fall des von einem Heckenschützen getöteten CNN-Reporter. Und natürlich hatten sie auch im neuesten Fall, dem ausgebrannten BMW, keinerlei Spuren. Es war wirklich kurios. Auch wenn das zerstörte Auto im Vergleich zu den anderen Teilen des komplexen Fallgefüges, zu dem sich der Bandenkrieg entwickelt hatte, von eher sekundärer Bedeutung war, so war es doch höchst symptomatisch, dass die Karre bis auf die Felgen heruntergebrannt war – ohne dass sie auch nur einen Ermittlungsansatz hatten, dem sie hätten nachgehen können.

Als einzigen kleinen Erfolg in Sachen Bandenkrieg konnten sie die Verhaftung des Mannes in Deutschland verbuchen, der für die Schüsse in der Storegade verantwortlich war. Allerdings war das nur ein schwacher Trost angesichts der eklatanten Defizite, was die übrigen Fälle betraf.

Dazu kam die gnadenlose Aufmerksamkeit, mit der die Presse die Suche nach Zulfikkur Wur bedachte. Ihr Fiasko in diesem Fall war unübersehbar. Wur war verschwunden. Die ganze Sache hatte etwas unfreiwillig Komisches an sich, fast erinnerte es an Dick und Doof. Für die Beamten der Polizei fühlte es sich an wie eine schallende Ohrfeige.

Eine solche wollte Nina liebend gern Ali Birands beiden Begleitern verpassen. Die zwei Halbstarken hatten keinen einzigen der üblichen Verdächtigen aus den diversen Verbrecherkategorien des Nationalen Fotoregisters wiedererkannt. Stattdessen hatten sie nur blöd gelacht und sich über die Gesichter lustig gemacht, die auf dem Bildschirm erschienen waren. Vor allem aber hatten sie Nina durchgehend provoziert.

Die Unentschlossenheit der beiden Nachwuchsgangster ließ

Nina ernsthaft daran zweifeln, inwiefern sie überhaupt dazu fähig wären, eine vernünftige Täterbeschreibung abzugeben. Trotzdem hatten sie vereinbart, dass die zwei am späten Nachmittag erneut ins Präsidium kommen sollten, wenn eine Zeichnerin anwesend war.

Im ersten Anlauf hatte Nina überlegt, ein Phantomfoto anfertigen zu lassen. Diese Art von Täterbeschreibung wurde nur äußerst selten genutzt, und wenn, dann meist im Zusammenhang mit Serienverbrechen, bei denen das Aussehen des Täters aus mehreren Zeugenaussagen rekonstruiert werden konnte. Solche Fotos mussten von einem Experten des Kriminaltechnischen Zentrums in Kopenhagen erstellt werden, und normalerweise brauchte es eine solide Grundlage in Form mehrerer Zeugenaussagen. Nach den enttäuschend vagen Beschreibungen der beiden großmäuligen Kerle musste Nina den Gedanken daran wieder verwerfen.

Stattdessen hatte sie eine Zeichnerin aus der Gegend angerufen, deren Dienste sie gelegentlich in Anspruch nahmen. Die Frau hatte erst am späten Nachmittag Zeit. Dann durften die beiden Halbstarken ihre Prüfung ablegen. Bestanden sie, konnte Nina immer noch ein Phantomfoto anfordern, falls die Zeichnung nicht aussagekräftig genug sein sollte. Abgesehen davon bestand auf diese Weise die Möglichkeit, dass sie sich in einem kleinen Zimmer im hinteren Gebäudeflügel trafen. Dieser Teil des Präsidiums stand zurzeit leer, und so würden nur wenige etwas von ihren halbgaren Machenschaften mitbekommen.

Nina hatte ihr Vorhaben nämlich weder gegenüber Birkedal noch gegenüber Thøgersen erwähnt, jedenfalls noch nicht, aber selbstverständlich würde sie ihre Chefs bald davon in Kenntnis setzen. Thøgersen würde die Sache durchwinken, und das machte alles ein wenig einfacher.

Wejse hatte recht damit, dass sie die Hinweise der beiden

halbstarken Türken überprüfen mussten. Darüber war sich Nina im Klaren. Das Problem bestand nur darin, dass das, was der Schläger vielleicht, vielleicht aber auch nicht gesagt hatte, im Grunde harmloses Gerede war. Solche leeren Aussagen oder Drohungen konnten jedem herausrutschen, der sich in einer Konfliktsituation mit Typen wie den beiden jungen Türken befand. Wenn alles drunter und drüber ging, verschwendete man keine kostbare Zeit damit, sich Gedanken über Beleidigungen, Flüche oder Drohungen zu machen. Nina konnte Birkedals Absage schon hören.

Also würde sie Thøgersen eben ein wenig um den Finger wickeln müssen und es ihm so einfach wie möglich machen, ihrem Vorhaben zuzustimmen. Daher würde sie warten, bis sie Thøgersen ein fertiges Fahndungsporträt auf den Tisch legen konnte, das im Anschluss in den Medien verbreitet werden sollte.

Nina blieb mit der Kaffeetasse in den Händen sitzen, als die Letzten den Besprechungsraum verließen. Auch Madsen und Monberg standen jetzt auf. Sie bildeten ein ungleiches Duo. Der knochentrockene, ausgebuffte, allwissende Veteran Madsen und Monberg, das Muskelpaket.

»Na, wenn das mal nicht die M&M's sind … Wie ist die Lage?«

Die beiden Ermittler nahmen sich je einen Stuhl und setzten sich wieder.

»Hmm, nicht alles besteht aus Schokolade, Nina«, erwiderte Madsen mit einem schiefen Grinsen.

Es dauerte ein oder zwei Sekunden, bis der Groschen beim zweiten »M« fiel und auch Monberg auflachte.

»Aber es sieht ganz vielversprechend aus«, meinte Madsen. »Nachdem der Vater sein Gewissen erleichtert hatte, konnten wir bei einigen Bosniern Telefonleitungen abhören, und diese Leute reden viel – auch über sich selbst. Einen der Kerle haben wir besonders ins Auge gefasst. Momentan ist er ziemlich nervös, und wir glauben zu wissen, warum. Eigentlich sollte es nur ein Warnschuss sein, und seit dem Mann aufgegangen ist, dass er ein Baby auf dem Gewissen hat, ist er richtiggehend panisch. Wir beschatten ihn noch, weil wir davon ausgehen, dass er die Waffe irgendwo in der Stadt versteckt hat.«

»Also heißt es, hartnäckig bleiben und Geduld haben?«

»Ja, früher oder später sagt – oder tut – er etwas Dummes. Er ist einfach nicht so abgebrüht wie die anderen Banditen.«

»Der Kerl fällt aus der Reihe, eindeutig«, stimmte Monberg voller Überzeugung zu.

»Schön, endlich mal eine positive Nachricht zu hören«, seufzte Nina.

»Blix macht uns auch ordentlich Druck«, murmelte Madsen. »Wenn wir den Mann schnappen, der das Baby getötet hat, verschafft uns das eventuell ein bisschen Luft. Und die könnten wir gerade alle ganz gut gebrauchen …«

»Ich sehe lieber zu, dass ich in die Gänge komme. Jetzt, wo die gesamte Weltpresse offensichtlich glaubt, wir lägen hier bloß auf der faulen Haut«, erwiderte Nina.

»Wir müssen auch weiter. Und nur mit der Ruhe, Nina. Noch zwei bis drei Tage, und dann kriegen wir ihn«, sagte Madsen. Er wusste genau, wie sehr sie die Sache mit dem Baby mitnahm. So erging es wohl allen, die in der Tatnacht vor Ort gewesen waren.

»Das klingt gut, Werner.«

Sie drückte seinen Arm leicht, als sie den Besprechungsraum verließen.

Birkedal hatte sie noch einmal losgeschickt, um jeden ihrer Milieukontakte abzuklappern. Die Leute draußen mussten begreifen, dass man Zulfikkur Wur, falls es zu einer Verhaftung kommen sollte, ordentlich und gerecht behandeln würde. Nur dann würden sie wachsam sein und kooperieren.

Wejse und der Rest von Tarps PET-Gruppe hatten nicht an der

Besprechung teilgenommen. Sie waren damit beschäftigt, für den nötigen Überblick zu sorgen und die erforderlichen Genehmigungen einzuholen, um die Telefone von Schlüsselfiguren der Szene im ganzen Land anzuzapfen – ausgehend davon, dass Zulfikkur Wur auf Hilfe angewiesen war, um aus Esbjerg zu fliehen, und dass er möglicherweise wusste, an wen er sich in Dänemark zu wenden hatte. Jedenfalls, sofern er tatsächlich so schuldig war, wie die Amerikaner es behaupteten.

Nina schaute auf die Uhr. Bis die Zeichnerin eintraf, konnte sie es schaffen, ein paar Dinge zu erledigen. Später würde sie zur Fähre rasen. Sie hatte Birkedal Bescheid gegeben, dass sie einige Stunden Pause brauchte, da sie inzwischen seit mehreren Tagen nicht mehr zu Hause gewesen war und dort wichtige Familienangelegenheiten auf sie warteten. Sie würde in Sønderho zu Abend essen – und dabei versuchen, herauszufinden, wie es ihrem »vergessenen« Sohn ging.

55

Kringelduft und absolutes Chaos waren nur eine Fahrt mit der Fähre voneinander entfernt. Nina stand an Deck und schaute übers Meer und die Stadt. Hinter ihr lagen Fanø und Sønderho.

Es war wie immer ein schöner Besuch bei Astrid und Jørgen gewesen, in dem alten reetgedeckten Haus in der kleinen Straße namens Sønder Land, wo Nina aufgewachsen war.

Sie hatte sogar Zeit gehabt, vor dem Essen einen kleinen Abstecher in den Garten zu machen. Durch das Loch in der Hecke zu schlüpfen und sich auf die Bank oben auf dem Deich zu setzen, auf der sie gefühlt ihre halbe Kindheit verbracht hatte. Immer in Gedanken aufs Meer schauend, immer in der sehnsüchtigen Erwartung ihres Vaters. Und natürlich hatte sie auch die obligatorische Runde durch die Zimmer gedreht, in denen die Ölgemälde dicht an dicht hingen. Sie zeigten aufrechte Seeleute, Sønderhobewohner am Strand und Schoner im Sturm. All das war untrennbar mit ihnen selbst verbunden, den seefahrenden Portlands.

Auch in der Küche war die Decke noch genauso niedrig und die Schränke genauso blau wie eh und je – alles versprühte dasselbe Gefühl von Geborgenheit wie früher, aber gleichzeitig spürte Nina, dass irgendetwas Fremdes in der Luft lag. Ein stummer Missklang, ein Knirschen, das man fühlen konnte.

Astrid war dieselbe wie immer gewesen. Es war die Kombination aus Jonas' abhandengekommener Fröhlichkeit und Jørgens ernsten und sorgenvollen Blicken, die die Stimmung gedrückt hatte.

Sie hatte sich Mühe gegeben, sich gegenüber Jonas ganz normal zu verhalten, ja, gegenüber ihnen allen dreien, aber sie wussten natürlich sehr genau, dass dieses Mal nichts wirklich normal war. Nina war in einer scheinbar endlosen Verkettung von Ereignissen gefangen, die ihr absolut alles abverlangten. Und Jonas war auf frischer Tat beim Klauen in einem Sportgeschäft erwischt worden.

Dem alten Haus mit den weiß, grün und schwarz gemalten Strichen auf den Querhölzern über den Fenstern tat es einfach nicht gut, wenn es anders zuging als normal. Niemand, nicht einmal Jonas, hatte ihr etwas vorgeworfen. Jedenfalls hatte keiner etwas in diese Richtung gesagt.

Jonas hatte sich von ihr umarmen lassen, war den restlichen Abend aber weitestgehend still geblieben und hatte nur etwas gesagt, wenn er gefragt wurde.

Zum Kaffee in der Küche hatte es selbstgebackene Kringel gegeben.

Es war der einfache und bequeme Weg gewesen, nichts zu tun. Dennoch spürte Nina ihren Widerwillen und den inneren Drang, zu rebellieren, in sich aufsteigen, so wie früher, als sie um einiges jünger gewesen war. Das normale, schöne Bilderbuchleben in Sønderho konnte einem manchmal im Hals stecken bleiben und Übelkeit hervorrufen.

Jonas war so schnell wie möglich vom Tisch aufgestanden, um fernzusehen. Als Jørgen zu einer Diskussion über die aktuelle Situation und das Wohlergehen des Jungen ansetzte, war Nina ausgewichen und hatte gesagt, dass sie bald wieder zurück nach Esbjerg musste.

Wann über Jonas gesprochen wurde, hatte niemand zu bestimmen. Niemand außer ihr, denn sie war seine Mutter.

An diesem Abend zog sie das Chaos den Kringeln vor.

Ihr geliebtes Esbjerg glitt immer näher. Auf der schwarzen Wasseroberfläche spiegelten sich die Scheinwerferstrahlen der vielen Hafenbecken. Ganz links standen die Silos, manche davon erleuchtet. Dort lag Semco, dann kamen die Granly-Werke, die Kräne, die Esvagt-Schiffe, das hellblaue Mærsk-Logo mit dem weißen Stern am Danbor-Gebäude, der Hauptsitz von Blue Water im Frachthafen, wo sich die Container wie bunte Legosteine aufeinanderstapelten, und schließlich das Kraftwerk mit dem in den Himmel ragenden Schornstein.

Über dem Hafen standen, in sanftes Licht getaucht, der hübsche Wasserturm und das Musikhaus am Hang. Dahinter befanden sich Häuser, in denen Menschen wohnten – gute, böse, gewöhnliche und ungewöhnliche.

Nina trug die Stadt in sich, und die Stadt sie. Und dann gab es Zulfikkur Wur, der irgendwo in dieser Stadt saß und das Messer tief in ihren verletzten Stolz rammte.

Es gab den Schläger, der wahrscheinlich eher ein unschuldiges Opfer der beiden streitsuchenden türkischen Jungspunde gewesen war. Auch dieser Mann hielt sich irgendwo in der Stadt auf. Nina musste ihn finden, damit sie diese Angelegenheit von ihrer Liste mit offenen Fragen streichen konnte. Selbst den leisesten Verdacht, dass er etwas mit den ersten beiden Morden zu tun haben könnte, musste sie überprüfen.

Wie Zulfikkur Wur aussah, wussten sie. Bei dem zweiten Mann sah die Lage bedeutend schlechter aus. Nina zog eine Zeichnung aus der Jackentasche. Darauf war immerhin ein Mann zu erkennen. Aber welcher Mann?

Die Zeichnerin hatte sich riesige Mühe gegeben und außerdem eine kolossale Geduld an den Tag gelegt. Schuld waren die beiden türkischen Jugendlichen. Sie hatten nicht geliefert, was sie versprochen hatten. Weder die Stirnpartie noch die Augen, die Nase, der Mund oder das Kinn stimmten an der Zeichnung. Ging es überhaupt schlimmer? Das ständige Hin und Her bei der Beschreibung hatte die zwei Halbstarken eindeutig entlarvt.

Während der letzten Viertelstunde hatten sie jegliches Interesse an der Zeichnung verloren, und als die Zeichnerin ihnen den letzten Entwurf zeigte, hatten die beiden mit gleichgültiger Miene erklärt, die Zeichnung sei perfekt.

Nina knüllte das Phantombild zusammen. Es war das Papier nicht wert, auf dem es gezeichnet worden war.

Noch bestand eine winzige Chance, dass sie die Spur weiterverfolgen konnten. Darum wollte sie sich morgen kümmern. Denn jetzt ging es um Zulfikkur Wur. Sie musste zurück ins Präsidium und irgendetwas Sinnvolles tun.

56

Swann sagt: Bleib ruhig. Ich verspreche dir, wir geben unser Bestes.

Wur sagt: Ich habe darüber nachgedacht. Du musst mir eine Garantie geben.

Swann sagt: Du bist nicht in der Position, irgendetwas einzufordern. Nicht mehr als das, was ich dir bereits gegeben habe.

Er las die Nachrichten genauso schnell, wie sie auf dem Bildschirm erschienen. Nein, er konnte nichts einfordern. Er hatte sich entschlossen, es darauf ankommen zu lassen, und bis jetzt erschien ihm an ihrer Unterhaltung nichts verdächtig.

Wenn sie wollten, könnten Henry Swann und seine Leute die Wohnung stürmen. Sie hatten die IP-Adresse des Computers schon längst geortet. Dieses Risiko hatte Wur einkalkuliert. Wenn er sich ergab, würde er versuchen, zu verhandeln und etwas Brauchbares für sich dabei herauszuholen. Deshalb war es lebenswichtig, dass er mit den richtigen Leuten verhandelte. Nicht mit denen, die ihn entführt und nach Island verschleppt hatten. Es konnten alle möglichen Arten von offiziellen und inoffiziellen Operationen im Gange sein. Manche Leute sähen ihn vielleicht am liebsten tot, aber andere hatten möglicherweise noch Verwendung für ihn, wenn er am Leben blieb.

Henry Swann war seine einzige Möglichkeit, der einzige Weg, an sie heranzukommen. Jedenfalls der einzige Weg, den er einzuschlagen wagte.

Wur sagt: Okay. Wann höre ich etwas?

Swann sagt: Wenn alles geregelt ist. Ich habe um vierundzwanzig Stunden gebeten. Und du hast zugestimmt. Dabei bleibt es, ich brauche vierundzwanzig Stunden.

Wur sagt: Ich will wissen, ob alles nach Plan läuft.

Swann sagt: Ich melde mich morgen mit einem Lösungsvorschlag. 14:00 Uhr nach dänischer Zeit. Nicht früher.

Wur sagt: Wenn ihr mich verarscht, erlebt ihr die Hölle auf Erden. Das garantiere ich dir.

Swann sagt: Klingt nach einem fairen Deal.

Wur sagt: Sorg dafür, dass es ein guter Lösungsvorschlag wird. Und ein sicherer.

Swann sagt: Wir gehen kein Risiko ein. Over.

Eine Textzeile in roter Schrift erschien auf dem Bildschirm. Es war eine automatisch generierte Nachricht.

Swann hat den Raum verlassen.

Wur loggte sich ebenfalls aus.

Er hatte Hornemann aufs Sofa geholfen, wo der Däne jetzt saß und mit müden Augen fernsah. Aber Wur ließ sich nicht täuschen. Dieser Mann war brandgefährlich. In diesem Moment – oder besser gesagt, die ganze Zeit über – schätzte Hornemann seine Möglichkeiten ein, ihn zu überwältigen oder seine Situation auf irgendeine andere Weise zu verbessern. Aber selbst den allerbesten fiel so etwas schwer, wenn ihre Hände auf dem Rücken gefesselt und die Knöchel mit Klebeband aneinandergebunden waren. Da nützte ihm auch der Karate-Gi mit dem schwarzen Gürtel nichts, der im Schlafzimmer hing.

»Hast du Hunger?«

Hornemann schüttelte den Kopf.

»Durst?«

Diesmal nickte Hornemann.

»Okay, du kriegst ein Glas Milch.«

Als Wur das Klebeband entfernte, um den Dänen trinken zu lassen, flüsterte er:

»Warum hast du den Reporter von CNN erschossen?«

»Arschloch«, zischte Hornemann zwischen zwei Schlucken Milch.

»Warum so verbittert? Betrachte es als Abenteuer. Ich bin hoffentlich bald wieder weg. Und als Dank dafür, dass ich hier sein darf, schenke ich dir etwas. Es ist ein tolles Geschenk. Etwas, von dem ich weiß, dass du es dir wünschst. Es war das Kajak ... Was sagst du dazu? Glücklicherweise habe ich dich beobachtet, wie du es über den Strand getragen und vergraben hast. Ich habe es wieder ausgebuddelt, als du nicht mehr da warst. Und mit ein klein wenig Unterstützung von außen verraten eine Seriennummer und ein Aufkleber des Herstellers eine ganze Menge. Darauf wärst du niemals gekommen, was?«

Der Däne verzog keine Miene. Wur flößte ihm den letzten Rest Milch ein.

»Was ist? *Quid pro quo*?«

»Muslimisches Terroristenschwein!«

»Ach, du magst also keine Muslime? Sollen wir lieber über diese Menschen hier reden? Vielleicht sogar auf gesittete Art und Weise?«

Er nahm die drei gerahmten Fotos von der Wand und legte sie vor Hornemann auf den Couchtisch.

»Über ihn hier habe ich ja schon etwas gesagt: Er war dein Freund. Womöglich wurde er sogar von einem muslimischen Krieger an irgendeinem schrecklichen Ort getötet. So war es doch, oder?«

Hornemann würdigte ihn keines Blickes.

»Okay, anscheinend bist du noch nicht bereit ... Der Junge, was ist mit ihm? Er sieht ein wenig fremdartig aus. Er könnte zu deiner Familie gehören, vielleicht adoptiert, ein Pflegekind oder vielleicht auch ein Freund der Familie. Woran könnte ein so junger Kerl gestorben sein? Verkehrsunfall? Eine schwere Krankheit?«

Der Däne starrte stumm die Wand an.

»Und dann sie hier.«

Wur hielt Hornemann das Foto direkt vors Gesicht.

»Sieht aus wie ein billiges Flittchen. Sicher eine, die du flachgelegt hast, oder? Wirklich erbärmlich, sich während eines Einsatzes in ein so schäbiges Mädchen zu verknallen. Musstest du für sie bezahlen, oder durftest du sie gratis ficken?«

Jetzt geschah es. Der Däne warf sich mit aller Wucht nach hinten und zur Seite und versuchte, ihn mit dem Kopf zu treffen. Aber Wur war darauf gefasst gewesen und wich ihm aus.

»Du Schwein«, fauchte Hornemann wutentbrannt, während er sich wieder auf dem Sofa aufrichtete. Er war nicht mehr zu halten.

»Allahs Krieger, am Arsch. Ihr tötet in seinem Namen. Ihr bringt Zivilisten, Frauen, Kinder und Alte um, und ihr lacht auch noch dabei. Ihr jagt eure eigenen Leute in die Luft und lasst sie glauben, sie würden zu Märtyrern werden, auf die ein Leben im Paradies voller Jungfrauen wartet. Das ist doch geisteskrank. Ihr seid keine Menschen, Barbaren aus dem Mittelalter seid ihr!«

»Das sind aber viele Wörter auf einmal. Aber nicht ich bin derjenige, mit dem etwas nicht stimmt, sondern du. Du bist krank, Henrik Hornemann. Falls du die Medikamente in deinem Küchenschrank nicht einnimmst, dann solltest du vielleicht mal damit anfangen. Warum hast du den Journalisten erschossen?«

Der Däne schwieg. Wur riss ein neues Stück Tape von der Rolle und klebte es ihm auf den Mund.

Morgen um 14:00 Uhr wusste er, welchen Schritt er als Nächstes gehen musste. Noch sechzehn Stunden warten. Dann würde er erfahren, ob es für ihn noch Aussichten auf eine lebenswerte Zukunft gab.

Die Sache lag nicht mehr in seiner Hand.

57

Vier Stunden Schlaf waren es geworden. Trotzdem fühlte sie sich frisch und wach. Nach dem Besuch in Sønderho hatte sie mit einem ihrer Informanten gesprochen und war außerdem für ein paar Stunden Streife durch die Stadt gefahren.

Gegen ein Uhr war sie nach Hause in die Kirkegade gekommen. Tim war nicht da gewesen. Er war früher am Tag nach Kopenhagen geflogen, um dort im Hauptquartier verschiedene Fallakten im Zusammenhang mit den Abhöraktionen zu durchforsten. Nina hatte sich die Zeit genommen, um im Schaukelstuhl ein wenig zu entspannen, während sie auf die Vor Frelsers Kirke schaute und sich ein dunkles Bier aus der Inselbrauerei gönnte. Es war Balsam für ihre Seele und kam ihr wie ein Luxus aus einer anderen Zeit vor.

Um Viertel nach fünf hatte das Telefon geklingelt. Es war Birkedal, der gerade einen Einsatz plante.

Einem Mann, der von seiner Nachtschicht nach Hause gekommen war, war eine merkwürdige Person in der Nähe seiner Wohnung aufgefallen. Außerdem hatte er eine aufgebrochene Kellertür entdeckt.

Birkedal hatte die gesamte Truppe losgeschickt, einschließlich der Männer des AKS, die sich in der Stadt aufhielten, solange die Jagd auf Zulfikkur Wur im Gange war.

Es hatte sich als falscher Alarm entpuppt. In einem Kellerraum hatten sie einen Junkie entdeckt, der dort vergebens nach etwas Wertvollem gesucht und sich anschließend schlafen gelegt hatte. Der arme Kerl war krank, und der Schock, den er erlitt, als die

Beamten ihn schüttelten und er im grellen Licht der Taschenlampen aufwachte, heilte seine Leiden auch nicht gerade.

Trotzdem mussten sie so handeln. Sie konnten es nicht drauf ankommen lassen.

In drei Minuten öffneten die Läden. Nina stand auf dem Bürgersteig in der Torvegade und überdachte die Situation. Es war ihre letzte Chance, eine brauchbare Beschreibung des Kerls zu bekommen, der die beiden Halbstarken verdroschen hatte. Falls er auf den Überwachungsbändern eines der Geschäfte auftauchte, konnte es klappen. Der Haken war nur, dass die Kameras vermutlich nicht auf die Straße gerichtet waren, sondern sich auf die Verkaufsräume der Läden beschränkten.

Jonas … Ihr armer Junge. Beim Gedanken an ihn zog sich ihr Herz zusammen. Selbst ihn, ihren eigenen Sohn, hatte sie nicht mit der Hilfe von Überwachungskameras entlasten können. Und jetzt wagte sie einen weiteren Versuch, bei dem die Chancen von vornherein um ein Vielfaches schlechter zu stehen schienen.

Glücklicherweise ließ sich die Aufgabe eingrenzen. Nina wusste ungefähr, wann die Schlägerei auf dem Gehweg stattgefunden hatte. Der unbekannte Mann war aus der Torvegade gekommen, bevor er um die Ecke in die Nørregade bog und auf die beiden Türken zulief. Eine Strecke von gut einhundert Metern. Dort würde sie beginnen. Falls sie damit keinen Erfolg hatte, musste sie sich nach hinten durcharbeiten und den davorliegenden Abschnitt bis zur Danmarksgade überprüfen. Was einem blinden Herumstochern gleichkäme, denn der Mann konnte theoretisch auch aus der Norgesgade gekommen sein und wäre folglich nie auf diesem Straßenabschnitt unterwegs gewesen.

Birkedal rechnete fest damit, dass Nina weiterhin Leute aus ihrem Netzwerk aufsuchte, und das tat sie auch. Das hieß, sie würde es bald tun … Erst wollte sie diesen Punkt von ihrer Liste streichen, damit sie ihre Arbeit guten Gewissens fortsetzen konnte.

Ihre erste und vielleicht sogar beste Chance war der Haushaltsgeräteladen auf der Ecke von Norgesgade und Torvegade. Nina trat ein, stellte sich vor und erklärte ihr Anliegen. Selbstverständlich war der Laden mit Überwachungskameras ausgestattet, eine der Kameras deckte sogar Teile eines Schaufensters ab, allerdings aus schrägem Winkel.

Der Verkäufer suchte ihr schnell die Aufnahmen des betreffenden Tags heraus, spulte bis 0:00 Uhr vor und ließ sie im Büro allein, damit sie sich alles in Ruhe ansehen konnte. In der Torvegade war nach Mitternacht nicht mehr viel los. Auf den Überwachungsbildern tauchten vereinzelte Personen auf, darunter die üblichen Hundeausführer, aber gut erkennbar waren nur die Gesichter derjenigen, die in der entgegengesetzten Richtung des Manns unterwegs waren, der mit den beiden Halbstarken aneinander geraten war. Noch dazu waren die Aufnahmen unscharf, weil die Kameras natürlich das Ladeninventar in den Blick nahmen und nicht die Straße.

Um 0:18 tauchte ein Mann im schwarzen Pullover auf, die Kapuze auf dem Kopf. Mit ruhigen Schritten lief er durchs Bild. Das Einzige, was Nina von ihm sah, war ein schwarzer Rücken.

Sie bedankte sich und setzte ihre Suche nach weiteren Überwachungskameras fort. Nina fragte in zwei kleineren Damenboutiquen, einem Käsegeschäft und bei einem Fotografen nach. Keiner der Läden besaß eine Überwachungskamera. An der nächsten Straßenecke befand sich ein Herrenausstatter.

Sie wusste sofort, dass sie Glück hatte, denn die Ecke des Gebäudes war »abgeschnitten«, und der Laden hatte rundherum große Schaufenster. An der Decke des Verkaufsraums hing eine kleine schwarze Kamera, die in die richtige Richtung zeigte: Sie war auf einige Kleiderstangen mit Herrenanzügen gerichtet, fing aber auch den Gehweg mit ein.

Der Verkäufer des Ladens war genauso hilfsbereit wie der vorige. Kaum hatte sie danach gefragt, saß sie angespannt vor dem Videogerät, ließ die ersten Minuten und Nachtschwärmer vorüberflimmern und hielt die Luft an. Die Hundebesitzer kannte sie bereits, doch jetzt erhielt sie einen Blick von hinten auf sie, inklusive wedelnder Schwänze. In der unteren linken Ecke des Bildschirms schritt die Uhrzeit voran. 0:17 Uhr. Gleich würde er auftauchen, wenn die Zeitanzeige einigermaßen synchron mit der der Ausrüstung des Haushaltsgeräteladens war.

0:18 Uhr. Nina atmete aus. Sie jagte einen Geist, die Möglichkeit war winzig, die Wahrscheinlichkeit, ihn zu finden, verschwindend gering.

0:19 Uhr. Hoffentlich hatte er nicht die Straßenseite gewechselt.

Um 0:20 Uhr war er da.

Sein Gesicht war deutlich genug zu erkennen, um daraus ein Phantombild zu erstellen. Und dann! Der Mann drehte im Vorbeigehen seinen Kopf und schaute sich etwas im Schaufenster an. Perfekt! Eine warme Welle fuhr durch ihren Körper.

Endlich, endlich lächelte Fortuna ihr ein wenig zu.

Die Halbstarken, an deren richtige Namen sie sich nicht mehr erinnerte, kamen den Weg durch den Byparken herabgeschlendert. Der kleinere und breitere hatte eine türkisfarbene Trainingsjacke an, sein Kollege trug einen blauen Hoodie. Die Schuhe waren dieselben wie bei ihrem letzten Aufeinandertreffen: goldene und knallrote Sneakers. Beide hielten ein Sandwich in der einen und eine Cola in der anderen Hand, wobei der Kleinere seine Flasche auf den Arm in der Schlinge gelegt hatte.

Noch einmal hatten sie nicht ins Präsidium kommen wollen, was Nina nur recht war. Wie am Vortag wartete sie auf der untersten Zuschauerreihe vor der Bühne.

»Was geht ab, Lady?« Die beiden blieben vor ihr stehen.

»Wie gesagt werde ich euch noch ein paar Fotos zeigen. Wollt ihr euch nicht setzen?«

»Wir stehen lieber«, sagte der Junge mit den Hamsterbacken und wiederholte seine Worte vom Vortag.

Nina zog ein Foto aus der Jackentasche. Es war ein Bild, das sie nur hatte anfertigen lassen, um die beiden auf die Probe zu stellen.

»Ist das der Kerl?«

Sie gab ihnen das Foto.

»Nope. Auf keinen Fall«, antwortete der Große mit den dünnen Koteletten.

»Der war's nicht, Lady«, pflichtete sein Freund ihm bei.

Jetzt hielt sie ihnen das richtige Bild hin.

»Was ist mit dem hier?«

Die Aufregung stand den beiden ins Gesicht geschrieben.

»Ja, ja! Das ist er! Das ist das Schwein.«

»Hey, gute Arbeit, Lady. Wann buchten Sie ihn ein?«

»Nur mit der Ruhe, so schnell geht das nicht. Außerdem könnte der Mann die Sache ein wenig anders interpretieren als ihr.«

»Hallo?! Es gibt nur eine richtige Interpretation, und zwar unsere … Der Typ ist ein absoluter Psychopath.«

»Wann kriegen wir unser Schmerzensgeld und Schadensersatz?« Der Stämmigere klang gereizt.

»Jetzt passiert erst einmal Folgendes: Wir finden heraus, wer der Mann ist, und statten ihm einen Besuch ab. Danach sehen wir weiter. Ich halte euch auf dem Laufenden, aber mit Schadensersatz und solchen Dingen habe ich nichts am Hut. Darum müsst ihr euch schon selbst kümmern. Aber trotzdem … vielen Dank für die Hilfe.«

58

Wenn auf Henry Swann Verlass war, dann würde der Bildschirm gleich wieder aufleuchten. Wur saß vor dem Computer und starrte mit leerem Blick auf die schwarze Fläche, so wie er den Großteil des Vormittags damit zugebracht hatte, auf der Fensterbank zu sitzen und die Straße zu beobachten.

Er spürte, wie ihm der Optimismus allmählich abhandenkam. Swann und seine Leute hätten ihn längst schnappen können, und sie hatten es nicht getan. Aber ihre Absichten blieben undurchsichtig. Es war durchaus möglich, dass sie ihm gerade eine ausgeklügelte Falle stellten. Und was konnten sie überhaupt ausrichten, falls sie ihm tatsächlich helfen wollten?

Lieber hätte er sein Schicksal selbst in die Hand genommen, aber die Situation war aus dem Ruder gelaufen, und er glaubte nicht mehr daran, dass er in der Lage war, sich selbst zu befreien.

Henrik Hornemann lag auf dem Sofa. Sein Mord an dem Fernsehreporter hatte die Sache nicht gerade einfacher für Wur gemacht. Alles hatte mit einem Buttermesser unter einem Flugzeugsitz begonnen. Jetzt saß er hier und wartete – angewiesen auf die Gnade anderer.

Gleich war es 14:00 Uhr. Er checkte den Bildschirm.

Anwesende Teilnehmer: Wur.

Er tröstete sich selbst. In Kürze würde er Bescheid wissen. Er – und seine Familie – waren nicht die Ersten, die von vorn anfangen mussten. Wenn der Wille nur stark genug war, könnten sie ein neues Leben beginnen. Aber was, wenn Britt sich gegen ihn entschied? Wenn sie getrennte Wege gehen mussten?

Stopp! Solche Gedanken waren verheerend für seine Konzentration. Es gab nur eine Möglichkeit: das Spiel zu Ende spielen. Die Karten auf seiner Hand waren nicht schlecht.

Auf dem Bildschirm tat sich etwas.

Swann betritt den Raum.

Jetzt passierte es. Ein sonderbares Gefühl, das eigene Schicksal schriftlich erläutert zu bekommen.

Wur sagt: Kommen wir zur Sache.

Swann sagt: Ich fange an. Pass gut auf und lies mit. Keine Notizen, unter allen Umständen. Stell keine Fragen währenddessen. Merk dir mögliche Unklarheiten, wir kümmern uns zum Schluss darum. Okay?

Wur sagt: Verstanden. Schieß los.

Swann sagt: 1.) Um 19:40 Uhr dänischer Zeit wird ein weißer Fiat-Kastenwagen auf dem Gehweg vor dem Gebäude parken. Auf der Seite steht »Malermeister Jan Hansen«. Der Schlüssel befindet sich auf dem linken Vorderreifen. 2.) Um 19:45 wirst du …

Wur las aufmerksam mit, je mehr Textzeilen auf dem Bildschirm erschienen. Schon nach dem fünften Punkt erahnte er die Konturen des Plans und begann unwillkürlich damit, seine Chancen einzuschätzen, während er weiterlas.

Wenige Minuten später war er sich sicher, obwohl Swann seine Ausführungen noch nicht beendet hatte. Seine Chancen standen gut. Das Team, das sich innerhalb von nur vierundzwanzig Stunden einen Überblick über die Situation verschafft und diesen Plan ausgearbeitet hatte, bestand aus kompetenten Leuten. Eine höchst professionelle Arbeit, allerdings durfte man das auch erwarten.

Erst nach dem zwanzigsten Punkt hörte Swann auf zu schreiben. Nach einem Moment der Stille erschien eine weitere Nachricht.

Swann sagt: Ende. Nimm dir Zeit – und stell dann deine Fragen.

Wur ging die zwanzig Punkte dreimal durch und ließ den Plan wie einen Film vor seinem inneren Auge ablaufen, Szene für Szene. Zu vier Punkten hatte er Nachfragen, und im Hinblick auf den Zeitplan erschienen ihm zwei Deadlines relativ heikel.

Er schickte seine Fragen ab und wartete einige Minuten, ehe Swann antwortete. War Swann allein, oder saß das Team bei ihm? Die Antworten auf die Fragen waren wie gewünscht äußerst präzise. Seine Bedenken bezüglich des Zeitplans hingegen wurden mit den Worten »Am Zeitplan wird festgehalten« abgewiesen.

Wur sagt: Verstanden. Kompliment für die gute Arbeit.

Swann sagt: Damit tritt der Plan um 19:40 Uhr dänischer Zeit in Kraft. Merk dir alle Punkte gut. Sobald du diesen Chatroom verlässt, existiert er nicht mehr.

Wur sagt: Verstanden.

Swann sagt: Viel Glück. Over.

Eine rote Textzeile ploppte auf:

Swann hat den Raum verlassen.

Wur las die zwanzig Punkte erneut durch, diesmal sehr langsam. Er prägte sich jeden Punkt ein, spielte ihn in Gedanken durch, sodass sich der Ablauf Schritt für Schritt in seinem Kopf zusammensetzte. Als er alle Punkte und die Zeitintervalle sorgfältig geprüft hatte, fing er von vorn an.

Fünfmal ging er den Plan durch, und beim sechsten Mal konnte er ihn mit geschlossenen Augen aufsagen. Nur zweimal vertat er sich um je eine Minute bei der Zeitangabe. Also las er den Plan weitere drei Mal und sagte ihn dann auswendig auf. Er machte keinen einzigen Fehler. Er wiederholte die Prozedur noch zwei Mal, beide Male fehlerfrei.

Er konnte den Plan auswendig. Punkt für Punkt. Auf die Minute genau.

Indem er auf das kleine Kreuz in der Ecke des Bildschirms klickte, verließ er den Chatraum.

Das Chatfenster verschwand im Nichts, und der Browser schloss sich.

Jetzt lag es an ihm – und nur ihm –, ob es eine Zukunft gab. Oder ob alles in Esbjerg zu Ende ging. Versagte er und fiel den Falschen in die Hände, war alles vorbei.

Wur holte einen Putzlappen aus der Küche. Er konnte ebenso gut auch jetzt schon mit dem Saubermachen beginnen. Die Order lautete, dass er jegliche Spuren seiner Anwesenheit in der Wohnung beseitigen sollte.

Er schaute auf die Uhr. Noch vier Stunden und fünfundzwanzig Minuten.

59

19:27

Sie saßen in ihrem Büro, wo sie zwei zusätzliche Telefone angeschlossen hatten. Wejse war vor weniger als einer Stunde aus Kopenhagen zurückgekommen und saß jetzt an der anderen Seite ihres Schreibtischs. Madsen, der versprochen hatte, ein wenig mit anzupacken, saß am Kopfende, während Nina selbst ihren angestammten Platz eingenommen und die Beine auf den Schreibtisch gelegt hatte.

Sie hoffte inständig auf Glück. Birkedal war stinksauer gewesen, als er von ihrem Vorhaben erfahren hatte, und hatte ihr mit zornigem Blick klargemacht, dass sie Zulfikkur Wur finden sollte und sich mit nichts anderem zu beschäftigen hatte. Thøgersen war ihr zur Seite gesprungen und hatte Birkedal daran erinnert, dass sie den Morden im Bandenkrieg eine höhere Priorität einräumen mussten – eine sehr viel höhere Priorität. Letztlich war Birkedal mit einem Kopfschütteln in sein Büro verschwunden, aber immerhin, ohne ihnen eine Absage zu erteilen.

Die Werbung dauerte ewig, jetzt musste es endlich losgehen. Sie warteten auf die 19:30-Uhr-Ausstrahlung im Sender TV Syd. Obwohl sie schon öfter so vorgegangen waren, konnten sie unmöglich voraussehen, was geschehen würde. Es war alles möglich, von einem erbärmlichen Anruf bis zu einer wahren Telefonlawine. Endlich tat sich etwas im Fernsehen. Der Moderator kündigte die Themen des Tages an, ehe er sich dem Fall aus Esbjerg widmete.

»Während die Stimmung in Schloss Christiansborg auf dem

Siedepunkt angelangt ist und die Jagd nach dem Terrorverdächtigen Zulfikkur Wur unverändert fortgeführt wird, bittet der Polizeibezirk Südjütland in Esbjerg um die Mithilfe der Bevölkerung. Es geht um die bisher noch ungeklärten Mordfälle im Zusammenhang mit den Auseinandersetzungen verfeindeter Gangs in Esbjerg. Dieser Mann ist …«

Nina konzentrierte sich auf das Bild des Unbekannten mit dem schwarzen Kapuzenpullover, das jetzt den ganzen Bildschirm einnahm. Ein gutes und scharfes Foto. Es wurde ziemlich lange eingeblendet, und darunter stand eine Telefonnummer, an die sich alle wenden sollten, die den Mann wiedererkannten.

Nach einer Zusammenfassung der Entwicklungen im Bandenkrieg und Informationen zum aktuellen Stand der Fahndung nach Wur ging die Nachrichtensendung zu den weiteren Geschehnissen des Tages über.

Sie warteten. Und warteten. Aber die Telefone blieben stumm. Dann klingelte das von Wejse. Er nahm einige Informationen entgegen, nickte und sprach sehr freundlich mit dem Anrufer. Jetzt ging auch bei Nina ein Anruf ein. Es war eine ältere Dame, die in dem Unbekannten ihren Postboten zu erkennen glaubte. Nina notierte sich gerade die Kontaktdaten, als auch Madsens Telefon zu läuten begann. Kurz darauf hob Madsen eine Hand und winkte Nina zu.

Er reckte den Daumen, während er sich Notizen machte. Wejse legte inzwischen auf. Nina hatte ihre Schwierigkeiten damit, die alte Dame abzuwimmeln, schließlich gelang es ihr aber. Madsen schrieb immer noch und brummte ein gelegentliches »Ja« oder »Natürlich«, bis er sich zum Schluss freundlich für die Mithilfe bedankte und ankündigte, dass sie sich sobald wie möglich wieder melden würden. Dann legte er auf.

»Bingo«, fasste er trocken zusammen.

»Was meinst du?«, fragte Nina.

»Wir haben ihn. Ich bin mir sicher. Das war seine Schwester, Ingrid Hornemann. Der Mann, den wir suchen, heißt Henrik Hornemann und wohnt in der Nyhavnsgade, in der Nähe des großen Kreisverkehrs. Er ist ein Ex-Soldat – er war bei den Jägern.«

»Jäger …« Tim warf Nina einen Blick zu.

»Außerdem ist er krank, sagt seine Schwester. Posttraumatische Belastungsstörung«, ergänzte Madsen und fischte seine Pfeife aus der Brusttasche.

»Jäger … Das könnte er sein. Jedenfalls hat er … das nötige Know-how. Fahren wir los?«, fragte Nina.

Sie stand auf, schnappte sich ihre Jacke und stürmte aus dem Büro, gefolgt von Wejse und Madsen.

19:46

Tim fuhr bis an den Bordstein und parkte auf dem Platz, den der weiße Kastenwagen, der jetzt die Nyhavnsgade entlangrollte, gerade freigemacht hatte.

Sie nahmen die hinterste Eingangstür und stiegen die ächzenden Stufen des heruntergekommenen Treppenhauses nach oben. Auf einem weißen Aufkleber an der rechten Tür im zweiten Stock stand »Henrik Hornemann«. Nina klopfte an. Sie klopfte erneut, diesmal fester.

»Er ist nicht daheim. Wir müssen warten.«

»Wir könnten uns drinnen einmal umsehen«, schlug Tim vor.

»Nur weil er im Verdacht steht, zwei freche Halbstarke in der Stadt verprügelt zu haben, können wir doch nicht einfach seine Wohnung aufbrechen.«

»Wenn er sein Gesicht im Fernsehen gesehen hat und sich für irgendetwas schuldig fühlt, ist er vielleicht längst weg. Dann werden wir ihn hier kaum treffen.«

Wejse kramte in seiner Jackentasche, während er sprach.

»Ich finde, wir sollten uns umsehen«, sagte er und zückte eine Dietrich-Pistole.

»Was ist denn das? Gehört das zur Standardausrüstung?«, fragte Madsen brummend.

»Ich hatte sie zufällig in der anderen Jacke und dachte, falls wir …«

»Soso, rein zufällig?« Nina glaubte ihm kein Wort. »Ich habe schon so viele Ermahnungen und Verweise am Hals, dass ich ein ganzes Buch damit füllen könnte, Tim. Bricht der PET in die Wohnung ein?«

»Sagen wir einfach, es wäre so«, antwortete Wejse mit einem Nicken und steckte die Pistole ins Schloss. Nachdem der Abzug ein paarmal geklickt hatte, zog er die Dietrich-Pistole wieder heraus und öffnete die Tür.

»Wollen wir?«

Nina und Madsen folgten ihm in den Flur. Sie ertastete den Lichtschalter neben der Tür und drückte drauf.

»Ich übernehme die Küche und das Schlafzimmer, ihr das Wohnzimmer«, sagte Madsen und betrat die Küche, deren Schränke blau gestrichen waren, wie in Sønderho. Allerdings war es ein anderes Blau, eines, das keine Geborgenheit ausstrahlte.

Tim und sie gingen ins Wohnzimmer, schalteten das Licht ein und sahen sich um. Es war ein verhältnismäßig kleines Wohnzimmer mit einem grauen Teppichboden, der seine besten Zeiten längst hinter sich hatte. Am Fenster stand ein Schreibtisch mit einem Computer, gegenüber des Sofas und des dazugehörigen Tischs hing ein Flachbildfernseher an der Wand, außerdem gab es noch eine Kommode aus Kiefernholz und ein Regal an der hinteren Wand. Die Tapete hatte an mehreren Stellen braune Wasserflecke. Und über einem kleinen Regalbrett mit drei Teelichtern hingen drei gerahmte Fotografien.

»Guck mal!«

Nina winkte Tim zu sich. Ganz links war eine junge Frau mit dunklen Locken und klaren, blauen Augen zu sehen. Sie lächelte leicht. Ein hübsches Gesicht. In der Mitte hing das Bild eines rotblonden Mannes mit Sommersprossen, der das rote Barrett des Jägerkorps trug. Rechts daneben das Bild eines jungen Kerls, ein Teenager. Er hatte hohe Wangenknochen, schwarze Augen und kohlschwarzes kurzes Haar, wahrscheinlich ein Grönländer.

»Sieht aus wie eine Art Erinnerungswand, oder?«

Tim nickte.

»Legen wir los? Du fängst auf der einen Seite an, ich auf der anderen.«

19:51

Er fuhr ein mäßiges Tempo, nicht schnell, aber auch nicht auffallend langsam. Im Kreisverkehr am Ende der Nyhavnsgade hatte er die zweite Ausfahrt auf den H. E. Bluhmes Vej genommen und war dann planmäßig in den Molevej abgebogen.

Die Straße bildete das nördliche Ende des Hafens, und er hatte freie Sicht bis zur Küste. Links von ihm glitten mehrere Hafenbetriebe in der Dunkelheit an ihm vorbei. »Semco Maritime« war auf einem riesigen hellblauen Gebäude zu lesen, danach folgte ein offenes Gelände, auf dem Schrott lagerte. Eine Reihe weißer Steuerhäuser leuchtete auf, wahrscheinlich stammten sie von ausgedienten Schiffen, die hier ausgeschlachtet wurden. Jetzt sah es so aus, als könnten sie über Land segeln; fehlte nur noch eine Mannschaft auf der Brücke, die den Kurs setzte.

Auf Höhe einer Firma namens Granly Marine Service machte die Straße einen Knick um neunzig Grad nach links, exakt wie es in Swanns Plan beschrieben war. Hier begann der Doggerkai.

Wur schielte auf seine Uhr. Noch einhundert Meter. Er lag beinahe fünfundvierzig Sekunden vor dem Zeitplan, aber in dieser Phase gab es ein wenig Spielraum in beide Richtungen.

In der fahlen Beleuchtung dieses abgelegenen Hafenteils tauchte das Schiff auf. Langsam fuhr er die breite Mole entlang.

Er hatte sein Ziel erreicht.

19:53

Nina öffnete die oberste Schublade des Regals. Sie war leer – bis auf vier Papierfetzen. Nein, es waren Teile eines Fotos. Sie holte sie heraus und erkannte, dass es vier Streifen waren, die einmal zwei Gesichter gebildet hatten ... Auf dem Couchtisch setzte sie die Fotos wieder zusammen. Sie passten.

»Tim ... Sieh dir das an.«

Zwei in der Mitte durchgerissene Gesichter starrten sie an.

»Er ist es! Das ist der Beweis! Madsen, komm schnell!«

Ihr Kollege kam aus dem Schlafzimmer geeilt.

»Himmel, Arsch und Zwirn ... Dann ist es also doch der Jäger.« Madsen beugte sich über die Fotos und musterte sie.

»Definitiv! Der Linke ist das erste Opfer. Der, den wir mit einem Loch in der Stirn auf seinem Sofa gefunden haben, Merzuk Osmanović. Und der andere ist das Opfer aus dem Tunnel unter der Eisenbahnbrücke, Evrim Yilmaz. Wieso sollte Hornemann diese Bilder bei sich haben, wenn er *nicht* der Täter ist?«

»Er muss es sein«, stimmte Wejse zu. »Aber was ist mit dem Motiv, Nina?«

»Keine Ahnung. Wir müssen ihn zur Fahndung ausschreiben. Wahrscheinlich ist er abgehauen, als er das Phantombild im Fernsehen gesehen hat. Ich rufe Birkedal an.«

19:54

Das Frachtschiff »Siberian Rose« aus Wladiwostok lag am Kai wie ein verwittertes Ungetüm aus Rost. Von Swann wusste er, dass das Schiff von den dänischen Behörden beschlagnahmt worden war, weil es sich in einem baufälligen Zustand befand und damit ein Sicherheitsrisiko für Besatzung und Umwelt darstellte. Seit vier Monaten lag der Kutter im Hafen von Esbjerg, aber bisher hatten die russischen Eigentümer offenbar keine Lust gehabt, ihr Schiff abzuholen.

Entsprechend der Vereinbarung fand Wur eine kräftige Holzplanke an der Kaikante, die er als kleine Gangway über den Spalt zwischen Schiff und Kai legte. Anschließend öffnete er den Laderaum des Autos, stieg hinein, entfernte das Klebeband um Hornemanns Knöchel und half ihm ins Freie. Erst als sie am Kai standen, nahm er die Plastiktüte vom Kopf des Dänen, die dem Zweck diente, keine Spuren in Form von Haaren im Auto zurückzulassen. Dann scheuchte er ihn an Bord und zog die Planke an Deck.

Auch über die am Rücken gefesselten Hände Hornemanns hatte Wur gemäß Swanns Anweisungen eine Plastiktüte gezogen, damit er keine Fingerabdrücke im Laderaum des Kastenwagens hinterließ. Swann war ein äußerst vorsichtiger Mann. Was Wur nur recht sein konnte. Vorsichtige Männer wussten, was sie taten.

Mit einem harten Schulterstoß öffnete er die eingerostete Tür ins Schiffsinnere. Er befahl seinem Gefangenen, hineinzugehen.

Ein herber, feuchter und muffiger Geruch nach altem Eisen schlug ihnen entgegen.

»Nach rechts!«

Wur hielt einigen Abstand zu Hornemann und hatte die Pistole im Anschlag. Er durfte keine einzige Sekunde unaufmerksam sein. Erst wenn er dem ehemaligen Elitesoldaten wieder Tape um die Füße gewickelt und ihn dadurch unschädlich gemacht hatte, konnte er sich ein wenig entspannen.

»Stopp!«

Am Fuß einer steilen Treppe blieben sie stehen. Sie befand sich genau an der Stelle, die Swann beschrieben hatte. Wur war sich absolut sicher, jedes Detail des Plans auswendig zu kennen.

»Hoch da!«

Am Ende der Treppe wies er den Dänen an, eine Tür aufzudrücken. Sie betraten einen schmalen Gang, in dem sich die Wandverkleidung wegen der Feuchtigkeit bereits beulte und die Decke in Fetzen herabhing. Sie bogen nach rechts ab, wo überall Abfall und zerstörtes Inventar herumlag. Als sie über die Reste eines Stuhls stiegen, spürte Wur einen kalten Windhauch.

Eine zweite Treppe kam in Sicht. Nach oben waren es nur wenige Stufen, also waren sie bald da.

»Da hoch.«

Er stach Hornemann mit dem Pistolenlauf in den Rücken, und der Däne setzte sich wieder in Bewegung. Jetzt gingen sie nach links und traten durch eine Öffnung, in der die Tür nur noch an einem Scharnier hing.

Dann waren sie da. Auf der Kommandobrücke … Hier sollte die Schlacht geschlagen werden. Die Fensterscheiben waren voller Schmutz, aber trotzdem hatte man zu allen Seiten eine freie Aussicht. Vor ihnen lag der Hafen verlassen da. Nur weiter drüben an einem Terminal entdeckte er ein Licht, das über den Kai glitt. Es kam von einem Gabelstapler.

Wur schaute auf die Uhr. Sie waren auf die Minute pünktlich.

20:08

Birkedal stapfte die Treppen nach oben, hinter ihm folgte Thøgersen. Das Gepolter war schon von Weitem zu hören. Dann standen sie endlich in der Tür. Birkedal schnaufte. Thøgersen, der weitaus besser in Form war, atmete ganz normal.

»Ich werde noch wahnsinnig«, knurrte Birkedal. »Erst diese Gangidioten, dann ein Terrorist – und jetzt das hier! Ist die Welt vollkommen verrückt geworden?«

»Läuft die Fahnd…«, wollte Nina fragen.

»Ja, verdammt!«, schnitt ihr Birkedal das Wort ab. Jetzt brüllte er. »Wir sind in der ganzen Stadt unterwegs. Die Fahndung läuft überall, sein Gesicht wird gerade schon wieder im Fernsehen gezeigt. Ich kann mich beim besten Willen nicht daran erinnern, dass wir jemals so sehr unter Druck standen. Und nach Wur müssen wir die Augen auch noch aufhalten.«

»Nichts Neues?«, fragte Wejse.

Birkedal schüttelte nur störrisch seine Mähne.

»Wie vom Erdboden verschluckt«, fügte Thøgersen hinzu, ehe er sich in dem kleinen Wohnzimmer umsah. Sein Blick flog hin und her. Vielleicht nahm er irgendetwas in Sequenzen wahr.

»Tolle Arbeit«, sagte er mit einem leichten Erstaunen in der Stimme.

»Ja … Toll …« Birkedal fing sich wieder ein bisschen.

»Vielleicht taucht er von allein wieder auf«, spekulierte Madsen.

»Was meinst du, Werner?«, fragte Birkedal seinen langjährigen Mitarbeiter.

»Vielleicht weiß er gar nicht, dass wir nach ihm fahnden. Und auch wenn es uns sehr wahrscheinlich vorkommt, dass er der Täter ist, könnte es eine andere, ebenso plausible Erklärung dafür geben, dass die beiden Fotos hier herumliegen. Ja, ja … Ich versuche nur, es aus der anderen Perspektive zu sehen«, murmelte Madsen.

»Du hast ja recht, aber finden wir den Kerl erst einmal, und dann unterhalten wir uns ein wenig mit ihm«, erwiderte Thøgersen.

»Ich habe jemanden dazu abgestellt, alles über den Kerl zusammenzutragen. Aber sagt mal … wie seid ihr eigentlich in die Wohnung gekommen?« Birkedal sah misstrauisch aus.

Wejse zog die Dietrich-Pistole aus der Tasche und hielt sie ihm hin.

»Tja, die Tür war nicht abgeschlossen, und als wir dachten, wir hätten ein Geräusch aus der Wohnung gehört, sind wir reingegangen. Wir wollten schließlich mit ihm reden.«

»Gut, dass du dabei bist, Wejse. Das geht auf deine Kappe. Mit dem Durchsuchungsbeschluss müssen wir ein wenig schummeln. Seid ihr alles gründlich durchgegangen?«

»Wir waren noch nicht in jedem Raum, falls du darauf hinauswillst«, antwortete Nina.

»Dann macht weiter. Hier muss es mehr geben, uns fehlt noch ein Motiv. Was ist das da?«

Birkedal deutete auf die drei Bilder und die Teelichter an der Wand.

»Eine Art Erinnerungswand, so wie es aussieht. Wir werden es rauskriegen«, sagte Nina.

Birkedal wirkte nachdenklich. »Also hat unser Jäger hier drei Menschen verloren, die ihm am Herzen lagen. Nun denn, nun denn …«

Für einen Moment schien er sich in seinen Gedanken zu verlieren, nur um dann unvermittelt auf dem Absatz kehrtzumachen.

»Thøger, wir müssen zurück! Es gibt noch tausend Dinge zu erledigen. Ihr macht hier weiter!«

20:13

Hornemann saß jetzt an den massiven Stuhl gefesselt, der in der Ecke stand und vom Kai aus nicht zu sehen war. Der Stuhl war, wie das übrige spartanische Mobiliar auf der Brücke, mit Nieten im Boden verankert. Sein Gefangener konnte sich nicht vom Fleck bewegen. Und er glaubte, an dem matten Blick des Dänen erkennen zu können, dass Hornemann wusste, dass es keinen Ausweg gab.

Aus seinem Mund würde er es nie zu hören bekommen. Seit sie die Wohnung verlassen hatten, war Hornemann geknebelt.

Und es gab auch keinen Grund, sich weiter mit der Tatsache zu befassen, dass er niemals erfahren würde, warum der Däne den Journalisten erschossen hatte. Es war nebensächlich, und er hatte es ohnehin nur aus Neugier wissen wollen.

Jetzt ging es um seine Zukunft.

Unter dem langen Tisch standen die Benzinkanister aufgereiht, genau wie Swann es beschrieben hatte. Es waren zehn Kanister à zwanzig Liter. Insgesamt also zweihundert Liter Benzin, das sollte reichen.

Allerdings kein Sprengstoff. Der würde die Tarngeschichte auffliegen lassen – und es unmöglich machen, anschließend Spuren zu beseitigen. Wur öffnete den Stahlschrank an der hinteren Wand, zog die dritte Schublade von oben heraus, nahm die schwarze Box und legte sie auf den Boden. Dann öffnete er den Deckel.

In der Box befand sich, wie besprochen, ein Zünder. Kein gewöhnlicher Quecksilberzünder für Plastiksprengstoff oder etwas anderes in dieser Richtung, sondern ein pyrotechnischer Zünder. Eine kleine, simple Konstruktion, die aus einer Phosphorkammer bestand, die an einen einfachen Stromkreislauf angeschlossen war und nur dem einen Zweck diente, zu einem vorbestimmten Zeitpunkt Feuer auszulösen. Für den letzten Punkt war eine batteriebetriebene Uhr mit der Zündvorrichtung verbunden.

Außer dem Zünder lag auch ein grünes Tuch in der Box. Eine eher theatralische Requisite, aber man musste Swann und seinen Leuten zugutehalten, dass an alles gedacht war.

Wur stand auf, legte die Box auf den großen Tisch und nahm die Aufgabe in Angriff, die Benzinkanister auf die zweckmäßigste Weise zu verteilen.

Für einen kurzen Moment schaute er zu dem gefesselten Hornemann. Im Blick des Dänen flammte Verachtung auf.

20:20

Als sie gerade untersuchte, ob der Kleiderschrank im Schlafzimmer einen doppelten Boden hatte, klingelte Ninas Handy. Es war Ulbæk, der ziemlich aus der Puste klang.

»Wir haben die ersten Informationen zu Henrik Hornemann, Nina. Er ist vor zwei Jahren aus dem Jägerkorps ausgetreten. Warum, weiß keiner genau, aber er hat im Einsatz in Afghanistan etwas Traumatisches erlebt, das anscheinend seine Psyche angeknackst hat.«

»Vielleicht der Tod eines Kameraden?«

»Exakt … Woher wusstest du …«

»In der Wohnung hängt das Foto eines Soldaten. Ich habe bloß geraten.«

»Aber du liegst richtig. Hornemann und sein Kamerad Palle Nybro sind in einen Hinterhalt geraten, und Hornemann musste aus nächster Nähe mitansehen, wie Taliban seinen besten Freund auf grausamste Art und Weise sterben ließen. Und jetzt pass auf, Nina. In seinen letzten Jahren war Hornemann Scharfschütze. Er und Nybro waren Partner, Scharfschützen brauchen wohl immer einen zusätzlichen Beobachter. Ein Scharfschütze, Nina. Ein ausgebildeter Spezialist, ein Sniper.«

»Denkst du an den CNN-Journalisten?«

»Ja, verdammt, Nina.«

Es war schon wieder passiert. Vor lauter Aufregung hatte Ulbæks Schimpfwortfilter versagt.

Der Gedanke setzte sich schnell in ihr fest. Möglicherweise war der Polizeikommissar auf eine Goldader gestoßen.

»Ich habe oben in Vejers selbst ein wenig darüber nachgegrübelt. Wir hatten nicht einmal ansatzweise einen Verdächtigen. Wir haben nicht einen einzigen Menschen mit passenden Kenntnissen ausfindig machen können. Und jetzt stehe ich in der Wohnung eines Manns, der die nötigen Voraussetzungen mitbringt und eventuell psychisch krank ist. Ja, da gehe ich mit. Irgendwelche Meldungen aus der Stadt?«

»Alle sind im Einsatz. Sogar die, die sich nach der tagelangen Suche nach Wur eigentlich ausruhen sollten. Jetzt suchen wir nach zwei Leuten gleichzeitig. Das ist echt das Verrückteste, das ich je erlebt habe.«

»Wisst ihr mehr über seine Erkrankung?«

»Wir haben mehrere Anfragen losgeschickt und warten noch auf eine Rückmeldung vom Heer.«

»Es wäre nämlich ganz gut zu wissen, mit wem wir es zu tun haben.«

»Ich rufe an, sobald es etwas Neues gibt.«

Nina legte auf und ging zurück ins Wohnzimmer, wo Tim sich an einer Fußleiste zu schaffen machte und dabei den Hintern in die Luft reckte, während Madsen Bücher aus dem Regal zog.

»Hört mal her.«

Die beiden schauten auf.

»Hornemann war Scharfschütze …«

20:27

Die Kanister standen bereit, die Deckel hatte er abgeschraubt. Einen Teil der Behälter hatte er längs der Wände aufgestellt, die anderen in der Mitte der alten Schiffsbrücke platziert. Auch den Zünder hatte er angebracht, die Vorrichtung befand sich nun unter dem langen Tisch. Zum Schluss würde er die Zeit einstellen und zwei Kanister über dem Boden verschütten.

Er nahm sich die starke Lampe, die neben einer Plastiktüte mit Stofffetzen, zwei Metallschüsseln, einer Schere und einem Feuerzeug ganz unten in dem Schrank bereitlag. Dann breitete er die Gegenstände auf dem großen Tisch auf, ordnete sie der Reihe nach und legte das grüne Tuch daneben. Zum Schluss kam auch das Handy dazu. Dieses Sammelsurium waren seine Werkzeuge.

Wur sah sich um. Er war zufrieden. Hornemann schaute auf, und ihre Blicke trafen sich erneut. Hornemann war ein notwendiges Opfer. Gegen den Mann persönlich hatte er nichts. Selbst wenn er fünfzig Journalisten erschossen hätte, wäre es ihm egal gewesen.

Hornemann hatte nur leider das Pech gehabt, zum falschen Zeitpunkt mit seinem Kajak an Land zu gehen.

Wur verließ die Brücke und ging denselben Weg zurück, den sie gekommen waren. Er kontrollierte die Zeit. Alles lief, wie es sollte, er lag sogar mehr als zwei Minuten vor dem Plan. Am unteren Ende der Treppe ging er auf die Tür zu, bog dann aber nach rechts und stand kurz darauf vor einer weiteren, verrosteten Tür auf der anderen Schiffsseite. Sie ließ sich erstaunlich leicht öffnen, und er trat aufs Deck. Von der Steuerbordseite aus hatte er einen guten Blick auf das große Hafenbecken und die dahinterliegenden Bassins, die diesen Teil des Hafens bildeten. Nicht weit entfernt ragte ein Schwimmdock aus der Dunkelheit. Einen Moment lang blieb er stehen und genoss die frische Luft, ehe er weiterging.

Die Kiste, die irgendwann einmal weiß gewesen sein musste, war mit der Schiffswand verschweißt und sah aus wie eine Kiste für Rettungsausrüstung. Wur öffnete sie und kontrollierte den Inhalt. Er fand alles so vor, wie es der Plan beschrieb. Sogar das Seil lag da, Swann hatte an alles gedacht.

Er knotete eine Schlaufe an das eine Seilende und sah sich nach einem geeigneten Punkt um, an dem er sie befestigen konnte. Sein Blick fiel auf einen langen Bolzen, der aus der Reling herausragte. Er legte die Schlaufe um den Bolzen und zog mit seinem gesamten Gewicht daran. Der Bolzen hielt.

Danach nahm Wur alles an sich, was er aus der Kiste brauchte, und ging zurück ins Schiffsinnere. Die Tür zum Deck ließ er angelehnt. Nach dem Augenblick an der frischen Luft fiel es ihm besonders auf – die »Siberian Rose« hatte einen ganz eigenen, strengen Geruch.

Als er wieder auf die Brücke kam, starrte Hornemann immer noch auf den Boden. Ihn beschlich ein unbehagliches Gefühl. Der Däne war muskulös, trainiert und in Form, ein wirklich gefährlicher Mann, und jetzt saß er hier – wie ein Raubtier in der Falle, unfähig, sich zu wehren.

In wenigen Sekunden war es 20:40 Uhr. Jetzt würde er die Sache ins Rollen bringen. Wur griff zum Handy, holte tief Luft und machte sich bereit, die Nummer zu wählen, die er auswendig gelernt hatte.

20:39

Alles war durchforstet. Sie hatten nichts gefunden, das Henrik Hornemann zusätzlich mit den Morden an den beiden Bandenanführern in Zusammenhang gebracht hätte. Und auch keine Hinweise darauf, dass eine Verbindung zwischen dem Ex-Jäger und dem Mordattentat auf den CNN-Journalisten bestand.

Zu dritt standen sie im Wohnzimmer einer schäbigen Wohnung voller Erinnerungen. Nicht mehr und nicht weniger. Aber noch immer starrten die Gesichter von Merzuk Osmanović und Evrim Yilmaz an die Decke. Die beiden Todfeinde, als primitive Puzzles Seite an Seite auf einem Couchtisch.

»Wir sind hier fertig, oder?« Nina sah ihre Kollegen fragend an. Sie nickten.

20:40

»Mein Name ist Zulfikkur Wur. Nach mir wird gefahndet.«

Er strengte sich an, so langsam wie möglich zu sprechen, damit der Polizeibeamte am anderen Ende der Leitung sein Schwedisch auch sicher verstand.

»Ähm, ja … Wo …«

»Ich befinde mich auf dem Schiff ›Siberian Rose‹ am Doggerkai. Der Krieg gegen die Ungläubigen geht weiter. *Allahu akbar*!«

20:43

Sie zogen sich ihre Jacken über und gingen sicher, die Wohnung in einem wenigstens halbwegs ordentlichen Zustand zu hinterlassen. Es war eine Frage der zeitlichen Abfolge, denn die Wohnungsdurchsuchung musste beschlossen und der Beschluss dann ausgestellt werden, bevor die eigentliche Durchsuchung, die sie ja bereits erledigt hatten, beginnen konnte.

Thøgersen oder Birkedal mussten sich um den Papierkram kümmern und dafür sorgen, dass die Chronologie der Ereignisse aufging. Den Computer, an dem Tim sich eine Weile ergebnislos zu schaffen gemacht hatte, mussten sie ebenfalls beschlagnahmen.

»Sieht doch ganz okay aus«, meinte Tim.

»Dann rufe ich im Präsidium an und bitte sie, jemanden herzuschicken, für den Fall, dass Hornemann doch noch hier aufkreuzt, oder?«

Sie schaffte es nicht einmal, die Nummer zu wählen, bevor ihr Handy klingelte. Es war Birkedal.

»Hier ist Nina, was ist los?«

»Wur hat sich gemeldet!«

»Ist nicht wahr!«

»Er ist auf einem Schiff im Fischereihafen. Ihr fahrt da sofort hin! Und seid verdammt noch mal vorsichtig!«

»Wohin genau?«

»Doggerkai, sechstes Becken, ganz außen. Los jetzt!«

»Was ist mit Hornemann?«

»Kümmert euch nicht weiter drum, ich schicke gleich zwei Männer hin. Ich bin auf dem Weg! Los jetzt!« Birkedal hatte aufgelegt.

»Was ist denn?« Tim legte ihr eine Hand auf die Schulter.

»Jetzt wird es völlig verrückt … Zulfikkur Wur hat sich gerade gemeldet. Er ist auf einem Schiff im Fischereihafen.«

20:47

Er sah das Flackern der Blaulichter, bevor er die Sirenen hörte. In der Kurve geriet der erste Streifenwagen ein wenig ins Schleudern, beschleunigte auf dem Kai wieder und kam nur Sekunden später mit quietschenden Reifen zum Stehen.

Die Polizisten im ersten Streifenwagen blieben in sicherer Entfernung. Jetzt tauchte ein weiteres Blaulicht auf, dann noch eins und noch eins und noch eins …

Er schwitzte aus allen Poren. Teilweise lag das natürlich an der speziellen Kleidung, die er direkt nach dem Anruf bei der Polizei angezogen hatte und daran, dass er seine normalen Kleider darüber trug. Zum anderen Teil konnte es aber auch Angst sein, obwohl er kein Angstgefühl im eigentlichen Sinn verspürte. Vielmehr quälte ihn die Tatsache, dass er eingerostet war, vielleicht genauso eingerostet wie die »Siberian Rose«.

Wur band sich das grüne Tuch als Stirnband um den Kopf. Grün war die Farbe der muslimischen Krieger.

Swann hatte richtig gelegen, was die Reaktionszeit der Polizei betraf. Inzwischen hatte sicher auch die Presse Wind von der Sache bekommen und machte sich von dem improvisierten Lager vor dem Polizeipräsidium aus auf den Weg.

Noch mehr Blaulichter und Sirenen kündigten sich an.

Jetzt war er nervös.

20:49

Wejse stieg in die Eisen, und um ein Haar wären sie in den Streifenwagen vor ihnen gekracht.

Alle, die sich vor Ort befanden, standen oder hockten hinter ihren Autos. Bis zum Schiff, das im Dunkeln lag, waren es etwa dreißig bis vierzig Meter. Nina, Wejse und Madsen eilten aus dem Wagen und suchten Deckung. Birkedal lehnte ein paar Meter weiter mit dem Rücken an der Mauer zum Meer hin. Nina kam ein irrsinniger Gedanke. Hielt Birkedals Gesundheit diesen hektischen, bizarren Einsatz überhaupt aus? Oben in Hornemanns Wohnung war er der gewohnt miesepetrige Chef gewesen, aber wie sah es jetzt aus, wo ihnen alles um die Ohren zu fliegen drohte?

»Nina, verdammt! Hierher!«

Wütend winkte Birkedal sie zu sich, und Nina quetschte sich an einigen Kollegen vorbei, die hinter ihren Autos Schutz gesucht hatten. Wejse begleitete sie, und sie kauerten sich neben Birkedal auf den Asphalt.

»Was will er?«, fragte Nina.

»Keine Ahnung«, keuchte Birkedal. »Ich bin gerade erst angekommen. Bisher hat er sich noch nicht blicken lassen.«

Hinter ihnen ertönte das Quietschen von Autoreifen, und sie drehten sich um. Zwei Mannschaftsbusse rasten um die Kurve und stoppten auf der Mole. Es war das AKS, das Sondereinsatzkommando der Polizei. Die Männer des AKS lebten davon, schnell zu sein.

Dahinter folgte ein Schwarm aus normalen Autos und großen Übertragungswagen.

Birkedals Miene war nicht misszuverstehen.

»Haben wir diese Idioten schon wieder an der Backe? Scheiße … Halt sie auf Abstand, Ulbæk!«, rief er über die Schulter.

20:53

Teile des Schiffs wurden von den Frontscheinwerfern der Streifenwagen beleuchtet. Wur öffnete die Tür und betrat den äußeren Teil der Brücke, die einmal rund um den gesamten Aufbau lief.

Er fühlte sich komplett entblößt und geblendet, als er seine

Lampe schwenkte. Sie würden ihn nicht erschießen. Dazu gab es keinerlei Anlass. Er hoffte, dass Swann mit seiner Argumentation recht behielt.

»Hallo! Ich will mit dem Verantwortlichen reden!«, brüllte er, so laut er konnte.

Kurz darauf trat eine Gestalt zwischen den vorderen Autos hervor.

»Kommen Sie näher! Ich tue Ihnen nichts!«, teilte Wur dem Polizisten mit.

Der Mann ging ein Stück weiter nach vorn. Er war schon etwas älter und hatte volles, silbriges Haar, das in alle Richtungen abstand. Er sah verbittert aus.

»Sind Sie allein auf dem Schiff?«, rief der Mann.

»Ich werde nicht mit Ihnen verhandeln, bevor die Medien Zugang zum Gebiet haben. Lassen Sie sie durch.«

Der Polizeichef breitete die Arme zu einer resignierten Geste aus. Es gab mehr als genug Platz für die Presse auf dem langen Kai, der an der Einfahrt zu den Hafenbecken die Form eines Ls annahm. Der Mann dort unten telefonierte, und wenig später rollte ein ganzer Konvoi aus kleinen und großen Pressefahrzeugen an ihm vorbei und parkte in wildem Durcheinander entlang der Kaimauer.

»Sind Sie allein?« Der Polizeichef wiederholte seine Frage.

»Ja. Ich bin allein an Bord«, rief Wur zurück.

»Was wollen Sie?«

»Nach mir wird gefahndet, richtig? Was passiert, wenn ich mich stelle? Kriegen mich die Amerikaner in die Hände?«

Die Antwort des Polizeichefs folgte prompt.

»Sie werden nach geltendem dänischen Recht behandelt. Das versichere ich Ihnen.«

»Aber ich kann ausgeliefert werden …«

»Um diese Frage müssen sich die Juristen kümmern.«

»Sie sind der Verantwortliche. Finden Sie es heraus! Wir sprechen in einer halben Stunde wieder.«

Wur zog sich ins Innere der Brücke zurück. Er hatte erreicht, was er wollte: den Medien eine gute Position und ausreichend Zeit verschaffen, um sich einzurichten, die nötige Rücksprache mit den Sendehäusern zu halten, Satelliten-Zeiten freizuräumen und welche Dinge sonst noch anfielen, auf die er sich nicht verstand. Die Medien spielten eine zentrale Rolle in Swanns Inszenierung, und Swann wusste, was er tat. Schon bald konnten sie *live* vom Kai senden. Zahlreiche Programme würden unterbrochen werden, und auf Fernsehschirmen rund um die Welt wäre das Schiff am Kai von Esbjerg zu sehen.

Hornemann verhielt sich ruhig und folgte ihm mit den Augen. Der Däne wusste vermutlich sehr genau, was passieren würde.

20:57

Birkedal gestikulierte heftig, als er sich wieder hinter den Schutzwall aus Streifenwagen begab.

»Das müssen Sie herausfinden, Blix. Immerhin ist das Ihr Aufgabengebiet – nicht meins. In dreißig Minuten will der Mann eine Antwort. Rufen Sie mich an!«

Er starrte auf sein Handy, nachdem er dem Polizeidirektor die Meinung gegeigt hatte.

»Was wollte Wur?«, fragte Nina. Das Gespräch zwischen ihrem Chef und dem Terrorverdächtigen war im Lärm von Sirenen und Motoren untergangen.

»Eine Garantie dafür, dass wir ihn nicht an die USA ausliefern, wie es scheint.«

»Die kannst du ihm nicht geben. Bei solchen Sachen greift die Terrorgesetzgebung«, warf Wejse ein.

»Das ist ja genau das, worüber alle Politiker fabuliert haben, seit wir nach dem Mistkerl suchen: Was macht Dänemark mit ihm? Blix muss das in Ordnung bringen. Er hat eine halbe Stunde.«

»Aber Wur wollte, dass die Presse durchgelassen wird?«, fragte Wejse weiter.

Birkedal nickte.

»Er will sich wohl eine Art Sicherheit verschaffen, dass alles regelkonform abläuft.«

»Oder er bereitet alles dafür vor, dass sein Martyrium in der halben Welt live ausgestrahlt wird. Er hat nichts in der Hand, womit er verhandeln könnte«, merkte Nina an.

»Typen wie er versuchen normalerweise, so viele wie möglich mit sich zu reißen, wenn sie sich selbst in die Luft jagen«, sagte Birkedal.

»Aber jetzt ist er allein, vielleicht muss er sich damit begnügen, sich vor laufenden Kameras eine Kugel in den Kopf zu schießen.«

»Hmm, glaubst du wirklich, Nina?«

20:59

Wur setzte sich und ging in Gedanken erneut den weiteren Ablauf durch. Gegen 21:20 Uhr schuldete ihm der Polizeichef eine Antwort. Im Grunde war es vollkommen egal, aber das Spiel musste gespielt werden.

Entlang des Kais herrschte ein Durcheinander aus Blaulicht, Scheinwerfern und Autos. Seine Aufgabe bestand nun darin, dafür zu sorgen, dass alle bekamen, was sie verdienten.

Er verspürte einen unbändigen Drang danach, Britt anzurufen und ihr zu erklären, dass sie ruhig bleiben sollte. Nichts und niemandem Glauben schenken sollte. Aber das war unmöglich. Es war einer der Punkte des Plans gewesen, über die er mit Swann diskutiert hatte.

Swann hatte ihm hoch und heilig versprochen, sich persönlich um diesen Teil zu kümmern und eine glaubwürdige Geschichte zu konstruieren, die nicht dazu führte, dass Britt ihn hasste. Wenn das geschah, wenn er sie und die Kinder verlor, war alles sinnlos.

21:05

Thøgersen war ihnen bis nach vorne gefolgt. Er war über die Situation mit Hornemann im Bilde. Der Kerl war nirgendwo aufgetaucht, aber in seiner Wohnung warteten zwei Kollegen, falls er dorthin zurückkäme.

Sie sahen zu, wie bei den Pressefahrzeugen starke Strahler aufgebaut wurden, damit die Reporter vor dem dunklen Schiff von dem Drama aus Dänemark berichten konnten. Oder besser: von einem weiteren Drama aus Dänemark.

»Warum stürmen wir das Schiff nicht einfach? Es ist absolut risikofrei«, sagte Thøgersen.

»Nein. Erstens wollen wir den Kerl lebendig. Und zweitens wissen wir nicht, ob er nicht das Feuer auf unsere Leute eröffnet, wenn sie stürmen. Über diese Option können wir später nachdenken, Thøger«, widersprach Birkedal.

Schweigend saßen sie da und warteten, den Rücken an die Kaimauer gelehnt. Birkedals Handy klingelte in kurzen Abständen, und je nach Anlass brummte oder brüllte er dem Einsatzstab seine Befehle zu.

Oben auf dem Schiff brannte kein Licht. »Siberian Rose« hieß es. Nina erinnerte sich flüchtig an die Geschichte des Schiffs aus der Zeitung. Es befand sich in einem so erbärmlichen Zustand, dass die Hafenbehörden es am Auslaufen hinderten. Anfangs hatte sich die Mannschaft unter großem Aufsehen an Deck festgekettet, während einige gute Seelen sie mit Essen, Fernsehgeräten und Computerspielen versorgt hatten. Mit der Zeit gerieten die Russen dann in Vergessenheit, und irgendwann kam ein Botschaftsvertreter mit Geld von der Reederei aus Wladiwostok, damit die armen Seeleute die Heimreise antreten konnten.

Ein schwarzer Schatten glitt an ihnen vorbei. Es war einer der Männer des AKS. Die Mitglieder des Sondereinsatzkommandos hatten auf dem gesamten Kai strategische Posten bezogen und warteten nur auf das Signal für einen Zugriff. Sie konnten Zulfikkur Wur innerhalb kürzester Zeit überwältigen, dabei aber nicht sicherstellen, dass er sich nicht vorher das Leben nahm.

Nina hasste es, zu warten. Nicht einmal im Supermarkt oder in einer langen Schlange vor der Kinokasse ertrug sie es, zu warten. Ihr gesamter Körper widersetzte sich.

Irgendjemand musste etwas unternehmen, irgendetwas musste passieren. Was trieb Blix eigentlich? Telefonierte er mit dem Justizministerium hin und her, oder was?

21:13

Er tränkte zwei Lappen mit Benzin und legte sie in den Metallschüsseln bereit. Sie würden wahrscheinlich für einen dramatischen Effekt sorgen, das musste er Swann schon lassen.

So wie es aussah, arbeitete die Presse auf Hochtouren. Eine ganze Reihe greller Strahler leuchtete links vom Schiff auf dem Kai auf. Er wollte gar nicht daran denken, was in den Nachrichten gerade über ihn erzählt wurde. Als er sich in der kleinen Ferienhütte selbst im Fernsehen gesehen hatte, war es ein sonderbares Gefühl gewesen, und er hatte sich regelrecht zwingen müssen, die Sendungen anzuschauen.

Es war die Ironie des Schicksals. Öffentlichkeit war das exakte Gegenteil von allem, wofür er während der letzten Jahre gearbeitet hatte.

Jetzt wurde er noch einmal durch die gesamte Maschinerie gejagt. Auch in Malmö würde das Drama aus dem Hafen von Esbjerg über den Bildschirm flimmern. Es gab nur einen Lichtblick: Bald war es vorbei.

21:15

»Hallo!« Birkedal sah aus, als wolle er das Handy auffressen. Ihr Chef stand unter Druck, aber abgesehen von seinem Verhalten, das noch direkter war als sonst, merkte man ihm das nicht an. Die Krankheit hinterließ offenbar keine Spuren – noch nicht.

»Aha … Also gibt es keine Nachricht, die wir dem Dreckskerl überbringen können. Es gilt entweder oder. Mehr haben Sie in der halben Stunde nicht erreicht?«

Blix hatte sich zurückgemeldet, und der Mann, der gleich mit Wur verhandeln sollte, klang alles andere als zufrieden mit dem Ergebnis.

Birkedal beendete das Telefonat mit einem knappen »Wiederhören« und steckte das Handy in die Hosentasche.

21:20

Er schaltete die Lampe ein und trat wieder auf die äußere Schiffsbrücke. Jetzt ging es um alles. Der Schweiß strömte aus seinen Poren, aber die kühle Brise im Freien tat gut.

Er schwenkte die Lampe hin und her und rief in Richtung des Polizeichefs, dass die Frist um sei. Der Mann mit der struppigen Silbermähne marschierte auf das Schiff zu, leicht nach vorn gebeugt und mit energischen Schritten.

»Auslieferung oder nicht?«

»So einfach ist es nicht.«

»Ich will eine Garantie!«

»Das Einzige, das ich Ihnen garantieren kann, ist, dass Ihr Fall nach geltendem dänischen Recht behandelt wird.«

»Das reicht nicht.«

»Soll ich Sie lieber anlügen? Wenn die Amerikaner auf einer Auslieferung bestehen, müssen sie dafür zunächst einen Antrag stellen. Zu diesem Antrag muss die dänische Justiz dann Stellung beziehen. Sie werden sich in Dänemark für Ihre Taten rechtfertigen müssen. Nicht mehr und nicht weniger. Eine eventuelle Auslieferung ist eine komplexe juristische Angelegenheit. Vielleicht wird ihr stattgegeben, vielleicht wird sie abgelehnt.«

»Ziehen Sie die USA für meine Entführung zur Rechenschaft?«

»Das ist eine politische Entscheidung. Ich bin kein Politiker.«

»Sie enttäuschen mich …«

Er drehte dem Polizeichef den Rücken zu, ging wieder nach drinnen und knallte die Tür laut zu. Jetzt musste er schnell arbeiten.

Wur trat hinter Hornemann und verpasste ihm mit der Pistole einen harten Schlag gegen den Hinterkopf. Es war das zweite Mal, dass er den Dänen auf diese Weise außer Gefecht setzte, aber das störte ihn nicht weiter.

Dann durchschnitt er das Tape an den Hand- und Fußgelenken seines Gefangenen, entfernte den Klebestreifen über dem Mund und zog den Knebel heraus.

Er hievte ihn vom Stuhl und legte ihn auf den Boden. Anschließend tränkte er auch den Knebel in Benzin und wickelte das Tuch um den Zünder. Er goss zwei Kanister auf den Boden der Brücke und schüttete einen dritten über dem bewusstlosen Hornemann aus.

Die gesamte Brücke schwamm in Benzin.

Jetzt öffnete er ein Fenster, damit er von draußen zu hören war, und zündete die Lappen in den beiden Schüsseln an. Sie fingen sofort Feuer und erhellten für einen kurzen Augenblick die gesamte Kommandobrücke. Wur stellte sich mitten in den Raum.

So hatte Swann es gewollt.

Er breitete die Arme seitlich aus und schrie mit voller Kraft.

»Allahuuuuuuu Akbaaaaaaar, Allahuuuuuuu Akbaaaaaaar!«

21:22

Als auf der Brücke Flammen erschienen, wirbelte Birkedal herum und starrte das Feuer mit entsetzten Augen an.

»Was zur Hölle geht da vor?«

»Ein Märtyrer … Ich glaube, er hat sich entschieden«, antwortete Nina, ohne den Blick vom Schiff abzuwenden.

Die Flammen und die langgezogenen, klagenden Schreie jagten ihr Schauer über den Rücken.

21:22

Wur duckte sich und griff nach der Uhr des Zünders, auf der er einen dreiminütigen Countdown einstellte. Gleichzeitig prägte er sich die Uhrzeit auf seiner eigenen Uhr ein. Dann riss er sich das grüne Tuch vom Kopf und warf es auf den Boden. Auf Knien kroch er durch die Brücke ins Schiffsinnere. Als er es durch die Tür geschafft hatte und von außen nicht mehr zu sehen war, zog er sich Kleider und Schuhe aus und schleuderte alles auf einen Haufen neben den leblosen Hornemann.

Im Taucheranzug und mit nackten Füßen lief er durch den Gang, sprang die kurze Treppe nach unten und hastete weiter durch das Schiff.

Zweiunddreißig hektische Sekunden später betrat er vorsichtig das dunkle Deck auf der Steuerbordseite und schlich schnell zu der weißen Kiste.

Wur nahm die letzten Teile seiner Ausrüstung heraus. Zuerst legte er den Tauchgürtel mit den Gewichten an, dann zog er sich die schwarze Weste mit der Spezialbox auf dem Rücken über, straffte die Gurte und spannte den Gürtel fest. Es war keine gewöhnliche Tauchbekleidung, sondern eine besondere Kampfausrüstung mit eigenem Mundstück und zwei Atemschläuchen, die auf den Rücken führten. Diese Ausrüstung filterte seinen Atem in einem geschlossenen Kreislauf, sodass er unbemerkt tauchen konnte – ohne dass verräterische Luftblasen an die Oberfläche stiegen.

Er zog die Tauchermaske über den Kopf und hängte sie sich um den Hals, schnallte den Unterwasserkompass um das rechte Handgelenk, setzte sich auf die weiße Kiste und schlüpfte eilig in die Taucherflossen.

Ein Blick auf die Uhr sagte ihm, dass die letzte Minute angebrochen war.

Jetzt legte er die Schlaufe um das obere Ende des Bolzens und warf das Seil über die Reling. Anschließend kletterte er selbst über das Geländer, hielt das Seil mit beiden Händen fest gespannt und seilte sich langsam an der Außenwand des Schiffs ab.

Als sich das schwarze Wasser um ihn schloss, biss er auf das Mundstück und setzte die Maske richtig aufs Gesicht. Zuletzt gab er dem Seil einen Schwung nach rechts, sodass die Schlaufe vom Bolzen glitt und mit dem restlichen Seil neben ihm ins Wasser platschte.

Wur hielt sich strampelnd über Wasser, während er das Seil um seinen Oberkörper wickelte. Dann schaute er ein letztes Mal auf die Uhr, schätzte die Richtung ein und tauchte schräg nach unten. Die Finsternis verschluckte ihn nun ganz.

21:25

Benzingeruch stieg ihm in die Nase. Er hatte keine Ahnung, wo er sich befand. Oder warum es nach Benzin roch.

Nach und nach begann sein Gehirn zu arbeiten. Langsam öffnete er die Augen, aber er sah alles nur verschwommen. Irgendetwas Rotes leuchtete vor ihm auf. Was es war, erkannte er nicht genau …

Sein Blick wurde klarer, und die Zahlen kamen zum Vorschein. Was waren das für rote Ziffern? Wo war er?

00:09. Jetzt fiel es ihm wieder ein. Das Schiff … 00:07. Es roch nach Benzin … 00:05. Es gab keinen Gott, 00:04. Aber vielleicht etwas anderes, 00:03. Einen anderen Ort … 00:02. Milica. Palle. Jakob. Ich komme …

21:25

Die Explosion war gigantisch. Wie ein saugendes Seufzen aus der Unterwelt, gefolgt von einem wütenden grell-orangen Feuerball. Dann schlug ihnen die Hitzewelle entgegen. Glas splitterte. Ninas Augen schmerzten von dem stechenden Feuerschein.

Die gesamte Kommandobrücke des Schiffs hatte sich in ein flammendes Inferno verwandelt. Von allen Seiten erklangen Stimmen; Befehle, Ausrufe und gellende Schreie. Der ganze Kai war taghell.

Jetzt brannte es lichterloh, gewaltige Flammen stiegen in den schwarzen Himmel. Sie alle schauten wie gelähmt zu.

»Scheiße …«

Birkedals Gesicht leuchtete hellgelb. Seine Augen waren weit aufgerissen.

»So eine Scheiße …« Er hielt sich die Hand vor den Mund.

Nina schüttelte den Kopf. Sie bebte am ganzen Körper.

»Er hat es wirklich getan … Verdammt … Es ist unfassbar, er hatte doch eine Frau – und Kinder. So hübsche Kinder …«

Schweigend standen sie an der Kaimauer und starrten in die riesigen Zungen aus Feuer.

21:45

Die Einsatzfahrzeuge der Feuerwehr standen in Reih und Glied am Kai. Inzwischen hatten die Männer und Frauen das Feuer so gut wie gelöscht. An Bord des alten Frachters gab es nicht viel Brennbares. Zwar bestand die Aufgabe von Feuerwehrleuten darin, Feuer zu löschen, aber in diesem Fall hätten sie das Wrack auch einfach niederbrennen lassen können.

Mit Thøgersen im Schlepptau eilte Birkedal zu ihnen herüber.

»So … Damit wäre diese Sache wohl beendet«, brummte er und blieb so abrupt stehen, dass es unter den Schuhsohlen knirschte.

»Ich habe gerade noch einmal mit Blix gesprochen. Er ist nicht, wie soll ich es sagen … nicht ganz unzufrieden mit dem Verlauf der Dinge, da es sich nun mal nicht ändern ließ«, sagte ihr Chef und schaute zu Boden.

»Aber ich kenne jemanden in Malmö, deren Welt gerade zusammenbricht«, entgegnete Nina.

Birkedal stimmte ihr mit ernster Miene zu.

»Natürlich, es ist wirklich eine verflucht schlimme Geschichte. Aber wir müssen wohl davon ausgehen, dass die Amerikaner recht hatten. Er war tatsächlich Jonathan Greenway – falls noch jemand daran gezweifelt haben sollte.«

»Oder er war einfach nur Zulfikkur Wur, der in den Wahnsinn getrieben wurde.«

»Was soll das heißen, Nina?«

»Dass es zu viel für ihn wurde. Dass es bei ihm einfach Klick gemacht hat.«

»Hmm, wir werden es nie erfahren. Aber die Sache mit dem Selbstmord habe ich bei diesen Kerlen sowieso nie kapiert. Wie können sie ernsthaft daran glauben? Zweiundsiebzig Jungfrauen …«

Nina zuckte mit den Schultern und wollte erwidern, dass es noch mehr gab, das er nie kapiert hatte, sagte aber nichts. Birkedal sprach weiter:

»Märtyrer oder nicht … Halten wir fest, dass wir ein Problem weniger am Hals haben. Jetzt müssen wir uns um Hornemann kümmern. Er muss schleunigst gefunden werden, wir setzen alle verfügbaren Kräfte darauf an. Zurück ins Präsidium!«

22:23

Durch das Bullauge der engen Kajüte erhielt die Szenerie auf dem Kai eine kreisrunde Form. Es waren keine Flammen mehr zu sehen, dafür aber eine Menge Blaulichter und grelle Scheinwerfer.

Er blieb vor dem Fenster sitzen, bis der Hafen ganz aus seinem Blickfeld verschwunden war. Wie eigenartig die Welt doch war. Vor einer Stunde hatte er ein wahres Flammenmeer auf dem Doggerkai entfacht, und jetzt saß er an Bord des polnischen Frachters »Agnieszka Talkowski« und ließ Esbjerg hinter sich.

Seine Füße steckten in wärmenden Wollstrümpfen, er trug saubere Kleider, und eine dampfende Tasse Tee stand vor ihm. Er hatte sogar eine Kajüte mit eigener Toilette bekommen. Allerdings nicht, um ihm die Überfahrt besonders angenehm zu machen, sondern weil die Kajüte von außen verschlossen war, bis das Schiff seinen Zielort, die polnische Hafenstadt Swinemünde, erreichte.

Von dort ging es für ihn mit dem Auto weiter – und später mit dem Flugzeug. Vorläufig hatte Swann eine hervorragende Arbeit abgeliefert, aber auch Wur selbst hatte allen Grund, mit seiner eigenen Leistung zufrieden zu sein. Gerade hatte ihn noch die halbe Welt gejagt, jetzt war er auf dem Weg in Richtung Sicherheit.

Er nahm Kurs auf ein neues Leben.

60

Ingrid Hornemann war Lehrerin und hatte schon früh Feierabend, sodass sie sich für 13 Uhr verabredet hatten. Nina bog in die Auffahrt vor dem gelben Einfamilienhaus in Sønderris ein, einem Vorort von Esbjerg.

Ingrid Hornemanns Bruder war nicht wieder in seine Wohnung zurückgekehrt, in der Nacht nach dem Drama am Doggerkai fehlte jede Spur von ihm. Auch am nächsten Morgen und am Vormittag schien es, als sei Henrik Hornemann, der ehemalige Soldat des Jägerkorps, wie vom Erdboden verschluckt.

Bei der Morgenbesprechung hatte Birkedal die Theorie in den Raum geworfen, dass Hornemann möglicherweise auch für den Tod des kleinen Mädchens verantwortlich war, zumal er schon in den beiden Mordfällen an Osmanović und Yilmaz als dringend tatverdächtig galt – und darüber hinaus hinter dem Mord am CNN-Reporter zu stehen schien. Letzteres war allerdings eine reine Vermutung, die sich nur auf die militärische Ausbildung des Mannes gründete. Nur weil er Scharfschütze war, bedeutete das natürlich nicht zwangsläufig, dass er ein Mörder war.

Dem Verdacht im Fall des getöteten Mädchens hatten Madsen und Monberg sofort widersprochen. Ihre Telefonüberwachungen deuteten noch immer in dieselbe Richtung, und sie warteten bloß darauf, dass ihr Verdächtiger – der nervöse Bosnier – einen Fehler machte.

Nina hatte selbst eingewandt, dass es einem ehemaligen Mitglied des Jägerkorps nicht gerade ähnlich sähe, willkürlich auf irgendwelche Wohnzimmerfenster zu schießen. Birkedal schien sich von den Argumenten überzeugen zu lassen.

Von Tim hatte sie sich nicht einmal verabschieden können, er und der Rest des PET-Teams waren abgereist. Zulfikkur Wurs verkohlte Leiche lag in der Rechtsmedizin in Århus, wo sie offiziell identifiziert und für die Überführung nach Malmö vorbereitet werden sollte, sobald sie freigegeben war.

Beim Gedanken an Britt Lindgren, die ihren geliebten Mann auf diese Weise zurückbekam, lief Nina ein kalter Schauer über den Rücken.

Sie drückte auf die Klingel, und kurz darauf öffnete eine lächelnde und freundlich Frau die Tür, Ingrid Hornemann.

»Kommen Sie rein«, sagte sie und drückte Ninas Hand.

Hornemanns Schwester ging auf die fünfzig zu, in ihrem dunklen Haar zeigten sich erste graue Strähnen. Sie führte Nina in einen kleinen Wintergarten, wo eine Thermoskanne und Tassen bereitstanden.

»Sie glauben also, dass Henrik jemanden in der Stadt angegriffen hat?«

Ingrid Hornemann setzte sich auf den Stuhl gegenüber von Nina und schenkte Kaffee ein.

»Es sieht ganz danach aus.«

»Henrik hat es nicht leicht. Er ist krank und braucht Hilfe. Deshalb habe ich auch angerufen. Die Sache mit dem Überfall könnte eine Chance für ihn sein … Er hat sich mit der Zeit immer mehr gehen lassen, er hat sein Temperament nicht mehr unter Kontrolle. Vielleicht klingt es eigenartig, wo er doch mein Bruder ist und wir nach dem Tod unserer Eltern nur noch zu zweit sind, aber wir haben keinen Kontakt mehr zueinander.«

Nina sah Ingrid Hornemann fragend an.

»Henrik hat einfach zu viel kaputt gemacht. Letztes Jahr hat er an meinem Geburtstag meinen Mann niedergeschlagen, weil sie sich gestritten hatten. Ich habe mich immer um ihn bemüht – aber da war Schluss. Er sollte nicht auch noch meine Familie zerstören. Es ist nicht so, dass ich nicht versucht hätte, ihm zu helfen, aber er wollte mir nicht einmal zuhören. Ich habe seit über einem Jahr nicht mehr mit ihm gesprochen oder ihn gesehen … Es tut weh.«

»Litt er nicht unter einer posttraumatischen Belastungsstörung?«

»Doch … Wenn ich zurückdenke, dann hat es schon einige Jahre in ihm geschlummert. Er hat immerhin an mehreren Auslandseinsätzen teilgenommen und dort Schreckliches erlebt. Aber wirklich schlimm wurde es erst, als sein bester Freund, sein Partner, Palle Nybro, in Afghanistan ermordet wurde. Ab da ging es mit Henrik bergab.«

Nina holte das kleine gerahmte Foto aus ihrer Tasche und legte es auf den Tisch.

»Das ist er, richtig?«

Ingrid Hornemann nickte.

»Ich habe Palle nur ein einziges Mal getroffen. Eine grausame Geschichte.«

»Ja, ich weiß darüber Bescheid«, sagte Nina.

»Danach war es, als würde bei ihm die letzte Sicherung durchbrennen.«

»Kam er nicht in Therapie?«

»Doch, aber ich frage mich, ob sie bei der Armee eigentlich wissen, wer wirklich Hilfe benötigt. Und ob diese Soldaten sie dann auch bekommen. Henrik hat die Therapie nach einer Weile selbst abgebrochen, und seitdem hat sich niemand mehr dafür interessiert, wie es ihm ging. Manchmal nahm er seine Medikamente, manchmal nicht. Ich habe das Militär um mehr Unterstützung gebeten, aber sie haben mir nur gesagt, Henrik habe seine Behandlung abgelehnt und sie könnten nichts weiter unternehmen.«

»Hmm …«

»Es ist immer das Gleiche, oder? Wenn Soldaten vom Einsatz zurückkehren, haben sie seelische Schmerzen. Dann passiert irgendetwas Dramatisches, und das Militär verspricht hoch und heilig, dass sie etwas verändern, weil diese Fälle in den Nachrichten landen. Aber danach … Ich glaube nicht, dass sie es unter Kontrolle haben. Erinnern Sie sich an den armen Kerl in Kopenhagen, der mit einem Säbel auf zwei Polizisten losgegangen ist, als sie ihn in eine psychiatrische Klinik fahren sollten? Sie haben ihn erschossen.«

Nina nickte, an diesen Vorfall erinnerte sie sich gut. Der Mann war ein Veteran der Balkankriege gewesen. Er hatte die Dienstwaffe des einen Polizisten zu fassen bekommen, woraufhin sich sein Kollege gezwungen sah, das Feuer zu eröffnen. Der arme Kerl war sofort tot.

»Eine wirklich traurige Geschichte.«

»Solche Beispiele lassen die Debatte immer aufleben, aber sobald etwas Zeit vergangen ist, geraten sie wieder in Vergessenheit. Und plötzlich gibt es einen neuen Fall mit dem nächsten armen Kerl, der Amok läuft. Sie sollten sich wirklich schämen. Diese Leute sind schwer traumatisiert, das sind Arbeitsunfälle.«

»Sie haben recht, vollkommen recht … Es ist eine Schande.«

Nina legte das Foto des jungen Mädchens ebenfalls auf den Tisch.

»Kennen Sie sie?«

Ingrid Hornemann nahm das Bild in die Hände und betrachtete es einen Augenblick.

»Ich glaube schon. Das heißt, ich habe das Bild schon einmal gesehen, aber ich kenne sie nicht. Es ist ein Mädchen vom Balkan. Henrik hat sie während einer seiner Missionen dort kennengelernt. Sie kam aus Serbien.«

»Kam?«

»Henrik hat mich mal gefragt, ob ich sie nicht auch hübsch fände. Als ich meinte, sie sei ziemlich hübsch, hat er mir erzählt, dass sie tot ist. Mehr habe ich nicht aus ihm herausbekommen. Nichts darüber, wie – oder warum sie gestorben ist. Er *konnte* es nicht erzählen, er wurde nur traurig und hat sich verschlossen.«

»Was ist mit diesem Jungen hier?« Nina reichte ihr das letzte Foto.

»Den kenne ich nicht. Ist er aus Grönland?«

»Ich gehe davon aus.«

»In seinem Haus wohnen – oder wohnten – ein paar Grönländer, soviel ich weiß.«

»Wir konnten Ihren Bruder bisher nicht finden. Wir haben den ganzen Abend und die Nacht nach ihm gesucht, aber auch heute fehlt jede Spur von ihm. Haben Sie eine Idee, wo er sich aufhalten könnte?«

Ingrid Hornemann zuckte mit den Schultern.

»Er hat keine Freunde und ist eigentlich immer für sich selbst. Und verreisen tut er auch nicht. Ich habe keinen blassen Schimmer. Mehr Kaffee?«

»Nein, danke. Hat er überhaupt keinen Kontakt mehr zu seinen ehemaligen Kameraden beim Militär?«

»Jedenfalls nicht, soweit ich weiß. Die Armee war sein ganzes Leben, aber als es vorbei war, war es vorbei. Wie ein Buch, das zugeschlagen wird. Jetzt, wo Sie fragen, fällt mir ein … Henrik besitzt ein kleines Ferienhaus. Eine ganz einfache Hütte, die man eigentlich nur im Sommer benutzen kann. Dort wird er kaum sein, dafür ist es viel zu kalt.«

»Wo liegt die Hütte?«

»Draußen am Sjelborgdalen, direkt an der Klippenkante. Sie gehörte unserem Vater, der sie seinerzeit selbst gebaut hat. Henrik hat mir meine Hälfte schon vor Jahren abgekauft.«

»Und wenn ich trotzdem gern dorthin fahren würde?«

»Nehmen Sie den ersten Kiesweg nach oben, dann nach rechts und bis zum Ende durch. Es ist eine kleine rote Hütte mit grünen Fensterrahmen, leicht zu finden.«

»Immer zu zweit, Nina, niemals allein …« Ihr kurzer Aufenthalt in dem Erdloch hatte seine Spuren hinterlassen. Nina gab dem Druck nach und rief Verstärkung, nachdem sie sich von Hornemanns Schwester verabschiedet hatte. Ingrid Hornemann hoffte inständig, dass ihr Bruder bald gefunden wurde und dass endlich jemand die Situation ernst nahm und ihn in Therapie schickte.

Sie musste nur wenige Minuten am Ende des Kieswegs warten, bis Ulbæk und Monberg eintrafen. Nina winkte sie hinter sich her und hielt erst an, als sie die Hütte mit den grünen Fenstern entdeckte, die eine der letzten in der Reihe entlang der Klippen zum Meer war.

Sie stiegen aus ihren Autos und schauten sich auf dem Grundstück um. Hinten im Garten stand eine längliche Holzkiste, die mit einem Vorhängeschloss gesichert war. Da die Kiste Belüftungslöcher hatte, konnten sie das Kajak sehen, das darin lagerte. Das Grundstück selbst war ebenso klein wie die Hütte, deren Räume von außen einsehbar waren. Im Wohnzimmer befand sich ein Tisch, außerdem waren da eine elektrische Kochplatte und eine Spüle. Ursprünglich war das die gesamte Behausung gewesen, die der Vater der Hornemann-Geschwister gebaut hatte. Später war ein kleiner Holzanbau hinzugekommen, in dem ein Alkovenbett und eine Toilette Platz fanden. Mehr gab es nicht.

Nichts deutete auf Henrik Hornemanns Anwesenheit hin. Nina bedankte sich bei ihren Kollegen und schickte sie wieder zurück ins Präsidium, wo es mehr als genug zu erledigen gab. Sie schaute sich kurz um, ehe sie ihren Ellenbogen gegen das dünne Glas in einem der uralten Sprossenfenster rammte, den Fensterhaken löste und in die Hütte kletterte.

Schon bald war ihr klar, dass es hier nicht viel zu entdecken gab. Ein Stapel alter Zeitungen und eine Handvoll Taschenbücher. Krimis, Memoiren eines ehemaligen Staatsministers und ein Vogelbestimmungsbuch. Unter der Spüle fand sie noch drei Dosen Tuborg, sonst nichts. Im einzigen Kleiderschrank des Hauses hingen ein Anzug und einige Ausrüstungsteile, die mit Sicherheit zum Kajak gehörten.

Nina kontrollierte alles sorgfältig auf doppelte Wände, verborgene Hohlräume und lose Bretter. Nichts weckte ihr Misstrauen.

Falls sie zu finden war. Falls es sie gab. Falls es Hornemann war … dann würde sie irgendwo hier oder in der Nähe der Hütte auftauchen – die Waffe. Das Präzisionsgewehr, mit dem der CNN-Reporter Jeremy Fischer getötet worden war. Es war immer noch nicht mehr als eine aus der Luft gegriffene Behauptung. Wenigstens die beiden Pistolen, mit denen Merzuk Osmanović und Evrim Yilmaz erschossen wurden, wollte sie finden. Dafür standen die Chancen besser, sogar wesentlich besser.

In der Einfahrt bildete eine Reihe kleiner Steine die Grundstücksgrenze. Mit einem dieser Steine zertrümmerte Nina das eine Ende der Kajakkiste und zog das Boot heraus. Nachdem sie es vergeblich untersucht hatte, schob sie es wieder zurück.

Aus der Küche holte sie sich ein Brotmesser und ging wieder nach draußen. Rund um die ganze Hütte war ein breiter Streifen mit Strandsteinen gelegt, zwischen denen Nina das Messer alle dreißig bis vierzig Zentimeter bis zum Schaft in die Erde steckte. Damit machte sie auch in einem kleinen Blumenbeet weiter, entlang der Steine in der Einfahrt und unter einem alten Holzbottich, der in ferner Vergangenheit einmal als Blumenkübel gedient hatte. Ihr Stochern blieb jedoch erfolglos.

Sie lief im Kreis, während sie den Boden nach Möglichkeiten absuchte. Es musste eine Art Markierung geben – und ein plausibles Versteck. Sie stocherte unter einer alten Zinnkanne in die

Erde, unter ein paar einzelnen Steinen im Garten und rund um den Stab mit dem Futterhäuschen für die Vögel. Vergebens.

Auf dem schmalen Streifen zwischen dem Grundstück und der Klippe wuchs alles wild durcheinander, Strandhafer, Brombeeren, Hagebutten und einige Kiefernbüsche. Beinahe unter dem Gras verborgen entdeckte sie einen Betondeckel, und ihr Herz begann heftig zu pochen. Hier musste es sein …

Mit einiger Mühe wuchtete sie den Betondeckel zur Seite, nur um herauszufinden, dass das Loch mit Sand gefüllt war. Wenn es einmal ein Kanal oder eine Art Ablauf gewesen war, dann musste es viele Jahre her sein. Sie legte den Deckel zurück und stand wieder auf. Mehr konnte sie nicht tun. Wenn sie an der Theorie mit den Waffen festhalten wollte, dann brauchte sie schon einen Metalldetektor, um Hornemanns Grundstück genauer unter die Lupe zu nehmen.

Gerade als sie sich zum Gehen umwandte, fiel ihr Blick auf etwas Glänzendes am Ende des überwucherten Streifens mit den Hagebutten. Es war … sie ging näher … eine zusammengedrückte Bierdose, die noch aus der Zeit stammte, als die Dänen palettenweise Paderborner Bier aus Deutschland nach Hause geschleppt hatten. Es ging hier um Markierungen und Erinnerungen. Konnte das Hornemanns kleine Markierung sein? Nina kniete sich vor die Dose und stocherte mit dem Messer in der losen Erde daneben. Als das Messer fast bis zum Anschlag versunken war, traf die Spitze auf etwas Hartes. Es klang wie Metall …

Eifrig wühlte sie die Erde mit den Händen beiseite, bis sie ein rundes Stück Metall freilegte. Mit dem Messer kratzte sie die Erde darauf weg. Es war der obere Verschluss eines Metallrohrs mit einem Durchmesser von etwa dreißig Zentimetern, das senkrecht im Boden vergraben war. Vier Metallhaken hielten den Verschluss an seinem Platz. Nina löste sie, nahm den Deckel ab und steckte die Hand in das Rohr. Es war nicht leer. Irgendetwas aus

Plastik und etwas aus Stoff befanden sich darin. Unter dem Stoff fühlte sie Metall, etwas Schweres. Sie holte beides heraus und trug es auf den Rasen hinter der Hütte.

Der Stoff war eine robuste Ölhaut, die mehrfach um den Inhalt des Pakets gewickelt war. Je weiter sie das Paket aufpackte, desto schmieriger und öliger wurde der Stoff.

Dann lagen sie vor ihr, verschiedene Metallteile, die zusammengebaut ein Gewehr ergaben, das auf den ersten Blick ziemlich speziell aussah. Sogar ein Zielfernrohr war dabei.

In der Plastiktüte fand sie ein Päckchen mit Munition. »Lapua Magnum« war darauf zu lesen …

Eine zweite Plastiktüte war mit einem Knoten zugebunden. Nina riss sie auf und entdeckte zwei dünne Hefte sowie einige Klarsichthüllen mit Fotos. Fotos von zwei Männern, die sie sofort wiedererkannte. Schnell blätterte sie durch die beiden Hefte.

Es waren regelrechte Observationsberichte zu den beiden Männern, die auf den Bildern zu sehen waren: Merzuk Osmanović und Evrim Yilmaz.

Über mehrere Monate hatte der Ex-Soldat die beiden Kriminellen beschattet. Es gab Listen mit Zeitangaben zu Routinen und verschiedensten Unternehmungen. Und es gab Aufzeichnungen über beobachtete Drogendeals, Abnehmer, Lieferorte und Daten.

Sie hielt zwei sorgsam zusammengestellte Akten über das Leben und den Alltag der Drogenbosse in den Händen. Gleichzeitig stellten die Hefte eine minutiöse und bis ins letzte Detail exakte Beschreibung der Vorbereitungen ihrer beiden Tode dar.

Nina setzte sich auf den Rasen und wählte eine Nummer.

»Birkedal«, meldete sich ihr Chef in strengem Ton.

»Ich bin's, Nina. Es ist Hornemann! Hornemann hat sie alle drei getötet. Die beiden Gangster und den Journalisten. Ich bin gerade an seiner Hütte am Sjelborgdalen und habe die Beweise.«

»Bleib da! Ich komme!«

Sie nahm alles mit und legte die Sachen auf eine kleine Bank unter dem Dachvorsprung, dann warf sie einen Blick auf ihre Uhr, holte zwei Dosen Bier aus der Hütte – und vertiefte sich in die beiden Hefte.

Sechzehn Minuten später hörte sie einen aufheulenden Automotor, gefolgt von einer scharfen Bremsung auf dem Kies. Im nächsten Moment kam Birkedal keuchend um die Ecke gerannt.

»Verflucht, Nina, stimmt es?«

»Ja, sieh dir das an.«

Birkedals Blick flog über die Gewehrteile, die Dokumente und Fotos, während sie erklärte, was es damit auf sich hatte. Zum Schluss nickte Birkedal nur noch stumm – erleichtert und offensichtlich verwundert.

»Ist es nicht an der Zeit, dass wir zusammen ein Bier trinken?« Sie hielt die beiden Dosen hoch.

»Wenn nicht jetzt, wann um alles in der Welt sonst?«, brummte ihr Chef und setzte sich neben sie, noch immer mit einem leichten Kopfschütteln.

Für eine Weile saßen sie schweigend da und schauten hinaus aufs Wasser, wo die Umrisse der kleinen flachen Insel Langli zu sehen waren, dahinter die Halbinsel Skallingen, und zwischen der Halbinsel und der Nordspitze von Fanø die Einfahrt nach Esbjerg. Es war diesig, und unter dem grauen Himmel wirkte alles unscharf.

»Das war echt fantastische Arbeit, mein Mädel«, nuschelte Birkedal in seine Bierdose.

»Danke.«

Was für eine Kehrtwende, »mein Mädel …« Nina rätselte, wie sie ihn fragen sollte. Ob es nicht vielleicht ein schlechter Zeitpunkt war. Und wie sollte sie es anstellen, ohne zu verraten, dass sie in seiner Schreibtischschublade geschnüffelt hatte?

»Ich bin in der letzten Zeit wohl … nicht ganz … fair dir gegenüber gewesen, Nina.«

Birkedal umklammerte seine Dose so fest, dass es knackte.

»Hmm, fair … Vertragen wir uns also wieder?«

Ihr Chef nickte.

»Sicher, ja. Aber ich habe mich nicht korrekt verhalten. Sagt meine Frau auch. Deshalb möchte ich mich gern … entschuldigen.«

Jetzt knackte auch Ninas Bierdose.

»Schon in Ordnung …«

»Ich würde dir gern erklären, warum. Oder es wenigstens versuchen. Siehst du … Helle, meine Tochter, ist ein tolles, fleißiges Mädchen. Sie ist Anwältin in Kopenhagen. Arbeitet seit sieben Jahren im selben Job. Steht jeden Tag auf, geht arbeiten, macht ihre Sache da wirklich gut – und geht wieder nach Hause. Sie ist zufrieden mit ihrem Leben. Den Gedanken, dass sich irgendetwas verändert, kann sie nicht ausstehen. Sie ist wie meine Frau, ruhig, sanft, hat einiges in der Birne – und ist ein großer Fan von Sicherheit.«

Birkedal räusperte sich und nahm einen Schluck Bier.

Nina war noch immer ganz überrumpelt.

»Ich habe sie schon ein paarmal gefragt, ob sie nicht etwas anderes ausprobieren möchte, höher hinauswill. Ob sie nicht mal auf den Tisch hauen, auf sich aufmerksam machen will. Aber nein … ›Warum sollte ich, Papa?‹, sagt sie dann immer. Sie versteht einfach nicht, was ich meine. Und dann schaue ich dich an, Nina, und sehe jemand vollkommen anderes. Du hast dieses besondere Etwas, das man braucht. Und was passiert? Von einem Tag auf den anderen schmeißt du den Führungskurs hin, verdammt …«

»Ja, aber dafür gab es viele Gründe. Ich wollte …«

»Lass mich ausreden, wo ich endlich mal in Fahrt bin. Du

bringst alle Voraussetzungen mit. Deshalb hätte ich mir in den Hintern beißen können, dass du trotzdem nicht weitermachen wolltest. Ich habe schon immer gesagt, dass man die Pflicht hat, sein Potenzial auszuschöpfen. Meine Frau meint, ich solle mich davor hüten, meine Ambitionen auf andere zu projizieren. Dass ich herumtrampele wie ein Elefant und ein genauso gutes Gedächtnis habe. Verstehst du, was ich meine? Ich konnte mich einfach nicht damit abfinden, dass du hingeworfen hast. Deshalb war alles so schwierig, das ist mir jetzt klar ... Man kann das Pferd zwar an den Trog führen, aber zum Trinken kann man es nicht zwingen. Du bist die beste Ermittlerin, die ich je hatte. Und das wirst du auch bleiben, egal, ob du Chefin wirst oder nicht.«

»Mein Bauch hat mir gesagt, dass es falsch gewesen wäre. Ich wollte nicht abhängig von anderen sein, mich nicht verstellen. Es wäre ein schlechtes Geschäft gewesen. Ich wollte lieber ... mein eigenes Ding machen.«

»Manchmal bist du einfach so verflucht bockig. Und stur wie ein Esel ... Man kann sich sehr wohl treu bleiben, obwohl man Chef ist, selbst wenn man manchmal Ja sagen muss, wenn man eigentlich Nein meint. Was passiert, wenn ich eines Tages nicht mehr dein Chef bin? Hast du darüber schon einmal nachgedacht? Ich habe versucht, dir einen Vorgeschmack darauf zu geben. Dann gibt es niemanden mehr, der dir die Verantwortung überträgt, die dir zusteht. Dann hast du keine freie Hand mehr, kannst nicht mehr deine eigenen Wege gehen. Und sobald du mit Nachdruck auf deinen Platz verwiesen wirst, nimmst du den Hut, das weiß ich. Dann verliert die Polizei ein Talent, das zu verlieren sich kein Arbeitgeber der Welt leisten kann. Deshalb war ich nicht fair zu dir. Deshalb – und weil ich stinksauer war ...«

Die Dose in Birkedals Händen hörte gar nicht mehr auf zu knacken.

»Danke. Und danke, dass du dich um mich sorgst. Aber deine

Frau hat recht. Außerdem hoffe ich doch sehr, dass wir noch einige Jahre zusammenarbeiten werden, oder?«

Sie hatte das Gespräch nicht mit Absicht in diese Richtung gelenkt, aber jetzt waren die Worte heraus.

Wieder schwiegen sie vor sich hin. Ein Containerschiff glitt durch die graue Nebelmasse in Richtung Hafen. Ganz links stieg eine dunkle Rauchsäule aus dem enormen Schornstein des Kraftwerks in den Himmel. Der Wind zerrte daran, sodass sie schräg in der Luft stand.

»Es waren chaotische Tage«, brummte Birkedal und trank einen Schluck.

»Ja, der reinste Wahnsinn. Völlig surreal.«

»Warum muss ausgerechnet uns dieses bescheuerte Flugzeug auf den Kopf fallen?«

Nina musste grinsen, während sie darüber nachdachte. Als Birkedal sie zur Durchsuchung des Flugzeugwracks geschickt hatte, wollte er ihr also eine Art Lektion erteilen, was ihr in Zukunft an Gleichgültigkeit und totalem Mangel an Herausforderungen blühen könnte.

Birkedal schwieg weiter. Seine Bierdose war ebenfalls verstummt, aber die Finger seiner rechten Hand trommelten ungeduldig auf den Oberschenkel.

Unten am Strand lief ein Mann mit Spaten und Eimer. Wahrscheinlich, um nach Wattwürmern zu graben. In der Fahrrinne kam der Teil eines Stevens zum Vorschein. Es war ein Koloss von DFDS, der sich in ihr Sichtfeld vorarbeitete, vollbeladen mit bunten Frachtcontainern. In einer langsamen Bewegung hob Birkedal das Bier an den Mund.

»Ich bin krank«, sagte er in die Dose, sodass seine Feststellung ein sonderbares Echo bekam.

Ninas Puls war so stark, dass sie das Pochen an ihrem Hals spürte. Jetzt war es also so weit …

»Krank?«

»Krebs … Scheiße, Nina, ich habe Krebs.«

»Krebs?«

Sie hätte gern mehr gesagt. Aber sie konnte nicht.

»Prostatakrebs. Aber sie sagen, es wird schon irgendwie gehen. Vielleicht müssen sie das sagen … Svend Auken ist daran gestorben.«

Nina nickte nur. Brachte noch immer kein Wort heraus. Der alte Sozialdemokrat und ehemalige Minister hatte sich nach einem langen Kampf gegen den Krebs geschlagen geben müssen. Er wurde nur sechsundsechzig Jahre alt. Auken war einer der letzten großen Politiker Dänemarks gewesen, ein Mann mit Persönlichkeit, Fachwissen und Biss. Ein echter Idealist.

An dem Abend damals hatten sie in Sønderho gegessen. Onkel Jørgen, Zeit seines Lebens ein strammer Sozialdemokrat, hatte einige tapfere Tränen vergossen, und auch Nina selbst war es bei den vielen Gedenkreden ganz schwer ums Herz geworden. Auken war ein ehrbarer Mann gewesen. So wie Birkedal.

»Scheiße … Das tut mir echt leid, Erik …«

Sie hörte sich selbst seinen Vornamen aussprechen, aber es war eine fremde Stimme, die aus ihrem Mund kam.

»Na, was soll's … Es wird schon irgendwie werden, was?«

»Die Ärzte sagen also, dass es einigermaßen gut aussieht? Stimmt das?«

»Vorsichtig gesprochen, ja … Sie meinen, dass es noch viel zu früh ist, um irgendwelche Voraussagen zu treffen. Letzte Woche hätte ich zum ersten Mal zur Bestrahlung gesollt – aber ich hatte keine Zeit. Die Kacke war am Dampfen, nicht wahr? Jetzt muss ich eben morgen hin.«

»Aber woher wissen sie, dass es ganz gut für dich aussieht?« An ihrem Hals pochte es immer noch.

»Der Krebs wurde rechtzeitig entdeckt. Das stimmt sie optimistisch, aber Ärzte sind immer vorsichtig mit solchen Aussagen … Aber gut, wir müssen weitermachen! Die ganze Geschichte mit Hornemann muss ans Licht, damit der Fall geklärt wird. Uns fehlen immer noch die beiden Pistolen, mit denen er die Gangster umgebracht hat. Wir müssen seine Wohnung auseinandernehmen. Ich rufe die Kriminaltechniker an, und ich regele die Sache mit Interpol. Wir müssen ihn schleunigst zu fassen kriegen. Danke fürs Bier.«

»Bedank dich bei Hornemann …«

»Du packst hier alles ein und kommst heim ins Präsidium, oder?«

Nina nickte.

»Und diese Sache mit mir … Das bleibt unter uns.«

Als Birkedals Rücken um die Ecke verschwand, atmete Nina tief aus und lehnte sich auf der Bank zurück. Sie brauchte unbedingt eine Zigarette.

61

Der Doggerkai war gesperrt. Quer über die Straße verlief ein rot-weißes Absperrband, das sich im Sturm wölbte. Nina stieg darüber und ging auf das Schiff zu.

Die »Siberian Rose« sah aus wie ein Kriegswrack. Der gesamte Decksaufbau war schwarz vor Ruß, und sämtliche Scheiben fehlten.

Auf dem Kai standen einige Wagen, und Nina entdeckte Menschen auf der Kommandobrücke, sicher die Spurentechniker. Vor ihr luden zwei Feuerwehrmänner ein Auto auf ihren Abschleppwagen und unterhielten sich dabei.

Ein Auto ... ein weißer Kastenwagen.

Aus irgendeinem Grund beschlich Nina das Gefühl, dass sie wissen sollte, warum der Kastenwagen hier stand, aber sie kam einfach nicht darauf. Während des gestrigen Dramas war er ihr nicht aufgefallen.

»Was ist das für ein Auto?«, fragte sie einen der Feuerwehrmänner.

»Es ist als gestohlen gemeldet. Wir bringen es zur Spurensicherung, danach geht es zurück an den Besitzer, einen Malermeister.«

»Gestohlen? Hat es gestern Abend auch hier gestanden?«

»Ja, anscheinend.«

Ein weißer Kastenwagen? Nina versuchte, sich die Situation vor Augen zu führen. Bei dem Durcheinander mit all den anderen Autos war sicher auch ein weißes dabei gewesen, außerdem waren mehrere weiße Übertragungswagen vorbeigefahren. Sie übersah irgendetwas, nur bekam sie nicht zu fassen, was es war.

Nina ging an Bord des Schiffes, das im verrußten Wasser schwamm. In etwas anderem würde die »Siberian Rose« nie wieder schwimmen. Nina bahnte sich einen Weg durch das verrostete Schiffsinnere, stieg eine steile Treppe hinauf und betrat schließlich die Brücke, wo einige Techniker in ihren Schutzanzügen herumliefen.

Hier oben war alles schwarz. Heruntergebrannt und verkohlt.

»Hallo!«

Ein Spurentechniker blickte auf. Sie zeigte ihm ihren Dienstausweis.

»Können Sie schon irgendetwas dazu sagen, wie das hier abgelaufen ist?«

»Noch nicht, dafür ist es zu früh«, antwortete der Mann kopfschüttelnd.

»Wo haben Sie ihn gefunden?«

»Direkt da vorne, mitten auf dem Boden.«

Der Mann deutete mit dem Kopf auf eine schwarze Wasserlache.

Nina sah sich ein wenig um, aber man musste schon ein Spurenexperte sein, um etwas aus den verkohlten Überresten der Kommandobrücke abzulesen. Unten am Kai fuhr der Abschleppwagen davon. Sie schaute dem Heck des weißen Kastenautos hinterher.

Ein Heck, ein Fahrzeugheck. Weißer Kastenwagen. Fährt davon. Oranges Licht. Schnell blinkendes Licht auf der rechten Seite. Fahrzeugheck. Weißer Kastenwagen.

Jetzt wusste sie, warum ihr das Auto so bekannt vorgekommen war.

Sie ging nach unten aufs Deck, wählte eine Nummer und wartete auf Madsens Stimme. Endlich nahm er ab.

»Hier ist Nina. Als wir gestern an Hornemanns Wohnung angekommen sind, also als wir geparkt haben … Was ist dir da aufgefallen, Werner? Woran erinnerst du dich?«

»Ich saß hinten, also … nichts. Woran sollte ich mich denn erinnern?«

»An einen weißen Kastenwagen, der vom Bordstein gefahren ist, als Wejse in die Parklücke gebogen ist.«

»Tut mir leid, das weiß ich nicht mehr.«

»Okay, dann mache ich hier weiter.«

Sie rief Tim an.

»Hi, Tim. Du warst so schnell wieder weg. Wir haben nicht einmal richtig …«

»Nein, aber momentan geben alle Vollgas. Ich hoffe, wir sehen uns bald. Und unter ruhigeren Umständen.«

»Das tun wir. So schnell wie möglich. Und ich hoffe, dass du dann nicht wieder so früh einschläfst … Ist dir gestern Abend ein weißer Kastenwagen am Kai aufgefallen?«

Es wurde still.

»Da standen ziemlich viele Autos herum. Bestimmt auch ein paar weiße«, sagte Tim dann nachdenklich.

»Als wir an Hornemanns Wohnung ankamen … An was erinnerst du dich da?«

»Meinst du im Treppenhaus? Oder in der Wohnung?«

»Nein, als wir geparkt haben. Ein Auto, das direkt vor unserer Nase auf die Straße gebogen ist, als du eingeparkt hast.«

»Tatsächlich! Ein weißer Kastenwagen. Und du sagst also, dass auf dem Kai auch ein weißer Kastenwagen gestanden hat?«

»Ja.«

»Glaubst du …«

»Keine Ahnung, Tim, aber ich werde es rausfinden, und zwar verdammt schnell! Ich melde mich später wieder, es gibt eine Menge zu besprechen.«

Nachdem sie aufgelegt hatte, rief Nina bei der Feuerwehr an und bat darum, den Abschleppwagen zu Hornemanns Wohnung in der Nyhavnsgade zu schicken. In einer halben Stunde würden die Spurentechniker sowieso dort sein. Anschließend telefonierte sie mit Birkedal und teilte ihm mit, dass sie sich verspäten würde, weil sie bei der Durchsuchung der Wohnung dabei sein wollte.

In der Nyhavnsgade nutzte sie die Wartezeit, um es noch einmal bei den Nachbarn im Haus zu probieren. Diesmal öffnete im Stockwerk drunter eine Frau die Tür, eine Anna Eriksen. Die Dame war um die fünfzig, stammte offenbar aus Grönland und machte große Augen, als sie den Polizeiausweis sah.

Nina zeigte ihr das Foto des Jungen aus Hornemanns Wohnung.

»Ich bin auf der Suche nach Informationen über diesen Jungen, kennen Sie ihn?«

»Ja, ja, das ist Jakob«, antwortete die Frau und nickte heftig.

»Wie ist sein Nachname?«

»Jeremiassen, Jakob Jeremiassen, der Arme.«

»Ich vermute, er ist tot?«

»Genau. Es ist etwa ein halbes Jahr her. Er ist hier in der Stadt gestorben, in einer Kneipe. Hatte irgendwelche Drogen eingeworfen, die nicht ganz sauber waren. Lebensgefährliches Zeug, haben sie sogar gesagt. Jakob starb, noch bevor sie ihn in den Rettungswagen schaffen konnten.«

»Jakob und Ihr Nachbar, Henrik Hornemann, kannten die beiden sich?«

»Und wie. Jakob hat ihn oft besucht, er hat sich gut mit dem Soldaten verstanden. Sie waren Freunde. Eigentlich war Jakob ein tiefunglücklicher Bursche, beide Eltern haben sich zu Tode gesoffen. Aber so ist das eben mit uns hier unten in Dänemark, nicht wahr? Wir finden uns im Leben hier nicht zurecht, wollen aber auch nicht wieder zurück nach Hause. Jakob hat allein in einer Wohnung im Gebäudeteil nebenan gewohnt. Hornemann hat ihn bei allem unterstützt, ihm sogar mit Geld ausgeholfen, hat Jakob mir einmal erzählt. Sie waren ein bisschen wie Vater und Sohn, die beiden, glaube ich. Ein sonderbares Paar. Hornemann ist ein rätselhafter Typ, und Jakob war ein trauriger Junge, der sich so gut anstellte, wie er eben konnte. Vielleicht war er etwas naiv. Ich glaube, der Soldat hat versucht, ihn vor allem zu beschützen – Alkohol, Drogen und solche Sachen. Leider ist es ihm nicht ganz geglückt. Leider …«

Nina bedankte sich bei Anna Eriksen für die Hilfe. Für den Moment hatte sie genug erfahren.

Rastlos schritt sie auf dem Treppenabsatz vor Hornemanns Wohnung auf und ab. Es war der einzige Ort, an dem die Techniker ihr erlaubt hatten, sich aufzuhalten.

Auf der obersten Treppenstufe saß ein Spurentechniker und hatte einen Laptop auf dem Schoß. Er wartete auf eine Antwort aus Fredericia.

Es ging um eine einzige Sache: die Zuordnung der Fingerabdrücke aus dem weißen Kastenwagen. Nina hatte darum gebeten, dass sie die Abdrücke aus dem Auto mit denen verglichen, die Zulfikkur Wur in der kleinen Ferienhütte in Græerup hinterlassen hatte.

Endlich regte sich der Mann mit dem Computer.

»Bingo! Wir haben einen Treffer!«

Nina setzte sich neben ihn, und er ließ sie mitlesen. Es war tatsächlich ein Treffer, die Abdrücke stimmten überein. Sogar mehrfach, mehr hätten sie sich nicht wünschen können. Zulfikkur Wur hatte den weißen Kastenwagen an den Kai gefahren.

Möglicherweise war es derselbe Kastenwagen, der ihnen gestern Abend vor der Nase weggefahren war. Aber es war eben nur eine Möglichkeit, denn es gab viele weiße Kastenwagen. Viel zu viele.

Von Hornemann gab es in dem Auto allerdings keinerlei Fingerabdrücke. Weder im Fahrerhaus noch auf der Ladefläche.

Der leitende Spurentechniker, ein rundlicher Mann in mittleren Jahren, steckte seinen Kopf aus der Wohnungstür.

»Keine versteckten Hohlräume oder Ähnliches, aber das Pikante ist, dass es keine Fingerabdrücke gibt. Sie fehlen komplett«, sagte er.

»Fehlen? Was meinen Sie?«

»Auf der Computertastatur sind keine Abdrücke, auch nicht auf der Fernbedienung oder auf dem Kühlschrankgriff. Das ist eigentlich unmöglich.«

Sie saßen um den Besprechungstisch in Birkedals Büro. Der Chef selbst, Ulbæk, Monberg, Madsen und sie waren dort versammelt. Thøgersen stand neben der weißen Tafel und versuchte, alles in Punkten festzuhalten. Ganz unten auf der Tafelablage standen die drei eingerahmten Fotos aus Hornemanns Wohnung.

Nina hatte die Ereignisse des Tages zusammengefasst: die Entdeckung in Hornemanns Ferienhäuschen am Sjelborgdalen, der weiße Kastenwagen, den Zulfikkur Wur gefahren hatte, sowie die fehlenden Fingerabdrücke in der Wohnung, die die Spurentechniker stutzig gemacht hatten. Die gesamte Wohnung war inzwischen durchsucht, und die Ergebnisse der Durchsuchung sollten im Laufe des Abends eintreffen. Der Abend war schon vorangeschritten, es ging auf neun Uhr zu. Der Teamleiter des Kriminaltechnischen Zentrums hatte versprochen, Nina direkt anzurufen, sobald sie mit den Fingerabdrücken fertig waren.

»Motiv?«, notierte Thøgersen in Blockbuchstaben zuoberst auf die Tafel. »Uns fehlt ein Motiv.«

»Und zwei Tatwaffen«, brummte Birkedal, aber es war ein Brummen mit einem zufriedenen Unterton, ein seltenes Allegro-Brummen. Er hatte sogar eine Runde Pizza ausgegeben.

Es war ihr sofort aufgefallen, als sie aus Hornemanns Wohnung zurückkam:

Ein Seufzen der Erleichterung war durch sämtliche Etagen und Flure des Polizeipräsidiums gegangen. Der Wur-Fall war erledigt, und sie standen kurz vor einem Durchbruch in den Fällen der Bandenmorde und des erschossenen Journalisten. Außerdem waren weit und breit keine Pressevertreter oder Übertragungswagen zu sehen. Über den Tag hatte sich die Belagerung aufgelöst, nachdem Blix eine Pressekonferenz zu den dramatischen Ereignissen am Doggerkai abgehalten hatte.

Es fühlte sich an, als hätte ein ungebetener Gast, der ihre Nerven schon viel zu lange strapaziert hatte, endlich seine Koffer gepackt und sich verabschiedet.

Sie alle hofften auf eine Rückkehr zur Normalität, damit sie wieder arbeiten konnten, ohne dabei im Fokus der Öffentlichkeit zu stehen. Man munkelte sogar, dass selbst Polizeidirektor Blix frohlockt hatte, als er die Journalisten abziehen sah.

»Ich habe etwas zu dem Mädchen auf dem Foto«, sagte Ulbæk, der erst vor wenigen Augenblicken zu ihnen gestoßen war.

»Vor einer halben Stunde habe ich endlich den richtigen Mann an die Strippe bekommen: Den Kommandeur des Bataillons, zu dem Hornemann gehörte, als er 1993 im Rahmen der UN-Schutztruppe zum ersten Mal in Tuzla in Bosnien-Herzegowina stationiert war. Der Kommandeur hat mir erzählt, wie sie dort eines Tages eine junge serbische Frau gefunden haben, die an den Handgelenken vom Hoftor ihrer Familie hing. Sie war schwanger, und ihr Bauch war aufgeschlitzt. Die Eingeweide quollen heraus, auch der Fötus, und sie haben die Frau heruntergeholt. Der Kommandeur war sich ganz sicher, dass Hornemann das Mädchen kannte. Vielleicht waren sie sogar ein Paar. Hornemann verhielt sich noch Monate danach ziemlich eigenartig, meinte er. Für den Angriff auf den Hof war eine Gruppe muslimischer Kämpfer verantwortlich.«

»Wie bestialisch … Aber gut, dann wissen wir über alle drei

Bescheid. Zum Motiv, oder den Motiven. Warum hat Hornemann es getan?«

Birkedal warf die Frage in den Raum. Er starrte selbst intensiv auf die leere Tafel, während er schnaufend fragte:

»Gemeinsamkeiten?«

Nina wollte gerade antworten, da setzte Birkedal selbst zu einer Erklärung an.

»Es *gibt* Gemeinsamkeiten. Der Islam, Muslime ... In chronologischer Reihenfolge verliert Hornemann seine hübsche serbische Freundin, seinen besten Kameraden und Partner im Jägerkorps – und schließlich den grönländischen Jungen Jakob Jeremiassen, zu dem er anscheinend ein liebevolles, väterliches Verhältnis hatte. Alle drei wurden von Muslimen getötet. In den ersten beiden Fällen ist es ganz offensichtlich. Bei Jakob waren es die Drogen, die für seinen Tod sorgten, und wo kamen die her? Entweder von Merzuk Osmanović oder von Evrim Yilmaz. Jakob hat Hornemann garantiert erzählt, wer mit dem Stoff dealte, und Hornemann hat die beiden beim Verkaufen beobachtet. Weil er nicht wusste, wer von ihnen Jakob das tödliche Zeug verkauft hat, hat er sie einfach beide umgelegt. Schließlich waren auch sie Muslime.«

»Das heißt, es gab nie einen Bandenkrieg?«, fragte Ulbæk ungläubig.

»Die Banden haben ihn zumindest nicht selbst ausgelöst. Dafür hat Hornemann mit seinen Morden gesorgt.«

Nina nickte anerkennend. Birkedal kombinierte immer noch messerscharf. Niemand konnte ahnen, dass er schwerkrank war.

»Das ›muslimische Muster‹ passt auch insofern, als dass die beiden Halbstarken, die er auf dem Gehweg verdroschen hat, ebenfalls Muslime waren«, ergänzte Madsen.

»Stimmt genau«, sagte Birkedal. »Was nur noch einen Fall offenlässt: den CNN-Journalisten Jeremy Fischer. Er war kein Muslim. Warum sollte er ...«

»Weil er den Verdacht damit sofort wieder auf Zulfikkur Wur lenkte«, rief Thøgersen aus, der normalerweise sorgfältig überlegte, bevor er seine Sequenzen in Wörter umwandelte.

»Das ergibt Sinn«, warf Nina ein. »Zu diesem Zeitpunkt hatte Human Rights Watch gerade einen Bericht über Wur veröffentlicht. Darin wurde er entlastet, und alle fragten sich, ob ein Mann wie er wirklich ein Terrorist sein konnte. *Nach* dem Mord an dem Journalisten war von dem Bericht nichts mehr zu hören, denn Wur stand selbstverständlich ganz oben auf unserer Verdächtigenliste.«

Birkedal erhob sich und nickte seinem kleinen Team zu. Er wirkte gut gelaunt, aber seine Augen sahen müde aus. Sie alle waren müde.

»Damit hätten wir auch den CNN-Reporter in diesem Puzzle untergebracht. Für heute machen wir Schluss. In jedem Fall haben wir ein Motiv, das die Morde verbindet, also das ›muslimische Muster‹. Morgen ist ein neuer Tag. Wir müssen Henrik Hornemann finden. Er ist der Einzige, der alle Antworten hat. Aber danke für die tolle Arbeit heute!«

Während sich die anderen nacheinander aus dem Staub machten, blieb Nina an ihrem Schreibtisch sitzen. Sie malte Kreise und Kästchen mit Namen und Motiven und versuchte, sie miteinander zu verbinden, um einen Überblick zu bekommen. Eine simple Übung – mit schwierigem Inhalt –, aber sie hatte ihr schon früher geholfen, Dinge oder Zusammenhänge zu erkennen, die so offensichtlich waren, dass man sie übersah.

In ihrem Kopf hörte sie Hans Påskes dozierende Stimme: »Zeichne es auf, Nina. Zeichne auf, was du verstehen willst. Mach dir eine Skizze über all das, was du weißt, so sorgfältig wie ein Architekt ein Haus zeichnet. Manchmal wird dadurch klarer, was du nicht verstehst.«

Eines nagte immer noch an ihr: der weiße Kastenwagen … Ihr Bauchgefühl sagte ihr, dass es sich um keinen »statistischen Zufall« handelte, sie konnte nur nicht erklären, warum das so war. Wenn es um Erklärungen ging, waren Intuition und Instinkt unbrauchbare Einheiten. Deshalb blieb ihr nichts anderes übrig, als sich hinter den Schreibtisch zu klemmen und zu zeichnen – und auf den Anruf der Kriminaltechnik zu warten.

In der obersten Schreibtischschublade lag ein Trumpf oder besser gesagt ein Joker, den sie sich am späten Nachmittag besorgt hatte.

Es war das Eichhörnchen in ihr gewesen, das Informationen gefordert hatte. Das Eichhörnchen, das immer weiter für seinen Vorrat sammelte – ganz leise und ohne jemandem davon zu erzählen.

Ob sie den Joker einsetzen würde, wusste sie, wenn das Telefonat vorbei war. Sie hatte die Rechtsmedizinerin Anja Poulsen darauf hingewiesen, dass die Möglichkeit bestand. Um neun Uhr morgen früh würde Poulsen sich gemeinsam mit dem stellvertretenden staatlichen Pathologen Kjeld Borre der Obduktion von Wurs Leiche annehmen.

Nina öffnete die Schublade, nur um sicherzugehen, dass es immer noch dort lag. Es war ein Fax vom Militärzahnarzt des Jägerkorps, das Henrik Hornemanns Zahnstatus enthielt.

Den Kopf auf die Arme gebettet und mit dem Oberkörper auf der Tischplatte schlief sie ein. Sie hatte gar nicht vorgehabt, zu schlafen, es passierte einfach.

Das Klingeln des Telefons weckte sie unsanft. Sie war noch ganz benommen. Es war Viertel vor elf, also hatte sie über eine halbe Stunde geschlafen.

»Nina Portland hier«, stöhnte sie in den Hörer.

»Bach, KTC. Ich habe versprochen, anzurufen …«

Mit einem Mal war sie hellwach. Endlich. Es war der Teamleiter des Kriminaltechnischen Zentrums aus Fredericia.

»Ja, danke für den Rückruf. Sind Sie mit allem durch?«

»Es hat ein wenig länger gedauert als gedacht, aber jetzt sind wir fertig. Wir wollten die Abdrücke gleich heute noch auseinandersortieren. Natürlich haben wir die von Hornemann, Tim Wejse, Werner Madsen und Ihre Abdrücke sichergestellt. Und dann noch einen weiteren Satz, den wir nicht im System haben, aber an mehreren Stellen sichern konnten. Auf der Rückseite eines der Soldatenbilder in der Kommode sind wir auf einen zusätzlichen unbekannten Abdruck gestoßen. Es war aber nur ein einzelner Abdruck, eine Fingerspitze …«

»Und? Was ist damit?«

»Wir haben ihn mit den anderen Abdrücken aus der Ferienhütte und dem Kastenwagen verglichen. Wie sich herausstellte, war es ein rechter Zeigefinger. Und er gehört zu Ihrem Mann – Zulfikkur Wur …«

Nina hörte sich selbst leicht nach Luft schnappen.

»Dann war er also dort? In der Wohnung?«

»Ja. Ein deutlicher und sauberer Abdruck. Birkedal hat uns nicht beauftragt, auch Proben zu nehmen, schließlich ist die Wohnung kein Tatort, aber wenn Wur sich dort eine Weile aufgehalten hat, wette ich, dass wir Haare finden, die mit denen übereinstimmen, die wir in der Ferienhütte sichergestellt haben. Im Grunde ist das aber überflüssig. Ein Fingerabdruck ist ein Fingerabdruck. Und jetzt muss ich nach Hause und ins Bett …«

»Tausend Dank. Es war wirklich nett von Ihnen, dass Sie es heute Abend noch erledigt haben.«

»Gern geschehen. Auf Wiederhören.«

Nina legte auf und rieb sich über das Gesicht. Das nagende Gefühl in ihr hatte also seine Berechtigung gehabt. Zulfikkur Wur war in der Wohnung gewesen, und damit gab es eine hohe Wahrscheinlichkeit, dass er derjenige war, der direkt vor ihrer Nase losgefahren war – in Richtung Hafen und Doggerkai.

Aber wo war Hornemann? Es blieb nur eine Möglichkeit.

Sie holte die zahnärztlichen Unterlagen aus der Schublade, legte sie in das Faxgerät und schrieb auf die erste Seite: »z.Hd. Anja Poulsen, wie besprochen, mfG Nina Portland.«

Dann wählte sie die Nummer der Rechtsmedizin.

Es würde eine furchtbar lange Nacht werden.

62

Jonas kam wieder nach Hause. Endlich ... Sie hatten es gemeinsam entschieden, als sie wie jeden Morgen in Sønderho angerufen hatte. Der Ausnahmezustand in der Kirkegade war aufgehoben, und sie konnten zur Normalität zurückkehren, soweit das eben möglich war. Nicht, dass Jonas über diese Neuigkeiten in Jubel ausgebrochen wäre, aber er wollte gern zurück zu seinen eigenen Sachen und in sein eigenes Zimmer.

Jetzt durfte nur nichts passieren, das ihre Vereinbarung auf den Kopf stellte. Und falls doch, falls Hornemann auf wundersame Weise gefunden und verhaftet wurde, dann mussten sich eben andere darum kümmern. Ihre Abmachung durfte sich nicht ändern. Würde sich nicht ändern.

Der Morgen im Präsidium fühlte sich an wie jeder andere, seit die Hölle losgebrochen war und sie die Treibjagd in den Wäldern an der Küste aufgenommen hatten. Es war, als hätte sie überhaupt nicht geschlafen, als wäre sie überhaupt nicht zu Hause in der Kirkegade gewesen.

Thøgersen und Birkedal waren schweigsam geworden und hatten ernste Gesichter gemacht, als sie ihnen von den Fingerabdrucktreffern erzählt hatte. Sie warteten jetzt bestimmt genauso angespannt wie sie selbst.

Die Minuten verstrichen mit einer nervtötenden Langsamkeit, es war erst kurz nach neun Uhr. Anja Poulsen hatte versprochen, sich als Allererstes um die Identifikation von Zulfikkur Wur zu kümmern, bevor sie mit der routinemäßigen Untersuchung der Leiche weitermachten, die einzig aus einem makabren Haufen verkohlten Fleisches und Knochen bestand. Und sie hatte Nina versprochen, anzurufen, bevor sie ihre Arbeit fortsetzten.

Wie lange würde es dauern? Die Leiche musste in den Obduktionssaal, Poulsen und Borre mussten sich umziehen, ihre Instrumente bereitlegen. Vielleicht eine halbe Stunde? Also vielleicht halb zehn?

Nina holte sich eine Tasse Kaffee und setzte sich zurück an den Schreibtisch. Stand wieder auf, ging ans Fenster, setzte sich, stand auf, räumte einen Papierstapel von der Fensterbank, warf einige Blätter in den Papierkorb und legte den Rest zurück ans Fenster. Es war nicht auszuhalten.

Als sie gerade welke Blätter von ihrer Zimmerpflanze zupfte, klingelte das Telefon. Es war Anja Poulsen.

»Nina, es ist absolut unfassbar! Wir finden die Leiche nicht …«

»Wie, ihr findet sie nicht? Ist sie …«

»Sie ist einfach weg. Die Box ist leer. Einfach weg.«

Birkedal hämmerte so fest mit der geballten Faust auf den Tisch, dass seine Lesebrille beinahe von der Nase rutschte.

»Weg? Was soll das heißen, weg?«

»Das ist das, was sie mir in der Rechtsmedizin gesagt haben. Ich habe gerade mit ihnen telefoniert. Dort geht es wohl etwas chaotisch zu. Sie untersuchen den Vorfall.«

»Weg …«

Birkedal warf seine Brille auf die Computertastatur, versank in seinem Stuhl, rieb sich das Gesicht mit beiden Händen und stöhnte laut.

»Nimmt das denn nie ein Ende? Was machen wir jetzt, Nina?«

»Wenn sie uns nicht gleich anrufen und sagen, dass es ein Missverständnis gab und sie die Leiche wiedergefunden haben, dann glaube ich, sie wurde gestohlen.«

»Und wer sollte bitte die verkohlte Leiche eines Terroristen stehlen?«

Nina zuckte mit den Schultern.

»Keine Ahnung. Aber hör dir mal Folgendes an. Das beschäftigt mich schon seit der Sache mit dem weißen Kastenwagen.«

Sie ging zu dem Whiteboard und malte die gleichen Kreise, Kästchen und Verbindungen auf, die sie am Vorabend schon einmal aufgezeichnet hatte.

»Sieh mal, es gibt drei Überschneidungspunkte zwischen Zulfikkur Wur und Henrik Hornemann. In chronologischer Abfolge: 1.) Sie halten sich beide irgendwo im Ferienhausgebiet in Grærup auf, als Hornemann den CNN-Reporter erschießt. 2.) Zulfikkur Wur ist definitiv in Hornemanns Wohnung gewesen. 3.) Wur sitzt hinter dem Steuer des Kastenwagens, der gegen 19:45 Uhr vor Hornemanns Wohnung losfährt, als wir gerade dort ankommen. Das ist ungefähr hundert Minuten, bevor alles in Flammen aufgeht. Wur ist also auf dem Weg zum Doggerkai. Wären wir dreißig Sekunden eher gekommen, hätten wir ihn geschnappt.«

»So läuft es immer. Es nützt nichts, sich darüber zu ärgern, Nina.«

»Also, drei Überschneidungspunkte … Die beiden Männer kennen sich nicht. Das steht fest. Sind sie sich in dem Gebiet bei Grærup begegnet? Hat Hornemann Wur zum Kaffee eingeladen? Sicher nicht … Wir halten fest, dass Hornemann Muslime hasst und dass er den CNN-Journalisten umgebracht hat, um Wur – und möglicherweise alle Muslime – in einem schlechten Licht erscheinen zu lassen, und zwar zu einem Zeitpunkt, zu dem der Bericht der Menschenrechtler eigentlich gewisse Sympathien für unseren halbschwedischen Zulfikkur Wur aufkommen lässt, oder sagen wir lieber Jonathan Greenway?«

Damit legte sie den Filzstift zur Seite und ließ sich schwer auf den Stuhl vor dem Schreibtisch ihres Chefs plumpsen, wo sie den Gedanken weiterspann.

»Wir wissen nicht, wie Wur es schafft, Hornemann in Esbjerg aufzuspüren. Wahrscheinlich werden wir es nie erfahren. Wir haben keine Ahnung, was hinter den Kulissen abläuft. Wir wissen nur, dass eventuell fundamentalistische Kräfte mit im Spiel sind. Außerdem wissen wir, dass die CIA die eigentlichen Fäden in der Hand hält. Mit ihnen fing der ganze Mist an. Irgendjemand muss Zulfikkur Wur geholfen und ihn angeleitet haben. Wie sollte er sonst wissen, dass die ›Siberian Rose‹ verlassen am Doggerkai liegt? Wo hätte er diese Mengen Benzin herschaffen sollen? An der Tankstelle unten am Kreisverkehr? Nie und nimmer ...«

»Eine verdammte Menge, die wir nicht wissen, Nina. Gehen wir besser von dem aus, was wir wissen.«

»Dazu komme ich jetzt. Denn am Ende der Reihe unbeantworteter Fragen steht *eine* Antwort – *eine* Tatsache: Wur und Hornemann verschwinden zur selben Zeit. Niemand hat sie seitdem gesehen, nicht lebendig.«

Birkedal starrte sie fragend an.

»Haben sie doch unter einer Decke gesteckt? Oder waren sie einfach nur ein Mörder und ein Terrorist, die einen gemeinsamen Vorteil erkannt haben?«, riet er.

Nina schüttelte den Kopf.

»Denk an die drei Bilder ... Sie waren ein wesentlicher Bestandteil von Hornemanns Leben. Jemand wie er geht keinen Pakt mit dem Teufel ein, das heißt mit Muslimen. Ich habe mir gestern Hornemanns zahnärztliche Unterlagen besorgt und sie in die Rechtsmedizin geschickt, damit sie sie heute morgen mit dem Zahnstatus der Leiche abgleichen.«

Birkedals Augen verengten sich zu schmalen Schlitzen.

»Zahnärztliche Unterlagen?«

»Ja, genau. Denn bei der verkohlten Leiche handelt es sich um die sterblichen Überreste des ehemaligen Jägersoldaten Henrik Hornemann. Irgendjemand will verhindern, dass wir das herausfinden und beweisen können, also lassen sie die Leiche verschwinden. Einfach so. Und wir finden sie nie. Wenn ich müsste, würde ich mein Geld auf die CIA setzen. Irgendjemand hat Zulfikkur Wur aus Esbjerg rausgebracht. Oder ihn wieder ins Warme geholt, wie es in ihrer Branche so poetisch heißt, oder?«

Für einen Moment saß Birkedal schweigend da und schaute an die Decke. Dann erklang sein Adagio-Brummen.

»Der PET könnte ihnen geholfen haben.«

»Vielleicht. Vielleicht nicht.«

Er sah wieder zu ihr.

»Und wo zur Hölle ist dann Zulfikkur Wur abgeblieben?«, fragte Birkedal.

Nina breitete ratlos die Arme aus und zuckte mit den Schultern.

»Da muss ich passen … Das heißt, wie kommt man von einem brennenden Schiff? Man schwimmt … Aber wohin? Ach, ich habe keine Ahnung …«

Es war später Nachmittag, als sie unter Gemurmel den großen Besprechungsraum nach dem Briefing verließen, das Thøgersen zur Verwunderung mancher Kolleginnen und Kollegen diesmal allein geleitet hatte. Nina wusste, wo Birkedal steckte. Bei seiner ersten Bestrahlung. Sie hatte ein kurzes Stoßgebet nach oben gesandt.

Es gab gute Neuigkeiten – sogar richtig gute.

Torsten Monberg, der ohnehin bereits so groß wie ein Hochhaus war, hatte die Ausmaße des Burj Khalifa angenommen, als Madsen ihn von ihrer Festnahme am Mittag berichten ließ.

Der nervöse Bosnier, den sie in Verbindung mit dem Tod des kleinen türkischen Mädchens abgehört und überwacht hatten, hatte ihnen endlich den Beweis geliefert. Sie hatten ihn bis zu einer Mietgarage in der Innenstadt verfolgt, wo er gerade dabei war, ein Gewehr in eine Decke zu wickeln, als sie ihn verhafteten.

Beim Verhör brach der Kerl weinend zusammen. Er hatte in den Bandenkrieg eingreifen und eine Warnung an die Gegenseite richten wollen. Ja, er hatte dem Türken einen Schrecken einjagen wollen, indem er in seine Wohnung schoss. Ja, das Gewehr war die Tatwaffe. Und ja, er bereute seine Sünden.

Hinter Gittern bekam er nun reichlich Gelegenheit dazu.

Ein wohlig-warmes Gefühl breitete sich in Nina aus, weil sich der Fall so bilderbuchhaft hatte lösen lassen. Verbrechen und Strafe gingen miteinander einher. So war es. Die Welt war einfach.

Monberg strahlte vor Stolz. Sie freute sich für ihn und gab ihm einen festen Käpt'n-Portland-Knuff gegen die Schulter, als sie den Flur hinabgingen.

»Gute Arbeit, Torsten.«

»Danke, Nina.«

Sie hatte ihr Versprechen an sich selbst gehalten, nicht so hart zu dem Muskelpaket zu sein wie früher. Umgekehrt war Monberg ihr gegenüber alles andere als missgünstig, hatte sie den Führungskurs doch längst abgeschrieben, um den sich Monberg, der gutgläubige Kerl, so sehr bemühte, weil am anderen Ende des Regenbogens ein Chefposten wartete.

Madsen schlenderte neben ihnen her, die kalte Pfeife zufrieden in seinem Mundwinkel wippend.

Aber es gab auch schlechte Neuigkeiten.

Nina und Ulbæk waren in dem Haus, in dem Hornemann wohnte, von Tür zu Tür gegangen und hatten mit so ziemlich allen gesprochen, die täglich in der Gegend rund um den Gammel Færgevej und die Nyhavnsgade unterwegs waren. Niemand hatte gesehen, wie ein Mann einen anderen in einen weißen Kastenwagen gezwungen hatte.

Ihre Anstrengungen in dieser Richtung hatten zum Ziel, Hornemann mit dem Schiff am Doggerkai in Verbindung zu bringen. Im Auto waren keine Fingerabdrücke von ihm zu finden gewesen, weder im Fahrerhaus noch im Kofferraum, so viel stand fest. Jetzt hatten sie das Auto vom Besitzer zurückgeholt und es den Kriminaltechnikern in Fredericia gebracht. Sie sollten es noch einmal unter die Lupe nehmen und nach Haaren und anderen unsichtbaren Spuren suchen.

Zuletzt war da noch die verschwundene Leiche. Nina hatte nochmals mit Anja Poulsen und später auch mit dem Leiter der Rechtsmedizin gesprochen.

Es gab keine sichtbaren Anzeichen für einen Einbruch. Niemand hatte etwas gesehen oder bemerkt. Auf diversen Überwachungskameras war ebenfalls nichts Verdächtiges zu beobachten. Es war ein absolutes Rätsel. Eine großangelegte interne Untersuchung stand unmittelbar bevor, aber die Leiche war und blieb verschwunden.

Statt zu ihrem Büro abzubiegen, lief Nina die Treppen nach unten. Nichts konnte sie länger aufhalten. Jonas' Schule war bereits aus.

63

Der Schlaf hatte ihn übermannt, kurz nachdem er seinen Platz im Airbus SK925 der SAS eingenommen hatte, der ihn zurück nach Washington, D. C. bringen würde.

Er hatte nicht mehr als eine Stunde geschlafen. Ein wohltuendes und behagliches Nickerchen, das ihn und seinen Körper entspannt hatte. Jetzt dachte er zurück an die hektischen Tage auf dänischem Boden.

Sie hatten gute Arbeit geleistet und die Dinge in Ordnung gebracht.

Vor seiner Abfahrt zum Flughafen hatte er noch kurz in der Botschaft in Kopenhagen vorbeigeschaut, wo Arthur McRae ihn freundlich empfangen hatte.

»Hector Torres, schön, Sie wiederzusehen!« McRaes Begrüßungslächeln geriet ein wenig steif, aber während des gemeinsamen Mittagessens schien sein Kollege äußerst erleichtert gewesen zu sein. Erleichtert worüber? Dass Zulfikkur Wur den Märtyrertod gewählt und sich selbst angezündet hatte? Oder dass McRae sich nicht die Finger verbrannt hatte?

Der zurückhaltende Bürohengst wusste nichts und würde auch nie etwas erfahren. Fragen stellte er ebenfalls keine, so viel Grips besaß er immerhin.

Torres hatte beschlossen, McRae persönlich aufzusuchen, um ihm einen Gruß der Abteilung aus der Heimat auszurichten und um ihm für seinen anfänglichen Einsatz zu danken. Neben dem Austausch allgemeiner Höflichkeiten hatte er McRae außerdem eingeschärft, am besten ganz zu vergessen, dass Torres überhaupt jemals einen Fuß in den westlichen Teil Dänemarks gesetzt hatte.

An Bord hatte er sich den Luxus eines Glases Whisky gegönnt, Single Malt, ohne Eis. Er saß am Fenster und hatte die ganze Sitzreihe für sich allein, während das Flugzeug über die weiße Watteschicht dahinglitt. Der Whisky war nicht überragend, aber durchaus in Ordnung.

Er freute sich auf zu Hause, auf die Kinder und Sally.

Trotz seines relativ kurzen Aufenthalts in Dänemark hatte er eine gute Freundschaft geschlossen. Ove Gudmundsen, der Chef des Polizeilichen Nachrichtendienstes PET, war ein angenehmer Mensch. Umso mehr schmerzte ihn, was Gudmundsen ihm bei ihrem letzten Telefonat vor drei Stunden mitgeteilt hatte. Falls sie sich in Zukunft noch einmal begegneten, waren sie keine Kollegen mehr. Gudmundsens Kündigung lag bereits auf seinem Schreibtisch, und er würde sie am Nachmittag einreichen.

Der Mann hatte tagelang unter heftigem Druck gestanden. Seine Rente war nur ein paar Jährchen entfernt, und jetzt zog er sie ein Stück vor – und indem er seinen Hut nahm, erwies er dem Justizministerium, oder, wenn man es recht betrachtete, sogar allen einen großen Dienst.

Er selbst hatte Gudmundsen und den PET ganz aus dem Spiel herausgehalten. Dasselbe galt für Blix, den Chef der lokalen Polizeibehörde.

Aus Erfahrung wusste er, dass die Anzahl der Beteiligten auf das absolute Minimum beschränkt werden musste, wenn es galt, lose Enden zusammenzuführen und Dinge in Ordnung zu bringen. In diesem Fall umfasste das die Leute, die sich auf seine Order hin in der Gegend an der dänischen Westküste bereitgehalten hatten, sowie den obersten Chef seiner Abteilung zu Hause. Niemanden sonst in Langley, außer ihm. Genau wie der Befehl gelautet hatte.

Ein Geheimnis war nur dann eines, wenn man es mit niemandem teilte. Zwar kein sonderlich realistisches Ziel – in seinem Metier aber ein äußerst erstrebenswertes.

Seine Leute vor Ort hatten hervorragende Arbeit geleistet. Angefangen bei der Blackbox aus dem Flugzeugwrack, deren Verschwinden eines der ungelösten Rätsel der dänischen Kriminalgeschichte bleiben würde.

Und nun hatten sie in nur vierundzwanzig Stunden ein noch größeres Problem gelöst.

Auf dem Land in der Nähe von Varde hatte einer seiner Leute eine Hausbaustelle ausfindig gemacht und unter einem Vorwand mit den Handwerkern gesprochen.

Im Lauf der Nacht hatten sie Henrik Hornemanns Leiche dort vergraben, und am heutigen Morgen war das improvisierte Grab dann für immer versiegelt worden, als der Betonboden des »Einfamilienhauses«, wie die Dänen es nannten, gegossen wurde.

Die verkohlten Überreste des ehemaligen dänischen Elitesoldaten lagen unter einem halben Meter Sand, vierzig Zentimeter Dämmmaterial und einer ebenso dicken Betonschicht.

Eine ziemlich gelungene Art, die Dinge in Ordnung zu bringen.

Zulfikkur Wur, auf diesem Namen bestand Greenway, würde von der polnischen Hafenstadt Swinemünde aus weiter in den östlichsten Landesteil an die Grenze zu Belarus transportiert werden, wo in einem abseits gelegenen Landhaus ein Debriefing stattfinden sollte. Dort würde er für mindestens einen Monat bleiben, möglicherweise auch länger, abhängig davon, wie kooperationsbereit er sich verhielt und welche Informationen er ihnen liefern konnte. Wissen gegen Leben. Es war ein äußerst simpler Deal.

Wurs Frau würden sie erzählen, ihr Mann habe in Wahrheit schon jahrelang als CIA-Agent gearbeitet, aber intern sei etwas schiefgelaufen. Die Abteilung, die ihn entführt hatte, habe nichts von seiner geheimen Arbeit für einen anderen Bereich des riesigen Nachrichtendienstapparats gewusst. Mit dieser Aktion zerstörten sie seine Identität und sorgten dafür, dass er von den radikalislamistischen Kräften, für die er nur scheinbar arbeitete, als Sicherheitsrisiko betrachtet werden würde. Deshalb mussten sie ihn in Dänemark quasi durch die Hintertür verschwinden lassen.

Ob die Schwedin dieser Geschichte Glauben schenkte, stand auf einem anderen Blatt. Und eigentlich war es Torres egal.

Er wusste lediglich, dass die Geschichte von der Realität inspiriert war. Im Lauf der Jahre hatte er schon so oft erlebt, dass die linke Hand in der »Firma« keinen Schimmer davon hatte, was die rechte tat.

Die Geschichte von Jonathan Greenway war in Wahrheit die Geschichte der ewigen Geißel der Geheimdienste: Inkompetenz im Überfluss auf der mittleren Führungsebene und ein weitverbreiteter Mangel der Fähigkeit, Informationen zwischen den einzelnen Organisationen auszutauschen, wie es schon mehrfach seit den Anschlägen vom 11. September 2001 enthüllt worden war. Damit war es nicht einmal eine falsche Einschätzung, wenn die amerikanische Bevölkerung ihre Institution als unfähig ansah.

Torres ließ den Whisky in seinem Mund hin und her schwappen. Er hatte fast vergessen, wie Whisky schmeckte.

Man konnte den Geschmack von Whisky in Ebenen unterteilen. Zuerst die groben Richtungen, Rauch, Holz, Torf. Dann die feineren und flüchtigeren Sinneseindrücke von weiteren Ebenen wie beispielsweise Karamell, Honig oder Zitrusfrüchte. Und zu guter Letzt der Gesamteindruck, der Nachgeschmack. Nicht, dass er sich darauf verstand, all diese Ebenen auseinanderzuhalten, aber er hatte einiges darüber in dem großen Whiskylexikon gelesen, das er zu Weihnachten bekommen hatte.

Auch die Arbeit in einem Geheimdienst bestand aus mehreren

Ebenen. Manche waren sichtbar, andere völlig undurchsichtig. Allerdings glaubte er, ein recht gutes Verständnis der Zusammenhänge im Fall Greenway/Wur zu besitzen. Trotz allem war er schon so lange in der Branche tätig, dass er einen Brand roch, bevor die Flammen zu sehen waren.

Die Fährte dieses Brands hatte er bei einer Besprechung vor gut fünf Monaten aufgenommen. Damals hatte der Koordinationsausschuss getagt, in dem Repräsentanten seines eigenen Ressorts, des National Clandestine Service, sowie solche des Directorate of Intelligence vertreten waren. In seiner Funktion als Abteilungsleiter hatte er der gesamten Sitzung beigewohnt.

Einer der Tagesordnungspunkte war die Halbzeitbilanz einer größeren koordinierten Überwachungsoperation gewesen, die sich auf einen Personenkreis aus zweiundzwanzig Menschen aus drei arabischen Ländern konzentrierte, genauer Saudi-Arabien, Jemen und Jordanien.

In Tonaufnahmen aus Sanaa und Amman wurde je zweimal geheimnisvoll auf »skandinavische Möbel« verwiesen, und auch in den Bändern aus Saudi-Arabien tauchte an zwei Stellen das Wort »Malmö« im Zusammenhang mit dem Verkauf von Möbeln auf.

Mit roten Ohren hatte der anwesende Chef des Direktorats zugegeben, dass sie nicht zum ersten Mal auf diese Kombination gestoßen waren: Möbel und Malmö.

In den vorangegangenen fünf Jahren war das bereits zweimal vorgekommen, allerdings hatte niemand den eigentümlichen Gesprächsinhalt registriert und den Zusammenfall beider Begriffe bemerkt, also waren sie nicht miteinander in Verbindung gebracht worden. Es hatten keine Alarmglocken geschrillt ... Der Chef hatte von einer langen Rechtfertigung abgesehen und lediglich festgehalten, dass die interne Koordination versagt habe und dass die operative Abteilung selbstverständlich in Kenntnis gesetzt hätte werden müssen.

Zwei Tage nach der Sitzung wurde Torres zu seinem Chef beordert, nicht seinem nächsten Vorgesetzten, sondern dem Direktor der gesamten operativen Abteilung.

»Willkommen, Hector Torres …«, begrüßte ihn der Direktor und bat ihn, in einem der beiden Sessel an dem kleinen Tisch im hinteren Teil des Büros Platz zu nehmen.

»Ich habe mich in den aktuellen Abhörvorgang Riad-Sanaa-Amman eingearbeitet, und wenn ich den Komplex weit genug zurückverfolge, stoße ich auf Sie, Hector, als einen derjenigen, die am allermeisten über eine mögliche Malmö-Verbindung wissen sollten. Man könnte sie auch Zulfikkur-Wur-Verbindung nennen … oder Jonathan-Greenway-Verbindung …«

Dann hatte sich der Direktor entspannt in seinem Sessel zurückgelehnt und hinzugefügt: »Ich möchte gern alles wissen, was Sie wissen. Wir haben genug Zeit dafür.«

Eigentlich hätte der Direktor einfach seine rechte Hand, den stellvertretenden Direktor Paul Wollenberger, fragen können, der ebenfalls an der Besprechung teilgenommen hatte.

Dass er sich aber dazu entschieden hatte, es *nicht* zu tun, war bemerkenswert. Rückblickend betrachtet war das ein wesentlicher Indikator dafür, dass die Theorie, die Torres während seines Aufenthalts in Dänemark entwickelt hatte, tatsächlich auf wahren Begebenheiten beruhte.

Paul Wollenberger stand als wahrscheinlicher Nachfolger bereit, wenn der Direktor aller Voraussicht nach im nächsten Jahr selbst in die oberste Leitungsriege vorrückte, sobald der Posten des stellvertretenden Direktors des gesamten Nachrichtendiensts frei wurde.

Es war derselbe Paul Wollenberger, der vor einigen Jahren als gewöhnliche Führungskraft auf mittlerer Ebene – also vor seinem wundersamen Aufstieg innerhalb der Organisation – angeordnet hatte, den Fall Zulfikkur Wur zu schließen. Und trotz lauter Proteste aus seinem Mitarbeiterstab hatte Wollenberger damals stur an seiner Entscheidung festgehalten.

Die Sache sei eine »fucking Fata Morgana«, wie er es mit dem Hinweis auf das Budget der Abteilung ausgedrückt hatte, das für sinnvollere Fälle mit Perspektive ausgegeben werden sollte. »Ergebnisorientierte Arbeit« lautete das Gebot der Stunde.

Im selben Moment, in dem Zulfikkur Wur beziehungsweise Jonathan Greenway als Topterrorist entlarvt würde, wäre Paul Wollenberger aus dem Rennen um die große Beförderung auf den Posten des Direktors für die prestigeträchtigste Abteilung der CIA – die operative.

Sein damaliger Mangel an Urteilskraft käme auf den Präsentierteller – und würde womöglich gar eine Degradierung nach sich ziehen. Man durfte schließlich noch hoffen.

Torres hob das Whiskyglas an die Nase, vermied aber, sich einzubilden, er könne schottischen Torf und Salz aus dem Atlantik erschnuppern.

So war es oft mit Chefs. Die talentlosesten von ihnen schafften es überraschend weit nach oben. Denn *Talent* für das Geschäft besaß Wollenberger im Grunde nicht. Es fehlte ihm an Fantasie und Intuition, und, was am schlimmsten war: Er verfügte nicht über die Gnade des Zweifelns.

Zwei Dinge musste man Wollenberger allerdings lassen. Er war willensstark, und er arbeitete hart. Eigenschaften, die es plausibel erscheinen ließen, dass ein desperater Wollenberger nach der Sitzung des Koordinationsausschusses zur Tat geschritten war und die Entführung Zulfikkur Wurs in Malmö in die Wege geleitet hatte.

Torres hatte mehrere Theorien dazu, was Wollenberger mit Wur vorgehabt hatte. Eine davon war, dass er seinen eigenen Fehler von damals, als er die Wur-Akte geschlossen hatte, effektiv aus der Welt schaffen wollte. Das *Aus-der-Welt-Schaffen* war dabei wörtlich zu verstehen … Eine weitere Mutmaßung lautete dahingehend, dass Wollenberger alles daran setzte, den entstandenen Schaden wiedergutzumachen. Hätte er Wur zum Reden gebracht, hätte er so große Fische an Land ziehen können, dass man gezwungen gewesen wäre, über die Methode der Festnahme hinwegzusehen. Eine dritte Möglichkeit bestand aus einer Kombination der ersten beiden Ideen.

Torres nippte an seinem Whisky.

Das war der Charakter seiner Arbeit. Sie spielte sich auf verschiedenen Ebenen ab.

Er erwartete nicht, jemals die ganzen Hintergründe darüber zu erfahren, *wer* und *was* den alten Wur-Fall hatte eskalieren lassen. Aber jetzt hatte er die knifflige Aufgabe gelöst, vor die ihn der Direktor plötzlich gestellt hatte.

Torres war alles andere als naiv, weshalb er sich im Stillen eingestehen musste, dass es auch gute Gründe gab, eine ganz andere Theorie aufzustellen:

Dass es nämlich der Direktor selbst war, der hinter einem Großreinemachen in seiner Abteilung steckte, damit vor der Schlacht um den freien Posten an der Spitze der Hierarchie alles in hellem Glanz erstrahlte.

Diese Theorie gefiel Torres weniger gut. Der Direktor war ein kultivierter und begabter Mann, der durchaus ein *Talent* für das Geschäft besaß. Außerdem war er ein Mensch, der sich dem Zweifel nicht verwehrte. Solche Menschen sollten es bis an die absolute Spitze schaffen.

Vielleicht hoffte er deshalb, dass er mit dieser Theorie danebenlag? Schließlich war sie auch unwahrscheinlicher, oder? Ein bisschen weniger wahrscheinlich, nur ein kleines bisschen weniger wahrscheinlich, als dass es das Werk Wollenbergers war?

Er konnte es ebenso gut sein lassen, sich den Kopf darüber zu zerbrechen.

Er hatte seine Aufgabe erledigt.

Hatte die Dinge in Ordnung gebracht.

So wie die Dänen keine Beweise dafür hatten, dass Zulfikkur Wur *nicht* tot war, konnte auch er seine Theorie über Paul Wollenbergers ungelegene Aktion nicht beweisen. Mit ziemlicher Sicherheit war eine weitreichende interne Ermittlung anberaumt worden, aber solche Untersuchungen dienten gemeinhin nur dem einen Zweck, alle Antworten zu beseitigen.

Neben der extrem unheimlichen Tatsache, dass ein Topterrorist direkt vor der Nase des Dienstes sein Unwesen getrieben hatte und dass man ihm noch dazu sogar auf den Zahn gefühlt hatte, ihn dann aber gehen ließ, war der Fall um Wur/Greenway auch aus einem weiteren Grund eine denkbar peinliche Angelegenheit. Es war die Geschichte über einen der Besten ihres Landes, über einen Elitesoldaten, der desertiert und zum Islam übergetreten war.

Solche Ereignisse waren besonders schmerzvoll für das kollektive Bewusstsein Amerikas und hinterließen die lange nachhallende Frage nach dem Warum. Genau wie im Winter 2009, als ein muslimischer Major und Militärpsychologe auf dem Stützpunkt Fort Hood in Texas zwölf Menschen tötete und einunddreißig verletzte.

Diese Art von Angriffen waren tiefe Schläge unter die Gürtellinie der Nation.

Torres leerte das Glas, lehnte sich zurück und schloss die Augen, um das Ganze noch einmal vor sich zu sehen.

Doch, eindeutig … Paul Wollenberger musste der Mann sein, der hinter allem steckte und in Malmö seinen privaten Geistergefangenen entführt hatte.

Seine Theorie hatte Hand und Fuß, denn wenn jemand die nötigen Voraussetzungen dazu mitbrachte, die verschiedenen Ebenen des Falls auseinanderzudividieren und Theorien darüber anzustellen, dann er selbst. Schließlich hatte er die Wur-Greenway-Sache aus nächster Nähe erlebt.

Damals, als Wollenberger noch sein Chef gewesen war.

Als er selbst noch als aktiver Agent arbeitete – allerdings nicht als Hector Torres, sondern unter seinem Decknamen … als Henry Swann.

64

Abfeiern. Allein das Wort … Was gab es denn schon zu *feiern*? Nina feierte den zweiten Tag hintereinander Überstunden ab. Wobei sie ganz und gar nicht zum Feiern aufgelegt war.

Zwei Wochen waren seit der endgültigen Niederlage vergangen. Seit dem schmerzvollen Augenblick, in dem sie festgestellt hatten, dass die Leiche, die in der Kühlbox hätte liegen sollen und müssen, nicht dort war.

Interne und externe Ermittlungen am Rechtsmedizinischen Institut waren ergebnislos geblieben. Anscheinend hatte es keine Fehler in den Arbeitsabläufen gegeben, keine fehlerhafte Kommunikation, niemand hatte sich auch nur das Geringste zuschulden kommen lassen.

Und natürlich gab es keine Neuigkeiten über den Verbleib von Henrik Hornemann, nach dem mittlerweile durch Interpol gefahndet wurde.

Nina war nicht in der Lage gewesen, von ihrer festen Überzeugung abzurücken. Sie würden den ehemaligen Elitesoldaten niemals finden. Jemand hatte sehr sorgfältig Spuren beseitigt – jemand mit professionellem Hintergrund. Im Laderaum des weißen Kastenwagens war nicht ein Härchen, nicht eine winzige Faser entdeckt worden, die mit Hornemann in Verbindung gebracht werden konnte.

Wenn die Staubschicht auf der Akte des Falles erst einmal dick genug war, würde sie in den Untiefen des Archivs landen, das dänische Vermisste führte. Hornemann bekäme jedoch einen ganz besonderen Vermerk:

»Verschwunden – Dreifachmörder – nie verurteilt – so eine Scheiße!«

Abfeiern war etwas, das man sich auf die ein oder andere Art verdienen musste. Nina hatte allerdings nichts anderes verdient, als für ewige Zeiten rastlos umherzuwandern. Wie ein Geist.

Wieder und wieder hatte sie sich den Kopf zermartert. Wo befand sich Zulfikkur Wur – oder Jonathan Greenway – gerade, und wie erging es ihm? Lachte er, weinte er?

Immerhin verschaffte ihr die acht Kilometer lange Joggingrunde in dieser Hinsicht etwas Ruhe. Das Laufen half ihr, den Gedanken an Wur etwas von sich wegzuschieben. Sie musste die Dinge loslassen, die schiefgelaufen waren, denn sie konnte ohnehin nichts dagegen unternehmen. Sie konnte die Tatsachen nicht ändern.

Nina drosselte das Tempo, als sie – schon wieder – am Sportgeschäft vorbeilief. Es war das vierte Mal innerhalb ihrer zwei freien Tage. Sie spähte durch die Fenster, als läge dahinter eine neue, eine bessere Wahrheit. Diesmal lief sie nicht nach einigen Minuten weiter, sondern verharrte unschlüssig.

Zu Hause war die Stimmung geprägt von notwendigen Gesprächen über allerlei praktische Belange wie Pausenbrote, Unterrichtszeiten, Schmutzwäsche und Hausaufgaben. Hallo, guten Morgen, gute Nacht. Daran änderte sich nichts, egal, wie viel Nina in der Stadt herumspazierte oder joggte.

Zögerlich näherte sie sich der automatischen Glastür, mit steifen und ungelenken Bewegungen. Sie würde sich einer weiteren Niederlage stellen müssen. Dann hörte sie, wie die Türen hinter ihr zuglitten. Jetzt war sie drinnen.

Sekunden später fand sie sich mit musterndem Blick vor einem hellroten Jogginganzug wieder, der das letzte Stück Stoff auf der ganzen Welt war, das sie je anziehen würde.

»Hallo, kann ich Ihnen helfen?«

Das junge Mädchen lächelte sie an. Und Nina erwiderte das Lächeln mit hochrotem Gesicht.

»Ähm, nein danke. Ich stöbere nur ein bisschen.«

Sie tappte weiter durch den Laden, schaute währenddessen alibimäßig nach links und rechts und befühlte unentschlossen einige Kleider, bevor sie schließlich vor dem Verkaufsständer mit dem Unaussprechlichen zum Stehen kam.

Noch immer hingen sie dort, in allen Farben, sogar die Ferrari-Roten. In Dreierpacks und mit losen Steuerfedern aus Plastik, die man selbst auseinanderfalten und auf die feinen Kerben des hinteren Teils stecken musste.

Nina blickte sich um. Prägte sich erneut die Positionen der Kameras ein. Sie machte eine halbe Drehung, als sie von lautem Geplapper überrascht wurde. Es kam aus den Umkleidekabinen im Gang nebenan. Ein metallisches Klirren ertönte, als zwei der Kabinenvorhänge simultan aufgerissen wurden. Dahinter kam niemand anderes zum Vorschein als die zwei türkischen Halbstarken, beide in knalligen Kapuzenpullovern.

Sie drehten und begutachteten sich vor den riesigen Spiegeln, die die gesamte hintere Wand der Umkleidekabinen einnahmen.

Nina bemerkten sie nicht.

Aber …

Nina entdeckte sich selbst.

Im Spiegel war sie mit ihrer schwarzen Lederjacke zu sehen.

Sie hob eine Hand, um sich selbst zu überzeugen. Doch, das war sie. Und hinter ihr der Verkaufsständer mit dem Unsagbaren.

Oben an der Decke, ungefähr drei bis vier Meter von den Kabinen entfernt, befand sich ein kleines schwarzes Ding. Eine Überwachungskamera.

Ihr Herz machte einen Satz, als ihr klar wurde, dass das letzte Wort in diesem Fall vielleicht doch noch nicht gesprochen war.

65

Polizeidirektor Blix legte eine Kunstpause ein, spähte über den Rand seiner Brille und ließ seinen Blick über die Versammlung in der Kantine schweifen.

»Damit bleibt wohl lediglich Folgendes festzuhalten: Wenn wir in der Lage sind, zu meistern, was wir gerade alle gemeinsam durchlebt haben, dann wird es uns auch gelingen, die kleinen Probleme zu bewältigen, vor die uns die Reform immer noch stellt. Haben Sie Dank für Ihren fantastischen Einsatz. Und ein schönes Wochenende. Greift zu, Leute!«

Wie üblich scheiterte er bei dem Versuch, einen jovialeren Ton anzuschlagen. Zu viele Gesellschaftsschichten lagen zwischen dem König mit seiner angeblich adeligen Herkunft und dem Juraexamen und seinen Untertanen. Der Versuch, die Reform mit dem Chaos der letzten Wochen in Verbindung zu bringen, war einfach zu billig.

Einen vergleichbaren Albtraum würde der Polizeibezirk Südjütland unter Garantie nie wieder erleben – jedenfalls nicht während Ninas Dienstzeit –, geschweige denn eine Live-Übertragung in die ganze Welt.

»Das passiert wahrscheinlich nie wieder«, sagte sie an Torsten Monberg gewandt, der neben ihr saß.

Monberg stopfte sich gerade ein Teilchen von Blix' Kuchenplatte in den Mund. Gegenüber von ihnen saß Birkedal, der sich den Löwenanteil längst gesichert hatte. Er warf ihr einen fragenden Blick zu. Auch Monberg sah sie neugierig an. Aus seinem Mund ragte noch die Ecke eines Schokoplunders.

»Was passiert nie wieder, Nina?«

»Dass er uns Plunderteilchen spendiert …«

Die gesamte Mannschaft der Ermittlungsabteilung hatte eine halbe Stunde in der Kantine gesessen. Es war Freitag. Ein ganz gewöhnlicher Freitag – und dann auch wieder nicht. In Kürze würde Nina etwas höchst Ungewöhnliches tun.

Blix hatte sich dazu berufen gefühlt, die kleine Feier abseits der gnadenlosen Blicke der Presse stattfinden zu lassen. Daher die Plunderspende, die womöglich eine ebenso große Seltenheit darstellte wie vier aufeinanderfolgende Mordfälle in so kurzer Zeit, ein verschwundener Elitesoldat als Täter und ein Topterrorist, dessen verkohlte Leiche vermutlich gar nicht seine Leiche war und außerdem verschwunden blieb.

Es nervte sie immer noch bis aufs Messer, dass die Sache so zu Ende ging.

Ungelöst.

Verdammt noch mal ungelöst.

Dasselbe traf auch auf einen ehrgeizigen Mann wie Birkedal zu, der sich, trotz seiner Erkrankung, richtiggehend abgerackert hatte.

»Diese ganze Sache … ist das Verrückteste, was ich je erlebt habe«, brummte ihr Chef und schleckte sich die Cremefüllung von den Fingern.

»Dass er so viele Plunderteilchen ausgibt?«, fragte Monberg. »So verwunderlich ist das nun auch wieder nicht. Das ist uns der alte Geizkragen doch schuldig.«

Birkedal wollte brummend zustimmen, verschluckte sich aber und begann dann laut zu glucksen. Auch Madsen und Ulbæk stimmten mit ein, und bald steigerte sich ihr Glucksen in ein Lachen, das sich immer weiter auswuchs und zu schallendem, nicht enden wollendem Gelächter wurde. Thøgersen hatte sein Teilchen konzentriert in Sequenzen aufgeteilt und daher nicht mitbekommen, was Monberg gesagt hatte, aber das Lachen der anderen war so ansteckend, dass er mit einfiel.

Monberg selbst konnte kaum noch an sich halten, er bebte vor Lachen. Offenbar hatte er eine gelungene Bemerkung von sich gegeben. Sogar eine witzigere, als er selbst gedacht hatte.

Zu guter Letzt konnte sich auch Nina dem Lachen nicht mehr verwehren, sie johlte, dass ihr die Tränen kamen und der Bauch wehtat. Diese Geschichte war alles andere als komisch, aber was tat das schon zur Sache. Im Übrigen hatte sie durchaus Grund zur Freude. Nur noch eine halbe Stunde …

Jonas stand bereits vor dem Sportgeschäft. Er strahlte, als er sie kommen sah. Nina stellte ihr Fahrrad ab, drückte ihn und gab ihm einen leichten Schubs.

»Los, Jonas.«

Sie betraten den Laden, gingen zur Kasse und fragten dort nach Henriette, der Geschäftsführerin, die kurz darauf zu ihnen kam. Jonas zeigte ihr den Brief mit der Geschenkkarte.

»Ich bin Jonas«, stellte er sich heiter vor.

Die Geschäftsführerin nickte und lächelte ihnen zu.

»Hallo, Jonas. Ich hoffe, alles ist in Ordnung? Es tut uns schrecklich leid, aber wir mussten glauben, dass du …«

»Ist schon okay«, unterbrach Jonas sie. »War ja nicht Ihre Schuld. Ich würde den Gutschein heute gern einlösen.«

»Aber natürlich … Soll ich dir helfen, oder möchtest du lieber selbst schauen?«

»Ich schaue mich lieber selbst um.«

»Ja, wir sehen mal, was wir finden. Und nochmals vielen Dank, das war wirklich nett von Ihnen«, sagte Nina, während Jonas schon auf dem Weg in den hinteren Ladenteil war.

»Das hätte gerade noch gefehlt. Ich bin froh, dass sich alles geklärt hat«, sagte die Geschäftsführerin.

»Das bin ich auch. Es war keine … leichte Zeit.«

Nina ging Jonas hinterher. Als sie an dem Verkaufsständer mit den Dartpfeilen vorbeikam, blieb sie kurz stehen und warf einen Blick in Richtung der Umkleidekabinen. In allen dreien waren die Vorhänge zur Seite gezogen, und sie sah wieder ihr Spiegelbild. Diesmal schaute ihr eine erleichterte Nina entgegen.

Ohne es zu wollen, hatten die beiden türkischen Halbstarken mit den bunten Klamotten ihr ein zweites Mal aus der Patsche geholfen. Wären sie nicht im richtigen Moment aus den Umkleiden getreten, wäre ihr die Möglichkeit nie in den Sinn gekommen.

Im Anschluss hatte sie sofort darum gebeten, die Aufzeichnung der Überwachungskamera noch einmal ansehen zu dürfen. Diesmal war es ein Volltreffer gewesen.

Klar und deutlich war darauf zu erkennen, wie Big Bo die Packung mit den Dartpfeilen nahm und sie vorsichtig in Jonas' Kapuze legte, während der ihm den Rücken zuwandte.

Mehr hatte sie nicht sehen müssen. Die Verkäuferin hatte ihr die Szene auf eine CD-ROM gebrannt und ihr das Beweismaterial mit einem »Viel Glück« übergeben.

Zwei Tage später kam ein Brief für Jonas an. Darin entschuldigte sich die Geschäftsführerin bei ihm und hatte einen Geschenkgutschein in Höhe von tausendfünfhundert Kronen beigelegt.

Und hätten die beiden türkischen Kerle nicht von der Prügelei erzählt und Hornemann nicht wiedererkannt, wäre Nina auch diese Spur verborgen geblieben. Recht besehen stand sie nun sogar doppelt in der Schuld der beiden provokanten Großmäuler.

Ihr Handy piepste in der Hosentasche. Es war eine SMS von Tim.

»Hi, seid ihr schon im Geschäft? Wie geht's deinem Sohnemann?«

Ninas Finger huschten über die kleinen Tasten.

»Gerade angekommen. Mit direktem Kurs auf die Fußballtrikots. Er hat ein breites Grinsen im Gesicht, wir reden heute Abend, Kuss.«

Als sie bei Jonas ankam, piepste das Handy erneut.

»Wie schön. Grüß ihn von mir. Ich rufe an.«

Jonas nahm ein blau-weiß gestreiftes Esbjerg-Trikot vom Bügel und hielt es vor sich. »Ist das hier nicht cool?«, fragte er.

»Supercool. Willst du es haben?«

»Yes.«

»Dann bist du inzwischen bei zehn, fünfzehn Stück, oder?«

»Quatsch, überhaupt nicht, es sind nur sechs. Und das hier ist das neueste. Das habe ich noch nicht.«

»Sind die nicht alle blau-weiß gestreift?«

»Du bist so doof, Nina.«

»Mama!«

»Nina.«

»Du frecher Bengel …«

Jonas sah sie an und strahlte wie die Sonne. Nina wurde warm ums Herz, und in ihrem Hals formte sich ein kleiner Kloß.

Ihr Handy klingelte. Es war der alte Käpt'n.

»Alles in Ordnung?«

»Jepp, alles in Ordnung hier. Wir sind gerade im Sportgeschäft, ich rufe später zurück, okay?«

»Ja, mein Mädchen. Und gib ihm einen ordentlichen Schlag auf den Rücken von mir.«

»Aye, aye, Käpt'n.«

Sie legte auf und gab Jonas mit der flachen Hand den gewünschten Schlag auf den Rücken.

»Was sollte das denn?«

»Der war von Opa. Er sagt das meiste durch Schläge auf den Rücken, das weißt du doch.«

Jonas lachte, und sie gingen weiter. Am nächsten Kleiderständer schnappte er sich ein brandneues Real-Madrid-Trikot.

Es gab sie also doch, diese Momente, wo im Leben alles richtig war. Man musste sie nur abpassen.

Zum Schluss suchte sich Jonas noch ein Paar weiße Sportsocken aus.

Wenn es im Großen schon keine Gerechtigkeit gab, dann vielleicht im Kleinen?

Jetzt stand nur noch ein Besuch bei Big Bo und seiner Amöbe von Vater aus. Es gab da noch ein paar Dinge, die sie zurechtrücken musste. Falls Bo nicht gestand, würde sie die entlarvende Videoaufzeichnung abspielen, und wenn es trotzdem zu Problemen kam, was durchaus denkbar war, fühlte sie sich gerade genug in Fahrt, um ein wenig die Muskeln spielen zu lassen.

Jonas zu beobachten, war wundervoll.

Für ihn war die Tour durch das Geschäft der reinste Triumphzug, mit breiter Brust trat er an die Kasse. Er bekam fünfundzwanzig Kronen zurück, und die Geschäftsführerin gab ihm die Hand und strich ihm über den Kopf, was er großmütig über sich ergehen ließ.

Ihr Handy klingelte schon wieder, diesmal war es Jørgen, Astrid hörte ebenfalls mit. Nina versprach, ihre Grüße auszurichten – und Jonas dazu zu bringen, später bei ihnen anzurufen.

Sie legte ihm die Hand auf die Schulter und gab ihm einen liebevollen Klaps.

»Komm, Jonas, wir gehen heim. Es ist höchste Zeit.«

Epilog

Jack Aswani arbeitet in einem Sägewerk in der Nähe von Ashcroft, British Columbia. Er ist ein stiller und zuverlässiger Arbeiter, nie krank, ein guter Kollege, der zuerst an andere und dann an sich denkt. Das einzig Sonderbare an Jack Aswani ist, wie ungern er von sich selbst erzählt.

Er wohnt auf einem kleinen Landgut ein paar Meilen westlich der Stadt, am Ende eines langen Kieswegs.

Er wohnt allein.

Und er achtet immer äußerst genau darauf, ob jemand Fremdes seinen Kiesweg entlangkommt.

Wenn er nicht arbeitet, geht er auf die Jagd oder angelt.

In seinem Zuhause herrscht eine auffallende Abwesenheit von jeglichen Spuren einer Familie oder einer Vergangenheit.

Aber ganz unten in einer Schublade im Schlafzimmer bewahrt er allen Ermahnungen zum Trotz ein gerahmtes Bild auf. Es liegt unter einem Stapel Bettlaken.

Darauf ist eine hübsche, blonde Frau zu sehen, die zwei Kinder im Arm hält, einen Jungen und ein Mädchen.

Britt Lindgren heißt die Frau, die viel, viel zu skeptisch war, um seiner Geschichte zu glauben. Viel zu skeptisch, um Malmö und dem sicheren Alltag für sie und die Kinder den Rücken zu kehren.

Jack Aswani hat unendlich viel Zeit zum Nachdenken. Er ist zu dem Schluss gekommen, dass er es bereut.

Aber es ist zu spät.